Bring Up the Bodies

罪人を召し出せ

ヒラリー・マンテル　宇佐川晶子＝訳

早川書房

罪人を召し出せ

BRING UP THE BODIES
by
Hilary Mantel
Copyright © 2012 by
Tertius Enterprises
Translated by
Akiko Usagawa
First published 2013 in Japan by
Hayakawa Publishing, Inc.
This book is published in Japan by
arrangement with
Tertius Enterprises, Ltd.
c/o A M Heath & Co Ltd
through The English Agency (Japan) Ltd.

装幀／田中久子

ふたたびメアリ・ロバートソンに捧げる。
心よりの称賛をこめて、
逸早くお手元に。

目次

登場人物

クロムウェルの所帯

トマス・クロムウェル……………鍛冶屋の息子。現在は国王秘書官、記録長官、ケンブリッジ大学総長、イングランド国教会の首長たる国王の宗務代官
グレゴリー・クロムウェル………その息子
リチャード・クロムウェル………その甥
レイフ・サドラー…………………クロムウェル家の事務長。クロムウェルにより息子同然に育てられる
ヘレン………………………………レイフの美しい妻
トマス・エイヴリー………………クロムウェル家の会計士
サーストン…………………………クロムウェル家の料理長
クリストフ…………………………召使い
ディック・パーサー………………番犬係
アントニー…………………………道化師

死者

トマス・ウルジー…………………枢機卿、ローマ教皇特使、大法官。任を解かれ、逮捕されて一五三〇年に死去

ジョン・フィッシャー……………ロチェスター司教。一五三五年処刑
トマス・モア……………………ウルジーの死後、大法官となる。一五三五年処刑
エリザベス、アン、
　グレース・クロムウェル……トマス・クロムウェルの妻と、ふたりの娘。一五二七年〜二八年に病死。
　　　　　　　　　　　　　　なお、クロムウェルの姉妹であるキャサリン・ウィリアムズおよびエリザベス・ウェリフェッドも病死

国王の家族
ヘンリー八世
アン・ブーリン…………………二番めの妻
エリザベス………………………アンの幼い娘、王位継承者
ヘンリー・フィッツロイ………リッチモンド公。国王の庶子

国王のもうひとつの家族
キャサリン・オブ・アラゴン……ヘンリーの最初の妻。離婚され、キンボルトン城に幽閉される
メアリ……………………………ヘンリーとキャサリンとのあいだに生まれた娘。もう一人の王位継承者。
　　　　　　　　　　　　　　同じく幽閉中
マリア・デ・サリナス…………キャサリン・オブ・アラゴンの元女官

サー・エドマンド・
　ベディングフィールド……キャサリンの監督官
グレース……………………その妻

ハワード家とブーリン家
トマス・ハワード…………ノーフォーク公、アン王妃の伯父。残忍な老貴族にしてクロムウェルの
　　　　　　　　　　　　敵
ヘンリー・ハワード………サリー伯爵。トマス・ハワードの若い息子
トマス・ブーリン…………ウィルトシャー伯爵、アン王妃の父親。通称〝モンシニョル〟
ジョージ・ブーリン………ロッチフォード子爵。アン王妃の兄
ジェーン・ブーリン………レディ・ロッチフォード、ジョージの妻
メアリ・シェルトン………アン王妃の従姉妹
舞台裏――メアリ・ブーリン……アン王妃の姉。現在は結婚して地方在住。国王の元愛妾

ウルフ・ホールのシーモア家
サー・ジョン老……………嫁と関係を結んだ、悪名高いシーモア家の長
レディ・マージェリー……その妻
エドワード・シーモア……その長男

トマス・シーモア……………その次男

ジェーン・シーモア…………その娘。ヘンリーの二人の妃の女官

ベス・シーモア………………ジェーンの妹。ジャージー州知事のサー・アントニー・オートレッドと結婚。その後、未亡人

廷臣たち

チャールズ・ブランドン……サフォーク公。ヘンリー八世の妹メアリの寡夫。知性の貧弱な貴族

トマス・ワイアット…………知性豊かなジェントルマン。クロムウェルの友人。アン・ブーリンとの仲を疑われている

ハリー・パーシー……………ノーサンバーランド伯。病身で借金まみれの若い貴族。アン・ブーリンと婚約した過去がある

フランシス・ブライアン……別名〝地獄の代理人〟。ブーリン家ならびにシーモア家の双方と縁戚関係がある

ニコラス・カルー……………主馬頭《しゅめのかみ》。ブーリン家の敵

ウィリアム・
　フィッツウィリアム………会計局長官。同じくブーリン家の敵

ハリー・ノリス………………別名〝おっとりノリス〟。王の私室付きの長

フランシス・ウェストン……むこうみずで浪費家の若いジェントルマン

ウィリアム・ブレレトン……………鼻っ柱が強く喧嘩っ早い年配のジェントルマン
マーク・スミートン………………身分不相応に身なりのいい楽士
エリザベス…………………………レディ・ウースター、アン・ブーリンの女官
ハンス・ホルバイン………………画家

聖職者たち

トマス・クランマー………………カンタベリー大司教。クロムウェルの友人
スティーヴン・ガーディナー……ウィンチェスター司教。クロムウェルの敵
リチャード・サンプソン…………結婚問題における王の法律顧問

役人たち

トマス・リズリー…………………あだ名は〝リズリーで結構です〟。法廷事務官
リチャード・リッチ………………法務次官
トマス・オードリー………………大法官

大使たち

ユスタス・シャピュイ……………神聖ローマ皇帝カール五世の大使
ジャン・ド・ダントヴィユ………フランスの全権公使

改革派たち

ハンフリー・モンマス……裕福な商人でクロムウェルの友人。福音主義の支持者。目下、低地国で獄中にある聖書の英訳者ウィリアム・ティンデールのパトロン

ロバート・パッキントン……同様の支持者、商人

スティーヴン・ヴォーガン……アントワープの商人。クロムウェルの友人で彼の代理人

王位継承権を主張する〝旧家〟の人々

マーガレット・ポール……エドワード四世の姪で、キャサリン・オブ・アラゴンとメアリ王女の支援者

ヘンリー・ポール……モンタギュー卿。マーガレットの息子

ヘンリー・コートニー……エクセター侯爵

ガートルード……その野心家の妻

ロンドン塔

サー・ウィリアム・キングストン……治安長官

レディ・キングストン……その妻

エドマンド・ウォルシンガム……キングストンの副官
レディ・シェルトン…………アン・ブーリンの伯母
フランス人処刑人

（注）ヘンリー・チューダー（ヘンリー七世）は、母マーガレット・ボーフォートがエドワード三世の玄孫であったことから王位継承権を持った。ヘンリー・チューダーとエリザベス・オブ・ヨークの結婚によりチューダー家とヨーク家が結ばれた。

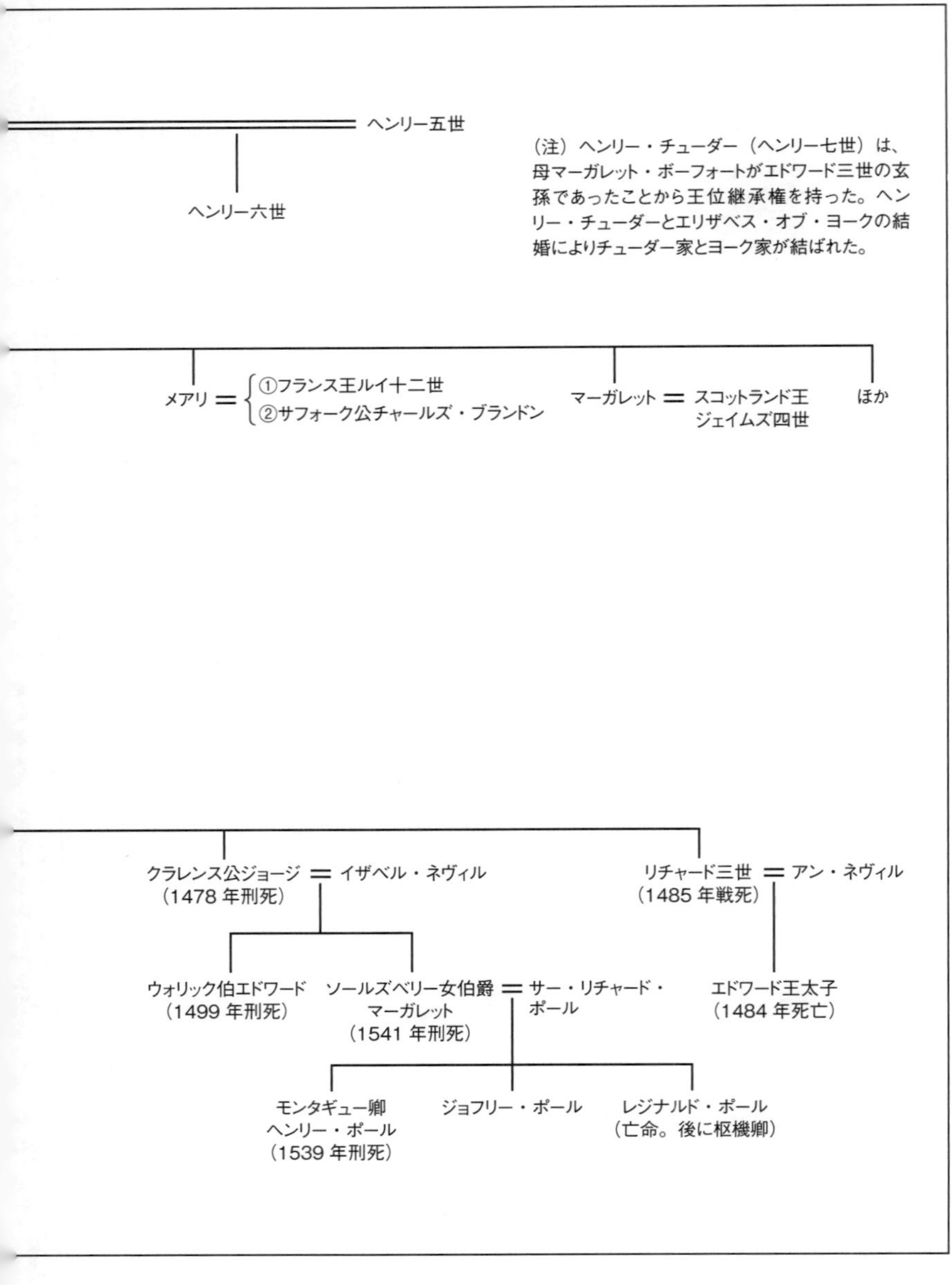

チューダー王家（概略）

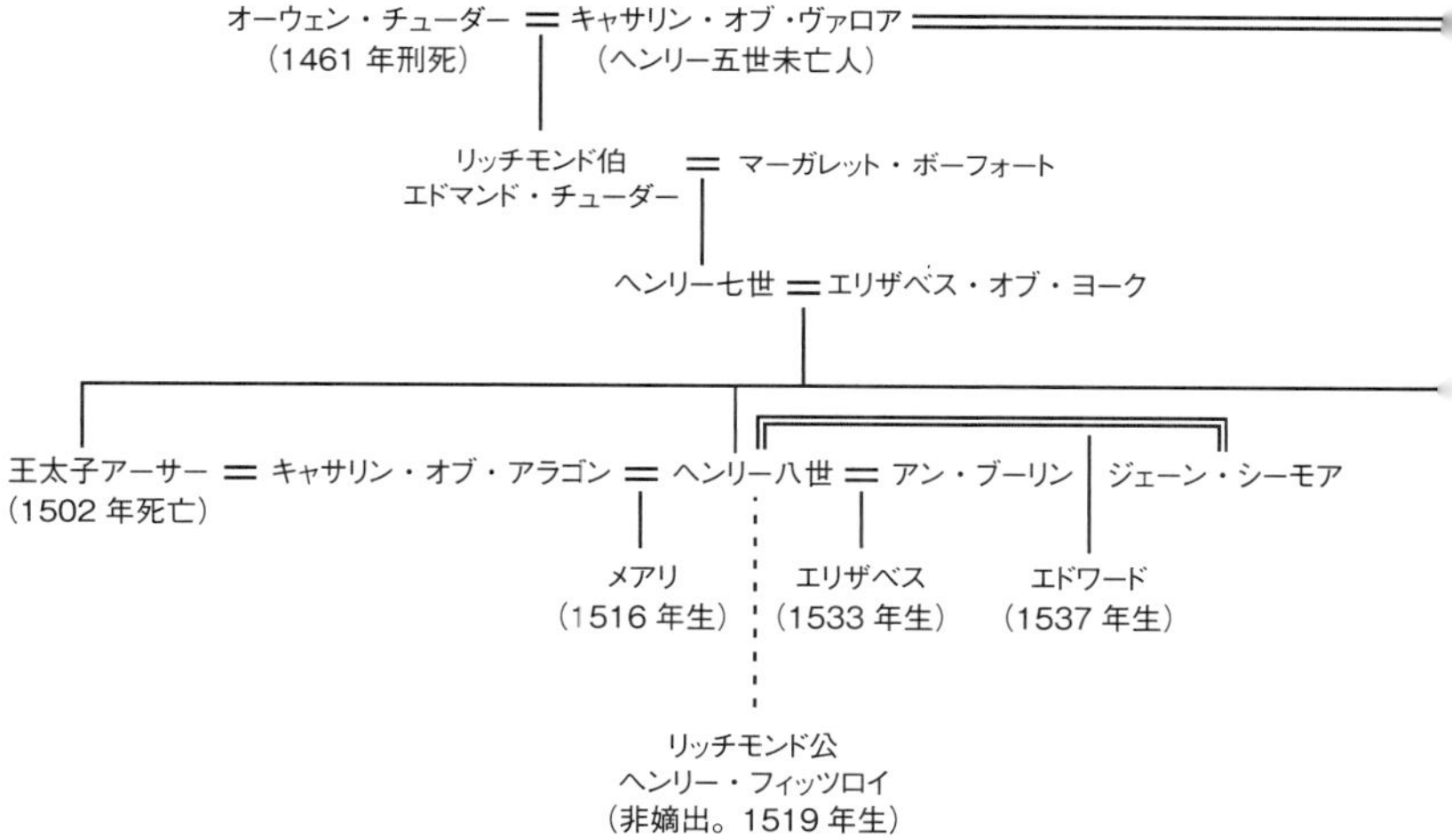

ヨーク王家のヘンリー八世の敵対者たち（概略）

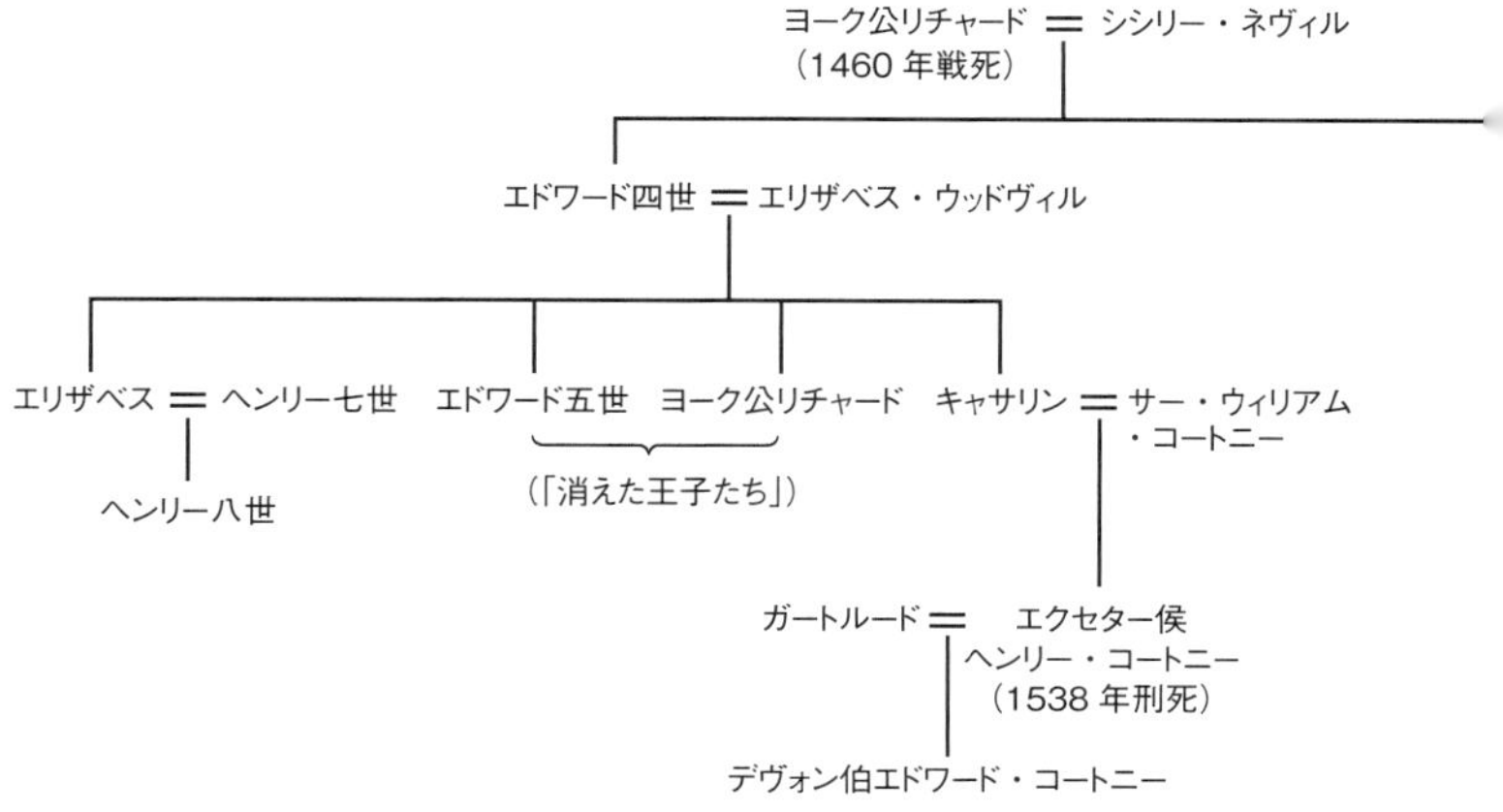

「余は他の男たちとはちがうのか？　ちがうのか？　ちがうのか？」

――皇帝カール五世のロンドン大使、ユスタス・シャピュイに
むけたヘンリー八世の言葉

第一部

I

ハヤブサ
ウィルトシャー　一五三五年九月

彼の子供たちが空からおりてくる。馬上から見守る彼の後方には、イングランドの大地がうねりながらどこまでも広がっている。金の翼をつけ、充血した目を凝らして、子供たちがおりてくる。グレース・クロムウェルが薄い大気中で停止する。声もたてずに獲物を捕らえ、そのまますべるように彼のこぶしへおりてくる。だがすぐに羽がざわつく。翼がきしみ、ためいきをもらし、さざなみだち、喉からキィとちいさな声が漏れる。認識したしるしの、うちとけた、娘らしい、非難めいた声だ。グレースの胸に血のりが筋をひき、蹴爪には肉がへばりついている。

あとでヘンリー王は言うだろう。「そのほうの娘たち、今日はよく飛んだな」鷹のアン・クロムウェルがレイフ・サドラーの手袋の上におりたち、いきおいあまって跳ねる。レイフはくつろいでしゃべりながら王のかたわらで馬を進めている。彼らは疲れている。日差しは傾き、今から手綱をゆるめてウルフ・ホールへ帰るところだ。明日になれば、彼の妻と二人の娘たちはいなくなる。ロンドンの土にその遺骸を沈めて久しい死んだ女たちは、今、鷹に姿を変えている。彼女たちは軽やかに上流の大気に乗って滑空する。誰をも憐れまず、誰にも答えない。彼女たちの生は単純だ。下界を見おろすその目に入るのは、獲物と、狩人たちの借り物の羽根飾りだけ。ひらひら動き、恐怖におののく食べ物があふれる彼女たちの世界だけだ。

夏はずっとこんなふうだった。毛やら羽やらが舞うなか、獲物をくいちぎる猟犬たちを鞭をふるって追い払い、くたびれた馬たちをなだめすかし、打撲と捻挫と火傷をジェントルマンたちに手当てさせる日々。すくなくとも数日間、太陽はヘンリー国王の上に照りつけた。幾度か正午前に西から雲が急走し、大粒のかぐわしい雨が降ったものの、太陽は再度顔をのぞかせて焼けつくような暑さをもたらし、そして今も空は、天国の聖人たちの仕草が見えそうなほど晴れ渡っている。

馬をおりて馬番に馬を託し、王の脇に控えながら、彼の意識はすでに書類仕事に飛んでいる。ホワイトホールからの急送公文書は、宮廷がどこへ移動しようとも確保される郵送路を使い、疾走する馬を駆って届けられる。だが、シーモア家と囲む食卓では、もてなし役であるシーモア一家の話題に敬意を表すつもりだし、髪こそ乱れているが、今夜はどうやらにこやかで上機嫌な王の大胆な発言にも従うつもりでいる。彼の仕事がはじまるのは、王が寝所にひきとったあとだ。

一日は暮れたが、ヘンリーは屋敷に入る気分ではないと見えて、立ったままあたりを見まわし、馬の汗のにおいを吸いこんでいる。日焼けした額の一部が、赤煉瓦色の太い筋になっている。朝のうちに王は帽子をなくし、おかげで習慣上、狩猟隊の全員が帽子を脱ぐことを余儀なくされた。さらに王は、差し出された帽子をかたっぱしからはねつけた。森や草原に闇が忍びよる頃、召使いたちは総出で、風にそよぐ黒い羽根飾りか、国王の狩人のバッジ、サファイアの目を持つ金の聖ユベール（狩猟の守護聖人）のきらめきを求め、草むらを捜しまわることになるだろう。

すでに秋の気配が感じられる。こんな日はめったにない。だから、しばらくはこうして立っていよう。ウィルトシャーをはじめとする西部諸州が青霞のかなたへ広がるなか、ウルフ・ホールの馬番の少年たちをまわりに群がらせたまま。今日一日で見た緑の木立、勢いよく流れる小川、水際のハンの木々、朝の九時に消えた朝霧、通り雨、じきにやんだ突風、静寂と午後の暑さ、そうした情景を思い返して熱心にしゃべる王の手を肩に感じたまま、立っていよう。

「サー、あなたはどうして日焼けしないんです？」レイフ・サドラーが問いつめる。王と同じ赤毛のレイフは、顔を赤まだらに火照《ほて》らせ、白目までひりひりと痛そうだ。彼、トマス・クロムウェルは肩をすくめ、レイフの肩に腕をまわして、のんびりと屋敷へむかう。イタリア全土を移動し、会計事務所の薄暗い室内のみならず戦場にもいたことがあるというのに、彼のロンドンっ子らしい青白い肌は白いままだ。札付きの悪童だった子供時代、テムズ川沿いで過ごした日々、戦場での日々。それでも、神が創りたもうたときのまま、彼は白かった。「クロムウェルは百合のような肌をしておるな」王が口を開く。「だが、百合であれ、他の花であれ、似ているのはそこだけだ」彼をからかいながら、一行はゆったりと夕食のテーブルへむかう。

王はトマス・モアが処刑された週にホワイトホールを発《た》っていた。七月の滅々たる雨つづきの週で、王の随行団を乗せた馬たちはぬかるみにひづめをめりこませ、ウィンザー城までの道のりを進んだ。以来、巡幸は西部一帯におよんでいる。クロムウェルたちはロンドンで王の用件を片付け、八月半ばに随行団に追いついた。王とその一行は、薔薇色の煉瓦作りの新しい屋敷でも、要塞部分が崩れ落ち取り壊された古い屋敷でも、また、砲弾一発で壁に穴があく、紙細工のように脆《もろ》くて防衛には役立たずの城でも、ぐっすり眠る。イングランドが五十年の平和を享受してきたためだ。これがチューダー家の盟約——チューダーが差し出すのは平和である、という——なのである。どの屋敷も王のために最良の状態を見せようと奮闘する。やっつけ仕事の漆喰塗りやら石組みやらがこの数週間で目につくのは、あるじたちが屋敷の意匠の隣にチューダー家の薔薇を大急ぎで配したからだ。彼らは元王妃であるキャサリンの痕跡をさがしだし、徹底的に葬りさろうと、アラゴンの石榴《ざくろ》を金槌で砕いていた。実は裂かれ、種はつぶれて飛び散っている。代わって——彫るための時間的余裕がないときは——アン・ブーリンのハヤブサがずいぶんといい加減に、忌中紋章の上から描かれている。

ハンスは巡幸に途中から合流し、アン王妃を描いたが、王妃は喜ばなかった。最近は、どうすれば王妃のご機嫌を取れるのか？　ハンスの描いたレイフ・サドラーは、こざっぱりとした顎ひげ、きゅっと口を結び、短く刈り込んだ頭に羽根の生えた円盤みたいな小粋な帽子をあぶなっかしくのせている。「鼻が低すぎるよ、マスター・ホルバイン」レイフが言うと、ハンスは応じる。「マスター・サドラー、ぼくの力できみの鼻を高くしろというのか？」

「レイフは子供の頃、鼻の骨を折ったことがあるんだ」彼は取りなす。「馬を走らせて槍先で輪をひっかける武術の最中だった。わたしが馬の足元から彼を抱きあげたんだよ。かわいそうに、母親を求めて泣き叫んでいた」彼は若いレイフの肩をぎゅっとつかむ。「おいおい、レイフ、そう腐るな。たいした美男に描かれているじゃないか。ハンスがわたしをどう描いたか思い出してみろ」

トマス・クロムウェルは五十がらみになっている。がっちりと頼もしい労働者の身体に、肉がつきはじめている。黒かった髪には白いものがまじり、日差しのみならず雨をもはじく仕組みにでもなっているのか、白いゴム引きのような肌ゆえに、人々は彼の父親はアイルランド人だったのだと嘲笑するが、実際のところ、父親はパトニーの醸造業者であり、鍛冶屋であり、羊毛を刈る人間であり、何にでも手を出す喧嘩っ早い飲んだくれのごろつきで、乱暴狼藉やら詐欺行為やらでしょっちゅう判事の前にひっぱりだされる男だった。そんな男の息子がいかにして今の地位にまでのぼりつめたのか、それは全ヨーロッパが知りたがる謎である。ある者はブーリン家に取り入ったからだと言い、ある者は、すべては彼のパトロンであった故ウルジー枢機卿のおかげだと言う。クロムウェルはウルジーに信頼され、ウルジーのために稼ぎ、ウルジーの秘密を知っていたからだと。魔法使いたちの集まりに頻繁に出入りしていたせいだと噂する人々もいる。彼は少年の頃から国外に出て、傭兵、羊毛商、銀行家などの職を転々とした。彼がどこにいたのか、どんな人々と会ってきたのかは、誰も知らない。彼も悠然とかまえ、語らない。彼は労を惜しまず王に仕え、自分の価値と利点を心得、確実に見返りを得ている。要職、手当、権利証書、荘園屋敷、農場といった見返りを。思いどおりにする方法を、やりかたを、彼は心得ている。相手を魅了し、袖の下をつかませ、なだめすかし、脅し、自分の本当の興味のありかを説明し、相手が知らずにいた彼自身の多様な面を教えてやる。この秘書官は、できることなら復讐の一撃でハエかなにかのように彼をたたきつぶそうとする高官たちと日々渡りあっている。自分が目の上のたんこぶ扱いされているのを知りながら、丁重かつ冷静にふるまい、疲れも見せずにイングランドの諸事全般にきめこまかな配慮を欠かさない。それがまた彼を目立たせている。彼は自分を説明する男ではない。みずからの成功を論じる男ではない。だが、幸運が呼びかけるときは、絶対に見逃さない。必ずその場にいて、幸運の女神がおずおずとノックしようとするときには、いつでも扉をあける用意をしている。

オースティン・フライアーズにあるロンドン市内の自宅の壁では、彼の肖像画が物思いにふけっている。毛織物と毛皮に身を包み、両手は一通の文書を、まるで絞め殺さんばかりに握りしめている。それを描いたとき、ハンスは彼が動かないようテーブルを押しつけて、こう言ったものだ。トマス、笑っちゃだめだよ。ハンスは鼻歌まじりに筆を動かし、彼は中空をねめつけ、制作はその状態を保ってつづけられた。できあがった肖像画を見たとき、彼は言った。「なんと、まるで人殺しではないか」すると息子のグレゴリーが、知らなかったの、と言った。友人たちや、彼を賛美するドイツの福音主義者のために、今、それの複製が作られている。彼は原画を手放そうとはしない——もうここにあることに慣れてしまったからな、と言って。だから、彼が自宅の広間に足を踏み入れると、描きかけのさまざまな彼自身が目に入る。ためらいがちな輪郭線が目立つ複製や、ところどころ塗りかけの複製。クロムウェルのどこから描きはじめよう？　ある者は鋭くちいさな目からはじめ、ある者は帽子からはじめる。無難に印璽と鋏から描く者もいれば、彼が枢機卿から与えられたトルコ石の指輪を選ぶ者もいる。どこから手をつけようとも、できあがったあとの強烈な印象に変わりはない。彼に恨まれていたら、誰しも、夜道では会いたくないと思うだろう。彼の父親であるウォルターはよくこう言ったものだ。「うちのトマスだがな、あいつをにらんでみろよ、目玉をくりぬかれるぜ。ころばせてみろ、片足をたたっ切られる。だが、逆らわなけりゃ、あいつは紳士そのものなんだ。誰にでも一杯おごってくれる」

ハンスが描いた王は、夏の絹物を着て、夕食を終え、もてなし役のあるじたちと腰かけている。背景にある窓は、夜啼き鳥のためにあけられ、砂糖漬けの果物とともに最初の蠟燭が運ばれている。この巡幸の各訪問地で、ヘンリーは領主館に王妃のアンとともに宿泊するが、随員たちの滞在先は地元の名家だ。領主たちにとって、王の滞在中に最低でも一度は、ねぎらいの意味をこめて、名家の人々をもてなすのがならわしだが、屋敷内はそのために上を下への大騒ぎとなる。彼は邸内に運びこまれる食糧の荷車をかぞえ、混乱のきわみにある台所を監督し、まだ夜が明けきらぬ灰緑色の時間帯——煉瓦作りのかまどが最初のパンを焼くために清掃され、肉が串にさされ、鍋が五徳にのせられ、家禽が羽をむしられ、関節ごとに切り離される——に、みずから台所へ足を運ぶ。おじがある大司教の料理人だった関係で、子供の頃からランベス宮殿の厨房に出入りしていた彼は、この手のことは裏も表も知り尽くしている。王の快適さのためには、何事も成り行き任せにしてはならないのだ。

申し分のない日々だ。澄んだ静かな光が、生け垣で露をきらめかせるベリーの粒を照らしている。太陽を背にした葉一枚一枚が、枝からぶらさがる黄金の梨のようだ。一行は夏の盛りには西へと馬を走らせながら、獲物を追って森に分け入り、小丘のいただきへ登った。前方には高地が広がり、あいだにふたつの領地が横たわっていても、そのむこうにきまぐれな海の存在を感じることができる。イングランドのこのあたりに、われらの祖先たる巨人族は、土塁や塚や直立した石を遺している。男女の別なく、今でもすべてのイングランド人の身体には巨人族の血が流れている。遠い昔、羊や鋤《すき》によって大地が荒らされていなかった頃、巨人たちは野生のイノシシやエルクを狩っていた。森はどこまでもつづいていた。今もときおり大昔の武器が掘り起こされる。馬を騎手ごと切り倒すことのできる、両手でなくてはふりまわせない斧。死者たちのばかでかい手足が土の下でうごめいていると想像してみるといい。戦うことが彼らの日常だった。そして戦いはいつまた起きるかわからない。戦いは、平原を馬で駆け抜けながら思い浮かべるただの過去ではない。それは土の下に隠れて育っている。戦いの時代はいずれやってくる。しばらくは平和であっても、傷や死は種のように地中にひそみ、イングランドの土を温めつづけている。笑っているヘンリー、祈っているヘンリー、従者たちの先頭に立ち、森の小道を駆け抜けるヘンリーを見ると、馬の背にどっしりとまたがる姿そのままに、王座もまた安泰だと思うだろう。だがそれは見せかけなのだ。夜になると、国王は目をあけたまま横たわり、彫刻がほどこされた天井の梁を見つめ、余命を憂える。「クロムウェル、クロムウェル、余はどうしたらよいのだ?」クロムウェル、余を皇帝から救ってくれ。クロムウェル、余を教皇から救ってくれ。そうして、カンタベリー大司教のトマス・クランマーを呼びつけ、問いつめる。「余の魂は地獄に落ちるのか?」

ロンドンで、皇帝の大使であるユスタス・シャピュイが日々待っているのは、イングランドの民が彼らの無慈悲で不敬な王に反旗を翻したとの知らせだ。それはシャピュイが心の底から聞きたいと思っている知らせであって、それを実現させるためなら、この大使はどんな労苦も金もいとわないだろう。シャピュイが仕える皇帝カール五世は、スペインおよび海外の領土のみならず、低地諸国の君主でもある。金持ちのカールは、ヘンリー・チューダーが身の程知らずにも彼のおばキャサリンを捨て、巷《ちまた》では出目の売女《ばいた》呼ばわりされている女との結婚に踏み切ったことを、折りに触れ、腹立たしく思っているのだ。シャピュイは急使を飛ばして、イングランド侵略を君主にしきりにすすめている。イングランドの反徒や僭称者や不満分子と手を組み、王が議会の決議によってみずからの離婚を決定し、みずから神と宣言したこのふとどきな島国を、征服するよう背後からあおっている。教皇は、イングランドで嘲笑され、ただの〝ローマ司教〟呼ばわりされていることや、教会からあがる収入が減らされ、ヘンリー王の財源にまわされたことを快く思っていない。頭の上をうろうろしている破門の大勅書——作成済みだがまだ公布されていない——のせいで、ヘンリーはキリスト教徒であるヨーロッパの諸王たちからのけものにされている。それどころか、彼ら諸王はイギリス海峡やスコットランド国境を越えてイングランドに進軍し、ヘンリーの所有物をかたっぱしから奪い取るようそそのかされている。おそらくカール皇帝は戦いを挑んでくるだろう。フランス王もやってくるだろう。彼らは手をたずさえて侵略を図るかもしれない。迎え打つ用意はできている、と言えればよいのだが、現実はちがう。武装勢力が襲ってきたら、大砲も火薬も剣も不足しているイングランドは、巨人族の骨を掘り出して敵軍の頭を殴るしかない。これはトマス・クロムウェルのせいではない。シャピュイが顔をしかめて言うように、クロムウェルが五年前に今の地位にいたら、ヘンリーの王国はもっとましな状態であったろう。

　イングランドを守るつもりなら、そして彼はそのつもりだが——彼、クロムウェルなら、その手に剣をつかんで戦場に赴くだろうから――まずイングランドとはなんなのかを知らねばならない。八月の暑さのなか、彼は帽子もかぶらず、先人たちの姿を彫った墓のかたわらに立っていた。全身を鎧と鎖帷子《かたびら》でかため、こてをつけ、こわばった両手を外衣の上で組み、石のライオンやグリフィンやグレイハウンドを踏みつけている男たち。石のような、鋼のような強者たちのかたわらには、やわらかな妻たちが殻にこもるカタツムリのように寄り添っている。時は死者に影響をおよぼすことはできないと思ってしまいがちだが、墓石には時の流れがあらわれ、事故や歳月による摩滅が彫られた死者の鼻先に丸みを与え、指を短くする。波打つ襞のあいだからのぞく片足はひざまずいた天使のそれのようにちいさく、石のクッションの上に休む親指の先端は折れている。「来年こそは先祖の彫像を修復させねばなりませんな」西の領主たちはそう言うが、彼らの先祖たちの楯や靴下留め、楯を飾る紋章は、塗ったばかりのようにいつも美しい。領主たちは先祖がどんな人物で、なにを持っていたか、事実を粉飾する。わたしの先祖がアジャンクールの戦いで持っていた武器だの、わたしの先祖がジョン・オブ・ゴーント（イングランド王エドワード三世の子。ランカスター家の祖）手ずからたまわった杯だのと。ヨーク家とランカスター家との先の戦いで、彼らの父や祖父たちが立場上まずい側についていたとしても、そんなことはおくびにも出さない。世代が変われば、些細な過ちはゆるされるべきであり、名声は作り直される。そうでなければ、イングランドは前進できず、汚れた過去へと螺旋を描いて後退しつづける。

むろん、彼には先祖などない。自慢できるようなたぐいの先祖は。かつてクロムウェルという高貴な一族がいた。そのため、彼が出世階段を駆け上がって王に仕える身になったとき、紋章官は体面上、その一族の紋章をつけるよううながした。ですが、わたしは一族の出ではありませんので、と彼は丁重に断った。それに、彼らの偉業がほしいわけでもありません、と。彼は十五にもならないうちに父親のげんこつを逃れてドーバー海峡を渡り、フランス王の軍に身を投じた。歩ける年齢に達してからはずっと戦ってきたといっていい。戦うのなら、金をもらってなにが悪い？　だが、兵士として戦うよりも金になる商売があることを彼は発見した。だから、帰国を急がないことにしたのだ。

そして今、もてなし役のご大層な領主たちが、噴水や踊る三女神の設置場所についての助言を求めると、王は言う。ここにおるクロムウェルに聞くがよい。クロムウェルはイタリアで見聞を広めてきているからな、むこうで通用するなら、ウィルトシャーでも問題はあるまい。ときおり王は、目をかけている一握りの家来だけを連れて出発し、狩りに励む。王妃は女官や楽士たちとともに後に残される。彼らがウルフ・ホールへやってきたときも、そういう状況だった。屋敷では、今を盛りと繁栄する家族を率いて、サー・ジョン・シーモア老が彼らを歓迎しようと待っていた。

「どういうことだね、クロムウェル」サー・ジョン老がたずねる。彼はやさしく老人の腕を支える。

「このハヤブサたちは死んだ女たちにちなんで名をつけられているではないか……気がふさがんのか？」

「気がふさぐことなどありませんよ、サー・ジョン。この世はわたしにとってはすばらしすぎるほどです」

「再婚して、新たに家族を作るべきだ。ここに滞在しているあいだに、ひょっとすると花嫁が見つかるかもしれんぞ。セイヴァーネイクの森にはぴちぴちした若い女たちが大勢いるからな」

まだグレゴリーがいますから、と彼は肩越しに息子をふりかえる。どうしたものか、いつもグレゴリーのことが気がかりだ。「ああそうか。男の子は大変結構だが、男には娘も必要だぞ、娘は慰めになるからな。ジェーンをごらん。実にいい娘だよ」

彼は言われたとおり、ジェーン・シーモアを見る。宮廷にいたときからジェーンのことはよく知っている。ジェーンはかつては元王妃のキャサリンの女官だったが、現在はアン王妃の女官だ。蒼みを帯びた白い肌の、無口で平凡な娘で、気持ちの悪いびっくり箱でも眺めるように男を見る癖がある。ジェーンは真珠をつけている。それと、カーネーションの固くてちいさな小枝模様が浮き出た白い紋織物の服。彼の見るところ、かなり値のはるものだ。真珠は別としても、あのような装いをさせるには、三十ポンドではすむまい。どうりで、ジェーンはそろりそろりと、服を汚してはならんといわれた子供のように動いている。

王が口を開く。「ジェーン、家族とともに自宅にいる今は、さほど恥ずかしがってはおらぬようだな?」王はばかでかい手でジェーンのネズミのような手を取る。「宮廷では、声すら聞いたことがないが」

ジェーンは首から髪の生え際まで真っ赤になって、王を見あげる。「このように赤くなる娘を見たことがあるか?」ヘンリーはたずねる。「十二歳の少女ででもないかぎり、ありえぬことだぞ」

「十二歳は遠い昔です」ジェーンは言う。

食事の席で、王は女主人のレディ・マージェリーの隣にすわる。若かりし頃は美人だった女性だ。王が示す強い関心からすると、今でも容色は衰えていないと見ていいのかもしれない。レディ・マージェリーは十人の子を産み、うち六人は健在で、三人がこの部屋にいる。後継者エドワード・シーモアは、長頭で、表情はきまじめ、横顔は無駄がなく荒削りだ。見目麗しい男である。学究肌ではないが、読書家で博識で、与えられるどんな仕事にも抜け目なく適応する。戦争経験があり、ふたたび戦う日がくるのを待ちながら、猟場や馬上槍試合場でめざましい活躍を見せている。日の出の勢いだった頃の枢機卿は、このエドワードを凡人ぞろいのシーモア家のなかではひときわ出来がいいと高く買っていたし、彼、トマス・クロムウェル自身もエドワードの考えを探った結果、あらゆる点で王の臣下にふさわしいと結論づけていた。エドワードの弟トム・シーモアは陽気で騒がしく、女の注目を引きやすい。トムが部屋に入ってくると、乙女たちはくすくす笑い、年若い既婚婦人たちはうつむきかげんに睫毛の下から彼を値踏みする。

サー・ジョン老はろくでもない道徳意識の持ち主である。今から二、三年前、この老人が息子の妻と肉体関係を結んでいた──それも一時の情熱に流されたのではなく、彼女が花嫁だったときから繰り返し──という醜聞が宮廷内を駆け巡った。王妃とその親しい取り巻きがその話を宮廷中に広めたのだ。「百二十回と見たわ」アンは鼻先でせせら笑ったものだ。「トマス・クロムウェルが計算したのよ、彼は数字に強いから。さすがの彼らも日曜日には行為を慎み、四旬節もふれあわなかったと思うけれどね」夫を裏切った妻はふたりの男子を産み、行為があかるみに出たのちは、夫であるエドワードから、ふたりが自分の息子なのか異母弟なのかわからないから継嗣とは認めないと申し渡された。密通を犯した女は修道院に幽閉され、ほどなく死をもって罪をつぐなった。エドワードが新たに迎えた妻は、近づきがたい雰囲気を研鑽の末に身につけ、舅が接近しすぎた場合に備えて、ポケットに短剣をしのばせている。

しかし、罪はゆるされ、おめこぼしを得る。肉体は惑わされやすいものだ。今回の王の訪問が、恩赦を確実にする。ジョン・シーモアは鹿園をふくめて千三百エーカーの土地を所有しており、残りのほとんどは羊の飼育にあてている。つまり一年で一エーカーにつき二シリングの儲けがあるわけで、純利益は同じ面積を耕地にした場合の二十五パーセント増になる。羊はウェールズの山岳種と交配させた顔の黒い小型種で、肉質は筋だらけだが羊毛としてはまずまずだ。到着したとき、王は（牧歌的気分に浸っていたため）たずねた。「クロムウェル、あの動物の重さはいかほどある？」彼は持ちあげてみることさえしないで、答える。「三十ポンドです、サー」若い廷臣のフランシス・ウェストンがあざける。「マスター・クロムウェルは昔は羊の毛を刈っていましたからね。まずまちがいないでしょう」

王はそれをたしなめる。「羊毛貿易がなかったら、われわれは貧乏な国になっていたであろう。マスター・クロムウェルがその方面に通暁しているのは不名誉なことではないぞ」

だがフランシス・ウェストンは手で隠してにやにや笑っている。

明日はジェーン・シーモアが王と一緒に狩りに出かけることになっている。「男だけだと思っていたよ」ウェストンがささやくのを彼は聞き逃さない。「これを知ったら、王妃はおかんむりだ」アンには絶対に知らせるなよ、いいな、と彼はつぶやく。

「われわれウルフ・ホールの者はそろって腕のいい狩猟家でね」サー・ジョンが胸を張る。「娘たちもだ。ジェーンは意気地なしだとみな思っているだろうが、鞍に乗せてみるといい、断言してもよいがね、まさに女神ディアナだよ。わしは娘たちを学校へやろうとは思ったこともない。ここにいるサー・ジェイムズが必要なことはすべて教えてくれたからな」

テーブルの末席にいる司祭が顔を輝かせて、うなずく。短く刈り込んだ白髪に涙目のおめでたい男だ。クロムウェルはそちらへ顔をむける。「ではダンスを教えたのも、あなたでしたか、サー・ジェイムズ？　たいした功績ですね。ジェーンの妹エリザベスが宮廷で陛下と組んで踊るのを見たことがありますよ」

「ああ、ダンスには教師をつけた」シーモア老が楽しそうに笑う。「ダンスの教師、音楽の教師、それでもう充分だ。外国語は学びたがらなかった。そんなものを習っても役には立たん」

「それはちがいますよ、サー」彼は言う。「わたしは娘たちには息子と同じ教育を受けさせました」

ときおり彼はアンとグレースのことを好んでしゃべる。亡くなって七年になる娘たちのことを。トム・シーモアが笑い声をあげる。「なんと、グレゴリーやマスター・サドラーと一緒に、娘さんがたを槍試合に出したのですか？」

彼はほほえむ。「それはのぞいて、だ」

エドワード・シーモアが言う。「都会の家庭では、娘たちが読み書きにとどまらず、もう少々事務的なことまで学ぶのはめずらしいことではありません。会計所で働くこともあるでしょう。そういう話は聞いています。娘たちにとってはよき配偶者に出会う助けにもなります。相手が商人の一族なら、商売に役立つ訓練をしていることを喜ぶでしょうから」

「マスター・クロムウェルの娘たちを想像してみたらいい」ウェストンが茶化す。「ま、ぼくにはそんな勇気もありませんがね。会計所が我慢できるかどうかすらあやしいものですよ。得意なのは戦斧《せんぷ》の扱いのほうだった可能性だってあるし、彼女たちを一目見たら、男はへなへなと崩れたことでしょう。魂を奪われて、という意味じゃなく」

グレゴリーが身じろぎする。ひどくぼんやりしている若者だから、その会話を理解していたこと自体意外だが、彼の口調は傷ついて揺れている。「ぼくの妹たちとその思い出をあなたは侮辱している。妹たちには会ったこともないはずでしょう。妹のグレースは……」

彼はジェーン・シーモアがそのちいさな手を伸ばして、グレゴリーの手首をそっとおさえるのを見る。グレゴリーを救おうと、一同の注意をあえて自分に惹きつけるつもりなのだ。「わたしは最近」とジェーンは言う。「フランス語がすこし上達したんです」

「そうなのか、ジェーン?」トム・シーモアはにやついている。

ジェーンはうつむく。「メアリ・シェルトンから教わっているんです」

「メアリ・シェルトンは思いやりのある娘だ」王が言う。彼は目の隅で、ウェストンが隣の者を肘でつついているのをとらえる。シェルトンはベッドでも王に思いやり深かった、とささやきあっているのだ。

「ですから、おわかりでしょう」ジェーンはふたりの兄にむかって言う。「わたしたち女性は、くだらない悪口や噂話にしじゅううつつを抜かしているわけじゃないということです。確かに、噂話なら、町じゅうの女たちを惹きつけておけるほどいくらでもありますけど」

「そうなのかね？」彼は口をはさむ。

「わたしたち、誰が王妃様に恋をしているか、おしゃべりするんです。誰が王妃様に捧げる詩を書いているかを」ジェーンは目を伏せる。「つまり、誰がわたしたちみんなに恋しているのか、という意味ですけど。このジェントルマンか、あのジェントルマンか。わたしたちの求婚者のことならみんな知っていますから、徹底的に調べるんです。彼らが知ったら顔を赤くすると思いますわ。所有地の広さや年収の話をし、ソネットを捧げさせてもいいかどうか決めるんです。よい暮らしをさせてくれそうもないと思ったら、彼らの詩歌を軽蔑します。残酷なんです、本当に」

女性に詩を捧げるのは、たとえ既婚婦人であっても、いけないことではないと、彼はいささかぎごちなく言う。宮廷では普通のことだと。するとウェストンが言う。親切なお言葉ありがとう、マスター・クロムウェル、あなたに禁じられるのではないかと思っていましたよ。

トム・シーモアが笑いながら、身を乗り出す。「で、誰がおまえの求婚者なんだ、ジェーン？」

「それを知りたいなら、ドレスを着て、裁縫道具を持って、わたしたちのところへこなくちゃだめよ」

「女の輪にまじっていたアキレスのようにか」王が聞く。「女たちのみだらな秘密をつきとめたければ、その立派なひげを剃ってからにしないといかんな、シーモア」王は笑っているが、おもしろがってはいない。「その仕事にうってつけの、もっと乙女らしい顔つきの男をわれわれで見つけないかぎりはな。グレゴリー、おまえは顔立ちがきれいだが、その大きな手では男と知れてしまうだろう」

「鍛治屋の孫息子ですからね」ウェストンが言う。

「あのマークという小僧がいい」王は言う。「楽士だよ、知っておろう？　すべすべした娘のような顔をしておる」

「はい」ジェーンが言う。「どのみちマークはわたしたちと一緒におります。いつもそばをうろうろしていますので。わたしたち、マークのことはろくに男だと思っておりません。わたしたちの秘密をお知りになりたければ、マークにおたずねくださいい」

会話はそこからほかの話題へそれていく。彼は考える。ジェーンがこんなにひとりでしゃべれるとは知らなかった。ウェストンはおれをいらだたせようとしている。ヘンリーの前でなら、おれに妨害されないと知っているためだ。おれをあおりたてるさい、その妨害がどんな形をとるのか想定している。レイフ・サドラーが横目で彼を見つめている。

「では、と」王が彼に話しかける。「明日は今日よりいかなるたぐいのよい日になりそうか？」食卓を囲む人々にむかって、王は説明する。「マスター・クロムウェルはなにかを改善しないかぎり、眠ることができんのだ」

「陛下の帽子の行状を改善いたしましょう。それからあの雲ですが、午前《ひる》には――」

「通り雨がほしいところだったのだ。雨で涼しくなったからな」

「今日よりも悪い天気になりませんように」エドワード・シーモアが言う。

王は日焼けの帯をこする。「枢機卿は天気を変えられると思っておった。朝はまずまずですが、十時にはもっと上天気になりましょう、と言ったものだよ。そのとおりになった」

ヘンリーはこれをときどきやる。つまり、ウルジーの名を会話のところどころにはさむのだ。まるで枢機卿を死へと駆り立てたのは自分ではなく、別の君主であるかのように。

「空模様に鼻がきく者もいます」トム・シーモアが言う。「それだけのことです、陛下。枢機卿たちが特別なのではありません」

王はうなずきながら微笑する。「そのとおりだ、トム。ウルジーを畏《おそ》れることはなかったのだな」

「彼は臣下としては自尊心が強すぎた」サー・ジョン老が言う。

王は食卓の末席近くにいる彼、トマス・クロムウェルを見る。クロムウェルは枢機卿を敬愛していた。この場の誰もが知っていることである。彼は塗り立ての壁のように、注意深く無表情に徹する。

食後、サー・ジョン老が平和王エドガー（九四四～九七五。マーシア、ノーサンブリア、ウェセックスの連合イングランドの初代王）の話をする。エドガーは何百年もの昔、数字がまだ存在しない時代の統治者だった。すべての乙女が美しく、すべての騎士が雄々しく、人生が単純で、暴力に満ち、総じて短かった時代。エドガーは妻を娶《めと》ろうと考えて、臣下の伯爵のひとりを送りだし、ある娘の品定めをさせた。不実な上に狡猾でもあった伯爵は、美しいなどとんでもない、あれは詩人や画家によるはなはだしい誇張です、との返事を送った。

実物を見ましたところ、女はびっこのやぶにらみです、と。心優しいその乙女をわがものにするのが狙いだった伯爵は、乙女を誘惑し、結婚した。伯爵に裏切られたことを知ると、エドガーはここからそう遠くない木立で伯爵を待ち伏せし、投げ槍を命中させ、一撃で殺した。

「なんたる不実な悪党だ、その伯爵は！」王が言う。「当然の報いだ」

「伯爵《アール》というよりやくざ《チャール》でしょう」と、トム・シーモア。

兄はその発言からは距離を置く、というかのようにためいきをつく。

「それで、そのご婦人はどうなったんです、伯爵が串刺しにされたと知ったとき？」彼はたずねる。彼とはクロムウェルだ。

「乙女はエドガーと結婚した」サー・ジョンが答える。「ふたりは緑林の中で結婚し、死ぬまで幸せに暮らしたのだ」

「そうせざるをえなかったのだと思いますわ」レディ・マージェリーがためいきまじりに言う。「女は状況に順応するしかありませんもの」

「ここらの連中は、その不実な伯爵がいまだにうめきながら、腹から槍を引き抜こうと森をさまよっている、というんだよ」サー・ジョンがつけ加える。

「想像してごらんになって」ジェーン・シーモアが言う。「月夜ならば、伯爵が槍を抜こうとしながらずっと苦痛を訴えている姿が窓の外に見えるかもしれません。さいわいにも、わたしは幽霊の存在は信じませんけど」

「気をつけろよ」トム・シーモアが言う。「幽霊たちがおまえに背後から忍びよってくるぞ」

「とはいえ」ヘンリー王がそう言って、槍を投げる仕草をする。ただし、晩餐の席であるから、控えめに。「一度であざやかに命中させたとはたいしたものだ。エドガー王はよほど投擲の腕がすぐれていたにちがいない」

彼――つまり、クロムウェル――は、言う。「この話が書き残されているのかどうか、もしそうなら、誰によって書かれたのか、またその人物が宣誓をした上で書いたのかどうか、ぜひ知りたいですな」

王が言う。「クロムウェルがいたなら、判事や陪審の前に伯爵を突き出していたであろうな」

「お言葉ですが、陛下」サー・ジョンが楽しそうに笑う。「当時、判事や陪審はまだ存在していなかったはずですぞ」

「クロムウェルなら草の根分けても捜しだしたでしょうよ」青二才のウェストンはここぞとばかりに身を乗り出している。「キノコ畑から陪審をひとりひっこぬいてきたことでしょう。そうしたら、伯爵は万事休す。ひったてられて、首を刎《は》ねられていたでしょうね。なんでも、トマス・モアの裁判で、ここにおられる秘書官は陪審団を審議室まで追いかけていき、彼らが着席するとドアを後ろ手に閉めて、頭ごなしに命令したそうですからね。〝みなさんの疑念を払拭してさしあげよう〟そう陪審団に言ったとか。〝あなたがたの務めは、サー・トマスを有罪と認めることだ。認めるまで食事にはありつけないものと思ったほうがよい〟そして、部屋を出るとふたたびドアを閉め、陪審団が茹でたプディングを求めて飛び出してきた場合にそなえ、斧を手にドアの外に立ったんです。ロンドンっ子というのは、なによりもまず腹具合が気になる連中ですからね。腹が鳴りだすやいなや、陪審たちは叫んだわけです。〝有罪だ！　トマス・モアは真っ黒々の有罪だ！〟」

視線がいっせいに彼、クロムウェルにそそがれる。その隣ではレイフ・サドラーが不快感に身を固くしている。「おもしろい話ですね」レイフはウェストンに言う。「しかし、それではお聞きしますが、それはどこに記録されているんです？　わたしの主人が裁判所との関係において常に正しいことがわかるはずです」

「おまえはあの場にいなかったじゃないか」フランシス・ウェストンは言う。「あのときの陪審のひとりから聞いたんだ。彼らは叫んでいたよ。〝あいつを連れ出せ、反逆者をやっつけて、マトンの脚をもらおう〟そしてトマス・モアは死ぬはめとなった」

「悔やんでいるように聞こえるな」レイフは言う。

「そうじゃないさ」ウェストンは両手をあげる。「アン王妃はこうおっしゃっている、モアの死をあのようなすべての反逆者たちへの警告としましょう。彼らの影響力がいかに大きくとも、裏切りがいかに秘められていようとも、トマス・クロムウェルが反逆者たちを見つけ出すでしょう」

同意のつぶやきが漏れる。束の間、彼は一同が自分のほうをむき、称賛の言葉を浴びせるのではないか、と思う。そのとき、レディ・マージェリーがくちびるに指を当て、王のほうへうなずいてみせる。食卓の上座にすわったまま、王は右へかしぎはじめていた。閉じた瞼がふるえ、呼吸は安らかに深い。

一同は笑みを交わす。「新鮮な空気に酔われたかな」トム・シーモアがささやく。

酒に酔うと様子が変わる。スポーツ好きの引き締まった身体をしていた若い頃にくらべ、最近の王は頻繁にワインを所望する。彼、クロムウェルの見つめる前で、王は椅子にすわったままかしいでいる。最初は食卓に額をあずけんばかりに前のめりになり、つづいて、びくりとうしろへのけぞる。顎ひげに涎《よだれ》がすじをひいている。

いつもなら王の私室付きのジェントルマンの長、ハリー・ノリスの出番だ。ハリーは音もなく近づいて、低くつぶやきながら、人を裁かぬやわらかな手で君主を揺り起こすことができる。だがノリスはアン宛の王のラブレターを携え、出かけていった。では、どうするか？　五年前なら、王は遊び疲れた子供に見えたかもしれないが、もうそうは見えない。こってりした食事のあと、けだるくなったどこにでもいる中年男である。ふくれあがって、むくみ、ところどころに血管が浮いて、蠟燭の明かりですら、薄くなった頭髪が白髪まじりになっているのが見える。彼、クロムウェルは若いウェストンにむかって顎をしゃくる。「フランシス、きみの側近としての腕の見せどころだ」

ウェストンは聞こえなかったふりをする。その目は王にむけられており、その顔にはあけっぴろげな嫌悪が浮かんでいる。トム・シーモアが小声で提案する。「音をたてたほうがいいと思うな。そうすれば、自然に目がさめる」

「どんな音だ？」兄のエドワードが言う。

トムはあばらを押さえる真似をする。

エドワードの眉が吊りあがる。「笑う勇気があるなら笑ってみろ。涎をたらしたことをおまえに笑われたと王はお思いになるぞ」

王がいびきをかきはじめる。がくっと左に傾く。椅子の腕からころげおちそうなほど身体が傾斜している。

ウェストンが言う。「あなたがやったらいいさ、クロムウェル。あなたほど陛下の扱いがうまい者はいないんだ」

彼は首をふって、ほほえむ。

「神よ陛下を救いたまえ」サー・ジョンが敬虔ぶって言う。「陛下はもうお若くはない」

ジェーンが立ちあがる。カーネーションの小枝が硬そうな衣擦れの音をたてる。ジェーンは王の椅子の上に身を乗り出して、王の手の甲を軽くたたく。まるでチーズの出来具合を調べているかのように、ぽんぽんと。ヘンリーが飛びあがり、ぱっと目をあける。「寝ていたわけではないぞ」と、弁解する。「まことだ。目を休めていただけだ」

王が二階にひきとると、エドワード・シーモアが声をかける。「秘書官殿、そろそろ復讐させてもらいますよ」

彼はグラスを片手に、椅子に背をあずける。「わたしがきみになにをした？」

「チェスゲームですよ。カレーで。お忘れとはいわせませんからね」

一五三二年の晩秋。王が現王妃とはじめて寝所を共にした夜のことだった。アンは王を迎え入れる前に、イングランドに帰ったらすぐにでも彼女と結婚するとの誓いを聖書にかけて王から取り付けた。しかし嵐で王の一行は港で足止めを食い、王は待ち時間を存分に活用してアンに息子を宿らせようとした。

「あなたはぼくのキングをチェックメイトした」エドワードは言う。「もっとも、あなたに注意力をそらされたせいですがね」

「どうやって？」

「あなたはぼくに妹のジェーンのことをたずねたんです。年齢やらなにやらを」

「わたしが彼女に興味を持っている、と思ったわけだ」

「そうなんですか？」ぶしつけな問いをやわらげるように、エドワードは微笑する。「ジェーンにまだ縁談はありません」

「駒の用意をしてくれ」彼は言う。「盤上の駒の位置だが、きみが思考を乱されたときの状態がいいかね？」

エドワードは用心深く表情を消して、彼を見る。クロムウェルの記憶に関しては、信じがたい話が語られている。彼はひそかな笑みを浮かべる。ちょっと推測するだけで、当時の駒の位置ぐらい、わけなく再現できる。シーモアのような男の指しかたはすぐにわかる。「新たにはじめるほうがいいな」と提案する。「世界は動きつづけている。イタリア式ルールでいいかね？　わたしは一週間もだらだらとつづくようなのは好きじゃないんだ」

序盤戦は、エドワードが大胆に動く。だがやがて、白いポーンが指先のあいだで動かなくなり、シーモアは椅子に背をあずけて顔をしかめ、聖オーガスティンについて話そうと思いつく。オーガスティンからマルティン・ルターへ話を展開しようと。「あの教えにはぞっとするな。神はぼくたちに永遠の断罪を与えるためだけに、ぼくたちを創りたもうた、というんですから。神のあわれな創造物は、ごく一部をのぞいて、この世で苦しむためだけに生まれ、やがては永遠の劫火に焼かれるなんて。ときどきそれが本当なんじゃないかと怖くなりますよ。ちがうといいんですが」

「でぶのマルティンは見解を修正した。まあ、そう聞いているよ。ほっとしたことにね」

「へえ、救済される人間が増えるんですか？　それとも、ぼくたちの良き働きは、まったくの役立たずではないと、神がお考えになったとか？」

「わたしがマルティンを弁護するのはまずい。きみにはフィリップ・メランヒトン（一四九七～一五六〇。ドイツの宗教改革者、ルター派）を読むことを薦める。彼の新しい本を送るよ。メランヒトンがイングランドにわれわれを訪ねてくれるといいんだがね。われわれは彼の支持者たちに協力を仰いでいるんだ」

　エドワードはポーンのちいさな丸い頭をくちびるに押しあてる。今にもそれで歯をこつこつたたきそうだ。「王がおゆるしになるでしょうか？」

「ブラザー・マルティン自身を王がお認めになることはあるまいな。名前を聞くことさえ嫌っておいでだ。その点、フィリップはさほど問題ない。福音主義を好むドイツの君主たちと有益な同盟関係を結ぶことにでもなれば、われわれにとってきわめて役に立つだろう。皇帝の領地内にわれわれの仲間がいれば、皇帝をおびやかすことができる」

「つまり、あなたにとってはそれがすべてなんですね？」エドワードのナイトが盤上をスキップしながら移動する。「外交が？」

「わたしは外交を大切にしている。金もかからん」

「でも、あなたご自身も福音主義がお好きだそうですね」

「秘密でもなんでもない」彼は眉を寄せる。「本当にそれでいいのか、エドワード？　このままだときみのクイーンはわたしのものだぞ。またここで優位に立って、きみの考えかたをうんぬんしてゲームをだいなしにしたと言われるのはごめんだよ」

エドワードは苦笑する。「ところで、あなたのクイーンのご機嫌はいかがです？」

「アンか？　わたしとは敵対しているよ。彼女の厳しい凝視にさらされると、肩の上で頭がぐらぐらする。アンは聞いていたんだ、わたしが元王妃のキャサリンについて好意的な発言を一、二度したのを」

「したんですか？」

「キャサリンの芯の強さを称賛しただけだよ。逆境にめげない不屈の精神は誰だって認めないわけにはいかない。わたしがメアリ王女——いや、レディ・メアリと今はいうべきなんだが——に好意を示しすぎるとも、王妃は考えている。陛下は長女たるメアリを今でも愛しておいでだ。愛さないわけにはいかない、とおっしゃる——それがアンを苦しめているんだよ。なぜなら彼女はエリザベス王女を陛下の認める唯一の娘にしたいからなんだ。アンはわれわれがメアリにたいしてあまりにも手ぬるいと思っているし、キャサリンの陛下との結婚は法にはずれたものであり、よって、自分は私生児なのだと、メアリに認めさせるべきだと思っている」

エドワードは白のポーンを手のなかでくるくるまわし、疑わしげにそれを見てから盤上に置く。

「しかし、状況はすでにそうなっているのでしょう？　とっくにあなたがレディ・メアリに認めさせたものだと思っていましたよ」

「その問題は、提起しないことによって解決したんだ。メアリは自分が後継者からはずされたことを知っている。だから、わざわざ認めさせるようなことはすべきでないと考えている。カール五世はキャサリンの甥であり、レディ・メアリのいとこでもあるからね、彼を刺激するつもりはない。われわれはいわばカールの手のひらに乗っかっているんだ、そうだろう？　だがアンは人をなだめる必要性を理解していない。自分がヘンリーにやさしく話しかければ、それで充分だと思っている」

「あなたはヨーロッパにやさしく話しかけなければならないというのに」エドワードは笑う。その笑い声はしわがれ、目はこう言っている。ずいぶんと率直なんですね、マスター・クロムウェル。なぜです？

「おまけに」彼の手が黒のナイトの上でとまる。「陛下がわたしを宗務代官に推《お》してくださってからは、わたしが偉くなりすぎたことも王妃の気に入らないんだ。彼女は陛下が彼女自身や、兄のジョージ、父親のモンシニョル以外の者に耳を傾けるのをいやがっている。父親ですら彼女の毒舌を浴び、臆病者だ、時間を無駄使いすると批判されている始末だ」

「どうやって彼はそんな仕打ちに耐えているんです？」エドワードは盤を見おろす。「あれ？」

「さあ、慎重によく見たまえ」彼はうながす。「最後までやりたいかね？」

「やめます、多分」ためいき。「ええ、降参だ」

彼、クロムウェルは駒を片付けて、あくびを嚙み殺す。「妹のジェーンのことは一言もいわなかったろう？　今回はなにを言い訳にするつもりだ？」

二階へあがると、レイフとグレゴリーが大窓のそばで飛びまわっているのが目に入る。足元の見えないなにかに目をすえたまま、跳ねてくんずほぐれつしている。ありもしないボールでフットボール遊びをしているのかと思っていると、次はダンサーのようにジャンプしてそれを踵で蹴りつける。痩せた男が長々と伸びているらしい。ふたりはかがみこんで鼻をつまみ、ジャブをいれ、腕をひねりあげる。「このぐらいにしておこう」グレゴリーが言う。「首をへし折るのはまだ早いよ、こいつが苦しむのを見ないと」

レイフが顔をあげ、額の汗をぬぐうふりをする。グレゴリーは両手を膝におき、息をととのえてから、足で犠牲者を小突く。「こいつはフランシス・ウェストンなんだ。陛下に手を貸してベッドにお連れしたと思ったでしょうけど、ウェストンの影はぼくたちがここにつかまえているんだ。魔法の網を持って角のあたりで待ち伏せしたんだよ」

「こらしめてやっているんです」レイフがかがみこんで言う。「おい、どうだ、まいったか？」彼は両手にぺっと唾を吐く。「次はどうする、グレゴリー？」

「持ちあげて、窓から外に捨てちまおう」

「気をつけろよ」彼は言う。「陛下はウェストンをひいきにしておいでだ」

「だったら、こいつの頭がぺしゃんこになっても、ひいきにしますよ」レイフが言う。ふたりは自分が先にフランシスをぺしゃんこにするのだと、互いを押しのけんばかりだ。レイフが窓をあけ、ふたりで腰をかがめ、正体をなくしたウェストンの影を窓敷居まで持ちあげる。グレゴリーが身体を押し、ひっかかった上着をはずし、最後のひと押しで頭から石畳の上に突き落とす。ふたりは窓から首を出して、確認する。「息はしてるな」レイフが言う。ふたりは両手の汚れをはたいてから、彼に笑いかける。「おやすみなさい、サー」レイフが言う。

後刻、グレゴリーがシャツ一枚でベッドの足元にすわっている。髪は乱れ、靴は蹴り脱いで、裸足の片足が敷物をこすっている。「それで、ぼくは結婚することになってるの？　ジェーン・シーモアと？」

「夏のはじめ、おまえはわたしが鹿園を所有する年寄りの未亡人とおまえを結婚させるつもりだと思っていたんじゃないのか」グレゴリーはみんなにからかわれていたのだ。レイフ・サドラーやトマス・リズリーといった彼の屋敷にいる若者たちに。いとこのリチャード・クロムウェルにも。

「そうだけど、でもどうしてお父さんはさっきジェーンのお兄さんとしゃべっていたんです？　最初はチェスをしていたけど、あとはずっとしゃべっていたでしょう。お父さん自身、ジェーンが好きだったんでしょう？」

「いつ？」

「去年。去年、お父さんは彼女のことが好きだったんだ」

「そうだったとしても、忘れた」

「ジョージ・ブーリンの奥さんがぼくに教えてくれましたよ。レディ・ロッチフォードが。ウルフ・ホールからきた若い女性がお継母《かあ》さんになるかもしれないわよ、どう思う？　って。だから、もしお父さんがジェーンを好きなら」グレゴリーは眉をひそめる。「彼女はぼくとは結婚しないほうがいい」

「わたしがおまえの花嫁を盗むと思っているのか？　サー・ジョン老のように？」

頭を枕につけると、彼は言う。「静かにしてくれ、グレゴリー」彼は目を閉じる。グレゴリーはいい子だ。学んだはずのラテン語のすべてが、偉大な作家たちの格調高い美文のすべてが、石ころみたいに頭の中からころがり出ていったとしても。だが、トマス・モアの息子のことを考えてみろ。ヨーロッパ中が称賛した学者の子だというのに、哀れなジョン青年はラテン語の主の祈りをどもりながら唱えるのがやっとだ。グレゴリーは射手としても、馬の乗り手としてもすぐれているし、馬上槍試合場では輝ける星だ。礼儀作法の点でも申し分ない。しゃべるときも、目上の者を敬い、足をもぞもぞさせず、片脚で立ったりしないし、目下の者にも穏やかで丁寧に接する。外国の外交官にはその国の作法でお辞儀すべきだと心得ているし、食卓ではもじもじすることもスパニエル犬に食べ物をやることもなく、求められればどんな肉も手際よく切り分け、関節を切断して年配者に給仕することができる。上着の片袖を脱いでだらしなくはおったりしないし、窓をのぞきこんで自分に見とれることも、教会で周囲をじろじろ見ることも、年寄りの話をさえぎることも、代わりに自分で話をしめくくってしまうこともしない。誰かがくしゃみをすれば、こう言う。「おだいじに！」

おだいじに、サー、おだいじに、マダム。

グレゴリーが頭を起こす。「トマス・モアと陪審のことだけど、あれは事実？」

彼は若いウェストンの話を認めていた。こまかな部分にまでは同意しないとしても、おおまかには。彼は目を閉じる。「斧は持っていなかった」

彼は疲れている。彼は神に話しかける。わたしをお導きください。今にも眠りそうになると、枢機卿の大きな真紅の存在が瞼の裏にちらつくことがある。その死者が未来を予言してくれたらいいのにと思う。だが彼のかつてのパトロンが語るのは、国内のこと、事務的なことばかりだ。ノーフォーク公からのあの手紙はどこへしまったんでしたっけ？　彼が枢機卿にたずねれば、翌日早々に手紙が見つかる。

彼は心の中で話しかける。ウルジーにではなく、ジョージ・ブーリンの妻に。「わたしは結婚したいとは思っていませんよ。時間がない。妻との生活は幸せだったが、リズが死んだ今は、夫としての人生も一緒に死んでしまったのです。レディ・ロッチフォード、いったいなんの権利があって、わたしに結婚の意志があるかどうか勝手に推測するんです？　マダム、わたしには求婚している暇などないんですよ。わたしは五十だ。この年齢では、長い結婚生活は所詮無理でしょう。女がほしければ、時間決めで借りるのが一番なんです」

しかし、〝この年齢では〟とはいわないようにする。目ざめているときは。調子がよい日は、あと二十年は生きられる、と考える。ヘンリーを見送ることができるだろうともしばしば考えるが、厳密には、そのたぐいの考えはゆるされない。王の寿命を推し量るのは法にふれる。とはいえ、生まれてこのかたヘンリーは独創的な死に方に関心を持っている。狩猟中の事故は数件あった。若い頃は議会によって馬上槍試合を禁じられていたのに、おかまいなしに参加し、顔を兜で隠し、紋章なしの楯を持って、試合場でもっとも強いのだとたびたび証明してみせた。フランス相手の戦では武勲を立て、彼自身しばしば口にするように、元来好戦的な性格である。トマス・クロムウェルが戦をする財源が国にないと教えていなかったら、今頃はまちがいなく、ヘンリー剛勇王としてその名を馳せているだろう。彼が考慮したのは戦費だけではない。もしもヘンリーが死にでもしたら、イングランドはどうなる？　ヘンリーはキャサリンと結婚して二十年、アンと結婚してこの秋で三年になるが、いずれも娘ひとりを得ただけだ。生まれた赤ん坊は教会墓地ひとつ分ほどもいたのに、成長しきらぬまま血まみれで洗礼を受けたり、生きて生まれはしたが数時間、数日、長くても数週間の命だったりと、みな育たなかった。二度めの結婚をするための騒動と醜聞のかずかず。そしていまだに。いまだにヘンリーには跡継ぎたる息子がいない。私生児ならいる。リッチモンド公ヘンリーは十六歳の優秀な若者だ。しかし、私生児ではなんの役に立とう？　アンの子、幼いエリザベスがなんの役に立つ？　よからぬことが王の身に起きるようなことがあれば、リッチモンド公ヘンリーが統治できるように、なにか特別な制度を作る必要があるかもしれない。彼、トマス・クロムウェルと若い公爵とはきわめて良好な関係だ。しかし、この王朝、王権を得てまだ新しいこの王朝は、そのような試練をくぐりぬけるほど盤石ではない。かつては王だったプランタジネット家はふたたび王に返り咲けると考えている。チューダー家など幕間劇にすぎぬと考えているのだ。イングランドの旧家は虎視眈々と王位奪還の準備をしている。とりわけ、ヘンリーがローマと決別してからは。従順に頭をさげてはいるが、着々と計画を練っている。森に隠れた彼らのざわめきが、クロムウェルには聞こえそうだ。

森で花嫁が見つかるかもしれんよ、とシーモア老人は言っていた。目を閉じると、瞼の裏を蜘蛛の巣のベールをかぶり、露を浴びた花嫁が軽やかに動いていく。裸足に根がからみ、羽根のようにふわふわした髪が枝のあいだに広がっている。差し招くような指は、丸まった一枚の葉。彼女がこちらを指さしたとき、眠りが彼に追いつく。内なる声が、今、彼をあざけっている。おまえはウルフ・ホールで休みがとれると思っていたんだろう。ここではいつもの仕事――つまり、戦争と平和、飢餓、反逆行為の黙認、不作、頑迷な大衆、ロンドンを蹂躙する疫病、そして、カード遊びでシャツを失う王――にさえ対処しておけば、他にやることはないと思っていたのか。ぬかったな。

内なる視野の隅、閉じた瞼の裏で、彼はなにかがはじまろうとしているのを察知する。それは朝日とともにやってくるだろう。低林か木立にその姿を隠し、すばやく動きながら呼吸しているなにか。

眠りに落ちる前、ふと思う。王の帽子は楽園から飛んできた鳥のように、真夜中の木の上にとまっているのではないだろうか。

翌日、ご婦人たちを疲れさせないように、彼らはその日の気晴らしを短く切りあげて、早めにウルフ・ホールに戻る。

彼にとっては、乗馬服を脱ぎ、急送公文書にとりかかるチャンスだ。王が一時間でもすわって、具申すべきことに耳を傾けてくれることを願っていたが、王はこう言う。「レディ・ジェーン、余と一緒に庭を歩いてはくれぬか？」

彼女はすぐさま立ちあがる。でも、その誘いの意味を探ろうというように、眉間に皺がよっている。ジェーンのくちびるが動く。王の言葉を繰り返しているのだ。歩く……ジェーン？……庭を？ まあ、はい、もちろんでございます、光栄ですわ。花びらのようなジェーンの手が、王の袖の上でとまどう。やがて、その手はおりてきて、刺繍をかすめる。

ウルフ・ホールには三つの庭があり、それぞれが大きな囲い庭、老女の庭、娘の庭、と呼ばれている。誰を指しての名称かとたずねても、誰もおぼえていない。老女も娘も過去の塵となって、今やふたりの差はなくなっている。彼は夢を思い出す。木の根でできた花嫁。土でできた花嫁。

彼は書類に目を通す。書き物をする。なにかが注意をとらえ、立ち上がって窓から下の散歩道をちらりと見おろす。窓ガラスがちいさく、波打っているせいでちゃんと見るためには首を伸ばさねばならない。うちのガラス職人を呼びよせて、シーモア家の人々に世界をもっと明瞭に見せてやれないこともない、と考える。おかかえのオランダ人のチームは、彼の複数の所有地で働いている。彼の前は枢機卿に雇われていた連中だ。

ヘンリーとジェーンが下を歩いている。ヘンリーは山のような体軀、ジェーンはまるでちいさなあやつり人形だ。頭が王の肩にも届いていない。たっぷりと幅があり、背も高いヘンリーは、どこにいても威圧的だ。神が彼に王権という贈物を与えていなかったとしても、それだけは変わらないだろう。

今、ジェーンは茂みのうしろにいる。ヘンリーが彼女にむかってうなずいている。彼女に話しかけ、なにかで彼女を感心させている。彼、クロムウェルはそれを見ながら顎を掻く。王の頭は以前より大きくなっているのでは？ 中年になって、そんなことがありうるだろうか？

ハンスなら気づいているだろうと思い、ロンドンに帰ったら聞いてみようと考える。おそらくおれの錯覚だろう。たぶんガラスのせいだ。

雲が出てくる。重い雨粒が窓ガラスを打つ。彼は目をしばたたく。雨粒が広がって窓ガラスを線状にしたたる。ジェーンが急に視界に飛びこんでくる。ヘンリーが自分の腕をしっかり彼女につかませ、もう片方の手でジェーンの手を包みこむ。王の口がまだ動いているのが見える。

彼は椅子にすわりなおす。カレーで防御工事をしている作業員たちが道具をほうりだし、一日六ペンスを要求しているという手紙に目を通す。彼の新しい緑のベルベットの上着が、次の急使によってウィルトシャーまで配達されるという知らせを読む。メディチの枢機卿が血を分けた兄弟に毒殺されたらしい。あくびが出る。サネット島の買いだめ屋たちが穀物の値段をわざとつりあげている。個人的にはそいつらを吊るし首にしたいところだが、首領はぼろ儲けのために飢饉を促進しているどこかのけちな領主かもしれないから、ここはひとつ慎重に扱わねばならない。二年前、サザークで七人のロンドン市民が配給のパンを争って圧死した。王の民が餓死するのはイングランドの恥である。彼はペンをつかみ、メモを取る。

たちまち――ここは大きな屋敷ではないから、あらゆる物音が聞こえる――階下でドアの開く音と王の声が聞こえ、そのまわりで低いいたわりのざわめきが生じる……おみ足が濡れませんでしたか、陛下？　王の重い足音が近づいてくるのが聞こえるが、ジェーンは音もなく溶けてしまったようだ。王からなにを言われたのか聞き出そうと、母親と妹がさらうように連れていってしまったにちがいない。

王が背後に近づいてくると、彼は椅子を押して立ちあがる。ヘンリーは手をふって、つづけろ、と合図する。「陛下、モスクワ人がポーランド領内三百マイルに侵攻しました。五万人の死者が出たもようです」

「ほう」

「図書館が襲撃されていないとよいのですが。学者もです。ポーランドにはきわめて優秀な学者がおりますから」

「うむ。余もそう願う」

彼は急送公文書に戻る。疫病が町や都市に広がっている……王はいつも感染を非常に怖れている……外国の支配者からの手紙は、ヘンリーは本当に全司教の首を刎ねるつもりでいるのかと知りたがっている。冗談じゃない。今、おれたちにはすぐれた司教たちがいるのだ。その全員が王の望みに従っており、王をイングランド教会の長と認めている。それにしても、なんと無作法な質問だ！　イングランドの王に説明を要求するとは、いったい何様のつもりだ？　よくも陛下の君主としての判断に疑いをさしはさめるものだ。確かにフィッシャー司教もトマス・モアも死んだが、ヘンリーの彼らにたいする扱いは、彼らがヘンリーを窮地へと追い込む前は、穏やかすぎるほど穏やかだった。もしも彼らが国賊的な頑迷さを示さなかったなら、今頃あんたがたやおれのようにぴんぴんしているだろう。

七月以来、彼はこうした多数の手紙を書いてきた。だが、彼自身にとってすら、その口調は説得力充分とはいいがたい。気がつけば、議論を新たな領域へ推し進めるというより、同じ論点を繰り返している。目新しい表現が必要だ……ヘンリーが彼の背後をのしのしと歩きまわっている。「陛下、皇帝大使のシャピュイが陛下のお子様であるレディ・メアリを訪問してもよいかとたずねてきておりますが?」

「いかん」

彼はシャピュイに書く。〝待っていただきたい、わたしがロンドンに戻れば、万端手配できるのですから、それまでは待つように……〟

王は無言のまま、ただ行ったりきたりしている。戸棚がきしみ、王が足をとめてそこにもたれたのがわかる。

「陛下、ロンドン市長はほぼ自宅にこもりきりだそうです。偏頭痛によほど悩まされているのでしょう」

「うむ?」

「医師団が瀉血をおこなっているんですよ。陛下もやはりそれがよいとお思いですか?」

間があく。ヘンリーがすくなからぬ努力を払い、彼に注意をむける。「瀉血とな、気の毒に、なんのためだ?」

妙である。疫病の知らせを聞くのが恐ろしくてたまらないのと同じくらい、王はいつも他人のちょっとした病気について喜んで聞きたがる。鼻風邪とか疝痛とかを認めようものなら、みずから薬草の煎じ薬をこしらえて、相手がそれをのみくだすあいだそばに立って見ているほどだ。

彼はペンを置く。ふりかえって君主の顔を見る。国王の心が庭に置き去りになっているのはあきらかだ。以前にも見たことのある表情が浮かんでいる。人よりもむしろ動物にふさわしい表情。肉屋に頭をぶん殴られた子牛のように呆然としている。

日が昇れば、ウルフ・ホールを発つことになる。彼は手紙類を腕いっぱいにかかえ、夜明け前に階下へおりる。彼より早起きの者がいる。大広間にじっと動かない、乳白色の光の中の青白い存在。ジェーン・シーモアがあのごわごわの美しい服を着ている。ふりむいて彼を認めようとはせず、目の隅から横目で見る。

ジェーンになんらかの感情を抱いたことがあったとしても、彼はもうその痕跡すら見いだすことができない。秋の枯れ葉が次々に散り、冬へ走っていくように、月日が彼からはがれおちていく。夏は終わり、トマス・モアの娘はロンドン橋にさらされていた父親の首を取り戻して、皿だか鉢だか——神のみぞ知る——にのせ、祈っている。彼は去年と同じ男ではなく、去年の男の感情を認めない。彼は新たなスタートを切っている。常に新しい思考、新しい感情を持っている。ジェーン、と彼は声をかけそうになる。その一張羅を脱ぐことができるよ、われわれが出発したら、ほっとするだろう……？

ジェーンは歩哨のように前をむいている。夜のうちに雲は吹き払われていた。あと一日、天気はもつかもしれない。早朝の太陽が野原を薔薇色に染めている。夜露が蒸発していく。木々の形が水中でゆらめくように明確になる。屋敷が目ざめはじめる。厩舎を出た馬たちが足踏みをし、いななく。勝手口が音をたてて閉まる。頭上の足音が床板をきしませる。ジェーンはろくに息もしていないように見える。その平らな胸が上下するのを見きわめるのは不可能だ。自分はひきさがって夜に溶けるべきだ、と彼は感じる。イングランドを見つめているジェーンを、彼女がひとりじめにしているこの瞬間に残して。

II
カラス
一五三五年秋　ロンドンとキンボルトン

スティーヴン・ガーディナー！　彼が王の部屋から出ようとしているところへ、二つ折り本を片腕にかかえ、もう片方の腕で空気を打ちすえながら、大股に入ってくる。ウィンチェスター司教ガーディナー。晴天の日に突如降りだす激しい雷雨だ。

スティーヴンが部屋に入ってくると、家具がすくみあがる。椅子はあわててうしろへさがる。組み立て椅子は放尿中の雌犬みたいにひらべったくなる。王のタペストリーの中にいる毛織りの聖書の人物は、両手で耳をふさごうとする。

宮廷なら、ガーディナーの登場は想定内だ。彼がくることは予想できる。でも、ここで？　田園地帯で狩猟をしている最中、つまり（理論上は）くつろいでいる最中に？　「これはこれは、司教閣下」彼は言う。「きみがそんなに元気そうなのを見ると、うれしいよ。宮廷はまもなくウィンチェスターへ移動する予定だが、その前にきみが合流してくれるとは思わなかった」

「わからないように近づいたんだ、クロムウェル」

「われわれはいがみあっているのかな?」

司教の顔が、わかりきったことを聞くな、と言っている。「わたしを追っ払わせたのはそっちだ」

「わたしが? とんでもない、スティーヴン。毎日きみがいないのをさびしく思っていたんだ。それにな、追っ払わせたんじゃない。田舎へ行ってもらっただけだ」

ガーディナーがくちびるを舐める。「わたしがどんな田舎暮らしをしていたか、いずれわかる」

ガーディナーが秘書官の地位を失ったとき——彼、クロムウェルに代わったのだ——ガーディナーは王とその二番めの妻にあまりにも頻繁に対立したために、ウィンチェスター司教区に戻ってしばらくそこで過ごすのが望ましいだろう、と言われたのだった。そしてクロムウェルはそのことをこう表現した。「ウィンチェスター閣下、王の至上権についてはよく考えてものを言ったほうがいい。そうすればきみの忠誠心は疑いようがないからね。陛下がイングランド教会の長であり、正しく考慮すれば常にそうであったとはっきり宣言をすべきなんだよ。教皇はイングランドではなんら支配権を持たぬ外国の君主であるという確固たる断定さ。文字にした説教でも、公開状でもいい。きみの曖昧な見解を明確にするため。他の聖職者たちに範を示すため。そしてきみが皇帝に買収されたというシャピュイ大使の誤解を解くためだ。全キリスト教国にむけて声明をおこなったほうがいい。いや、それよりも教区に戻って、本を書くのはどうだろう」

そして今、ガーディナーはぽっちゃりした赤ん坊の頬かなにかのように、原稿を軽くたたいている。「これを読んだら、王は喜ばれるだろう。表題は、『真の忠実について』だ」

「印刷屋に渡す前に、わたしに見せたほうがいいな」

「王自身が詳しく解説してくださるさ。教皇への誓約がなぜ効果を発揮せず、教会の長たる王へのわれわれの誓約がなぜ善であるかをまとめたものだ。王の権威は神聖であり、神から直接賜《たまわ》るものだと強調してある」

「教皇からの賜りものじゃないと」

「けっして。神から直接おりてくるもので、おまえがかつて王に言ったように、臣下から王へあがっていくものではない」

「わたしがそんなことを？　あがっていくって？　それはむずかしそうだ」

「おまえはそれを念頭において王に一冊の本を差し出した。パドゥアのマルシリウス（中世イタリアの哲学者、神学者）が書いた、四十二の論説をまとめたものだ。王は頭痛がしてくるまで、おまえに長々とそれらの論説を検討させられたと言っておられる」

「あの件はもっと短くしてさしあげるべきだった」彼は微笑をふくんで、言う。「実際には、あがろうがおりようが、どっちでもいいんだよ、スティーヴン。〝王の言った言葉が支配する。誰も彼に指図することはできない（伝道の書八章四節）〟」

「ヘンリーは圧政者ではない」ガーディナーは気むずかしげに言う。「王の政権は合法的根拠がないという意見は、断固としてしりぞける。わたしが王なら、自分の権威は完全に合法的であってもらいたいし、世界的に尊重されたい。疑念があっても堅固に擁護されることを望む。そっちはちがうのか?」

「わたしが王だったら……」

おれが王だったら、あんたを窓の外へほうりだすよ、と言うつもりだった。ガーディナーが言う。

「なぜ窓の外を見ている?」

彼は上の空で微笑を浮かべる。「トマス・モアがきみの本を見たらなんと言うだろうな?」

「ふん、さぞかしいやがるだろうが、モアの意見など屁とも思わん」司教は力をこめて言う。「脳みそはトビに食い尽くされ、頭蓋骨は娘が膝をついて崇拝する形見になった今ではな。どうして彼女にモアの首をロンドン橋から持ち帰らせた?」

「わたしのことはわかっているだろう、スティーヴン。わたしの血管には博愛が血となって流れ、ときおりそれがあふれるんだよ。それよりも、自分の本がそれほど誇らしいなら、もうしばらく田舎で書きつづけたらどうなんだ?」

ガーディナーは思いきり顔をしかめる。「自分こそ書いたらどうだ。さぞかし見物になる。おまえのいい加減なラテン語と、ききかじりのギリシャ語ではな」

「どうせなら英語で書くさ。あらゆるたぐいの問題にとって適切な言語だ。さ、中に入れ、スティーヴン、王を待たせるな。きっと王は上機嫌だろう。今日はハリー・ノリスが付いている。フランシス・ウェストンも」

「あのおしゃべりな気取り屋か」スティーヴンが吐き捨て、平手打ちを食わせるような身振りをする。「情報、感謝する」

ここにいないウェストンも平手打ちを感じただろうか？　ヘンリー王の部屋からどっと笑う声が聞こえてくる。

彼らのウルフ・ホール滞在中、好天はもたなかった。湿った霧がたちこめたときは、セイヴァーネイクの森にほとんどこもっていた。イングランドは、ざっと十年間、雨が降りつづき、作物はまたも不作に終わりそうだ。小麦の価格は一クォーターにつき二十シリングの上昇が予想されている。では一日五、六ペンスしか稼げない労働者は、この冬どうするのだ？　暴利をむさぼる連中はとっくに移動をはじめ、サネット島にかぎってのことでなく、州から州へと動いている。彼の家来たちが追跡している。

イングランド人が同胞を飢えさせ金儲けをすることに、枢機卿はよくおどろいていた。だが、彼はこう言ったものだ。「わたしはイングランドの傭兵が仲間の喉を掻き切って、まだ痙攣しているそいつの下から毛布を引き抜き、荷物やポケットを探って金と一緒に聖なるメダルを盗むのを見たことがありますよ」

「おお、だが、そいつは雇われた殺し屋だったのであろう」枢機卿は答えた。「そのような輩《やから》は、失う魂を持っておらんのだよ。だが、ほとんどのイングランド人は神を怖れている」

「イタリア人はそうは思っていません。彼らに言わせれば、イングランドと地獄を隔てる道はさんざん踏まれてつるつるの下り坂になっているんです」

彼は日々、同国人の不可解さについて思いをめぐらす。確かに、人殺しを見たことはある。だがその一方で、飢えた兵士が自分とは縁もゆかりもない女にパンをやり、肩をすくめて立ちさるのを見たこともある。民を苦しめないほうがいい。絶望に追いやらないほうがいい。民を繁栄させよ。豊かであれば、民は寛大になる。衣食足りて礼節を知る。飢えのつらさがひとでなしを作るのだ。

スティーヴン・ガーディナーと会った数日後、旅する宮廷がウィンチェスターに着くと、新たな顔ぶれが大聖堂の司教に任じられていた。「わたしの司教たち」アンは彼らをそう呼んだ。福音伝道者、改革者、そしてアンを好機と見る連中を。ヒュー・ラティマーが司教になると誰が予想しただろう？　むしろ火刑に処せられ、福音の教えを唱えながらスミスフィールドで焼け焦げていくと思ったのではないか。だがそれをいうなら、トマス・クロムウェルがこうも出世しようとは、誰が予想しただろう？　ウルジーが失脚したとき、ウルジーの家来だったクロムウェルも道連れになると思ったのではないか。彼の妻と娘たちが死んだとき、これでもう彼は立ち直れまいと誰もが思っただろう。ところがヘンリーは、彼のほうをむいた。彼を取り立てた。彼の幸運は彼の裁量にまかせ、こう言った。近う寄れ、マスター・クロムウェル、余の腕を取ってくれ。中庭で、謁見の間で、人生における彼の道は今や平穏でさえぎるものもない。若い頃、彼はいつも人混みを肩で押しのけて最前列に出ては、見せ物を眺めた。しかるに今では、ウェストミンスターでも、王のどの宮殿の周辺でも、彼が歩けば、人混みは蜘蛛の子を散らすようにいなくなる。顧問官に任じられてからは、架台、荷箱、野良犬は彼の通り道から一掃される。記録長官を拝命してからは、女たちはぴたりとひそひそ話をやめ、袖をひきおろし、指輪をはめる。秘書官となった今は、台所の残飯、事務員の紙くず、身分の低い者が使う足乗せ台は、彼の目に触れないように、隅に蹴りとばされる。そしてスティーヴン・ガーディナーをのぞけば、彼のギリシャ語を直す者はいない。ケンブリッジ大学の総長である今は、ガーディナーすらひっこんでいる。

ヘンリー王の夏は総じて成功だった。バークシャー、ウィルトシャー、そしてサマセットで王は民衆の前に姿を見せ、（土砂降りでなければ）人々は道端に立って歓呼の声をあげた。それも当然だろう。ヘンリーを見れば、誰しも驚嘆の声をあげずにはいられない。姿を見るたびに、それがはじめてのような新たな驚きに打たれる。堂々たる体軀、牡牛のような首、後退のきざしを見せている髪、肉付きのいい顔。青い目、まるで恥ずかしがっているかのようなちいさな口。身の丈は六フィート三インチもあり、その全身から力がほとばしらんばかりだ。身のこなし風貌とも、堂々としている。王の怒り、誓い、ののしりの言葉、熱い涙はひとを震えあがらせる。だが、その巨軀がだらんと伸びて、力を抜き、愁眉を開く瞬間がある。そんなとき、王はあなたの隣の長椅子にどしんとすわり、兄弟のように話しかけるだろう。あなたに兄弟があるとすれば。あるいは父親のように。理想の父親のように。どうだね？　働きすぎではないのか？　食事はすませたのか？　昨夜はどんな夢を見た？

このような巡幸がはらむ危険は、平凡な食卓で平凡な椅子にすわる王が、平凡な人間と思われかねないことだ。だがヘンリー王は平凡ではない。髪が薄くなって腹が出てきたからといって、それがなんだというのだ？　カール皇帝は、鏡を見るとき、そこに映るのが自分の血色の悪い顔や顎にくっつきそうなかぎ鼻ではなく、チューダーの容貌だったら、教区のひとつぐらいくれてやってもいいと思うだろう。ひょろ長いフランソワ王はイングランド王のような肩が持てるなら、自分の王太子を賭けるだろう。彼らの持っているどんな素養も、ヘンリーは二倍にしてはね返す。彼らが博学ならば、ヘンリーの博学ぶりはその二倍に匹敵する。彼らが慈悲深いなら、ヘンリーは慈悲の鑑だ。彼らが勇壮なら、ヘンリーは思いつける最高の騎士の本から抜け出た騎士道精神の権化だ。

にもかかわらず。イングランド中の村の居酒屋で、人々は悪天候を王とアン・ブーリンのせいにしている。あの愛人、とんでもない売女のせいに。王が法にのっとった妻キャサリンと元の鞘におさまれば、雨はやむのだ、と。まあ確かに、イングランドが村のあほうどもとその酔いどれ仲間によって治められていたら、万事が今とちがってよくなるだろうと思えないこともない。

一行はロンドンへの帰路をゆっくりとたどっている。この進み具合なら、王が到着する頃には、都は疫病の疑いから解放されているだろう。冷え冷えとした特別礼拝堂で、王は壁から見つめる乙女たちの視線にさらされながら祈っている。彼は王がひとりで祈るのを好まない。なにを祈っているのか知りたい。今は亡き主人、ウルジー枢機卿なら見当がついただろうに。

王妃と彼の関係は、夏がその公的な終わりへ近づくにつれて、遠慮がちで、不確かで、不信をはらんだものとなる。現在アン・ブーリンは三十四歳、その優雅で洗練された物腰があれば、ただのかわいらしさはいらぬ飾りに思える。一時はしなやかだった身体は、ぎすぎすしてきた。あの暗い輝きは失われていないものの、いくらかこすれて、ところどころはがれている。その飛び出し気味の黒い目をアンは存分に活用する。こんなふうに。ある男の顔をちらりと見てから、どうでもよさそうにさっさと視線をそらす。そして間。といっても、ほんのひと呼吸ほどの間。そのあとゆっくりと、まるでいやいやしているかのように、視線を男に戻す。男の顔に目を釘づけにする。男を吟味する。さながら世界でただひとりの男であるかのようにじっくりと。はじめて男を見たような、男自身思ってもいなかったありとあらゆる利用法を、ありとあらゆる可能性を、考慮しているような目で。アンの犠牲者にとって、その瞬間は永遠につづくように感じられ、背筋にふるえを走らせる。実のところは、手っ取り早くて安っぽく、効果抜群でなおかつ繰り返し使える手管だが、哀れな男は、自分が今、すべての男を差し置いて輝いていると錯覚する。男は気取った笑いを浮かべる。得意になる。胸をはり、背まですこし高くなる。愚かぶりに拍車がかかる。

アンが貴族や平民に、王その人にも、この手管を発揮するのを彼は見てきた。男の口が薄くあいて、アンに生け捕りにされる。ほぼ例外なく、効果がある。だが彼には効いたためしがない。彼が女に無関心でないことは神もごぞんじだが、アン・ブーリンには関心がない。それが彼女をいらだたせる。ふりだけでもすべきだったのかもしれない。彼がアンを王妃にし、アンが彼を大臣にしたわけだが、今、彼らの関係はぎくしゃくし、絶えず警戒しあい、相手がうっかり本音を暴露してどちらか片方が優位に立つのを用心している。まるでそらとぼけることだけが自分の安全を守ってくれるかのように。しかし、アンは自分の気持ちを隠すのがうまくない。なにしろ王のお気に入りの水銀だから。怒りから笑いへと、めまぐるしく感情の針がふれる。この夏も、アンが王の背後からこっそり笑いかけてきたり、顔をしかめてみせて王が不機嫌なのを警告したりということが、何度かあった。そうかと思えば、彼を無視してそっぽをむき、その黒い目で部屋の中を見まわして、あらぬほうを見つめることもあった。

これを理解するには──理解できるとして──われわれはトマス・モアがまだ生きていた去年の

春へ戻らねばならない。アンは外交について話をするために、彼を呼び出した。目的は婚姻契約書、つまり、赤ん坊である娘のエリザベスをフランスの王子と結婚させようというのだ。ところがフランス側が交渉に乗り気でないことが判明した。実際、彼らはいまだにアンを王妃と全面的には認めておらず、アンの娘を正当な跡継ぎと考えていない。アンは彼らが気乗りしない本当の理由を知っていて、それを彼、トマス・クロムウェルのせいにしている。アンは彼が妨害しているとおおっぴらに非難していた。フランスが好きでないから同盟を結びたくないのだ、と主張した。その証拠に、彼は海を渡ってさしで話しあうチャンスをむざむざと見送ったではないか？　フランス側は交渉する準備をしていたのに、とアンは言う。「フランスはあなたがくるのを期待していたのよ、秘書官。それなのに、あなたが病気だと言ったから、兄上が行かなければならなかった」

「そして失敗したのです」彼はためいきをついた。「実に残念なことに」

「わかっているのよ。あなたが病気になるのは、病気になりたいときだけだということは。それにね、諸事があなたに味方していることもわかっている。ロンドンにいても、宮廷にさえいなければ、わたしたちの目から逃れられると思っているのでしょう。でも、あなたが皇帝の手先と不当に親しいことは知っているのよ。シャピュイがあなたの隣人であるのも知っている。それにしても、あなたがたの家来がいつも互いの家を出入りしているのは、隣人同士だからなのかしら？」

アンはその日、ローズピンクと紫がかった灰色の服を着ていた。本来なら、みずみずしくやさしい魅力を放つ色彩である。だが彼に連想できたのは、生ける身体からとぐろを巻いてはみだす胃、はらわた、灰色がかったピンクの内臓だけだった。彼は反抗的な修道士たちの第二集団をタイバーンへ搬送したところだった。処刑人にはらわたをかきださせるために。彼らは逆賊であり、死罪は当然だったが、その処刑法は残虐のきわみだった。アンの長い首を飾る真珠が、彼には脂のちいさな粒のように見えた。非難の言葉をまくしたてながら、アンは手をあげて真珠をひっぱった。その指先、ちいさなナイフのようにひらめく爪を彼は見つめつづけた。

しかし、彼がシャピュイに言うように、彼がヘンリー王に目をかけられているかぎり、王妃は彼に害を与えることはできない。アンは元来意地が悪く、怒りっぽい。移り気でもあって、それはヘンリーも心得ている。それこそが王を魅了したのだ。男たちの生活をふわふわと通りぬけて痕跡すら残さない、取っつきやすくて気楽な金髪女とはまったく異なる女性がいた、ということが。しかし今、アンがあらわれると、ときおりヘンリーは閉口した顔つきになる。アンが例によって怒鳴りちらしはじめると、王は遠くを見る目つきになる。あれだけの人柄でなかったら、耳の上まで帽子をひっぱりおろすところだ。

彼は大使に言う。いや、わたしを悩ませるのはアンではないんだ。彼女がまわりにはべらせている男たちのほうですよ。彼女の家族です。父親で〝モンシニョル〟の名で知られたがっているウィルトシャー伯、兄で、王の私室付きに任命されたロッチフォード卿ジョージ。ジョージは新しい取り巻きのひとりだが、相変わらずヘンリー王は幼なじみの友人たちを手放したがらない。枢機卿はときどき彼らを一掃したものだが、汚水がじわじわと戻ってくるように、彼らは結局舞い戻ってきた。かつては機知と活力に富む若者だった彼らも、四半世紀が過ぎた今は、白髪になり、あるいははげあがり、肉がたるみ、太鼓腹になり、関節炎になり、指を数本欠いたりしているが、相変わらず専制君主顔負けの傲慢ぶりだ。彼らの精神的高邁さは門柱の高さほどもない。そしてそこに今、新たな子犬の群れ、ウェストンとジョージ・ブーリンとその同類が加わった。王がそのふたりを指名したのは、彼らの存在が自分の若さを保ってくれると思っているためだ。私室付きの男たち――老若いずれも――は王が朝起きたときから夜寝るときまでそばを離れず、そのあいだのごく私的な時間帯もずっと王にはべっている。ヘンリーが便器にまたがっているときも、歯を磨いて、銀の洗面器に吐き出すときもそばにいる。タオルで身体を拭き、短着《ダブレット》を着せ、ストッキングを履かせる。王の身体、ほくろやソバカスのひとつひとつ、ひげの剛毛の一本一本を知っている。テニスから戻った王がシャツをむしりとれば、ヘンリーの汗の島を紙に書き写せるほど、汗のかきかたまで知悉している。洗濯女や主治医同様、知るべきでないことまで知っていて、それを話の種にする。いつ王が息子を仕込むために王妃の元を訪れるかも知っているし、あるいは、金曜（キリスト教徒が性交を慎む日）にヘンリーが幻の女を夢に見てシーツを汚すことも知っている。そして、高値でその知識を売る。彼らはもてはやされ、職務怠慢が見て見ぬふりをされるのを望み、自分たちは特別だと考え、人々からも特別だと思われたがっている。王に仕えるようになって以来、彼、クロムウェルはこれらの男たちをなだめ、へつらい、おだて、常に楽な働きかたを、妥協点を模索してきた。しかし、彼らは嘲笑を隠そうともせずに、一時間もクロムウェルを王に近づけまいとする。おれはこの連中に合わせすぎたようだ、と彼は思う。だが、今度そうしなければならないのはこいつらだ。できないなら出ていってもらう。

そろそろ朝は冷え込むようになってきた。王の一行がハンプシャーをゆっくりと抜けたあと、太鼓腹のような雲が見送るように湧きあがり、数日とたたぬうちに、土埃の舞う道はぬかるみに変わる。ヘンリーは王としての職務に急いで戻ろうとしない。いつも八月ならばよいのにな、とうらめしそうだ。少人数の狩猟隊がファーナムへむかっているると、伝令が馬をとばしてくる。ファーナムの町で疫病が発生したらしい。戦場では勇敢なヘンリー王が、彼らの目の前で青ざめ、馬の首にしがみつく。どこへ行く？　ファーナムでなければどこでもよいぞ。

彼は鞍の上で身を乗り出し、帽子を脱いで王に話しかける。「ベージング城へなら、予定より早く着けます。急使をやって、ウィリアム・ポーレットに知らせましょう。それから、彼の負担とならぬように、一日はエルヴェタムに出かけてはいかがでしょうか？　エルヴェタムにはエドワード・シーモアがおりますし、食糧がなければ、われわれの分はわたしが手配できます」

彼は速度を落として、王を先に行かせてから、レイフに命じる。「ウルフ・ホールへ行ってくれ。ジェーン嬢を連れてくるんだ」

「え、ここへですか？」

「彼女は乗馬ができる。シーモア老に、ジェーンをいい馬に乗せるように言え。水曜の夕には彼女にエルヴェタムへきてほしい。それ以上遅くなってはまずい」

レイフは手綱を引き、引き返そうとしてとまった。「ですが、サー、どうしてジェーンが必要なのか、どうしてそんなに急ぐのかとシーモア家で聞かれるでしょう。それになぜぼくたちがエルヴェタムへむかうのかとも。だって、近くには他の屋敷もあるんですから。サットン・プレースのウェストン家とか……」

ウェストン家の連中など溺れさせるか、縛り首にしたいくらいだ、と彼は思う。ウェストン家はこの計画には入っていない。彼は微笑する。「一家そろってわたしに好意を寄せているのだから、それぐらいはすべきだ、と言えばいい」

彼はレイフが考えているのを見てとる。それじゃ、ぼくの主人は結局、ジェーン・シーモアに求婚するんだ。自分のためかな、それともグレゴリーのためだろうか？

彼、クロムウェルはウルフ・ホールで、レイフが見ることのできなかったものを見ていた。ベッドにいる、静かで、青白くて、無駄口をきかないジェーン。それが今のヘンリーが夢見ているものだ。男の白昼夢を説明することはできないし、ヘンリーは女たらしではない。多数の愛人を囲ったこともない。王がジェーンに近づけるよう手助けしても害はない。王はベッドを共にした女を粗末にしない。一度寝た女を嫌う男ではない。ヘンリー王はジェーンに詩を書くだろう。うながされれば、彼女に収入を与え、彼女の家族を出世させるだろう。アン・ブーリンが今の地位にのしあがってからというもの、ヘンリーの視線という日光を浴びることはイングランド女の最良の使命だと判断した家族はいくらでもある。慎重に行動すれば、エドワード・シーモアは宮廷内で出世し、彼の心強い味方となってくれるだろう。この段階では、エドワードには助言が必要だ。なぜなら、彼、クロムウェルはシーモア家の誰よりもその手のことに聡いからだ。彼なら、ジェーンを安くは売らせない。

しかし、アンは？　ジェーンがアンに仕えるようになって以来、青白い弱虫とアンがあざけってきたその若い女をヘンリーが愛人にしたら、アンはどうするだろう？　従順と寡黙にアンはどう対抗する？　逆上は、ほとんど役に立たない。ジェーンが王になにを与えうるかを自問し、今、王になにが欠けているかを自問しなければならないだろう。とことん考えねばならないだろう。考えこんでいるアンを見るのは、いつも楽しい。

ウルフ・ホールを発ったあとで、ふたつのグループ——王の一行と王妃の一行——が合流したとき、アンは彼にたいして魅力的にふるまい、彼の腕に手をかけて、フランス語でとりとめのないことをしゃべりちらしていた。まるで、つい二、三週間前には彼の首を切り落としてやりたいと言っていたのが嘘だったかのように。ただの冗談にすぎなかったかのように。狩猟場ではアンの後方にいたほうがいい。彼女は弓を射ることに熱心で手早いが、あまり正確ではないからだ。この夏、アンは迷いこんできた牛に石弓の矢を命中させ、王は牛の所有者に金を払わなければならなかった。

だが、そんなことはどうでもいい。王妃はあらわれては去っていく。最近の歴史からもそれはあきらかだ。イングランドのための金、王の莫大な負担金、慈悲と正義の金、複数の敵を領土に近づけないための金をいかにして払うか、それを考えよう。

昨年から、彼は自分の解決策に自信を持っていた。修道士、あの寄生虫階級に払ってもらうのだ。彼は巡察官たちに王国全土の修道院と女子修道院へ出向くよう命じていた。全部で八十六の質問を託すから、それを修道士たちにつきつけてくれ。しゃべるよりも聞くことに徹し、答えを聞いたら、会計簿を見せるよう求めるのだ。修道士や修道女たちに、彼らの暮らしと会則についてたずねろ。

自分たちはキリストの尊い血を通じてのみ救済されると思っているのか、みずからの働きと功徳も多少は影響すると思っているのか、そんなことに関心はない。いや、ないことはないが、わたしの主たる関心は、彼らがどのような資産を所有しているかだ。彼らの地代、保有地を知りたい。結局は、最良の方法を用いて、王の所有物を取り戻すことが教会の長たる陛下を喜ばせることになる。

温かい歓迎を期待するな、と彼は命じる。おまえたちの到着に先だって、彼らはあわてて資産を隠すだろう。彼らがどんな遺物、つまりは地元で崇拝されているどんな品を持っているか、またそれらをどう利用しているか、毎年どれだけの歳入を得ているか、書き留めろ。なぜなら、そうしたすべての金は、自宅にとどまってまともな暮らしをしていれば被害にあわずにすんだはずの、迷信深い巡礼たちからまきあげたものだからだ。彼らの忠誠心について無理にでも聞き出せ。キャサリンをどう思うか。レディ・メアリをどう思うか。教皇をどう見ているか。というのも、修道会の本部が外国にあるのなら、言葉とは裏腹に、どこか外国の君主により強い忠誠心を持っているかもしれないからだ。彼らの本心を暴き、彼らの立場が不利であることを見せつけてやれ。忠誠心を王に訴えればそれですむというものではない。彼らは進んでそれを示さなければならない。率直に質問状に答えて、おまえたちの手間を省くことで、彼らは王への忠誠心を見せることができるのだ。

彼の家来たちは主人をだまそうとするほど愚かではないが、念のため、互いを監視できるよう、彼は家来をふたり一組にして派遣する。修道院の会計係は資産をすくなく見積もってもらおうと袖の下をつかませるだろう。

ロンドン塔の部屋でトマス・モアは彼にこう言った。「次はどこをたたくつもりだ、クロムウェル？　イングランドを滅ぼすつもりか？」

彼はこう答えた。わたしは神に祈っています、破壊ではなく建設のためにわが権力を利用するあいだはどうか生かしておいてください、と。無知な連中のあいだでは、王は教会を破壊していると言われています。破壊どころか、王は教会を新しくしているのです。嘘つきと偽善者がひとたび排除されれば、イングランドはよりよい国になるでしょう、本当ですよ。「でもあなたは、陛下への態度を改めないかぎり、生きて新しいイングランドを見ることはできないでしょう」

新しいイングランドを見ることは、モアには叶わなかった。起きたことを彼は悔やんではいない。ただひとつ残念なのは、モアに判断力が欠けていたことだ。教会におけるヘンリー国王の至上権を支持する宣誓書を、モアは差し出された。いわば忠誠心の踏み絵である。人生の多くは単純ではないが、宣誓など単純なことだ。誓わなければ自分自身を起訴することになる。反逆者として、謀反人として。モアは誓おうとしなかった。とすれば、死ぬしかない。処刑台までしぶきをあげて連行されていくしかなかったのだ。六月のあの日、土砂降りはやまず、夕方にほんのいっときあがっただけで、どのみちトマス・モアにとっては遅すぎた。モアはストッキングを濡らし、膝までしぶきを浴びて死んだ。足はアヒルのようにびちゃびちゃと音をたてた。彼はあの男を惜しんでいるわけではない。ただ、たまにモアの死を忘れていることがある。モアとの会話に夢中になっていたら、急にしんとなり、なにか言っても返事がないときのように。一緒にぶらぶら歩いていたら、人間の背丈と同じぐらい深い、雨水のあふれる道端の穴に、モアが落ちたかのように。

そのような事故は実際にある。道路が足の下で崩れ、ひとは死んできた。イングランドにはもっとまともな道路が必要だし、崩壊しない橋が必要だ。彼は議会に提出する法案を作成中である。失業者を雇い、賃金を払って道路を修復させ、港を作らせ、皇帝やその他のご都合主義者たちをせきとめる城壁を建てさせる。金持ちから所得税を取り立てればそれぐらいの金はまかなえる、と彼は頭の中で算盤をはじいた。寝起きする小屋は用意できるし、必要だというなら医者だって、必要最低限の生活だって提供できる。男たちの労働の果実をわれわれ全員が享受できるのだし、雇用が生じれば、他に食い扶持がなければやるしかない掏摸《すり》や追いはぎや女衒《ぜげん》にならずともすむのだ。一代前が掏摸や追いはぎだったら、どうなる？　そんなことはなんでもない。彼を見ればわかる。彼はウォルター・クロムウェルか？　一代ですべてが変わるのだ。

　マルティン・ルターのような修道士に関しては、修道院の生活は必要でも有益でもなく、キリストの支配すら受けていないと考えている。修道院は未来永劫存続しない。修道院は神の自然の秩序の一部ではない。その他の施設と同様、栄え、衰退し、ときには建物が倒壊することもあれば、管理不手際によって滅びることもある。歳月とともに多数の修道院が消失し、あるいは他の修道院に吸収されてきた。今日《こんにち》、修道士が自然に減少しているのは、よきキリスト教徒が世界に散らばっているためだ。たとえば、バトル修道院。繁栄をきわめていた頃は、二百人の修道士がいたが、今は――ええと？――せいぜい四十人だ。四十人の太った男たちが富の上に居座っているのだ。王国全土、どこでも同じである。もっとましなことに活用できるはずの資産が、がっちりかかえこまれている。王の民のあいだにゆきわたるべき金が、なぜ修道院の金庫に眠っているのか？

　彼の巡察官たちが、醜聞のかずかずを知らせてくる。送られてくるのは、修道士たちが単純な民を恐怖で支配するために作った幽霊譚や呪いの物語だ。雨を降らせたりとめたりする遺物だの、草の成長をくいとめたり、家畜の病気を治したりする遺物だのを持っており、金をとって遺物の使用を許可する。隣人にすらただでは貸さない。遺物の実体は、古い骨や木っ端、キリストの磔刑に使われたとかいう曲がった釘にすぎないというのに。彼は王と王妃に、ウィルトシャーのメイデン・ブラッドリーで家来たちがなにを発見したかを話す。「修道士たちは神の上着の一部と、最後の晩餐の食べ残しの肉片を所有しております。キリスト降誕日に花を咲かせる小枝を持っています」

「その最後のは、あながち嘘でもあるまい」ヘンリー王がうやうやしい口調で言う。「グラストンベリのとげを考えてみよ」（サマセット州グラストンベリに実在するサンザシ。伝説中の人物が地中に杖をさし、そこから生えてきたとされ、通常のサンザシと異なり年に二度花を咲かせる）

「修道院長には六人の子供がおり、息子たちを下男として働かせています。院長は既婚女性に手を出したことはない、寝たのは処女とだけだとうそぶいておりまして。さらに、処女に飽きたとき、あるいは妊娠が判明すると、夫を見つけてやったといっております。自分には教皇お墨付きの許可証があるから、娼婦を囲ってもよいのだと主張しているありさまです」

アンが愉快そうに笑う。「で、その許可証を見せたの？」

ヘンリーはショックを受けている。「そやつを追い払え。そのような男は聖職者の名折れだ」

こうした剃髪した馬鹿どもは、えてしてたちが悪い。ヘンリーはそれを知らないのだろうか？なかにはまともな修道士もいるが、修道院の理念に数年もさらされるとたいがい逃げ出して俗世で生きはじめる。その昔、われわれの祖先は鉈や鎌を手に、占領軍にむけるような憤怒をもって、修道士やその召使いたちを襲った。修道院の壁を壊し、火をつけてやると脅した。彼らがほしがったのは修道士たちの地代帳や地役権の細目で、それらを手に入れると、ずたずたに引き裂いて火にくべ、おれたちの望みはささやかな自由だ、と言った。ささやかな自由、そして、動物のように扱われてきた過去を葬り去って、イングランド人らしく扱われることだ、と。

さらにおぞましい報告が入る。彼、クロムウェルは巡察官たちに言う。修道士たちにはただ大声でこう命じろ。修道士ひとりにベッドはひとつ。ベッドひとつに修道士はひとりだ、と。修道士たちにとって、そんなにむずかしいことか？　厭世的な気分が語りかけてくる。こうした罪は必ず起きるものだ。女っ気抜きで男だけを閉じ込めれば、若くて弱い見習い僧がえじきになるものだ。修道士は男で、男とはそういうものなのだ、と。しかし、修道士は自然を超越する存在のはずではないか？　悪魔の誘いにあっけなく乗ってしまうようでは、いったいなんのための祈りであり、断食なのだ？

王は無駄と不始末を認める。小規模修道院のいくつかは、枢機卿も存命中はそうしたのだから、再編成の必要があるかもしれぬ、と。しかし、大規模修道院ならばみずから生まれ変わると信用していいのではないか？

見込みはあります、と彼は答える。王が敬虔で、変化を怖れることはわかっている。彼としては教会が改革され、まっさらに生まれ変わってもらいたい。さらに、金もほしい。だが蟹座生まれの人間らしく、彼は目的物に慎重に接近する。斜め歩きで、縫うように。彼、クロムウェルは王の目が手元の数字の上を通過するのを見守る。大金ではないのだ、王にとっては。莫大な金ではない。だがいずれはヘンリーも、修道院の規模が大きければ大きいだけ、自己愛に浸る修道院長が肥満体であることを考慮する気になるだろう。だから今、その糸口をつけておこう。彼は言う。大修道院長が干しぶどうやナツメヤシをかじっているテーブルについたことは何度もありますが、一方で、修道士たちはニシンを食べているのですよ。もしおれが好きなようにできるなら、と想像する。彼らをひとり残らず解放し、異なる人生を歩ませる。彼らは使徒的生活《ウィータ・アポストリカ》を見習っていると主張するが、互いのタマを探りあっていた使徒がどこにいる？　去る者は追わない。司祭に叙階されている修道士たちには、聖職禄を与えて、教区で有益な仕事をさせることができる。二十四歳以下の者は、修道士も修道女も還俗できる。彼らは誓いによって一生しばりつけられるには若すぎる。

　彼の思考が先を行く。もしも王が修道士たちの土地を、ちっぽけな一画ではなく丸ごとすべてを手に入れたら、王の資産は今の三倍になる。もはや議会にへりくだる必要はなくなり、甘言を弄して特別税を徴収する必要もない。息子のグレゴリーが言う。「父上、グラストンベリの修道院長がシャフツベリの女子修道院長と寝たら、生まれる子供はイングランドきっての裕福な地主になりますね」

「十中八、九はな」彼は言う。「だが、おまえはシャフツベリ女子修道院長を見たことがあるのか？」

　グレゴリーは不安げだ。「見ておくべきですか？」

　息子との会話はいつもこんな具合である。あちこちへ飛んでいき、勝手に着地する。自分が子供の頃、うなり声で父親のウォルターと意思疎通を図っていたことを考える。「なんなら見せてやれるぞ。どのみちもうじきシャフツベリを訪問しなければならないんだ。あそこですることがある」

シャフツベリの女子修道院は、ウルジーが娘をあずけた場所だ。「メモを取っておいてくれないか、グレゴリー、覚え書きをな。ドロテアに会いに行くこと、と」

グレゴリーが聞きたそうにする。ドロテアって誰？　少年の顔にいくつもの疑問が浮かんでは消えるのが見える。やっと出てきた問いは――「彼女、きれいなの？」

「はて。父親は彼女を遠くへはやらなかったがね」彼は笑う。

だが王に注意を促すときは、笑いを顔から拭いとる。修道士たちが反逆者だとしますと、あのいまいましい手合いのなかでも、彼らほど扱いにくい連中はおりません。「苦しむことになるのだぞ」と脅しても、自分たちは苦しむために生まれてきたのだと答えるのです。牢獄での餓死を選ぶ者もいれば、祈りを捧げながらタイバーンへ連行され、処刑人の慈悲を受ける者もおります。トマス・モアに言ったように、彼は修道士たちにもこう言った。これはおまえたちの神についての問いではないし、わたしの神についての問いでもない。そもそも神とは関係ない。これはおまえたちが今から受けることへの問いなのだ。ヘンリー・チューダーか、それともアレッサンドロ・ファルネーゼ（一四六八～一五四九。時のローマ教皇。パウルス三世）か？　ホワイトホールにおられるイングランド王か、それともヴァチカンの途方もなく堕落した外国人か？　彼らは顔をそむけていた。そして答えぬままに死に、偽りの心臓が彼らの胸からえぐりだされた。

ロンドン市内のオースティン・フライアーズの自宅の門をくぐるとき、彼の周囲は灰色の大理石模様の布で仕立てた丈の長い上着という仕着せ姿の家来たちに固められている。右側にはグレゴリー、左側に控えるのは、狩猟用のスパニエル犬の飼育係ハンフリーだ。旅の最後の一マイル、彼はこのハンフリーと気安い会話を交わしていた。ハンフリーのうしろには、ハヤブサ係のヒュー、ジェイムズ、ロジャー。いかなる競い合いや脅しにも素早く対応する隙のない男たちだ。門の外には、彼が気前よく配る金品を期待して、人だかりができていた。そのための金はすでにハンフリーらに渡してある。今夜は食後に、恒例の貧者への施し物が配られるだろう。料理長のサーストンに言わせると、屋敷では一日に二度、二百人のロンドン市民に食わせている。

群衆のなかのひとりの男が目につく。かろうじて立っていられるぐらいに背中の曲がった小男だ。泣いている。視界から消えたかと思うと、また見える。涙の川に門のほうへ運ばれてきたかのように、頭がぷかぷかと上下動している。彼は言う。「ハンフリー、あの男、何に苦しんでいるのかつきとめてくれ」

だが、次の瞬間には、男のことは忘れてしまう。家の者は彼に会えて喜んでいる。全員が顔を輝かせ、足元には子犬の群れがまつわりつく。彼は子犬たちを両腕にかかえて抱きあげる。もがく身体とはげしくふられる尻尾をかかえながら、調子はどうだと犬たちにたずねる。召使いたちはグレゴリーのまわりに群がって、帽子からブーツにいたるまでほれぼれと眺めている。召使いたちはグレゴリーの感じのいいひととなりが大好きなのだ。「ご主人のお帰りだ！」甥のリチャードが叫ぶなり、骨も砕けんばかりに彼を抱擁する。リチャードはクロムウェル家の目を持つがっしりした若者で、直截で容赦がなく、愛撫も反駁もできるクロムウェル家の声を持っている。地上を歩くものはなにひとつ怖れず、地下を歩くものも怖れない。仮に悪魔がオースティン・フライアーズにあらわれたら、リチャードがその毛深い尻を階段の下まで蹴落とすだろう。

笑顔の姪たちはすでに結婚しており、ふくらんだおなかの上でドレスの紐をゆるめていた。彼はふたりの姪に接吻する。彼女たちの身体はやわらかく、その息は、妊娠中の女たちがよく食べるショウガの砂糖漬けのせいで、甘く、温かい。彼は一瞬、恋しくなる……なにが恋しくなるのだ？やさしく、熱い肉体のしなやかさが。朝まだきの、とりとめのない上の空の会話が。だが、女とのつきあいは用心しなければならない。慎重さが必要だ。彼を貶める機会を悪意ある連中に与えてはならない。王ですら慎んでいる。〝好色漢ヘンリー〟とヨーロッパから揶揄されたくないからだ。今は、手の届かない相手を見つめているほうがいいのだろう。シーモア嬢を。

エルヴェタムでのジェーンは花のようだった。緑がかった白のクリスマスローズの大群のように、慎ましくうつむいていた。兄のエドワードの屋敷で、彼女の家族の面前で、王はジェーンを褒めていた。「やさしく、慎ましやかで、はにかみ顔の乙女、今日ではそのような娘は稀だ」

きまって会話に割り込んできて、兄をさしおいて話したがるトム・シーモアが言う。「敬虔さと慎み深さに関しては、ジェーンに比肩する女性は少ないでしょう」

彼はエドワードが微笑を隠すのを見た。ジェーンの家族が風向きの変化を――やや信じられぬ思いで――感じはじめたのを、彼の鋭い目は見逃さなかった。トム・シーモアが言った。「ぼくだったら、まず不可能だな。たとえ自分が王だったとしても、妹のジェーンみたいなのをベッドに誘うなんて、とてもできないよ。どうはじめればよいのかわからないだろう。兄さんはどうです？　兄さんならどうする？　石に接吻するようなものだよ。ジェーンをベッドの上であっちからこっちへころがしているうちに、寒さのあまり、肝心の部分がいうことをきかなくなりそうだ」

「兄は妹が他の男の抱擁を受けているのを想像できないものさ」エドワード・シーモアが言う。

「すくなくとも、キリスト教徒をもって任ずる兄はできない。もっとも宮廷では噂されているな、あのジョージ・ブーリンは——」エドワードは顔をしかめて口をつぐむ。「むろん、陛下はご自分を提示する方法を知っておられる。ご自分を差し出す方法を。勇敢な殿方として、どうすればよいのかごぞんじだ。おまえとちがってな」

トム・シーモアをやりこめるのはむずかしい。彼はにやりとするだけだ。

だが王は一行がエルヴェタムを出発する前、口数がすくなかった。心のこもった別れを告げたが、彼女については一言もふれなかった。ジェーンは彼にこうささやいていた。「マスター・クロムウェル、わたしはなぜここにいるのでしょう？」

「兄さんたちに聞くといい」

「兄たちはクロムウェル殿に聞けというのです」

「では、まるでわからないというのかね？」

「はい。やっとわたしが結婚することになったというのでもないかぎり。わたしはあなたと結婚することになるのですか？」

「その可能性は見送らねばならないな。わたしはきみには年寄りすぎるよ、ジェーン。父親といってもいい」

「わたしの父？」ジェーンは不思議そうに言う。「でも、ウルフ・ホールではもっと奇妙なことがいくつもございましたわ。あなたが母をごぞんじとは意外でした」

束の間の微笑を浮かべ、ジェーンはその後ろ姿を見送る彼を残して姿を消す。われわれは結婚できたかもしれない、と彼は思う。ジェーンがおれをどう誤解するか考えていれば頭が鈍ることもないだろう。わざと勘違いを装っているのだろうか？

だが、ヘンリーがジェーンへの思いを遂げるまで、おれが彼女をものにすることはできない。それに、おれは王のお下がりをもらうのはごめんだと誓ったのではなかったか？

シーモア家の兄弟のために覚え書きを書いたほうがよさそうだ、と彼は考えていた。そうすれば、どんな贈物ならジェーンが受け取ってよいか、受け取るべきではないかが彼らにもはっきりする。ルールは単純だ。宝石はよい。金はだめ。そして交渉が成立するまで、ヘンリーの前では身につけているどんなものも、ジェーンに脱がせてはならない。手袋すら例外ではない。そう助言する。


口さがない人々は彼の屋敷をバベルの塔と表現する。スコットランドをのぞいて、太陽の下のすべての国から彼は召使いを雇い入れているといわれている。だから、スコットランド人は希望をこめて、応募書類を出しつづける。国内外のジェントルマンや貴族も、子息を預かってくれないかとせがんでくる。鍛える値打ちありと判断すれば、彼は全員を受け入れる。いつの日も、オースティン・フライアーズではドイツ人学者のグループが多様なドイツ語をしゃべりながら、眉間に皺を寄せて自分の国から届く福音伝道者の手紙を読んでいる。夕食の席では、若いケンブリッジの学生たちが片言のギリシャ語を交わしあっている。彼らはクロムウェルが援助した学者であり、今では彼を助けるようになっている。ときどきイタリア人商人の一行が食事にあらわれると、彼はその昔フィレンツェやヴェネチアの銀行家たちに雇われていたときに身につけたイタリア語で談笑する。隣人シャピュイの召使いたちはクロムウェル家の酒類貯蔵室の酒を飲んではだらだらし、スペイン語やフラマン語で噂話に花を咲かせる。彼自身はシャピュイにフランス語で話しかけるが、それは、フランス語がこの大使の第一言語であるからだ。一方、カレーからここまでついてきたずんぐりしたちんぴら、下男のクリストフにたいしては、もっと砕けた下世話なフランス語を用いる。クリストフはけっしてクロムウェルのそばを離れないし、彼もクリストフを遠くへはやらない。というのも、クリストフのまわりでは常に喧嘩がはじまるからだ。

仕入れておくべきひと夏分のゴシップがあり、彼の複数の屋敷と土地の費用と収益についての計算書にも目を通さなければならない。だが、まずは料理長に会おうと厨房へ足をむける。午後もまだ早く、厨房は小休止している。食事の後始末はすんで、串はきれいに洗われ、白蠟《しろめ》の食器は磨かれて積み上げられ、シナモンと丁子《ちょうじ》のにおいが残る中、サーストンが生地こね台のそばにひとりぽつんと立って、丸めた生地を聖ヨハネの首かなにかのように、じっと見つめている。そこへ影が落ちたとたん、「汚い手でさわるんじゃねえ！」と一喝する。次の瞬間、「や、これは、旦那さんでしたか。遅かったですね。お帰りにそなえて、鹿肉のパイを作らせておいたんですがね。いたんじゃいそうだったんで、お仲間に配らなけりゃならなかったんですわ。巡幸先へ届けさせようかとも思ったんですが、目まぐるしく移動なさるからね」

彼は両手を広げてサーストンに見せる。

「いや、失礼しました」サーストンは言う。「しかし、会計簿をつけ終えたトマス・エイヴリーがさっそくここへやってきて、貯蔵食糧をつつきまわしたり、重さを量ってみたがったりでね。お次はマスター・レイフが、ねえ、サーストン、デンマーク人が数人くるんだよ、彼らのためになにが作れる？　それがすんだら、リチャードぼっちゃまが駆け込んできて、ルターが使者を送ってきた、ドイツ人はどんな菓子が好きなんだ？　と、こうですからね」

彼は練った生地をつまんでみる。「これはドイツ人のためなのか？」

「なんだろうと気にすることたありませんて。うまくできたらどうせ食卓に並びます」

「マルメロは摘んだか？　もうじき霜がおりるぞ。身体が感じる」

「うかがってると、旦那さんはおばあさんにそっくりですよ」

「おまえがわたしの祖母を知っているはずがないだろう？　それとも、知っていたのか？」

サーストンはくすくす笑う。「教区の飲んだくれでしたかい？」

おそらく。どんな女なら、彼の父親であるウォルター・クロムウェルに乳を飲ませて、酒飲みにならずにいられたというのか？　サーストンは、ふと思いついたように言う。「でもね、誰にだっておばあさんはふたりいるんですよ。旦那さんの母方の親戚はどんなひとたちだったんです？」

「北部出身だった」

サーストンがにやにやする。「洞穴から出てきたわけだ。フランシス・ウェストンの若造をごぞんじでしょう？　王に仕えている？　あの若造の家族は、旦那さんがヘブライ人だと言いふらしてますぜ」彼はうなる。前にも聞いたことのある話だ。「今度宮廷においでになったときは」と、サーストンが助言する。「一物を取りだしてテーブルにのせ、ウェストンがなんというか見てやったらどうです」

「どのみちそうするさ」彼は言う。「会話が途切れたら」

「あのう……」サーストンが言いよどむ。「旦那さんがヘブライ人だというのはほんとですね。だって利子をつけて金を貸すんだから」

ウェストンの場合は、利子をつりあげてやる。「ところで」彼は、練り生地をふたたびつまむ。すこし硬くはないか？　「巷で目新しいことは？」

「キャサリンさまは病気だって噂ですよ」サーストンは先を待つが、主人はスグリの実を片手一杯につかんで食べている。「心の病ですよ、きっと。息子を授からないようアン・ブーリンに呪いをかけたって話ですわ。たとえ授かったとしても、ヘンリーの子じゃないようにってね。なんでもヘンリーには他にも女たちがいて、アンが鋏を片手に、あそこを切り落としてやると叫びながら、部屋の中で王様を追いまわしているとか。キャサリンさまは女房連中と同じで、目をつぶって見ぬふりをしていたもんだが、アンはそういう気性じゃないから、思い知らせてやるといきまいているんですよ。なんともおっかない復讐じゃありませんか」サーストンはしわがれ声で笑う。「彼女なら仕返しに他の男と寝て、できた私生児を王座にすわらせるんですと」

ロンドンっ子の頭はいっときもじっとしていない。彼らの頭の中ときたら、まるでごみの山だ。

「誰がその私生児の父親になると推測されている？」

「トマス・ワイアットかな？」サーストンが言う。「王妃になる前からいい仲だったんですからね。

それとも昔の恋人のハリー・パーシーとか――」

「パーシーは自分の領地にいるんだろう?」

サーストンは目玉をぐるりとまわす。「距離なんぞ、アンにとってはめじゃありませんよ。パーシーをノーサンバーランドから呼びよせたければ、口笛と鞭だけですみますって。だからって、アンがハリー・パーシーひとりでおさまるわけじゃなし。彼女は王の私室付きのジェントルマンたちに次から次へと手をつけているって話ですぜ。アンは遅れるのが嫌いだから、彼らは一列にならんで、彼女が〝次〟と叫ぶまで、あそこをしごいて用意してるんです」

「そして行進していくわけか」彼は言う。「次から次へと」笑いながら、手のひらからスグリの最後の一粒を食べる。

「ロンドンへようこそお帰りなさい」サーストンは言う。「ここでは、あたしらはなんだって信じるんですよ」

「王妃の座にすわったあと、アンが家族全員、下男も下女も召集し、今後彼らがどうふるまうべきか説教したことを思い出すよ。代用硬貨以外では賭け事をしてはならぬ、だらしない言葉使いもならぬ、肌をあらわにするのもならぬ、と申し渡したんだ。確かに、その頃にくらべると少々堕落しているな」

「旦那さん、袖に粉がついてますよ」

「そうか、今から上へ行って、会議を開かねばならん。食事を遅らせないでくれよ」

「いつあたしが食事を遅らせました?」サーストンがやさしく袖をはたく。「いつそんなことを？」

これは彼の所帯の会議で、王の会議ではない。顔ぶれはおなじみの若い助言者たち、頭の回転が速く、数字に強く、すばやく理屈をつけ、すばやく要点をつかむレイフ・サドラー、リチャード・クロムウェル。それに彼の息子、グレゴリーもだ。

この季節、若者たちはやわらかな淡い色の革鞄に私物を入れて持ち歩いている。ヨーロッパ全土を旅して、それを流行らせたフッガー銀行の行員たちを真似ているのだ。革鞄はハート形で、そのせいか、彼にはいつも若者たちが女を口説きにいくように見えるのだが、彼らはそうではないと断言する。甥のリチャード・クロムウェルは腰をおろすと革鞄を皮肉っぽく一瞥する。リチャードは叔父と同じで、私物は肌身につけている。「ほら〝リズリーで結構です〟がきましたよ」リチャードが言う。「帽子の羽根が見えるでしょう？」

トマス・リズリーが、なにやらつぶやいている召使いたちと別れて、部屋に入ってくる。長身のハンサムな若者で、つやのある赤褐色の髪をしている。一代前まで彼の一族の姓はリスだったが、もっと長く、優雅にしたほうが重要人物風だと考えたのだ。父親は紋章官であったので名を作り変えるのはお手の物、祖先の平凡な名を騎士を思わせるものに改めたのである。が、この改姓は常に笑いの種だ。トマスはオースティン・フライアーズでは〝リズリーで結構です〟で通っている。最近になってこぎれいなひげを生やすようになり、息子をひとりもうけ、年ごとに威厳をそなえつつある。リズリーは鞄をテーブルにほうりだして、自分の席にすべりこむ。「調子はどうだい、グレゴリー?」とたずねる。

グレゴリーの顔がぱっと明るくなる。彼は〝リズリーで結構です〟を敬愛しているのだ。ひとを見下す響きも、ほとんど聞こえていない。「あ、元気です。夏中狩猟をしていて、これから戻ってウィリアム・フィッツウィリアムの随行団に合流する予定ですよ。だって彼は王に近いジェントルマンだし、父はぼくが彼から学べると考えているんです。フィッツはぼくによくしてくれるんです」

「フィッツか」リズリーはおもしろそうに鼻を鳴らす。「さすがクロムウェル一族だ!」

「彼は父をクラム（パン屑の意味）と呼ぶんです」

「きみがその例にならうことはないぞ、リズリー」彼は愛想よく言う。「まあ、すくなくともそう呼ぶのは陰でやってくれ。しかしさっき厨房をのぞいてきたが、王妃についたあだ名に比べればクラムなんてなんでもない」

リチャード・クロムウェルが言う。「毒鍋をかきまぜているのは女たちですからね。女は泥棒猫が嫌いなんです。だから、アンは罰せられるべきだというわけです」

「ぼくたちが出発したとき、王妃はがりがりでしたよ」グレゴリーが思いがけないことを口にする。

「痩せて、骨張って、ぎすぎすしていた。でも今はもっとふっくらしている」

「確かにそうだ」彼は息子のめざとさにおどろく。経験豊富な女房持ちなら、自分の女房と同様アンの身体にも、肉がついてきたかどうか観察しているだろう。食卓のまわりを視線が行き交う。

「まあ、今にわかるだろう。国王夫妻は夏中ずっとご一緒だったわけではないが、わたしの判断では、充分のはずだ」

「充分であるほうが王妃の身のためですね」リズリーが言う。「陛下はいずれ、いらだちはじめますよ。だいたい、陛下は女ひとりが義務を果たすまで何年待たされたんですか？　アンは結婚してくれれば息子を生むと陛下に約束したんです。また同じことの繰り返しなら、陛下が彼女にあれこれ尽くすでしょうか？」

リチャード・リッチが謝罪の言葉をつぶやきながら、最後に入ってくる。このリチャードもハート形の鞄は持たないが、かつての伊達男のままだったら、今頃は異なる五色の鞄を持っていただろう。十年がリッチにもたらした変貌といったら！　その昔は、最低の法学生だった。自分の過失を軽減するための嘆願書を作るような。弁護士をゴキブリ呼ばわりする低級な居酒屋に入りびたり、殴りあいをし、夜明けに法学院の下宿に戻ってきたときには安酒のにおいをさせてずたずたにされた上着をひっかけているような。法学院の広場で奇声をあげてテリアの群れと一緒に駆け回るような。しかし、現在のリッチは酒も飲まず、行動は控えめだ。トマス・オードリー大法官の子分であり、たえず大法官とトマス・クロムウェルのあいだを行ったりきたりしている。みんなからは〝がまぐち閣下〟と呼ばれている。〝がまぐち〟はだんだん太ってきた、と彼らは口をそろえる。職務上の気苦労、ふえる家族の父親としての義務がのしかかっているのだ。かつての人気者は青カビ色の埃をかすかにかぶっているように見える。リッチが法務次官になろうとは誰が想像しただろう？だが彼には優秀な弁護士の頭脳がある。腕ききの弁護士がほしいときは常にリッチがいる。

「ガーディナー司教の本はあなたの目的にかなうものではありませんね、サー」リッチが口を開く。

「全体としては悪くない。国王の権力についての意見は賛同できる」

「ええ、しかし」

「ガーディナーにこの文章を引用せずにはいられなかったよ。〝王の言った言葉が支配する。誰も彼に指図することはできない〟」

リッチは眉をつりあげる。「議会ならできますよ」

リズリーが言う。「議会になにができるか、マスター・リッチならよく知っているはずだ」

リッチは議会の権限についての問いかけで、トマス・モアの失言を誘い、揚げ足を取り、モアを裏切り反逆罪をかぶせたのだと思われている。あの部屋、あの独房で、どんなやりとりがあったのか、知る者はいない。リッチは顔を上気させ、充分にやってのけたという期待と不安のいりまじった表情で独房から出てくると、ロンドン塔から直接、彼、トマス・クロムウェルのもとへ来たのだった。クロムウェルは静かに彼をねぎらった。これでいい、モアの尻尾はつかんだ、ご苦労だったな、〝がまぐち〟、よくやった。

今、リチャード・クロムウェルがリッチのほうへ身を寄せる。「教えてくださいよ、がまぐち閣下、あなたの意見では、議会は王妃の腹に継嗣を仕込むことができますか？」

リッチはぽっと赤くなる。もう四十歳近いのに、もともとの顔色ゆえに、顔を赤らめるという芸当が今でもできるのだ。「神がやらないことを議会ができると言ったおぼえはないよ。トマス・モアならゆるさないことも議会ならできるだろう、と言ったんだ」

「殉教者モア。モアとフィッシャーはローマで列聖されるだろうとの噂だ」彼がそう言うと、リズリーが笑う。「そりゃ滑稽ですね」彼はすばやく甥を見て、目顔で命じる。そのくらいにしておけ。王妃について、彼女の腹やその他の部分について、もうなにも言うんじゃない。

というのも、エルヴェタムのエドワード・シーモアの屋敷でのある出来事について、リチャード・クロムウェルに打ち明けていたからだ。王の一行がいきなり進路を変えてあらわれたとき、エドワードは怖じることなく、立派に彼らをもてなした。しかし王はあの夜眠れず、ウェストンの若造を彼のベッドへ呼びにむかわせた。なじみのない形の部屋で、蠟燭の炎がゆらめいていた。「くそ、いったい何時だ？」六時ですよ、とウェストンは意地悪く言った。遅刻ですよ。

実際は四時にもなっておらず、空は暗いままだった。換気のために鎧戸が開け放たれた部屋で、ヘンリー王はベッドにすわり、声をひそめて彼に話しかけた。彼らを見ていたのは、星々だけだった。ドアがしまって、こちらの声がウェストンの耳に届かないことを確認するまで彼はしゃべらなかった。いつものことだった。「クロムウェル」王は言った。「余が怖れているとしたら、疑念をおぼえているとしたら、それはアンとの結婚になんらかの欠陥、なんらかの障害、すなわち、全能の神を不快にさせるなにかがあるのかということだ。もしそうだとしたら、どうすればよい？」

彼は歳月が消えていくのを感じていた。彼は枢機卿で、今と同じ会話に耳を傾けていた。ちがうのは、当時の王妃の名がキャサリンであることだった。

「ですが、どんな障害でしょう？」彼はややうんざりして言った。「どんな障害があるとおっしゃるのです、陛下？」

「わからん」国王はささやいた。「今はわからんが、いずれわかるかもしれぬ。アンはハリー・パーシーと先に婚約したのではないか？」

「いいえ、陛下。パーシーは聖書にかけて、否と誓いました。パーシーが誓うのをお聞きになったでしょう」

「ああ、だがそのほうは彼に会いに行ったであろう、クロムウェル、どこぞのみすぼらしい宿屋まで跡をつけてゆき、パーシーを椅子からひきずりおろして、そのこぶしで頭を殴ったのではないのか？」

「いいえ、陛下。王国の同胞に手荒な真似をしたことはございません、ノーサンバーランド伯が相手ならなおのことです」

「そうか。それを聞いて安心したぞ。詳細を誤解したのかもしれん。だがあの日、伯爵は余の望んだとおりのことを申した。床入りはいうまでもなく、アンとの結婚も、その約束もしていないとパーシーは言った。だが、嘘だとしたら？」

「宣誓したのに、ですか、陛下？」

「だが、おまえは恐ろしい男だからな、クラム。おまえがいては、神の御前で礼儀を忘れることもあろう。パーシーが嘘をついていたら、どうなる？　アンが合法的結婚に等しい関係をパーシーと結んでいたら、どうなる？　もしそうなら、アンは余とは結婚できぬはずだ」

　彼は口をつぐんでいたが、ヘンリーの頭がめまぐるしく動いているのはわかった。彼自身の頭も、怯えた鹿のように疾走していた。「余は大いに疑っているのだ」王はささやいた。「アンとトマス・ワイアットの仲を、大いに疑っておる」

「よもやそのようなことは、陛下」考える間もなく、彼は力をこめて否定した。ワイアットは友人である。彼は、その父親のサー・ヘンリー・ワイアットから息子の将来の安寧を託されていた。ワイアットはもう子供ではないが、それは関係ない。

「否定するのだな」ヘンリーは彼のほうへ身を乗り出した。「しかしワイアットはイングランド王国を避けてイタリアへ行ったのではないか？　なぜかといえば、アンに嫌われて、アンの姿が目の前にあるあいだは心が安らがなかったからだ」

「はい、そのとおりです。ご自分でおっしゃっているではありませんか、陛下。王妃は彼を嫌ったのです。そうでなかったら、彼はまちがいなく王国にとどまっていたでしょう」

「しかし、確信は持てぬ」王は言い張る。「そのときははねつけたとしても、別のときには好意を見せたのではないか？　女というのは弱く、ちやほやされるとあっさり言いなりになる。とりわけ男が詩を捧げるとな。余は国王だが、ワイアットの詩は余の詩よりもすぐれていると言う者もいるのだ」

彼は目をしばたたいて王を見る。四時。そんなことが心配で眠れないとは。今が四時でなかったら、そんなものは無害な虚栄心にすぎない、心配にはおよばない、と思えるだろうに。「陛下。ご安心ください。ワイアットが王妃の一点の曇りもない貞操に侵略を試みていたとしたら、彼はそれを自慢したい衝動に抗えなかったにちがいありません。詩か、ありふれた散文という形にして」

ヘンリーはうなるだけだ。だが、ふと顔をあげると、ワイアットの美装が、絹をまとった幻が窓を横切り、冷たい星明かりがさえぎられる。消えろ、幻め。彼は意識的にそれを目の前から払いのける。ワイアットを理解できる者がいるか？　彼の無実を認めることのできる者がいるか？　王が言う。「ふむ。そうかもしれぬな。仮にアンがワイアットに身を捧げたとしても、余の結婚の障害にはならぬだろう。ワイアットは子供の頃に結婚し、何も約束できる立場ではなかったのだから、アンとの間に婚姻の契約があったはずはない。しかしな、アンにたいする余の信頼にとっては、障害になる。余に嘘をつき、処女ではないのに処女として余の床に入った女に寛大にはなれん」

ウルジー、どこです？　あなたはこれとそっくり同じことを前にお聞きになったでしょう。助言してください。

彼は立ちあがる。この接見を穏便に切りあげたい。「なにか持たせましょうか、陛下？　あと一、二時間でもお休みになれるものを？」

「夢を楽しくするものが必要だ。それがなんであるのか、わかればよいのだが。この件については、ガーディナー司教に相談した」

彼はショックを顔に出すまいとする。ガーディナーのところへ行ったのか。おれに隠れて？

「ガーディナーはこう申した」王の顔はみじめさを絵に描いたようだ。「アンとの結婚には充分な疑いがある、と。だが、この結婚が悪しきもので、余がアンをやむをえず切り捨てるなら、余はキャサリンと復縁せねばならぬ、と。それはできん、クロムウェル。たとえ全キリスト教国に非難されようとも、年を取ってひからびたあの女にふたたびふれるのは無理だ」

「なるほど」彼は床に目を落とし、王の大きくて白いむきだしの足を見つめた。「もうすこしましな方法があろうかと思います、陛下。ガーディナーの理屈がもっともだとは思いませんが、教会法については司教がわたしより詳しいのは確かです。しかしながら、いかなる問題におきましても、陛下が強要され、制約されることなど、あってはなりません。なぜなら、陛下はご自身の家庭の長であり、この国の、この国の教会の長であられるのですから。おそらくガーディナーがいわんとしたのは、よそから持ちあがるかもしれぬ障害物に備えていただきたいということでしょう」

それとも、あなたに汗をかかせ、悪夢を見せるのが狙いだったのかもしれない、と思った。ガーディナーのやりそうなことだ。だがヘンリーはベッドに起き上がった。「余は思うままにできるのだ」君主は言った。「余の意にかなうことが神の意図に背くはずはないし、余の意図が神の意志によってさまたげられることもありえん」狡猾そうな表情がちらりと国王の顔をよぎった。「それにガーディナーもそう申した」

ヘンリーはあくびをした。それが合図だった。「クラム、寝間着姿のおまえは、頭を下げていてもあまり威厳があるように見えんな。七時に馬に乗れるか、それとも、おまえを残して出発し、会うのは夕食のときがよいか？」

あなたが乗れるなら、おれも乗りますよ、彼はそう思いながら自分のベッドへ歩いて戻る。朝日がのぼれば、この会話を忘れてしまうおつもりですか？　宮廷はまもなく始動する。馬たちが頭をゆらし、風のにおいを嗅いでいる。午前半ばには、われわれは王妃の一行と合流するだろう。アンは狩猟犬に負けない甲高い声でしゃべるだろう。そして、彼女の若い友人ウェストンがご注進でもしないかぎり、昨夜エルヴェタムで国王が次なる愛人をじっと見つめていたのを知ることはない。ジェーン・シーモアは王の懇願のまなざしを無視して、穏やかにチキンを口へ運んでいた。グレゴリーは目を丸くして言ったものだ。「シーモア嬢って大食いなんだね?」

そして今、夏は終わった。ウルフ・ホールも、エルヴェタムも薄闇に消えた。王の猜疑と怖れについて、彼はぴたりと口をとざしている。今は秋で、彼はオースティン・フライアーズでうつむきかげんに宮廷のニュースに耳を傾け、文書にはさんだ絹片をひねくりまわすリッチの指を見ている。「双方の家の者たちが街頭でいがみあっていたんですよ」甥のリチャードが言っている。「あざけったり、ののしったり、短剣に手をかけたりして」

「すまん、誰の話だ?」彼は聞き返す。

「ニコラス・カルーの家来です。ロッチフォード卿の召使いたちと喧嘩をしたんですよ」

「宮廷に持ち込まないかぎりは、ほうっておけ」彼は鋭く命じる。王宮周辺で剣を抜くことへの刑罰は、剣をつかんだ手を切り落とすことだ。喧嘩の原因はなんだ、とたずねようとして、質問を変える。「双方の口実は?」

そう聞いたのは、カルーがヘンリーの旧友のひとりで、私室付きジェントルマンのひとりで、元王妃に忠信を捧げているからだ。騎士道の本から抜け出てきたようないかめしい面長の古風な男で、教養をぷんぷんにおわせている。物事のあるべき姿にこだわる石頭のサー・ニコラスが、見かけ倒しのはりぼてのジョージ・ブーリンに従えないとしても、おどろくにはあたらない。サー・ニコラスは骨の髄まで教皇派であり、ジョージが改革派の教義を支持していることに心の底から憤っている。つまり、両者のあいだには本質的な問題が横たわっているのだ。それにしても、どのようなつまらぬ出来事が実際の喧嘩に発展したのだろう? ジョージとそのろくでもない仲間が、大事に集中していたサー・ニコラスをよそに、これはつまり鏡に映る自分にほれぼれと見とれていたという意味だが、ばか騒ぎでもやらかしたのか？　彼は笑いを押し殺す。「レイフ、双方と話をしてくれ。飼い犬どもはつないでおくように、と伝えるんだ」そしてつけ加える。「よく教えてくれたな」常々彼は廷臣たちのあいだの仲違いについて、そしてその理由について興味を持っている。

妹が王妃になるとすぐにジョージ・ブーリンは彼を呼びつけ、彼の地位をどう扱うべきかについて、ある指示を与えた。若者は宝石をちりばめた金鎖をこれみよがしにぶらさげており、クロムウェルはひそかにそれを品定めした。ついで、頭の中でジョージの上着を脱がせ、縫い目をほどいて、生地をくるくると丸めて値段をつけた。布地売買にたずさわった経験上、生地の織りや襞を見る目は確かであるし、歳入を高める責任を負っていれば、すぐに人間の価値を推定できるようになる。

若いブーリンは部屋にひとつしかない椅子にすわり、そのあいだずっと彼を立たせていた。「忘れるな、クロムウェル」と口を開いた。「おまえは枢密院の一員だが、生まれはジェントルマンではないということをな。口をきくのは、要求があったときだけにすべきだ。あとは、首をつっこむんじゃない。分をわきまえろ。陛下はおまえをしばしば好んでお呼びになるが、陛下にお目通りできる地位に就けたのは誰のおかげかということを忘れるな」

おもしろいことに、それがジョージ・ブーリンの考える彼の出世したいきさつだった。彼は常々、自分を鍛え、昇進させたのはウルジーだと思っている。ウルジーが彼を今の彼にしたのだと。ところがジョージは、ちがう、ブーリン家だと言う。彼がブーリン家に充分に謝意を示していないと思っている。だから今、それを表明する。はい、サー、いいえ、サー、わたしの見るところ、あなたは年齢の割に並外れた判断力の持ち主です、と。いやはや、あんたの父親のモンシニョル、ウィルトシャー伯や、伯父のノーフォーク公トマス・ハワードの教えはこの上なく役に立ったよ。「ためになるお言葉です、はい、サー。今後はもっと行動を慎みましょう」

ジョージは態度をやわらげる。「そうしろ」

今、彼はそれを思い出して苦笑しながら、走り書きの議題に戻る。息子のグレゴリーの視線がせわしなくテーブル周辺を移動し、言葉にされないことを拾いあげようとしている。いとこのリチャード・クロムウェルへ、〝リズリーで結構です〟へ、父親へ、そして入ってきた他の面々へと視線が移動する。リチャード・リッチは眉間に皺を寄せて書類を見ており、〝結構です〟はペンをもてあそんでいる。ふたりとも悩める男だ、と彼は思う。リズリーとリッチはどことなく似ている。自分たちの魂の周辺をこそこそと動き、壁をこつこつたたき、おや、あのうつろな音はなんだろう？といぶかしんでいるようなところが。しかし彼は王のために才能ある男たちをそろえなければならない。頭の回転が速く、粘り強く、国王のためなら、そして自分自身のためにも、努力を惜しまない男たちを。

「会議を終える前にもうひとつ」彼は言う。「わがウィンチェスター司教閣下が国王をいたく喜ばせたため、わたしの提言により、陛下はふたたび彼を大使としてフランスへ派遣なさった。彼の任期は短くなかろうと思われる」

テーブル中にゆっくりと笑みが広がる。彼は〝結構です〟を観察する。かつてリズリーはスティーヴン・ガーディナーの秘蔵っ子だった。しかし、彼も残りの面々と同様、喜んでいるように見える。リチャード・リッチは頬をピンク色に染めて立ちあがり、ぎゅっと彼の手を握る。

「ガーディナーが旅立たんことを」レイフが言う。「そしてずっと行ったきりにならんことを。彼はすべてにおいて二枚舌ですからね」

「二枚舌？」彼は言う。「よく聞いてくれ、ガーディナーの舌は三叉の槍並みだ。最初は教皇派、次はヘンリー派、そして今度は、ふたたび教皇派に鞍替えするだろう」

「国外での彼は信頼できるんですか？」リッチが聞く。

「信頼できるのは、司教が自分の利益がどこにあるかを知っているという点だけだ。さしあたって、それは王のもとにある。司教を監視し、彼の随行団にこちら側の人間をもぐりこませよう。マスター・リズリー、任せていいかね？」

グレゴリーだけが疑わしげだ。「ウィンチェスター閣下が大使？　フィッツウィリアムがぼくに言うには、大使の第一の義務はひとを侮辱しないことですよ」

彼はうなずく。「スティーヴンは侮辱しかしない」

「大使は陽気でひとあたりのいい人物がなるべきじゃないかな？　フィッツウィリアムはそう言っています。誰とでもうちとけて、話しやすくて、とっつきやすく、相手に好かれる人物であるべきだと。そうすれば、屋敷を訪問したり、会議に出席したりするチャンスをつかめるし、むこうの夫人や跡継ぎとも親しくなって、家庭を堕落させ意のままにすることができる、と」

レイフの眉がはねあがる。「フィッツからそう教えられているのかい？」みんなが笑う。

「確かにそうだ」彼は言う。「それが大使のしなければならないことだ。だから、シャピュイがおまえを堕落させていないことを祈るよ、グレゴリー。わたしに妻がいたら、シャピュイはこっそり詩を送りつけることだろう、そうとも、そして飼い犬たちには骨を持ってくる。まあしかし……シャピュイは知ってのとおり、楽しい男だ。スティーヴン・ガーディナーとはちがう。しかし実はな、グレゴリー、フランスにたいしては一歩も引かない大使が必要なのだ。肝っ玉のすわった、意地の悪い男が。スティーヴンは以前、フランスへ行き、その評価を確立した。フランス人は偽善者だ。偽りの友情を装い、その代償に金を要求する。いいか」彼は息子を教育にかかる。「今このときも、フランスはカール皇帝からミラノ公国を奪う計画を立てており、われわれの支援を求めている。われわれはフランスに便宜をはからねばならない。フランスがいつ豹変して皇帝側につき、われわれを制圧するかわからないからだ。したがって、むこうが〝約束の金を渡せ〟という日がきたとき、スティーヴンのような大使が必要なのだ。彼なら平然とシラを切り、こう言い返すだろう。〝ああ、金か？　貴国はすでにヘンリー国王から借金しているのだから、そこから取ればよかろう〟フランソワ王は毒づくだろうが、ある意味では、われわれは約束を守ったことになる。わかるか？　もっとも獰猛な戦士たちはフランス宮廷のためにとっておくんだ。わがノーフォーク公がフランス大使だったことを思い出してみろ」

グレゴリーは首をすくめる。「外国人なら誰だってノーフォークを怖れるでしょうね」

「イングランド人もだ。れっきとした理由あってのことさ。ちなみにノーフォーク公はトルコ軍のあの巨大な大砲のようなものだ。衝撃はすさまじいが、ふたたび砲撃できるようになるまで、三時間の冷却時間が必要だ。その点、ガーディナー司教は朝から晩まで十分おきに爆発できる」

「でも、父上」グレゴリーがしゃべりだす。「われわれがフランス側に金を約束し、それを払わなかったら、彼らはどうするでしょう？」

「それまでに、こちらとしてはもう一度カール皇帝と緊密な関係を結んでいると思いたいね」彼はためいきをつく。「おなじみのゲームだが、わたしか、あるいは国王がもっといい策を思いつくまでは、ゲームを続行するしかなさそうだ。皇帝のチュニスにおける最近の勝利の話（一五三五年、皇帝カール五世はチュニスでトルコに勝った）は聞いたか？」

「世界中がその話でもちきりです」グレゴリーは言う。「キリスト教徒であるすべての騎士が、その場にいたかったと思っているんです」

彼は肩をすくめる。「それがどの程度の名誉かは、時が教えてくれるだろう。バルバロッサ（一四七五～一五四六。チュニスを占領していたオスマン帝国の提督）はすぐに別の拠点を見つけて海賊行為を再開するだろう。だが、そのような勝利をおさめ、しばらくトルコ軍がおとなしくしていたら、皇帝はわれわれに刃向かい、侵略を図ろうとするかもしれない」

「だけど、どうやってぼくたちは皇帝をとめるんですか？」グレゴリーの顔に絶望の色が浮かぶ。

「キャサリン王妃にまた戻ってもらわなければならないのかな？」

〝結構です〟が笑う。「グレゴリーはわれわれの仕事のむずかしさを理解しはじめてますよ、サー」

「現王妃についてしゃべっていたときのほうがよかったな」グレゴリーは低い声で言う。「それに、彼女が太ってきたと言って褒めてもらったし」

〝結構です〟がやさしく言う。「笑うべきじゃなかった。きみの言うとおりだ。われわれの労苦のすべて、屁理屈、身につけた知識も聞きかじりの学識も、国家戦略、弁護士の命令、聖職者の呪い、聖俗いずれの判事の厳粛な決議文も、どれもみな、女の身体ひとつで無に帰してしまう、そうだろう？　神は女の腹を透明にお作りになるべきだった。そうすれば、われわれは希望を持ったり、怖れたりせずにすんだんだ。でも腹で育つものは、闇の中で大きくなるべきものなのかもしれない」

「キャサリンは病気だそうですね」リチャード・リッチが言う。「今年中にキャサリンが死んだら、そのとき世界はどうなるのかな？」

それにしても。すわりっぱなしでは根が生える！　立ちあがって、秘書官の誇り、オースティン・フライアーズの庭へ出よう。彼は外国で見た花の咲く植物や、味のよい果物がほしくて、外交行嚢に外国の植物の若枝や挿し木を入れて送るよう大使たちにせがんでいる。熱意あふれる若い事務員たちが待ちかまえて届いた袋の紐を切ると、ドーバー海峡のむこうからやってきた、まだ命に脈動する球根たちがころがりでてくる。

いたいけな幼児が生き、若者が力強く成長することが彼の願いだ。だからテニスコートをつくった。リチャードや、グレゴリーや、家の若者たち全員への贈物だ。彼自身はそう下手ではない……眼が見えないか、片足しかない対戦相手なら。ゲームの多くは戦略がものをいう。片足が悪いから、スピードより知能に頼らざるをえない。だが、テニスコートをつくり、費用をまかなえたことは鼻が高い。最近はハンプトン・コートで国王のテニス番に相談し、ヘンリーの好みに合わせて面積を調整した。国王はオースティン・フライアーズへ食事にきたことがあるから、そのうち、昼下がりにテニスコートにやってこないともかぎらない。

イタリアでフレスコバルディ家の召使いをしていた頃、下働きの少年たちは暑い日の夕、外へ出ては通りでゲームをしたものだった。ジュ・ド・ポームというテニスの一種で、使うのはラケットではなく手だった。少年たちは押したり突いたり、黄色い声をあげてゲームに興じ、打ったボールが壁にはねかえって、仕立て屋の庇の上をころがり、たまりかねた仕立て屋のあるじが出てきて、叱りつけたものだった。「うちの庇をぞんざいにしたら、おまえたちのきんたまを切り取って戸口の上からリボンでぶらさげるぞ」少年たちはごめんなさい、と口々に謝って、通りに引き返し、しずかに裏庭で遊びはじめるが、三十分もすると、元の木阿弥だ。今でも夢のなかで、ボールの不格好な縫い目が金属にぶつかって、空中へ飛んでいくときの音が聞こえる。手のひらにぴしゃりと当たる革の感触を感じる。あの頃、彼の怪我はまだ癒えていなかったが、こわばった足で必死に走ったものだ。前の年、フランス軍と共にガリリャーノ（一五〇三年、スペイン軍とフランス軍の戦いの場となった）で戦ったときに負った怪我である。少年たち《ガルッオーニ》はよくこう言った。おい、トマソ、なんで脚の裏側を負傷したんだい、逃げていたのか？　彼は答えた、ああ、そうさ。逃げるぐらいの金しかもらってなかったからな。前線で戦ってほしいなら、もっと給金をはずまなくちゃ。

このときの大敗で、フランス軍はちりぢりになった。当時、彼はフランス人だった。つまりフランス王が彼の給金を払っていた。最初は這っていたが、やがて片足立ちになり、仲間と一緒にぼろぼろの身体をひきずり、出血多量で死ぬことだけはしまいと、勝ったスペイン軍からあらんかぎりの速さで逃げた。彼ら傭兵は気性の荒いウェールズ人の弓兵と、背教者のスイス人と、彼のような数人のイングランド人少年で、全員が金もなく途方に暮れていたが、大敗の余波のなか、知恵をしぼって脱出路をさぐり、必要に応じて出身国と名前を変えながら、北をめざして、次なる戦いを、あるいはもっと安全な仕事を求めて都市から都市へと流れ歩いた。

とある大きな屋敷の裏門で、執事が彼に問いただした。「フランス人か？」

「イングランド人です」

男は目を天にむけた。「で、なにができる？」

「喧嘩は強いです」

「そのようだが、それだけではだめだ」

「料理ができます」

「野蛮な料理はいらん」

「計算ができます」

「ここは銀行家の屋敷だ。間に合っている」

「なにをしてほしいか言ってください。おれならできます」（すでに彼はイタリア人のように大口をたたいていた）

「力仕事のできる者がほしい。名前は？」

「ヘラクレス（力持ちの意）」

執事は心ならずも笑ってしまう。「入れ、エルコーレ（ヘラクレスのイタリア語読み）」

エルコーレは足をひきずって敷居をまたぐ。執事は忙しくてもうかまってくれない。痛みで泣きそうになりながら階段に腰をおろし、あたりを見まわす。彼にあるのはこの床だけだ。この床が彼の世界だ。腹がへっている、喉が渇いている、ここは故郷から七百マイル離れている。だが、この床をきれいにすることはできる。「ええい、ちくしょう！」彼は叫ぶ。「水だ！　バケツだ！　そ《ア》れっ《レ》、は《ア》じめるぞ《レ》！」

仕事がはじまる。すぐにはじまる。バケツが運ばれる。彼は床をきれいにする。屋敷をきれいにする。改善に抵抗勢力はつきものだ。はじめは厨房で働かされる。外国人だからいじめられる。刃物や串や熱湯がある場所は暴力沙汰の発生率も高い。だが、彼はひとが思う以上に喧嘩に強い。背は高くないし、狡猾に立ちまわるわけでもないのに、彼をぶちのめすのはほとんど不可能だ。彼を支えているのはヨーロッパ中で喧嘩好き、略奪者、泥棒と怖れられているイングランド人の悪名だ。下働き仲間をイタリア語でののしることができないので、パトニー言葉を使う。彼はみんなに恐るべき英語の悪態――〝キリストの釘穴野郎が〟――を教え、彼らはそれを主人たちの背後でこっそりつぶやき、鬱憤を晴らす。毎朝、籠に露を宿した薬草を摘んだ娘がやってくると、彼らは一歩さがって娘をうっとり見つめたずねる。「やあ、かわいこちゃん、今日のご機嫌はどうだい？」難しい仕事を邪魔する者にはこう言う。「とっととここから失せろ、さもなきゃ、この鍋にてめえの頭をつっこんで茹でるぞ」

まもなく彼は、この都市きっての由緒ある一族、金や絹や毛織物やワインを商うだけでなく、偉大な詩人たちを親戚に持つこの家へ、運命が自分を導いたのだと思うようになった。主人のフランシスコ・フレスコバルディが彼と話すために厨房にやってきた。フレスコバルディはイングランド人にたいする巷の総意ともいうべき偏見とは無縁で、むしろ、イングランド人を幸運だと考えていた。しかし、とフレスコバルディは言った。わたしの祖先の中には大昔に死んだイングランドの諸王が借金を踏み倒したせいで、破産寸前まで追い込まれた者もいたのだよ。わたし自身、イングランド人の血がわずかながら入っている。そしてこう言った。我が家ではイングランド人は常に使い途があるんだ、書かねばならない手紙がたくさんあるのでね。字は書けるんだろうね？　彼、トマソまたの名をエルコーレのトスカーナ語が上達し、言いたいことが言えて、冗談を飛ばせるようになると、フレスコバルディは約束した。いつかおまえを会計所に呼んでやろう。おまえの能力を試してみよう。

その日がきた。彼は試され、勝った。彼はフィレンツェからヴェネチアへ行き、ローマへ行った。ときどき夢にそれらの都市があらわれると、肩をゆすって歩いた若いイタリア人の自分が目ざめたあともついてくる。彼は美化することなく、批判することなく、若かった自分をふりかえる。彼は、生き延びるのに必要なことをいつもやってきた。その判断が、ときに首をかしげたくなるようなものだったとしても……それが若いということだ。近頃、彼は貧しい学者を家に受け入れている。やってもらう仕事には事欠かない。善政に関する小冊子の執筆や、詩編の翻訳を手早く片付ける隙間仕事があるからだ。だが、粗野で荒っぽい若者たちも受け入れている。自分が粗野な荒くれ者だった経験上、辛抱強く接すればそういう若者たちがいずれ忠誠を誓うようになると知っているからだ。今でも彼はフレスコバルディを父親のように慕っている。慣れはむつまじい結婚生活にカビを生やし、子供たちは成長すると口応えし反抗的になるが、よき主人は奪うより多くを与え、その博愛は人生を照らす道しるべとなる。ウルジーを考えてみればいい。彼の内なる耳に枢機卿が話しかける。見たぞ、クラム、エルヴェタムにいたときのおまえを。夜明けにおまえはタマを掻きながら、国王のきまぐれのむごさについて思案していただろう。陛下が新しい妻をお望みなら、用意しろ。わしはそうしなかったから、死んだのだ。

夕食の食卓にのぼらなかったところからすると、サーストンのケーキは失敗だったにちがいないが、代わりに城をかたどった見事なゼリーが出てくる。「狭間までつけるとは、サーストンは本当にすごいですよ」リチャード・クロムウェルはそう言ったあと、ただちにテーブルの正面にすわっているイタリア人に議論を吹っかける。要塞の形としては、どっちがすぐれているかな、円形、それとも星形？

城は赤と白の縞模様だ。赤が濃い紅色で、白はまったく濁りがないせいで、外壁が浮きあがって見える。胸壁からは食べられる射手たちが飴細工の矢を射ろうと顔をのぞかせている。法務次官のリッチですら口元をほころばせる。「うちのちいさな娘たちに見せてやりたいぐらいだ」「きみの家へ流し型を送ろう。しかし要塞ではないほうがいいな。花園がいいかね？」幼い少女たちが喜ぶのはなんだろう？　忘れてしまった。

食後、使者が玄関の扉をたたかないかぎり、しばしば彼は蔵書に囲まれて一時間を過ごす。所有するすべての家に書物がある。オースティン・フライアーズ、チャンスリー・レーンの記録庁、ステップニー、ハックニー。最近は本の内容も多様になってきた。すぐれた君主、あるいは悪しき君主になるにはどうすればよいかを助言する本。詩集や簿記のつけかたの本、外国で役立つ言葉の本、辞書、罪を清める方法を教える本、魚の保存法を書いた本。彼の友人で内科医のアンドルー・ボードはひげにまつわる本を書いている。ボードは反ひげ派だ。彼はガーディナーの言ったことを考える――そっちこそ本を書けばいい、見物になるぞ。

もし書くとしたら、表題は『ヘンリーという名の本』になるだろう。いかにして王の思考を読み、いかにして王に仕え、いかに最善の方法をもって王を保護するか。彼は頭の中で序文を書く。「このもっとも祝福された人物の公私にわたる人徳は、その数をかぞえきれぬほどである。聖職者の敬虔、兵士の勇猛、学者の博学、廷臣の温順と洗練。こうした徳のすべてをヘンリー王は異例の深度で有しており、世界の誕生以来王に比肩する人物はいない」

エラスムスはこう説いている――支配者においては、彼が持たぬ資質までも褒めるべきである。なぜなら、世辞は支配者を思考させるからだ。そのとき欠けている資質を身につけようと努力するかもしれないからだ。

ドアがあく気配に、彼は顔をあげる。ウェールズ人の召使い、まだ年端の行かぬ少年がたたずんでいる。「そろそろ蠟燭を灯しましょうか、旦那様?」

「ああ、すぐに頼む」ふるえている火明かりがやがて黒っぽい木の壁を背景に、一粒の真珠からそぎ落とされた円盤のように安定する。「そこに腰掛けがある。すわりなさい」

少年は倒れこむようにすわる。一家の多様な要求が早朝から少年を走りまわらせていたのだ。大足の労苦を省くのは、どうして小足と決まっているのだろう？　〝ちょっと上へ行って、あれを取ってきてくれ……〟若い頃は、そう頼まれると悪い気はしなかった。自分は重要なのだ、なくてはならない存在なのだ、と思った。彼はウォルターの用事でパトニーを駆けずりまわったものだ。父親をだましたことも多い。今、少年に、楽にしろと言えるのは気分がいい。「子供の頃はウェールズ語がすこししゃべれたものだがな。今はだめだ」

五十男の繰り言だ、と思う。ウェールズ語、テニス、よくやったものだが、今はだめだ。埋め合わせはある。頭には情報が蓄積され、心は欠けやひびに強くなった。今は王妃のウェールズの所有地の調査に取り組んでいる。このことと、さらに重要な理由のために、彼は公国を厳しく監視しつづけている。「おまえの人生について話してくれ」と少年に言う。「どんないきさつでここへきたのか、話してごらん」たどたどしい少年の英語をつなぎあわせるとこういうことだ。放火、家畜泥棒、おきまりの国境地方の物語、最後は貧困、そして孤児となる。

「主の祈りはできるのか？」彼はたずねる。

「主の祈りというのは」少年は言う。「われらが父よ、のことですね」

「ウェールズ語では？」

「いいえ、旦那様。ウェールズ語の祈りはありません」

「なんたることだ。教える者を雇おう」

「お願いします、旦那様。そうすれば、父と母のために祈れます」

「ジョン・アプ・ライスを知っているか？　今夜、われわれと食卓を囲んでいたんだが」

「旦那様の姪御さんのジョハンナと結婚したひとですね？」

少年は飛ぶように出ていく。小足がまた働きはじめる。すべてのウェールズ人が英語をしゃべるようになるのが彼の目標だが、道のりはまだ遠い。それまでは神を味方につけておく必要がある。ウェールズ公国全体に追いはぎが跋扈《ばっこ》しており、賄賂や脅しを使って牢屋から出てくる。海賊たちの猛襲を受けている。そのあたりの領土を所有するジェントルマンたち、たとえば、王の私室付きのノリスやブレレトンは、彼の関心に抵抗しているようだ。王の平和よりみずからの利益を優先させている。連中は行動を監視されたくないのだ。正義などどうでもよいのだ。しかし、彼はエセックスからアングルシー島まで、コーンウォールからスコットランド国境まで、平等に正義をおこなうつもりでいる。

ベルベットの小箱を持ったライスが入ってきて、それを机の上に置く。「贈物ですよ。なんだか当ててみてください」

彼は箱をふってみる。あけると穀物のようなものが入っている。指でその鱗状の灰色のものをさわる。ライスは彼のために大修道院の調査にあたってきた。「聖女アポロニアの歯ではないだろうな？」

「残念でした」

「マグダラのマリアの櫛の歯か？」

ライスは追及をやめる。「聖エドマンドの爪の切りくずですよ」

「うへえ。他のものと一緒に捨ててしまえ。聖エドマンドはきっと指が五百本あったのだろう」

一二五七年、ロンドン塔で飼われていた一頭の象が死に、礼拝堂近くの穴に埋められた。だが次の年に掘り出され、死骸がウェストミンスター寺院へ送られた。さて、象の死骸はウェストミンスター寺院で何に使われたというのだろう？　一トン分の骨や牙を切りきざみ、その獣の骨が聖人たちの骨に作りかえられたのでないのなら？

　聖遺物の管理者たちによると、遺物の秘められた力のひとつに、増殖がある。骨も、木片も、石も、動物さながらの繁殖能力を持っており、それでいてその本質は損なわれることがない。つまり、派生物はけっして原物より劣ってはいない。だから、イバラの冠は花を咲かせる。キリストの十字架は蕾をつける。命ある木のように、繁茂する。キリストの縫い目のない服がそれとそっくりのものを織る。爪が爪を生む。

　ジョン・アプ・ライスが言う。「あの連中に道理は通じません。いくら目をさませと言っても、血の涙を流す聖母の像がずらりと並んでいるんですから」

「なのに連中はわたしがいやがらせをするというんだ！」彼は思案する。「ジョン、腰をおろして、書いてくれ。きみの同国人には祈りが必要だ」

「彼ら自身の言語で書かれた聖書が必要なんです」

「まず王に、英語の聖書があることのありがたさを確信していただかねばならん」彼は日常的に内密の改革運動を行っている。すぐれた英訳聖書にヘンリーの支持を取りつけ、それをすべての教会に配るようにしてもらう。彼の計画は実現間近であり、彼は王を説得できると考えている。彼の理想は単一国家であり、単一貨幣であり、計量法も測量法もひとつ、そしてなにより、すべての民がただひとつの言語をしゃべることだ。今の状態では、ウェールズへ行くまでもなく、意思の疎通がうまくいかない。ロンドンから五十マイルと離れていなくとも、ニシンを料理してくれと言うと、ぽかんとした顔をされる。鍋を指さし、身振りで魚を表現してはじめて、ああ、と納得顔が返ってくる。

しかし、彼がイングランドに抱く最大の野望は――君主とその国家は調和しているべきだ、というものだ。王国がパトニーのウォルターの家のように、四六時中喧嘩が絶えず、夜も昼も騒音と金切り声に満ちているようであってはならない。誰もが自分のやらねばならぬことを心得、安心してそれをこなせる家庭のような国であってほしい。彼はライスに言う。「スティーヴン・ガーディナーがわたしに本を書くべきだと言うんだが、どう思う？　いつか引退したら書くかもしれんな。それまでは、秘密はこの胸にしまっておく」

妻の死後、閉じこもってマキアヴェリの本を読んだ陰鬱な日々を思い出す。あの本は今、世界を騒がせているが、それでも、実際に読まれているというよりは取り沙汰されているにすぎない。当時、彼は屋敷に引きこもっていた。彼も、レイフも、当時の家族全員が、粟粒熱にかからないよう家に閉じこもっていた。本をひっくりかえして、彼は言ったものだ。イタリアの諸公国から教訓をひねりだして、ウェールズや北部国境地帯にあてはめることはできない、と。同じようにはいかないさ。マキアヴェリの本は陳腐といってもいいように思えた。徳や脅威といった抽象的概念以外はとりたてて得るべきものはなく、基本的行動の特殊例や欠陥のある推論が展開されていた。自分なら内容を改善できるだろうが、その暇がない。山積する仕事に追われる彼にできるのは、口述筆記のためにペンを宙でとめて待っている事務員たちに短い言葉を投げ与えることだけだ。〃心よりの称賛を送ります……あなたの変わらぬ友、愛する友、あなたの友トマス・クロムウェル〃。秘書官の地位に手当はつかない。この仕事の領域は曖昧で、それが彼には合っている。大法官の役割が制限されている一方で、秘書官は国家のいかなる省庁にも、政府の隅にも立ち入ることができるのだ。彼のもとには諸州から手紙が届く。土地争いの仲裁の依頼や訴訟に名前を使わせてくれという赤の他人からの懇願。面識のない人々が隣人に関するおしゃべりを書いてよこし、修道士たちは上役たちが国王に不忠な言葉をしゃべったと言ってくる。聖職者が司教たちの発言を彼に代わってふるいにかけている。王国全土の諸事が彼にこっそり耳打ちされる。イングランドの偉大な実務、印章と王璽を待つ羊皮紙や巻物が国王直属の彼の複数の執務室の机の上でむこうへ押しやられたり、手元へひきよせられたりする。嘆願者たちは彼にマームジーやマスカットのワイン、去勢馬、鳥獣の肉、金を送ってくる。贈物、献上金、幸運のお守りやまじないもある。恩恵を求めるなら金品を差し出すのが当然だと思っているのだ。この状態が彼が王にひきたてられるようになって以来つづいている。彼は金持ちだ。

そして当然ながら、妬まれている。彼を敵視する人々は、彼の若い頃の生活について可能なかぎりほじくりかえす。「そこで、わたしはパトニーへ行ったのだ」ガーディナーはそう言ったものだ。「いや正確にいえば、ひとをやった。あそこの住民は、あの刃立て屋があんなに偉くなるとは想像しなかった、と言ったそうだ。今頃は吊るし首にされてるだろう、とみんなで思っていたそうだ」

彼の父親はよく刃物を研いでいた。人々は通りから彼に呼びかけた。トム、これを持ってって、親父にどうにかできるか聞いてくれないか？　そして彼はそのなまくらな道具を受け取った。おいらにまかせときな、父ちゃんが刃を立てる。

「技術がいるんだ」彼はガーディナーに言った。「刃を研ぐのは」

「きみはひとを殺した。知っているぞ」

「この司法管区ではない」

「外国は勘定に入らないと？」

「ヨーロッパの法廷では、正当防衛は罪にならない」

「だが、人々がきみを殺したがっている理由を自分の胸に聞いたことがあるのか？」

彼は笑ったものだ。「なあ、スティーヴン――この世の多くは謎だが、わたしがやっかまれているのは謎でもなんでもない。わたしはいつも朝一番に起きた。喧嘩では負けたことがなかった。金には困ったことがないし、常に女もいた。いくらでも連れてきたらいい。お手のものだ」

「娼婦ならだろう」スティーヴンが毒づいた。

「きみだって昔は若かった。で、その発見を国王に伝えたのか？」

「どんな男を雇っているのか、王は知るべきだからな」そう言ったあと、ガーディナーは口をつぐむ。彼、クロムウェルが微笑を浮かべて近づいたからだ。「好きにするがいい、スティーヴン。家来に調べさせたらいい。金を使って、ヨーロッパ中調べまわれ。わたしが持っているどの能力もことごとくイングランドに役立っていることがわかるはずだ」彼は上着の内側からありもしない短剣を引き抜いていた。それをガーディナーの肋骨の下にやんわりと、やすやすと押しつけた。「スティーヴン、仲直りしてくれとたびたびきみに頼まなかったか？　それをきみははねつけなかったか？」

ガーディナーの名誉のために言っておけば、ガーディナーはすくみあがらなかった。なにやらぞっとしたように、外衣をかきよせ、想像上の刃からそっとあとずさった。「きみがパトニーで短剣を突き立てた若者は死んだ」ガーディナーは言った。「うまく逃げたな、クロムウェル。若者の家族はきみを縛り首にしたがったが、きみの父親が金で片を付けたんだ」

彼はおどろく。「なんだって？　ウォルターが？　ウォルターが金を？」

「たいした額ではなかった。家族には他にも子供たちがいたからだ」

「それにしても」彼は呆然として突っ立っていた。ウォルター。ウォルターが金で片付けた。蹴りつける以外なにもしてくれたことのなかったウォルターが。

ガーディナーは笑った。「ほらどうだ。本人すら知らないきみの人生をわたしは知っているんだぞ」

もう夜更けだ。机の書類を片付けたら、書棚の本を読もう。目の前にあるのは、ウースターの大修道院の所有物一覧表だ。彼が派遣した巡察官たちは徹底している。手を温める火袋からニンニクを潰す乳鉢まで、一切合切が記載されている。玉虫色のサテンの袖なしの祭服《カズラ》、金布の裾の長い祭服《アルバ》、黒の絹で表現された神の子羊。象牙の櫛、真鍮のランプ、飲料用の革袋三個、大鎌。聖歌集、楽譜、鈴がついた狐よけの網六枚、手押し車二台、シャベル数本と鋤、聖女ウルスラとその侍女一万一千人の処女たちの遺物、聖オズワルドの司教冠《ミトラ》、大量の架台式テーブル。

一五三五年の秋、オースティン・フライアーズの屋敷はにぎやかだ。モテット（宗教的合唱曲）の練習をしている子供たちの歌声が途切れては、またはじまる。階段から呼びあう幼い少年たちの声。さらに近くからは、犬たちの前足が板をひっかく音。金貨が金庫に投げこまれるちゃりんという音。数ヵ国語の話し声がタペストリーのせいでくぐもって、かすかに聞こえる。紙の上をインクが走る音。壁のむこうには都会の喧噪。屋敷の門にたむろする群衆のざわめき。テムズ川からはかすかな叫び声。彼の内なる独白が低い声で流れつづけている。彼が枢機卿を思うのは、公的な部屋の中でだ。高い丸天井の室内にこだまする枢機卿の足音。妻のエリザベスを思うのは、私的な空間の中。彼女はもう彼の意識の中では、ぼやけている。角を曲がってくるスカートの衣擦れの音でしかない。エリザベスの人生最後のあの朝、彼は家を出るときに彼女がついてくるのを見たような、白いキャップが視界の隅をかすめるのを見た気がした。彼はなかばふりむいて、こう言った。「ベッドにお戻り」だが、うしろには誰もいなかった。その晩、彼が帰宅したときには、エリザベスの顎は固くしばられ、枕元と足元には蠟燭が灯されていた。

それから一年もたたぬうちに、娘たちが同じ病で死んだ。ステップニーの屋敷に、彼は娘たちの真珠と珊瑚の首飾りの入った鍵つきの箱を保管している。アンのラテン語の練習帳もそこに入っている。そして納戸にはクリスマスで娘たちが着た衣裳が眠っている。グレースが教区の芝居でつけた、孔雀の羽根で作った翼は、いまだに捨てることができない。芝居のあと、グレースは翼をつけたまま二階へあがっていった。窓におりた霜がきらめいていた。お祈りしにいくの、グレースは彼から遠ざかりながら、羽根をふわふわさせ、闇に消えていった。

そして今、オースティン・フライアーズに夜の帳《とばり》がおりている。かんぬきがかけられ、鍵がかけられ、頑丈な鎖がくぐり戸に渡され、主門に太い棒が渡される。番犬係のディック・パーサーが番犬たちを外に出す。犬たちは跳ね、走り、月光に噛みつき、果樹の下で腹這いになり、前足に頭をのせ、耳をぴくつかせる。屋敷が静まりかえると――彼のすべての屋敷が静まりかえると――死んだ人々が階段を歩きまわる。


アン王妃より、部屋までくるようにとのお達しがある。食後だった。どの主要宮殿でも、今では王の私室のそばに彼の部屋が確保されているので、王妃の部屋までは一歩の距離である。正確には階段一つ分だ。その階段をのぼると、金色の幅木を舐める燭台の明かりを受けているのは、マーク・スミートンの真新しいごわついた胴着だ。マーク自身はその内側に潜んでいる。

マークがどうしてここに？　口実としての楽器は見当たらない。アンに仕える若い貴族に負けないぐらい贅沢に装っている。ここに正義はあるのか？　マークは無為に過ごし、見かけるたびに美貌に磨きがかかっている。おれはありとあらゆる職務をこなし、日に日に白髪が増え、腹が出てきている。

日頃からマークとはそりが合わないから、うなずいて通りすぎるつもりでいると、マークが背筋を伸ばし、微笑する。「クロムウェル卿、お元気ですか？」

「ああ、いや。まだただのマスターだ」

「うっかりしました。頭から爪先までごりっぱでしたので。それに、きっと近いうちに王様がなにかしてくださるでしょう」

「それはないだろう。陛下は庶民院でわたしが必要なのだよ」

「そうだとしても」若者はつぶやく。「陛下は情け知らずですよ。ろくに役にも立たずにいい目を見ているひとたちがいるのに。あのう、お屋敷には音楽の生徒たちがいるそうですね？」

修道院から救済された陽気な少年たちが一ダースばかり。彼らは読み書きに励み、楽器の練習をし、食卓では礼儀作法を学んでいる。食事時には、客たちを楽しませている。弓を練習し、スパニエル犬たちに芸を仕込み、年少の子供たちは石畳の上を木馬をひきずりながら彼にまとわりつき、旦那様、旦那様、ぼくを見て、逆立ちするのを見たいでしょう？「彼らは屋敷を活気づけてくれる」彼は答える。

「生徒たちの腕に磨きをかけたいとお考えなら、ぼくを思い出してください」

「そうするよ、マーク」おまえのようなのにそばをうろつかれたら、うちの子たちが心配だ。

「王妃はご不満なんです」若者は言う。「兄上のロッチフォード子爵が最近特使としてフランスへ行ったことはごぞんじでしょう。今日、手紙がきたんです。むこうでは、キャサリン元妃が教皇に手紙を書いて、教皇が陛下に申し渡した破門状のあのひどい文章を実行に移すように頼んだというもっぱらの噂みたいで。そんなことになったら、われわれの王国に莫大な損害と危険がおよぶでしょう」彼はうなずく。うん、うん。うん。破門状のなんたるかをマークに説明してもらうにはおよばない。もっと手短に言えないのか？「王妃は怒っておられるんです。もしもそのとおりなら、キャサリンはあきらかな反逆者なのに、なぜぼくたちが手段を講じないのかといぶかしんでおいでなんです」

「その理由をわたしがおまえに言うとしようか、マーク？　そうしたら、おまえはそれを王妃に伝えてくれるのか？　おまえのおかげで一、二時間の節約になりそうだな」

「まかせていただけるなら――」若者は言いかけて、彼の冷笑に気づき、顔を赤くする。

「モテットに関してはおまえを信頼するよ、マーク。しかし」彼は若者を値踏みする。「王妃はおまえを高く評価しておいでらしいな」

「秘書官、ぼくもそう思います」恥はかいたが、マークは早くも立ち直っている。「王妃の信頼を得るのに最適なのは、しばしばぼくたちのような取るに足らない人間なんですよ」

「なるほど。では近いうちに、スミートン男爵の誕生か、え？　おまえを祝福するのはわたしが最初になりそうだな。いまだにこっちは庶民院の椅子を温めつづけているとしても」


アンは片手をせっかちに動かして周囲の女官たちを追い払う。女官たちは彼に軽く頭をさげ、衣擦れの音をたてて出ていくが、アンの義姉、ジョージの妻はぐずぐずしている。アンが申し渡す。

「ご苦労でした、レディ・ロッチフォード、今夜はもう結構」

道化だけが王妃とともに残る。王妃の椅子のうしろからこちらをのぞいているこびとの女だ。アンの髪が、三日月のような形をした銀色の薄物のキャップの下に垂れている。彼はそのことを心に書き留める。彼のまわりの女たちはいつもアンがなにを着ているか知りたがるのだ。これが夫を迎えるアンの装いである。夫のためだけに披露される黒い豊かな髪が、今はたまたま、職人のせがれで、マーク同様取るに足らない存在であるクロムウェルの目にも見えている。

アンは、よくやるように、さっきまでしゃべっていたかのように話しはじめる。「だから行ってもらいたいのよ。彼女に会いに北へ。ごく内密に。必要な家来だけを連れていきなさい。ほら、兄のロッチフォードの手紙を読んだらいいわ」指先でそれをふりまわすが、ふと気が変わって、すばやくひっこめる。「いいえ……やめておきましょう」そう言って、代わりに手紙の上にすわってしまう。ことによると、トマス・クロムウェルへの非難がどこかに書かれているのでは？「わたしはキャサリンを心底疑わしく思っているのよ。フランスは、わたしたちが推測するしかないことを知っているようだしね。あなたの家来は用心が足りないのじゃなくて？兄上は彼女がシャピュイ大使と同じように、皇帝にイングランドへの侵略をうながしていると信じているのよ。ついでだけれど、あの大使はこの王国から追放すべきだわ」

「いや、ごぞんじのとおり」彼は反論する。「大使を国外追放することはできません。情報源がなくなってしまうからです」

実のところ、彼はキャサリンの陰謀を怖れていない。フランスと皇帝はこのところずっと敵対しあっており、戦争が勃発すれば、皇帝はそちらで手一杯で、とてもイングランドを侵略する余裕などないはずだ。こうした状況は一週間刻みで大きく変化するものだが、彼が気づいたところでは、ブーリン家の読みはいつも少々遅れている上、ヴァロワ王室に特別な友人がいるふりをしているせいでずれている。アンは今でも、ショウガ色の髪の幼い娘をフランス王室に嫁がせたがっている。

以前は、まちがいから教訓を学ぶ人間、いったん退いて、考えを修正する人間として、彼はアンを称賛したものだったが、今の彼女は元妃キャサリンに劣らぬ頑迷さを発揮するようになっていて、この件に関しては、なにも学びそうにない。ジョージ・ブーリンは婚約を整えようと、ふたたびフランスへ行ったが、交渉が実を結ぶことはなかった。なんのためにジョージ・ブーリンを行かせたのか？　彼はそう自問する。「陛下におかれましても、元妃を冷遇することにより、ご自分の名誉を傷つけるわけにはいかないのです。それが公になれば、陛下ご自身がきまりの悪い思いをされるでしょう」

アンの表情は懐疑的だ。きまりが悪いという意味が、彼女には理解できない。蠟燭の明かりが弱くなり、アンの銀色の頭が上下にゆれて、かすかにきらめく。こびとが見えないところで動きまわり、くすくす笑い、ひとりごとをつぶやいている。ベルベットのクッションの上にすわって、アンは小川に爪先をひたそうとする子供のように、ベルベットのスリッパをぶらぶらさせる。「わたしがキャサリンなら、わたしも陰謀を企てるでしょうね。わたしならゆるさない。彼女と同じことをするでしょう」アンは彼に危険な笑みをむける。「いいこと、彼女の考えはわかっているのよ。キャサリンはスペイン人だけれど、彼女の立場に自分を置くことはできます。もしもヘンリーがわたしを捨てたら、おとなしくはしていないわ。わたしも戦争を望むでしょう」一房の髪を軽く握り、考えこみながら、その手を髪の先まですべらせる。「でも。陛下はキャサリンを病気だと信じていらっしゃる。彼女もあの娘も、いつもめそめそ泣いているわ。おなかを壊したり、歯が抜け落ちたり、瘧《おこり》やら洟水やら、夜どおし吐いたり、日中は臥せってうめいたり、そして彼女たちの苦痛のすべてがアン・ブーリンのせいなのよ。だからいいこと、クレムエル、不意打ちで彼女に会いに行きなさい。そして、本当の病気なのか仮病なのか報告して」

アンの奇妙なフランス語の抑揚は相変わらずで、今も彼の名前をきちんと発音できない気取った舌足らずの話しかたをする。扉のあたりがざわつく。王が入ってくる。彼は深々と頭をさげる。アンは立つこともせず、お辞儀もしない。前置きぬきで言う。「彼に行くよう命じたところよ、ヘンリー」

「そうしてくれるとよいのだが、クロムウェル。そして、そのほう自身が報告してくれ。物事の本質を見抜くことにかけては、そのほうに並ぶ者はおらん。余を打つ棒がほしいとき、皇帝は彼の伯母が無視と寒さと恥辱ゆえに死にかけていると言う。しかし、召使いたちがいるのだぞ。薪があるのだぞ」

「そして、恥辱については」アンが口をはさむ。「自分のついた嘘を考えれば、死にたくなるのもあたりまえだわ」

「陛下、夜明けに出発いたします。明日は、おゆるしがあればレイフ・サドラーを課題一覧とともによこしましょう」

王はうめき声をあげる。「そのほうの長い一覧表から逃れる術はないのか？」

「はい、陛下、わたしの留守中はお休みになれるとしますと、陛下はなんらかの口実をもうけて、わたしを永遠に遠方へおやりになるでしょうから。わたしが戻るまで、ただじっと……していてくださいますか？」

ジョージの手紙の上にすわっているアンが、椅子の中で身じろぎする。「そのほうなしでは、余はなにもせん」ヘンリー王が言う。「気をつけよ、道中は物騒だ。無事を祈る。ご苦労であった」

外側の部屋を見まわすが、マークの姿はなく、世話係の女官たちが群れているだけだ。メアリ・シェルトン、ジェーン・シーモア、ウースター伯の妻エリザベス。見当たらないのは誰だろう？

「レディ・ロッチフォードはどこかね？」彼は微笑を浮かべてたずねる。「タペストリーのうしろに姿を見かけた気がしたが」と、アンの部屋を示す。「そろそろお休みになるようだ。とすると、みなは王妃殿下の世話をすませたら、あとは夜更けまでいたずらができるわけだ」

女たちがおかしそうに笑う。レディ・ウースターは指で這いまわる仕草をする。「九時、ほらハリー・ノリスがきますわ、はだけたシャツの下は裸で。お逃げなさい、メアリ・シェルトン。ゆっくりお逃げ……」

「誰から逃げるんだ、レディ・ウースター？」

「トマス・クロムウェル様、とてもこの口からは申しあげられませんわ。わたしのような夫ある身では」じらすような笑みを浮かべ、エリザベスは彼の上腕に指を這わせる。「今夜ハリー・ノリスがどこで寝たがっているか、わたしたち全員が知っています。今のところ、彼のベッドを温めるのはシェルトンひとりですもの。ノリスには大それた野望があるんです。誰彼かまわず公言しています。彼は王妃様に恋いこがれているんです」

「わたしはカードをするわ」ジェーン・シーモアが口をはさむ。「ひとりで。それなら過度の損は生じませんもの。クロムウェル様、レディ・キャサリンについてなにか新しい知らせはございますの？」

「話せるようなことはなにもないな。残念だが」

レディ・ウースターの視線が彼を追う。王妃と同じぐらいの年齢で、美しいが軽率で、かなり金遣いが荒い。夫とは離れて暮らしているから、もし彼がうなずいてみせれば、彼女もゆっくりと逃げてみせるのだろう。とはいえ、伯爵夫人だ。一方の彼は卑しい出の秘書官。しかも夜明け前の出発を王に誓ったところである。


彼ら、武装した男たちは緊密な一団を作り、紋章旗も立てず、身分をあらわす装飾も抜きで、キャサリンの住む北へと馬を走らせる。空は快晴で、肌を刺す寒さだ。褐色に草枯れた大地が固い霜の層から透けて見え、凍てついた水たまりから鷺たちが翼を羽ばたかせて飛び立っていく。地平線上に積み重なって動いている雲は、鋼のような灰色とやわらかな人目を欺く薔薇色に染まっている。昼すぎから一行を先導しているのは、欠けたコインそっくりのみすぼらしい銀色の月だ。都市の快適さが遠ざかるにつれ、嫌悪をあらわにし、饒舌になったクリストフが、彼の隣で馬を走らせている。「噂じゃ《オンディ》王様はキャサリンのために暮らしにくい田舎を選んだってことですね。カビが身体の中に入って死ぬのを望んでるとか」

「陛下はそのようなお考えは持っていない。キンボルトン城は古い屋敷だが、いたって衛生的だ。キャサリン様はあらゆる快適さを享受している。彼女の家政は国王にとって年に四千ポンドの出費だ。けちな額ではない」

クリストフがその言いまわしをじっと考えこむままにする。けちな額ではない。ようやく若者は言う。「どっちにしても、スペイン人は糞《メルド》だ」

「轍《わだち》に気をつけて、ジェニーの足が穴に落ちないようにしろ。ふり落とされたら、ロバに乗ってついてこさせるぞ」

「ヒーン」クリストフが大声で鳴く。武装した男たちを鞍の上でふりかえらせるほどの大声だ。

「フランスのロバの鳴き声だよ」クリストフは説明する。

あほのフランス人め、ひとりが愛想よく言う。一日めの旅程が終わりに近づくと、一行は黒々とした木立の下を走りながら、歌をうたう。それが疲れた心を励まし、路肩にひそむ霊を追い払う。平均的イングランド人の迷信深さは、過小評価しないほうがいい。この年が暮れようとしている今、人気なのは国王自身が書いた歌――〝良き友との娯楽をわたしは愛する、死ぬまでずっと〟の多様な替え歌だ。替え歌は卑猥ながら露骨ではない。いきすぎだったら、やめさせなくてはならない。

宿のあるじは悩める棒切れみたいな男で、泊まり客たちの正体をつきとめようとむなしい努力をする。その女房は不服そうなたくましい若い女で、青い目は怒っており、声が大きい。彼は旅行専用の料理人を連れてきていた。「なんだい、旦那さん？　あたしらが毒でも盛るっていうんですか？」女房が台所で騒々しく動きまわりながら、自分の鍋で作ってよいものといけないものを料理人に教えているのが聞こえる。

後刻、女房は彼の部屋にやってきて、なにか欲しいものはないかとたずねる。ない、と言うが、ふたたび戻ってきて、おや、ほんとになにもないんですか？　声を落としたらどうだ、彼は言う。

ロンドンからこれだけ離れているのだ、国王の宗務代官も気をゆるめてもよいのではないか？「では、ここにいればいい」騒々しいかもしれないが、レディ・ウースターよりは安全だ。

夜明け前に目がさめる。あまりにも突然の目ざめで、自分がどこにいるのかわからない。階下から女の声が聞こえ、一瞬、ペガサス亭に帰ってきたのだと錯覚する。姉のキャットがけたたましい音をたてて動きまわっていて、父親から逃げ出したあの朝だ。前途が洋々と目の前に広がっていた頃。だが、彼は蠟燭一本ない薄暗い室内でそろそろと両足を動かす。打ち身がない。切り傷もない。ここがどこで自分が何者かを思い出し、女の肉体が残していったぬくもりの中に這いずりこみ、片腕を長枕の上に投げ出したまままうとうとする。

まもなく、宿の女房が階段の上でうたっているのが耳に入る。ある五月の朝、十二人の乙女が出かけた、とうたっているらしい。そして誰ひとり帰ってこなかった。女房のために置いていた金は、なくなっていた。彼に挨拶する女房の顔は、昨夜はなにもなかったかのように無表情だ。だが、一行が出発の準備をしていると、そばへやってきて、声をひそめて話しかける。クリストフが偉そうな態度であるじに金を払う。その日は天候も穏やかで、旅は迅速に何事もなく進む。中部イングランドへむかう彼の心に残るのは、いくつかのイメージだけだ。茂みを真っ赤に彩るヒイラギ。ひづめに踏まれそうになり、驚いて飛び立つヤマシギ。土と沼が同じ色で、足の下に固いものがない湿地へ思い切って入っていくような心地。

キンボルトンはにぎやかな商業の町だが、夕暮れの通りは閑散としている。一行はさほど急いでいなかった。重要だが切迫しているわけではない仕事のために、馬たちをくたくたにさせてもしょうがない。生きるも死ぬも、キャサリンは彼女自身のペースを崩すまい。さらに、彼にとって田舎への遠出はひとときの休息でもある。ロンドンの壊れた屋根が突き刺さったみじめなカンヴァスのような空の下、建物の出っぱりや切り妻に両側から押しつぶされそうになりながら、狭い路地で馬やロバをひいていると、ひとはイングランドのなんたるかを忘れてしまう。野原がどんなに広いか、空がどんなに果てしなく、民衆がどんなにむさ苦しく、無知か。一行は道端の十字架の前を通過する。その根元のあたりは最近掘り返されたようだった。武装した家来のひとりが言う。「民衆は修道士たちが宝を埋めていると思っているんですよ。ここにおいでのわれらがあるじからそれを隠していると思っているんです」

「無理もないことだ」彼は言う。「しかし、十字架の下はないな。修道士はそれほどばかではない」

大通りの教会の前で一行は手綱をひいた。「どうしたんです?」クリストフが聞く。

「神への祈りが必要だ」彼は言う。

「告解の必要があるというわけですね、サー」家来のひとりが言う。

笑みが交わされる。悪意のある笑いではない。彼を悪く思う者はひとりもいない。ただ、彼らのベッドが冷たかっただけのことだ。彼は気づいていた。彼に会ったことのない者は彼を嫌うが、会えば考えを改める者は多いということに。修道院に泊まるのはかまいませんが、と護衛のひとりが文句を言った。しかし女っ気はないようですね。彼は鞍の中で向きを変える。「本当にそう思うか？」男たちから知ったふうな笑いが湧く。

教会の凍えそうな内部で、家来たちは両腕を身体にたたきつけ、足を踏みならして、大根役者のように「ぶるる」と叫ぶ。「口笛でおれが司祭を呼んでやりますよ」とクリストフが言う。

「そんなことをしてはいかん」口ではそう叱りながら、彼はにやにやする。自分が若ければ、クリストフと同じことを言い、なおかつ、それを実行するだろうと想像できるからだ。

だが、口笛の必要はなかった。疑り深そうな教会の管理人が明かりをかざして、こわごわやってくる。大慌てで誰かが城に知らせに行っているのは疑いの余地がない——ご用心を、準備してください、国王の家来たちがやってきます。キャサリンに警告が行くのは礼儀上当然だが、騒ぎすぎは困る。「想像してみてくださいよ」クリストフが言う。「いきなり押しかけたら、頬ひげを抜いてるところかもしれない。あの齢の女はよくやるんです」

クリストフにとって元王妃は老いぼれた駄馬であり、皺だらけの老女なのだ。おれと同じぐらいの年齢なのに、と彼は思う。しかし、人生は男より女に容赦がない。とりわけキャサリンのように、たくさんの子供たちに恵まれながら、その子たちが死ぬのを見てきた女には。

司祭は無言で彼のそばまでやってくる。教会の宝を見せたがっているおどおどした男。「あなたは、ええと……」彼は頭の中でリストをさらう。「ウィリアム・ロードですね？」

「ああ、いえ」ウィリアムちがいだった。長々とした説明を彼はさえぎる。「あなたが誰か、あなたの司教がごぞんじなら、それでかまいませんよ」司祭の後ろには、指が五百本ある聖エドマンドの絵がある。聖人は、ダンスでもしているかのように、足を優雅に反らしている。「明かりを高く持ちあげてください」彼は言う。「あれは人魚ですか？」

「はい、閣下」不安の影が司祭の顔をよぎる。「おろさねばなりませんか？　人魚は禁じられているのでしょうか？」

彼はほほえむ。「海からずいぶんと離れたところにいると思っただけですよ」

「臭い魚だ」クリストフが笑いながら大声をあげる。

「ゆるしてやってください。詩人とはほど遠い人間なのでね」

司祭は弱々しく微笑する。オークの木の衝立《ついたて》の上では、聖アンナが本を持って、幼い娘の処女マリアに何事か教えている。大天使聖ミカエルが三日月刀で足にからみつく悪魔をたたき切っている。「王妃に会いにみえたのですか、サー？　いえ、つまり」と司祭が言葉を訂正する。「レディ・キャサリンに？」

この司祭はおれとアダムの区別もつかないのだ、と彼は思う。要するに、おれはどんな特使でもありうる。サフォーク公チャールズ・ブランドンでも。ノーフォーク公トマス・ハワードでも。あのふたりはそろって乏しい説得力と徹底したいじめっこのやり口で、キャサリンをだまそうとした。

彼は名乗ることはせずに、献金をする。司祭の手が、まるでそれを温めようとするかのように、複数の硬貨を包みこむ。「わが失言をおゆるしくださいますか、閣下？　レディの称号についての失言を？　誓って、悪気があったわけではありません。わたしのような老いぼれの田舎者が変化についていくのはむずかしいのです。わたしどもがロンドンからの知らせを理解したときには、次の知らせによってそれが否定されてしまうのですから」

「われわれみんなにとってむずかしいことですよ」彼は肩をすくめる。「日曜ごとにアン王妃のために祈っていますか？」

「もちろんです、閣下」

「それにたいして、あなたの教区民はなんと言っています？」

司祭は狼狽した顔つきになる。「それは、あの、彼らは単純な人々です。彼らの言うことは気にしません。しかし、大変忠実な者ばかりですよ」司祭は急いで付け加える。「大変忠実です」

「それはあきらかです。では、今度の日曜、忘れずにトマス・ウルジーのためにも祈りを捧げ、わたしを喜ばせてくれますか？」

故枢機卿のため？　老人が考えを訂正しているのが、顔つきからわかる。これがトマス・ハワードやチャールズ・ブランドンであるはずがない。なぜなら、ウルジーの名を口にする者の足元に、あの両人は唾を吐かずにいられないからだ。

一行が教会を出ると、最後の日差しが空へ消えていき、ひとひらの雪片が南へむけて漂っていく。一行はふたたび馬にまたがる。長い一日だった。衣服が背中に重く感じられる。彼は死者が生者の祈りを求めているとも、死者が祈りを利用できるとも思っていない。だが、彼のように聖書を理解する者なら誰でも、われわれの神がきまぐれであることを知っている。だから、危険は分散させるにかぎる。ヤマシギが赤茶色をひらめかせて飛び立ったとき、心臓が激しく鼓動した。進むにつれて、重いはばたきひとつにつき心臓が一回鼓動することに気づいた。ヤマシギが木立に隠れ場を見つけたとき、目でたどっていた羽の行方も黒に溶けた。

一行は薄闇の中、到着する。城内から誰何《すいか》の声がひびき、クリストフが返事を叫ぶ。「国王秘書官にして記録長官のトマス・クレムエルだ」

「証拠は？」番兵が怒鳴る。「紋章を見せろ」

「明かりを掲げてわたしを通すよう言え」彼はクリストフに命じる。「さもなければ、ケツを蹴飛ばすとな」

地方にいるときはこうしたことを言わねばならないのを、国王の顧問である彼は覚悟している。一行のために跳ね橋がおろされる。かんぬきと鎖がたてる物同士がこすれあう音、金属的なひびき。キンボルトン城では早々と戸締まりをする。よいことだ。「いいか」彼は一行に告げる。「さきほどの司祭と同じまちがいをするな。城内の者に話しかけるときは、彼女はウェールズ王太子未亡人だ」

「は？」クリストフが聞き返す。

「彼女は王の妻ではない。一度も王の妻だったことはない。王の身罷《みまか》った兄上、ウェールズ公アーサーの妻だ」

「身罷るは死んだってことでしょう。それは知ってます」クリストフが言う。

「彼女は王妃ではないし、彼女にとっての二度めのいわゆる結婚は合法ではないから、元王妃でもない」

「合法でないって、つまり、認められないってことですね。彼女は兄弟双方、最初はアーサー、次はヘンリーと一緒になるというまちがいを犯した」と、クリストフ。

「そのような女をわれわれはどう考えることになっている？」彼は微笑を浮かべて言う。

たいまつがゆらめいて、暗がりから人影があらわれる。サー・エドマンド・ベディングフィールド。キャサリンの監督人だ。「あらかじめお知らせくだされればよかったのに、クロムウェル殿！」

「グレース、あなたはあらかじめ知らされるのは、おいやでしょう？」彼はレディ・ベディングフィールドに接吻する。「自分の食事は持ってきませんでしたよ。ただ、あとからロバにひかせた荷車が到着します、明日には着くでしょう。あなたの食卓には鹿肉、王妃にはアーモンドを、それから王妃がお好きだとシャピュイから聞いた甘いワインも届きます」

「彼女の食欲をかきたてそうなものならなんでもうれしいですわ」グレース・ベディングフィールドは先に立って、広大な広間へ歩いていく。火明かりの中で足をとめ、彼をふりかえる。「かかりつけ医は彼女の腹部に腫瘍ができているのではないかと考えています。でも、今すぐどうこうということはございません。あなただって彼女は充分に苦しんだと考えていらっしゃるでしょう、おかわいそうに」

彼は手袋と乗馬用の上着をクリストフに渡す。「このまままっすぐ彼女のところへいらっしゃいますか？」ベディングフィールドがたずねる。「あなたがお見えになるとは思っていませんでしたが、彼女はわかっているかもしれませんな。われわれとしてもやりにくいんですよ。町民は彼女びいきですし、召使い同士のおしゃべりを防ぐことはできませんからね。きっと濠のむこうから合図でもするんでしょうな。彼女はどんなことが起きているか、誰が道を通るか、ほとんどのことを知っているのでしょう」

服装からしてスペイン人と思われる年配の女官がふたり、漆喰の壁に背中を押しつけて嫌悪のまなざしで彼を見つめている。彼が頭をさげると、ひとりが母国語で、これがイングランド国王の魂を売った男だと吐き捨てる。女官たちの背後の壁には薄れかけた人物が描かれている。楽園の一場面だ。アダムとイヴが手を取りあって、創造されたばかりで彼らすらまだ名前を知らない動物たちのあいだを散歩している。丸い目のちいさな象が、葉陰からはずかしそうにのぞいている。象を見たことはなかったが、軍馬よりもはるかに背が高いことは知っていた。たぶん、描かれた象はまだ成長している時間がなかったのだろう。果物の重みで垂れた枝がその頭にふれんばかりだ。

「ごぞんじでしょうが」ベディングフィールドが言う。「彼女はあの部屋で生活していて、女官たち——さっきいた者たちです——に暖炉で料理をさせています。ドアを叩いて中に入ってください。レディ・キャサリンと呼びかけたら蹴り出されますよ。妃殿下と呼びかけたら、とどまるのをゆるされます。だからわたしは呼びかけません。ちょっと、と声をかけるだけです。まるで階段を磨く下女を呼ぶようですな」

キャサリンは暖炉のそばにすわって、極上の貂《てん》のケープの中で身をちぢめている。彼女が死んだら、王はあれを取り戻したがるだろう、と彼は思う。キャサリンはちらりと目をあげると、接吻のため片手を彼のほうへ伸ばした。不承不承なのは、彼を認めたくないからというより、寒いからだろう。黄疸が出ており、室内には病人臭がたちこめている——毛皮が発するかすかな動物臭、排水されていない料理用の水が放つ野菜の腐臭、そして小女が急いで持ち去った鉢からたちのぼる饐《す》えた悪臭。王太子未亡人の胃からもどされたものが入っていたのではないかと彼は推測する。夜間、体調がかんばしくないとき、おそらく彼女は生まれ育ったアルハンブラの庭園を夢想するのだろう。大理石の舗装、水盤に泡立ちながら注ぎこむ澄んだ水、白い孔雀の広げた羽やレモンの香り。鞍袋にレモンを一個しのばせてくればよかった、と後悔する。

その思いを読みとったように、キャサリンはカスティリャ語で話しかけてくる。「クロムウェル殿、わたくしの母語がしゃべれないふりをするような、つまらぬ見せかけはやめましょう」

彼はうなずく。「以前、あなたの女官たちがわたしのことをしゃべっているあいだ、なにもわからぬふりをしてそばに立っていなければならないのには往生しましたよ。〝まあ、このひと醜くない？　もしや身体はサタンみたいな毛むくじゃらなのかしら？〟」

「わたくしの女官たちがそう言ったのですか？」キャサリンはおもしろがっている。彼女は出していた片手をひっこめ、衣服の中に隠す。「あの生き生きした娘たちはとうの昔にいなくなりました。残っているのは、年寄りの女たちと、一握りの許可された反逆者たちだけです」

「マダム、あの者たちはあなたを敬愛しています」

「彼らはわたくしのことを報告しているのですよ。わたくしがいうことを一言も漏らさずに。わたくしの祈りにまで耳をすませています。クロムウェル殿」キャサリンは明かりのほうへ顔をあげる。「わたくしはどう見えます？　陛下に聞かれたら、わたくしのことをなんと伝えますか？　わたくし自身はもう長いこと鏡を見ていないのです」毛皮の帽子を軽くたたき、垂れ飾りを耳の上までひっぱって、笑う。「陛下はわたくしを天使と呼んでくださったものです。花と呼んでくださった。

はじめての息子が生まれたのは、冬のさなかでした。イングランド全体が雪に埋もれていた頃です。摘む花などどこにもない、と思いました。でもヘンリーは純白の絹でこしらえた七十二本の薔薇をくれました。〝あなたの手のように白いだろう、愛しい人〟そう言って、わたくしの指先にくちづけてくれました」貂がぴくりと動き、その下で今、こぶしが握りしめられたことがわかる。「その薔薇の花束は櫃にしまってあります。すくなくともあれは褪せませんからね。これまでわたくしに尽くしてくれたひとたちに与えてきました」彼女はしゃべるのをやめる。くちびるが動いて、無言の祈りを捧げる。死者への祈りだ。「ところで、ブーリンの娘は元気ですか？　彼女は熱心に祈っているそうですね、改革派の神に」

「敬虔であることで知られていますよ。学者や司教たちに称賛されています」

「彼らは彼女を利用しているのですよ。彼女が彼らを利用しているように。彼らが真の聖職者なら、異教徒を忌避するように彼女を怖れて身をすくませるでしょう。でも、彼女は息子をお授けくださいと祈っているにちがいありません。最近、子を亡くしたと聞きました。それがどのようなものかよくわかります。心の底から同情します」

「彼女と国王は近々次の子が生まれることを心待ちにしています」

「なんですって？　それは具体的な予定なのですか、それとも漠然とした希望？」

彼は口をつぐむ。決定的なことはひとつも公表されていなかった。グレゴリーがまちがっている見込みもある。「彼女もあなたには打ち明けるのだと思っていましたよ」キャサリンは鋭く言って、彼の顔をじっとうかがう。不仲もしくはよそよそしさの痕跡が見えないかと。「ヘンリーは他の女たちを追いかけているという噂ですね」キャサリンの指が毛皮をなでている。上の空で円を描き、こすっている。「ずいぶんと早いこと。まだ結婚していくらもたっていないではありませんか。彼女はまわりの女たちを見ては、常に自分に問いかけているのでしょうね、おまえなの？　それとも、おまえ？　わたくしが常々おどろかされてきたのは、信用のおけない人々は他人を信用するさいに疑いを持たないということです。ラ・アナは自分には仲間がいると思っているのでしょうが、すぐにでも息子を産まなければ、仲間は背をむけますよ」

彼はうなずく。「おっしゃるとおりかもしれません。最初に刃向かうのは誰でしょう？」

「なぜわたくしが彼女に警告しなければならないのです？」キャサリンはそっけなく聞く。「彼女は機嫌が悪いと、粗野ながみがみ女のように文句をつけるそうですね。意外ではありません。王妃というものは——彼女は王妃を名乗っていますから——世間の目にさらされて生き、苦しまねばならないものです。王妃より上位におられるのは聖母マリアだけです。ですから、王妃はみずからの苦難にひとりで立ちむかわねばなりません。苦しむなら、ひとりで苦しむしかないのですよ。それに耐えるためには、特別な神の恩寵が必要なのです。ブーリンの娘はこの恩寵を受け取らなかったようですね。どうしてでしょう」

キャサリンはいきなりしゃべるのをやめる。口があき、身をよじって衣服から逃げるかのように、身体がぎゅっとちぢこまる。痛むのですね、と言いかけるが、彼女は手をふって彼を黙らせる。なんでもありません、なんでも。「王に仕える貴族たちは、彼女の微笑のためなら命をなげうつと今は誓っていても、たちまちその対象を変えるものです。彼らはわたくしにも献身的に尽くしていたのですよ。わたくしが王の妻だったからです。わたくしのひととなりはどうでもよかったのです。でも、ラ・アナは、家来たちの献身は自分の魅力のなせるわざと思っています。さらに、彼女が怖れるべきは殿方だけではありません。彼女の義姉ジェーン・ブーリン、あれは油断ならない女です……わたくしに仕えていたときは、頻繁にわたくしに秘密を告げにきましたよ。愛情関係の秘密、わたくしが知らないほうがむしろよさそうな秘密を。今でも彼女の耳と目は衰えていないでしょう」動きつづけるキャサリンの指が、今は胸骨に近い一カ所を揉んでいる。「追放されたキャサリンが宮廷のあれこれをどうして知ることができるのか、といぶかしんでいますね？　せいぜい思案なさい」

さほど思案するにはおよばない、と彼は思う。情報源はニコラス・カルーの妻、あなたの特別な友人だ。それとエクセター侯爵の妻、ガートルード・コートニーだろう。昨年おれは陰謀をたくらんでいた彼女の尻尾をつかまえた。あのとき牢屋に入れておくべきだった。ちいさなジェーン・シーモアですら油断ならない。だが、ウルフ・ホール以来、ジェーンには彼女自身の仕事がある。

「あなたに情報源があることはわかっています」彼は言う。「しかし、彼女たちを信用してよいものでしょうか？　彼女たちはあなたの名のもとに活動しているが、あなたの最善の利益のために動いているわけではない。あなたのご息女のためになっているわけでもありません」

「王女にわたくしを訪問させてくれますか？　あの子の心を安定させる相談相手が必要だと思うのなら、わたくし以上によい相手がおりまして？」

「わたしに一任されているのなら、マダム……」

「わたくしと娘が会うことが、王にとってどんな害があるというのです?」

「陛下のお立場になってみてください。あなたの大使シャピュイはレディ・メアリに手紙を書き、彼女を国外へ連れ出せると言ったのです」

「とんでもない! シャピュイがそのようなことを考えるはずがありません。わたくしが保証します」

「陛下はメアリが警護官たちを買収する可能性があると思っておいでです。あなたとの面会の旅をゆるせば、彼女が馬を駆り、いとこである皇帝の領土へ船で逃亡するかもしれないとお考えなのです」

痩せっぽちでこわがりの小柄な王女がそのようながむしゃらな犯罪行為に乗り出すことを想像すると、微笑したくなる。キャサリンも微笑する。ひねくれた、悪意ある微笑。「それからどうなりますの? ヘンリーはわたくしの娘が外国人の夫をかたわらに帰国し、彼を王国から追放するのを怖れているのですか? こわがるにはおよばないと安心させておあげなさい。娘にそのような意図はありませんよ。わたくしがあらためて娘に代わりそう答えます」

「あなたはさまざまなことをしなければなりませんね、マダム。これを保証し、あれに答える。ですが、死ぬのは一度きりなのですよ」

「それがヘンリーに善を施すことを願いますわ。どのような形であれ、わたくしが死ぬときは、彼自身の死が訪れるさいのよい手本となるよう望みます」

「なるほど。国王の死についてよくお考えなのですか?」

「彼の来世について考えます」

「陛下の魂を慰めたいのなら、なぜ絶えず陛下の邪魔をなさるのです？　あれでは陛下をよりよい人間にすることはむずかしいでしょう。何年も前に陛下の希望に従っていれば、あなたが修道院に入り、陛下の再婚をゆるしていたら、国王がローマと決裂することはなかっただろうとは一度も思わないのですか？　そうしていれば、このような状況に陥ることはなかったでしょう。あなたの結婚には潔く身を引くのに充分な疑いがありました。さっさと応じていれば、あなたは万人によって褒め称えられたことでしょう。しかし今、あなたがしがみついている称号はからっぽです。ヘンリーはローマのよき息子でした。あなたが彼をここまで極端に走らせたのですよ。キリスト教世界を分裂させたのは、彼ではなく、あなたです。それはわかっておいでmost でしょうし、夜の静寂のなかでそのことをきっと考えておられるでしょう」

　キャサリンが憤怒という本のページをめくるあいだ、間があいた。そして彼女は正しい言葉を指でおさえる。「あなたの言うことは、クロムウェル……軽蔑に値します」

　たぶんそのとおりだろう、と彼は思う。だがおれは彼女を責めつづけ、彼女の真実を彼女自身に示し、一切の幻想をはぎとりつづけるつもりだ。彼女の娘のために。メアリは未来だ。王のたったひとりの育ちあがった子であり、もしも神がヘンリーを召され、王座が突如空白になった場合の、イングランドに残された唯一の可能性なのだ。「では、絹の薔薇がわたしに与えられることはありませんね」彼は言う。「いただけるかと思っていましたが」

　長く視線が注がれる。「すくなくとも、敵として、あなたはよく見えるところに立っています。

わたくしの友人たちも目立つことに耐えられればよいのですがね。イングランド人は生まれついての偽善者ですから」

「恩知らずです」彼は同意する。「天性の嘘つきでもある。わたしもそれには気づきました。わたしはむしろイタリア人が好きですね。フィレンツェ人はきわめて腰が低く、ヴェネチア人の商売は明快だ。そしてあなたご自身の人種たるスペイン人は、非常に正直な人々です。彼らはあなたの父上であるフェルディナンド王について、その率直な心が彼を破滅へ導いたとよく言ったものです」

「楽しんでいるのですね、死にかけた女を食い物にして」

「死ぬことに対して多くのものを求められるのですね。あなたは片手で保証を差し出し、もう片方の手で特権をほしがっておいでだ」

「わたくしのような状態は、通常、やさしさを得るものですよ」

「やさしくあろうと努めていますが、あなたにはそれがおわかりにならないのです。最後に、マダム、ご自分の意志は脇へ置いて、ご息女のために、国王と和解することはできませんか？ 陛下と不和のままあなたがこの世を去れば、責めはレディ・メアリにふりかかるでしょう。彼女はまだ若く、生きねばならぬ人生があるのですよ」

「彼がメアリを責めるわけがありません。わたくしは王をぞんじあげています。そこまで卑劣な男ではありません」

彼は黙りこむ。キャサリンはまだ夫を愛しているのだ、と思う。古革のように固くなった心のよじれや襞の隙間で、今も夫の足音を、声を期待している。王から手渡された贈物を思えば、かつて王に愛されたことをどうして忘れられよう？　なんのかんのといっても、絹の薔薇を作るには何週間もかかったはずだ。王は子供が男の子だと知るよりずっと前に、薔薇を注文したにちがいない。「われわれは赤ん坊を新年の王子と呼んだ」とウルジーは言っていた。「彼は五十二日生き、わしは毎日その日数をかぞえた」冬のイングランド。空からすべり落ちる雪の覆いが、野原に、宮殿の屋根にかぶさり、屋根瓦や切り妻をくるみ、窓ガラスをつたう。轍を隠し、オークやイチイの枝をしならせ、魚を氷の下にとじこめ、鳥を枝の上で凍らせる。彼は揺りかごを想像する。金色に塗られ、真紅の幕を張った、イングランドの紋章付きの揺りかご。揺りかごをゆらす者たちは服の中で身をちぢめ、火鉢が燃え、空気は新年の肉桂《シナモン》と松の香りで爽やかだ。キャサリンの勝ち誇ったベッド脇に届く薔薇――どうやって？　金塗りの籠に入れられて？　棺にも似た長い箱、磨かれた貝を埋めこんだ宝石箱に入れられてか？　それとも、ベッドカバーの上に、石榴を刺繡した絹の袋からばらまかれた？　幸福な二カ月が過ぎる。子供は育っている。世界中に、チューダー家に跡継ぎが誕生したことが伝わる。そして五十二日め、幕の内側が静まりかえる。息が、息がない。室内の女たちが王子を抱きあげ、ショックと恐怖に泣き出す。絶望のうちに十字を切り、揺りかごのそばにちぢこまって祈る。

「なにができるかやってみましょう」彼は言う。「ご息女について。訪問について」齢若い少女ひとりに国を横断させるのが、そこまで危険なことだろうか？　「あなたがレディ・メアリに、すべての点で王のご意志に従い、王を教会の首長として認めるよう――今は認めていなくても――助言するなら、王は訪問をおゆるしになるでしょう」

「その件については、メアリ王女が自分の良心と相談しなければなりません」キャサリンは片手をあげ、手のひらを彼のほうにむける。「わたくしを哀れんでいるのですね、クロムウェル。それにはおよびません。わたくしは長いこと死に備えてきました。全能の神が神に仕えるわたくしの努力に報いてくださると信じています。それに、わたしより先に逝ったちいさな子供たちにまた会えるでしょう」

哀れで胸が張り裂けそうだ、と彼は思う。心臓に毛でも生えていないかぎり。キャサリンは刑場での殉教者の死を望んでいる。だが、フェンズでひとりで死んでいくだろう。おそらくみずからの吐瀉物を喉に詰まらせて。「レディ・メアリはどうなのです？　彼女も死に備えているのですか？」

「メアリ王女は幼少の頃から、キリストの情熱について深く考えてきました。主から召されるときは、覚悟ができているでしょう」

「あなたはめずらしい母親でいらっしゃる。我が子を死の危険にさらす親がどこにいます？」

だが彼はウォルター・クロムウェルを思い出す。ウォルターはでかいブーツでおれを上から踏みつけたものだった。たったひとりの息子であるおれを。彼は気を取り直し、最後の努力を試みる。

「わたしは例証したのですよ、マダム、国王と枢密院に逆らうあなたの頑迷さがもたらしたのは、結局、あなたが憎悪する結果である、ということを。ですから、あなたはまちがいを犯すこともある、そうでしょう？　あなたが一度ならずたびたびのまちがいを犯している可能性があることを、どうかよく考えてください。神の愛にかけて、メアリに国王に従うよう助言なさってください」

「メアリ王女です」キャサリンの反応は鈍い。それ以上の異議を唱える気力もないように思われる。しばらくキャサリンを見つめてから、ひきさがろうとすると、彼女が顔をあげる。「不思議に思ったのですよ、あなたは何語で告解をするのです？　それとも、しないのかしら？」

「神はわれわれの心を知っておられます、マダム。無意味な常套句や手段は不要ですよ」言語もだ、と思う。神に通訳はいらない。

扉の外へ出たとたん、彼はキャサリンの監督人とぶつかりそうになる。「部屋の用意はできているかね？」

「ですが、お食事が……」

「スープを一杯持ってきてくれればいい。話し疲れた。わたしの望みはベッドだけだ」

「おひとりで？」ベディングフィールドが茶化すような顔をする。

では、護衛がしゃべったのだな。「枕だけでいい、エドマンド」

グレース・ベディングフィールドは彼が早々と寝所へさがると知って、失望する。宮廷のあらゆるニュースを聞けるものと期待していたのだ。しゃべらないスペイン人たちとここに閉じ込められ、この先長い冬が待ちかまえていることを彼女は嫌がっている。彼はあらためて国王の指示を繰り返さなければならない。外の世界にたいしては最大限の警戒を怠らぬように、と。「シャピュイの手紙はかまわない。解読作業が彼女を忙しくさせておくだろう。キャサリンはもう皇帝にとっては重要ではない。彼が関心を寄せているのは、メアリのほうだ。しかし、訪問客を通してはならない。

例外は、国王かわたしの印を持参した者だけだ。だが——」彼は口をつぐむ。来春のその日が、目に見える。今度の春、キャサリンがまだ生きていて、皇帝の軍勢がここまでやってきそうになったら、至急キャサリンを連れ出して人質にする必要がある。エドマンドが彼女の引き渡しを拒めば、不幸な結果を招くだろう。「いいかな」彼はトルコ石の指輪を見せる。「これを知っているね？故枢機卿から賜ったもので、わたしがこれをはめていることは誰でも知っている」

「これがあの指輪ですの、あの魔法の？」グレース・ベディングフィールドが彼の手を取る。「石の壁をも溶かし、王女たちをあなたのとりこにさせるという？」

「そうだ。これを見せる使者がやってきたら、その者は通していい」

その夜、彼が目を閉じると、頭上に丸天井がそびえたつ。彫刻が施されたキンボルトン教会の天井だ。振鈴を鳴らしている男。白鳥、子羊、杖をついた足の悪い男、からみあう恋人たちの心。そして、石榴の木。キャサリンのしるしだ。あれは始末しなければならないな。あくびが出る。鑿《のみ》を使ってリンゴに直せば問題ない。おれはもうくたくただ、不要な努力まではできない。ふと、宿の女房を思い出し、うしろめたくなる。枕を引き寄せる。枕だけでいい、エドマンド。

一行が馬に乗ろうとしていたとき、宿のあるじの女房は彼に近づいて、こう言ったのだった。「贈物を送ってよ。ロンドンからの贈物を。ここでは手に入らないものを」身につけることのできるものでないとだめだろう。さもないと、手癖の悪い旅人に盗まれてしまう。頼みごとはおぼえているだろうが、ロンドンに戻る頃には、彼女の容貌は忘れてしまっているだろう。女房を見たのは蠟燭の火明かりでだったし、やがて蠟燭は消された。日の光で見たときは、別人のように見えた。

ことによると、本当に別人だったのかもしれない。

　眠りに落ちると、エデンの園の果実が夢にあらわれる。イヴのふくよかな片手が差し出す果物。束の間、目がさめる。もしも果物が熟しているなら、いつ枝に花が咲いたのか？　いったい何月に、いつの春に？　学者ならその問いに答えられるだろう。何代にもわたって耕されてきた知識。剃髪《トンスラ》した頭がうつむいて、しもやけの指先が巻物をまさぐる。修道士にむけられそうな、いかにもくだらない質問。クランマーに聞こう、と彼は思う。わが大司教に。アンを追い払いたいなら、なぜヘンリーはクランマーの助言を求めないのだろう？　ヘンリーをキャサリンと離婚させたのはクランマーだったのに。クランマーなら、ヘンリーにキャサリンのかびくさいベッドに戻れなどとは言わないだろう。

　しかし、やはりだめだな、ヘンリーがあの疑問を口にするのは無理だ。クランマーはアンを敬愛しているし、彼女をキリスト教徒の女の鑑、ヨーロッパ全土の聖書を読む者の希望だと思っているのだから。

　ふたたび眠りに落ち、世界の黎明期よりも前につくられた花の夢を見る。白い絹の花だ。茂みはなく、折りとる茎もない。花はむきだしの、まだ創造されていない大地に横たわっている。

　報告書を持ち帰った日、彼はアン王妃を仔細に観察する。すこし太って満ち足りて見える。アンとヘンリーの穏やかで家庭的な会話が、彼らの良好な仲を物語っている。国王夫妻は額を寄せ合い、おしゃべりに忙しい。王の手元には製図道具がある。コンパス、鉛筆、定規、インク、ペンナイフ。

テーブルの上は広げられた設計図と、技工たちの型枠やら付樋端《つけひばた》やらでいっぱいだ。

彼はふたりに一礼したあと、単刀直入に言う。「病状はよくありません。シャピュイ大使の訪問を認めるのが温情であろうかと思われます」

アンが椅子から矢を放つ。「なんですって、そのようなことをすればシャピュイがさらに陰謀を彼女と企みやすくなるのよ?」

「医師団の見立てによれば、先は長くありません。あなたにご不快をもたらすことはもうできないでしょう」

「わたしを邪魔立てする好機を見たら、彼女は経帷子のまま墓から飛び出してくるわ」

王が片手を伸ばして、制する。「確かに、シャピュイはそなたを認めなかった。しかし、キャサリンが死に、もはやわれわれを悩ませることができなくなれば、まちがいなくシャピュイはこちらに屈服する」

「それでも、シャピュイはロンドンから外へ出るべきではないと思うわ。シャピュイはキャサリンの強情ぶりをあおりたて、キャサリンは娘をあおりたてているんですから」アンは鋭く彼を一瞥する。「そうでしょう、クレムエル、ちがう? メアリは宮廷に連れてこられて、父親の前にひざまずき、誓いをたてるべきなのよ。そして、ひざまずいたまま、反逆的な頑迷さを詫び、彼女ではなくわたしの娘こそがイングランドの継承者であることを認めるべきなのよ」

彼は図面を身振りで示す。「お建てになるわけではございませんね、陛下?」

ヘンリーは砂糖壺に手を入れているところを見つかった子供のような顔をする。そして付樋端のひとつを彼のほうへ押しやる。イングランド人にはまだ目新しいが、彼にとってはイタリアで見慣れてきたデザインだ。布がかけられ翼の生えた縦溝彫りの壺や花瓶、皇帝や神々の黒目のない頭部。最近は野花や木、くねる茎や花はよしとされず、花冠で飾られた紋章や、勝利の月桂樹、警吏の斧、槍の柄が好まれる。アンの地位が無邪気なもので築かれているのではないことに、今さらのように気づく。かれこれ七年以上、ヘンリーは彼女の好みにみずからを合わせてきた。以前は安いワインや、イングランドの夏固有の果物を楽しんでいたものだが、現在、国王が好むのはどっしりして香りの強い、眠気を誘うワインだ。身体つきもどっしりしてきて、明かりを完全にさえぎってしまいそうに思えることもある。「基礎から建てるのですか？」彼はたずねる。「それとも、装飾をつけるだけでしょうか？　いずれにしても高くつきます」

「あなたってなんて無礼なの」アンが言う。「陛下はハックニーのあなたの屋敷のためにオーク材を送っていらっしゃるのよ。マスター・サドラーの新しい屋敷のためにも」

頭を下げて、彼は謝意をあらわす。だが、王の意識のありかは、いまだに王の妻を主張する女の住まう北部の田舎だ。「今さらキャサリンにとって、命がなんの役に立とう？　キャサリンは争いに倦《う》んでいるのだ。神はごぞんじだが、余も倦んでいる。キャサリンは聖人と聖なる殉教者に加わったほうがよいのだ」

「いくら聖人でも、いいかげん待ちくたびれたでしょうよ」アンが笑う。大きすぎる声で。

「死んでゆくさまが想像できる」王が言う。「弁舌をふるい、余をゆるすというだろう。あれはいつも余をゆるしている。ゆるしが必要なのはキャサリンのほうだ。あのただれた子宮ゆえにな。胎内にあった余の子供たちに、毒を盛ったゆえに」

彼、クロムウェルはすばやくアンを見る。なにか言うことがあるなら、今こその瞬間ではないか？　だが、彼女は横をむき、かがみこんでスパニエル犬のパーコイを膝に抱きあげる。そして顔を毛皮に埋めるが、眠っていたところをいきなり起こされた子犬は、うらめしげに鳴きながらアンの両手の中でもがき、頭を下げて退出する秘書官を見送る。

部屋の外で彼を待っていたのは、ジョージ・ブーリンの妻だ。わけありげな手が彼を脇へひっぱっていき、声がささやく。もしも誰かがレディ・ロッチフォードに「雨が降っている」と言ったとしよう。すると、彼女はそれを陰謀にしてしまう。彼女にかかると、たかが雨降りの知らせが、品のない、ありそうにない、うらめしい真実になる。

「それで？」彼は言う。「そうなのかね？」

「あらあら。彼女はまだ一言も言わなかったんですの？　そりゃね、賢い女は胎動を感じるまではなにも言いませんわ」彼は石のような目で、彼女を見すえる。「ええ」レディ・ロッチフォードはついに根負けし、そわそわと肩越しにうしろをふりかえる。「前は王妃もまちがっていました。でも今回は確かです」

「陛下は知っておられるのか？」

「あなたがお知らせすべきです、クロムウェル様。吉報をもたらす方におなりあそばせ。もしかすると、その場で爵位を賜れるかもしれませんわ」

彼の頭が回転しはじめる。レイフ・サドラーをここへ連れてこい、トマス・リズリーを連れてこい、エドワード・シーモアに手紙を届けろ、甥のリチャードを口笛で呼べ、シャピュイとの食事を取り消せ、だが料理を無駄にしてはならん。サー・トマス・ブーリンを招待しよう。

「予期されたことです」レディ・ロッチフォードが言う。「王妃は夏の大部分、陛下とご一緒でしたでしょ？　こちらで一週間、あちらで一週間。それに陛下は王妃とご一緒でないときは、彼女に恋文を書いていらっしゃいました。そしてハリー・ノリスの手で届けさせていたんです」

「失礼だが、もう行かないと。用事があるのでね」

「そりゃそうでしょうとも。ええ、どうぞ。あなたはいつもとてもよい聞き手でいらっしゃって、いつもわたしの言うことに耳を傾けてくださる。ですから言ってますのよ、この夏、陛下は彼女に恋文を書き、ハリー・ノリスの手で届けさせていたと」

飛ぶように歩いているので、レディ・ロッチフォードが発した最後の部分がよく聞き取れない。だが、のちに認めることになるように、その詳細な説明は、いまだ形を成さぬ彼自身のある文章に添えられ、へばりつくことだろう。短い表現だけの。省略だらけで曖昧な。条件付きの。今はすべてが条件付きであるように。枯れるキャサリンと咲き誇るアン。彼はそのふたりを脳裏に思い描く。決意を秘めたふたつの顔、ふくらんだスカート、ぬかるんだ道で、石の上に渡した板でシーソー遊びをしているふたりの幼い少女。

トム・シーモアが、知らせを聞くなり言う。「こうなると、ジェーンにとってはチャンスですよ。

陛下はもはや躊躇なさらないでしょう。新しい共寝の相手をお望みになる。出産までは王妃には手を触れない。触れられないんです。万が一のことがあれば、失うものが多すぎますからね」

彼は考える——イングランドの秘密の王には、すでに指や顔ができているのかもしれんな。だがおれは前にもそう思ったのだ、と思い出し、自分をいましめる。戴冠式でアンが誇らしげに腹を突き出していたときに。そして、結局、おなかの子は女だった。

「いまだにわからんのだがね」姦通者、サー・ジョン老が口をはさむ。「陛下がどうしてジェーンをお望みなのか、わからん。妹娘のベスならば、理解もできる。陛下はベスと踊ったことがあるからな。ベスを大変気に入っておいでだった」

「ベスは結婚しているんですよ」エドワードが言う。

トム・シーモアが笑う。「だったら、なお陛下の目的にはかなう」

エドワードは怒りをあらわにする。「ベスのことはもういいんです。ベスではお眼鏡にかなわない。問題外だ」

「これはよい方向にむかうかもしれんな」サー・ジョンがためらいがちに言う。「これまで、ジェーンは我が家の役にはさっぱり立たなかった」

「確かに」と、エドワード。「ブラマンジェみたいなものだった。今後ジェーンには、自分のかかりは自分で稼いでもらおう。国王にはお相手が必要になる。だがわれわれはジェーンを差し出すような真似はしない。ここにおいでのクロムウェル殿の助言どおりにしよう。陛下はジェーンを望ましく思っていらっしゃる。肚は決まっておいでなのだ。だからジェーンは王を避けなければならない。いや、はねつけなければならない」

「いやはや」シーモア老人が言う。「我慢できればの話だ」

「貞淑とはなにか、慎みとはなにか、父上があれこれ言える立場ですか？」エドワードが気色ばむ。

「父上は我慢できなかったじゃありませんか。黙っててくれ、色ぼけじじい。陛下は父上の罪を忘れたふりをなさっているが、本当は誰も忘れてはいないんだ。父上はうしろ指をさされているんですよ、息子の花嫁を盗んだ好色漢だと」

「そうとも、口を出さないでほしいな、父上」トムが言う。「われわれはクロムウェル殿としゃべっているんだ」

「ひとつわたしが怖れていることがある」彼は言う。「きみたちの妹は昔の主人のキャサリンを愛している。現王妃はそれをよく知っているし、辛く当たるチャンスは逃さず利用する方だ。国王がジェーンを見ていることにアンが気づいたら、ジェーンはさんざんな目にあうだろう。アンは、夫が他の女と、その、割りない仲になっているのを静観できる気性ではない。たとえ、それが一時的な取り決めだとわかっていてもだ」

「ジェーンは気にしないでしょう」エドワードが言う。「つねられたり、ひっぱたかれたりするぐらい、たいしたことではありませんよ。ジェーンはじっと我慢する方法を学ぶでしょう」

「大きな見返りのためなら、お相手を務めるさ」シーモア老人が言う。

トム・シーモアが言う。「陛下はアンと寝る前に、アンを女侯爵にした」

エドワードの顔は処刑の用意を命じているかのように、冷酷だ。「陛下が彼女をどうしたか知ってのとおりだ。侯爵位が先。王妃の位はそのあとだ」

議会は閉会したが、ロンドンの弁護士たちはカラスのように黒いガウンをはためかせ、冬の会期に取りかかっている。喜ばしい知らせがしみ出して宮廷中に浸透する。アンは胴着の紐をゆるめる。賭けがおこなわれ、ペンがせわしなく動く。手紙がたたまれ、印が蠟に押しつけられる。馬に使者がまたがる。船が帆をあげる。イングランドの旧家の貴族たちはひざまずき、なぜチューダー家に目をかけるのかと神を責める。フランソワ王は眉をひそめ、カール皇帝はくちびるを吸いこむ。ヘンリー国王は踊る。

エルヴェタムでの会話、あの早朝の話し合いは、まるでなかったかのようだ。結婚についての王の疑いは、きれいさっぱり消えたように思える。

しかし、わびしい冬の庭園でジェーンと連れ立って歩いている姿を王は見られていた。

ジェーンの家族がジェーンを囲んでいた。彼らはクロムウェルを呼び入れる。「陛下はなんとおっしゃったんだ?」エドワード・シーモアが問いつめる。「なにもかも話してくれ、陛下のおっしゃったことをひとつ残らず」

ジェーンは言う。「余のよき相手となってくれるか、とおたずねになったわ」

彼らはすばやく視線を交わす。相手とよき相手はちがう。ジェーンはそれを知っているのだろうか? 前者は要するに愛人である、後者はそれよりいくらか距離のある関係だ。贈物の交換、清らかで退屈な称賛、長引く交際期間……だが、もちろんそう長引かせるわけにはいかない。あるいは、アンが出産し、ジェーンがチャンスを逸することもあるだろう。嫡子が日の光をいつ見るか、女官たちも予想できずにいるし、アンの医師団に聞いてもはっきりしない。

「いいか、ジェーン」エドワードが言う。「恥ずかしがってる場合じゃないんだ。おまえはわれわれにこまかく報告する義務がある」

「余にやさしくしてくれるか、とおたずねになったわ」

「いつやさしくするんだ？」

「たとえば、陛下が詩を書いてくださるとき。わたしの美しさを褒めてくださるときよ。だから、はい、とお答えしたの。ありがたく思いますって。こっそり笑ったりもいたしませんし、陛下が詩の中でおっしゃるどんなことにも反論いたしませんって。たとえ、それが誇張されたものであっても。だって、詩では誇張するのがあたりまえですもの」

彼、クロムウェルはジェーンに満足する。「あなたの返事はどの角度から見ても満点だよ、シーモア嬢。腕ききの弁護士にだってなれただろう」

「わたしが男に生まれていたら、ということですか？」ジェーンは顔をしかめる。「でもやっぱり、それはありそうにないことですわ、秘書官様。シーモア家の人間は実業にはむいていないんです」

エドワード・シーモアが言う。「よき話し相手。詩を書いてくださる。実に結構だ。これまでのところは、うまくいってる。だが、もしも陛下がおまえの身になにかしようとなさったら、悲鳴をあげるんだぞ」

ジェーンは聞く。「誰もきてくれなかったら？」

彼はエドワードの腕に手をかける。この場面がそれ以上進展するのは避けたい。「いいかね、ジェーン。悲鳴はあげないほうがいい。祈るのだ。つまり、声に出して祈るのだ。心の中で祈ったのでは役に立たない。聖母マリアという言葉を入れた祈りを唱えるのだ。陛下の敬虔さと誇りに訴える祈りがいい」

「わかりました。クロムウェル様は、祈禱書を持ち歩いていらっしゃいますか？　お兄様たちは？　いいえ、いいんです。自分のを捜してまいりましょう。きっと目的にかなうものが見つかりますわ」

十二月のはじめ、彼はキャサリンの医師団から手紙を受け取る。食欲が出てきたが、やはり祈りつづけている、とのことだ。死はベッドの頭から足元へと移動したのかもしれない。最近は痛みもやわらぎ、意識は清明です。形見分けの作業に余念がありません。息女のメアリ様には、スペインから持参した金の襟と毛皮をお遺しになっています。ご自分の魂のために五百回のミサをあげるよう、またウォルシンガムを巡礼するよう依頼なさっています。

遺産分与の詳細はホワイトホールへ伝えられる。「その毛皮を見たことがあるか、クロムウェル？」ヘンリーが言う。「よい品か？　もしそうなら、余に送ってもらいたい」

シーソー遊び。

アンのまわりの女たちが言い交わしている——ご懐妊とは思えないぐらいね。十月、アンは元気そうだが、太ってきたというよりは痩せてきたように思われる。レディ・ロッチフォードが彼に言う。「ご自分の状態を恥じていると思ってしまいそうですわ。それに陛下は、以前彼女のおなかが大きかったときほどは彼女を気遣っていらっしゃらない。あの頃は、それはもう彼女に尽くしていらっしゃいましたのよ。あのきまぐれにつきあい、まるで侍女のように彼女に仕えていらっしゃった。一度わたしがお部屋に入っていったら、彼女は陛下のお膝に足をのせ、陛下が足をくじいた牝馬の世話をする馬丁のようにさすっておいででした」

「さすったところで、くじいた足の痛みはやわらぎませんよ」彼はきまじめに言う。「ひづめをけずり、特別な蹄鉄をはかせないと」

ロッチフォードは彼を見つめる。「ジェーン・シーモアと話をなさいました？」

「なぜです？」

「いえ、別に」

彼は王を見ているときのアンの顔を見た。ジェーンを見ている王を見るアンの顔を。どす黒い怒り、それがほとばしるさまが目に見えるようだ。鋏でずたずたにされた縫い物、こなごなになったガラス。しかしそうはならず、代わりにアンの顔は尖ってくる。宝石を縫いつけた袖を子供が育っている身体の前あたりに持ってくる。「心を乱してはいけないのよ」アンは言う。「王子の身体にさわるかもしれないでしょう」ジェーンが通りすぎるときは、スカートを脇へ寄せる。身をちぢめ、狭い肩をすぼめる。まるで戸口の孤児のように寒そうに見える。

シーソー遊び。

国内では、ハートフォードシャーかベッドフォードシャーへの旅から秘書官が女を連れ帰り、ステップニーだかオースティン・フライアーズだかにある屋敷、あるいはハックニーのキングス・プレイスにその女を住まわせている、女のために豪奢に改築している、との噂が広まる。女は宿のおかみで、その亭主はトマス・クロムウェルがでっちあげた新たな罪を犯したかどで捕らえられ、牢屋に入れられたそうな。哀れな寝取られ亭主は罪を着せられ、今度の巡回裁判で吊るし首になる予定だ。だが、ある報告によれば、亭主はすでに牢屋で死んでいるのが発見された。棍棒で殴られ、毒を盛られ、喉を掻き切られて。

III
天使たち
ステップニーとグリニッジ
一五三五年のクリスマス〜一五三六年の新年

クリスマスの朝。次はどんな厄介事が持ちあがるのかと部屋を飛び出すと、巨大なヒキガエルが彼の行く手をふさいでいる。「マシューか？」

両生類の口から、子供の声が楽しそうに笑う。「サイモンです。メリー・クリスマス、サー、お元気ですか？」

彼はためいきをつく。「過労だ。父上、母上のところへは顔を出したのか？」

聖歌隊の子供たちは夏には自宅に帰る。クリスマスはうたうので忙しい。「王様に会いに行くんでしょう？」サイモンがカエルを真似てげろげろ言う。「宮廷のお芝居より、きっとぼくたちのお芝居のほうが上手ですよ。ぼくたち、ロビン・フッドをやるんです。アーサー王が出てくるんだ。ぼくはマーリンのヒキガエルの役。リチャード・クロムウェル様は教皇の役で、托鉢椀を持っているの。リチャード様はこう叫ぶんです。〝マンプシマス・サンプシマス、なんじゃもんじゃ〟それで、ぼくたちが施しの代わりに石をあげると、地獄に落ちるぞ、ってぼくたちを脅すんです」

彼はサイモンのいぼいぼのある皮膚を軽くたたく。ヒキガエルはよちよち跳ねて、道をあける。

キンボルトンから戻ってからというもの、ロンドンが彼を閉じ込めた。晩秋の光の薄れゆく陰鬱な夕べが、晩秋の早すぎる闇が取り囲む。まじめで退屈な宮廷の取り決めの数々が彼を包みこみ、机にしばりつけ、長引く業務のかたわらにともされる蠟燭は深夜まで消えることがない。太陽を拝めるなら大枚をはたいてもかまわない、と思うことがある。イングランドの緑豊かな地方に土地を買ったのに、訪れる暇がない。だから、農園や、塀で囲まれた庭の奥に建つ古い屋敷、ちいさな桟橋のある水路、釣り針めがけて上昇してくる金色の魚が棲む池、葡萄畑、花園、東屋や散歩道、こうしたものはみな、彼にとっては、ぺらぺらの紙の契約書にすぎず、会計のページに記された一組の数字のままだ。羊たちがかじった牧草地の端や、雌牛が膝の高さまで草に埋もれてたたずむ草原や、白い雌鹿が片足をあげたまま身をふるわせる雑木林や木立ではなく、羊皮紙の上の領地でしかないし、古い生け垣や境界線の石ではなく、インク書きの条項によって定められた賃貸借の自由保有地でしかない。彼の土地は、概念上の土地であり、収入源であり、夜半にふと目ざめて頭の中でそれらの地形をさぐるだけの、不満をあおる源である。陰鬱な、あるいは凍てつくような夜明け前に目がさめて思うのは、保有地が与えてくれる自由ではなく、他人がそこを踏み荒らす心配だ。地役権や通行権、塀の位置、眺望のきく地点を楯に、他人が境界線を踏みこえて、彼の未来の静かな所有地に立ち入ってくる心配。確かに彼は田舎者ではないが、生まれ育った埠頭付近の町のうしろには、雲隠れするのにもってこいのパトニー・ヒースがあった。同じような、乱暴な子供たちと走りまわり、そこで日がな一日過ごしたものだ。少年たちはみな父親のベルトやげんこつから、じっとしていようものなら強制される勉強から、逃げていた。しかし、ロンドンは彼をその都会の心臓部へと引き寄せた。秘書官のはしけでテムズを航行するようになるはるか以前から彼は水の流れや潮汐を知っていたし、ボートから荷をおろして、丘の上のストランド街に並ぶ貴族や司教の贅沢な住まいまで手押し車で梱《こり》を運ぶと、船頭がいくらぐらい稼げるか、知っていた。現在、その彼は毎日のようにそうした貴族らと会議テーブルを囲んでいる。

冬の宮廷が、いつもの巡回に入る。グリニッジ、エルタムといった王の子供時代の宮殿。かつて枢機卿の屋敷だったホワイトホールとハンプトン・コート。宮廷がどこにあろうと、食事は私室でひとりでとるのが、近頃は国王の決まりごとだ。国王の居住空間の外、外側の警防室、またの名を警護室――宮殿内で、外側の広間がどう名付けられるかによるが――には上段テーブルがあり、宮内長官、すなわち、王個人の家政を担う長官が、貴族のためにそこで会議を開く。〝ノーフォークおじ〟は、宮廷にいるときはこのテーブルにつく。サフォーク公のチャールズ・ブランドンもまた然り、王妃の父君のウィルトシャー伯然り。地位はいくらか下がるが、充分な敬意を払われるテーブルもあって、そこには、彼自身のような上級役人や、貴族出身でない王の古い友人たちがすわる。主馬頭《しゅめのかみ》ニコラス・カルーの居場所はそのテーブルである。子供の頃からヘンリー王を知る会計局長官のウィリアム・フィッツウィリアムも同様だ。そして、この会議の旗ふり役、会計検査長のウィリアム・ポーレットも。説明してもらうまで、杯（と、一同の眉）を、その場にいない者のために持ちあげるこの習慣を、彼はいぶかしく思っていた。ポーレットが困惑ぎみに、説明してくれるまでは。「わたしの前にここにすわっていた人物に乾杯するのだよ。前会計検査長サー・ヘンリー・ギルフォードの神聖なる思い出に。きみはむろん彼を知っていたね、クロムウェル」

いかにも。あの経験豊富な外交官、あのすばらしく博学な廷臣ギルフォードを知らぬ者はいない。国王と同年齢のギルフォードは、未熟で、善意にあふれた、楽天的な十九歳の王子だったヘンリーが王位に即《つ》いて以来、その右腕としてつき従ってきた。ふたつの輝く精神は栄誉と快楽を熱意を持って追い求め、主人と家来はともに齢をとっていった。ギルフォードなら地震をも乗り切ると誰もが絶対の確信を持っていた。ところが、アン・ブーリンを乗り切ることはなかった。ギルフォードが誰を支持していたかは明快だった。彼はキャサリン王妃を慕い、口に出してもそう言った（たとえキャサリン妃をお慕いしていなくとも、正当性の点でわがキリスト教徒の良心は妃を支持するでしょう）。王は長年の友情からギルフォードをかばい、その問題にはふれずにおこう、見解の不一致には口をつぐんでいよう、といった。アン・ブーリンにはふれるな。そうすれば、友人同士のままでいられる。

だが、沈黙だけでは、アンには不充分だった。わたしが王妃になる日は、おまえが職を失う日です、と彼女はギルフォードに申し渡した。

マダム、とサー・ヘンリー・ギルフォードは言った。あなたが王妃になる日は、わたしが職を辞する日です。

そしてギルフォードは辞めた。ヘンリーは反発した。どういうつもりだ！　女ひとりに地位を奪われるままになるな！　単なる女の嫉妬と恨みにすぎん、無視すればよいのだ。

しかしわたしは自分のために恐れているのです。ギルフォードは言った。わが家族の身に累がおよび、わたしの名が穢されることが。

余を見捨てないでくれ、王は言った。

責めるなら、あなたの新しい奥方をお責めください、ギルフォードは言った。

こうして彼は宮廷を去った。そして隠遁した。「そして数カ月とたたぬうちに死んでしまった」とウィリアム・フィッツウィリアムは言う。「失意の末の死だったそうだ」

ためいきがテーブルをひとめぐりする。ひとはそうやって死んでいく。一生の仕事を失い、先に見えるのは田舎の倦怠のみ。とりとめのない、日曜のような日々が延々とつづく。ヘンリーなくして、なにがある？　彼の輝く笑顔なくして？　それは終わりのない十一月、闇の中の生活だ。

「だから彼を偲ぼう」サー・ニコラス・カルーが言う。「われらの古い友人を。時代の歯車が狂わなければ、今もまだ会計検査長でいたであろう男に——こう言ったところで、ポーレットは気にしないさ——乾杯しよう」

サー・ニコラス・カルーの乾杯のしかたは気がふさぐ。威厳たっぷりの人間は陽気な軽やかさを知らない。彼、クロムウェルが一週間前テーブルについていたとき、サー・ニコラスは彼に冷たい一瞥を浴びせ、羊肉を彼のほうへ押しやった。だが、その後彼らの関係は好転した。結局のところ、クロムウェルはつきあいやすい男なのだ。ここにいるような、ブーリン家のせいで冷や飯を食った者たちには仲間意識があることを彼は知っている。常に世界の終わりを予期しているヨーロッパのカトリック教徒のあいだに存在するようなふてぶてしい仲間意識だ。彼らはこの世が燃え尽きた後、自分たちが栄誉ある座につくことを望んでいる。少々焼けてはじっこがカリカリになり、ところどころ黒くなっても、それでもなお、神のおかげで永遠の命を得て、神の右側にすわることを望んでいる。

ポーレットの言うとおり、彼はヘンリー・ギルフォードそのひとを知っていた。かれこれ五年前、ケント州のリーズ城で、惜しみないもてなしを受けたことがある。むろん、それはギルフォードがあるものを欲していたからにすぎなかった。つまりは、わが枢機卿猊下からの恩恵を。それでも、ギルフォードの食卓での雑談や、彼が家の者になにかを命じる態度、その巧みで慎重な機知から学んだものは大きい。もっと最近では、ギルフォードの例からアン・ブーリンがひとの人生をぶち壊せることを学んだ。そして、テーブルを囲む面々がアンを到底ゆるしそうにないことを。カルーのような男たちが、アンの栄達を、ともすれば彼クロムウェルのしわざと非難するのは知っている。彼がそのお膳立てをし、元からあった結婚を破壊して、次の結婚を導き入れた張本人、というわけだ。彼らが自分への態度をやわらげてくれるとも、仲間に入れてくれるとも思ってはいない。ただ、自分の皿に唾を吐かずにいてくれればいい。ところが、彼が話に加わると、主馬頭カルーはいくらか態度を軟化させ、長い、まさしく馬のような頭を彼のほうへむけ、駿馬のようにゆっくりとまばたきし、こう言う。「秘書官、今日は元気かね？」

ニコラスにも理解できそうな答えをさがしあぐねていると、ウィリアム・フィッツウィリアムが彼の目をとらえ、にたりと笑う。

十二月中は、書類の地滑りと雪崩が彼の机を襲う。悩み、やる気をそがれて一日をしばしば終えるのは、火急の重要な手紙を王に送っても、私室付きのジェントルマンたちが、ご機嫌ななめのヘンリーに手紙を差し出すと自分たちにとばっちりがおよぶからと機嫌が直るまで手紙を渡してくれないからだ。王妃からの吉報にもかかわらず、ヘンリーは不機嫌で、きまぐれである。いつなんどき突拍子もない情報を要求するか、答えの出ない質問をするか、見当もつかない。バークシャーの毛織物の市場価格はいくらか？　そのほうはトルコ語をしゃべるのか？　なぜ、しゃべれぬ？　トルコ語をしゃべるのは誰だ？　ヘクサムの修道院を建てたのは誰か？

一袋につき七シリングで上昇中です、陛下。いいえ。あちらへは一度も行ったことがありませんので。わかる者がおりましたら見つけてまいりましょう。聖ウィルフレッドです。彼は目を閉じる。

「スコットランド軍が徹底的に破壊し、ヘンリー一世の御代にふたたび建てられたのです」

「ルターはなぜ」王が問いつめる。「余が彼の教会に服従すべきだと考えている？　ルターが余に服従することを考えるべきではないか？」

聖ルチアの日（十二月十三日）の頃、アンは彼を呼び出し、ケンブリッジ大学がらみの仕事から彼を解放する。だが、アンに会う前に、待ちかまえていたレディ・ロッチフォードが彼の腕に手をかける。

「王妃は見るもあわれなありさまですの。すすり泣きをとめることができないんです。お聞きになっていらっしゃらない？　彼女の子犬が死んだのよ。お気の毒でお伝えすることができませんでした。陛下にお願いしなければなりませんでしたわ」

パーコイが？　アンのお気に入りの？　レディ・ロッチフォードが彼を中に入れ、ちらりとアンを見る。かわいそうに。泣きはらした目は、まるで細い隙間のようだ。「ごぞんじかしら？」レディ・ロッチフォードが小声でささやく。「この前流産なさったときは、一滴の涙もこぼさなかったんですよ」

女官たちはまるでアンにとげがあるかのように、距離を置いて遠巻きにしている。彼はグレゴリーの言ったことを思い出す――アンは痩せて、骨張っている。慰めることはできそうにない。手を差し伸べたところで、彼女はそれを出しゃばりか脅しだと見なすだろう。キャサリンの言うとおりだ。王妃はひとりぼっちなのだ。亡くすのが夫であれ、スパニエル犬であれ、子であれ。

アンは頭をめぐらす。「クレムエル」そして、女官たちにさがるよう命じる。激しい身振りで、カラスの群れをしっと追い払う子供のように。すべすべした新種の大胆不敵なカラスのように、女官たちは急ぐでもなく、引き寄せた裳裾を物憂げにひきずって出ていく。彼女たちの声が、空から降ってきたように、そのあとを追いかけていく。ひそひそ声が、知ったふうな甲高い笑い声がぷっつり途切れる。最後に出ていくのはレディ・ロッチフォードだ。羽根のような裳裾をひきずり、いやいや持ち場を離れていく。

これで部屋にいるのは、彼自身とアン、それに隅のほうで鼻歌まじりに顔の前で指をうごめかせているアンのこびとだけになる。

「まことにご愁傷様です」目を伏せて、彼は言う。また飼えばよいではありませんか、と言うほどバカではない。

「女官たちが見つけたのよ――」アンが片手を突き出す。「あそこで。中庭で。上の窓があいていたの。首の骨が折れていたわ」

窓から落ちたにちがいない、とはアンは言わない。あきらかにそうは考えていないからだ。「わたしのいとこのフランシス・ブライアンがカレーからあの子を連れてきたあの日のこと、あなたはここにいたからおぼえているでしょう? フランシスが部屋に入ってくるなり、まばたきする間もないほど、あっというまにわたしはパーコイを抱きとっていた。ひとに害を与えるような犬ではなかったわ。それなのに、殺そうともくろんだのはいったいどこのひとでなしなの?」

彼はアンをなだめたい。アンはまるで自分が攻撃されたかのように、取り乱し、傷ついて見える。「おそらく、窓敷居まで出て行って、前足がすべったのでしょう。ああいう小型犬は猫のようにふわりと着地できそうに見えますが、そうではないのですよ。わたしが飼っていたスパニエル犬はネズミを見て息子の腕から飛び出し、足の骨を折りました。たやすく折れてしまうのです」

「その犬はどうなったの?」

彼はそっとつぶやく。「治すことはできませんでした」彼はちらりと目をあげて、道化を見る。彼女は相変わらず隅のほうで、にやつきながら、両のこぶしですばやくへし折るような動作をしている。どうしてアンはあの女をそばに置いているのか? 病院送りにすべきなのに。アンが頬をこする。洗練されたフランス風の作法はどこへやら、幼い少女のように握りこぶしを使っている。「キンボルトンから知らせは?」アンはハンカチを見つけ、洟をかむ。「キャサリンはあと半年はもっそうね」

　どう言えばよいのか、わからない。彼にキンボルトンへひとをやり、キャサリンを高いところから投げ落とせとでも言いたいのだろうか？

「フランスの大使が、あなたの家へ二度行ったのに会ってもらえなかったと文句を言っているわ」

「忙しかったのです」彼は肩をすくめる。

「なにで？」

「庭でボウルズ（イギリス発祥のゲームで、ボウリングの前身とも呼ばれる球技）をしていたのです。ええ、二度とも。絶えず練習しているのですよ、ゲームで負けると一日中いらいらして、蹴飛ばすための教皇絶対主義者をさがしに行ってしまいますからね」

　以前だったら、アンは笑ったことだろう。今は笑わない。「わたしもあの大使は好きでないわ。前の大使とちがってわたしに敬意を払わないのよ。それでも、大使には気をつけなければいけないわ。ありったけの敬意を表する必要があるわ。だって、教皇をわたしたちの喉から遠ざけておけるのは、フランソワ王だけですからね」

　オオカミのようなファルネーゼ。牙をむき、血のまじった涎をしたたらす。アンが話しかけられたい気分なのかどうかわからないが、試しに言ってみる。「フランソワがわれわれを助けるのは、われわれへの愛情のためではありません」

「愛のためでないことはわかっているわよ」アンは湿ったハンカチをねじって乾いた個所をさがしている。「とにかく、わたしへの愛のためでないことは。そんな勘違いをするほどわたしは愚かではないわ」

「フランソワはカール皇帝がわれわれを制圧し、世界に君臨するのを望んでいないだけです。彼は破門勅書を嫌っています。ローマ司教であれ、どこの司教であれ、王から王自身の国を奪うような権利はない、と考えているのです。しかし、フランスがみずからの利益に気づいてくれればよいのですがね。われらが君主の行動を踏襲し、みずからの教会の首長となることの利点を、彼に進言できる有能な人間がいないのが残念です」

「でも、クレムエルはふたりはいないわ」アンはやっとのことで、苦笑する。

彼は待つ。アンはフランスが今、彼女をどう見ているか、知っているのだろうか？　彼らはもはやアンが王に影響を与えられるとは思っていない。アンは過去の力だと考えている。さらに、イングランド全土はアンの子供たちを支持すると誓約したが、外国では、もしもアンが国王に息子を与えなければ幼いエリザベスが王位に即くとは誰も信じていない。たとえばフランス大使は彼にこう言った（最後に彼が大使を中へ通したとき）。ふたりの女性のいずれかを選ぶとしたら、年上のほうを選びたくなるのが当然でしょう？　メアリがスペイン人の血を引いているとしても、すくなくともそれは王室の血です。すくなくとも、メアリはまっすぐ歩くことができるし、漏らしたりもしない。

隅にいたこびとが、床に尻をついた格好でアンのほうへいざってくる。こびとは女主人のスカートをひっぱる。「あっちへおゆき、メアリ」アンが言う。彼女はクロムウェルの表情を見て笑う。「わたしがこの道化に名をつけ直したのを知らなかったの？　王の娘はこびとと言ってもよいほどちいさいのでしょう？　母親よりもさらに背が低くて。彼女を見たらフランス人はショックを受けるでしょうね。一目見ただけで考え直すと思うわ。ええ、知っているのよ、クレムエル、彼らがわたしの背後でなにをしようとしているか知っているのよ。フランスはわたしの兄を相手に言を左右にしているけれど、エリザベスとの結婚を本気で考えたことは一度もなかったのよ」ああ、ついに彼女は理解したのだ、と彼は思う。「連中は王太子とあのスペインの私生児の結婚を整えようとしているわ。ずっと笑顔をむけておいて、その陰でこそこそ画策しているのよ。あなたは知っていていてわたしに言わなかったのね」

「マダム、申しあげようとはしたのです」彼はつぶやく。

「まるでわたしが存在しないかのように。わたしの娘が生まれていなかったかのように。キャサリンがいまだに王妃であるかのように」アンの声が尖る。「我慢するつもりはないわ」

　ではどうするつもりです？　ひと呼吸置いて、アンは告げる。「ひとつ、考えがあるのよ。メアリについて」彼は待つ。「わたしが彼女を訪問するの。ひとりではなくね。勇ましい若いジェントルマン数人を連れて」

「そういう若者には事欠きませんな」

「それとも、あなたがメアリを訪れるべきじゃなくて、クレムエル？　あなたのところにも顔立ちのよい若者が何人かいるでしょう。あの哀れな娘が生まれてこのかた一度も賛辞を送られたことがないのを知っていて？」

「ご父君からはあると思いますよ」

「娘が十八になれば、父親はもうちやほやしないわ。だから別の相手を熱望するようになる。本当よ、わたしは知っているの、かつてはわたしもそこらの娘と同じように愚かだったから。あの年齢の娘は、自分のために詩を書いてくれる誰かを求めているのよ。自分を見てくれる誰か、部屋に入っていけばためいきをついてくれる誰かをね。さあ、おっしゃい、これはわたしたちがまだ試していないことだと。メアリをほめそやし、誘惑するのよ」

「わたしにメアリの体面を傷つけさせようというのですね？」

「わたしたちふたりだけで、計画を立てるのよ。なんならあなた自身がやったらどうなの。わたしはかまわないわ。メアリはあなたに好意を持っているそうじゃないの。恋するふりをしているクレムエルを見てみたいわ」

「メアリに接近するのは愚か者がすることですよ。国王に殺されてしまう」

「彼女と寝ろと言っているわけではないわ。まあいやだ、友人にそのようなことを強いるものですか。必要なのは、彼女に恥をかかせる、それも公衆の面前で、恥をかかせることだけよ。それで彼女の評判はだいなしになるわ」

「いけません」彼は言う。

「なんですって？」

「それはわたしの目的ではないし、わたしのやりかたでもありません」

アンの顔面が紅潮する。怒りのあまり、喉元がまだらに染まる。彼女ならどんなことでもするだろう、と彼は思う。アンには限度というものがない。「そんな口をきいたことを、今に後悔するわよ」彼女は脅す。「偉くなったから、もうわたしは用なしだと思っているのね」声がふるえている。「知っているのよ、あなたがシーモア家と親しくしているのを。誰にも知られていないつもりだったんでしょうが、わたしに隠し事はできないわ。聞いたときはショックだった、ええ、言ってあげるわ、あなたがあんな当てにならないものにお金を賭けるとはね。処女膜以外にジェーン・シーモアがなにを持っているというの。夜が明けたら、処女膜がなんの役に立つの？　事の前ならジェーンは王の心の妃でも、事がすんだら、スカートをおろしておけなかった売女のひとりになりさがるだけよ。ジェーンには美しさも知性もない。一週間だってヘンリーをつなぎとめておけないわ、荷物と一緒にウルフ・ホールへ送り返されて、忘れられるのよ」

「そうかもしれません」彼は言う。アンが正しい見込みはある。それを無視するつもりはない。「マダム、われわれの間はかつてはもっと幸福でした。あなたはわたしの助言に耳を傾けてくださったものです。ですから今、助言させてください。諸々の目論《もくろ》みは断念なさったほうがよいでしょう。そういう重みはおろすことです。お子様の誕生まで、心静かになさることです。いらだち、怒ることでお子様の健康を危険にさらしてはなりません。ご自分でおっしゃったではありませんか、争いや対立は光を見る前の子供にも影響を与えると。陛下の欲望には目をおつぶりください。ジェーンについては、青白い、目立たぬ娘ではありませんか。目に入らぬふりをなさればいいのですよ。ためにならない光景からは、顔をそむければよいのです」

アンは両手で膝頭をわしづかみにし、椅子から身を乗り出す。「あなたに助言するわ、クレムエル。子供が生まれる前に、わたしとの仲を修復することね。おなかの子が女であっても、わたしはまた生むわ。ヘンリーはけっしてわたしを捨てない。彼は長過ぎるほどわたしを待ったのよ。待っただけのことはあったはず。もしもわたしに背をむけるなら、ヘンリーはわたしが王妃になってからこの王国で達成されたすばらしい偉業にも背をむけることになるでしょう――福音主義を根付かせたことを言っているのよ。ヘンリーはけっしてローマには戻らないわ。絶対にローマには服従しない。わたしの戴冠式をきっかけに、新しいイングランドが生まれた。わたしなしでは新生イングランドは存続できないのよ」

そうではないよ、マダム、と彼は思う。必要とあらば、おれはあなたを歴史から切り離せる。彼は言う。「われわれが仲違いしていないことを望みます。素朴な助言を、友から友への助言をいたしましょう。ごぞんじのように、わたしは妻帯者です、いや、でした。このようなとき、常に妻には冷静になるよう諭《さと》したものです。あなたのためにわたしにできることがあれば、おっしゃってください。そういたします」彼はアンを見あげる。彼の目が光る。「ですが、わたしを脅すのはおやめください、マダム。不快です」

アンがぴしゃりと言う。「そちらの快不快などどうでもいいわ。自分の立場をよく勉強することね、秘書官。のぼりつめる者は落ちるのよ」

彼は言う。「まさにおっしゃるとおりです」

彼は一礼して、辞する。アンを憐れむ。彼女は自分の持てるすべて、女の武器で戦っている。アンの謁見室につづく控えの間にはレディ・ロッチフォードしかいない。「まだめそめそしていらっしゃるの？」と、聞いてくる。

「落ち着かれたと思う」

「容色が衰えておいでだわ、そうお思いにならない？　この夏、日差しを浴びすぎたのかしら？　皺が目立ちはじめていらっしゃるのよ」

「わたしは王妃をまともには見ないんだよ。家来にすぎない人間の心得としてね」

「まあ、そうですの？」おもしろがっている。「でしたらお教えしましょう。王妃様はまさに年齢相応、いえ、もっと老けてお見えですわ。顔は偶発的なものではありません。わたしたちの罪がはっきりと出ますのよ」

「それは困ったぞ！　わたしはなにをしたんだろう？」

レディ・ロッチフォードは笑う。「秘書官様、それこそわたしたちみんなが知りたがっていることですわ。でも、そうとはかぎらないのかもしれません。田舎へ引っ込んだメアリ・ブーリンは五月の花のように美しいそうですからね。ふっくらと魅力的だとか。不思議じゃありませんこと？　彼女と関係のなかった若い馬丁が見つからないほどたくさんの男とつきあってきた、メアリのようなすれからしが。ですけど、あのふたりを並べてごらんあそばせ、どう表現すればよいのか、そう、使い古しに見えるのはアンのほうですわ」

ぺちゃくちゃとしゃべりながら他の女官たちが群れをなして控えの間に入ってくる。「王妃様をおひとりになさったんですか？」メアリ・シェルトンが言う。まるでアンをひとりにすべきではないかのように。シェルトンはスカートを持ちあげると、せわしなく謁見室に入っていく。

彼はレディ・ロッチフォードに暇乞いをする。が、なにかが足元にからみ付いている。こびとの女がよつんばいになっている。喉からうなり声をあげて、噛みつくふりをする。蹴飛ばしたくなる自分をおさえる。

いつもの業務に取りかかる。レディ・ロッチフォードは、彼女を貶め、妻より娼婦たちと一緒にいるのを好み、それを隠そうともしない男とどうして結婚していられるのか、と不思議に思う。その疑問に答える術は、正直なところ、自分にはないと考える。彼女の気持ちを思いやったところでしょうがない。レディ・ロッチフォードから腕に手をかけられるのはどうも苦手だ。毛穴から悲哀が漏れ出しているように思える。顔では笑っているが、目はけっして笑っていない。彼女の目は人々の顔から顔へと動いて、なにひとつ見逃さない。

パーコイがカレーから宮廷にきた日、彼はフランシス・ブライアンの袖をつかんで、たずねた。「そういう犬だが、どこで手に入る?」ああ、愛人のためですか、とあの片目のろくでなしは問いかけた。噂話のネタにしようというのだろう。いや、彼は笑みを浮かべて言った。わたし自身のためだよ。

カレーはたちまち上を下への騒ぎになった。イギリス海峡を手紙が飛ぶように行き交った。秘書官が子犬をほしがっている。急いで一匹見つけるんだ、他の誰かに功績を横取りされないうちに。知事の妻、レディ・ライルは自分の飼い犬を手放すべきだろうかと思案した。次から次へと六匹ものスパニエル犬が届けられた。どれもまだら模様で、愛嬌があり、ふわふわの尻尾と繊細なちっぽけな足をしていた。ぴんと立った耳と、いつも問いかけているような顔のパーコイにはどれも似ていなかった。プルクワ?《なぜ》

いい質問だ。

降臨節。はじめに断食、次がごちそう。貯蔵室には干しぶどう、アーモンド、ナツメグ、メース、丁子、甘草、いちじく、ショウガ。イングランド国王の特命使節はドイツで、シュマルカルデン同盟（一五三一年に結成された反皇帝同盟）、すなわちプロテスタント諸侯の同盟との協議に入っている。カール皇帝はナポリ、バルバロッサはコンスタンティノープルにいる。使用人アントニーはステップニーの大広間にいて、月と星々を刺繍したローブをはおり、梯子《はしご》の上に乗っている。「これでいいかい、トム？」アントニーは叫ぶ。

クリスマスの星が、アントニーの頭上でゆれている。彼、クロムウェルはその銀色の刃のように鋭いへりを、見あげて立っている。

アントニーが家の一員となったのは、つい先月のことだ。門のそばにいた乞食だったとは、到底思えない。ひと月前、クロムウェルがキャサリンへの訪問から帰ってきたとき、オースティン・フライアーズの外には例のごとくロンドンっ子たちがひしめきあっていた。キンボルトンではクロムウェルは知られていないかもしれないが、ここでは著名人だ。人々は彼の家来たち、彼の馬たち、その馬具一式、ひるがえる彼の旗を見物にやってくる。だが、その日の彼はどこの誰とも知れぬ護衛一名と、無名から身を起こしたくたびれた男たちの一団を引き連れている。「どこに行ってなさったんで、クロムウェル様？」ひとりの男が声をはりあげる。まるでロンドンっ子たちには説明してもらう権利があるとでもいわんばかりに。ときどき彼は屋敷の門に群がる人々の中に、捨てられていた襤褸《ぼろ》をまとい、敗走した軍から逃げてきた少年兵の自分を見たような気になる。腹をすかせ、目を丸くして見とれている見知らぬ少年が、自分に重なって見える。

中庭へ入ろうとして、彼は待てと言った。すぐわきで、青白い顔がひょいと動く。人混みを抜けだしたひとりの小男が、彼のあぶみにとりすがっている。男はめそめそと泣いており、どう見ても人畜無害なので、誰も取り押さえようとはしない。彼、クロムウェルだけがうなじの毛が逆立つのを感じる。こうやってひとは不意を突かれるのだ、なにかに気を取られているすきに人殺しが短剣を手に背後から忍びよってくるのだ。しかし、彼の背後は武装した男たちによって固められているのだし、この腰曲がりの哀れな男ときたら、剣を抜こうものなら自分の膝をそぎ落としそうにふるえている。彼は馬から身を乗り出す。「どこかで会ったことがあるか？　前にもここで見たな」

涙が男の顔をしたたり落ちる。歯が一本もない。これでは誰だってぎょっとする。「ああ、ありがたいことで。神が閣下を愛し、閣下の富をふやさんことを」

「ああ、神はそうしておられる」自分は閣下ではないといちいち訂正するのはもううんざりだ。

「どうか寝る場所をお与えください」男は懇願する。「ごらんのとおり、着てるのは襤褸です。そうしろとおっしゃるなら、犬たちとでも寝ます」

「犬のほうがいやがるかもしれん」

随行員のひとりが近づいてくる。「追い払いますか、サー？」

これを聞くと男は新たに泣き出す。「静かにしろ」彼は子供にたいするように、叱る。泣き声が二倍になり、鼻のうしろにポンプでも隠し持っているのかと思うほど涙がほとばしりでる。ことによると、泣きすぎて歯が全部抜け落ちてしまったとか？　そんなことがあるだろうか？

「あっしは主人を持たぬ身です」みじめな男はすすり泣く。「わが親愛なる主人は爆発で死にました」

「なんと、どういう爆発だ？」彼は注意を引きつけられる。民衆が火薬を無駄遣いしているのか？皇帝が攻め込んできたら火薬が必要になるかもしれんというのに。

男は両腕を胸の前で組み、身体をゆすっている。今にもへたりこみそうだ。彼、クロムウェルは下に手を伸ばし、たるんだ袖なし上着《ジャーキン》をつかんで男をひっぱりあげる。男が地面に倒れこんで馬たちが怯えたら厄介だ。「立て。名はなんという」

嗚咽。「アントニーです」

「なにができるんだ、めそめそ泣くほかには？」

「はあそれが、前はずいぶんと重宝がられ……おおお！」男はわっと泣き崩れ、苦しそうに身体を揺らす。

「爆発の前は、か」彼は辛抱強く言葉を継ぐ。「さあそれで、おまえはなにをしていたんだ？　果樹の水やりか？　便所掃除か？」

「おおお」男はむせび泣く。「どっちでもありません。そんなに役に立つことじゃござんせん」胸が上下する。「サー、あたしは道化だったんで」

彼は男のジャーキンをつかんでいた手を放し、男をまじまじと見つめたあと、笑いだす。信じられないといったせせら笑いが、群衆のあいだに広がっていく。クロムウェルの随行団も鞍の上で身体をふたつおりにし、げらげら笑う。

手を放された小男が急に元気になったように見える。しっかり両足で立ち、彼を見あげる。頬は完全に乾いており、うちひしがれていた表情に変わってこずるそうな笑みが浮かんでいる。「じゃ、入ってもいいんですかい?」

クリスマスが近づいている今、アントニーはキリスト降誕祭のときに自分が知っている人々に起きた恐ろしい話で家族の心胆を寒からしめつづけている。宿のあるじたちによる暴力、厩への放火、丘陵をさまよう家畜。アントニーは男女の声音を使いわけ、犬たちに飼い主に話しかけさせることができ、シャピュイ大使をはじめ、こちらが名前をあげるどんな人物をも真似ることができる。

「わたしの声音を使うこともできるのか?」彼はたずねる。

「真似ようにも、めったにチャンスがございませんて」アントニーは答える。「道化にとっちゃ、口ごもったり、しじゅうぷりぷりしたり、イエス様マリア様と叫んだり、にやにやしたり、しかめっつらしたり、顔をぴくつかせたりする雇い主が真似しやすいんでさ。ところが、旦那は鼻歌はうたわない、足はひきずらない、親指をくねらせることもないときた」

「父親が残忍な気性の持ち主だったからな。それで子供ながらに静かにしていることを学んだんだ。わたしがいることに気づけば、ひっぱたく男だったのでね」

「あっしが思いますには」アントニーは彼の目をのぞきこみ、額をこつこつたたく。「思いますには、ええっと? 鎧戸を真似るようなもんですな。板っきれのほうが表情があるってもんだ。天水桶よりひどい」

「新しい雇い主がほしければ、いい人柄だとほめてやるが」

「いつかは真似てみせますよ。門柱を真似るこつを身につけたら。置き石とか。彫像とか。そういや、目玉を動かす彫像があるんですよ。北の国に」

「何体かあるぞ。金庫室に」

「あっしに鍵をあずからせてもらえますかい？　見張りのいない夜中でも、そいつらが目玉を動かしているかどうか見てみたいから」

「おまえはカトリックか、アントニー？」

「でしょうね。奇蹟が好きですから。若い時分は巡礼だったんですわ。でも、クロムウェルのげんこつのほうが神の手より近いところにあるからね」

クリスマス・イヴ、アントニーは王の扮装をし、冠代わりの皿を頭にのせて、『良き友との娯楽』をうたう。身体が目の前で縦横にふくらみ、貧弱な手足に肉がつく。王は大男のわりに甲高い滑稽な声をしている。われわれが素知らぬふりをしている王の欠点だ。だがアントニーを見ていると、口を手で隠しながら笑ってしまう。アントニーはいつ王を見たのだろう？　王のあらゆる仕草を知っているようだ。アントニーがここ何年もせわしなく宮廷を闊歩し、日当をもらい、こいつはなにをしているのだとも、どうして雇われたのだとも、誰にも不審がられなかったとしてもおれはおどろかない、と思う。王を真似られるなら、地位があり職務のある多忙で有能な男のふりをすることなど朝飯前だろう。

クリスマス当日。ダンスタンの教会で鐘が鳴る。雪が風に舞う。スパニエル犬はリボンをつけている。最初にやってきたのは、マスター・リズリーだ。ケンブリッジにいた当時すぐれた役者だったリズリーは、近年、彼の屋敷でおこなわれる芝居を監督している。「端役でいいからやらせてくれ」と、彼はリズリーに頼んでいた。「木はどうだ？　それならなにも覚える必要がない。木はにわか知恵を働かせる」

「インド諸国では」グレゴリーが言う。「木は歩きまわることができるんだ。根を自分で引き抜くし、風が吹けば、風をさえぎることのできる場所へ移動できる」

「誰がそう言った？」

「ぼくだったかな」〝リズリーで結構です〟が答える。「でも、グレゴリーはその話をすごく喜んでくれたし、なんら害はなかったはずですよ」

リズリーのきれいな妻は修道女マリオンの扮装をしており、ほどいた髪が腰の上まで垂れている。リズリーはスカートをはいて作り笑いを浮かべ、よちよち歩きの娘がそのすそにしがみついている。「ひとりの処女として参りましたわ。昨今では一角獣《ユニコーン》を送りだしてさがしまわるほど稀有な存在なんですのよ」

「着替えてきてくれ」彼は言う。「気色が悪い」彼はリズリーのベールを持ちあげる。「そのひげでは、すぐにばれる」

〝結構です〟は膝をかがめてお辞儀をする。「でも、変装をしなくてはなりませんもの、サー」

「芋虫の衣裳が残ってまさ」アントニーが言う。「いや、あんたなら縞模様の巨大な薔薇にもなれそうだ」

「聖女アンカンバーは処女でひげがあったんだよ」グレゴリーが進んで言う。「ひげは求婚者たちに嫌悪を与え、純潔を守るためのものだった。夫を片付けたい女たちは、聖女アンカンバーに祈りを捧げるんだ」

〝結構です〟は着替えに行く。芋虫か花か？「蕾にひそむ芋虫もありですよ」アントニーがほのめかす。

レイフと彼の甥のリチャードがやってくる。ふたりが目配せするのに彼は気づく。彼はリズリーの子供を抱きあげ、赤ん坊の弟についてたずね、彼女のかぶっている帽子を称賛する。「お嬢ちゃん、名前はなんだったかな」

「エリザベス」子供が答える。

リチャード・クロムウェルが言う。「近頃じゃ、誰も彼もエリザベスだな」

〝結構です〟はおれの家来になる、と彼は思う。リズリーは完全にスティーヴン・ガーディナーのもとを離れるだろう。そして、自分の真の利益がどこにあるかに気づき、おれと王に忠実になるだろう。

リチャード・リッチが妻を伴ってやってくると、彼は彼女のあずき色の絹の新しい袖を賛美する。「ロバート・パッキントンは六シリングも請求しましたのよ」その口調は憤慨している。「それに、裏打ちに四ペンスも」

「リッチは払ったのかな？」彼は笑っている。「パッキントンに払いたくはなかろう。つけあがらせるだけだからな」

　パッキントン当人が到着するが、深刻な顔つきだ。なにか言いたいことがあり、それがただの挨拶――「元気かね？」でないことはあきらかである。友人で布地屋組合《ギルド》の中心的存在ハンフリー・モンマスがそのかたわらに立っている。「ウィリアム・ティンデールはまだ牢獄の中だ、しかも、処刑される公算が大きいらしい」パッキントンは躊躇するが、しゃべらなければならないと思っているのは明白だ。「われわれが浮かれ騒いでいるあいだ、牢屋につながれている彼のことが頭から離れないんだ。ティンデールのためにどんな手を打ってくれるんだ、トマス・クロムウェル？」

　パッキントンは福音主義者で、改革派で、彼のもっとも古い友人のひとりだ。友人として、彼は自分の立場のむずかしさを説明する。彼自身が低地諸国の君主たちと交渉するわけにはいかないこと、王の許可が必要なこと。ティンデールが国王の離婚問題に好意的な意見を示そうとしないかぎり、王がティンデールをゆるす見込みはないこと。マルティン・ルター同様、ティンデールは王のキャサリンとの結婚が正当だと信じており、いくら諭したところでティンデールの意見がゆらぐことはあるまい。ティンデールが志を曲げてイングランド国王に自分を合わせ、友人になることを期待するのはまちがいだ。ティンデールは一徹者で、巨石のように頑として動かない。

「では、われわれの仲間は火焙りにされるしかないのか？　それがきみの言うことか？　クリスマスおめでとう、秘書官」パッキントンは顔をそむける。「最近はスパニエル犬が主人につきまとうように、金がきみのあとをついていくそうだな」

　彼はパッキントンの腕に手をかける。「ロバート――」次の瞬間には手をひっこめ、率直に言う。「そのとおりだ」

友人の思いはわかっている——秘書官の力を持ってすれば、王の良心を動かせるはずだ。もし、そうならば、なぜ行動しない？　ポケットをふくらませるのに忙しいからだろう。それにたいし、彼はこう言いたかった。頼むから一日ぐらい休ませてくれ、と。

モンマスが言う。「トマス・モアが火刑にしたわれわれの仲間を忘れていやしないだろう？　モアの執拗な追及のせいで死んでいった仲間を？　何カ月も牢につながれて、破滅していった仲間を？」

「モアはきみを破滅させなかった。きみは生きて、モアの転落を見たはずだ」

「だが、彼の腕が墓から伸びてきたんだ」パッキントンが言う。「モアはいたるところに家来を放った、ティンデールの周辺にも。彼を裏切ったのはモアの手先だった。王を動かすことはできなくとも、王妃なら動かせるんじゃないか？」

「王妃自身が助けを必要としているよ。そして王妃を助けたければ、自分の妻たちに毒舌を控えるよう命じることだ」

彼は歩み去る。レイフの子供たち——というより、彼の継子たち——が、こっちにきて扮装を見てよ、と叫んでいる。しかし、断ち切られた会話が、口中に酸っぱい味を残し、祭りのあいだじゅう、消えない。アントニーがしきりに冗談を飛ばすが、彼は天使の服を着た子供に目をやる。レイフの継娘、彼の妻ヘレンの連れ子。少女がまとっている孔雀の羽根は、彼が昔グレースのために作ってやったものだ。

昔？　十年もたっていない、十年にもなっていない。羽根の目のような模様がきらめいている。

薄暗い日だが、蠟燭の列が投げる明かりが金糸と、真っ赤なしぶきのような壁に飾られたヒイラギの実と、銀色の星の先端を拾いあげている。その夜、雪片が地面に漂いおりてくると、グレゴリーがたずねる。「死者は今どこで生きているんだろう？　煉獄はあるのかないのか、どっちだろう？　煉獄は今でも存在するそうだけれど、それがどこにあるのか誰も知らない。苦しむ魂のために祈ったところで意味はないというしね。昔みたいに祈ることで死者を煉獄から出してあげることはできないんでしょう？」

家族が死んだとき、彼は当時の習慣だったことをすべて実行した。奉納も、ミサも。「さあな」彼は言う。「王は煉獄についての説教を禁じておられる、異論が多すぎるせいだ。クランマー大司教と話をしたらいい」口元がゆがむ。「最新の考えを教えてくれるだろう」

「お母さんのために祈れないとしたら、悲しいな。それに、祈るのはかまわないけど、誰にも聞こえないから無駄だと言うなら、それも悲しい」

存在しないその場所、一時間が一万年に等しいその神の控えの間に満ちる静寂を想像してみるがいい。以前の想像では、神の紡ぐ大きな網にとらわれた魂は神の光輝に抱かれるまでそこにとどまっていた。しかし、もしも網がちぎれて破れたら、魂は凍てついた空間にこぼれ落ち、一年ごとにさらなる静寂へ落ちていって、ついには跡形もなくなってしまうのだろうか？

彼は少女が羽根を見られるようにと、鏡の前へ連れていく。少女の歩みはためらいがちだ。自分の姿に圧倒されている。鏡に映る孔雀の目が彼に語りかけてくる。あたしたちを忘れないで。何年たっても、あたしたちはここにいるのよ。羽根がそうささやき、気息をもらし、ふれてくる。

四日後、スペイン大使であり神聖ローマ帝国大使であるユスタス・シャピュイがステップニーに到着する。家族はシャピュイを温かく歓迎し、みなが彼に近寄ってラテン語とフランス語で彼の幸運を祈る。シャピュイはサヴォイ人で、スペイン語を少々話すが、英語はほとんどしゃべれない。とはいえ、理解力は向上しつつある。

ロンドンで、シャピュイとクロムウェルの両家が親しくつきあうようになったのは、風の強い秋の夜、大使の住まいが火事になり、煤で黒くなった従者たちが、持ち出せるかぎりのものをかかえて泣きながらオースティン・フライアーズの門を激しくたたいて以来のことだ。大使は家具と衣裳だんすを失った。シャツ一枚の上に焦げたカーテンを巻き付けたシャピュイの姿を見たときは思わず笑いが漏れた。シャピュイの側近たちは広間の床に藁布団を敷いて夜を過ごし、義兄のジョン・ウィリアムソンは期せずしてあらわれた高官に自室を譲った。翌日、大使は借り物のぶかぶかの服で人前に出るはめになった。クロムウェル家の仕着せという選択肢しかほかにはなかったし、そんなものを着たひには、大使のキャリアは二度と元に戻らない。彼はすぐさま仕立て屋を呼んだ。「あなた好みのあの燃えるように赤い絹地がどこで手に入るかはわかりませんが、ヴェネチアに問い合わせてみましょう」翌日、彼とシャピュイは黒く焦げた梁の下を歩いた。濡れた黒い燃えかすとなった公文書をステッキでつつきながら、大使は低いうめきを漏らした。「どうだろう」シャピュイはちらりと目をあげて、言った。「ブーリン家のしわざだと思うかね？」

大使はけっしてアン・ブーリンを認めなかったし、けっしてアンに拝謁しなかった。アンの手に接吻し王妃と呼ぶ覚悟ができるまではその光栄に浴してはならぬと、ヘンリーから命じられている。シャピュイが忠誠を捧げるのは、キンボルトン城に追われたもうひとりの王妃なのに、ヘンリーはこう言うのだ――クロムウェル、いつかシャピュイを真実に向き合わせてみようではないか。あの男がもしもアンの通る道に立たされ、アンを避けられなかったらどうするか余は見てみたいのだ。

今日の大使は、ぎょっとするような帽子をかぶっている。謹厳な顧問官の帽子というより、ジョージ・ブーリンが喜びそうなしろものだ。「どう思う、クレムエル？」シャピュイは帽子を傾けてみせる。

「大変お似合いだ。ぜひわたしもひとつ手に入れなければ」

「きみに進呈させてくれ……」シャピュイは流れるような手つきで帽子を脱ぐが、思い直す。「いや、きみの大きな頭にはちいさすぎるな。新しく作らせよう」大使はクロムウェルの腕を取る。「なあきみ《モン・シェール》、きみの家族は相変わらず愉快だが、ふたりだけで話せないか？」

個室に入ると、大使は攻撃をはじめる。「王は聖職者たちに結婚を強要するそうだな」

彼は不意をつかれるが、友好的気分を壊すつもりはない。「偽善を避けるという利点がありますね。しかし、あなたには明言します。そういうことにはならないし、陛下はそのような話に耳を貸しませんよ」彼は注意深くシャピュイを見守る。もしや、カンタベリー大司教であるクランマーが秘かに妻帯していることを聞いたのか？　いや、そのはずはない。知っていたら、シャピュイはクランマーを糾弾し、破滅させるだろう。彼ら、いわゆるカトリック教徒はトマス・クランマーを嫌っているのだ、トマス・クロムウェルを嫌っているのと同じくらい。彼は大使に一番いい椅子をすすめる。「すわって、クラレットを一杯いかがです？」

だがシャピュイは気をそらされない。「聞くところでは、きみはすべての修道士と修道尼を路上にほうりだすつもりだそうだ」

「誰からそんな話を聞いたんです？」

「王自身の廷臣たちの口からだよ」

「聞いてください、ムッシュウ。わたしの巡察官たちの調査では、修道士たちから寄せられるのはもっぱら自由になりたいとの請願なのです。修道女も同じです。彼らは束縛の身に耐えられず、巡察官たちのもとへ泣きながら自由を求めてくるのですよ。だからわたしは修道士たちに恩給を与えたり、役に立つ職を見つけるよう計らっている。学者なら奨学金がもらえるし、叙階された聖職者なら教区で働かせてもらえるでしょう。修道士たちがためこんでいる金の、その一部でいいから教区の聖職者にいくようになってほしいのです。お国ではどうなのか知らないが、聖職禄は一人あたり、年に四、五シリングの金をもたらすにすぎません。薪代にもならない金額のために魂の救済を引き受ける者がどこにいます？ 食べていけるだけの収入を聖職者に与えるのは、それぞれの聖職者が貧しい学生にとっての指導者になってほしいと願うからです。そうすれば、学生が大学を出る助けをしてやれる。次の世代は手本となり、今度は彼らが指導する立場になる。このことをあなたの君主に伝えてほしい。わたしが考えているのは、宗教の繁栄であって、衰退ではないことを」

しかしシャピュイはそっぽをむく。神経質に袖をむしっていて、彼の言葉は重なりあって落下する。「わが君主に嘘はつけない。わたしは見たとおりのことをお伝えするまでだ。わたしが見ているのは、落ち着きを失った人々であり、不満であり、悲哀なんだ、クレムエル。春になる前には大規模な食糧不足が起きるだろう。きみはフランドル人からトウモロコシを買っている。皇帝の領土のおかげで、きみの国は飢えずにすむんだよ、感謝したまえ。やろうと思えば貿易を禁止することだってできるのだから」

「イングランド人を飢えさせて、皇帝になんの得があるんです？」

「自分たちがいかに邪悪に統治されているか、王のやりかたがいかに不名誉であるかをイングランド人が知るという得だよ。きみのところの特命使節団はドイツの諸侯たちといったいなにをしているんだ？　何カ月も、しゃべって、しゃべって、しゃべりつづけている。彼らがルター派と協定を結び、彼らの習慣をこの国へ持ち込みたいと考えているのは、わかっているんだ」

「陛下はミサの形式を変化させるおつもりはありません。その点ははっきりしておられる」

「しかし」シャピュイは宙に人差し指をつきつける。「異教徒メランヒトンは王に本を捧げたのだぞ！　本は隠せないだろう？　いや、否定したいならすればいいが、ヘンリー王はしまいには秘跡の半分を廃止し、わが君主、彼らの皇帝であり領主であるわが君主を怒らせる目的で、異教徒たちと手を結ぶだろう。ヘンリーは教皇をあざけることからはじめ、悪魔を抱擁することで終わるのだ」

「あなたのほうがわたしより彼をよく知っているようだ。ヘンリーのことですよ、悪魔ではなくて」

彼はこの会話の展開におどろいている。大使と穏やかな食事を楽しんだのは、つい十日前のことで、そのときシャピュイは皇帝が願うのはイングランドの安定だけだと断言した。海峡封鎖の話は出ず、イングランドを飢えさせる話も出なかった。「ユスタス」彼は言う。「なにかあったんですか？」

シャピュイはいきなりすわりこみ、両肘を膝について力なく前かがみになる。帽子がずり落ち、それを脱いで、テーブルにのせたあと、悔いているようにちらりと帽子を見る。「トマス、キンボルトンから知らせがあった。王妃は食べ物をお身体におさめておけないそうだ。水さえも吐いてしまわれる。六日間で二時間も眠っておられない」シャピュイはこぶしで乱暴に目を拭く。「あと一日か二日のお命ではないかと心配なんだよ。お慕いする者もなく、たったおひとりでこの世を去るのはあんまりだ。国王はわたしを行かせてはくれまい。きみは行かせてくれるか？」

男の苦悩が彼の心をゆさぶる。特使としての責任を超えた正真正銘の苦悩だ。「グリニッジへ行って、陛下にお願いしましょう」彼は言う。「今日。今、行きましょう。帽子をかぶってください」

はしけの上で彼は言う。「これは雪解けの嵐ですよ」シャピュイは聞いてもいないようだ。幾重にも重ねた子羊の革にくるまって、肩をすぼめている。

「陛下は今日は馬上槍試合に出るおつもりだったんです」彼は言う。

シャピュイは洟をすする。「雪の中でか？」

「雪かきをさせればよいことです」

「修道士たちを働かせたに相違ない」

大使の執拗さには笑うしかない。「われわれとしては試合が予定どおりおこなわれたことを祈らなくては。試合があったなら、陛下は上機嫌でしょうから。エルタムにいる幼い王女を訪ねてお帰りになったばかりです。忘れずに、王女の健康について聞いてください。それから、王女に新年の贈物をしないといけませんよ、忘れていたのではないでしょうね？」

大使が彼をにらみつける。エリザベスの頭などいっそ殴りたいとしか思っていないのだろう。

「川が凍っていなくてよかった。何週間も利用できないこともあるんですよ。川面が氷に閉ざされた状態を見たことがありますか？」返事はない。「キャサリンは強い方ですよ。これ以上雪が降らず、王のおゆるしが出れば、明日にでも馬で出発できます。以前も病気だったが、回復なさった。行ってみたら、ベッドに起き上がっていて、なぜきたのかと聞かれることになるかもしれませんよ」

「どうしてぺちゃくちゃしゃべっているんだ？」シャピュイは陰気に問いかける。「きみらしくない」

まったく、なぜだろう？　キャサリンが死ねば、イングランドにとっては慶事となる。カールは彼女のかわいい甥かもしれないが、死んだ女のために喧嘩をつづけるわけがない。戦争の脅威は去り、新しい時代がはじまる。彼が望むのは、キャサリンが苦しまないことだけだ。苦しんでどうなるものでもない。

国王の桟橋にはしけが横付けになると、シャピュイが言う。「きみの国の冬は長すぎる。自分がまだイタリアにいた頃のような若者だったら、と思うよ」

　雪が栈橋に積もって、野原を覆っている。大使はトリノで教育を受けた。かの地にはこんな風、悶える魂のごとく尖塔のまわりで金切り声をあげる風は吹かない。「イタリアの湿地帯や汚い空気のことを忘れているんじゃありませんか?」彼は言う。「わたしも忘れていますがね。おぼえているのは、降り注ぐ陽光だけです」大使の肘の下に片手をあてがい、陸地へと導く。シャピュイは帽子をしっかりとおさえている。房飾りは湿ってだらりと垂れ、大使自身は泣き出しそうに見える。

　彼らを迎えるジェントルマンはハリー・ノリスだ。「ああ、〝おっとりノリス〟か」シャピュイが小声で漏らす。「ましなほうだな」

　ノリスは例によって、礼儀正しさの手本だ。「何試合かいたしました」と、質問に答えて言う。「最高点は陛下です。ご機嫌でいらっしゃいますよ。今からわれわれは仮面舞踏会のために着替えるところです」

　彼はノリスを見るたびに、王の家来たちの前で自宅からよろめき出て、イーシャーの冷たいからっぽの屋敷へ逃げたウルジーを思い出さずにいられない。枢機卿はぬかるみにひざまずき、早口で感謝の言葉を唱えていた。王がノリス経由で友好の品を送ってきたためだ。ウルジーは膝をついて神に感謝していたが、その様子はまるでノリスにひざまずいているように見えた。ノリスが今、どんなに彼にこびへつらおうが関係ない。あの光景を心の目からぬぐい去ることはできない。

　宮殿内はむせかえるような熱気と、足を踏みならす音にあふれている。楽器を運ぶ楽士たち、下級召使いに命令を怒鳴る上級召使い。王があらわれて彼らを歓迎したとき、その隣にはフランス大使が控えている。シャピュイは不意をうたれる。感情あふれんばかりの挨拶が儀礼上必須だ。キスが交わされる。なんともなめらかに、やすやすと、シャピュイは普段の役割に戻っている。いとも礼儀正しい身振りで国王陛下に一礼する。こういう経験豊かな外交官はこわばった膝の関節をなだめすかすことさえできるのだ。シャピュイが彼に踊りの教師を連想させるのは、なにもこれが最初ではない。シャピュイは例のはでな帽子を身体に沿わせて持っている。

「メリー・クリスマス、大使」王が言う。そして期待をこめてつけ加える。「フランスはもう余にたくさんの贈物をくれた」

「そして皇帝の贈物は新年をもって陛下の元に届くでしょう」シャピュイは胸を張る。「さらにすばらしいものですよ」

フランス大使が彼を見る。「メリー・クリスマス、クレムエル。今日はボウルズの練習はないのかね？」

「今日は何にでもおつきあいいたします、ムッシュウ」

「わたしはもう失礼する」フランス人の顔にあざけりが浮かんでいる。王が早くもシャピュイと腕を組んでいるからだ。「陛下、ではお別れの前に一言、わが主人、フランソワ王の心は陛下のお心と結ばれていいます、よろしいですね？」フランス大使はシャピュイを一瞥する。「フランスの友情を得て、陛下は妨げられることなく、もはやローマを怖れることもなく、統治できるのです」

「妨げられることなく？」彼、クロムウェルは言う。「それは大使、ありがたいことです」

フランス人はそっけなくうなずく。シャピュイはフランス人のブロケード織の服が自分の身体をかすめると、身をこわばらせ、穢れては一大事といわんばかりに、帽子をあわてて身体から離す。

「おあずかりしましょうか？」ノリスがささやく。

だがシャピュイの注意はひたすら王にむけられている。「キャサリン王妃が……」と言いさす。

「ウェールズ王太子未亡人だ」王が厳しい口調で訂正する。「さよう、あの老女がふたたび食べ物を受け付けないのは聞いておる。貴公がこられたのは、そのことか？」

ハリー・ノリスが声を落として言う。「ムーア人の扮装をしなければならないんだ。失礼してもいいかね、秘書官？」

「どうぞ」ノリスは溶けるようにいなくなる。そのあと十分間、彼は立ったまま、国王のよどみのない嘘八百を聞いていなければならない。フランス側はすばらしい約束をしてくれた、余はそのすべてを信じておる。ミラノ公が死んで、カールとフランソワはともにミラノ公国の所有権を主張している、解決できなければ戦争になるだろう。むろん、余は常に皇帝の友人だが、フランスは余に複数の町を約束した、城も、港もだ。したがって、国への義務において、正式な同盟について真剣に考えねばならぬ。とはいえ、皇帝が、それ以上ではないにせよ、まずまずの申し出をしてくれることはわかっておるから……

「余は貴公に嘘は申さぬ」王はシャピュイに言う。「一イングランド人として、余は常にひととの付き合いにおいては正直だ。イングランド人はけっして嘘をつくことも裏切ることもない、おのれの利益のためであってもだ」

「陛下」シャピュイがきつく言い返す。「陛下はあまりにおひとがよすぎていらっしゃる。それでは生きていけません。もしも陛下が自国の利益に頓着しないとおっしゃるなら、わたしが代わって注意を払わねばなりません。フランスがどう言っているにせよ、陛下に領土を与えるわけがないのです。よろしいですか、陛下が民衆に食べ物を与えることができなかったこの数カ月、フランスが陛下にとっていかにあてにならない友人だったか思い出してください。もしもわが君主が穀物の輸送を許可しなかったら、陛下の臣民は餓死体となってここからスコットランド国境まで山積みになっていたでしょう」

そこには多少の誇張がある。幸いにも、ヘンリーは祝日気分だ。彼は祭り好きで、娯楽好き、行事表の一時間後には仮面舞踏会が待っている。元妻が湿地帯で死にかけているためさらに機嫌がいい。「こい、シャピュイ」王は言う。「余の部屋で内密の話し合いをいたそう」大使を引き寄せ、その頭ごしに、片目をつぶる。

ところがシャピュイがいきなり立ちどまる。王もとまらざるをえない。「陛下、この話はあとでもできます。わたしの用件は一刻の猶予もなりません。どうか、許可をお与えください……キャサリンのいるところへ行ってもよいと。さらに、彼女の娘が母親に会うことをおゆるしくださいますよう。もうこれが最後かもしれないのです」

「ああ、枢密院の助言なくして、レディ・メアリをみだりに動かすことは余にもできんのだ。今日議員を召集するのは無理であろう。それ、道がな。貴公にしたところで、いったいどのようにして行くつもりだ？　翼でもあるのか？」王はくすくす笑う。そしてあらためて手に力を入れ、大使を連れ去る。扉が閉まる。彼、クロムウェルは立ったままドアをにらみつける。これ以上どんな嘘が、あの扉のむこうで語られるのか？　ヘンリーがフランスから得られると主張するすばらしい申し出に、シャピュイは母親の遺骨を手放してでも、対抗しなければならないだろう。

彼は考える――枢機卿ならどうするだろう？　ウルジーはよくこう言った。「おまえは〝閉じた扉のむこうでなにが起きているかはわからない〟と言うが、そのようなせりふは聞かせるな。つきとめるのだ」

そういうことだ。彼は王とシャピュイについて扉の中へ入っていくための口実を考える。だが、そこにはノリスがいて、道を塞いでいる。ムーア風の服を着て、顔を黒く塗り、からかうように笑っているが、油断はしていない。クリスマスの最高のお遊びなのだろう――クロムウェルをいたぶるという。ノリスの絹の肩をつかんで回れ右させようとしたとき、ちいさなドラゴンがゆらゆらとやってくる。「あのドラゴンは誰です？」

ノリスが鼻を鳴らす。「フランシス・ウェストンだ」ノリスはもじゃもじゃしたかつらをうしろへずらし、広い額をあらわにする。「あのドラゴン、腰をくねらせながら、砂糖菓子をねだりに王妃の部屋へむかっている」

彼はにやりとする。「おもしろくなさそうですね、ハリー・ノリス」

無理もない。ノリスは王妃の扉をこれまで守ってきたのだ。中に入らずに。

ノリスは言う。「王妃はウェストンと遊び、彼のちいさな尻をたたくのだろうよ。子犬がお好きだからな」

「パーコイを殺した犯人はわかったのですか?」

「そのことは言うな」ムーア人は懇願する。「あれは事故だったのだ」

肘のあたりに気配をおぼえてふりかえると、ウィリアム・ブレレトンが立っている。「あのうつけ者のドラゴンはどこへ行った? わたしはあとを追いかけることになっているんだ」

ブレレトンは大昔の狩人に扮装し、自分で仕留めた動物の毛皮をまとっている。「それは本物のヒョウの毛皮ですか、ウィリアム? どこでつかまえたんです、チェスター?」彼は手触りを確かめる。ブレレトンは下にはなにも着ていないらしい。「いいんですか、そんな格好で?」

ブレレトンはいがみ声をあげる。「放埒さがゆるされる季節なんだ。そっちこそ昔の狩人に扮装するはめになってみろ、ジャーキンを着るか?」

「王妃があなたの象徴を見ないことを願いますよ」

ムーア人がくすくす笑う。「彼女が見ていないものはブレレトンだって見せようがない」

彼は眉を片方つりあげる。「もう見たと?」

ムーア人らしくなく、ノリスがあっけなく赤くなる。「わかっているはずだぞ。わたしが言おうとしたのは、ウィリアムのじゃない。王のだ」

彼は片手をあげる。「おぼえていてくださいよ、この話題を持ち出したのはわたしではないと。そうそう、ドラゴンはあっちへ行きましたよ」

彼は去年を思い出す。ブレレトンが自信たっぷりにホワイトホールをのし歩きながら、厩の小僧のように口笛を吹いていたときのことを。あのときブレレトンは、ふと口笛をやめて彼にこう言った。「きみが持ち込む書類が気に入らないと、陛下はきみの脳天を思いきり殴るそうじゃないか」

おまえこそそんなことを言っていると殴られるぞ、と彼は胸のうちでつぶやいたのだった。ブレレトンにはどこかしら、彼の中に昔の悪がきを甦らせてしまうところがある。パトニーの川の土手で喧嘩ばかりしていた、ひねこびた不良少年。それは前にも聞いたことのあるたちの悪い噂話で、王の品位を落とすためにささやかれている。しかしヘンリーを知る者なら誰でも、それがありえないことを知っている。ヘンリーはヨーロッパきっての紳士であり、その丁重な態度には一点の傷もない。もし誰かをたたきたければ、そのための家来を雇う。みずからの手を穢すことはしない。ときには確かに彼と王の意見が合わないこともある。だが、もしも王が手をあげたら、彼は辞めるだろう。ヨーロッパには彼をほしがる君主たちがいる。今でも打診があるのだ。彼さえうんと言えば城が持てるぐらいに。

今、彼は、毛皮で覆われた肩に弓をかけ、王妃の続き部屋へ歩いていくブレレトンを眺める。ノリスのほうをむいて話しかけようとするが、番兵たちの小競り合いのような、けたたましい金属音が声を呑み込む。「サフォーク公のお通りだ」と声が口々に叫ぶ。

公爵の上半身はまだ鎧に覆われている。競技場でひとり槍を突いていたのだろう。大きな顔は紅潮し、ひげ——年々見事になっていく——が胸当ての上に広がっている。勇敢なムーア人が進み出る。「陛下は会議の最中で——」最後まで言い終わらないうちに、ブランドンが、まるで聖戦のさなかであるかのように、ノリスを手荒に押しのける。

彼、クロムウェルは公爵のあとについていく。網を持っていたら、頭から公爵にかぶせたことだろう。ブランドンはこぶしを固めて王の扉を一度たたき、次に勢いよく開け放つ。「中断を、陛下。まちがいなく陛下が聞きたい知らせを持ってきた。陛下はあの老女から解放される。彼女は死の床にある。まもなく陛下は寡夫になるだろう。そうすれば、もうひとりのほうも片付けて、必ずや、フランスに婿入りできる。そして持参金代わりにノルマンディーを手中にし……」ブランドンはシャピュイに気づく。「これは、大使。お引き取りくださって結構だよ。ここにいたってしょうがない。うちに帰って、自分のクリスマスを祝うことだ、あなたにいてもらいたくない」

ヘンリー王の顔が青くなった。「自分の言っていることを考えてみよ」今にもブランドンを打ち倒しそうないきおいで、ブランドンに近づく。長柄斧でも持っていたら、それができただろうに。「余の妻は身籠もっておるのだぞ。余は合法的に結婚しているのだ」

「ああ」チャールズは図々しい物言いをひっこめる。「確かに、これまでのところは。だが、確か陛下は――」

クロムウェルは急いで公爵に近づく。いったいどこからチャールズはこんな考えをひっぱりだしてきたのだ？　フランスに婿入り？　王の思いつきにちがいない。ブランドンはなにひとつ自分では考えられない男なのだから。まるでヘンリーがふたつの異なる外交政策を持っているかのようだ。彼が知っている政策と、知らない政策。彼はブランドンの腕をつかむ。クロムウェルのほうが頭ひとつ分背が低い。服に詰め物をし、部分的に武装した半トンもあるばかを動かせると思っているわけではないが、動かせそうだ。すばやく、すばやく動かして、驚愕の表情を浮かべた大使には聞こえないところまで、連れていけそうだ。ブランドンを謁見室のむこうまでひっぱっていってはじめて、彼は足をとめ、問いつめる。「サフォーク公、どこからそんな情報を手に入れたんです？」

「ああ、われわれ貴族はきみよりよく知っているんだ。王は真の意図をわれわれにはあきらかにする。きみは王のすべての秘密を知っているつもりだろうが、それはまちがいだよ、クロムウェル」

「陛下がなんと言われたか聞いたでしょう。アンは陛下の子を身籠っているんですよ。陛下が今アンを捨てると考えているなら、あなたはどうかしている」

「おなかの子が自分の子だと思っているなら、王こそどうかしているんだ」

「なんですと？」胸当てで火傷したかのように、彼はブランドンからあとずさりする。「王妃の名誉に反するようなことをごぞんじなら、廷臣として、あなたには率直に話す義務がおありだ」

ブランドンはつかまれている腕をもぎはなす。「前に率直に話したらどうなったと思う。王にアンとワイアットのことを言ったら、王はわたしを宮廷から蹴り出し、東へ追いやったんだぞ」

「今度ワイアットをひっぱりこんだら、わたしがあなたを中国へ蹴りとばしますよ」

公爵の顔が怒りで紅潮する。どうしてこんなことになったのか？　つい数週間前、ブランドンは彼に、小柄な新妻とのあいだに生まれた息子の名付け親になってくれないかと頼んできたばかりだ。ところが今、公爵の口調はとげとげしい。「算盤勘定に戻れ、クロムウェル。おまえは歳入をふやしていればいいんだ。国家間の問題はおまえの手に負えるものではない、おまえは地位のない平民にすぎん。王自身、そう申されているぞ、おまえは外交には不向きだ、とな」

ブランドンは彼の胸に手をあてて押し戻すと、ふたたび王のほうへむかっていく。王と公爵という煮えくりかえる小山のあいだに割って入り、いくばくかの秩序をよみがえらせたのは、侮辱と悲しみに凍りついていたシャピュイである。「これにて失礼いたします、陛下。相変わらず陛下はまことに慈悲深き君主でいらっしゃる。わたしが間に合いますれば、きっと間に合うと信じておりますが、わが君主も伯母上の臨終間際の様子を、みずからの大使からの手紙で知って慰められるでしょう」

「余も覚悟はしておる」ヘンリーは沈痛な表情で言う。「道中無事で」

「夜明けに出発いたします」シャピュイは言う。クロムウェルとシャピュイはそそくさとその場を辞し、民話の人物や馬に扮した人々の間を縫い、男の人魚とその魚群をかきわけ、がたごととこちらへむかってくる、油をさした車輪の上にのった石造りの城を大きく迂回する。

外の桟橋までくると、シャピュイが彼のほうをむく。大使の頭の中では油をさした車輪のように、思考が回転しているにちがいない。シャピュイが売春婦と呼ぶ女について今しがた耳にしたことを暗号化した報告書が、その頭の中で早くもできあがりつつある。聞こえなかったふりをするのは、ふたりのあいだでは今さら不可能だ。ブランドンが大声をあげればドイツで木が倒れる。大使が心中、勝利の雄叫びをあげているとしても、おどろくにはあたらない。フランスとの婚姻という考えにたいしてではなく、アンの失墜という考えにたいして。

しかしシャピュイは冷静を保っている。顔色は悪く、表情はきまじめだ。「クレムエル、聞こえていたよ。公爵がきみという人物について、きみの地位について言ったことだが」シャピュイは咳払いする。「言わせてもらえば、わたし自身も卑しい生まれの人間だ。まあ、さほど低級ではないにせよ――」

彼はシャピュイの経歴を知っている。下級弁護士の家庭の出身で、その二代前は農民だ。

「だから、言わせてもらえば、きみは外交交渉にふさわしい人物だと思っている。現世のいかなるひとの集まりでも、わたしならきみを支援するよ。きみは弁の立つ教養人だ。わが命を弁護する弁護士が必要だとしたら、きみに依頼する」

「光栄すぎて目がくらみますよ、ユスタス」

「ヘンリーのところへ戻ってくれ。王女様が母上に会えるよう彼を説得してほしい。死の床にある女性が、どんな害を政策や権益に与えるというんだ……」哀れな男の喉から怒りに満ちた嗚咽が漏れる。が、すぐさま自分を取り戻し、帽子を脱いで、どこでそれを手に入れたのかわからないというように、じっと見つめる。「この帽子はかぶらないほうがいいのかもしれんな。クリスマス用の帽子だ、そうだろう？　それでも、なくしたくないんだよ、きわめて独創的だからね」

「おあずかりしましょう。お屋敷に届けさせますよ。そうすれば、帰ってきたときにかぶれる」悲嘆から立ち直ったときに、と彼は思う。「ですが……メアリに関してはあまり期待しないようにと申し上げておきましょう」

「きみはイングランド人だな、けっして嘘はつかず、ごまかさない」シャピュイは吠えるような笑い声をあげる。「ああ、なんということだ！」

「メアリの不服従の精神をあおりかねない面会を陛下がおゆるしになるとは思えません」

「母親が死に瀕していてもか？」

「だからこそですよ。死の床での約束や宣誓はわれわれの望むものではないんです。おわかりでしょう？」

彼は雇い人であるはしけの船頭に声をかける。わたしはここに残って、ドラゴンがどうなるのか、狩人を食べるのかどうするのか見物していくから、大使をロンドンへお送りしてくれ。旅の支度をなさる必要があるんだ。「しかし、わたしがこのはしけを使ったら、きみはどうやって帰る？」シャピュイがたずねる。

「ブランドンの思いどおりになったら、這って帰りますよ」彼は小男の肩に手を置く。そっと言う。「これで道が開ける、そうでしょう？　あなたの君主との協定への道が。それはイングランドとその貿易にとって非常に喜ばしい結果になるはずだ。あなたとわたしの双方が望んでいることでもある。キャサリンがわれわれのあいだをへだてていたのですよ」

「フランスとの結婚はどうなんだね？」

「フランスとの結婚はありません。おとぎ話ですよ。さあ、行ってください。一時間もすれば暗くなる。今夜はよく休んでください」

すでに夕暮れがテムズ川に忍びよっている。岸を舐めるさざなみがいっそう暗さを増し、青い黄昏が土手を這っている。彼は漕ぎ手のひとりにたずねる。北へむかう道は通れると思うか？　情けねえことですがね、旦那、と男は言う。あっしは川しか知らないんで。どっちにしても、エンフィールドから北へは行ったこともないんでさ。

彼がステップニーに帰ったとき、屋敷からはたいまつの明かりがこぼれ、聖歌隊の子供たちがすっかり興奮の体で、庭でクリスマスキャロルをうたっている。吠える犬たちの黒い影が雪の上で跳ね、白くぼうっとした一ダースほどの小山が、凍てついた生け垣を見おろすようにそびえている。ひとつだけ背の高い山は司教冠《ミトラ》をかぶっており、鼻の代わりにずんぐり短い青ざめた人参が、一物にはもっと短い人参が使われている、グレゴリーがはしゃいだ様子で、つんのめるように近づいてくる。「見てよ、雪で教皇を作ったんです」

「おれたち、まず教皇を作ったんです」その隣で顔を輝かせているのは、番犬係の少年ディック・パーサーだ。「みんなで教皇を作ったんですけど、ひとりじゃぱっとしなかったんで、仲間の枢機卿たちを付け足したんです。どうですか?」

厨房の下働きの少年たちが雪まみれの服から水をしたたらせて彼の周囲に群がってくる。家中の全員、いや、すくなくとも三十歳以下の者は残らず外に出ていた。みんなで篝火を焚き——雪だるまから充分に離れた場所で——彼の従者クリストフの先導で、そのまわりで踊っているようだ。

グレゴリーが呼吸を整える。「国王の至上権をよりよく表明するためにやっただけなんだ。悪いことだとは思ってないよ。ラッパを吹いたら、あれをみんな蹴ってぺしゃんこにできるんだし、いとこのリチャードがやっていいと言ったしね。リチャードが教皇の頭を作り、父上を捜していたマスター・リズリーが教皇のちいさい一物を差し込んで笑ったんだ」

「まったく、なんという子供たちだ!」彼は言う。「実にいい。ラッパを吹き鳴らすのは、明日もっと明るいときにしよう、いいな?」

「大砲を発射してもいいかな?」

「どこで大砲を手に入れるんだ？」

「陛下に話してみたら、父上」グレゴリーは笑っている。大砲がやりすぎであることはわかっているのだ。

めざといディック・パーサーが、大使の帽子を見つける。「それ、お借りできますか？　教皇の冠がうまくできなかったんです、形がよくわからなかったから」

彼は帽子を手の中でくるくるまわす。「もっともだな、こいつはむしろファルネーゼがかぶりそうな帽子だ。だが、だめだ。この帽子は神聖な預かり物だからな。これをなくしたら皇帝に申し開きをしないとならない。さ、通してくれ」彼は笑いながら言う。「手紙を書かねばならん。もうすぐおおいなる変化が起きる」

「スティーヴン・ヴォーガンがきてますよ」グレゴリーが言う。

「ほう？　ああ、ちょうどいい。やってもらいたいことがある」

屋敷へ歩きだす彼の踵を火明かりが舐める。「かわいそうなマスター・ヴォーガン」グレゴリーが言う。「食事にきたというのに」

「スティーヴン！」せかせかした抱擁。「時間がない」彼は言う。「キャサリンが死にかけているんだ」

「なんだと？」彼の友人が言い返す。「アントワープではなにも聞いていないぞ」

ヴォーガンはいつも移動している。今度もまた移動することになりそうだ。彼はクロムウェルの家来であり、王の家来であり、イギリス海峡のむこうにおける王の目であり、耳である。フランドルの商人やカレーのギルドを通過するものはすべてスティーヴンの耳に入り、報告される。「言っておかねばならないがね、秘書官、きみの所帯は無秩序そのものだ。あれでは野っ原で食事をするようなものじゃないか」

「多かれ少なかれ、きみは野にいるんだよ。つまり、もうすぐそうなる。じつは旅に出てもらわねばならない」

「しかし、下船したばかりなんだぞ！」

これがスティーヴンの友情のあらわしかたである。常に不平をこぼし、文句を垂れ、ぼやく。彼はむきを変えて、矢継ぎ早に命令を発する。ヴォーガンに食事だ、水もだ、ベッドに案内し、夜明けにいい馬を用意してやってくれ。「むくれるなよ、すくなくとも今夜はぐっすり眠れる。夜が明けたら、シャピュイに付き添ってキンボルトンへ行ってもらいたい。きみはいくつもの言語をあやつれるじゃないか、スティーヴン！　フランス語にスペイン語にラテン語、どの言語が使われてもわたしには一言一句伝わる」

「ああ、なるほど」スティーヴンは平静を取り戻す。

「というのも、キャサリンが死ねば、メアリは死にものぐるいで海路、皇帝の領土にむかうと予想できるからだ。カール五世はなんといってもメアリのいとこだからな。メアリは彼を信頼すべきではないが、彼女にそれをわからせるのは無理だ。壁に鎖でつなぐわけにもいかないしな」

「田舎に軟禁したらいい。二日馬を飛ばしても港にはたどりつかない場所に軟禁しろ」

「もしもシャピュイがメアリを逃がす方法を見つけたら、彼女は風に乗ってでも海へむかい、穴だらけの老朽船で出航する」

「トマス」きまじめなヴォーガンが、片手を彼の肩に置く。「なにを動揺している？　きみらしくない。小娘にしてやられるのを怖れているのか？」

なにが起きたかをヴォーガンに話したいが、その印象をどう説明したらよいのか。ヘンリーの嘘のなめらかさ。押し、ひきずり、王から引き離したさいのブランドンのずっしりした身体の重み。顔をなでた風の湿った冷たさ、口中の血の味。ずっとこんなふうだろう、と彼は思う。こんなふうにつづいていくだろう。降臨節も、四旬節も、聖霊降臨節も。「いいかい」彼はためいきをつく。「今からわたしはフランスにいるスティーヴン・ガーディナーに手紙を書かねばならん。キャサリンがこれで終わりなら、わたしからガーディナーに知らせないと」

「フランス人に卑屈な態度をとって、助けてもらう必要はもうないわけだ」スティーヴンが言う。あれはにやりとしたのか？　狼を思わせる笑いだ。スティーヴンは商人であり、低地諸国の商売を重んじている。皇帝との関係がゆらいだら、イングランドは金に困る。皇帝が味方につけば、イングランドは金持ちになる。「あらゆる悶着を解決できるな」スティーヴンは言う。「キャサリンがすべての原因だったんだから。彼女の甥も、われわれと同じくらい安堵するだろう。皇帝はイングランドを侵略したいと思ったことは一度もないんだ。それに今はミラノで手一杯だ。どうしてもというのなら、フランスと戦わせておこう。われわれの国王は自由になる。空いた片手で好きなようにやれる」

それが心配なのだ、と彼は思う。その空いた片手が。彼はスティーヴンに詫びる。ヴォーガンはそれをさえぎる。「トマス。今の調子で働きつづけていたら身体を壊すぞ。人生も半ばをすぎたということを、考えてみたことがあるのか？」

「半ば？　スティーヴン、わたしは五十歳だよ」

「うっかりした」ちいさな笑い。「もう五十なのか？　知り合ってからあまり変わっていないじゃないか」

「それは錯覚さ。だが、休むと約束する、きみが休んだらな」

私室の中は暖かい。鎧戸を閉めて、外の白いまばゆさから自分を隔離する。腰をおろし、ガーディナーに称賛の手紙を書く。陛下はフランスへの使節団に大変満足しておられる。資金を送るおつもりだ。

ペンを置く。チャールズ・ブランドンはいったいなにに取り憑かれているのだろう？　アンのおなかの子が王の子ではないという噂は彼も知っている。妊娠などしていない、そのふりをしているだけだという噂すらある。確かに、彼女は子がいつ生まれるのかはっきりとはわからないようだ。しかし、こうした噂はフランスがイングランドに吹き込んでいるというのが彼の考えだった。フランスの宮廷はなにを知っているのだろう？　中身のない、ただの悪意だと彼は一蹴した。アンは悪意を引き寄せる。それが彼女の不幸、いや、数ある不幸のひとつだ。

手の下にあるのは、カレーのライル卿からの手紙だ。考えただけでぐったりする。ライルはクリスマスの日について、霜のおりた夜明けに目ざめたところからこまごまと書きつづっている。そして祝祭のさなかに、ライル卿は侮辱を受けた。つまり、カレー市長に待たされたのだ。だから、卿も仕返しに、市長を待たせた……そして今、双方が彼に手紙を書いてくる。どちらのほうが重要なのだ、秘書官、知事か、市長か？　わたしだと言ってくれ、わたしだと言ってくれ！

アーサー・ライル卿は世界一感じのよい人物である。市長がからんでこなければ。しかしライル卿は王に借りがあるのに、七年間で一ペニーも払っていない。何か手を打たねばならない。王の財務担当もそのことで彼に一筆書いてきている。金といえば……王が火急の場合にそなえて主要な屋敷に隠匿している秘密資金は、王と家族のように親しいという立場上の利点と、毛並みの良さ、そして彼には理解もおよばぬその活用術ゆえに、ハリー・ノリスが管理している。だが、どんな場合にその資金が使われるのか、また資金の出所やその額、さらにはもしノリスに……ノリスがいないときにそれを使う必要性に迫られたら、いったい誰がそれに近づけるのか、あきらかでない。ノリスが事故にでも遭遇したら。ふたたび彼は鵞ペンを置く。さまざまな事故を空想しはじめる。両手で顔を覆い、指先で疲れた目をおさえる。馬から投げだされるノリス。ぬかるみに倒れるノリス。自分に言い聞かせる。「算盤勘定に戻れ、クロムウェル」

彼宛の新年の贈物が早くも届きはじめた。アイルランドのある支援者は、白いアイルランドの毛布一巻きとブランディーを一瓶送ってきた。毛布にくるまって瓶を飲み干し、床にころがって眠れたらどんなにいいだろう。

アイルランドの今年のクリスマスは静穏で、ここ四十年間なかったほど平和だ。その平和を、彼はおもに人々を絞首刑にすることによってもたらした。大勢ではない、そうされてしかるべき人々だけだ。それはひとつの手段、必要悪なのだ。アイルランドの首長たちはカール皇帝にたいし、国をイングランド侵略のための桟橋代わりに使ってくれと頼んでいたのだから。

彼は大きくひとつ息をする。ライル、市長、侮辱、ライル。カレー、ダブリン、秘密資金。シャピュイのキンボルトン到着が間に合うといいと思う。だが、キャサリンに回復してもらいたいわけではない。誰であろうとひとの死を願うべきでないことはわかっている。死は君主であり、死を支配することはできない。死は思いもよらぬときに戸口をたたき、勝手に入りこんできてひとを踏みつけにする。

彼は書類をぱらぱらめくる。一晩中居酒屋にいりびたり、夜明けに千鳥足で修道院に帰る修道士たちや、売春婦と生け垣の下で事におよぶ修道院長たちについての記録がまたあらわれる。さらなる祈りとさらなる嘆願。子供たちに洗礼を施さず、死者を埋葬しない、怠慢な聖職者たち。彼は書類をなぎはらう。もうたくさんだ。みずしらずの男が彼宛に手紙をよこしている――筆跡からするに老人だ――イスラム教徒たちが改宗する日も近いでしょう、と書いている。しかし彼らにどのような教会を提供できるというのでしょう？　画期的変化がすぐにでも起きないかぎり、と、手紙はつづく、異教徒たちは以前にもまして暗い闇のなかにいることになります。あなたは宗務代官でいらっしゃる、クロムウェル様、あなたは国王陛下の代理人です。これについてどうなさるおつもりか？

トルコ人は、おれを働かせているヘンリーと同じくらい、民を酷使しているのだろうか？　異教徒として生まれていたら、おれは海賊になれただろうな。地中海で船を走らせることができたことだろう。

書類をめくり、思わず笑いそうになる。王からチャールズ・ブランドンへ広大な土地が下賜《かし》されたことが記されているからだ。牧草地と森林地帯、ハリエニシダやヒース、そのあちこちに点在する荘園。この土地はノーサンバーランド伯のハリー・パーシーが巨額の債務の一部支払いとして国王に献上したものだ。ハリー・パーシーか。ウルジーの破滅工作に一役買った報いとして、いつかおまえをひきずりおろしてやる、とおれはパーシーにいった。あのときの誓いは守られた。あんな生活をしていたから自滅したんだ。あとは、誓いどおり、やつの伯爵領をとりあげるだけだ。

扉が控えめにあく。レイフ・サドラーだ。顔をあげた彼はびっくりする。「家族と一緒ではなかったのか」

「宮廷においでだったと聞いたものですから。手紙を書く必要が生じるだろうと思いました」

「これを読んでおいてくれ。だが今夜じゃなくていい」書類の束をまとめる。「この新年にブランドンはたいした贈物はもらえそうにないぞ」と、事の次第をレイフに伝える。サフォークの突然の爆発、シャピュイのおどろいた顔。サフォークの発言内容、階級の高い人々の諸事全般を扱うのに彼は不向きだという発言については黙っておく。彼は首をふりながら、言う。「今日、彼を見ていて思ったんだが、チャールズ・ブランドンは……かつて彼が美男の誉れ高かったことは知っているだろう？　陛下自身の妹が恋に落ちたぐらいだった。ところが今や、あの大きな石板のような顔ときたら……もう破れ鍋ほどの気品もない」

レイフは低い腰掛けをひっぱってくると、両腕を机にのせ、頭をそこへ置いて考えこんでいる。彼らは互いに黙りこんでいることに慣れっこだ。彼は蠟燭をわずか手前に引き寄せて、眉を寄せ、さらに書類に目を通し、欄外に既読のしるしをつける。王の顔が目の前にちらつく。今日の王ではなくて、ウルフ・ホールで庭からあらわれたときの王。呆然とした表情で、上着から雨のしずくをしたたらせていた。そして、そのかたわらにはジェーン・シーモアの青白い丸顔。

しばらくして、彼はレイフをちらりと見る。「大丈夫か、おい?」

レイフは言う。「この屋敷はいつもリンゴのにおいがしますね」

そうなのだ。グレート・プレースは果樹園のまんなかに建っているためか、果物の貯蔵場所である屋根裏部屋に夏がまだ居残っているように思える。オースティン・フライアーズの庭は、若木がまだ支柱にくくりつけられていて殺風景だ。だがここは古い家である。かつては小さな家だったが、セントポール大聖堂の学識ある首席司祭の父君、サー・ヘンリー・コレットにより、自身の使用のために建て増しされた。サー・ヘンリーの死後はレディ・クリスチャンがここで亡くなるまで暮らし、その後はサー・ヘンリーの遺志により、織物商組合に譲渡された。彼はここを五十年契約の再賃貸物件として所有しており、彼の死後はグレゴリーが借り主となる。グレゴリーの子供たちは、パンの焼けるにおい、蜂蜜や薄切りのリンゴ、干しぶどう、丁子のにおいに包まれて大きくなることができるのだ。彼は言う。「レイフ、グレゴリーを結婚させせないといけないな」

「覚え書きをつくっておきましょう」レイフが答えて、笑う。

一年前のレイフは笑うことができなかった。はじめての子供トマスが、洗礼を受けたあと、一、二日で死んだためだ。レイフはキリスト教徒らしく我が子の死を受け止めたが、元々たいして持っていなかった若者らしい陽気さをさらに失った。ヘレンは最初の夫とのあいだに子供たちをもうけていたが、子を失ったのははじめてであり、ふさぎこんだ。だが今年、命をおびやかすほどの長時間におよぶ難産のすえに、ヘレンは新たに息子を出産し、夫婦は今回もその子をトマスと名づけた。その名が早世した兄よりもその子に幸運をもたらしますようにと。ようやくこの世に生まれ出たその子は丈夫そうで、レイフは父親となってほっとしている。

「サー」レイフが口を開く。「ずっとお聞きしたかったんです。それ、新しい帽子なんですか？」

「いや」彼は重々しく答える。「スペインと神聖ローマ帝国の大使の帽子だ。かぶってみたいか？」

戸口のあたりが騒がしくなる。クリストフだ。彼は普通に入ってくることができない。まるで敵《かたき》のようにドアを扱う。篝火の煤がまだ顔についている。「女がひとり面会にきてるんです、旦那さん。すごく急いでて。追っ払おうとしたけど出ていかないんです」

「どんな女だ？」

「ばあさんです。けど、階段の下へ蹴落とすほどの齢じゃないです。とりわけ今夜みたいな寒い夜はよしたほうがいいかな」

「すこしは恥を知れ。顔を洗ってこい、クリストフ」彼はレイフのほうをむく。「知らない女らしい。わたしも煤けてるか？」

「大丈夫ですよ」

燭台の火明かりに照らされた大広間で彼を待っていた女性が、ベールをあげ、カスティリャ語で話しかけてくる。元マリア・デ・サリナス、今はレディ・ウィロビー（キャサリンにスペインから同行した侍女。のちにイングランドの貴族ウィロビー卿と結婚）。

ンのところまでは行けませ。一刻の猶予もならないのですよ。通行証が必要なのです。どうか、許可証を出してください。

彼は仰天し、問いかける。ロンドンの屋敷から、雪の中を、しかも夜だというのに、ひとりでおいでになったと？

女はそれをさえぎって、言う。「考えあぐねてこちらへきたのです。王のところまでは行けません。一刻の猶予もならないのですよ。通行証が必要なのです。どうか、許可証を出してください。さもないとキンボルトンに到着しても中へ入れてもらえません」

だが彼は会話を英語に切り替えさせる。キャサリンの友人との交渉にあたっては証人がほしい。

「この天候の中、旅など無理です」

「ここに」レディ・ウィロビーは持ち物をまさぐって手紙を取り出す。「これを読んでごらんなさい、王妃の侍医の直筆ですよ。キャサリン様は苦しんでおられるし、怖れておいでなんです。しかもおひとりで」

彼は手紙を受け取る。かれこれ二十五年前、キャサリンの一行がはじめてイングランドに到着したとき、トマス・モアはその一行をせむしのこびと、地獄からの避難民と表現した。それをどういうことはできない。彼自身、まだイングランドを出たきりで、宮廷からはるか離れた場所にいたからだが、その表現はモア一流の詩的誇張のように思われる。この婦人はすこし遅れてやってきた。彼女はキャサリンのお気に入りだった。ふたりの間に距離ができたのは、ひとえに彼女がイングランド人と結婚したためである。当時のマリアは美しく、未亡人となった今もなお容色は衰えていない。彼女はそれを心得ていて、利用するだろう。たとえ、悲嘆に身をちぢめ、寒さに青ざめていても。するりと脱いだマントを、彼女はレイフ・サドラーに渡す。レイフがそこに立っているのは、そのためといわんばかりだ。部屋を横切り、彼の両手をつかむ。「どうかお願いです、トマス・クロムウェル殿、わたしを行かせてください。あなたなら無下にはなさいませんわね」

彼はちらりとレイフを見る。スペイン的情熱は、ドアを引っ掻くびしょぬれの犬同様、若者の心に響かない。「ご理解いただきませんと、レディ・ウィロビー」レイフは冷たい。「これは家族の問題で、議会の問題ですらないのです。気のすむまで秘書官に嘆願なさって結構ですが、王太子未亡人を誰が訪問するかお決めになるのは国王ですよ」

「よろしいですか」彼は口をはさむ。「この悪天候です。今夜、雪がとけたとしても、あちらの天気はさらに悪いでしょう。たとえ護衛をつけてさしあげたとしても身の安全は保証できません。落馬の危険もないとはいえませんよ」

「歩いてでも参ります！」マリアは言い張る。「どうやってわたしをとめるおつもり、秘書官？　鎖でしばりつけるのですか？　黒い顔の農夫にわたしを縛らせ、王妃が亡くなるまでたんすに閉じ込めるのですか？」

「非常識ですよ、マダム」レイフは割って入る。女たちの泣き言からクロムウェルを守らなくてはと感じているようだ。「秘書官がおっしゃるように、この天気で馬を走らせるのは無謀です。もうお若くはないのですから」

声をひそめて彼女は祈りの言葉を口にする。それとも、ののしり言葉か。「思い出させてくださって感謝しますよ、マスター・サドラー、あなたの親切な忠告がなければ、自分を十六歳と思ったところですわ。ところで申しあげておきますが、今のわたしはイングランド女性なのですよ！　思っていることと正反対の言葉を口にする方法なら身についています」打算の影がその顔をよぎる。「枢機卿だったら、わたしを行かせてくださったでしょうに」

「でしたら、枢機卿がここにいてそう言ってくれないのはまことに残念ですな」だが、彼はレイフからマントを取って、レディ・ウィロビーの肩にかけてやる。「ではお行きなさい。あなたの決心が固いことは見ればわかります。シャピュイは許可証を持ってキンボルトンへ乗りつける予定です。だから、おそらく……」

「夜明けには必ず出発します。そうしなかったら、神はわたしに背をおむけになるでしょう。シャピュイよりわたしのほうが速いはずですよ、わたしほど強い焦りは持っていないでしょうからね」

「たとえむこうへ着いても……あのあたりは苛酷な土地柄ですからね、道といえるほどの道もないし。城に到着したら、あなたはころぶかもしれない。城壁のすぐそばで」

「なんですって？　ああ、なるほど」

「ベディングフィールドは王の命令を受けています。しかし、雪だまりでころんだご婦人を置き去りにするようなことはしますまい」

レディ・ウィロビーは彼に接吻する。「トマス・クロムウェル殿。神と皇帝があなたに報いますよう」

彼はうなずく。「神を信頼していますよ」

彼女は急いで出ていく。表で彼女のたずねる声が聞こえる。「その奇妙な雪の小山はなんなの？」

「彼らが教えないといいがね」彼はレイフに言う。「レディ・ウィロビーは教皇派だからな」

「誰もあんなふうにおれにキスしてくれない」クリストフが不満を漏らす。

「顔を洗ったら、してくれるかもしれないぞ」彼はレイフを見つめる。「おまえだったら、彼女を行かせないだろうな」

「ええ」レイフは固い声で言う。「策略など思い浮かばなかったでしょう。それにたとえ思い浮かんだとしても……いや、やっぱりだめです、王の怒りを買うのが怖くて、できなかったでしょう」

「だからこそ、おまえは成功し、長生きできる」彼は肩をすくめる。「レディ・ウィロビーは馬を出す。シャピュイも馬を出す。そしてスティーヴン・ヴォーガンがふたりを見張るはずだ。明日の朝もくるんだろう？　ヘレンと彼女の娘たちを連れてくるといい。赤ん坊はよしたほうがいいな、寒すぎる。ラッパを吹き鳴らすとグレゴリーが言っている。そのあと教皇庁を踏みつけるんだそうだ」

「あの子は翼がとても気に入っていました」レイフが言う。「ぼくたちのちいさな娘のことです。毎年あれをつけてもいいかどうか知りたがっています」

「だめなわけがないだろう。グレゴリーに娘ができて、その子が大きくなるまでは」

彼らは抱擁しあう。「眠るよう努力してください、サー」

頭を枕にのせたら、頭の中をブランドンの言葉がぐるぐるまわることはわかっている。「国家間の問題はおまえの手に負えるものではない、おまえは外交には不向きだ」破れ鍋公爵に復讐を誓うのは無駄だ。いずれブランドンはヘンリー王は寝取られ男だと大声でグリニッジあたりをふれまわり、今度こそ永遠に身を滅ぼすだろう。いかに古くからのお気に入りであっても、罰を逃れることはできないだろう。

だが、一方でブランドンは正しい。公爵は外国の王の宮廷で、みずからの君主の代理を務めることができる。枢機卿もだ。たとえウルジーのような生まれの卑しい枢機卿でも、教会における地位が箔をつける。ガーディナーのような司教もだ。生まれは怪しくとも、役職上ガーディナーはウィンチェスター司教であり、イングランドでもっとも裕福な聖職禄の所有者である。だが、クレムエルは相変わらず何者でもない。王が彼に与える肩書きは外国ではまったく理解されず、それでいて、与えられる職務は国内では誰もできないような無理難題だ。職務は増殖し、義務の山がのしかかる。ただのひと、マスター・クロムウェルは朝出かけ、ただのひと、マスター・クロムウェルは夜帰ってくる。王は彼に大法官のポストを打診したことがあった。いえ、オードリー卿を困らせたくありません、と彼は断った。オードリーはいい仕事をしている。じつは、彼に言われるとおりにやっているだけだが。だが、同意したほうがよかったのでは？　鎖をつけることを思い、ためいきをつく。大法官と秘書官を兼任するわけにはいくまい？　それに、秘書官の地位をあきらめるわけにはいかない。大法官より地位が低くても、かまわない。フランス人が理解できなくても、かまわない。結果で判断させてやろう。ブランドンは騒ぎたてても、王と親しいから非難されない。王の背中をたたいて、ヘンリーと呼ぶことができる。昔の悪ふざけや、馬上槍試合でのいたずらをめぐり、王と一緒になってくすくす笑うことができる。しかし、騎士道の時代は終わりだ。近い将来、馬上槍試合場は苔で覆われるだろう。金貸しの時代が、肩で風切る海賊たちの時代がきたのだ。銀行家同士が話し合い、諸王が彼らの侍者となる時代が。

最後に彼は教皇にお休みを言おうと、鎧戸をあける。頭上の樋から水滴がしたたる音がする。タイル屋根から低いミシミシという音をたてて雪がすべり落ちるのが聞こえ、清らかな白い広がりが、束の間、視界をさえぎる。目で追うと、白煙のようなしぶきをあげて落ちた雪が、地面のとけたぬかるみに重なっている。川面を吹く風について彼の読みは正しかった。鎧戸を閉める。雪がとけはじめている。魂のおおいなる略奪者が枢機卿の一団とともに、暗闇に取り残されてしずくをしたたらせている。

新年、彼はハックニーにあるレイフの新しい家を訪ねる。聖オーガスティン教会の隣に建つ、煉瓦とガラスの三階建てだ。夏の終わりにはじめて訪れたとき心に留めたのは、レイフの幸福な暮らしにふさわしく、すべてがあるべき場所にあるということだった。台所の窓際のバジルの鉢、種をまいた庭の一画、巣に群れるミツバチ、鳩小屋の鳩、薔薇をからませるためのアーチ。ペンキを塗るばかりになったオーク張りの白く光る塀。

今、その家は穏やかに落ち着き、壁には福音書の数場面が輝いている。ひとを漁《すなど》る者（福音伝道者を指す）としてのキリスト。カナで上等のワインにおどろいている世話役（ヨハネ伝二章一～十一。水を葡萄酒に変えたイエス初の奇蹟はカナでおこなわれた）としてのキリスト。客間から傾斜の急な階段をのぼった上の部屋では、縫い物をする小間使いたちの横でヘレンがティンデールの福音書を読みあげている。「……の御力により、汝らは救われる」聖パウロは女が教えるのをゆるさないかもしれないが、彼女の場合、教えているわけではない。へレンは以前の貧しい暮らしから脱出した。暴力亭主は死んだか、死んだとみてかまわないほど遠くへ行った。彼女はサドラーという、国王に仕える将来性のある男の妻となることができた。憂いのない女主人、教養ある女になることができた。しかし、これまでの経歴を葬り去ることはできない。いつか王は言うだろう。「サドラー、なぜそのほうは妻を宮廷に連れてこないのだ、ひどく醜いのか?」

彼はさえぎるだろう。「いいえ、陛下。たいへん美しい女です」だが、レイフがつけ加える。「ヘレンは生まれが卑しく、宮廷の礼儀作法を知らないのです」

「なぜ結婚したのだ?」王は問いつめる。そして急に顔をなごませる。ほう、そうか、愛のためだな。

今、ヘレンは彼の両手を取り、彼の幸運の存続を祈る。「毎日あなたのため、神に祈っています。わたしを屋敷に迎え入れてくださったあなたのおかげで、今のわたしの幸せがあるのですから。健康と幸運と、王の傾ける耳をあなたにお送りくださいと、神に祈っています」

彼はヘレンに接吻し、まるで娘のように彼女を抱き寄せる。隣の部屋で、彼の名付け子がにぎやかに泣いている。

十二夜(十二日節〔一月六日〕の前夜。クリスマスの飾り付けをはずすなどの行事がおこなわれる)、マジパンでできた最後の月が食べられる。星は、アントニーの監督のもと、はずされる。尖った先端部分を布でくるんでから慎重に倉庫へ運ばれる。孔雀の翼は亜麻布の袋に入れられて扉の裏の釘にひっかけられる。

ヴォーガンから元王妃はもちなおしたとの知らせがくる。シャピュイはキャサリンが回復したとみて、ロンドンへの帰路についた。キャサリンはやつれ、上体を起こすこともままならないほど弱っていたが、今はふたたび食べられるようになり、友人のマリア・デ・サリナスの付き添いに慰めを見いだしている。キャサリンの監督人たちは、城壁のすぐそばでころんだレディ・ウィロビーを中へ通さざるをえなかったのだ。

だが、のちに、クロムウェルは一月六日の夜――クリスマスの飾りを片付けていた頃だ――キャサリンが衰弱しはじめたことを耳にするだろう。キャサリンは死期が近いことを感じ、司祭に聖体拝領を望んだ。今は何時かと不安げにたずねながら。まだ四時にもならないと司祭は告げたが、緊急の場合、祈禱時は早めることができる。キャサリンはくちびるを動かし、聖牌を握りしめて、時間がくるのを待つ。

わたくしは今日死ぬでしょう、とキャサリンは言う。死を研究し、たびたびその訪れを予期していたので、迫りつつある死に彼女は怯えない。みずからの埋葬手続きについて指示し、人目にさらされずにとりおこなわれることを希望する。使用人たちに手当が支払われること、借財が清算されることを依頼する。

朝の十時に、司祭がキャサリンに聖油を注ぎ、瞼とくちびる、両手両足に聖油を塗る。これで瞼は封印され、二度とあくことはない。眺めることも、見ることもしない。くちびるは祈りを終えた。両手はもはや書類に署名しない。足は旅を終えた。正午には、呼吸が喘鳴になり、最期にむけてキャサリンは苦しみながら進んでいく。二時、雪原の明るさが部屋を照らすとき、キャサリンは生きることをやめる。最期の息をしたとき、沈痛な表情の監督人たちが入ってくる。彼らが控えめに年老いた司祭の祈禱をさえぎると、年配の侍女たちは重い足取りでベッドの傍らを離れる。キャサリンの亡骸が清められないうちに、ベディングフィールドは一番速い馬を出していた。

一月八日。訃報が宮廷に届く。知らせは王の部屋から外へ漏れ出し、階段を駆けあがって、王妃の女官たちが着替えている部屋へ達し、厨房の下働きの小僧たちが身を寄せ合って眠っている小部屋を通過し、醸造所や魚を保管する冷室から通路をつたい、ふたたび庭園から回廊へ、そこからこだまとなって絨毯敷きの王妃の部屋へ達し、中ではアン・ブーリンが膝をついて言う。「ああ、やっと、ずいぶんかかったこと!」楽士たちが祝宴にそなえて楽器の調律をする。

アン王妃は黄色を着ている。はじめて宮廷に姿をあらわし、仮面をつけてダンスをしたときのように。一五二一年のことだった。誰もがそのときのことをおぼえている、いや、おぼえていると言う。大胆な黒い目をしたブーリン家の次女、彼女の幸運と優雅さを。黄色い服の流行はバール(バーゼルの旧名)の富裕層に端を発した。黄色の布を仕入れることができた服地屋は、数カ月で大金持ちになれるほどだった。そうこうするうちに、黄色は突如、いたるところに用いられるようになった。袖にもタイツにも。さらに、端切れしか買えなければ、ヘアバンドにまで。アンの宮廷デビューの頃には、外国では下火になっていた。神聖ローマ皇帝の領土では、売春窟の女が黄色いボディスの紐をきつくしばりあげ、大きな乳房を持ちあげているのが見られる程度だった。

アンはそのことを知っているのだろうか? 今日のドレスは、父親だけが彼女の出資者だったときに彼女が着ていたドレスの五倍の値打ちがある。真珠が一面に縫い込まれているので、サクラソウ色のにじんだ光とともに動いているようだ。彼はレディ・ロッチフォードに聞く——あれは新色と呼べるのですか、あるいは古い色の復権かな？　あなたもあの色をお召しになるつもりですか？　レディ・ロッチフォードが言う。あの色はどんな肌にも似合わないんじゃないかしら。それに、アンは黒い服に徹するべきですわ。

この喜ばしい機会に、王は王女を見せびらかしたがる。そのような幼い子供——やっと二歳半になるやならずの——なら乳母を求めてきょろきょろしそうなものだが、エリザベスはジェントルマンたちの手から手へと抱かれながらも、くすくす笑い、彼らのひげをなであげたり、帽子をたたいたりする。父親は腕の中でエリザベスを跳ねさせる。「この子はちいさな弟に会えるのを期待しているんだよ、そうだろう、おちびちゃん？」

廷臣たちがざわめく。アンの体調はヨーロッパ中が知るところだが、おおやけの場で言及されたのははじめてだ。「余も同じように待ちきれん」王は言う。「ずいぶんと待ったからな」

エリザベスの顔は赤ん坊らしい丸みを失いつつある。イタチ顔の王女様万歳。年配の廷臣たちは、王女様には王の父君と王の兄上アーサー王子の面影があると言う。だが、エリザベスの目は母親譲りだ。片時もじっとしていないし、眼窩からはみだしそうだ。彼はアンの目を美しいと思うが、一番きれいなのは、好奇心に輝いているときである。ちょうど、ちいさな生き物の尻尾がさっと動くのを見たときの猫の目のように。

王はかわいい幼子を取り戻すと、やさしく語りかける。「高い高い！」と言いながら、王女を高々と持ちあげてからびゅんと下におろし、頭に接吻する。

レディ・ロッチフォードが言う。「陛下は慈愛の心をお持ちだわね。もっとも、どんな子にもおやさしいわ。赤の他人の赤ん坊にも同じように接吻なさるのを見たことがありますもの」

むずかりはじめたとたん、子供はしっかりと毛皮にくるまれて、連れ去られる。アンの目が娘を追いかける。ヘンリーは自分のふるまいを埋め合わせるかのように、言う。「国が王太子未亡人のために喪に服することをわれわれは受け入れねばならん」

アンが言う。「民はキャサリンを知らなかったのよ。知りもしないのにどうして喪に服せて？彼らにとって彼女はなんだったのかしら？　ただの外国人ですわ」

「それがふさわしいと思うのだ」王はしぶしぶ言う。「一度は王妃の称号を与えられたのだから」

「まちがってね」アンは容赦がない。

楽士たちが演奏を開始する。王はメアリ・シェルトンをダンスにひっぱりだす。メアリは笑っている。この三十分、メアリの姿は見当たらなかった。だが今、彼女の頬は上気し、目がきらきらしている。なにをしていたかはあきらかだ。彼は考える――もしも年老いたフィッシャー司教がこのざまを見たら、キリストの敵があらわれたと思うだろう、と。そしてほんの一瞬とはいえ、フィッシャー司教の目を通して世間を眺めた自分におどろく。

処刑されたのち、フィッシャーの首はロンドン・ブリッジにさらされたが、ロンドンっ子たちが奇蹟をうんぬんしはじめるほど、いつまでたっても腐らなかった。ついに彼は橋の管理人にさらし首をおろさせ、重し付きの袋に入れてテムズ川に投げこませた。

キンボルトンでは、キャサリンの遺体が防腐処理業者に託された。人々が祈りの準備をし、闇に衣擦れとためいきが広がるのを彼は想像する。「あれが手紙をよこした」王が言う。王は黄色の短い上着の襞のあいだから手紙を抜き出す。「これはいらぬ。さ、クロムウェル、持っていってくれ」

手紙をたたむときに、彼はそれを一瞥する。〝そして最後にお誓いいたします、わたくしの目がなによりもあなたを一目見たいと望んでいることを〟

ダンスのあと、アンが彼を部屋に呼ぶ。堅苦しく、そっけなく、用心深く。いたって事務的に。「わたしの考えを、陛下の娘レディ・メアリに知らしめたいのよ」その礼儀正しい呼び方に彼は留意する。〝メアリ王女〟ではないが、さりとて、〝スペインの私生児〟でもない。「母親が死んで、影響をおよぼすことはもうできないのだから、彼女も自分のまちがいにいつまでも固執しなくなるでしょう。もちろん、わたしがメアリと仲良くする必要などこれっぽっちもないわ。でも、陛下とメアリの不和にわたしがピリオドを打つことができれば、陛下はわたしに感謝なさるだろうと思うのよ」

「恩義を感じられるでしょう、マダム。慈悲深いおこないでもあります」

「彼女にとっての母親でありたいの」アンの顔が赤らむ。アンとは思えぬ発言である。「メアリから〝お母様〟と呼ばれたいわけではなくて、〝妃殿下〟と呼ばせたいのよ。もしメアリが陛下のおっしゃるとおりにするなら、わたしは喜んで彼女を宮廷に迎えるわ。そうすれば彼女はわたしの位からすこし下の、名誉ある立場を得られるでしょう。深い尊敬は期待しないわ。でも、王室の人間同士がその家族間で示すような、また、若者が目上のひとにたいしてむけるような礼儀は必要だわ。わたしの裳裾を持たせるようなことはしない、とメアリに請け合ってやって。妹のエリザベス王女と同じテーブルにつく必要はないのだから、彼女の地位の低さについての疑問は生じないわ。これは公平な申し出だと思うのよ」彼は先を待つ。「わたしが当然受けてしかるべき尊敬をメアリが差し出せば、普段は彼女の前を歩くのはよして、手をつないで歩きましょう」

アン王妃のように自分の威厳について敏感な人間にしてみれば、前代未聞の譲歩である。しかし、これを提案されたときのメアリの顔を、彼は想像する。自分が直接見ないですむことがうれしい。

彼はうやうやしくおやすみなさいの挨拶をするが、アンに呼び戻される。彼女は低い声で言う。「クレムエル、これがわたしの申し出よ、これ以上は一歩も譲らないわ。わたしはそうすると決心しているのだから、非難は受け付けない。ただ、彼女がこの申し出を受け入れるとは思っていないわ。そのときは、わたしたちふたりとも残念に思うでしょうね。だって息絶えるときまで、反目しつづけることになるのだから。メアリはわたしの死であり、わたしはメアリの死なのよ。だからこう伝えて、わたしの死後、生きてわたしを嘲笑するようなことは絶対にさせないとね」

彼はシャピュイの屋敷へ弔問に行く。大使は黒に身を包んでいる。部屋を通り抜ける隙間風は川から直接吹いてくるかのように冷たく、大使は自責の念にうなだれている。「キャサリンを置いて出てきたことが悔やまれてならんのだよ！　だが、持ち直しているようだったんだ。あの朝、王妃はベッドに起き上がり、侍女たちが髪を結っていた。パンを一口二口ちゃんと召しあがるのを見て、よくなられたと思った。希望を持って帰途についたら、数時間とたたぬうちに衰弱がはじまったのだ」

「ご自分を責めてはいけませんよ。あなたが手を尽くしたことは皇帝もわかってくださる。あなたがここへ派遣された目的は、なんといっても国王を見張ることですからね。冬にロンドンから長期間離れているわけにいかないでしょう」

キャサリンの裁判がはじまってから、おれはロンドンを離れていた、と彼は考える。そして、のべ百人の学者と千人の弁護士が、のべ一万時間、議論に明け暮れたのだ。キャサリンの結婚を無効とする最初の言葉が発せられてからほとんどずっとロンドンにいなかったのは、枢機卿が常に情報を与えてくれていたからだ。深夜、一杯のワインを飲みながら、枢機卿は国王のゆゆしき問題について、その見通しについて、語ったものだ。

よくない、と。

「ああ、この暖炉ときたら」シャピュイが不平を漏らす。「これが暖炉か？　これがこの国の気候か？」薪の煙が渦を巻いて、そばを通る。「煙といやなにおいを出すばかりで、ちっとも暖かくない！」

「ストーヴをお買いなさい。わたしはストーヴを買いましたよ」

「ああそうだな」大使はうめく。「だが、召使いたちががらくたを詰め込んだら、ストーヴは爆発する。そうでなくとも、煙突がばらばらになって、海のむこうから修理屋を呼ばねばならなくなる。ストーヴのことならよく知っているとも」シャピュイは紫色になった両手をこする。「キャサリンの司祭に言ったんだよ。臨終が近づいたら、アーサー王太子が亡くなったとき、彼女は処女のままだったのかどうか聞いてほしいとね。今際の際にある女性の言葉なら、全世界が信じるにちがいない。だが、司祭は老人だ。悲しみと混乱で、忘れてしまったんだよ。これで謎は永遠に謎となってしまった」

これは重大な告白だ、と彼は考える。つまり、真実はキャサリンが長年われわれに話していたこととちがうかもしれないということではないか。「ところがね」シャピュイが言う。「帰り際、キャサリンは厄介なことをわたしに言ったんだ。〝すべてわたくしの責任かもしれませんね。堂々とひきさがれば陛下を再婚させてあげられたでしょうに、わたくしは陛下に逆らったのです〟だからわたしは言ったんだ。マダム――おどろいたからなんだが――マダム、なにをお考えですか。当然のことをなさったまでではありませんか。平信徒も聖職者もみな同じ考えですよ。〝ええ、でも〟と彼女は言った。〝弁護士たちは疑っていました。だから、もしわたくしがまちがっているなら、わたくしが、反論に耐えられない陛下を、彼の悪しき性質に沿った行動へと駆り立ててしまったのです。それゆえ、陛下の罪はわたくしにも一半の責任があるのです〟そんなことを言うのは冷酷無比な当局だけですよ、マダム。自分の罪は王に負ってもらえばよいのです、王が罪に応えればよいのですよ。だが彼女は首をふった」シャピュイは動揺し、混乱して首をふる。「あの一連の死、フィッシャー司教、トマス・モア、チャーターハウスの聖別された修道士たち……〝わたくしは旅立ちます、彼らの死体をひきずって〟キャサリンはそう言った」

彼は黙っている。シャピュイは部屋の向こうにある机に近づくと、ちいさな螺鈿《らでん》の箱をあける。

「これがなにか知っているか？」

崩れて塵にならぬよう、細心の注意を払ってクロムウェルは絹の花を持ちあげる。「ああ。ヘンリー王からの贈物ですね。新年の王子が誕生したときの」

「まるで善良な王のようじゃないか。彼にそんなやさしい一面があったとは、これを見なければ、信じられなかっただろう。わたしだったら、このようなことはまず思いつかなかったろうね」

「あなたはさびしい独り身ですからね、ユスタス」

「そしてきみはさびしい寡夫だ。美しいグレゴリーが生まれたとき、きみは奥さんになにをあげた？」

「ええと……確か、金の皿です。金の杯でしたか。妻の棚に飾るための」彼は絹の花を返す。「都会の女房は目方を測れるものをほしがるものなんです」

「キャサリンは別れるときに、この薔薇をくださった」シャピュイが言う。「あげられるものはこれしかないのです、と彼女は言った。箱から花を一つ選んで、お帰りなさい。わたしは彼女の手に接吻し、帰路についた」シャピュイはためいきをつく。花を机に落とし、両手を袖にひっこめる。

「王の愛人は占い師におなかの子の性別を占ってもらっているそうだ。前にも同じことをして、占い師たちはこぞって男の子だと言ったというのに。まあ、王妃の死が愛人の立場に変化をもたらしたのは確かだ。しかし、愛人の思惑どおりにはいかんだろう」

彼はそれを聞き流す。黙っていると、シャピュイが言葉をつぐ。「訃報を聞いたヘンリーは、あのちびの私生児を宮廷中に見せびらかしたそうだな」

エリザベスは早熟な子だ、と彼は大使に言う。しかし、幼いヘンリーが軍馬の鞍に乗ってロンドンを駆け抜けたのは、彼の娘とたいして変わらぬ年齢だったことを忘れてはならない。彼は地面から六フィートもある馬の背にまたがり、ぽっちゃりした幼児の手で鞍の前方部を握りしめていた。幼いからといって、エリザベスを侮るべきではない、と彼はシャピュイに言う。チューダー家は赤ん坊の頃から戦士なのだ。

「まあ、そうかもしれない」シャピュイは袖についた灰のかけらをはじきとばす。「あの子がチューダーの人間だとすればね。一部ではそれすら疑われている。髪はなんの証明にもならないぞ、クレムエル。通りに出れば網を持っていなくともただちに半ダースの赤毛をつかまえられることを考えればな」

「すると」彼は笑いながら言う。「アンの子は、通行人の誰が父親でもおかしくないと考えているのですか？」

大使はためらう。フランスの噂話に耳をそばだてていたのを認めたくないのだ。「いずれにしろ」と洟をすする。「たとえヘンリーの子であっても、私生児であることに変わりはない」

「もう失礼しますよ」彼は立ちあがる。「しまった。あなたのクリスマスの帽子を持ってくるべきだった」

「あずかっていてくれたまえ」シャピュイは寒そうに身をちぢめる。「当分は喪に服すことになるだろう。だが、あれをかぶらんでくれよ、トマス。その大きな頭でかぶられては変形してしまう」

〝リズリーで結構です〟が葬儀の手配の知らせをたずさえて、王のところからまっすぐやってくる。

「王にたずねたんです、陛下、遺体はセントポール大聖堂へ運ぶのですか？　すると陛下は、キャサリンはピーターバラに埋葬すればよい、ピーターバラ大聖堂は由緒ある立派な場所だし、費用も安くすむだろう、とおっしゃったんです。おどろきましたよ。だから、こういう事は先例に従っておこなうべきではないかと、とうかがってみたんです。陛下の妹のメアリ、サフォーク公の奥方は、セントポール大聖堂に眠っています。陛下はキャサリンを姉と呼んでおられるのではありませんか？　すると陛下は、ああ、しかし余の妹メアリは王族だったのだ、一度はフランス王と結婚したのだからな」リズリーは顔をしかめる。「それにキャサリンは王族ではない、と陛下は言い張るんです。キャサリンの両親はともに君主だったというのに（父はアラゴン王、母はカスティリャ女王）。王が言うには、キャサリンの持てる称号はウェールズ王太子未亡人、それだけなんです。アーサーが死んだとき、葬儀の馬車にかけられた布はどこにある？　衣裳だんすのどこかにあるはずだ。あれをもう一度使えばよい、というんですよ」

「それは理にかなっている。ウェールズ王太子の衣裳だからな。新たに織らせている暇はないだろう。われわれがそのためにキャサリンを地上にとどめておかないかぎりは」

「彼女は五百回のミサを自分の鎮魂のために望んだようです」リズリーが言う。「しかし、それを陛下に言うのはよしました。陛下がなにを信じるかはころころ変わって見当がつきませんからね。とにかく、ラッパが鳴り渡り、陛下はミサに出かけました、王妃も一緒に。彼女は笑みを浮かべていましたよ、それに陛下は新しい金の鎖をさげておいでてでした」

リズリーの口調は、彼が好奇のまなざしでそれを見ていたことをほのめかしている。それだけだ。ヘンリーに判断をくだしているわけではない。

「そうか」彼は言う。「死んでしまえば、ピーターバラ大聖堂はどこにも負けないいい場所だよ」

リチャード・リッチは遺品調査のためにキンボルトンへ行き、キャサリンの持ち物をめぐり王と些細な言い合いをはじめた。リッチが元王妃を愛していたためではなく、法律を愛しているがゆえである。ヘンリーはキャサリンの食器類と毛皮をほしがるが、リッチは言う。陛下、陛下がキャサリンと一度も結婚しなかったのなら、キャサリンは未婚婦人であり、既婚婦人ではありません、陛下がキャサリンの夫でないならば、彼女の財産に手をつける権利はありません。

それを聞いたクロムウェルは笑った。「陛下はきっと毛皮を手に入れるぞ。リッチは王に抜け道を見つけてやることになるだろう、まちがいない。キャサリンが毛皮をどうすべきだったかわかるか？　丸めてシャピュイにやるべきだったんだよ。寒さに凍えている男なんだから」

レディ・メアリからアン王妃宛の手紙がくる。メアリの母親になるという親切な申し出への返事だ。世界一すばらしい母親を失ったから代理は必要ない、とメアリは書いている。父親の愛人との友情に関しては、みずから品位を落とすつもりはない。悪魔と握手した人間と手をつなぐつもりはない。

彼は言う。「おそらくタイミングが悪かったのでしょう。メアリはダンスのことを聞いたのですよ。黄色いドレスのことも」

メアリはつづけてこう書いている。わたしの名誉と良心がゆるすかぎり、父には従います。でも、するのはそこまで。母が父と結婚しなかったとか、アン・ブーリンの子をイングランドの後継者として受け入れるなど、そういったことをわたしに認めさせようとする声明や誓約は一切いたしません。

アンが言う。「よくもこんなことを言えるわね。自分は交渉できる立場にあるとまで思っているのよ。わたしの子が男なら、彼女がどうなるかわかりきったことなのに。今のうちに父親と仲直りしたほうが身のためだわ。慈悲を求めて父親に泣きついたときにはもう遅いなどということにならないように」

「よい忠告です。しかし、耳を貸そうとはしないでしょう」

「だったら、これ以上できることはわたしには、もうないわ」

「正直なところ、同感です」

彼女がアン・ブーリンのためにこれ以上できることももうない。彼女は冠をいただき、即位を宣言され、その名を法や記録簿に記されている。だが、民がアンを王妃として認めなければ……

キャサリンの葬儀は一月二十九日におこなわれることになった。喪服や蠟燭を注文したので、新年早々の請求書が舞い込んでくる。王の高揚した気分はつづいている。宮廷で娯楽の催し物をせよと命令している。月の三週めには馬上槍試合が予定され、グレゴリーが出場することとなった。若者は今から準備に余念がない。ひっきりなしに武具職人を呼びつけ、追い出し、また呼び戻す。どの馬に乗るか、ひっきりなしに気が変わる。「父上、対戦相手が王じゃないよう祈ってるんです」と、グレゴリーは言う。「陛下が怖いわけじゃありませんが、相手が陛下だということを念頭に置きつつ、同時にそんなことは忘れるように努め、なおかつ接触してもしすぎないように最善を尽くすのは一仕事です。それに、もしも運悪く陛下を落馬させてしまったら？　陛下が落馬したら、それもぼくのような新米相手に落馬したらどんなことになるか想像できますか？」

「杞憂だ」彼は言う。「陛下はおまえがはいはいしている頃から一騎打ちをなさっていたんだ」

「だからよけいむずかしいんです。陛下は昔のようにすばしっこくはありません。ジェントルマンたちがそう言ってます。ノリスだって、陛下は怖れることを忘れた、と言ってますよ。こわがる気持ちをなくしたら馬上槍試合はできないと。ヘンリーは自分が一番だと確信しているから、どんな敵も怖れていない、と。怖れるべきなんだとノリスは言います。恐怖が神経をとぎすますんです」

「次回ははじめから王のチームに入るようにしたらいい。そうすれば悩まずにすむ」

「どうすればそんなことができるんです？」

おいおい。どうすればそんなことができるだと、グレゴリー？　「わたしが一言言えばすむことだよ」彼はぐっとこらえて、そう言う。

「だめですよ、そんなの」グレゴリーは動転する。「ぼくの名誉はどうなるんです？　父上がその場であれこれ指図したら？　これはぼくが自分でなんとかしなくちゃならないことなんだ。父上がなんでも知っているのはわかってますよ。だけど、これまでいっぺんも出場表に名を連ねたことはないんだから」

彼はうなずく。どうとでも好きにしろ。息子は甲冑を鳴らして歩きさる。彼のやさしい息子。

新年がはじまっても、ジェーン・シーモアはあたかも雲の中で動いているかのように読めない表情を浮かべて、相変わらず王妃の周辺で義務にいそしんでいる。メアリ・シェルトンが彼に教えてくれる。「もしもジェーンが身をゆだねてもヘンリーは翌日になればあきてしまうだろうし、ゆだねなくてもいずれにしろあきるだろう、と王妃はおっしゃるのよ。そうなったら、家族にとってはもう使い途もないし、ジェーンはウルフ・ホールに送り返されたあと修道院に閉じ込められるだろう、ですって。ジェーンはなんにも言わないわ」シェルトンは笑うが、好意的な笑いだ。「たぶん、どちらも同じようなものだと思っているんじゃないかしら。今だって、移動式の修道院にいて、自分の誓いに縛られているようなものですもの。ジェーンはこう言っていたわ、〝陛下はわたしに、ジェーン、おまえのかわいい手にさわらせてくれ、とおっしゃるけれど、秘書官はわたしが陛下に手を握らせるのはとても罪深いことだと考えておいでなんです。教会のことでは王様の次に偉くて、とても敬虔な方だから、秘書官のおっしゃることは無視できません〟」

ある日、王は通りがかったジェーンをつかんで、膝の上にすわらせる。子供じみたとっさの、罪のないいたずらだ、とあとになって面目なさそうに言い訳する。ジェーンは微笑もしないし、口もきかない。解放されるまで、まるで王が組み立て式の椅子であるかのように、静かにすわっている。

クリストフが彼のもとへきて、ささやく。「旦那さん、巷では、キャサリンは殺されたって噂ですよ。王が彼女を部屋に閉じ込めて飢え死にさせたって。王がキャサリンにアーモンドを送り、それを食べたら毒が仕込んであったって。旦那さんが短剣を持ったふたりの殺し屋を送りこみ、そいつらがキャサリンの心臓をえぐりだし、あとで調べてみたら、でっかい黒い焼き印で旦那さんの名前が入っていたって」

「なんだって？　キャサリンの心臓にか？　〃トマス・クロムウェル〃と？」

クリストフはもじもじする。「ええと……頭文字《アロール》だけかな」

第二部

I

ブラック・ブック
ロンドン　一五三六年一月〜四月

「火事だ！」の叫びを聞いたのに、彼は寝返りを打って、夢の世界にすべり戻る。火事は夢だ、自分が見そうな夢だ、と思う。

次の瞬間、クリストフに耳元で怒鳴られて、目がさめる。「起きろってば！　王妃が火だるまだ」

彼はベッドから飛び出す。寒さが身体に切り込んでくる。クリストフがわめく。「早く、早く！　彼女、黒焦げだよ」

数秒後に王妃の部屋があるフロアに到着すると、布の焦げたにおいが空中にたちこめており、アンは興奮ぎみにしゃべりちらしている女官たちに囲まれているが、怪我はなく、黒い絹をまとい、両手で温めたワインの杯を持って椅子に腰かけている。杯が軽くゆれて、ワインがすこしこぼれる。ヘンリー王が今にも泣きそうな顔で、アンと、そのおなかにいる彼の継嗣を抱きかかえている。

「余がついてさえいればよかったのだ、愛しい人。余がここで夜を過ごしてさえいたら。すぐさまそなたを危険から遠ざけることができただろうに」

王は延々と言いつづける。主がわれわれを見守ってくださってよかった。イングランドをお守りくださってよかった。余がいさえすれば。毛布で、刺し子布団で、火を消し止めたのに。一瞬のうちに、炎をたたき消したのに。

アンがワインをがぶりと飲む。「もうすんだことよ。わたしに怪我はないわ。おねがいですから、あなた。落ち着いて。わたしにこれを飲ませてちょうだい」

彼は一目で、ヘンリーがアンをいらだたせていることに気づく。その気遣いが、その溺愛が、その執拗な抱擁が。一月の深夜、アンはいらだちをごまかすことができない。眠りを妨害されたためか、顔色が悪い。アンは彼、クロムウェルのほうをむき、フランス語でしゃべる。「イングランドの王妃が焼き殺されるという予言があるのよ。ただし、寝床で、という意味ではないと思っていたわ。蠟燭の管理が不行き届きだったのよ。そうらしいの」

「誰の不行き届きです?」

アンは身をふるわせる。目をそらす。

「予防策を講じたほうがよいでしょう」彼は王に言う。「常に水をそばに用意し、すべての当番に女官ひとりを割りあて、王妃の周囲の火元が残らず消されているか点検させるのです。そういうことが習慣化されていないとは解せません」

こうした事柄が残らず、エドワード王の御代からはじまった教務帳《ブラック・ブック》に書き留められる。ブラック・ブックは家政の指示書だ。あらゆることについての指示をくだすが、王の私室だけは例外で、そこでの活動はベールに包まれている。

「余がアンと一緒にいさえすれば」王は言いつのる。「だが、その、もしものことがあっては……」

イングランドの王は、王の子を身籠っている女性と性交渉を持つことができない。流産の危険が大きすぎるからだ。王は話し相手についてもよそ見する。今夜はアンが身をこわばらせて夫の手から身体を引き離したわけだが、昼ともなると彼らの立場は逆転する。彼はアンが王を会話にひきこもうとするのを見てきた。王の無愛想な態度も、いやというほど頻繁に。肩ではらいのけんばかりの態度も。まるでアンなど必要ないといわんばかりの。そのくせ、目ではアンを追っている……

彼は腹がたってくる。こういうことは、女官の仕事だろう。ダマスク織りの寝間着しか着ていない王妃の身体は、春に出産をひかえた女のそれにしては痩せすぎているように思える。健康管理も女官の仕事だ。王が言う。「火はアンのそばには広がらなかった。燃えたのは、つづれ織りの壁掛けの隅だ。木に吊るされたアブサロム（ダビデ王の子で、父に背き殺された）を題材にしたもので、実にすばらしい品なのだ。もしできれば……」

「ブリュッセルから修復職人を呼びましょう」彼は言う。

火事はダビデ王の息子には触れなかった。アブサロムはみずからの長い髪で枝から吊るされている。目は狂気じみ、口は叫んでいるように開いている。

夜明けまでまだ数時間ある。宮殿の部屋部屋は、説明を待っているかのように静まりかえっている。暗い時間帯は護衛たちが巡回しているのに、彼らはどこにいたのか？　女官が王妃につきそい、王妃の足元の床に藁布団を敷いて寝るべきではないか？　彼はレディ・ロッチフォードに言う。

「王妃に敵がいるのはわかっているが、どうやってあれほど王妃に接近できたのだろう？」

レディ・ロッチフォードは高慢に構えている。彼が自分をとがめようとしていると思っているのだ。「ねえ、秘書官。はっきり申しましょうか？」

「そう願いたい」

「第一に、これは家政の問題ですわ。あなたの権限のおよぶところではありません。第二に、アンは危険な目にあったわけじゃありません。第三に、あの蠟燭をつけたのが誰か、わたしはぞんじません。第四に、知っていても、あなたには教えません」

彼は待つ。

「第五に、ほかの誰もあなたには教えないでしょう」

彼は待つ。

「仮にたまたま、明かりが消えたあとで誰かが王妃を訪ねてくるとしても、わたしたちが明かすべき出来事ではありません」

「誰か、というと」彼はこの情報を消化する。「放火、あるいは、他の目的で訪れる誰か、ということかな？」

「寝室があらわす通常の目的ですわよ。だからといって、そのような人物がいると言ってるわけじゃありません。わたしは知りません。王妃は自分の秘密を守る方法を心得ていらっしゃいますから」

「ジェーン、良心の重荷を軽くしたいと思うときがきたら、司祭ではなく、わたしのところへきたらいい。司祭があなたに与えるのは悔悛だが、わたしは褒美を与えるよ」

嘘と真の境目の特質とはなんだろう？　噂と作り話と誤解とねじれた中傷がこってり植わっているせいで、境目はぐちゃぐちゃで、あってないようなものだ。真実は門を打ち壊すことができ、通りでわめくことができる。けれど、楽しくて、器量よしで、人に好かれるようでなければ、真実は裏口でめそめそするしかない。

キャサリンの死後、後片付けに追われながら、ふと彼は、伝説化している彼女の若い頃の人生を調べてみたくなった。会計帳簿は、海の怪物や人食い部族の話に負けないおもしろい話を語ってくれる。キャサリンは常々、アーサーが死んでから若きヘンリー王子と結婚するまでのあいだは、誰からも顧みられない、みじめな貧乏生活を送っていたと語っていた。昨日の魚やらなにやらを食べていたと。そのため、先王を批判するむきもあったのだが、帳簿を見ると先王は充分に寛大であったことがわかる。キャサリンの家政を担っていた連中が、彼女をだましていたのだ。キャサリンの食器や宝石がすこしずつ持ち出され、売り払われていた。彼女も共犯だったのでは？　彼の見るところ、キャサリンは気前がよく、物惜しみをしなかった。言い換えれば、財力の範囲内で生活するということがまるでわかっていなかった。

根拠もないのにずっと信じていたことが他にも何かあるだろうか。父親のウォルターはおれのために金を払っていた。ともかく、ガーディナーの言によれば、そうだ。おれが刺し傷を負わせた埋め合わせに、ウォルターは相手の家族に金を払っていた。父親がおれを憎んでいなかったとしたら？　と彼は考える。おれにいらだっていただけで、醸造所の庭でおれを蹴りつけて鬱憤を晴らしていただけだとしたら？　そういう目にあわされて当然のことをおれがやっていたのだとしたら？　おれはいつも得意満面でしゃべっていたから。「ひとつ、おれはあんたより酒造りの筋がいい。ひとつ、おれはなににつけても、あんたより筋がいい。ひとつ、おれはパトニーの王子だ。ウィンブルドンのやつなんか誰でもやっつけることができるし、モートレイクの連中がきたら、こまぎれにしてやる。ひとつ、おれはもうあんたより一インチも背が高い、印をつけたあのドアを見ろよ、さあ、見てこいよ、行って見てこい、親父、行って壁際に立ってみろよ」

彼はペンをとる。

アントニーの歯。

疑問点――歯はどうなったのか？

わたしトマス・クロムウェルに対するアントニーの証言――歯は残忍な父親にへし折られました。

リチャード・クロムウェルに対する証言――あっしは教皇に包囲された要塞にいたんです。外国のどこかで。某年。某教皇。要塞は地下が掘りくずされ、攻撃を受けました。不運な場所に立っていたんで、歯が吹っ飛ばされたんです。

トマス・リズリーへの証言――アイスランド沖で水夫をしていたとき、船長が歯でチェスの駒を彫れる男に、食糧と交換にあっしの歯を差し出したんでさ。毛皮を着た男たちに歯をひっこぬかれるまで、その取引の性質を知らなかったんです。

リチャード・リッチへの証言――議会の権限に異議をとなえた男との口論で失いました。

クリストフへの証言――誰かに魔法をかけられ、全部抜け落ちちまったんだ。クリストフは言っている。「子供の頃は、イングランドには悪魔主義者がいるって聞かされましたよ。どの通りにも魔女がいるって。ほんとに」

サーストンへの証言――あっしには料理人の敵がいた。この敵がたくさんの石にヘーゼルナッツに似せた色を塗り、ひとつかみあっしに食べさせたんだ。

グレゴリーへの証言――地中から這い出して女房を食べちまった巨大な芋虫に、口から吸い出されちまったんですよ。去年、ヨークシャーで。

彼は結論の下に線をひき、言う。「グレゴリー、巨大な芋虫はどう処理したものかな？」

「お偉いさんにこらしめてもらうといいですよ」息子は言う。「おとなしくさせないと。ローランド・リー司教ならそいつに挑むでしょうね。あるいはフィッツか」

彼は長々と息子を見つめる。「アーサー・コブラーの物語だと知っているんだろうな？」

グレゴリーが長々と彼を見つめ返す。「はい、知ってます」後悔している口ぶりだ。「でも、ぼくがそれを本気にすると、みんながすごく喜ぶんだ。特にミスター・リズリーは。今はすっかりいかめしくなってしまったけど。以前はぼくの頭を噴水の下におさえこんで喜んでたのに、今じゃ目を天にむけて〝国王陛下〟というんだもの。前は薄情殿下と呼んで、歩きかたを真似してたのに」

グレゴリーは両のこぶしを腰にあて、大股に部屋をつっきってみせる。

彼は片手で笑いを隠す。

馬上槍試合の当日。彼はグリニッジにいるが、口実を作って観覧席には行かない。その日の朝、早朝ミサのため王の私室に並んですわっていたとき、王から矢継ぎ早に質問された。「リポン（北部ヨークシャーの町）の領地からあがる収益はどのくらいか？　ヨーク大司教の懐に入る額は？」

「二百六十ポンドを少々超えます、陛下」

「ではサウスウェルは？」

「百五十ポンド足らずでしょう」

「そうか？　余はもっと多いと思ったぞ」

王は司教たちの財政になみなみならぬ興味を抱いている。司教には定額の聖職禄を与え、司教区の利益は国庫へまわすべきだとの意見が一部にあり、彼もそれに異議を唱えるものではない。集まった金で常備軍に手当を払うことができると計算していた。

しかし今それをヘンリーに進言するのはタイミングが悪い。王はひざまずき、出走表に名を連ねる騎士たちの守護聖人にかたっぱしから祈りを捧げている。「陛下、もしもわたしの息子グレゴリーが相手になりましたら、息子を落馬させないようお願いできますか？　できれば、ですが？」

だが王は言う。「グレゴリーが余を落馬させても、余はかまわん。そのようなことはありそうにないが、そうなっても余は善意に解釈する。それにな、実のところ、試合中はなにがどうなるかはわからんのだ。ひとたび相手めがけ、ひづめの音をとどろかせて突っ込んでいけば、みずからを抑制するのはむずかしい」王はいったん口をつぐみ、思いやり深く言う。「敵を馬からひきずり落とすのは、めったにあることではない。それが試合の唯一の目的ではない。グレゴリーがどんな成績を残すか、それを気にしているのなら心配にはおよばんぞ。彼はきわめて有能だ。そうでなければ参加者にはなっておらぬ。臆病者が対戦相手では槍をつきたてることはできん。出場者は全速力で相手にむかっていかねばならぬのだ。さらに、これまで失敗した者はおらぬ。失敗はゆるされんからな。触れ役がなんと言うか知っておるだろう。こんなふうだよ、〝グレゴリー・クロムウェルは見事に戦いました、ハリー・ノリスは大変見事に戦いました。だが、われらが君主、国王陛下は最高の戦いぶりでした〟」

「そうなのですか、陛下？」言葉にとげを含ませまいと、彼はほほえむ。

「そのほうたち顧問官が、余は見物席にいるべきだと思っているのはわかっておる。いずれそういたそう、約束だ。余の年齢の人間が盛りを過ぎていることは、心得ておる。だがな、クラム、若い時分に得意だったことをあきらめるのはむずかしいのだ。昔イタリアから馬上槍試合を見物に訪れた者があったとき、彼らはブランドンと余に声援を送り、アキレスとヘクトルが今に甦ったと思ったそうだ」

だが、どっちがどっちだ？　ひとりはもうひとりによって土埃の中をひきずられたはず……（ホメロスの『イリアス』で、ギリシャの英雄アキレスは一騎打ちの末にヘクトルを倒し、遺体を戦車につないでひきずりまわす）

王は言う。「そのほう、息子を立派に育てあげたな、甥のリチャードもだ。あそこまでできた貴族はおらんぞ。彼らはそのほうの家の誉れだ」

グレゴリーは見事にやった。グレゴリーは大変見事にやった。グレゴリーは最高だ。「息子にアキレスになってもらいたくはありません。こてんぱんにやられてほしくないだけです」

得点表は人体に呼応させてある。つまり、頭部と胴体の区分が紙に記されている。しかし、胸当てへの突きは記録されるが、折れた肋骨は記録されない。兜への突きは記録されるが、ひびの入った頭蓋骨は記録されない。あとになって得点表を手に取り、その日の記録を読み返すことはできても、紙の上の印は、折れた足首の痛みや、兜の中で吐くまいと息を詰まらせた努力までは教えてくれない。参加者が常に言うように、現場で実際に見なければわからないのだ。

グレゴリーは父親が見物をやめたのでがっかりした。父親は書類を優先させねばならないのだと弁解した。ヴァチカンがヘンリー国王に三カ月の猶予を与えて、教皇への服従を求めている。服従を拒めば、破門勅書が印刷されヨーロッパ中に配布されて、全キリスト教徒が総出でヘンリー王に刃向かうだろうと言う。皇帝の艦隊は四万の兵を乗せてアルジェにむかっている。ファウンテンズの修道院長は組織的に資金を横領し、六人の売春婦と関係しているが、おそらく、その間に休息しないと身体がもたないだろう。それにあと二週間で、議会の会期がはじまる。

彼はヴェネチアで老年の騎士に会ったことがある。ヨーロッパ中の馬上槍試合に赴くことを一生の仕事とした男のひとりだった。男は話して聞かせてくれた。従者の一団を率い、馬を連ねて国境を渡り、常に褒美の獲得を求めて移動しつづけ、ついに、年齢と度重なる負傷によってもはや出場ができなくなるまでの人生を。独り身の今、男は若い諸侯に槍の扱いを教えて日々の糧を得ながら、嘲笑に耐え、無聊をかこっていた。昔、若者は礼儀を教えこまれたものだが、今、気がつくと自分は、以前なら自分のブーツの掃除もゆるさなかったような間抜けどものために、馬の世話をし、胸当てを磨いている、と男は嘆いていた。今のわたしを見るがいい、おちぶれて、酒を飲み交わす相手ときたら、あんたはなに人だ？　イングランド人か？

その騎士はポルトガル人だったが、しゃべった言葉は、どの言語でも大体同じ専門用語がちりばめられた、不正確なラテン語と下手なドイツ語だった。昔はどの馬上槍試合も最大限の能力が要求される場所だったんだ。虚飾とは無縁だったさ。女たちが金ぴかの観覧席から笑いをふりまくことはなかった。女は試合後のお楽しみだったんだ。当時の得点法は複雑で、審判はルール違反を一切ゆるさなかったし、手持ちの槍を全部折り砕いても点数で負けることがあった。相手をこてんぱんにのしても、金貨一袋じゃなくて罰金と汚点付きの記録だけを得て帰ることもあった。その代わり、ルール違反はヨーロッパ中どこへでもついて回るから、たとえば、リスボンで違反を犯せば、フェラッラでそれが追いついてきたもんさ。ひとの評判は本人より先回りするから、結局のところ、不運つづきでひどい成績の年でも、評判だけは頼りになる。だから、幸運の星が光ってるときは図にのらないのが大切だ。ツキなんてものはたちまち変わるからな。そういや、星占いに大枚はたくんじゃないぞ。物事がうまくいきそうにないとしても、馬に鞍を置くときにそんなことを知る必要があるか？

酔った老騎士は、全員が同業者であるかのようにしゃべった。従者を立たせるのは、隔壁の両端にすべきだ。近道をしようとする馬を大回りさせるためさ。さもないと、脚が巻き込まれるかもしれないし、その場合防具がないと死ぬほど痛い目にあう。そういう目にあったことはあるか？　間抜けな騎士は従者をまんなかに集めるが、そこは有効打《アタント》が生じる場所だ。そんなことをしてなんの役に立つ？　まったくですね、なんの役に立つんでしょう、と彼は同意し、その優雅な言葉、アタントが、衝突のすさまじい衝撃をあらわすことを奇異に思った。バネを仕込んだ楯を見たことがあるかね？　老騎士は言った。打撃を受けるとぴょんと飛びあがるんだ。赤ん坊のいたずらだよ。昔の審判は、接触があれば、あんな道具がなくたって判断できたんだ——そうとも、目を使ったんだ、当時の審判には見る目があった。いいか、と老人は言った。しくじるには三つある。馬がしくじる。従者がしくじる。度胸がしくじる。

視界が確保できるように、兜はきっちりかぶらねばならない。上体は四角く保ち、攻撃しようとする直前だけ顔をむけて相手をしかと見定め、自分の槍の鉄の先端が的《まと》にまっすぐむくよう注意する。相手とぶつかりあう直前に顔をそむける者もいる。それは自然なことだが、このさい、自然は忘れることだ。本能に逆らえるようになるまで練習しろ。機会さえあれば相手（の進路）から逸れたくなるものだ。身体は身体を守ろうとし、本能は自分の軍馬と武装した自分が、向こうから全速力で突進してくる相手の人馬にぶつかるのを避けようとする。逸れない者もいるが、その代わり、彼らは衝撃の瞬間に目をつぶる。こういう連中には二種類あるんだ。目をつぶるのはわかっているがやめられない者と、自分が目をつぶることに気づいていない者だ。練習中に、従者に自分を見はらせておくといい。目をつぶってしまう二種類の人間にはなるなよ。

　では、どうすれば上達できるんです、と彼は老騎士に聞いた。どうすれば成功しますか？　騎士の指示は次のようなものだった。鞍にはゆったりとすわらねばならない。あたかも、ちょっと外の空気を吸いに出てきたかのように。手綱はゆるく持つが、馬をだらけさせてはならぬ。貴婦人の目《コンバ・》を楽しませる勝負《タ・プレザンス》――戦旗がひるがえり、花輪が飾られ、剣はなまくらで、槍の先端には緩衝用の三つ叉がつく――のときは、相手を殺すつもりでいるかのように馬を走らせよ。命をかけての一騎《コンバ・タ・ルト》打ち《ランス》のときは、愉しみ事のように殺せ。さあいいか、と騎士はテーブルを平手でたたいた。わたしがかぞえきれないほど幾度も見てきたこと、それはこうだ。騎士は有効打にそなえて身構えている。そしてぶつかりあう直前、そのはやる気持ちが命取りになるんだ。筋肉をぴんと張り、槍を持った腕を身体のほうへ引き、先端を突き出すから、的をはずす。失敗したくなければこれはやってはならない。槍はすこしゆるめに持ったほうがいい。そうすれば、身体をしぼって腕を引いたとき、先端が正確に標的にむく。だが、とりわけ忘れてはならないのは、本能をおさえこむことだ。栄誉を尊ぶなら、生き残ろうとしてはいけない。生きていたいならなぜ戦う？　鍛冶屋や醸造業者や羊毛商人になればいいじゃないか。勝たないのなら、競技に出場する意味がどこにある？　勝てなければ、死ぬのだぞ。

翌日、彼はふたたびその騎士を見かけた。彼、トマソは友人のカール・ハインツと酒を飲んだ帰り、その老人が頭を陸《テラ・ファーマ》に、足を水中につけて横たわっているのを発見した。夕暮れのヴェネチアでは、頭と足の位置がいとも簡単に逆になりかねない。ふたりは老人を土手にひっぱりあげて体を返した。知っている男だ、と彼は言った。友人は、誰の家来なんだ、とたずねた。誰の家来でもないが、ドイツ語でうめいているから、ドイツ商人館へ連れていこう。おれもトスカーナ商人館じゃなく、鋳物工場を経営している男のところに滞在しているんだ。おまえは武器を扱っているのか、とたずねるカール・ハインツに、いいや、祭壇布だよ、と彼は答えた。カール・ハインツは言った。イングランド人の秘密をつきとめるより、ルビーのくそをひるほうがたやすいな。

ふたりはしゃべりながら、老人をひきずりたたせた。するとカール・ハインツが言った。このじいさん、財布を切られてるぜ、見ろよ。殺されなかったのが不思議だな。ふたりは老人を小舟に乗せて、ドイツ商人たちの滞在所、ドイツ商人館へ連れていった、そこは火事のあと建て直されたばかりだった。この倉庫の梱のあいだに寝かせればいい、と彼は言った。なにかかけてやるものを見つけて、目をさましたら、食べ物と飲み物をやってくれよ。生き延びるだろう。年寄りだが、タフなんだ。さあ、金だ。

物好きなイングランド人だな、カール・ハインツは言った。おれも人間に身をやつした天使から助けてもらったことがあるんでね、と彼は言った。

水門の前には、商人ではなく、国に雇われた番人が立っている。ヴェネチア人は、さまざまな国の出先機関の内部でなにが起きているのか、すべてを知りたがる。だから、番人はさらなるコインをつかまされる。彼らは老人を小舟からおろす。老人は目がさめかけており、両腕をばたつかせ、なにかしゃべっている。たぶんポルトガル語だろう。老人をひきずって軒下に入ると、カール・ハインツが言う。「トマス、おれたちの絵画を見たか？　おい、番人、そのたいまつを持ちあげてくれないか。それとも、それにも金を払わなくちゃならないのか？」

火明かりが壁にゆらめく。煉瓦の壁から流れるような絹が花開く。赤い絹、というより、血だまりに見える。白い曲線が目に飛びこんでくる。ほっそりした月と鎌。光が壁の上を移動するにつれ、女の顔が見えてくる。金色に色づく頬の曲線。ヴィーナスだ。「たいまつをもっと高く」彼は言う。風に乱れた髪に金の冠がのっている。背後には植物と星。「誰を雇ってこれを？」彼はたずねる。

カール・ハインツが答える。「ジョルジョーネ（ルネサンス最盛期のヴェネチアで活躍した画家）がおれたちのために描いているんだよ。彼の友達のティツィアーノはリアルト側を描いていて、行政府が料金を払っているんだ。しかし、きっとおれたちからも手数料をしぼりとるつもりだぜ。彼女、気に入ったかい？」

たいまつの明かりがヴィーナスの白い肉体に触れている。明かりがゆらめき離れて、彼女が闇に沈む。番人がたいまつを持った手を下におろしたのだ。このちぎれそうな寒さのなか、あんたらの愉しみのためにおれを一晩中ここに立たせておくつもりか？　さらに金をせびるためのおおげさな言いかただが、確かに、霧が橋や歩道にかかり、冷たい海風まで吹いてきた。

カール・ハインツと別れ、運河の水に映る石のような月を見ていると、高級娼婦がひとりあらわれ、召使いたちに肘を支えられながら、厚底の高靴《チョピン》でよたよたと石畳の上を歩いていく。女の笑い声が夜気に響いて、黄色いスカーフの縁飾りが白い喉からたなびいて霧にまぎれる。彼は女を見守るが、女は気づかず、やがて行ってしまう。どこかでドアが女のために開き、どこかでドアが閉じる。外壁に描かれた女のように、娼婦は闇に溶けていなくなる。広場はふたたび無人になり、煉瓦壁に夜から切り取った断片のような彼の黒い輪郭がぽつんと浮かびあがる。消える必要があるのなら、と彼はつぶやく。ここは最適だな。

だが、それは遠い昔、別の国でのことだ。今、そばにいるのは、伝言をたずさえたレイフ・サドラーである。身を切る極寒の、雨あがりのこの朝、レイフはグリニッジに戻らなくてはならない。カール・ハインツは今頃どこにいるだろう？　たぶん、もう生きてはいまい。完成半ばの外壁のヴィーナスを見た夜から、彼もいつか絵画を依頼しようと思ってきたが、他の目的——金儲けと制定法の草稿を書くこと——に時間を食われてしまった。

「レイフ？」

レイフは戸口に立ったまま、口を開かない。彼は顔をあげ、若者の顔を見る。鵞ペンが手からすべり落ち、インクが紙に飛ぶ。すぐさま立ちあがり、待ち受ける衝撃をすこしでもやわらげようとでもいうように毛皮付きのローブの前をかきあわせる。「グレゴリーか？」と問うと、レイフは首をふる。

グレゴリーはなんともありません。出走しなかったんです。

試合は中断されました。

王です、とレイフは言う。ヘンリーです、亡くなりました。

ああ。

彼は骨箱から灰をひとつまみ取ってインクを乾かす。そこらじゅうがきっと血だらけに相違ない、とつぶやく。

かつて与えられた贈物を、彼は手元に置いている。鉄製のトルコの短剣で、鞘にはひまわりの模様が彫られている。今までは、ただの飾り、美術品だとずっと思っていた。それを衣服の中にたくしこむ。

あとになって、戸口を通過し、傾いた地面へと踏み出すのがどれだけ困難だったかを、思い出すだろう。力が入らない。グレゴリーが負傷したと思ったとたんペンを落とした弱さがあとをひいている。グレゴリーではない、と自分に言い聞かせるが、頭がぼうっとし、まるで自分が致命的な打撃を受けたかのように意識が知らせに追いつかない。みずから率先して指揮を執るべきか、それともこの、おそらくは最後のチャンスを逃すことなく、この国を去るべきか。港が封鎖されないうちに逃げるべきか、でもどこへ？　ドイツか？　皇帝や教皇、あるいは誰が後を継ぐにせよ、イングランドの新たな統治者の手の届かぬ安全な侯国が、州が、あるだろうか？

彼はこれまで一度も後退したことがなかった。いや一度だけ、七つのとき、ウォルターからあとずさりしたことがある。結局ウォルターにつかまった。それ以来、ひたすら前進をつづけてきた。前へ《アナヴァン》！　だから、逡巡は長くはつづかなかった。それでも、飾りたてられた広いテント、イングランドの紋章と意匠が刺繍されたテントにどうやって到着し、どのようにヘンリー八世王の遺体を見おろしたかは、あとになっても思い出せない。レイフが言う。試合はまだはじまっていなかったんです。陛下は輪にむかって馬を走らせていました。槍の先で輪の中心を突いたんです。次の瞬間、馬がよろめいて人馬もろとも倒れこみ、陛下はいななきながらころがる馬の下敷きになってしまったんです。今、見ると、〝おっとりノリス〟が台のかたわらに膝をつき、滂沱の涙をこぼしながら祈っている。にじんだ明かりが甲冑を照らし、居並ぶ騎士たちの顔を覆う兜、鉄の顎、カエルのような口、まびさしの隙間を照らしている。誰かが言う。馬は脚の骨が折れたかのようにくずおれた、陛下のそばには誰もいなかったから、誰のせいでもない。倒れこむ馬の恐怖のいななきが、見物人の悲鳴が、鋼のきしみが、ばかでかい動物が人間ともつれあい、鋼を踏みつけたときの物音が、軍馬と王がいっしょくたに投げだされ、金属が肉に食い込み、ひづめが骨に食い込むその音が、聞こえそうな気がする。

「鏡を持ってこい」彼は命じる。「陛下の口元に近づけるんだ。羽根を持ってきて、それが動くかどうか見るんだ」

王は甲冑を脱がされていたが、詰め物入りの黒い短衣は着たままで、それがまるで自身の喪に服しているように見える。出血の様子がないので、陛下はどこを負傷なさったのだ、と彼はたずねる。

頭を打った、と誰かが言うが、テントに満ちる泣き声と悲痛なざわめきからしぼりだせた情報はそれだけだ。羽根と鏡が絶望を示すやいなや、嘆きの叫びが弔鐘のようにひびき、人々の目は小石になる。衝撃のあまり表情を失った顔と顔、口をついて出るののしりと祈り、すべての動きがスローモーションと化す。遺体を中へ運びこみたがる者はいない。みずからその役を買って出るのはあまりに恐れ多い。目撃され、記録されるのだから。王が死んだとき、顧問官たちが「国王万歳」と叫ぶのだろうと思うのは誤りだ（王が死んだすぐあとに王の長寿を祈るのは、王制の継続をあらわすことであり、別段妙ではなかった）。死の事実はしばしば何日も隠匿される。これも隠匿せねばならない……王は蠟のように青ざめている。鋼を取り去ったあとの人間の肉体の衝撃的なやわらかさ。仰向けに横たわったその堂々たる長身が、海のように青い布をいっぱいにふさいでいる。手足はまっすぐ伸びたままだ。怪我ひとつしていないように見える。彼は王の顔に手をふれる。まだ温かい。運命は王の風貌をまったく損なわなかった。無傷のヘンリーは神々への贈物だ。神々は彼を送りだしたときのように、彼を連れ帰ろうとしている。

　彼は口を開き、叫ぶ。まだ破門されたわけでもないのに、キリスト教徒として手当てもせず、陸下をほったらかしておくとは、どういうつもりだ？　これが王でなかったら、薔薇の花びらと没薬《もつやく》で意識を取り戻させようと努めるはずだ。髪の毛をひっぱり、耳をひねりあげ、鼻の下で紙を燃やし、顎をこじあけて聖水をしたたらせ、頭の近くで角笛を吹き鳴らすはずだ。このすべてをやったうえで、そして――彼はふと、視線をあげる。ノーフォークおじ。王妃の伯父にして、イングランドの一等貴族。「おい、クロムウェル！」ノーフォークの口調はとげとげしい。そのいわんとするところは明白である。おい、もう逃がさんぞ。おい、おまえの図々しいはらわたをひきずりだしてやるぞ。おい、今日という日が終わらぬうちに、おまえはさらし首だ。

そうかもしれない。だが、またたくまに彼、クロムウェルは膨張して、倒れた男のまわりの空間いっぱいに広がっていく。カンヴァスを上から見おろすように、彼は自分を見る。胴回りが太くなり、背丈すら伸びている。自分の立つ床面積が拡大する。自分の占める空間が広くなり、呼吸する空気の量が増え、ノーフォークが顔を痙攣させ、ふるえながら全力で突き進んできても、びくともしない。岩の上にそびえる静かな要塞だ。トマス・ハワードは彼という壁にぶつかってはねかえり、ひるみ、すくみ、意味不明のことをくどくどと繰り返す。「ノーフォーク閣下、王妃はどこです？」

ノーフォークは激しく喘いでいる。「床の上だ。わたしがアンに話した。わたし自身がな。そうするのがわたしの立場だからな。わたしはアンの伯父だぞ。ひきつけを起こして倒れた。ひっくりかえった。こびとがアンを助け起こそうとしたので、蹴りとばしてやった。ああ、なんたることだ！」

こうなると、アンのおなかにいる子供のために、国を統べるのは誰だろう？　ヘンリーがフランスへ行くつもりだったとき、彼はアンを摂政として残して行くと言ったが、それは一年以上前のことだし、おまけにヘンリーはフランスへは行かなかったから、言葉どおりのことをしたかどうかはわからない。アンはもしわたしが摂政になったら、気をつけたほうがいいわよ、とクレムエルに言っていた。あなたにはわたしに従ってもらうわ。そうでないなら、首を刎ねるわよ。アンが摂政になっていたら、キャサリンとメアリはさっさと処分されていただろう。キャサリンはもうアンの手の届かないところへ行ったが、メアリは処刑される日を待つばかりとなるだろう。すばやい祈りのために遺体のそばにうずくまっていたノーフォークおじが、ふたたびよろめきながら立ちあがった。「だめだ、だめだ、だめだ」と繰り返している。「腹の大きな女ではだめだ。統治はできん。アンには無理だ。やるならわたしだよ、わたし、わたしだ」

グレゴリーが人混みをかきわけてやってくる。グレゴリーは思慮深くも会計局長官のフィッツウィリアムを連れてきている。「メアリ王女だ」彼はフィッツに言う。「どうしたらメアリの身柄を確保できる？　彼女を保護しなければならん。さもないと、この国は終わりだぞ」

フィッツウィリアムはヘンリー王の旧友のひとりで、年齢もほぼ同じだ。ありがたいことに、生まれながらにきわめて有能で、恐慌をきたしたり、わけのわからぬことを口走ったりしない。「メアリ王女の見張り役はブーリン家だ」フィッツは言う。「彼らがメアリを引き渡すかどうかわからんぞ」

そうだった。こういう場合に備えて、ブーリン家の仲間になり、賄賂をつかませ、あらかじめ抱きこんでおかなかったとは、おれはなんてばかだったんだ、と彼はほぞを噛む。キャサリンの身柄を預かりたいときはおれの指輪を送るとはいったが、王女のためにはそういう取り決めはしなかった。このままブーリン家の手にゆだねていたら、メアリは死ぬ。メアリが教皇派の手に落ちるのをほうっておいたら、連中はメアリを女王としてかつぎあげ、そしておれは死ぬ。内戦が勃発するだろう。

廷臣たちが次々にテントに入ってきている。誰も彼もがヘンリー王がどうして死んだのか勝手な話をでっちあげ、誰も彼もが大声で叫び、否認し、嘆いている。喧噪が高まり、彼はフィッツの腕をつかむ。「このニュースがわれわれより先に北に伝わったら、われわれが生きているメアリを見ることはなくなる」まさかメアリを階段から吊るしたり、刺し殺したりはしないだろうが、まちがいなく、見張り役たちは彼女が事故にあうように、旅先で首の骨を折るように仕組むだろう。そして、アンのおなかの子が女だったとしても、他に代わりはいないのだから、エリザベスが女王になる。

フィッツウィリアムがたしなめる。「まあ待て、考えさせてくれ。リッチモンドはどこだ？」王の庶子は十六歳。役に立つ存在だ。計算に入れて、保護しておく必要がある。リッチモンドはノーフォークの義理の息子だ。居所はノーフォークが知っているにちがいない。ノーフォークはリッチモンドを捕らえるのに絶好の位置にいる。取引するも、閉じ込めるも、放しておくも、自由自在だ。だが、彼、クロムウェルは庶出の青年を怖れてはいないし、おまけにむこうは彼に好意を持っている。これまでの関係で、リッチモンドは彼を慕っていた。

ノーフォークは今、怒ったスズメバチさながらにぶんぶんいいながら行ったりきたりしており、傍観者たちは本物のスズメバチを怖れるように、彼がくると身をちぢめ、渦を巻いて遠ざかってはまた元の場所に戻る。公爵は彼にむかってぶんぶんわめくが、彼、クロムウェルは歯牙にもかけない。彼はヘンリーをじっと見つめる。瞼がふるえるのを見たように思うが、気のせいだろうか。妄想はたくさんだ。墓石の像のように、彼は立ったままヘンリーを見おろしている。胸板の厚い、無口な、醜い守護者だ。彼は待つ。と、またあのかすかなふるえを認める。見た気がする。心臓がちいさく跳ねる。片手を王の胸に当て、取引を終える商人のようにおさえつける。そして静かに言う。

「王は息をしておられる」

恐ろしいような叫び声があがる。うめきと歓呼、怯えた泣き声、神への叫び、悪魔への反撃がいりまじった声だ。

短衣の下、馬の毛の詰め物の内側に、生命のかすかなふるえが感じられる。王の胸の上に置いた手は重く、平たく、彼は自分がラザロを生き返らせているような気分に陥る。まるで彼の手のひらが磁気を帯びて、彼の君主に命を引き戻しているようだ。王の呼吸は浅いが、安定している。クロムウェルは未来を見た。ヘンリーのいないイングランドを見た。彼は声に出して祈る。「国王万歳」

「外科医を連れてこい。バッツを連れてくるんだ」彼は命じる。「医術の心得があるなら誰でもいい。もしも王の息がまたとまっても咎を受けることはない。わたしが約束する。甥のリチャード・クロムウェルを連れてきてくれ。それからノーフォーク閣下に腰掛けを。ショックを受けておられる」〝おっとりノリス〟にバケツの水をぶっかけろ、とつけ加えたくなる。ノリスの祈りは、気がつく余裕ができてみると、著しく教皇派寄りのものだったから。

今やテントはごったがえしていた。係留索具がはずれてテントが人々の頭の上にかぶさってきても不思議ではない。医者や聖職者たちに囲まれて、国王の動かぬ姿が見えなくなる前に、彼はもう一度ヘンリーを見る。胸が悪くなりそうな長い喘ぎが王の口から漏れるが、死体からそれと同じ音がするのはよくあることだ。

「息を」ノーフォークがわめく。「王に息をさせろ！」すると、それに従うかのように、倒れた人物は深い、きしむような息を吸ったあと、悪態をつく。そして、起きあがろうとする。

最大の危機は去る。

だが、完全にではない。ブーリン家の面々の表情を彼が観察するまでは。彼らは感情が麻痺したように呆然としている。どの顔も厳しい寒さにかじかんでいる。ブーリン家の輝かしい時間は、彼らがその到来に気づく前に過ぎ去った。それにしても、こんなに早く、どうやって全員がここに駆けつけたのか？　どこからきたんだろう、と彼はフィッツにたずねる。このときはじめて、日が暮れかけていることに気づく。十分足らずと思っていたが、二時間もたっていたのだ。レイフが戸口に立ち、彼がペンをページの上に取り落としてから、二時間。

彼はフィッツウィリアムに言う。「いうまでもないが、これは起きなかったことにする。あるいは、起きることは起きたが、ゆゆしい事態ではなかった、でもいい」

シャピュイや他の大使たちには、彼独自の説明で押し通す――国王は落馬し、頭を打ち、十分間意識がなかった。まさか、亡くなったなどとはまったく思いませんでした。十分後、陛下は起き上がりました。現在は、いたってお元気でいらっしゃいます。

そう聞けば、頭を打ってかえって陛下はよくなったとひとは思うだろうな、と彼はフィッツウィリアムに言う。そのために馬を走らせたのだと。すべての君主は、ときどき頭を打つ必要があると。

フィッツウィリアムはおもしろがっている。「あのようなとき、人間の思考というのはあまり細かく働かないものだな。大法官を呼びにやるべきではないか、と思ったのはおぼえているんだが、なんのためにそう思ったのかがわからない」

「わたしが考えたのは」と彼は打ち明ける。「誰かにカンタベリー大司教を連れてこさせよう、ということだった。大司教の指示がなければ、王たるものは死ねないと思いこんでいたらしい。クランマーをせきたててテムズ川を渡らせるところを想像してみてくれ。クランマーならまず先に福音書の勉強会に参加しろと言いそうだ」

教務帳《ブラック・ブック》はなんといっているだろう？　適切なことはなにも書いていない。颯爽と馬にまたがり、突きの構えで走ってきたと思ったら、次の瞬間、地面にたたき落とされた王をどうすべきか、考慮した者はひとりもいなかった。誰だって尻込みする。そのようなことを考慮する肝っ玉は誰にもない。決まった手順がなければ、必死で事にあたるのみだ。彼は隣にフィッツウィリアムがいたことをおぼえている。人混みにはグレゴリーが。近くにはレイフが。そのあと、甥のリチャードが。起き上がろうとする王を、医者たちが「いかん、いかん、陛下を寝かせろ！」と命じるなか、上体を支えて助けたのはリチャードだったか？　ヘンリー王は自分の心臓をしぼるように両手で胸をつかんでいた。起き上がろうともがき、聖霊が彼の上に降りてきて異言を話しているかのように、言葉のようでいてそうではない不明瞭な声を発していた。彼は、恐怖が身体の中を走り抜けるのを感じながら、もしも王がこれっきりおかしくなってしまったらどうすればよいのか、と考えていた。一国の王が尋常ならざる状態になったら、ブラック・ブックはなんというだろう？　またその一方で、彼はヘンリーの倒れた馬が起き上がろうといななきながらもがく音を聞いたことをおぼえている。だが、彼がそれを聞いたはずはない。すぐに馬は殺されただろう。

やがて、ヘンリー自身がわめきだした。その夜、王は頭の包帯をむしりとる。痣と瘤は、その日、神がくだされた評決だ。王は負傷や死の噂を打ち消すために、宮廷にみずから姿を見せようと決意している。アンが父親の〝モンシニョル〟に支えられて、王に近づく。伯爵はただのふりではなく文字通りアンを支えている。アンは血の気がなく、脆く見える。おなかのふくらみが今はあらわだ。「陛下」アンは言う。「わたしの、全イングランドの願いです、二度と競技に参加なさらないでくださいませ」

ヘンリーは彼女を手招きする。アンの顔が自分の顔に近づくまで、手招きする。王の声は低く、激しい。「それを祈るのなら、余を去勢したらどうだ？　そのほうが都合がよいのではないか、マダム？」

衝撃をあらわにする顔、顔。さすがのブーリン一家もアンを王から引き離して遠ざける。あわてふためき、舌打ちする。シェルトンとレディ・ロッチフォード。ハワードならびにブーリンの一族郎党がアンのまわりをぴたりと取り囲む。ジェーン・シーモアだけが、女官たちの群れからひとり離れて、じっと動かない。彼女は立ったままヘンリーを見つめ、王の視線はまっすぐジェーンへむけられる。周囲にあいた空間の中心で、ジェーンは、動きつづける列においてきぼりを食ったダンサーのように、ぽつんと立っている。

後刻、王とともに王の寝室にいると、ベルベットの椅子にぐったりとすわりこんだヘンリーがしゃべりだす。若い頃の話だが、余は父上とリッチモンド城の廊下を歩いていた。夏のある夜のことで、時刻は十一時頃だったろう。父上は余の腕を取り、われわれは話に熱中していた。いや、むしろ、しゃべっていたのは父上だった。そのとき突然、大音響とともに、城全体が深いうめき声をあげ、床がわれわれの足元で抜け落ちたのだ。全世界が足元から消え、穴の縁ぎりぎりに立っていたあのときの記憶は、生涯忘れられぬ。しかし、束の間、余は自分が聞いた物音が梁の裂ける音だったのか、われわれの骨が砕ける音だったのか、よくわからなかった。幸い、父上も余もまだ固い地面の上に立っていたが、余は床下の底へ底へと落下していく自分を見たのだ。そしてとうとう、地面に突き当たり、墓のような湿ったにおいを嗅いだのだよ。それでだ……今日、落馬したときもそのような感じがした。いくつもの声が聞こえた。ごくかすかにな。なんと言っていたのか、聞き分けることはできなかった。宙を運ばれていくような心地だった。神の姿は見なかった。天使たちもな。

「意識が戻ったさい、陛下が失望なさらなかったのならよいのですが。ご覧になったのがただのトマス・クロムウェルでは」

「これまで以上にそのほうを歓迎したぞ」王は言う。「そのほうを見たときの今日の余の喜びにくらべれば、そのほうを生んだ日の母親の喜びもかすむというものだ」

部屋付きの召使いたちが静かに歩きまわりながら、普段の仕事をこなし、王のシーツに聖水をふりまいている。「騒がしい」王は不機嫌そうに言う。「余を寒がらせたいのか？　溺死は落馬ほどの効き目はないぞ」彼はむき直り、声を落として、言う。「クラム、わかっておるな？　あれは起きなかった」

彼はうなずく。どんな記録がすでに作成されているにせよ、削除する過程に彼は関わっている。いずれは、どういう日に王の馬がつまずいたかということが知れわたることになるだろう。しかし、神の手が王を地面からつまみあげ、笑う王をふたたび王座にすわらせた。またひとつ、『ヘンリーという名の本』にふさわしい注記だ――たたきのめしても、王ははねかえす。

とはいえ、王妃の言うことにも一理ある。こうした一騎打ちの競技者たちが脚をひきずって宮廷を歩くのは、先王の時代から見られる光景だ。顔がゆがみ、頭に混乱をきたした生存者も多い。頭を何度も打った男たち、曲がった煉瓦のように腰をかがめて歩く男たち。そして、そういう日がきたら、それまで培ってきた技は価値を失う。馬がしくじる。従者がしくじる。度胸がしくじる。

その晩、彼はリチャード・クロムウェルに言う。「わたしにとっては、ろくでもない一瞬だったよ。いったい何人の男が、わたしのように、〝唯一の友はイングランド王だ〟と言えるだろう？　わたしはすべてを持っているとおまえは思うだろうが、ヘンリーを取り上げられたらわたしにはなにもないんだ」

リチャードはそのいかんともしがたい真実を悟る。「確かに」そうとしか言いようがない。

あとになって彼は、慎重な修正をほどこした形で同じ考えをフィッツウィリアムに伝える。フィッツウィリアムは、考え深く、共感しないでもない表情で彼を見る。「わからんな、クラム。きみには後ろ盾がないわけではないだろう」

「すまないが、その後ろ盾とはどんなものだ？」

「わたしが言うのは、きみには支援があるだろうということだよ。もしブーリン家に対抗するにあたってそれが必要なら」

「どうして？　王妃とわたしは完璧な友人同士なんだよ」

「シャピュイにはそう言っていないだろう」

彼は首をかしげる。これはおもしろい、シャピュイと話をする人々か。大使がどんな内容を選んでひとつの派閥から別の派閥へ伝えているのか、そちらも興味をそそられる。

「あれを聞いたか？」フィッツの口調には嫌悪がにじんでいる。「われわれが陛下は亡くなったと考えていたとき、テントの外で湧きあがった声を？　〝ブーリン、ブーリン！〟の叫びだよ。自分たちの名前を連呼していたんだ。郭公《カッコウ》じゃあるまいし」

彼は先を待つ。もちろん、聞いた。フィッツは本当はなにを言いたいのだろう？　フィッツは王に近い。少年の頃から、フィッツウィリアムはヘンリー王とともに宮廷で育ったが、彼の家族は有能な郷紳《ジェントリ》であって、貴族ではない。フィッツは戦に行ったことがある。石弓の矢を身体に受けたことがある。使節団で外国へ行った経験があり、フランスを知っている。イングランドの飛び地であるカレーにも、その政治にも詳しい。選ばれた集団のメンバー、ガーター騎士だ。書く手紙は要領を得ていて、ぶっきらぼうでもなければ回りくどくもなく、おべっかは使わず、丁寧に敬意を払っている。枢機卿はフィッツウィリアムを買っていたし、警護室で食事をするときは、トマス・クロムウェルにも愛想がいい。彼は常に愛想がいい。そして今の愛想のよさはこれまで以上ではないか？「もしも陛下が意識を取り戻していなかったらどうなっただろうな、クラム？ ハワードがさかんに自分を売り込んでいたことは忘れようにも忘れられない。〝わたしだよ、わたし、わたしだ！〟」

「おいそれと忘れてしまえる光景ではないよ。最初の質問に関しては……」彼は躊躇する。「最悪の事態になって、王の肉体が滅びたとしても、王制はつづく。法律の専門家と、今いる参事官たちから成る統治会議を開くことは可能かと……」

「……その中には、きみ自身も……」

「ゆるされれば、わたし自身もいる」おれには複数の能力がある、と彼は考える。おれ以上に信頼でき、おれ以上に王に近く、たんなる秘書官にとどまらず、法律家で、記録長官でもある人物がどこにいる？「議会が積極的ならば、王妃が出産するまで摂政として統治をする体制をととのえることはできるかもしれない。さらに王妃の許可があれば、未成年のあいだも……」

「しかし、アンがそのような許可を与えないことはわかっているだろう」

「そうだな、彼女はすべてを自分で統治したがるだろう。だが、ノーフォークおじと戦わねばならない。あのふたりではどちらを応援すればよいのかわからないよ。ご婦人のほうかな」

「神よ、王国を救いたまえ」フィッツウィリアムが言う。「そして王国の民すべてを救いたまえ。ふたりのうちなら、わたしはトマス・ハワードのほうがいい。すくなくともそうなった場合、彼になら外へ出ろと挑んで戦うことができる。ご婦人を摂政にしてみろ、ブーリン家はわれわれの背中を踏みつけていくぞ。われわれは彼らの生きた絨毯になる。アンがわれわれの皮膚に〝ＡＢ〟と縫い付ける」彼は顎をさする。「しかし、いずれにしろ、アンはそうするだろうな。ヘンリーに息子を与えれば」

彼はフィッツが自分を観察しているのに気づく。「息子といえば、きちんとしたかたちできみにお礼をしたかな？　なにかわたしにできることがあれば、言ってくれたまえ。グレゴリーはきみの保護の下で立派に成長した」

「どういたしまして。近いうちにまたあずからせてくれ」

もちろん、と彼は考える。おれの新しい法案が通過したら、小規模修道院のひとつかふたつに貸借権を添えてフィッツに進呈しよう。彼の机は議会の新たな会期にそなえて、仕事の書類が山積みにされている。近い将来、庶民院の自分の隣にグレゴリーの席をもうけてやりたい。国がどう統治されるかについて、あらゆる側面を見せておきたい。議会の期間は欲求不満を抑える訓練期間、もしくは忍耐の鍛錬期間だ。どちらと考えるかはともかく。議員たちが話しあう問題はさまざまだ――戦争、平和、対立、満足、論争、つぶやき、愚痴、富者、貧困、真実、嘘、正義、公平さ、圧政、裏切り、人殺し、そして国家の啓蒙ならびに存続。それから、先人たちのおこないどおりに行動し――すなわち、先人と同じように――はじめたところで中止する。

王の事故のあとは、なにもかもこれまでどおりだが、なにひとつこれまでどおりではない。彼は相変わらずブーリン家に疎まれている。メアリの支援者たるノーフォーク公、サフォーク公、そして留守中のウィンチェスター司教にも疎まれている。フランス王、皇帝、ローマ司教、またの名を教皇から敬遠されていることは、言うにおよばずだ。だが、争い——あらゆる争い——は今、さらに先鋭化している。

キャサリンの葬儀の日、彼は意気消沈している自分に気づく。ひとはなんと固く敵を抱擁するものだろう！　敵は親友であり、自分の片割れなのだ。アルハンブラ宮殿で七歳のキャサリンが絹のクッションにすわり、はじめての刺繍をしていたとき、彼はおじで料理人のジョンの監督の下、ランベス宮殿の厨房で根菜の泥をこすり落としていた。

枢密院でも、あたかもキャサリンから任命された弁護士のひとりであるかのように、彼はしばしばキャサリンの肩を持った。「みなさんはそうおっしゃるが、しかし王太子未亡人の主張によれば……」そして、「キャサリンはこのように反論するでしょう」だが彼のこうした発言は、キャサリンの訴えに賛成しているからではなく、時間の節約になるからだった。彼女の敵として、彼はキャサリンの関心事に入り込み、彼女の戦略を判断し、彼女より先にあらゆる問題点に到達した。そのやりかたは、長らくチャールズ・ブランドンの癪の種だった。「この男は誰の味方なんだ？」と、ブランドンはよく問いつめたものだ。

しかし今ですら、キャサリンの離婚訴訟は、ローマでは決着したとは考えられていない。ひとたび訴訟をはじめたら、ヴァチカンの法律家たちは、当事者の一方が死んだからといって、やめはしない。関係者全員があの世へ行っても、ヴァチカンの土牢から秘書の骸骨がかたかたとやってきて、教会法のある点について仲間の骸骨たちと相談するだろう。彼らは歯を鳴らしあってしゃべり、ぽっかりあいた眼窩の中で見えぬ目を伏せ、光の中で塵と化した羊皮紙を見ようとするだろう。キャサリンの処女を奪ったのは、最初の夫か、それとも二度めの夫か？　永遠の謎だ。

彼はレイフに言う。「女の生き方は誰にもわからん」

「死も同様です」レイフが言う。

彼は素早く目をあげる。「まさか！　おまえまでキャサリンが毒を盛られたと思っているのではあるまいな？」

「噂では」レイフの口調は重々しい。「毒はウェールズ産の強いビールに仕込まれて、彼女に出されていたそうです。最後の数ヵ月、キャサリンは醸造酒に楽しみを見いだしていたとか」

彼はレイフの目をとらえ、押し殺した笑いを鼻から漏らす。強烈なウェールズのビールをがぶがぶあおる王太子未亡人。「革のジョッキで」レイフが言う。「そいつをテーブルにたたきつけるように置くキャサリンを想像してくださいよ。そしてわめく、〝おかわり〟」

足音が走ってくるのが聞こえる。今度はなんだ？　ドアがたたかれ、ウェールズ人の幼い召使いが息を切らしながらあらわれる。「旦那様、ただちに王様のところへおいでになってください。フィッツウィリアム様の家来が迎えにきたんです。誰か亡くなったようです」

「なんだと、誰なんだ？」書類束を引出しにほうりこみ、鍵をかけ、レイフにあずける。今後は秘密は置きっぱなしにしないし、新しいインク壺を空気にさらしたままにもしない。「今度は誰を甦らせなくてはならないんだ？」

二輪馬車が通りで横転したら、どんなことになるかわかるだろうか？　誰も彼もがそれを目撃したと言う。男の脚がすぱっと胴体から離れるのを見た。女が最後の喘ぎを漏らすのを見た。商品が略奪されるのを——御者が前の方で押しつぶされているすきに、泥棒どもが後部から盗むのを見た。男が最後の告解を大声で叫ぶのを聞き、その一方で、別の男が遺言をささやくのを聞いた。その場にいたと主張する全員が本当にその場にいたのなら、ロンドン中のろくでなしがその一ヵ所に集中していたことになる。牢屋からは泥棒が、ベッドからは娼婦がいなくなり、弁護士はもっといい観察場所を求めて肉屋の肩の上に立つだろう。

その日、一月二十九日の遅い時間、彼はフィッツウィリアムの家来がもたらした知らせに愕然とし、危惧を抱いてグリニッジへむかう。人々はこぞって言うだろう。「わたしはその場にいたんです。アンがいきなりしゃべるのをやめたとき、そこにいました。彼女が本を、縫い物を、リュートを置いたとき、そこにいました。キャサリンが地中へおろされたことを思って陽気にはしゃいでいたアンが不意に黙りこんだとき、そこにいたんです。わたしは彼女の顔が変わるのを見ました。女官たちがアンのまわりに集まるのを見ました。女官たちが急いでアンを私室へ連れさり、ドアにかんぬきをかけるのを見たし、アンが歩いたあとに血が筋をひいているのを確かに見たんです」

信じる必要はない。血の筋など。彼らは見たと思っているだけなのだ。王妃の痛みは何時にはじまったのか、と彼は聞く。ところが、その出来事をことこまかに知っているくせに、誰も答えられない。血の筋に気をとられ、事実をないがしろにしている。悪い知らせが王妃のベッドのかたわらから漏れるには丸一日かかるだろう。出血があっても、子供がしっかりしがみついて育つこともある。が、今回はちがう。キャサリンは鮮度がよすぎて墓の中で静かにしていられないのだ。彼女が手を伸ばし、アンの子をゆさぶりはがしたため、ネズミほどの大きさもないそれが早まって外界に連れだされてしまった。

夜、王妃の続き部屋の外で、こびとの女が敷石の上にすわり、身体をゆすってうめいている。赤ん坊を産むふりをしているのだ、と誰かがいわずもがなのことを言う。「追い出せないのか?」彼は女官たちに聞く。

レディ・ロッチフォードが耳打ちする。「男の子でしたわ、秘書官殿。妊娠四カ月といったところです」

では十月初旬か。われわれはまだ巡幸中だった。「日程表をつけておいででしょう」レディ・ロッチフォードがささやく。「その頃、アンはどこにいましたの?」

「それがどうかしたのか?」

「お知りになりたいだろうと思っただけです。あら、予定がときどき急に変わったことは知っていますのよ。アンは陛下と一緒のこともあれば、そうでないこともあったし、ノリスがアンと一緒のことも、他のジェントルマンたちが一緒のこともありました。でも、あなたのおっしゃるとおりですわね、秘書官殿。今はどうでもよいことです。医師団も確かなことはろくにわからないんです。懐妊したのがいつだったのかはわかりません。誰がここにいて、誰があちらにいたのかも」

「それでよいのではないかな」

「まあ。これでアンはまたチャンスを失ったのよ、かわいそうに……世界はどうなるのでしょう?」

こびとの女がもがくように立ちあがる。彼を見つめ、その視線をとらえたまま、スカートをめくる。あわてて目をそらすが間に合わない。彼女は自身を剃っていた。それとも誰かが剃ったのか。女の下腹部は、老女か幼児のように毛がない。


後刻、王の前で、メアリ・シェルトンの手を握ってジェーン・ブーリンはおどおどしている。「お子様には男子のきざしがありました。妊娠期間は十五週ほどです」

「どういう意味だ、きざしとは？」王が問いつめる。「わからんのか？　ああ、立ち去れ、女、そのほう子を産んだこともないのに、なにがわかる？　あれのベッドに付き添うべきは経産婦ではないのか？　おまえはあそこでなにを望んだ？　おまえたちブーリンはもっと役に立つ誰かに道を譲れなかったのか？　おまえたちは災難が襲うときは必ずその渦中にいるではないか」

レディ・ロッチフォードの声はふるえているが、要点ははずさない。「陛下、医師団に面会なさったほうがよろしいかと」

「もうした」

「わたくしは医師たちの言葉を繰り返しているだけでございます」

メアリ・シェルトンがいきなり泣き出す。王はシェルトンを見て、謙虚に声をかける。「シェルトン、ゆるせよ。そなたを泣かせるつもりはなかったのだ」

ヘンリーは痛みに顔をしかめている。十年以上も前に馬上槍試合で負傷した脚が、医師たちの手でぐるぐる巻きにされている。もともと膿んだりただれたりしやすかったその箇所が、先日の落馬でさらに悪化したらしい。普段の威勢の良さはどこへやら、兄のアーサーの夢、死者に翻弄されて疲労困憊していた日々に逆戻りしてしまったようである。その夜、王は内々に言う――あれが亡くした子はふたりめだが、他にもいた見込みはあるぞ、女というのは腹が目立ってくるまでそういうことは内密にしているからな。余の継嗣がいったい何人、血とともに流れたかわかったものではない。神は余に今、なにをお望みなのだろう？　神を喜ばせるために、余はなにをせねばならんのだ？　神は余に男の子供たちを与えるおつもりはないのだ。

青ざめたトマス・クランマーが、国王の悲運を静かに引き受けているあいだ、彼、クロムウェルはうしろへ下がっている。大司教は言う――すべての悪しき事故を神のせいにするのは、われらが創造主へのおおいなる誤解です。

神は空から落ちる雀を一羽残らず見ていらっしゃるはずではないか、と王がききわけのない子供のように言う。ならば、どうして神はイングランドを気に留めてくださらないのだ？

クランマーは見事な理由を開陳するだろう。クロムウェルはほとんど聞いていない。彼はアンの周囲にいる蛇のように賢く鳩のように温和な女官たちのことを考えている。その日の出来事をめぐり、早くもある噂が紡がれている。王妃の私室でそれは語られている。今回の不運はアン・ブーリンのせいではないわ。責められるべきは、彼女の伯父であるノーフォーク公、トマス・ハワードよ。王が落馬したとき、王妃をどなりつけ、ヘンリーが死んだとわめいて、おなかの子の心臓がとまるほどのショックを彼女に与えたのは、ノーフォークだったのですもの。

まだある。陛下のせいよ。このところの王のふるまいよう、シーモア老の娘にうつつを抜かし、礼拝堂で彼女の席に手紙を落としたり、ご自分のテーブルから彼女にお菓子をやったりしたせいだわ。王様が他の女に気があるのを見た王妃は、心の底から衝撃を受けたのよ。その悲しみが胎内で暴れて、壊れやすい子をはじきとばしたのだわ。

王妃のベッドの足元に立ち、これらの顚末を聞いたあと、ヘンリーは冷ややかに言う。これだけははっきりさせておく。責められるべき女がいるとすれば、それは今、余の目の前にいる女だ。体調がよくなったら、話をいたそう。ではこれで。余は議会にそなえてホワイトホールへ行くのでな。回復するまで、そのほうは床を出ぬことだ。この先、余の心が回復することはあるまいが。

するとアンが彼の背中にむかって叫ぶ——つまり、レディ・ロッチフォードがそうしたと言ったのだ——「お待ちを。お待ちください、陛下、すぐに次の子を産んでさしあげます。キャサリン亡き今は、すぐにでも……」

「キャサリンの死がいかなるはずみとなるのか、わからんな」ヘンリー王は脚をひきずって出ていく。王の部屋では私室付きのジェントルマンたちが、腫れ物にさわるように用心深く動きながら、一刻も早くそこから出ていこうとしている。王は今になって、みずからの早まった発言を悔やんでいる。なぜなら、王妃を残していけば、全女官もあとに残らねばならず、彼の小さな丸パン顔のジェーンを見て目を楽しませることができなくなるからだ。さらなる論法が、アンからの手紙という形で、追いかけてくる。この流れた胎児は、キャサリンの生存中に身籠ったもので、いつだかはわからないまでも、近いうちに宿る子より劣っております。なぜならば、たとえ流れた子が生きて成長したとしても、王位継承権をいまだに疑う者がいるからです。でも、陛下が晴れて寡夫となられた今、わたくしとの結婚の正当性と、わたくしたちがもうける男子が、イングランドの跡継ぎであることを疑問視することはキリスト教国の誰にもできません。

「さあ、この論法をどう心得る?」ヘンリーが問いつめる。包帯でぐるぐる巻きになった太い脚で、王は私室の椅子に身体を持ちあげるようにしてすわりこむ。「いや、ごちゃごちゃ話し合うな。余はそのほうたち、ふたりのトマスからひとりずつ返事が聞きたいのだ」微笑したつもりで、王の顔はゆがんでいる。「ふたりとも、自分たちがフランス人のあいだに引き起こしている混乱を知っておるか? 彼らはそのほうたちをひとりの顧問官だと思いこみ、公文書ではクラムエル博士と呼んでおるぞ」

彼らは目を見交わす。クロムウェルとクランマー、人殺しと天使。だが王はふたりの助言を——合同のも、個別のも——待たずにしゃべりつづける。どれぐらい痛いのか試そうと短剣を自分に突き立てる男のように。「もしも息子を持つことができなければ、一国の王にそれができなければ、他になにができようとも、意味はない。勝利も、戦利品も、王の作る法律も、王が保持する名高い宮廷も、価値がない」

そうなのだ。王国の安定を維持すること。これこそ、王が民とのあいだに交わす協定である。血を分けた男子がいないなら、王は跡継ぎを見つけ、国が疑惑と混乱、分裂と陰謀に翻弄されぬうちに、その子を後継者に指名しなければならない。嘲笑の的とならない男子を、果たしてヘンリーは指名できるだろうか? 「現王妃のために余がいたしたこと、一介のジェントルマンの娘から王妃にまで取りたてたことを思い出すと……なぜ、そうしたのか、もはや余にはわからんのだ」ヘンリ

——王は、わかるか、クラムエル博士？　と問うかのように彼らを見る。「思うに」王は適切な言いまわしを求めて、困惑ぎみに言葉をさがす。「思うに、余は不正にこの結婚に導かれたような気がしてならぬ」

彼、クロムウェルは、鏡をのぞくようにもうひとりの自分を見つめる。クランマーは動転した顔つきだ。「不正に、とおっしゃいますと？」大司教はたずねる。

「当時、余の頭が明晰でなかったことは確かだ。今とはちがってな」

「ですが、陛下」クランマーは言う。「失礼ながら、今、明晰でなくとも無理はありません。陛下は大きなひとつの喪失に苦しんでおられるのですから」

実際にはふたつの喪失だ、と彼は思う。今日、あなたの息子は死んで生まれ、あなたの最初の妻が埋葬された。ふるえおののいていても不思議はない。

「たぶらかされたのだと余は思う。すなわち、魔法に、魔力によって、はかられたのだ。女はそのようなことをするものだからな。もしそうであったとしたら、この結婚は無効であろう？」

潮の流れを押し返そうとする男のように、クランマーが両手を突き出す。クランマーは彼の王妃がどこへともなく消えていくのを予感する。真の宗教のために多大な貢献をした彼の王妃が。「いえ、それは……陛下……」

「ああ、黙れ！」話をはじめたのがクランマーであるかのように、王は叱りつける。「クロムウェル、兵士であった頃、余のような脚を治す方法を聞いたことはないか？　これでもう二度めだ。医師団は膿を出さねばならんというのだ。壊疽《えそ》が骨まで達したのではないかと怖れておる。だが、誰にも言うでないぞ。噂が広まるのは好ましくない。小姓をやってトマス・ヴィカリーを見つけさせてくれぬか？　瀉血したほうがよいだろう。安心することが余には必要だ。では、もう休むとよい」王はほとんどつぶやくようにつけ加える。「今日のような日でも必ず終わりはくる」

クラムエル博士は部屋を出る。控えの間でひとりの彼がもうひとりの彼とむき合う。「明日になれば、陛下のお考えも変わるだろう」大司教が言う。

「そうだな。痛みをかかえている人間はどんなことでも言うものだよ」

「気に病むにはおよばない」

「そうとも」

彼らは薄氷を横切っているふたりの男のようだ。しがみつきあって、こわごわ小股で歩いている。両側にひびが入りはじめても、そうしていれば安全であるかのように。

クランマーが心もとなさそうに言葉を継ぐ。「子供を失った苦悩が陛下を惑わせているのだろう。アンのためにあれだけ長く待ったのに、さっさと追い出したりなさるだろうか？　おふたりともすぐに仲直りするだろう」

「それに」クロムウェルは言う。「陛下は自分の非を認める方ではない。結婚については疑いを持っておいでかもしれない。だが、他の者が疑問を示したら容赦なさらない」

「われわれは疑いを鎮めねばならんぞ。われわれふたりで、やらねばならん」クランマーが言う。

「陛下は皇帝の友人になりたがっておられるんだ。もはやキャサリンは彼らのあいだに悪い感情を引き起こす原因ではなくなった。だからわれわれがむき合わねばならないのは、現王妃が……」不要だということだ、と言いかけて、彼はためらう。和平を妨げる存在、とも言いづらい。

「陛下の邪魔をしている、ということだ」クランマーが無遠慮に言う。「しかし、陛下がアンを犠牲にすることはなかろう？　まさか。カール皇帝や他の誰かを喜ばせるために、そのようなことをなさるはずはない。考えるまでもないことだ。ローマが考えるにはおよばない。陛下がカトリックに戻ることは絶対にない」

「むろんそうさ。われらがよき君主が教会組織を維持することを信じよう」

クランマーは彼が口にしなかった言葉を聞き取る。王にアンの助けはいらないのだ、ということを。

だが、彼はクランマーに言う。アン以前の王を思い出すのはむずかしいな。アン抜きの王はちょっと想像がつかない。彼女は王のそばをうろついている。肩越しにのぞきこむように王の手元の書類を読む。王の夢にまで入り込む。たとえ王の隣に寝ていても、アンにとっては、まだくっつき足りないのだ。「われわれがどうするか教えよう」彼はクランマーの腕をつかむ。「晩餐会を開くんだ。そしてノーフォーク公を招待しようじゃないか」

クランマーがちぢみあがる。「ノーフォークを？　どうして？」

「和解のためだよ」陽気に答える。「王が落馬した日、わたしはノーフォークの主張を、いってみれば、無視したんだ。テントの中でね。彼が猛烈ないきおいで入ってきたときに。充分な根拠のある主張だったのに」彼はうやうやしくつけ加える。「なぜって、ノーフォークはわれわれの仲間内では年長者ではないか？　いや、わたしは心の底からあの公爵が気の毒なんだ」

「きみはなにをしたんだ、クロムウェル？」大司教は青くなる。「あのテントでなにをした？　乱暴を働いたのか？　聞くところによれば最近きみはサフォーク公爵にも乱暴したそうじゃないか」

「え、ブランドンにか？　ただ押しやっただけだ」

「彼が動くつもりのなかったときに、だろう」

「あれはブランドンのためでもあったんだ。あのまま王の前に立たせておいたら、チャールズはみずからの失言でロンドン塔送りになっていただろうさ。知ってるだろう、チャールズ・ブランドンは王妃を中傷していたんだ」いかなる中傷も疑いも、すべての出所は、ヘンリー、ヘンリー自身の口でなくてはいけない、と彼は思っている。おれの口でも、他の誰の口でもない。「さあ、頼むよ。晩餐会を開こう。きみがランベスでやらないとな。ノーフォークはわたしの家には絶対にこない。わたしがクラレットに眠り薬をたらして、彼を船に運びこみ、奴隷商人に売りつけようと企んでいる、と思っている。きみのランベス宮殿になら行きたがる。わたしが鹿肉を用意する。公爵のおもだった城をかたどったゼリーを出そう。費用はこちらが持つ。きみの料理人の手もわずらわせないよ」

クランマーは笑う。ついに、笑う。微笑させるだけでも、クランマーの場合は一苦労なのだ。

「きみの好きなように、トマス。晩餐会を開くとしよう」

大司教は彼の上腕に手をかけ、左右の頰に接吻する。別れの挨拶だ。安堵も満足も感じないまま、彼はいつになく静まりかえっている宮殿内をぬけて自室に戻る。遠くの部屋からも音楽は聞こえない。部屋部屋に満ちるのは、おそらく祈りのつぶやきなのだろう。失われた子供、手足ができあがりつつある胎児を、その老人めいた分別くさい顔を、彼は想像しようとする。

そのようなものを見たことのある者はほとんどいない。むろん彼も見たことがない。かつてイタリアで、外科医のため、明かりを掲げ持って立っていたことがある。掛け布を垂らした閉め切った室内で、医者は人間を動かす仕組みを調べようと、死体を薄切りにした。戦慄の夜だった。はらわたと血の臭いが喉に詰まり、見物場所を確保するために金を払った芸術家たちが、押し合いへし合いして、彼を押しのけようとした。だが彼は足を踏ん張り、動かなかった。明かりを持って、一歩も動かない、と約束したから。だから彼は選ばれた見物人、つまりは知識人たちにまじって、筋肉が骨からはがされるのを目撃した。しかし、女の体内、ましてや身重の死体は見たことがない。たとえ金のためでも、観客のために女の身体にメスを入れる外科医はいないだろう。

防腐処理をほどこされて埋葬されたキャサリンを思い浮かべる。彼女の魂は肉体から自由に切り離され、最初の夫をさがしに行った。今頃は彼の名を呼びながら、さまよっているだろう。アーサーは、あそこまでどっしりした老女となったキャサリンを見て、ぎょっとするだろうか？　いまだに痩せっぽちの少年であるアーサーは？

故アーサー王は息子を持つことができなかった。そしてアーサーの死後なにが起きたか？　われわれにはわからない。ただ、彼の栄光がこの世から消えたことは確かである。

アンの選んだ題銘、彼女の紋章とともに描かれているそれを、彼は思い起こす――〝至福〟。彼は先刻、レディ・ロッチフォードにたずねた。「王妃殿下のご様子は？」

ロッチフォードは答えた。「起きあがって、嘆き悲しんでいらっしゃるわ」

彼が聞こうとしたのは、大量の出血があったのか、ということだ。キャサリンは罪を持たぬわけではなかったが、今、彼女の罪は取り去られ、すべての罪がアンの上に積み上げられている。彼女を追ってせわしなく動きまわる影、夜をまとう女。元王妃は神の御前たる光輝に包まれて暮らしており、その足元には死んだ乳児たちが布にくるまれているが、アンは罪深いこの下界に生き、分娩台の汚れたシーツの上で暑さにうだっている。だが、手足は冷たく、心は石のようだ。

というわけで、食事にありつくことを期待して、ノーフォーク公がすわっている。一番上等の服、もしくは少なくとも、ランベス宮殿を訪れるのに見苦しくない程度のものを着用したその様子は、犬が嚙んだロープのきれっぱしか、木皿の端に残された軟骨そっくりだ。ぼさぼさの眉毛の下でぎらついている獰猛な目。鉄の刈り株を思わせる頭髪。痩せこけて筋張った身体は、馬と革と武具職人の店のにおい、そして不思議なことに、かまどか冷えつつある灰のにおい、乾いた埃のツンとするにおいを放っている。ノーフォーク公は生きている人間を怖れず、例外は、ふとしたきまぐれから彼の公爵領をとりあげることのできるヘンリー・チューダーだけだ。しかし、ノーフォークは死者を怖れる。聞くところによれば、ノーフォークのどの屋敷でも、日暮れになると、故ウルジー枢機卿が窓を通りぬけ、階段を蛇のように這い上がってくるのを怖れ、彼が鎧戸をやかましく閉め、かんぬきをかける音が聞こえるらしい。もしもノーフォークに用があるなら、ウルジーはテーブル板の内側に静かに横たわり、木目に沿ってささやくだろう。鍵穴からにじみだし、煤まみれの鳩のように、やわらかな羽音をたてて煙突から落ちてくるだろう。

ノーフォークの輝ける一族の姪であるアン・ブーリンが国王の目にとまったとき、ノーフォーク公は厄介事はこれで片付いた、と考えた。確かに彼は複数の厄介事をかかえている。イングランドきってのこの貴族には、彼の不幸を願い、彼を誹謗するライバルがいる。しかしノーフォークは、アンがいずれ戴冠すれば、自分は必ずや王の右腕となると信じた。ところが思惑ははずれ、公爵は不満をたぎらせるようになった。アンの結婚は、期待していた富と名誉をハワード家にもたらさなかった。そうしたものはアンが独占し、トマス・クロムウェルがそのおこぼれにあずかった。アンを指導するのは男の親族であるべきだ、と公爵は考えているが、彼女は頑としてそれを受け付けない。それどころか、自分の面倒は、公爵ではなく、今や一族の最高位にいる自分が見る、という態度を鮮明にした。女はひとの上に立つことはできない、服従と従順が女の役割であるとする公爵に言わせれば、それは不自然なことだった。王妃になるのも、金持ち女になるのもいいが、女は分をわきまえるべきで、それができないのなら誰かが教えてやらねばならないというわけだ。ハワードはときおり人前で不満を漏らしている。ヘンリーに関してではなく、アン・ブーリンに関して。さらに、みずからの公爵領で時を過ごし、公爵夫人に八つ当たりすることで憂さを晴らしている。その夫人は頻繁にトマス・クロムウェルに手紙を書き送り、夫の態度に不平を訴えている。まるで彼、トマス・クロムウェルなら、公爵をこの世で一番の恋人か、さもなくば、多少なりともききわけのよい男に生まれ変わらせることができるかのように。

しかし、アンのこのたびの懐妊が知らされると、公爵は薄ら笑いを浮かべた家来を両脇に従えて宮廷へあらわれた。公爵をとりまく顔ぶれには、まもなく公爵の変わり者の息子も加わった。サリー伯ヘンリー・ハワードは自信の塊で、自分は男前で、才能豊かで、幸運であると思っている。ところがその顔は左右不均衡で、鉢を伏せたようなヘアスタイルが醜男ぶりに拍車をかけている。ハンス・ホルバインだって、サリー伯は肖像画家には頭の痛い存在だ、と認めている。ランベスにあらわれた今宵、売春窟での一夜を過ごしそびれたサリー伯は、室内をうろうろと眺めまわしている。クランマーがアラス織りの壁掛けのうしろに裸の女たちを隠しているとでも思っているのだろう。

「さてさて」公爵が両手をこすりあわせながら、言う。「ケニングホールへは、まこと、いつ会いにきてくれるのだ、トマス・クロムウェル？　狩りが楽しめるぞ。一年中どの季節でも獲物がいるからな。望むなら、寝床を温めてくれる女も提供できる。好みのタイプの平民をな。ちょうど今、女の召使いがひとりいるのだ」公爵は息を吸い込む。「あの乳房は見るに値するぞ」節くれだった指で空気をこねる。

「その女が閣下のものでしたら」彼はつぶやく。「取り上げてしまうのはいかがかと」

公爵はすばやくクランマーを一瞥する。女の話をするのはまずかったか？　だがそういうことなら、ノーフォークにいわせれば、クランマーもまともな大司教ではない。クランマーはヘンリーがある年、湿地帯で見つけたどこぞのけちな事務員であり、司教冠と日に二度のまともな食事のためならなんでもすると約束した男だ。

「まこと、気分がすぐれぬようだな、クランマー」公爵は陰気にからかう。「太ることもできないようじゃないか。わたしも同じだ。これを見ろ」公爵はテーブルから椅子をひき、ワインの壺を持ってそばに控えている哀れな若者を肘で押しのける。立ちあがり、衣服を開いて、痩せたふくらはぎを突き出す。「これをどう思う？」

　確かに痩せすぎだ。トマス・ハワードを骨と皮にしているのは、もしや屈辱なのか？　公爵の姪は人前でも平然と彼をさえぎってしゃべる。ハワードが身につけているメダルや遺物を――その一部は非常に神聖なものなのだが――笑い飛ばす。テーブル越しにハワードのほうへ身を乗り出して、言う。さあ、伯父様、わたしの手についたパン屑をどうぞ。どうせ食べても無駄なのですから。

「そうなのだよ。どうやったら太れるのだ、クロムウェル。すごいな、服がはちきれそうじゃないか。人食い鬼に丸焼きにされるぞ」

「はは、これはこれは」彼は微笑を浮かべる。「その危険はありますな」

「イタリアで手に入れた粉薬を飲んでいるのだろう。そのせいで血色がよいのだな。秘訣を明かすつもりはないのか？」

「ゼリーを全部お召しあがりください、閣下」彼は辛抱強く言う。「粉薬の噂を聞きつけたら、試供品を取り寄せてさしあげましょう。夜になったらきちんと眠る、これが唯一の秘訣ですよ。わが創造主との仲は良好ですしね。それにむろん」彼はゆったりとくつろいで、つけ加える。「わたしには敵がおりません」

「なんだと？」公爵が言う。眉がつりあがって頭髪に隠れる。ノーフォークはサーストンがこしらえた紅白のゼリー、空気のような石と、血のように赤い煉瓦でできた銃眼付き胸壁のゼリーをさらに手ずからよそう。ゼリーをほおばったまま、いくつかの話題について見解を述べる。おもな話題は、王妃の父親のウィルトシャーだ。もっと自制の心を持つようアンを躾けるべきだったのだ、あの男は。それなのに、フランス語でアンを自慢し、彼女がいずれ就く地位について自慢することに余念がなかった。

「でも、実際に王妃になった、そうじゃありませんか、父上？」若いサリー伯が言う。

「わたしを痩せ細らせているのはアンだ」公爵は切り捨てる。「彼女は粉薬に詳しい。なんでも屋敷内に毒殺者たちを置いているそうじゃないか。アンがフィッシャー老司教になにをしたか知っているだろう」

「なにをしたんです？」若いサリー伯がたずねる。

「おまえはなにも知らんのか？　フィッシャーの料理人が買収されてスープに粉薬を入れたのだ。司教はすんでに死ぬところだった」

「死んでも別によかったんじゃないですか。どうせ彼は反逆者だったんです」

「そうだな」ノーフォークは同意する。「だが当時はフィッシャーの反逆はまだ証明されていなかった。ここはイタリアではない。わが国には裁判所がある。とにかく、あの老人は一命を取りとめたが、その後はずっと病気がちだった。ヘンリーは料理人を生きたまま釜ゆでにさせた」

「ですが、料理人は自白しなかったのです」と彼、つまり、クロムウェルが言う。「ですからブーリン一族のしわざとは断言できませんよ」

ノーフォークはふんと鼻であしらう。「やつらには動機があった。メアリも身辺に気をつけたほうがよい」

「わたしもそう思います。しかし、毒はメアリにとって一番の危険ではないでしょう」

「だったらなにが危険なんだ？」サリー伯が聞く。

「まちがった助言です、閣下」

「きみに耳を傾けるべきだ、そう思っているのか、クロムウェル？」若いサリー伯はナイフを置いて、不満をぶつけはじめる。貴族は、と若者は嘆く、イングランドが偉大だった頃のような尊敬を受けていない。現国王は生まれの卑しい者たちを身辺にはべらせており、あれでは、ろくな結果にならない。クランマーが口をはさもうとするかのように、椅子にすわったままゆっくりと身を乗り出すが、サリー伯は、おまえのことだ、大司教、といわんばかりにねめつける。

彼は若者のグラスにワインを満たすよう給仕にうなずいてみせる。「そのお話はこの場にふさわしくありませんよ」

「だからなんだ？」サリー伯は問いつめる。

「トマス・ワイアットがいうには、あなたは詩を勉強なさっているそうですね。若い頃イタリア人に囲まれて過ごしたものですから、わたしも詩が好きなのです。よろしければ、読ませていただきたいですね」

「そうだろう」サリー伯は言う。「だが、わたしの詩は自分の友人のために取ってあるんだよ」

自宅に帰ると、息子が迎えに出てくる。「王妃がなにをしているか、聞いた？　分娩の床から起きあがると、信じられないことをしたという噂だよ。室内の暖炉の上でハシバミの実を焙り、ブリキ鍋の中でかきまぜて、レディ・メアリのために毒入りの砂糖菓子を作る用意をしているそうだ」

「おおかた他の誰かがブリキ鍋を使っていたんだろう」彼は苦笑しながら言う。「召使い。ウェストン。あのマークという少年、誰でもおかしくない」

グレゴリーは頑として譲らない。「アン王妃本人だったんだ。焙っていたんだよ。そこへ王が入ってきて、彼女のしていることを見て眉をひそめた。それがなんなのかわからなかったのと、王妃に疑いを持っているからだろうね。なにをしておる、と王がたずねると、アン王妃は答えた。まあ陛下、城門に立ってわたくしに挨拶を呼びかけてくる貧しい女たちに与える砂糖菓子を作っているだけです。そうであったか。身を大事にせよ。だから、王様はすっかりだまされてしまったんだ」

「それはどこでのことだ、グレゴリー？　いいか、王妃はグリニッジにいるし、陛下はホワイトホールにいるんだぞ」

「そんなの関係ないよ」グレゴリーは陽気に言う。「フランスでは魔女は飛べるんだ。ブリキ鍋やハシバミやなにもかも持ったまま。アン王妃はフランスで魔法を身につけた。ほんとはブーリン家の一族郎党は魔法使いで、アンのために男の子を魔法で作りあげようとしている。それというのも、王様が自分は息子を授けられないのではないかと怖れているからなんだ」

彼の微笑がゆがみはじめる。「家の者にそんな話を広めるんじゃないぞ」

グレゴリーは屈託がない。「もう遅いよ、最初に家の者が広めたんだ」

レディ・ロッチフォードが言ったことが、記憶によみがえる。あれは確か二年前だった。「アンは致命的な朝食をメアリに食べさせることもできる、と豪語していたことがあったのよ」

朝食時に陽気だった者が、夕食時には屍となる。彼の妻と娘たちの命を奪った粟粒熱をいいあらわすときに使われた言葉だ。毒殺による不自然な最期は、通常、粟粒熱よりすばやい。一瞬で片がつく。

「書斎に行く。書類を作成しなければならない。誰にも邪魔させないでくれ。リチャードは、なんなら入ってもかまわん」

「ぼくはどうなの、入ってもいいの？　たとえば、家が火事になったら、知らせてほしいでしょう？」

「おまえからではないほうがいいな。どうして信じられる？」彼は息子の肩を軽くたたく。書斎へ急ぎ、ドアを閉める。

ノーフォークとの晩餐は、表面上は、効果がなかった。しかし。紙を用意し、一番上にこう書く。

トマス・ブーリン

王妃の父親。彼を頭の中に思い描く。背筋の伸びた、今もしなやかな身体つきの男。容貌自慢で、着飾ることに多大の情熱を傾けている。息子のジョージもその点は同様。ロンドン中の金細工職人に創意工夫させ、外国の支配者たちからもらったと称する指輪をくるくるまわす男。ここ何年も外交官としてヘンリーに仕え、そのそっけない協調性は職務に合っている。行動するタイプではなく、むしろ、気取った笑いを浮かべ、ひげをなでながら、控えているタイプ。自分の風貌を謎めいていると思っているが、実のところ、悦に入っているようにしか見えない。

それでも、好機を逃さぬコツは心得ており、自分の家族を木のてっぺんの一番高い枝まで登らせる方法を知っている。風が吹けば木の上は寒い。一五三六年の身を切るような風は、さぞかし辛かろう。

知ってのとおり、ウィルトシャー伯爵の称号は、彼にとってみずからの特別な地位を示すには不充分と見えて、フランス語の称号〝モンシニョル〟を勝手に名乗っている。そう呼ばれて喜んでいる。この称号を世界中で通じるものにしたがっている。廷臣たちが応じるか否かで、彼らの見解があきらかになる。

さらに書く。

モンシニョルと呼ぶのは、ブーリン家の一族郎党。女たち。礼拝堂付きの聖職者たち。召使いたち。

さらに、王の私室付きのごますり全員。全員とはすなわち、

ハリー・ノリス

フランシス・ウェストン

ウィリアム・ブレレトン、等々。

しかしそれ以外では、ただの〝ヴィルトシャー〟という呼び名が、そっけなく用いられていて、それを使うのは、

ノーフォーク公。

サー・ニコラス・カルー（私室付きの）。サー・ニコラスは、エドワード・シーモアのいとこで、サー・フランシス・ブライアンの妹と結婚している。

ブライアン。ブーリン家の親戚だが、シーモア家の親戚でもある。

会計局長官のウィリアム・フィッツウィリアム。ブライアンとは友人だ。

彼はそのリストを見つめ、さらにふたりの高官の名をつけ加える。

エクセター侯ヘンリー・コートニー。

モンタギュー卿ヘンリー・ポール。

これらはイングランドの旧家で、古い血筋のため王位継承権を要求している。ブーリン家の主張の下で、われわれの誰よりも憤慨している。

彼はリストを記した紙をくるくると巻く。ノーフォーク、カルー、フィッツ、フランシス・ブラ

イアン。コートニー家、モンタギュー家とそれぞれの同類。そして、アンを嫌っているサフォーク。だが、これはひとそろいの名前にすぎない。そこから得るものはあまりない。この連中は必ずしも友人同士ではない。程度の差はあれ、前制度の支持者であって、ブーリン家の敵というだけだ。

彼は目を閉じる。腰をおろしたまま、静かに呼吸する。脳裏に一枚の絵があらわれる。堂々たる広間。そこへ彼がテーブルの設置を命じる。

架台式テーブルが召使いたちによって運び込まれる。

天板が固定される。

仕着せ姿の職員たちがクロスを広げ、ひっぱり、なめらかにする。王のテーブルクロスのように見事なもので、職員たちはラテン語の決まり文句をつぶやきながらうしろへさがって隅のほうまで確認する。

テーブルについてはこれぐらいにしておこう。次は、客たちが着席する場所だ。

召使いたちが、ハワード家の紋章が背に彫られた重い椅子を床の上でひく。ノーフォーク公のための席だ。トマス・ハワードが痩せた尻をそこへおろす。「わたしの食欲を刺激するために、なにを用意したんだ、クラム？」公爵が情けない声でたずねる。

椅子をもうひとつお持ちしろ、と彼は召使いたちに命じる。ノーフォーク閣下の右手に置け。

この椅子はエクセター侯ヘンリー・コートニーのためのものだ。コートニーが言う。「クロムウエル、妻がどうしてもくると言い張ってね！」

「ようこそいらっしゃいました、レディ・ガートルード」彼は一礼する。「どうぞおすわりください」この晩餐まで、彼は常にこの無分別でお節介な女を避けるよう努めてきた。だが今はうやうやしい表情をこしらえる。「レディ・メアリのご友人でしたら、どなたでも歓迎しますよ」

「メアリ王女ですよ」ガートルード・コートニーはぴしゃりと言う。

「おおせのままに、侯爵夫人」彼はためいきをつく。

「おや、ヘンリー・ポールじゃないか！」ノーフォークが叫ぶ。「わたしの晩餐を横取りする気か？」

「食べ物ならたっぷりございます。モンタギュー卿のためにもう一脚椅子をお持ちしろ。王家の血を引く方にふさわしい椅子をな」彼は命じる。

「われわれはそれを王座と呼ぶんだよ」モンタギューが言う。「ところで、母がきているんだ」

ソールズベリー女伯爵、レディ・マーガレット・ポール。一部からはイングランドの正当な女王と目されている。ヘンリー王はこのマーガレット・ポール、および彼女の一族とは賢明な関係を築いてきた。彼らを尊敬し、一目置き、親しく接してきた。効果があったとはいえない。いまだに彼らはチューダー家を王位強奪者と考えており、女伯爵は幼児期に家庭教師を務めたこともあってメアリ王女を好いている。メアリへの尊敬は彼女の母親が王族出身のキャサリンだからであって、父親のためではない。女伯爵はヘンリーをウェールズの牧畜者の末裔だと見なしている。

今、その女伯爵が、彼の頭の中で、椅子をきしませて席につく。彼女は周囲をじろじろと見まわす。「見事な広間だこと、クロムウェル」いらだたしげだ。

「悪行の産物さ」息子のモンタギュー卿が言う。

彼はふたたび一礼する。この時点では、どんな侮辱ものみこむつもりだ。

「さてと」ノーフォークが言う。「わたしの最初の料理はどこだ？」

「お待ちください、閣下」

彼は自分の席、テーブルの末席にある、つましい三本脚の腰掛けに腰をおろす。それから、自分より位が上の人々を見渡す。「まもなく料理が参ります。しかしまず、祈りを捧げましょうか」

彼はちらりと梁を見あげる。そこにあるのは、彫り込まれて彩色された死者の顔だ。モア、フィッシャー、枢機卿、キャサリン王妃。それらの下には、生きたイングランドの精粋。天井が落ちてこないように祈ろう。


こんな想像を働かせた翌日、彼、トマス・クロムウェルは現実の世界における自分の立場を明確にし、来客リストを増やす必要性を感じる。白昼夢は事実上の祝宴まではたどりつかなかったので、どんな料理を供するつもりだったのかは、不明である。なにかうまいものを料理しなければならない。さもないと、大物たちは席を蹴り、クロスを引きはがし、召使いたちを足蹴にして出ていくだろう。

さて。彼は今、シーモア家の面々とひそかに、率直に話しあっている。「王が現王妃との関係をつづけるかぎり、わたしも彼女との関係を維持する。だが、陛下がアンを拒んだら、わたしとしても考え直さなくてはならないでしょう」

「では、この件に関してあなた個人の利害はないというんですか？」エドワード・シーモアが疑わしげに言う。

「わたしは王の利益の代理人だよ、そのためにいる」

エドワードはそれ以上は突っ込めないと心得ている。「しかし……」彼は言う。アンはすぐに不幸から立ち直るだろうし、ヘンリーはふたたび彼女と寝ることができるだろうが、だからといって、ジェーンに寄せる王の関心が薄れるわけでないことははっきりしている。ゲームは変わったのだ。ジェーンの立場をあらためて考える必要がある。新たな目標がシーモアの目に光を与える。アンが再度男子を産みそこねたからには、ヘンリー王が再婚を望む見込みが出てきた。宮廷中がその噂でもちきりだ。アン・ブーリンの以前の成功が、それを想像することをゆるしている。

「あなたがたシーモア家としては、いたずらに期待しないほうがいいでしょう」彼は釘を刺す。「国王はアンと喧嘩と仲直りを繰り返しているが、いったん仲直りすると、彼女のためにずいぶんと尽くしておられる。おふたりはずっとそういうふうだった」

トム・シーモアが言う。「誰だって、ぽっちゃりしたひな鳥のほうが年をとって固くなっためんどりよりいいはずですよ。だいたい年をとっためんどりにどんな利点があるんですか?」

「だしが出るんだよ」彼は言うが、トムには聞こえないように、声を落とす。

シーモア家は喪に服しているが、王太子未亡人キャサリンのためではない。ジャージー州知事のアントニー・オートレッドが死に、ジェーンの妹エリザベスが未亡人になったのだ。

トム・シーモアが言う。「もし王がジェーンを愛人かなにかにしてくだされば、ベスのためによい縁談が見込めるはずだぞ」

エドワードがたしなめる。「目の前のことに集中しろよ」

溌剌とした若い未亡人は宮廷付きとなり、一族の目となり耳となっている。家族からはリジーと呼ばれているのだろうと彼は思っていたが、それは亡き夫が使っていた呼び名だったらしく、家族は彼女をベスと呼んでいる。理由はさだかではないが、彼は心なしほっとする。よその女たちに亡妻と同じ名を持ってほしくないと思うのは理不尽であり、彼らしくない。ベスは美人というほどではなく、姉より色黒だが、人目を惹きつける活力にあふれている。「ジェーンにやさしくしてあげてくださいな、秘書官様」ベスは言う。「姉は一部のひとたちが考えているような、つんけんした性格ではないんです。みんなはどうしてジェーンが話しかけてこないのかといぶかしんでいますけれど、それは単に、なにを言えばよいのか思いつかないからなんです」

「しかし、わたしには話しかけてくれる」

「ジェーンはひとの話をよく聞きます」

「女性としては魅力のある資質だ」

「誰の場合でも魅力のある資質です。そうじゃありません？　でもジェーンは他の女たちにくらべても、殿方が主導権を握ってくれるほうが好きなんです」

「それで、言われたとおりにするのかな？」

「そうともかぎりませんけど」ベスは笑う。指先が彼の手の甲をかすめる。「さあ、ジェーンがあなたの話を聞こうと待っていますわ」

イングランドの王に望まれるという栄誉に浴して、心を熱くしない乙女がどこにいよう？　ここにいる。ジェーンは家族よりもさらに深い黒をまとっているように思われる。故キャサリンの魂のために祈っていたのです、とジェーンは自分から言う。とはいっても、キャサリン様に祈りが必要というわけではありませんけれど。だって、どんな女性もまっすぐ天国へ行くのなら……

「ジェーン」エドワード・シーモアが言う。「今からおまえに警告するから注意深く聞いてもらいたい、わたしの言うことを心に留めるように。王の御前に出るときは、故キャサリンという女は存在しなかったかのようにふるまわねばならない。おまえの口から彼女の名前を聞いたら、陛下はその場でおまえに見向きもしなくなるだろう」

「なあ」トム・シーモアが言う。「ここにおいでのクロムウェル殿が知りたがっておられる、おまえはまことに、まったくの処女なのか？」

ジェーンに代わって彼のほうが赤面しそうだ。「処女でないとしても、ジェーン」彼は声をかける。「それはなんとかなる。しかし、今ここで、打ち明けてもらいたいのだ」

ジェーンのぼんやりとした淡い関心。「なにをですか？」

トム・シーモア。「ジェーン、いくらおまえだってこの質問の意味はわかるだろう」

「これまで誰にも求婚されたことがないというのは正しいかね？　婚約をしたり、結婚を了解したりしたことはないのか？」彼はじれったくなってくる。「好きになった男はひとりもいないのかな、ジェーン？」

「ウィリアム・ドーマーが好きでした。でも、彼はメアリ・シドニーと結婚したんです」ジェーンが薄青色の目をさっとあげる。「ふたりの結婚生活はひどくみじめだそうですわ」

「ドーマー家は、われわれじゃ物足りないと思ったんだ。だが、どうだ、今は」トムが胸をはる。「家族がきみを結婚させることにするまで、浮ついた経験がなかったというのは評価に値するんだよ、ジェーン。若い女性はえてして心のおもむくがままに行動し、悲惨な結末を迎えるものだからね」もっとはっきり言ったほうがいいという気がする。「男というのは、きみが愛しくて病気になりそうだ、と言うものなんだ。食べることも、眠ることもできない、とね。きみが手に入らないなら死んでしまうと訴える。ところが、身をまかせると、とたんに手のひらを返したようにまったく無関心になってしまう。翌週には、きみなど見たこともないようなふりをしてそばを通りすぎるんだよ」

「あなたもそういうことをなさったんですの、秘書官様？」ジェーンがたずねる。

彼はためらう。

「どうなんです？」トム・シーモアが聞く。「知りたいですね」

「そうだったかもしれないな。若い頃は。お兄さんたちでは口にしにくかろうと思って、わたしが言っているんだ。妹にそういうことを認めなければならないのは、男としては簡単ではないからね」

「だから、わかっただろう」エドワードがせきたてる。「おまえは王に身をまかせてはならない」

ジェーンは言う。「どうしてわたしがそんなことをしたがるの？」

「王の甘い言葉に――」エドワードが言いだす。

「王様の甘いなに？」

皇帝の大使は屋敷内にひきこもって、トマス・クロムウェルに会いに出てこようとしない。ピーターバラでとりおこなわれたキャサリンの葬儀へも、王妃としての埋葬ではないという理由で参列せず、そして今度は、喪に服さなければならないと言う。そこでやむなく、会談を実現させるための手筈が整えられる。大使がオースティン・フライアーズの教会でのミサから帰ってきたところへ、現在はチャンスリー・レーンの記録庁に居をかまえるトマス・クロムウェルが、オースティン・フライアーズの本宅でおこなわれている増築工事の検分にたまたま立ち寄った、という寸法だ。「大使じゃありませんか！」彼は叫ぶ。さもおどろいたように。

その日工事に使われる予定の煉瓦は、去年の夏、王がまだ西部諸州を巡幸していた頃に焼かれたものだ。煉瓦用の土が掘り出されたのはその前の冬、霜が土くれを分解していた頃、彼、クロムウェルがトマス・モアを分解しようと努めていた頃である。シャピュイがあらわれるのを待ちながら、彼は煉瓦職人の親方に、水が浸みこむのは絶対に困ると、延々と説教を垂れていた。今、シャピュイをかかえこむようにして、木挽きの騒音と舞い上がる木屑の届かぬところへ連れていく。ユスタスは質問で噴きこぼれんばかりだ。ひくつく腕の筋肉、衣服の織物のざわつきから、それが感じられる。「その、セマーとかいう娘だが……」

光がまったく射さない日で、空気は冷たく、しんとしている。「今日はカワカマス釣りにもってこいの日ですよ」彼は言う。

大使は懸命に失望をおさえこむ。「それならきみの召使いたちがきっと……いや、どうしてもその魚が食べたいなら……」

「おや、ユスタス、釣りの楽しみをごぞんじないようですね。こわがることはありませんよ、わたしが教えてさしあげましょう。頭上に枝がしなだれるぬかるんだ土手の上で、白く浮きあがる自分の息を見つめながら、ひとりで、あるいは気心の知れた友人とふたりで、明け方から夕暮れまで何時間も過ごすんです。あれほど健康によいものはありませんよ」

　大使の頭の中ではさまざまな考えがせめぎあっている。クロムウェルと何時間も過ごせば、そのあいだにクロムウェルは警戒心を解き、なんでもしゃべるかもしれない。だがその一方で、もしもわたしの膝がいうことをきかなくなり、駕籠で宮廷へ運んでもらわねばならなくなったら、わが皇帝陛下にとって、自分はなんの役に立つのか？　「その魚は夏には釣れんのかね？」大使はさしたる望みもなく、たずねる。

「あなたの命を危険にさらすわけにはいきませんからね。夏のカワカマスは釣り人を川へひきずりこむのです」シャピュイがかわいそうになる。「あなたのおっしゃるレディの名ですが、シーモアですよ。〝大使、もっとちょくちょくお目にかか《シーモア》りたいものですな〟というときのシーモアと同じです。もっとも、セマーと発音する年寄りもいますが」

「この国の言葉はさっぱりうまくならん」大使は不満を漏らす。「自分の名なら好きなように日によって変えてもよさそうなものだ。聞くところによると、シーモア家は古い家柄で、問題の女性もあまり若くないそうだな」

「王太子未亡人に仕えていたんですよ。彼女はキャサリンが好きでした。ですから、キャサリンの身にふりかかったことを悲しんでいました。レディ・メアリについても心を痛め、元気をお出しくださいという手紙を書き送ったそうです。王の寵愛が持続すれば、シーモア嬢の存在はメアリにはプラスに働くかもしれません」

「ふうむ」大使は懐疑的だ。「そういう話は聞いているよ。それに、ずいぶんとおとなしく、信心深い性格でもあるそうだな。だが、蜜の下には蠍《さそり》がひそんでいるのではないか？　セマー嬢に会ってみたい、手筈を整えてもらえないか？　会わなくてもいいんだ。ちらりと見るだけで」

「あなたがそれほど関心をお持ちとはおどろきました。陛下が現在の関係に終止符を打つとしたら、次に結婚しそうなフランスの王女にこそ関心がおありだと思っていましたよ」

それを聞いて、大使の身体は、恐怖の階段の上で金縛りにでもあったかのように固くなる。フランス王女より既知の悪魔のほうがまだまし、ということか？　新たな脅威、新たな協定、フランスとイングランド間に新たな同盟が結ばれるより、アン・ブーリンのほうがましというわけか？

「いいかげんにしてくれ！」大使の感情が爆発する。「クレムエル、そんなのはおとぎ話だと、きみがわたしに言ったではないか！　わが君主の友人だと言っておきながら、フランスとの結婚を容認するのではあるまいな？」

「落ち着いてください、大使、まあ、落ち着いて。陛下を意のままにできると言ったわけではありません。それに結局は、今の結婚をつづける決心をなさるかもしれないんですから。あるいは、そうでないとしても、独り身を貫かれるかもしれない」

「笑っているな！」大使は非難する。「クレムエル！　口を手で隠して笑っているではないか」

そのとおり。大工たち、道具をベルトにはさみこんだ荒くれたロンドンの職人たちが、ふたりを避けて遠巻きにする。彼は後悔しながら、言う。「期待はしないでください、王とアンがまた仲直りしたら、しばらくのあいだ彼女を非難した者は誰だろうとひどい目にあいますよ」

「きみの立場は変わらないんだな？　アンを支持するのだな？」一日中、実際に川の土手にいたかのように、大使は全身をこわばらせていた。「彼女はきみの信心仲間かもしれないが――」

「なんですって？」彼は目を丸くする。「わたしの信心仲間？　わが国王と同様、わたしは聖なるカトリック教会の忠実な僕《しもべ》ですよ。ただ、現在は教皇と交流がないだけのことです」

「別の言いかたをさせてくれ」天の助けを仰ぐように、シャピュイは目をすがめ、ロンドンの灰色の空を見あげる。「きみのアンとの絆は物質的なものであって、精神的なものではない、としよう。きみの今の地位は彼女からもらったものだ。それはわかっている」

「誤解しないでください。わたしはアンにはなんの借りもない。地位は他の誰でもない王から賜ったものです」

「きみは彼女を大事な友人と呼んだことがある。わたしはおぼえているよ」

「あなたのことだって大事な友人と呼んだことがありますよ。ちがうんですか？」

シャピュイは要点を整理する。「わたしがなにより望むのは、わたしの国ときみの国の平穏な関係なんだ。確執の数年を経てたどりつく和解ほど、大使の任に置ける成功を示すものはなかろう？　今、われわれはそのチャンスを目前にしているのだ」

「キャサリンがいなくなったから」

シャピュイは取り合わない。マントをさらにかきよせるだけだ。「王が愛人から得たものはなにもなかったし、これからもないだろう。ヨーロッパ諸国は彼の結婚を認めていない。彼女は異端者と友好関係を築こうとがんばったが、その異端者ですら、結婚を認めていない。現状の維持が、きみにとってどんな利益になるんだね？　王は不幸だ、議会はいらだっている、貴族は手に負えない、国全体があの女の主義主張に反発しているんだよ」

雨がゆっくりと降りだした。大粒の冷たい雨。この重大な時に神が邪魔を入れたといわんばかりに、シャピュイはふたたびいらいらと空を見あげる。もう一度大使をかかえこみ、でこぼこの地面を踏みしめて、濡れないところへひっぱっていく。張り出し屋根ができあがっていたので、そこへ行って、雨宿りしていた大工たちを追い払う。「ちょっとここを貸してくれないか、いいな？」シャピュイは火鉢のそばにしゃがみこみ、秘密を打ち明ける口調になる。「王は魔術について話しているそうじゃないか」とささやく。「まじないと見せかけの手管によって結婚させられたと言っている。きみには打ち明けていないようだが、聴罪司祭には話したのだ。もしもそれが事実なら、王が忘我状態で結婚したのだとしたら、自分は結婚などしていない、新しい妻を迎えることができる、と考えてもおかしくない」

彼は大使の肩のむこうを見つめている。見てください、と言う。ここがどうなるか。一年で、このじめじめと薄ら寒い空間がひとの暮らす部屋になるんですよ。彼の片手が張り出した上階と、曇りガラスの張り出し窓の輪郭をなぞる。

この工事に使われるものは——石灰と砂、オークの梁と特殊なセメント、鍬とスコップ、荷籠とロープ、頭の大きな鋲、仕上げ釘、屋根釘、鉛管。黄色いタイルと青いタイル、窓の錠、留め金、ボルト、蝶番、薔薇の形の鉄でできた扉の把手。金箔、絵の具、新しい部屋部屋を香りづけるための乳香二ポンド。労働者一人当たりの日当が六ペンス。そして夜間労働の蠟燭代。

「友よ」シャピュイが言う。「アンは必死になっているから、危険だ。彼女にやられる前にやったほうがいい。アンがウルジーをひきずりおろしたことを忘れるな」

彼の過去が焼け落ちた屋敷のように、まわりに横たわっている。建てて、建てて、建ててきたが、残骸を一掃するには何年もかかった。

記録庁に戻ると、息子が教育の次なる段階にそなえて、出発の荷造りをしている。「グレゴリー、聖女アンカンバーを知っているな？　役立たずの亭主を片付けるために、女たちは聖女アンカンバーに祈りを捧げるんだ、とおまえが言ったんだ。では聞くが、女房を片付けたいと思う男たちが祈りを捧げる聖人はいるのか？」

「いないと思うよ」グレゴリーはぎょっとしている。「女たちが祈るのは、他に手段がないからでしょう。男は聖職者に相談して、結婚が合法でない理由を見つければそれですむんだ。でなけりゃ、女房を追い払って、別宅にすまわせる金を払えばいい。ノーフォーク公が奥さんに払ってるようにね」

彼はうなずく。「実に助けになったよ、グレゴリー」

アン・ブーリンが王とともに聖マティアの祭りを祝うため、ホワイトホールにあらわれる。しばらくぶりに見た彼女は、面変わりしている。彼、トマス・クロムウェルが登場して難局を打開する前の実りなき数年間、ひたすら待ちつづけていたあの頃のように、痩せて、飢えた顔つきだ。当時のものおじしない活気は影をひそめ、尼僧にも似た、禁欲的で狭量な雰囲気があるが、尼僧の落ち着きは見られない。指先が腰帯の宝石をいじり、袖をひっぱり、たびたび喉元の宝石にふれる。

レディ・ロッチフォードが言う。「王妃になったら、戴冠の日のことを繰り返し思い返して楽しめるだろうと、彼女は思っていましたのよ。でも、忘れてしまったというんです。思い出そうとしても、まるで他の誰かの身に起きたことのようで、自分はその場にいないような気がするそうですわ。もちろん、わたしに言ったわけじゃありません。兄上のジョージにそう言ったんです」

王妃の部屋から報告が届く。ヘンリー王の娘メアリが生きているあいだ、アンが王に息子を授ける見込みはない、と女予言者が告げたという。

たいしたものだな、と彼は甥に言う。アンは攻撃に転じたんだ。まるで蛇だ、いつ襲いかかってくるかわからない。

常日頃から彼はアンを戦略家として高く評価していた。情熱的で衝動的な女性だと思ったことは一度もない。彼女のすることは、彼の場合とまったく同じ、ことごとく計算されている。ここ何年もしてきたことだが、彼はアンの光る目が慎重に作戦を展開していることに注目する。彼女をパニックに陥れることのできるものとはなんだろう?

王がうたっている。

わが切なる望みに、この手が届かんことを
わが願いは常に手元にあらん。
熱く求むるも甲斐なく
支配の力を持つはかの女なれば

そう王は考えているのか。いくら熱く求めても、ジェーンにはまるで効果がない。

しかし国事は足踏みするわけにいかず、前に進む。その内容は以下のとおり。ウェールズ人に議員権を与え、英語を裁判所の言語とし、ウェールズ境界地方の諸侯の権力を取り上げる。小規模修道院、すなわち、収益が年に二百ポンド以下の修道院を解体する。こうした修道院から入る歳入の新たな処理機関として、拡大裁判所を設立する。リチャード・リッチがその長官に就任する。

三月、議会は彼の新しい救貧法案を突き返す。金持ちが貧乏人になんらかの義務を負うという内容は、庶民院の理解を超えたものだった。毛織物貿易で財を成した者——イングランドのジェントルマンがそうであるように——が、土地を奪われた者、失業した労働者、畑のない種まき人になんらかの責任を負うべきだ、という提案は理解されなかった。イングランドには道が、砦が、港が、橋が必要だ。民には仕事が必要だ。地道な労働は国家の安定につながるのに、働かずにパンを乞う民がいるのは困ったことだ。ひとと仕事のふたつを結びつけることはできないだろうか？

だが議会は、仕事を創出するのが国の務めだということがわからない。そういう事柄は神の御手に託されるものであり、貧乏と職務怠慢は永遠なる秩序の一部ではないか？　何事にも時期というものがある。飢えるときと盗むとき。半年間ぶっとおしで雨が降り、田畑の穀物が腐っても、そこには必ずや神意がある。神はなすべきことをごぞんじだからだ。働こうとしない民の口にパンを押し込むために、金持ちや進取の気性に富む者が所得税を払うというのはどうかしている。飢饉は犯罪をあおるとクロムウェル秘書官は言うが、絞首人の数は足りているのだろう？

法令に賛意を示そうと、王みずからが庶民院に足を運ぶ。ヘンリーは国民に敬愛される民の父、群れを導く羊飼いになりたがっている。ところが、庶民院の面々は無表情に王を凝視し、ついに王は目をそらす。法案の残骸がひと山。「乞食に鞭打つ法になってしまいましたね」リチャード・リッチが言う。「貧乏人の味方ではなく敵だ」

「あらためて提案できる日もくるかもしれんぞ」ヘンリー王が言う。「もっとよい年にな。気を落とすでない、秘書官」

ということは。もっとよい年がくるということか？　彼は今後もあきらめることなく挑戦しつづけるつもりだ。いつか庶民院の連中の隙をついて法案を通過させ、貴族院にはかって、反対派をぎゃふんといわせてやる……議会とうまくやる方法はいくらでもあるのだ。しかし議員たちを地元の州へ蹴り帰すことができたらどんなにいいか、とよく思う。彼らがいなければ、さっさと物事を進めることができるからだ。彼は言う。「わたしが王なら、あれほどおとなしくはしていないだろうな。あいつらをふるえあがらせてやるのにな」

リチャード・リッチはこの議会の議長だ。リッチは神経質に言う。「王を怒らせないでください よ。モアの口癖をお忘れになったわけじゃないでしょう。〝ライオンが自分の強さを知っていたら、ライオンを支配するのはむずかしい〟」

「そうだったな。あのろくでもない偽善者が墓から送ってくるメッセージはおおいなる慰めだよ、〝がまぐち閣下〟。ほかにもこの状況について、なにか言ってきそうか？　そうなら、モアの首を娘から返してもらって、永遠に黙るまでホワイトホール中を蹴飛ばしてやるんだが」彼は噴き出す。「庶民院か。どうしようもない連中だ。頭がからっぽなんだ。自分のポケットより高尚なことは考えてもいない」

なお、庶民院の議員仲間が減収を心配していても、彼は自分の収入には楽観的だ。小規模修道院は解体される予定だが、免除を願い出てくるケースがある。そういう申請はすべて彼のもとへ持ち込まれ、必ず謝礼か年毎の金一封が添えられている。王は新しいすべての土地を自分名義で維持はせず、貸しに出すため、ほうぼうの荘園やら農場やら牧草地やらを借りようと、絶えず彼のもとへ申請書が送られてくる。そして各応募者が、一度かぎりの謝礼金や毎年の心づけといったちょっとしたものを同封してくるのだ。年毎の謝礼金はいずれグレゴリーに引き継がれるだろう。そうやって仕事はおこなわれてきた。袖の下、賄賂、注意をひくためのタイミングを心得た資金の移譲、あるいは収益をわけあうという約束。目下、業務は大繁盛である。今のところ、取引やら、金の申し出やらは膨大な量に達しており、丁重に断っている暇もないぐらいだ。イングランドに彼ほど猛烈に働いている人間はいない。トマス・クロムウェルのなにが評価されているかといえば、公正な取引をおこなう点だ。それから、いつでも金を貸してくれる点も。ウィリアム・フィッツウィリアムも、サー・ニコラス・カルーも、もう若くはないあの片目の自堕落なフランシス・ブライアンも、彼の世話になっている。

彼はサー・フランシスの裏をかき、彼を酔っぱらわせる。彼、クロムウェルはそう簡単には酔わない。若い頃、ドイツ人たちと酒を飲むことを学んだからだ。フランシス・ブライアンがジョージ・ブーリンと喧嘩をしてから、一年以上がたつ。フランシスは喧嘩の原因をろくにおぼえていないが、恨みだけは消えていない。足腰が立たなくなるまで、腕をふりまわして派手な喧嘩のたちまわりを再現してみせる。いとこのアンについて、フランシスは言う。「女について知りたいことは、誰しも同じ。売春婦か、淑女かってことだ。アンは聖母マリアみたいに扱ってもらいたがるが、その一方で、金をテーブルに置いたら、さっさと事をすませて出ていってもらいたがるんだ」

道徳的に堕落している連中の例にもれず、サー・フランシスは思い出したように信心深くなる。もう四旬節だ。「年に一度の懺悔週間ですな？」

フランシスは盲いた片目の眼帯をおしあげ、瘢痕組織をこする。むずがゆいんだ、と説明する。「いわずとしれたことだが」と言葉を継ぐ。「ワイアットは彼女と寝た」

彼、トマス・クロムウェルはその先を待つ。

ところが、フランシスはいきなりテーブルに突っ伏し、いびきをかきはじめる。

「〝地獄の代理人〟か」考えこむようにひとりごちたあと、彼は家来を呼び入れる。「サー・フランシスを自宅へ送り届けてくれ。だが、温かくくるんでやってくれよ。そのうち彼の宣誓証言が必要になるかもしれん」

アンのため、テーブルにいくらぐらい置くべきだろうか、と思案する。彼女を手に入れるために、ヘンリーは名誉と心の平穏を犠牲にした。彼、クロムウェルにとって、彼女はもうひとりの商売人にすぎない。彼女の商品の見せ方には感心させられる。個人的には買いたいとは思わないが、客はいくらでもいるだろう。

エドワード・シーモアは晴れて王の私室付きとなる。顕著な寵愛のしるしだ。そして王は彼に言う。「レイフ・サドラーを宮内官に加えようと思う。ジェントルマンの生まれであるし、若い者が近くにいると気分が晴れ晴れする。そのほうの助けにもなるであろう、クロムウェル？　ただし、余の鼻先に書類を突き出すのは勘弁してもらいたい」

レイフの妻ヘレンはこの知らせを聞くとわっと泣き出す。「宮廷へ行ってしまうんですね。一度に何週間も」

彼はブリック・プレースの客間にヘレンとすわり、できるだけのことをして、彼女をなぐさめる。「これがレイフの身に起きた最良のことだというのは、わかっているんです」ヘレンは言う。「泣くなんて、ばかですわ。でも、あのひとと離ればなれになるなんて、耐えられません。帰りが遅くなるだけで、下男を迎えに出すほどなんですから。生きているすべての夜を同じ屋根の下にいられたら、どんなにいいか」

「レイフは幸運なやつだな」彼は言う。「陛下に気に入られたことだけをいっているんじゃないよ。

きみたちはふたりとも幸運だ。そこまで愛しあっているとは」

ヘンリーはキャサリンと睦まじかった頃、よく歌をうたったものだった。

誰も傷つけぬ、よこしまなことはせぬ、
結婚ののちも一途の愛を捧げん

レイフが言う。「常に国王のそばにいるためには、鋼の神経が必要ですね」

「鋼の神経なら持っているじゃないか、レイフ」

レイフに助言を与えることならできる。『ヘンリーという名の本』からの抜粋だ。幼い頃からその人柄のよさと眉目秀麗を称賛されてきたヘンリーは、世界中が自分の友人であり、誰もが自分の幸福を願っているのだ、と信じて成長した。だから苦しみ、遅滞、失望、不運の一撃は、彼にとってことごとくゆるしがたい侮辱に思える。つまらない、不快だと思った活動はおもしろくすべく努力を惜しまず、その糸口が見つからないときは、それを避ける。ヘンリーにとっては、それが道理にかなった自然なことらしい。ヘンリーは自分のために、顧問官たちに脳みそをしぼらせている。ヘンリーが腹をたてたら、それはたぶん顧問官たちの責任になる。彼らはヘンリーを妨げたり、怒らせたりしてはならないのだから。ヘンリーは「いいえ、しかし……」と言う人間を好まない。「はい、ですから……」と言ってもらいたがる。悲観的で疑い深い者、ヘンリーのすばらしい計画を、口をへの字にして書類の余白で計算しながら、金がかかりすぎると却下する者は嫌われる。だから、算盤をはじくなら、誰からも見られる心配のない頭の中でやることだ。ヘンリーに整合性を期待してはならない。彼は顧問官のひそかな意見や欲求を理解しているつもりでいる反面、顧問官たちが自分を理解することはできないと考えている。自分の発案でない計画、もしくは発案でないように見える計画にはことごとく疑いの目をむける。ヘンリーと議論するのはかまわないが、そのやりかたと、タイミングについては用心しなければならない。最重要な点以外はなるべく譲歩したほうがいいし、指導や指示が必要なのは自分であるふりをするほうが、最初から頑として意見を曲げず、こやつは自分のほうが余よりも頭がよいと思っているのではないかとヘンリーに思わせるより賢明だ。議論をするさいは柔軟性を失わず、逃げ道をつくってあげることだ。追いつめたり、追い込んだりはもってのほかだ。ヘンリーの気分が他人に左右されやすいことを肝に銘じること。最後にヘンリーが自分と会ったあとで、誰と一緒だったかを考慮すべし。ヘンリーは権力についての助言を受けることより、正しいと言われることが好きだ。ヘンリーは絶対まちがわない。ヘンリーのために他人がまちがいを犯すか、偽の情報でヘンリーをあざむくかのいずれかだ。神から見ても人間の目から見ても、りっぱにふるまっていると言われたがる。「クロムウェル」とヘンリーは言う。「われわれがなにを試すべきか知っているか？　クロムウェル、余の名誉に傷がつきはしないだろうか、もしも余が……？　クロムウェル、余の敵が混乱しないだろうか、もしも余が……？」こうした発言は、実はすべて、先週こちらがヘンリーに植え付けた考えだ。気にしてはならない。名声を求めるな。行動するのみ。

だが、こうした事柄を今さら学ぶ必要はない。レイフは生まれてこのかたずっと、このために訓練されてきたからだ。ひょろりとした若者で、競技者とはほど遠く、槍の練習をしたことも馬上試合に出たこともなく、きまぐれな突風が吹けば鞍からころげ落ちかねない。しかし、大事なことは心得ている。いかにして観察するか。いかにして耳を傾けるか。いかにして暗号化した手紙を送るか。あまりに目立たなすぎて、そこに情報があるとは思えないような手紙。その意味は地面に大書されているのかと思うほど明白なのに、見かけは天使たちによって運ばれてくるのかと思うほど脆くて壊れそうな一片の情報。レイフは自分の主人を知っている。ヘンリー王が主人だ。だがクロムウェルは、レイフの父であり、友人である。

王とともに浮かれ騒ぎ、冗談をわかちあうこともできる。だが、トマス・モアが言っていたように、それは飼い馴らされたライオンと遊ぶのに似ている。ライオンのたてがみをくしゃくしゃに乱し、耳をひっぱりながらも、絶えず、その鋭い爪、爪、爪を考えている。

ヘンリー王の新しい教会で迎える四旬節は、ローマ教皇のもとにいたときと同様、じめじめとして寒い。みじめな、肉抜きの日々はひとの気持ちをとげとげしくする。ジェーンについてしゃべるとき、王は涙ぐみ、目をしばたたかせる。「あのちいさな手、彼女のちいさな手は、まるで子供の手だよ、クラム。彼女には狡猾さがまるでない。そして、さっぱり口をきかぬ。なにか言ったとしても、それを聞き取るためには、余は首を曲げねばならぬ。沈黙が訪れると、余の心臓の音が聞こえる。あのささやかな刺繡をほどこしたちいさな絹布、かつての賛美者が贈ったのであろう布で、彼女がこしらえたカワセミ色の袖、彼女に恋をしたどこかの哀れな若者が贈ったらしいが……彼女はけっして屈服しなかったのだ。あのちいさな袖、小粒な真珠の首飾り……あれはなにも持っておらん……なにも期待しておらん……」とうとう一粒の涙が目からあふれでて、頬をつたい、白髪まじりのショウガ色のひげの中に入りこむ。

ジェーンを王がどう語っているかに注目だ。この上なくつつましい、この上なく内気。クランマー大司教ですら、その人物描写が現王妃とは正反対であることを認めなければならない。新世界の富のすべてを積み上げても、アンを満足させることはできないが、ジェーンは微笑みひとつに感謝する。

ジェーンに手紙を書くつもりだ、と王が言う。財布を送るつもりだよ。王妃の部屋を出された今、自分のために金が必要になるだろう。

紙と鵞ペンが王の手元に運ばれる。王は腰をおろし、ためいきを漏らし、手紙に取りかかる。王の筆跡は角張っている。子供の頃、母親から習った書き方だ。スピードはさっぱりあがらない。一生懸命になればなるほど、文字がうまく書けないようだ。王が哀れになる。「陛下、口述なさいますか？　わたしが書き取りましょう」

彼が王に変わって恋文をしたためたことは何度もある。君主のうつむいた頭ごしに、クランマーが目をあげて、彼の目をとらえる。非難に満ちた目つき。

「ちょっと見てくれ」王はそれをクランマーには差し出さない。「余が彼女を求めていることを、ジェーンはわかってくれるであろうな、え？」

彼は読みながら、乙女の立場に立とうとする。目をあげて、言う。「大変上品に表現なさっておいでです、陛下。ただ、ジェーンはずいぶんと純真ですよ」
王は手紙を取り返すと、強い表現をいくつかつけ加える。

三月の終わり。怯えきったシーモア嬢が、秘書官との話しあいを求める。面談をととのえるのはサー・ニコラス・カルーだが、サー・ニコラス自身はまだかかわりあいになる準備ができておらず、同席しない。ジェーンの未亡人の妹が付き添っている。ベスは探るような目を彼にむけたあと、その明るい目を伏せる。

「むずかしくて」ジェーンが言う。取り乱した様子で、彼を見る。それだけが彼女の言いたいことかもしれない、と彼は思う。むずかしくて。

ジェーンは言う。「無理です……どうしても、たとえそう命じられても、陛下が陛下であることを忘れるなんて、一瞬だってできません。〝ジェーン、余はそなたのつましい求婚者にすぎぬ〟と、おっしゃればおっしゃるほど、陛下はつましくなくなります。それに、いつも思っているんです、陛下がしゃべるのをやめ、わたしがなにか言わなくてはいけなくなったら、どうしようと。まるで、上向きに刺さった針でいっぱいの針山に立っているような気分です。今に慣れてくる、次はもっとよくなる、と思っていますけれど、陛下がそばにおいでになって、〝ジェーン、ジェーン……〟とおっしゃると、火傷した猫みたいになってしまいます。でも、火傷した猫をごらんになったことありまして、秘書官様？　わたしはありません。でも、思うんです、今から陛下をこれほどこわがるようでは――」

「王は人々からこわがってもらいたいんだよ」その言葉には一片の真実がある。しかしジェーンは自分の悩み事で頭がいっぱいで、彼の言葉など聞こえていない。

「――今でもこわいのに、毎日陛下にお会いしたらどんな気持ちでしょう？」ジェーンは言葉を切る。「ああ、あなたならごぞんじですわね。ほとんど毎日陛下に会っていらっしゃるんですから、秘書官様。でも。同じではありませんわね」

「そう、同じではない」彼は言う。

ベスが同情して、視線をあげ、姉を見るのに彼は気づく。「でも、クロムウェル様」ベスが口を開く。「いつも議会の法案やら、大使への文書やら、歳入やら、ウェールズやら、それに修道士、海賊、反逆の計画、聖書、誓い、信用、被後見人、賃貸借、毛織物の価格、それから、死者のために祈るべきかどうか、そんな話ばかりのはずがありませんわ。ときには他の話題もあるのでしょう？」

彼の職務状況をまとめてみせたベスに、彼はびっくりする。まるで、彼の日々の生活を理解しているかのようだ。彼女の手をつかみ、結婚してくれるかと聞きたい衝動にかられる。仮にベッドでうまくいかなかったとしても、ベスには、彼のかかえる事務員の大半にはない、物事を要約する才能があるようだ。

「そうですの？」ジェーンがたずねる。「ありますの？　他の話題が？」

とっさに思いつかずに、両手の間でやわらかな帽子を押しつぶす。「馬の話かな。陛下は商売や同業組合といった、単純な事柄を知りたがるんだよ。若い頃、わたしは馬に蹄鉄をはかせることを学んだが、陛下はそれについても知りたがった。どういう蹄鉄がよいのかと。おかかえの鍛冶屋を内緒の知識でびっくりさせることができるからね。大司教もまた、手に入るならどんな馬も乗りこなす方だよ。内気な人物だが、馬には好かれる。若い時に馬を御することを学んだからだろうね。大司教が神や人間にうんざりしているときは、王と一緒にこうした話をするんだ」

「それから？」ベスが聞く。「みなさん、何時間もご一緒なんでしょう」

「犬の話もする。狩猟犬のしつけや美点について。砦の話。砦の建設。大砲。その射程距離。大砲の鋳造技術。いやはや」片手を髪につっこみ、うしろへなであげる。「みなでケントの森林地帯へ出かけ、鉄器職人に会ったり、その仕事を見学したり、大砲の新しい鋳造法を提案したりしようと、ときどき言い合うんだよ。だが、一度も実行したことはないな。いつもなにかしら邪魔が入る」

彼は無性に悲しくなる。突然、悲嘆の中へ突っ込まれたような気分だ。それと同時に感じるのは、誰かがこの部屋に羽根布団を持ってきたら（まずありえないが）ベスをその上へほうりなげて、事におよんでしまいそうだということだ。

「わかりました」ジェーンの口調はあきらめぎみだ。「わたしの命を救ってくれる大砲を見つけることはできそうにありません。お手間を取らせて申し訳ありませんでした、秘書官様。ウェールズに戻られたほうがよろしいですわ」

彼女のいわんとすることはあきらかだ。

翌日、王の恋文が、ずっしり重い財布とともに、ジェーンのもとへ届けられる。目撃者を意識しての演出である。「この財布はお返ししなければなりません」ジェーンは言う（だが、そう言う前に、ちいさな手のひらでその重みをはかり、やさしくなでた）。「もしも金子《きんす》を贈ってやろうと陛下がお考えなら、わたしが名誉ある結婚をするときに、改めて贈ってくださいとお願いしなければなりません」

王の手紙を受け取ったあと、開封はしないほうがいいとジェーンはきっぱり言う。なぜなら、陛下の勇敢で、情熱的なお気持ちはよくわかっているから。自分にあるのは、女としての誇りと、純潔だけであるから。だから——ええ、本当に——封は切らないほうがいいんです。

そして、使者に手紙を返す前に、ジェーンは両手に手紙を持ち、封の上に慎み深く口づける。

「口づけしたって！」トム・シーモアが叫ぶ。「いったいどこからそんな才覚が湧いてでたんだ？最初は王の国璽。次は」にやりと笑う。「さだめし王の笏だぞ！」

おおはしゃぎで、トムは兄エドワードの帽子をはたき落とす。トム・シーモアはかれこれ二十年間このおふざけをやっていて、エドワードは一度もおもしろがったことがないのだが、このときばかりは、目尻を下げる。

ジェーンから手紙を返された王は、使者の話をじっと聞き、顔を輝かせる。「手紙を送ったのはまちがっていたようだな。ここにいるクロムウェルがジェーンの純真と美徳について話してくれたが、それにはれっきとした理由があったようだ。これから先は、ジェーンの誇りを傷つけるようなことは一切すまい。そして、彼女に話しかけるのは、彼女の家族が同席しているときだけにしよう」

エドワード・シーモアの妻が宮廷にあがるようになれば、シーモア家は水入らずで集まれるようになり、王はジェーンの慎み深さを尊重しつつ、彼らと夕食を共にすることができるだろう。エドワードは宮殿内に部屋を持つべきではないでしょうか？　グリニッジ宮殿にあるわたしの部屋と、彼はヘンリーに打診する。じかに陛下のお部屋とつながっているあの部屋はいかがかと。わたしが出て、代わりにシーモアを入れてはどうでしょうか？　ヘンリーが彼にむかって晴れやかにほほえむ。

彼はウルフ・ホール訪問以来、シーモア兄弟をつぶさに観察してきた。今後は彼らと仕事をしなければならなくなる。ヘンリーの女たちのうしろには一族郎党がついている。彼は森の葉陰で王の花嫁を見つけるわけではない。エドワードはまじめで謹厳だが、自分の考えは率直に打ち明ける。トムは締まり屋だ、と彼は見ている。締まり屋で、狡猾で、にこやかな見てくれの陰でせわしなく脳みそを働かせている。もっとも、最強の脳ではない。トム・シーモアがおれに面倒をかけることはなさそうだ、と彼は考える。そしてエドワードは、おれの思いどおりに動いてくれるだろう。彼の思考はすでに今後へと、王がその意向を示す時へと移っている。グレゴリーと皇帝の大使が今後の道をほのめかしていた。シャピュイはこう言った。「真の妻との二十年を無効にできるなら、あの愛人から自由になる理由をきみが見つけるのはむずかしくはないはずだ。そもそも、あれがまともな結婚だとは誰も思っていない。王にイエスと言うために雇われている連中以外は」

しかし彼は大使の言う〝誰も〟について、考える。皇帝の宮廷では、〝誰も〟と言ってもかまわないだろうが、全イングランドはあの結婚を認めたのだ。たとえ王が命じたとしても、それを合法的に取り消すのは簡単ではない、と彼は甥のリチャードに言う。われわれはすこし様子を見よう。誰のところへも行かず、むこうからこさせるのだ。

彼は一五二四年以来ブーリン家に付与されている下賜金の文書作成を求める。「王が要求した場合のために、そういうものを手元に用意しておくほうがいいだろう」

なにも取り上げるつもりはない。むしろ、ブーリン家の財産を増やすのだ。彼らの自尊心をくすぐるのだ。彼らの冗談に笑うのだ。

ただし、なにを笑うかには要注意である。王おかかえの道化師セクストンは、アンについて冗談を飛ばし、アンを淫蕩と表現した。職業上ゆるされると高をくくっていたのだろうが、ヘンリーは広間のむこうからつかつかと近づいていくと、セクストンを殴りつけ、頭を羽目板にたたきつけ、宮廷から追放した。ニコラス・カルーが憐れんで、かくまってやったそうな。

アントニーはセクストンの境遇を気にしている。道化は仲間の転落話を聞きたがらない。とりわけ、アントニーが言うには、その道化に先見の明がある場合は。なるほどな、おまえは厨房の噂話をずっと聞いているわけだ、と彼が言うと、道化は言う。「ヘンリーは真実を追い出して、セクストンもそれと一緒に追い出しちまったんですよ。だけど、近頃になって、真実がかんぬきをかけた扉の下や、煙突からしみ出してきた。いつか王は降参して、真実に炉端に立ってもよいと許可するでしょうて」

ウィリアム・フィッツウィリアムが記録庁へやってきて、話をする。「それで、王妃のご様子は、クラム？　シーモア一家と食事をしていても、まだきみは彼女の完璧な友人なのか？」

彼は微笑する。

フィッツウィリアムははじかれたように立ちあがると、大急ぎでドアをあけ、誰も潜んでいないことを確かめてから、ふたたび腰をおろして話をつづける。「ふりかえって考えてみろ。このブーリンへの求婚、このブーリンとの結婚。一人前の男たちの目に王はどう映った？　自分の楽しみしか追求しない人間。要は、子供だよ。ひとりの女にうつつを抜かし、とりこになったが、結局のところ、その女もその他大勢とまったく同じだ——男らしくない、とささやくむきもあるんだ」

「そうなのか？　けしからんな。男として失格だという中傷は聞き捨てならん」

「男たるものは」——フィッツウィリアムはその言葉に力をこめる——「男たるものは、自分の情熱を支配できねばならない。ヘンリーの意志の力はたいしたものだが、知恵はあってなきがごとしだ。それがいけない。あの女が彼に害を与えている。それは今後もつづく」

フィッツウィリアムは彼女の名前を口にする気がないようだ。アンナ・ボレナとも、ラ・アナとも、愛人とも言わない。彼女が王に害を与えているなら、彼女を追い出すのがよきイングランド人の取るべき道ということか？　その可能性が、接近はしたが未踏のまま、ふたりのあいだに横たわる。現王妃とその継嗣たちを批判するのは、いうまでもなく反逆罪である。同じことをしても、王だけが罪を免れるのは、王はみずからの利益を侵害できないためだ。彼はフィッツウィリアムにそう念を押したうえで、つけ加える。たとえヘンリーが彼女を批判しても、引っぱられるな。

「しかし、われわれが王妃に求めるものとはなんだ？」フィッツウィリアムは問いつめる。「王妃には、女があたりまえに持っている徳のすべてが備わっていなければならない。しかも、それは通り一遍のレベルであってはならない。王妃というのは、女の手本となるべき存在なのだから、普通の女以上に慎ましく、謙虚で、控えめで、従順でなければならない。アン・ブーリンに、このうちのひとつでも備わっているのか、と疑っている連中がいるのだ」

彼は会計局長官を見る。つづけて、というように。

「率直に言おう、クロムウェル」フィッツは（あらためてドアを調べたのち）言葉を継ぐ。「王妃は穏やかで慈悲深くあるべきだ。王を慈悲の心へと導くべきなんだ——非情へと駆り立てるのではなく」

「なにか特定の例があるのか？」

フィッツは若い頃ウルジーの所帯にいた。アンが枢機卿の失墜にどんな役割を演じたかは誰も知らない。彼女の手は袖に隠されていた。ウルジーはアンからの慈悲が望めないことを知っていたし、事実、慈悲は得られなかった。だが、フィッツの頭にあったのは枢機卿のことではないようだ。

「わたしはトマス・モアを支持しなかった。国事においては、彼は自分で思っていたような才人ではなかったからね。モアは王をゆさぶり、王を支配できると考えていた。まだ若く、ひとのいい君主だから、自分が導いてやれると思っていた。だがヘンリーは王であり、従うべきはモアのほうだった」

「確かに、それで？」

「だが、モアには別の最期もあっただろうに、と思うんだ。学者で、大法官でもあった人物を、雨の中へひきずりだし、首を刎ねるというのは……」

彼は言う。「実は、わたしはときどきモアがいないことを忘れてしまうんだ。ちょっとしたニュースがあると、つい、モアはこれにどう反応するだろうと考える」

フィッツがすばやく目をあげる。「彼に話しかけているのではないだろうね？」

彼は笑う。「助言を求めてモアのところへ行ったりはしないさ」だが、もちろん枢機卿には相談している。短い数時間の眠りの中で。

フィッツは言う。「トマス・モアがアンの戴冠式に参列しなかった時点で、彼女からの慈悲はなくなった。もしもアンが彼の反逆罪を証明できていたら、彼女は実際より一年早くモアの死を見届けていただろう」

「しかしモアは抜け目のない法律家だったんだよ。人一倍抜け目がなかった」

「メアリ王女——レディ・メアリといったほうがいいか——彼女は法律家でもなんでもない。友達すらいない娘だ」

「いやいや、いとこの皇帝は彼女の友と考えていい。しかも、友としてはきわめて上等でもある」

フィッツはいらだつ。「皇帝は別の国でまつりあげられている偉大な偶像にすぎない。メアリには、日を追うごとに、より身近な擁護者が必要になっているんだ。彼女の利益を守る人間が必要なんだよ。こういうことはもうやめないか、クラム——こういう、核心を避けて踊るようなことは」

「メアリに必要なのは、息をしつづけることだけだよ。それから、核心を避けていると非難されることは、わたしはめったにないんだがな」

フィッツウィリアムは席を立つ。「さて、もう行くよ。賢者は一言で足りるというからな」

イングランドはなにかおかしい、それを正さねばならないという気がする。おかしいのは法律でも、習慣でもない。もっと根深いなにかだ。

フィッツウィリアムは部屋を出るが、すぐに戻ってきて、唐突に言う。「次がシーモア老の娘なら、自分の家柄のほうがひきたてられるべきだと考える輩のあいだに、嫉妬が渦巻くことだろう——しかし、なんといっても、シーモア家は由緒ある一族だし、王が彼女に手を焼くことはない。というのは、犬のように彼女のあとを追いかける男たちは——いや……彼女を、シーモアの娘を見ればわかる。これまで彼女のスカートをめくった者がいないのはあきらかだよ」今度こそフィッツウィリアムは出ていくが、クロムウェルに敬礼の真似事をしてみせる。これみよがしに帽子に手をあてて。


サー・ニコラス・カルーが会いにくる。ひげの一本一本が陰謀に逆立っている。彼は、騎士がすわりながらウインクしてみせるのではないかと半ば本気で思う。

カルーはおどろくほどぶしつけに要点に入る。「われわれはあの愛人を失脚させたい。きみがそれを望んでいることはわかっている」

「われわれ？」

カルーは逆立つ眉の下から、彼を見つめる。一本しかなかった石弓の矢を放ってしまい、友か敵を、あるいは単に夜を過ごす場所をさがして歩いている男のように。カルーは重々しく旗幟をあきらかにする。「わが国の由緒ある貴族階級の大多数がこれに関与しているのだ。さらに、その栄えある親族の大部分、そして……」クロムウェルの顔を見て、カルーは急ぎつづける。「王座にごく近い人々もだ。故エドワード王の血を引く人々、すなわち、エクセター侯、コートニー一家、モンタギュー卿とその弟ジェフリー・ポール、レディ・マーガレット・ポール。彼女は知ってのとおり、メアリ王女の養育係だった」

彼はカルーの目をとらえる。「レディ・メアリ、です」

「そう呼ばねば気がすまないなら、きみはそう呼べばいい。われわれは彼女を王女と呼んでいる」

彼はうなずく。「つづけてください」

「わたしは今、名をあげた人々の代弁者だよ。きみも気づいているだろうが、イングランドの大多数は王が彼女から自由になれば、歓喜するだろう」

「イングランドの大多数は彼女のことなど知らないし、気にもかけていないと思いますよ」当然ながら、カルーがいわんとするのは、彼のイングランドの大多数、名家の血を引くイングランドのことだ。サー・ニコラスにとって、他の国は存在しない。

彼は言う。「エクセター侯の奥方、ガートルードはこの件で活発に動いているのでしょうね」

「彼女は」カルーは極秘情報でも打ち明けるように、身を乗り出す。「メアリとずっと連絡を取り合っている」

「知っています」彼はためいきをつく。

「彼女たちの手紙を読んだのか？」

「わたしはみなの手紙に目を通します」あんたのも含めてな。「しかしですね、これは王自身にたいする陰謀のにおいがしますよ、ちがいますか？」

「そんなことはない。王の名誉が、この中心にはあるのだ」

彼はうなずく。おっしゃるとおり。「だから？　わたしになにをお求めです？」

「われわれの仲間になれと求めている。われわれはシーモアの娘が王妃になってくれれば満足だ。あの娘はわたしの親族であるし、真の宗教の支持で知られている。われわれは彼女がヘンリーをローマに連れ戻してくれると信じているのだ」

「重大な目標ですな」彼はつぶやく。

サー・ニコラスは前のめりになる。「ここにわれわれのかかえる難問がある、クロムウェル。きみがルター派ということだ」

彼は上着に手をふれる。心臓のあたりを。「とんでもありません。わたしは金貸しです。ルターは利子つきで金を貸す者は地獄に落ちると断じています。わたしが彼の肩を持つと思いますか？」

サー・ニコラスは本気で笑う。「それは知らなかった。金を貸してくれるクロムウェルがいなかったら、われわれはどうなるだろうな？」

「アン・ブーリンはどうなるのです？」

「わからない。修道院送りというところか？」

こうして駆け引きは締結され、封印される。彼、クロムウェルは由緒ある一族を、真の信徒を支援することになる。のちに新たな政治体制が誕生したら、彼らは彼の尽力を評価し、彼の地位をひきつづき守ってくれることになる。今回の彼の熱意が、過去三年間の、場合によっては罰を受けてしかるべき冒瀆的言動を彼らに忘れさせてくれるかもしれない。

「あとひとつだけ、クロムウェル」カルーがたちあがる。「次はわたしを待たせるな。きみのような男が、わたしのような人物を控えの間で長々と待たせるのは失敬だ」

「ああ、ではあれはお待ちになっているあいだにたてた音でしたか？」カルーは詰め物でふくらんだサテンを着ているが、彼が思い浮かべるカルーは常に甲冑姿である。といっても、戦うときに着用するようなものではなく、友達を感心させるためにイタリアから取り寄せるたぐいの品だ。長く待たされると、静かにしていられないのだろう。カチャカチャ、ガチャン。彼は視線をあげる。

「そんなつもりはさらさらありませんでした、サー・ニコラス。今後はさっさといたしましょう。わたしのことはいつでも戦いに臨む、あなたの右腕と考えてください」

これなら、カルーにも理解できそうな大言壮語である。


今、フィッツウィリアムはカルーと話しあっている。カルーは、フランシス・ブライアンの姉である自分の妻と話しあっている。カルーの妻は口頭で、もしくは手紙で、メアリに彼女の今後の展望が時間を追うごとに改善していること、ラ・アナは王妃の地位を追われる見通しであることを、伝えている。すくなくとも、それはメアリをしばらくおとなしくさせておくひとつの方法だ。彼としては、アンが新たな敵対行為に乗り出したという噂をメアリの耳に入れたくない。それを知ったら、メアリは恐慌をきたして脱出を図る可能性がある。噂によると、メアリは種々の滑稽な計画を立てている。周囲のブーリン家の女たちに薬を飲ませ、夜陰に乗じて馬を駆って去る、とか。彼はシャピュイに、むろん遠回しにだが、もしもメアリが逃げ出すようなことがあれば、ヘンリーはその責任はシャピュイにあると考えるだろう、と警告した。シャピュイの外交官としての立場も、保護されなくなるだろう、と。よくて、シャピュイは道化のセクストンのように、宮廷から蹴り出されるだろうし、最悪の場合は、二度と故郷の海岸を見られなくなるかもしれない。

フランシス・ブライアンはウルフ・ホールのシーモア家に宮廷の情報を流している。フィッツウィリアムとカルーはエクセター侯、およびその妻ガートルードと話しあっている。ガートルードが食事をしながら話しかける相手は、神聖ローマ帝国大使と、あろうことか教皇派でこの四年間反逆罪の瀬戸際にあったポール一族だ。フランス大使には誰も話しかけない。だが、全員が彼、トマス・クロムウェルに話しかけている。

要約すると、彼の新しい友人たちは、こう質問しているのだ――ヘンリーがスペイン王の息女だった妻を退けることができたなら、結婚の文書に欠陥を見つけ、ブーリンの娘に年金でも与えてどこか田舎の家へ放逐することもできるのではないか？　二十年の結婚生活ののち、ヘンリーがキャサリンを捨てたことは、全ヨーロッパを怒らせた。アンとの結婚はこの王国をのぞいてはどこであれ認められていないし、しかも三年ともたなかった。ヘンリーはアンとの結婚を愚行だったとして取り消すことができるはずだ。結局のところ、ヘンリーにはそれを可能にする彼自身の教会があり、大司教がいるのだから。

彼は脳内で招待のリハーサルをする。「サー・ニコラス？　サー・ウィリアム？　わが陋屋《ろうおく》へ食事にいらっしゃいませんか？」

本気でたずねるつもりはない。そんなことをすれば、たちまち噂が王妃に伝わるだろう。合図めいた目配せ、うなずき、ウインクでも危ない。しかし、ふたたび彼は脳内でテーブルをセットする。上席にはノーフォーク。モンタギュー卿とその聖人のような母親。コートニーとそのいまいましい妻。彼らのうしろにすべりこむのは、われらが友ムッシュウ・シャピュイ。「えい、くそ」ノーフォークが仏頂面で言う。「フランス語をしゃべらねばならんのか？」

「わたしが通訳しましょう」彼は申し出る。だが、騒々しく入ってくるのは誰だ？

〝破れ鍋公〟だ。「ようこそ、サフォーク公」彼は言う。「おすわりください。その立派なひげにパン屑をつけないようご用心を」

「パン屑があるとしてだ」ノーフォークは腹をすかせている。

マーガレット・ポールが冷ややかな視線で彼を貫く。「テーブルはセットされているわ。席もすべて用意されています。でもナプキンがありませんよ」

「おゆるしを」彼は召使いを呼ぶ。「手が汚れては困りますからね」

マーガレット・ポールはナプキンをふって広げる。そこに印されているのは死んだキャサリンの顔だ。

表の酒類貯蔵室の方角から、大声がする。早くも酔いのまわったフランシス・ブライアンが千鳥足で入ってくる。「良き友との娯楽……」うたいながら、彼の席に騒々しくぶつかる。

そこで彼、クロムウェルは召使いに顎で合図する。予備の腰掛けが持ってこられる。「なんとかテーブルの周囲に押し込め」

カルーとフィッツウィリアムが入ってくる。にこりともせず、会釈もぬきで、ふたりは席につく。うまいものを食べにやってきたのだ。その手にはもうナイフが握られている。

彼は客たちを見まわす。すべて準備が整った。ラテン語の祈り。彼が普段選ぶのは英語だが、客に合わせる。客たちは教皇絶対主義者風に、これみよがしに十字を切る。期待をこめて、彼を見る。

彼は給仕たちに大声をかける。ドアがいきおいよく開く。汗だくの男たちがテーブルに皿を運んでくる。肉は生のようだ。それどころか、まだ殺されてもいない。

それは礼儀作法の些細な違反にすぎない。一同はすわったまま、涎をたらすに相違ない。

彼の手元に並べられ、切り分けられるのを待っているのはブーリンたちだ。


私室付きになったレイフは、宮内官の仲間に入れてもらえるようになった楽士のマーク・スミートンと親しくなった。はじめて枢機卿の屋敷の戸口にあらわれたとき、マークはつぎはぎだらけのブーツに、ぶかぶかの粗布の短着で酔っぱらっていた。枢機卿はマークに毛織りの服を着せてやったものだが、王の家政の一員となった今、マークは、ダマスク織りのきらびやかな服をまとい、スペインの革の鞍を置いた美しい去勢馬にまたがり、金の房飾りつきの手袋で手綱をつかんでいる。どこから金が入ってくるのか？　アンはむこうみずなほど気前がいいんですよ、とレイフが知らせる。噂によれば、債権者たちを寄せ付けないために、まとまった金をフランシス・ウェストンにやったそうです。

無理もありません、とレイフは言う。王から賛美を受けることがあまりなくなったから、彼女の命令をじっと待つ若い男たちを周囲にはべらせることにご執心なんです。アンの部屋は大通りのような喧噪に満ちていますよ。私室付きのジェントルマンたちがひっきりなしにあれこれの用件で訪れ、ゲームに興じたり、歌をうたったりしているんです。伝える用件がないと、勝手にでっちあげる始末ですよ。

王妃のおぼえがあまりめでたくないジェントルマンたちは、しきりと新参者に話しかけてきて、レイフにありとあらゆるゴシップを教えてくれる。なかには、わざわざ教えてくれなくても、その目で見たり、聞いたりできる事柄もある。扉の陰のひそひそ声や、あわてたような動き。こっそりおこなわれる王の物真似。王の服の、音楽の。寝床での欠点をほのめかす言葉。発信元は王妃としか考えられない。

四六時中馬の話ばかりする男たちもいる。こいつは安定した馬だが、昔はもっと速いのを持っていた。おまえの馬はいい牝馬だが、わたしが目をつけているこの栗毛の馬を見たほうがいいぞ。ヘンリーの話の中心は、ご婦人たちだ。ヘンリーはどんな女が前を横切っても、十中八九その女のどこかを好きになることができて、言葉をかき集めて彼女を称賛する。たとえ、十人並みの不機嫌な年増であっても。若い女ともなると、一日に二回はうっとりする。あの女、すばらしい瞳をしてはおらぬか、あの白い喉、甘い声、形のよい手。たいがいは見るだけで、ふれはしない。わずかに顔を赤らめて、思い切ってこう言うのが精一杯――「あの娘、さだめしかわいいあれを持っていると思わぬか？」

ある日、レイフの隣の部屋からウェストンの声が聞こえてくる。おもしろがって、王の声音でしゃべりつづけている。「あの女、そのほうがこれまでまさぐったなかでもっとも濡れていたのではないか?」忍び笑い、共謀めいた嘲笑。「しーっ! クロムウェルのスパイがうろついてるぞ」ハリー・ノリスは近頃宮廷に姿を見せず、自身の領地で過ごしている。宮中でも極力口をきかず、ときには、おしゃべりに腹を立てているようです、とレイフは言う。たまには苦笑いしていますけど。彼らは王妃の話をし、あれこれ推測を……。

つづけてくれ、レイフ、と彼は言う。

レイフはその話をしたがらない。自分は盗み聞きをするような下司ではないと思っているのだ。さんざん迷ったあげく、「彼らはこう言っていますよ、王を喜ばせるために、王妃は至急次の子を身籠る必要があるが、誰が父親になるんだ、と。ヘンリーが義務を果たすとは思えないから、自分たちの誰がヘンリーのために一肌脱ぐのか、というわけです」

「結論は?」

レイフが頭のてっぺんをごしごしこするので、髪が逆立つ。彼らが本当にそんなことをするわけがないでしょう、と言う。誰もしやしませんよ。王妃は侵すべからざる存在なんです。彼らのような好色な男たちにとってすら、そういうことは大罪だし、いくら陰で王をあざけっていても、彼らは王を心から怖れています。おまけに、王妃だってそこまで愚かではないでしょう。

「もう一度聞く。結論は出たのか?」

「誰だって自分が大事ですからね」

彼は笑う。「各自退散か《ソーヴ・キ・プ》」

こんな情報が必要にならねばよいが、と思う。自分がアンに逆らうとしたら、もっと清潔なやりかたをする。まったく愚かしい無駄話だ。だが、レイフは無駄話を聞かなかったことにするわけにはいかないし、知らなかったことにするわけにもいかない、そういうことだ。

三月の天気、四月の天気、冷たいにわか雨とたよりない日差し。今回、彼は室内でシャピュイに会う。

「悲痛な顔をしているね、秘書官。火にあたるといい」

彼は帽子についた雨粒をふりおとす。「気が重いんですよ」

「なあ、きみがわたしと会っていたのは、フランス大使を困らせるためなのだろう?」

「ええ」彼はためいきまじりに認める。「彼は非常に嫉妬深いんですよ。実際はもっと頻繁にあなたをおたずねしたいところなんです。しかし、その話がいつも王妃の耳に入ってしまうようでは、それもできません。彼女はなんでもかんでも利用して、わたしを不利な立場に追い込もうとしますから」

「もっと寛大な女主人ならよかったのにな」大使は暗にこうたずねている――あっちはどうなっているんだね、新しい愛人は? シャピュイは打診しているのだ――われわれの君主たちのあいだに新たな協定が誕生する見込みがあるのではないか? と。メアリを、メアリの利益を守り、ヘンリーが新しい妻とのあいだにもうけるかもしれぬ子供たちに次いで、メアリを王位継承者として復活させるような、なにかがあるのではないか？　もちろん、現王妃がいなくなることが大前提だが？

「ああ、レディ・メアリですか」最近、彼は彼女の名前が出ると、帽子に手をやる癖がついた。大使がそれに心を動かされているのがわかる。「王は正式な話しあいをする気になっておられます。皇帝と友情で結ばれることになれば、喜ばれるでしょう。そうおっしゃっていますよ」

「今こそきみが王にその問題を提起してくれなくてはな」

「王に影響力を持ってはいますが、わたしが代わりに答えることはできません。どの臣下にもできないことです。むずかしいところですよ。王の機嫌をそこねないためには王の欲求を予測しなければならないが、王が気を変えてしまわれたら、こちらの立場が危うくなる」

彼の師であったウルジーはこう助言していた――王がなにを望むかは王に言わせろ、推測はするな、推測は身を滅ぼすことになりかねないぞ。しかし、ウルジー以降、王の無言の命令は無視するのが次第にむずかしくなってきた。王は強い不満を室内にみなぎらせ、書類に署名を求めても、空をにらむばかりなのだ。まるで、そこから救出してもらうのを期待しているかのように。

「きみは王が冷たくなるのがこわいんだな」

「いずれはそうなりますよ。いずれは」

夜中に目がさめて、それを考えることがある。名誉ある引退をした廷臣たちの顔が浮かぶ。何人も思いつく。真夜中になっても眠れないとき、脳裏に不気味にふくれあがっているのは、いうまでもなく、別種の実例だ。「しかし、そういう日がきたら、どうするつもりだね？」大使がたずねる。

「どうしようもないでしょうね。ひたすら耐えて、あとは神にまかせます」そして、すばやく終わることを願う。

「その敬虔さは称賛に値するね。幸運が背をむけたら、きみには味方が必要になるだろう。皇帝は――」

「皇帝はわたしのことなど微塵も考えませんよ、ユスタス。平民のことなど。枢機卿を助けるためですら、誰も指一本あげなかったんですから」

「気の毒にな。彼をもっとよく知っていたらよかったよ」

「おべんちゃらはやめてください」彼は語気荒く言う。「もうたくさんだ」

シャピュイが探るような視線を送る。激しい怒りが燃えあがる。衣服から湯気がたちのぼる。雨が窓をたたく。彼は身震いする。「具合でも悪いのかね？」シャピュイがたずねる。

「いいえ、病気になどなっていられないんですよ。わたしが臥せったら、王妃は仮病だと言ってわたしをベッドから追い出すでしょう。わたしを元気づけたいなら、あのクリスマスの帽子をかぶってください。服喪のためにあなたがあれを片付けてしまったのは残念でした。早く復活祭がきて、またあれを見たいものです」

「きみはわたしの帽子をだしにして、冗談をとばしているんだろう、トマス。きみにあずけていたあいだに、きみのところの事務員ばかりか、馬丁の少年や犬の飼育係までが、帽子をばかにしたと聞いたぞ」

「逆ですよ。帽子をかぶってみたがる者が大勢いたんです。教会のおもだった祭式で、あの帽子を拝見したいですね」

「もう一度言おう。きみの敬虔さは称賛に値するよ」シャピュイは言う。

人前で話すコツを学ばせるため、彼はグレゴリーを友人のリチャード・サウスウェルのところへやる。ロンドンを出て、ぴりぴりした空気の漂う宮廷から離れるのは、グレゴリーのためにもいい。彼の周辺いたるところに不安の兆候が見られる。少人数で固まっている廷臣たちは、彼が近づくと散りぢりになる。自分がみなを危険に陥れているのなら――そうだと思っているが――グレゴリーに終始苦痛や疑念を味わわせないほうがいい。出来事の結論を聞かせてやるだけでよく、そのただなかをくぐりぬけさせる必要はない。愚かな者や若い者に、今、世界を説明している暇はない。彼はヨーロッパ中の騎馬隊、大砲、海上の商船、軍艦の動きに気を配らねばならない。アメリカから皇帝の宝庫への金の流入も警戒しなければならない。ときに平和が戦争に見えることがある。ふたつを区別するのはむずかしい。世界がひどくちいさく見えることがある。エトナ山が噴火し、シチリア全土が被害を受けたとの知らせがヨーロッパから届く。ポルトガルでは旱魃《かんばつ》が起きている。そこらじゅうに、嫉妬と争い、将来への怖れ、飢餓の不安、もしくは飢餓そのもの、神への怖れ、いかにして、何語で、神の怒りをしずめるのかという懸念が渦巻いている。彼のもとへ届くそうした知らせは、常に、二週間遅れだ。郵便はのろく、潮流まで彼を見放している。ドーバー海峡の防衛強化がそろそろ終わろうかというとき、カレーの城壁が崩壊する。霜が石造建築にひびを入れ、ウォーターゲートとランターンゲートのあいだに亀裂が生じたのだ。

受難の主日（復活祭の一週間前の日曜日）、王の礼拝堂で、アンおかかえの司教ジョン・スキップによる説教がおこなわれる。内容は寓話めいており、その真意は、彼、トマス・クロムウェルへの批判らしい。出席者が敵味方を問わず、一文ごとに説明してくれるのを、彼はにこやかに受け止める。彼は説教ごときでうちのめされる人間ではない。言葉のあやを気に病みはしない。

かつて子供だったとき、彼は父親のウォルターにひどく腹を立て、ウォルターの腹に頭突きを食わせようと、飛びかかっていったことがある。ところが、時はちょうどコーンウォールの反乱軍が大挙してむかってくる直前で、パトニーはその通り道に当たるため、ウォルターは自分や友人たちのために鉄をたたいて鎧をこしらえていた。そんなわけで、頭から突っ込んだ彼は、感じるより先に、ゴンという鈍い音を聞いた。ウォルターが製作物のひとつを試しに着ていたのだ。「いい勉強になったろう」父親は落ち着き払って言った。

よくそのことを、あの鉄の腹のことを、考える。そして、自分には、金属の不便さも重さも抜きで、同じものが備わっていると思う。「クロムウェルはでかい胃袋を持っている」仲間は口々に言う。敵も言う。食欲旺盛、大食漢だ。朝一番でも、夜寝る間際でも、血のしたたる肉に胸が悪くなったことはなく、深夜に起こされても、腹がへっている。

ティルニー修道院から、全資産の一覧表が届く。金糸で動物を織り込んだ赤いトルコ繻子《しゅす》と白の亜麻布の祭服数点。白のブルージュ繻子に、血のしずくのような、赤いベルベットでできた飾り玉のついた祭壇布二枚。そして厨房の備品。分銅、トング、火箸、肉鉤。

冬が溶けて春になる。議会が解散する。復活の主日（復活祭に同じ。春分の日後の満月の後の日曜日）。ショウガソースをかけたラム肉、ありがたくも魚はない。昔、子供たちが色をつけていた卵を思い出す。斑点のある殻に枢機卿の帽子を描いていた。娘のアン、アンのちいさな熱い手に包まれて、卵の殻に塗った色が流れたことを思い出す。「見て！　見て！《ルガルデ》」あの年、アンはフランス語を習っていた。それから、あの子のびっくりした顔。好奇心いっぱいの舌が口からのぞき、手のひらについた色を舐めようとしたこと。

皇帝はローマで教皇と七時間におよぶ会談をしたらしい。そのうち何時間が反イングランドの計画に捧げられたのだろう？　それとも、皇帝は兄弟君主の代弁をしたのか？　皇帝とフランスのあいだには協定が結ばれるとの噂だ。本当なら、イングランドにとっては悪いニュースである。交渉をはじめる時だ。彼はシャピュイとヘンリーの会談の手筈を整える。

一通の手紙がイタリアから送られてくる。「偉大なる閣下《モルト・マグニフィコ・シニョール》……」肉体労働者だったヘラクレスのことを思い出す。

復活祭の二日後、宮廷で皇帝の大使を出迎えたのは、ジョージ・ブーリンだ。歯から真珠のボタンから、全身をきらめかせているジョージを見たとたん、大使の目が怯えた馬のようにぎょろつく。ジョージの出迎えを受けたことは以前にもあったが、今日のそれは大使にとって予想外だった。ジョージより、いっそ彼自身の友人、カルーあたりのほうがましだったろう。ジョージは宮廷仕込みの優雅なフランス語で、長々と大使に話しかける。陛下とご一緒にミサをお聞きください。そのあと、十時の正餐で個人的に閣下をおもてなしできましたら、これほどうれしいことはございません。

シャピュイはあたりを見まわす。クレムエル、助けてくれ！

彼はうしろのほうで微笑を浮かべ、ジョージのすることを見守っている。そのうちジョージの不在をさびしく思う日がくるだろう、と考える。あいつにとっての世界が終焉を迎える日。ケントへ追いやられて、羊の数をかぞえたり、穀物の収穫に身を入れるようになる日が、いずれくる。

王自身はシャピュイにほほえみかけ、丁重な言葉をかける。ヘンリーは上階にある専用の小部屋へもったいぶって歩いていき、シャピュイはジョージの取り巻きに囲まれる。「我を裁きたまえ《ユディカ・メ》、神よ《デウス》」司祭が詠唱する。「我を裁きたまえ、おお神よ、我の訴えを取りあげ、情けを知らぬ民の言い分を退けたまえ。欺き多きよこしまなる者から我を助けたまえ」（詩編四十三章）

シャピュイがふりかえり、彼をにらみつける。彼はにやにやする。「何故汝は悲しむのか、おおわが魂よ？」司祭がたずねる。むろん、ラテン語で。

大使がぎごちなく祭壇に近づき、聖餅を受け取るあいだ、熟練したダンサーのようにジェントルマンたちがそのうしろからためらいがちな半歩遅れでついていく。シャピュイはたじろぐ。ジョージの仲間に取り囲まれているからだ。大使は肩越しにすばやく彼を見る。これはなんだ、わたしはどうしたらいいのだ？

その瞬間、まさしく大使の視線の先に、アン王妃が専用の回廊付きスペースからおりてくる。高くもたげた頭、ベルベットに黒貂の毛皮、喉元にはルビー。シャピュイは躊躇する。彼女の通り道を横切る怖れがあるから、前に進むことができない。といって、ジョージとその取り巻きが押してくるから、うしろにさがるわけにもいかぬ。アンが頭をめぐらす。辛辣な微笑。敵にむかって、彼女はうやうやしく、慇懃に、宝石で飾られた首をかしげる。シャピュイはぎゅっと目をつぶり、愛人に頭を下げる。

この期におよんでなんたることか！　これまでずっと、絶対にアンと顔を合わせないように、このしたくもないお辞儀だけはしないですむようにと、努めてきたのに。だが、他になにができただろう？　このことはさっそく報告されるだろう。皇帝に知らせがいくだろう。カールがどうか理解してくれますように。

こうした胸中の思いが、大使の顔にはっきりとあらわれている。彼、クロムウェルはひざまずき、聖餅を受ける。神が舌の上でペースト状になる。この過程では目を閉じるのが敬虔とされているが、このときばかりは、周囲を見まわしても神はおゆるしになるだろう。喜びに顔を赤くしているジョージ・ブーリンが見える。屈辱に青ざめたシャピュイが見える。回廊から堂々とおりてくる金色のまばゆいヘンリーが見える。王の歩みは慎重で、のろい。その顔は厳かな勝利に輝いている。

真珠のジョージの奮闘にもかかわらず、礼拝堂を出ると、大使はジョージとその取り巻きをふりきって、小走りに彼のほうへ近づき、テリア犬よろしく彼の腕をぐっとつかむ。「クレムエル！　こうなることを知っていたんだな。どうしてこんなにわたしを困らせるんだ？」

「こうするのが最善だからですよ、まちがいなく」彼はまじめに、慎重に言いそえる。「君主の人柄を理解しなかったら、大使としてなんの役に立ちますか、ユスタス？　君主というのは凡人とは考えがちがうんです。われわれのような平民には、ヘンリーが天の邪鬼に思えるものなんですよ」

大使の目に理解の色がきざす。「はああ」シャピュイは長々と息を吐き出す。その一瞬、シャピュイはヘンリーがもはや望んでいない王妃にたいし、なぜ大使に人前での恭順を強いたのか、そのわけを悟る。ヘンリーは粘り強く、頑固なのだ。ああやって、彼は目的を達成したのだ。すなわち、二度めの結婚は承認された。今、彼はその気になれば、それをやめることができる、と。

シャピュイは未来からの隙間風を感じたかのように、衣服をかきあわせる。そして小声で言う。

「本当に、彼女の兄と食事をしなければならないのかね？」

「そうですとも。あれで意外と魅力的なもてなし役ですよ。なんといっても」彼は片手で笑いを隠す。「彼は勝利をとことん楽しんでいるわけですから。彼とその一族全員は」

シャピュイはさらに身をちぢめる。「彼女を見て衝撃を受けたよ。あそこまで間近で見たことがなかったのでね。まるで痩せこけた老女ではないか。あのカワセミ色の袖の娘がシーモア嬢だったのか？　まことに平凡だ。ヘンリーは彼女のどこがよいのだろう？」

「王は彼女を愚かだと思っているんですよ。だから心が安らぐんです」

「とりこになっているのはあきらかだ。他人にはうかがいしれぬなにかが彼女にはあるにちがいない」大使は皮肉る。「まちがいなく、すばらしい秘密があるのだ」

「誰にもわからないんですよ」彼はそっけなく言う。「彼女は処女なんです」

「これだけ長くこの宮廷にいてかね？　ヘンリーはだまされているんだよ」

「大使、この話はのちほど。あなたのもてなし役がきた」

シャピュイは心臓の上で両手を組み、ロッチフォード公ジョージに大きく一礼する。ロッチフォード公も同じ礼を返す。彼らは腕を組み、ちょこまかと歩きさる。ロッチフォード公が春を称える詩を朗読しているらしい。

「やれやれ」オードリー卿がつぶやく。「たいしたパフォーマンスだ」弱々しい日差しが、大法官の胸の鎖に反射してきらめいている。「さあ、パンの耳でもかじりにいこうじゃないか」オードリーはくすりと笑う。「大使も気の毒にな。奴隷商人にバーバリ海岸へ売り飛ばされるところみたいな顔をしていたぞ」明朝目がさめたら自分がどこの国にいるかわからないにちがいない。

おれだってそうだ、と彼は思う。オードリーの陽気さが頼もしい。彼は目をつぶる。今が今日という日の最高のひとときだったように思うが、まだ十時である。「クラム？」大法官が声をかけてくる。


すべてが、考えうる最悪の形で崩壊しはじめるのは、正餐のしばらくあとだ。彼がその場を離れたとき、ヘンリーと大使は窓の朝顔口に立ち、互いを言葉で愛撫しあい、甘い語りで同盟を持ちかけあい、うぬぼれた提案を出しあっていた。最初に気づいたのは、王の顔色の変化だ。ピンクと白が赤煉瓦色に。次の瞬間、ヘンリーの甲高く、激しい声が聞こえる。「推測がすぎるのではないか、シャピュイ。貴公の君主のミラノにおける統治権を余が認めているというが、ことによると、フランス王のほうがれっきとした権利を持っているかもしれんではないか。余の政策を知ろうとでしゃばるのはやめていただこうか、大使」

シャピュイはぴょんとうしろに跳ねる。ジェーン・シーモアの問いかけを、彼はとっさに連想する。秘書官様、火傷した猫をごらんになったことありまして？

大使が口を開く。声を落として、何事か嘆願している。ヘンリーが声を荒らげて言い返す。「余がひとりのキリスト教徒たる君主からもうひとりの君主への厚意として受け取ったものが、実は交渉による地位だと、貴公は申すつもりか？　余の妻である王妃に頭を下げることに同意しておきながら、余に請求書を送ると申すのか？」

シャピュイがなだめるように片手をあげるのが見える。大使はダメージを最小限にくいとめようと、懸命に口を挟もうとしているが、それにおおいかぶさるヘンリーの大音声が、部屋中にひびき、口を半開きにした廷臣たちと、その背後にひしめく者たちにまで聞こえる。「貴公の君主は、以前の苦境を余が助けたことをおぼえておらぬのか？　彼のスペインの臣下たちが反旗を翻したときのことを？　余は彼のために海を開放した。金を貸した。だが、その見返りに余はなにを得た？」

間があく。シャピュイは着任以前の国内事情を思い出そうと、必死で記憶を掘り返さねばならない。「金ですか？」弱々しくほのめかす。

「破られた約束だけだ。フランス軍との戦いで、余がいかに彼を助けたか、なんなら、思い出してみるがよい。彼は、皇帝は、余に領土を約束した。ところが次に余が聞いたのは、彼がフランソワと協定を結んでいるという話だ。これで、皇帝の申すことなど信じられるか」

シャピュイは胸を反らす。小男に可能なかぎり。「ちびの雄鶏は反撃の構えだぞ」オードリーが耳元でささやく。

だが、クロムウェルは気をそらされない。彼の目は王に釘付けだ。シャピュイが言うのが聞こえる。「陛下。それは一国の君主がもうひとりの君主について投げる問いではございません」

「そういうことは聞くなと申すか？」ヘンリーは怒鳴る。「過去において、聞いたことは一度もない。すべての君主は、余がそうであるように、みな称賛に値すると余は思っている。しかしだ、ムッシュウ、ときにはわれわれの好意ある自然な前提が、苦々しい経験の前に屈することもあるのだ。貴公にたずねる、貴公の君主は余を馬鹿と思っているのか？」ヘンリーの声が一気に高まる。王は腰を折り、まるで子供か子犬をあやすように、指先で膝を軽くたたく。「ヘンリーや！」と、きんきん声をあげる。「カールのところへおいで！　おまえの親切な君主のところへおいで！」憤怒の唾を吐かんばかりに、腰を伸ばす。「皇帝は余を幼児のように扱っておる。最初は鞭打ち、次はかわいがり、そしてふたたび鞭をふるっている。余は幼児ではない、と彼に伝えるがよい。余は余の王国の皇帝であり、男であり、父親であると、伝えておけ。余の家族の問題に首をつっこむなと伝えろ。余は皇帝の干渉に長く我慢しすぎた。はじめ彼は余に、誰となら結婚してよいかと教えようとした。今度は余の娘をどうすべきか教えようとする。伝えるがよい、メアリについては、父親がわがままな子供を扱うように、余がふさわしいと思う方法で扱うつもりだ。母親が誰であろうと関係ない」

王の手が――いや、なんたることか、こぶしが――大使の肩をぞんざいにかすめる。道があくと、ヘンリーは大股に歩きだす。王の威厳たっぷりに。ただし、片脚をひきずりながら。王は肩越しに叫ぶ。「公的な陳謝を要求いたす」

彼、クロムウェルはほっと息を吐き出す。大使がなにやらつぶやきながら、しょんぼりと部屋を横切ってくる。取り乱した様子で、彼の腕をつかむ。「クレムエル、なにを謝ればよいのか、わたしにはわからん。誠意をもってここへきたのに、まんまとしてやられてあの女と顔を合わせるはめになり、正餐のあいだじゅうその兄と世辞を交わさざるをえず、それがすんだらヘンリーに攻撃された。彼はわが君主を求めている。わが君主が必要なのだ。相変わらず古いゲームに終始して、自分を高く売ろうとし、フランソワ王のイタリアでの戦いに部隊を送るふりをしている――そんな部隊がどこにいるんだね？　わたしは見たことがない。ヘンリーの軍などこの目で見たためしがない」

「まあまあ」オードリーがなだめる。「われわれが謝りますよ、ムッシュウ。王には冷静になっていただきます。怖れることはありません。あなたのよき君主には今夜は公文書を送らないでいただきたい。われわれが話しあいを続行させます」

オードリーの肩越しに、彼はエドワード・シーモアが人混みをかきわけてやってくるのを見る。「ああ、大使」彼は感じてもいない穏やかな自信をこめて言う。「ちょうどよかった、あなたに紹介――」

エドワードがさっと進みでる。「親愛なる友《モン・シェール・アミ》……」

ブーリン家の面々から注がれる怨嗟の視線。エドワードは流暢なフランス語で武装して、あらわれた裂け目に入りこむ。すばやくシャピュイを脇へ連れていく。なかなかのタイミングだ。扉のあたりで動きがある。ジェントルマンたちのまんなかに、王があらわれる。

「クロムウェル！」ヘンリーは彼の前で足をとめる。息づかいが荒い。「大使に理解させるのだ。皇帝が余に条件をつけるなどあるまじきことだ。戦争をしかけるぞと余を脅したことを謝罪するのが皇帝だ」顔が赤い。「クロムウェル、そのほうがなにをしたかわかっておるぞ。この件ではやりすぎたな。大使になにを約束した？　それがなんであろうと、おまえにそのような権限はない。余の名誉をおまえはあやうくしたのだ。だが、おまえのような者に君主の名誉が理解できるはずもない。こう申したであろう、〝ああ、ヘンリーのことならよくわかっている、わたしは王をポケットに入れている〟。否定しても無駄だ、クロムウェル、おまえがそう言うのが聞こえるのだ。余を教育するつもりなのだな？　オースティン・フライアーズの若者たちのひとりのように？　朝、おりていくと、帽子に手をやり、〝おはようございます、サー？〟と挨拶する若者のように。ホワイトホールをそのほうの半歩うしろから歩いてくる若者だ。そのほうの書類やインク壺や印章を持っている。その革鞄の中に王冠が入ってないのが不思議だな」ヘンリーは怒りに身をふるわせている。

「クロムウェル、おまえは自分が王で、余が鍛冶屋のせがれだと思っているに相違ない」

心臓はぴくりともしなかった、とあとになって彼が言うことはない。分別のある人間なら平静を失ってあたりまえの状況だったし、彼は素直に動転したことを認める。ヘンリーがいつ護衛に合図を送るかわかったものではなかった。気がつけば、あばらのあたりに冷たい金属を押しつけられ、それにて一巻の終わりということもありうる。

だが、彼は数歩さがる。後悔、良心の呵責、恐怖、なんの表情も顔に浮かんでいないことを知りながら。陛下、あなたは鍛冶屋のせがれにはなれっこない、と考えている。ウォルターならあなたを鍛冶場に入れなかっただろう。たくましい筋力があればよい仕事ではないのだ。炎の中では冷静沈着な頭脳が求められる。火花が垂木に飛んだら、いつ火の粉が頭上に降ってくるか注意しなければならないし、胼胝《たこ》のできた手のひらで火を消さなくてはならない。怯える者は溶けた金属でいっぱいの店内では役立たずだ。そして今、汗ばんだ君主の顔を目の前につきつけられて、父親が言ったことが記憶によみがえる。手を火傷したらな、トム、両手をあげ、手首を交差させ、水か軟膏をつけるまでそうやってろ。どうして効くのか知らないが、そうすると痛みがまぎれるし、同時に祈りをつぶやけば、もっと軽くすむかもしれんぞ。

彼は両手を持ちあげる。手首で交差させる。さがれ、ヘンリー。すると、その動作に狼狽したように——とめられたことにまるで安堵したかのように——怒鳴りちらしていた王は静かになる。そして一歩さがり、顔をそむけ、その血走った凝視から、青味がかった飛び出し気味の白目のきまりが悪いほどの近さから、彼、クロムウェルを解放する。彼は静かに言う。「神がお守りくださいますように、陛下。では、失礼してよろしいでしょうか？」

こうして、ヘンリーがゆるそうがゆるすまいが、彼は歩みさる。隣の部屋に入る。〝血が沸騰する〟という表現を聞いたことがあるだろう。彼の血は沸騰していた。彼は手首を交差させる。櫃に腰をおろし、飲み物を所望する。ワインが持ってこられると、右手で冷たい白蠟のカップを取り、指先でカップのカーブをなぞる。ワインは強いクラレットだ。こぼした一滴を人差し指でぬぐうが、きれいにならないので、舌で舐めとる。さきほどの小細工がウォルターの言ったように痛みをやわらげたのかどうかわからない。だが、父親がついていてくれるのがうれしい。誰かがついていてくれなければ。

目をあげる。シャピュイの顔が見おろしている。恨みの仮面がほほえんでいる。「わが友よ。きみの最後の時がきたかと思ったよ。なあ、わたしはきみが我を忘れて彼を殴るかと思ったんだ」

彼は顔をあげ、微笑する。「我を忘れることなど絶対にありませんよ。するつもりのことしかしませんから」

「しかし、きみが口にすることが本心とは限らない」

大使は自分の仕事をしただけでひどい目にあったのだ、と思う。加えて、おれは彼の感情を傷つけ、彼の帽子を皮肉った。明日、大使に贈物を手配しよう。馬、シャピュイ自身が乗るための、すばらしい馬がいい。それがうちの厩を出る前に、おれがみずからひづめを持ちあげて、蹄鉄を点検しよう。

翌日、枢密院会議が開かれる。ウィルトシャー伯、またの名をモンシニョルが出席。ブーリン家の面々は猫のごとくなめらかに席につき、身繕いするように頬ひげを整えている。彼らの親戚、ノーフォーク公は神経をとがらせ、落ち着きがない。彼は会議室に入る途中で彼を——クロムウェルを——とめて、言った。「大丈夫か、おい？」

これまで記録長官がイングランドの紋章院総裁に、そう呼びかけられたことがあっただろうか？部屋に入ったノーフォークは腰掛けと取っ組み合いのすえ、自分に合う一脚にぎしぎしと音をたてて腰をおろす。「それが陛下のすることなのさ」ノーフォークは犬歯をちらりとのぞかせて、にやりと彼に笑いかける。「おまえさんは両足でバランスよく立っているが、次の瞬間には、王がおまえさんの足の下から床を吹っ飛ばす」

彼は辛抱強く微笑しながら、うなずく。ヘンリーが入室して、テーブルの上席に巨大なむくれた赤ん坊のように腰かける。誰とも目を合わさない。

さて。彼は仲間たる枢密院議員たちがやるべきことを心得ているのを祈る。彼らには何度も言い含めてきた。ヘンリーに世辞を言うこと。ヘンリーに懇願すること。どのみちヘンリーがやらねばならぬとわかりきっていることを実行するよう、ヘンリーに頭を下げること。そうすればヘンリーは、選ぶのは自分だと思うだろう。そうすればヘンリーは、自分の便宜ではなく、他人の便宜を顧慮しているかのように、自分自身に誇りを感じるだろう。

陛下、議員たちが言う。よろしければ。王国と交易のため、皇帝の卑しい申し入れを、皇帝の泣き言と嘆願を、好都合とお考えください。

これに十五分が割かれる。ついにヘンリーが言う。そうか、それが国家のためになるのであれば、われわれはシャピュイを受け入れ、交渉を続行しよう。余が受けた個人的侮辱には耐えねばならんようだ。

ノーフォークが身を乗り出す。「一服の薬のようなものだと思えばよいのだ、ヘンリー。苦い。しかしイングランドのために、吐き出さんでいただきたい」

医者の話題が出たのをきっかけに、レディ・メアリの結婚が俎上にあがる。王がどこへ彼女を移そうが、レディ・メアリは空気が悪い、食べ物が不充分だ、プライバシーへの考慮が足りないと不満をぶつけ、哀れな脚の痛み、頭痛、憂鬱について文句を言いつづけている。医師団は性交渉が健康を上向かせるのではないか、と助言した。活力の持って行き場がなければ、若い娘は痩せて青白くなり、食欲が失せ、生気が衰える。結婚することが若い娘のつとめであり、結婚さえすれば、些細な不調は忘れ去られる。子宮は錨をおろして活用され、暇ですることがないといわんばかりに体内をさまようこともなくなる。男っ気のないレディ・メアリの場合、乗馬のような激しい運動が必要だ。しかし、屋敷に軟禁されている者にとっては、それも困難である。

ヘンリーはようやく咳払いして、口を開く。「皇帝が議員たちとメアリのことを話しあったことは秘密でもなんでもない。彼はメアリに、この国を出て、自分の縁者のひとりと自分の領土で結婚してもらいたいと思っているのだ」王のくちびるが引き結ばれる。「余はメアリをこの国から出すつもりは毛頭ない。どこにも行かせるつもりはない。メアリの余にたいするふるまいが、そうあってしかるべきものでないあいだはな」

彼、クロムウェルは口を開く。「母親の死がレディ・メアリの記憶にはまだ生々しく残っています。しかし、あと数週間もすれば、必ずや彼女はみずからの義務を悟るでしょう」

「ようやくきみの意見が聞けて実に喜ばしいね、クロムウェル」モンシニョルが薄ら笑いを浮かべて言う。「ほとんどの場合、きみはこちらが口をはさむすきもないほどはじめからしゃべりっぱなしだからね、控えめなわれわれ議員は、なにか言うにしても、小声《ソット・ヴォーチェ》にならざるをえないし、互いにメモを交わしあうしかない。きみのこの新たな謙虚さは、なんらかの形で、昨日の出来事に関連しているのかとたずねてもかまわんかな？　わたしの記憶が正しければ、陛下がきみの野心に待ったをかけられたときのことだが？」

「ご意見、かたじけない、ウィルトシャー閣下」大法官がそっけなく言う。

王が口を開く。「諸君、話題は余の娘だぞ。念を押さねばならぬとは困ったものだ。だが、メアリが議会で議論の的となるべきなのか、余にはあまり合点がいかぬ」

ノーフォークが言う。「このわたしがメアリのいる田舎へ赴き、誓いを立てさせ、福音書にぺたりと手を押しつけさせましょう。そして、彼女が王とわが姪の子への服従の誓いを拒否するなら、頭が焼きリンゴのごとくやわらかくなるまで、メアリの頭を壁に打ち付けてやりますわ」

「かたじけない。ノーフォーク閣下」とオードリー。

「いずれにせよ」王が悲しげに言う。「子のひとりを国外へ出してもかまわぬほど大勢の子がいるわけではない。余はメアリと別れるのは気が進まぬ。いつの日か、彼女は余にとってよい娘となるだろう」

ブーリンたちは席にくつろいで笑みを浮かべながら、メアリを強大な外国勢力に嫁がせるつもりがないという王の言葉を聞いている。メアリは重要な存在ではない、慈悲心から考えてやっている私生児だ、と王が言ったも同然だと理解して。昨日皇帝大使によって与えられた勝利にいい気になっているものの、そのことを鼻にかけないことによって、人品の高さを示そうというわけだ。

会議が終わると、別の方向へ足取りも軽くむかうブーリンたちをのぞく全議員にクロムウェルはもみくちゃにされる。会議は無事すんだ。彼は望むものはすべて手に入れた。ヘンリーは元どおり、皇帝との協定にむけて歩みだした。では、なぜこうも気分が落ち着かず、息苦しいのか？　やんわりとではあるが、彼は同僚たちを肘で押しのける。空気がほしい。ヘンリーがそばを通りかかり、立ち止まって、ふりかえると、言う。「秘書官。余と歩かんか？」

彼らは歩く。無言のまま。話題をふるのは、大臣ではなく、君主の権利だ。

彼は待っていればいい。

ヘンリーが言う。「のう、前も話したように、いつか森林地帯へ行き、鉄器職人としゃべりたいものよ」

彼は待つ。

「余はいろいろの図面、正確な図面を描いた。武器をいかに改善するかについての助言も得たが、正直に申すと、そのほうほどよく理解できん」

まだ謙遜が足りないな、と彼は思う。もうすこし謙虚になってもらいたいものだ。

「そのほうは森で炭焼き人に会ったことがあろう。きわめて貧しい連中だと、一度余に申したおぼえがある」

彼は待つ。ヘンリーが言う。「作るのが甲冑であれ、大砲であれ、職人はその過程を最初から知らねばならん。それがどのように作られるのかを知らなければ、そして職人の苦労を知らなければ、一定の特性と硬度をそなえた金属を求めても意味がない。ときに、余が誇り高すぎて、右手の防具を作ってくれる籠手職人と一時間もすわっていられないなどということはけっしてないぞ。われわれはあらゆるピン、あらゆる鋲を研究せねばならぬ」

それで？　だから？

彼は言葉に詰まる王をほうっておく。

「そして、いや。だから、うむ。そのほうは余の右手なのだよ、サー」

彼はうなずく。サーとは。じんとくる。

「だから、ケントへ、森林地帯へ参ろう、どうだ？　一週間、どの週にするか選ぶとするか？　それとも二、三日でよいかな」

彼は微笑する。「この夏はいけません、陛下。他のことでお忙しくなります。それに、鉄器職人もわれわれと同じですよ。彼にも休みがなければなりません。太陽のもとでくつろいで、リンゴをもがなくては」

ヘンリーは彼を見つめ、青い目の隅からやんわりと懇願する。余に幸福な夏を与えてくれ、と。

「これまでのように生きていくことは、余にはできんのだ、クロムウェル」

彼は指示を得るためにここにいる。余のところへジェーンを連れてきてくれ。しとやかで、塩気のないバターのように口蓋にいきわたる吐息を漏らすジェーンを。苦しみから、遺恨から、余を救い出してくれ。

「おゆるしがあれば」彼は言う。「わたしは帰宅しようかと思います。準備を整えるなら、やるべきことが山ほどありますし、なんとなく……」英語が出てこない。ときどき起きる現象である。

「少々《アン・プ》……」だが、フランス語も出てこない。

「しかし、病気ではなかろう？　すぐに戻ってくるな？」

「教会法の学者と相談いたしましょう。数日かかるかもしれません。彼らがどんなふうか、ごぞんじですね。どうしようもないほどのろいのですよ。大司教にも話をしましょう」

「それから、ハリー・パーシーにもな」ヘンリーが釘をさす。「そのほうも知っておるだろう、アンが……婚約していたのかどうかはともかく、パーシーとのあいだになんらかの関係が……つまり、ふたりは結婚していたようなものだったのであろう？　もしそれではだめなら……」王はひげをごしごしこする。「王妃と一緒になる前の余が、ときおり、その、王妃の姉の、メアリと――」

「はい、陛下。メアリ・ブーリンのことはおぼえております」

「――アンときわめて近い血縁者と関係があったのだから、余がアンと正当な結婚をすることは不可能だったということになる……しかし、いたしかたないのであれば、その点を利用してもかまわんが、余としてはなるべくそれを……」

彼はうなずく。あなたを嘘つきにする歴史はほしくない、というわけだ。人前で、廷臣たちの前で、あなたはメアリ・ブーリンとは一切関係がなかったとわたしに言わせ、そのあいだあそこにすわってうなずいていた。あなたは一切の障害物をとりのぞいた。メアリ・ブーリン、ハリー・パーシー、あのふたりをさっさとなぎはらった。だが今、われわれの要求は変化し、事実もわれわれの背後で変化した。

「では、もうよいぞ」ヘンリーは言う。「ごく内密にな。信頼しておるぞ、そのほうの思慮深さと、腕前を」

ヘンリーの謝罪を聞くことが、どれだけ必要だったたか、どれだけ悲しいことか。ノーフォークに、あの「大丈夫か、おい？」の一言を発したノーフォークにたいし、ひねくれた尊敬の念が芽生える。

控えの間でリズリーが待っている。「それで、指示を受けたのですか、サー？」

「まあな、ヒントはくださったよ」

「それが具体化するのはいつでしょう?」

彼は微笑する。〝結構です〟は言葉を継ぐ。「枢密院会議で王はレディ・メアリを家来と結婚させたいと断言なさったそうですね」

会議の結論はそれではなかったはずだが? 一瞬彼はまた自分らしさが戻ってきたのを感じる。自分が笑いながらこう言うのが聞こえる。「いやはや、なにを言ってるんだ、〝結構です〟。誰がそんなことを言った? ときどき思うんだよ、利害関係のある全員が、外国の大使たちも含めて、会議に出席すれば、時間と労力の節約になるだろうとね。どうせ内容は漏れるんだ。誤解や勘違いを避けるために、はじめから全員が話しあいを全部聞いたほうがいい」

「すると、この情報はまちがっているわけですね?」リズリーは言う。「メアリを家来と、身分の低い者と結婚させるというのは、現王妃の考案なのではないかと思ったんです」

彼は肩をすくめる。若者は無表情な目を彼にむける。彼がそのわけを理解するまでには、数年かかるだろう。


エドワード・シーモアが彼に面会を求めてくる。たとえテーブルの下でこぼれるパン屑を手のひらに受けなくてはならなくても、シーモア家の面々がクロムウェルのテーブルにつくつもりでいるのはあきらかだ。

エドワードは緊張し、気ぜわしげで、神経をとがらせている。「秘書官殿、長い目で見ると——

——」

「この件では、一日を長期的視野に立って見る必要がある。きみの妹をとりあえず他所に移したほうがいいな。カルーに頼み、サリーにある彼の屋敷へ連れていってもらうといい」

「ぼくがあなたの秘密を知りたがっているとは思わないでください」エドワードは言葉を選びながら、言う。「ぼくと無関係の事柄を無理に知りたがっているとは思わないでください。ただ、妹のために、なにか目安のようなものでもあればと――」

「ああそうか、ジェーンが婚礼衣裳を注文すべきかどうか知りたいのだな?」エドワードが探るような視線をむける。彼は真顔で言う。「われわれは婚姻の取り消しを求めるつもりでいる。しかし今は、理由をどうするかが問題だ」

「でも彼らがおとなしくひきさがるわけがありません」エドワードは言う。「ブーリン一族が今の地位から転落したら、そのときはわれわれを道連れにするでしょう。蛇の話を聞いたことがあります。死にかけていても、皮膚から毒液をしみ出させる蛇の話を」

「蛇をつかんだことは?」彼は聞く。「わたしは一度あるよ、イタリアで」手のひらを外側にむけて、両手を突き出す。「傷跡ひとつない」

「では、極秘にしないといけませんね。アンに知られてはまずいです」

「いや」彼は顔をしかめる。「いつまでも彼女から隠しておけるとは思えないね」

彼の新しい仲間が控えの間に彼を閉じ込めたり、彼の行く手をさえぎったり、彼にお辞儀をしたり、そういったことをやめてくれないと、アンはたちまち悟るだろう。彼らがこそこそささやいたり、眉をあげたり、肘でつつきあったりをやめないかぎり。

彼はエドワードに、これから帰宅して、ドアを閉め、ひとりで考えなければならない、と言う。王妃は何事かたくらんでいる。なにかはわからないが、正道をはずれた邪悪なことだろう。あまりの邪悪さゆえに、王妃自身正体をつかみかねており、今はただの空想にとどまっているが、こちらとしてももたもたしてはいられない。王妃に代わってそれを想像しなければならない。邪悪ななにかを想像して実体をつかまえるのだ。

レディ・ロッチフォードによれば、アンは産褥の床を離れて以来、ヘンリーがいつも自分を見ている、それも以前とはちがう目で、と不満を漏らしているらしい。

彼がしばらく前から気づいていたのは、ハリー・ノリスが王妃を見つめている、ということだ。そして彼自身も、戸口の上に彫られたハヤブサのような高みから、ハリー・ノリスを観察していた。

今のところアンは、頭上をうろつく翼、すばやく向きを変える彼女の通り道をじっと見ている視線に気づいていないようだ。娘のエリザベスのことをしゃべりながら、お針子から届いたばかりの、刺繍をほどこしたちいさな帽子、きれいなリボンのついた帽子を持ちあげる。

ヘンリーは、なぜそれを余に見せる、それがなんだというのだ、といわんばかりに、そっけない視線をアンに向ける。

アンは絹のちいさな布をなでる。彼は針の先ほどの憐憫と、束の間の良心の呵責をおぼえる。王妃の袖を縁取る上質の絹の編み紐をじっと眺める。彼の亡き妻のような裁縫の得意などこかの女が、あの編み紐を作ったにちがいない。仔細に王妃を見つめながら、彼は、母親が我が子を知るように、あるいは子が母親を知るように、自分はアンを知っていると感じる。彼女の胴着の縫い目すべてを彼は知っている。吸って吐く呼吸のすべてに注目する。あなたの心の中にはなにがあるのだ、マダム？　それを知るには、最後の扉をあけねばならない。今、彼は敷居の上に立ち、鍵を片手につかみ、こわごわ鍵穴にさしこもうとしている。はまらなければ、どうなるだろう？　鍵がはまらず、ヘンリーの注視する前でもたつき、彼の主人であったウルジーがかつて聞いたに相違ない、いらだたしげな王の舌打ちを聞くはめになったら、いったいどうなる？

まあ、そのときはそのときだ。あれはブルージュだったか？　一度彼はドアを破壊したことがある。ドアを破る癖があったわけではなく、彼の依頼人が結果をその日のうちに求めたからだ。鍵を不法にあけることはできるが、それは時間的余裕のある名人のすることだ。肩とブーツがあれば、技術も時間もいらない。当時おれは三十前だった、と彼は思う。ただの若者だった。古傷を思い出したかのように、ぼんやりと右手で左の肩、二の腕をこする。彼はアンの部屋に、恋人ではなく、弁護士として、入っていく自分を想像する。握りしめた手には、丸められた書類が、令状がある。王妃の心に入っていく自分を想像する。その部屋の中で、自分のブーツの踵がこつこつと鳴るのが聞こえる。

自宅に着くと、彼は収納箱から妻のものだった時禱書を取り出す。エリザベスの最初の夫、トム・ウィリアムズが彼女に贈ったものだ。ウィリアムズはまずまずの男だったが、彼のような資産家ではなかった。頭の中に思い描くトム・ウィリアムズは、いつも無表情で特徴のない従者で、クロムウェル家の仕着せを着て、彼の上着か彼の馬を用意している。王の図書室で、気ままにいつでも豪華な書物を手に取ることができる今、その時禱書はみるからにみすぼらしい。金箔はどこにある？　だが、この本にはエリザベスの、彼の哀れな妻の本質がある。白いキャップにそっけない態度、それとない笑み、女職人のせわしなく動く指。昔、彼はリズが絹の編み紐を作るのを見ていたことがある。片方の端を壁にピンで留め、持ちあげた両手の指一本一本に糸を巻き付けたまま、彼女の指は目にもとまらぬスピードで動いていた。「もっとゆっくり」彼は言った。「そうでないと、どうやっているのか見えやしない」だが彼女は笑って、言った。「ゆっくりなんてできないわ。どうやっているのか手をとめて考えたりしたら、できなくなってしまうもの」

Ⅱ

亡霊たちの主人

一五三六年　四月～五月　ロンドン

「しばらく話でもしませんか」

「なぜですの？」レディ・ウースターは慎重だ。

「ケーキがあるんですよ」

彼女はにっこりする。「まあ、おいしそう」

「給仕もいますし」

レディ・ウースターはクリストフをじろじろ見る。「この若者？」

「クリストフ、まず、レディ・ウースターにクッションをさしあげろ」

羽毛入りのクッションはふかふかで、鷹と花の模様が刺繍してある。それを両手で受け取ると、彼女は上の空でなでたあと、背中へまわして、よりかかる。「あら、楽になった」と、微笑する。妊娠中のレディ・ウースターはおなかの上にゆったりと手を乗せる。まるで絵画の中の聖母だ。開いた窓から穏やかな春の空気が流れこむこのちいさな部屋で、彼は査問会議を開いているのだ。とはいえ、誰が入ってきて彼を見ようが、出入りする人々に気づかれようが、いっこうにかまわない。ケーキの用意がある男と時間を過ごさない人間がどこにいよう？　それに、秘書官は常に陽気で役に立つ。「クリストフ、レディにナプキンをお渡しして、おまえは十分間、外へ出て日にあたってこい。部屋を出たらドアを閉めろ」

レディ・ウースター――エリザベス――は、ドアが閉まるのを見届けてから、身を乗り出して、ささやく。「秘書官様、わたし、とても困っているんですの」

「しかもその」と、彼は彼女のおなかを示す。「状態では楽ではないでしょう。王妃があなたの状態に嫉妬でもするのですか？」

「いいえ、必要もないのに、いつもわたしをおそばから離さないんです。毎日、気分はどうかとお聞きになります。あれ以上愛情のこもった方にお仕えするのは不可能なほどですわ」しかし、彼女の顔には疑念が見える。「たぶん、わたしは里に帰ったほうがよいのでしょう。今のまま宮廷にいては、みんなからうしろ指をさされます」

「すると、あなたに関するよからぬ噂を最初にささやいたのは、王妃自身だと思っているのですか？」

「他に誰がいまして？」

レディ・ウースターのおなかの子は夫である伯爵の子ではないとの噂が、宮廷に広まっている。悪意によるものかもしれないし、ただのいたずらかもしれない。誰かが退屈していたからかもしれない。彼女の温厚な兄、廷臣のアントニー・ブラウンがいきなり部屋に入ってきて、彼女を難詰したらしい。「わたしを責めるのはよしてと、兄に言ったんです。なぜわたしが責められなくてはならないの、と」彼女の怒りをわかちあうかのように、手のひらにのせた凝乳のタルトが、焼きあげた皮の中でふるえる。

彼は顔をしかめる。「確認させてほしいのだが、あなたの家族があなたを非難するのは、人々があなたの噂をしているから、それとも、噂が真実だからですか？」

レディ・ウースターはくちびるをそっとたたく。「たかがケーキのために、わたしが告白すると思っておいでですの？」

「あなたに代わって事態を鎮静させてあげましょう。できるなら、あなたを助けてあげたいんですよ。ご主人には立腹する理由があるのですか？」

「まったく殿方にはうんざり。いつも怒ってばかりですもの。怒りのあまり、簡単な計算もできないんです」

「では、伯爵の子でありうると？」

「丈夫な男の子なら、おそらく、夫は自分の子だと認めるでしょう」ケーキが彼女の注意をそらしている。「あの白いの、あれはアーモンドクリームかしら？」

レディ・ウースターの兄のアントニー・ブラウンはフィッツウィリアムの異父弟である（こういう人々は全員が縁戚関係にある。さいわい、枢機卿が遺してくれた相関図があり、彼は結婚があるたびに中身を更新している）。フィッツウィリアムとブラウンと悩める伯爵は隅のほうで話しあっていた。そしてフィッツウィリアムが彼に言ったのだ。クラム、わたしには無理だから聞くんだが、王妃の女官たちのあいだでいったいなにが進行中なのか、突き止められるかね？

「それに借金がありますな」彼はレディ・ウースターに言う。「あなたは気の毒な立場にいらっしゃる。そこらじゅうから金を借りましたね。なにを買ったんです？　王のまわりに若い優男が大勢いるのはわかっています。彼らは頭もよく、いつも恋をしていて、いつでも喜んでご婦人に手紙を書く。お世辞を言ってもらうために、金を払うのですか？」

「いいえ。称賛してもらうためですわ」

「そんなもの、ただでもらえるはずですよ」

「思いやりのある発言ですこと」レディ・ウースターは指を舐める。「でも、あなたは世慣れたかたですものね、秘書官様、あなた自身が女に詩を書くときは、請求書を同封なさるのでしょう」

彼は笑う。「確かに。自分の時間の価値はわかっていますからね。しかし、あなたの賛美者たちがそこまでしみったれだとは意外ですね」

「だって、あの若者たちにはやることが山ほどあるんですもの！」彼女は砂糖漬けのスミレを選んで、ちょっとかじる。「怠け者扱いしてはかわいそうなくらい。彼らは出世のために、昼も夜も忙しいんです。勘定書を同封してくるようなことはしません。でも賛美してもらうためには、帽子につける宝石を買ってあげないとね。袖を飾る金メッキのボタンとか。仕立て屋に料金を払うことだって」

華美な装いのマーク・スミートンが頭に浮かぶ。「王妃はそうやって金を払っているのかな？」

「わたしたちは寵遇と呼んでいます。支払いなどとは言いませんの」

「なるほど」いやはや、と内心彼は考える。そのでんでいけば、売春婦を買った男も、それを〝寵遇〟と呼べるわけだ。レディ・ウースターはテーブルに干しぶどうを数粒落とし、彼はそれを拾いあげて彼女に食べさせたい衝動にかられる。おそらく、実行したところで、彼女ならどうということはないだろう。「では、王妃がパトロンである場合、彼女は内々で寵遇をするのですか？」

「内々で？　わたしにそのようなことがどうしてわかりまして？」

彼はうなずく。これはテニスだな、と考える。今のショットには太刀打ちできなかった。「寵遇のさい、王妃はなにを着るのです？」

「この目で王妃の裸を見たことはありません」

「では、そういうおべっか使いたちだが、王妃が彼らを相手にはげんでいるとは思わないのですか？」

「わたしが見たり、聞いたりしている範囲では」

「だが閉じたドアの背後では？」

「ドアはしばしば閉じています。よくあることですわ」

「もしわたしがあなたに証言するよう頼むことになったら、今の言葉を、宣誓の上で、繰り返しますか？」

レディ・ウースターはクリームのかけらを指先ではねとばす。「ドアはしばしば閉じている、ということですか？　そこまでなら、かまいません」

「そのお礼はなにがよろしいですかな?」彼はほほえんでいる。その目はレディ・ウースターの顔から離れない。

「夫のことがちょっとこわいんです。借金をしてしまったから。夫はそれを知りません、ですから、どうか……内密に」

「債権者たちをわたしのところへよこしてください。それから、今後については、称賛が必要なときは、クロムウェルの銀行から金を引き出せばいいでしょう。われわれは客の面倒見がいいし、条件も寛大なんです。それで有名なんですよ」

彼女はナプキンをおろす。最後のチーズケーキから、最後のプリムローズの花びらをつまむ。ドアのほうをむいたところで、はっと気がつく。片手がスカートをつかむ。「陛下は王妃を捨てるための理由をほしがっていらっしゃるのね、そうなんでしょう? そして、閉じたドアで充分だと?王妃に害を与えるようなことはしたくありません」

レディ・ウースターは状況を把握する。すくなくとも、その一部を。カエサルの妻は非の打ち所のない女性でなくてはならない。疑念は王妃の破滅を招く。そこにわずかな真実が混じっていれば、破滅はあっというまだ。フランシス・ウェストンか、他の詩人が汚したシーツを持ち出すまでもない。「王妃を捨てる、そうかもしれません。これらの噂が誤解だと証明されなければ。あなたの場合は誤解でしょう。ご主人は子供が生まれたら、きっとお喜びになるでしょう」

彼女の顔が晴れる。「じゃ、夫に話してくださるのね? 借金のことは内緒のまま? それから、兄にも話してくださるのね? ウィリアム・フィッツウィリアムにも? わたしに干渉しないよう、どうぞ彼らを説得してくださいい。他の女官たちがしなかったことは、わたしもしておりません」

「シェルトン嬢は？」彼はたずねる。

「彼女については誰もおどろきませんわ」

「シーモア嬢はどうです」

「そちらはみなおどろくでしょうね」

「レディ・ロッチフォードは？」

レディ・ウースターはためらう。「ジェーン・ブーリンは戯れるのが好きでありませんの」

「なぜです、ロッチフォード閣下は下手くそなのですか？」

「下手くそ」彼女はその単語を味わっているように思える。「ジェーンがそう表現するのは聞いたことがありませんわ」と、ほほえむ。「でも、どんなものか聞いたことはあります」

クリストフが戻ってくる。重荷をおろした女は、軽やかにクリストフとすれちがう。「ちょっと、これ見てくださいよ」クリストフが言う。「上にのっていた花びらを全部つまんで、皮だけ残していった」

クリストフは腰をおろし、残り物を口に詰め込む。蜂蜜や砂糖に飢えているのだ。空腹をかかえて育った若者は、見ればわかる。一年のうちのかぐわしい季節がそこまできている。空気は暖かく、葉は薄緑に萌え、レモンケーキはラヴェンダーの香りがする。バジルの小枝を添えたゆるゆるの卵のカスタード。砂糖シロップでとろとろ煮込み、半分に切ったイチゴの上にかけたニワトコの花。

聖ジョージの日（四月二十三日。ドラゴン退治の伝説で有名な聖ゲオルギオスの記念日。ゲオルギオスは古典ギリシャ語）。イングランド全土で、布や紙のドラゴンたちが騒々しく通りを練り歩く行列の中でゆれ、ブリキの甲冑を着たドラゴン退治の聖人が、錆びたぼろの剣で楯をたたきながら、ドラゴンたちを追いかける。乙女たちは葉で花輪を編み、春の花々が教会に運び込まれる。オースティン・フライアーズの広間では、アントニーが天井の梁から、ぎょろぎょろ目玉とだらんと垂れた舌、緑の鱗を持つ獣をぶらさげた。それがなんともみだらに見え、彼の記憶をつつくが、どうしても思い出せない。

今日はガーター騎士団が総会を開く日である。死亡した騎士がいる場合は、新たな騎士を選出する。ガーター騎士団はキリスト教国においてもっとも有名な騎士団だ。フランス王、スコットランド王もその一員である。王妃の父モンシニョル、王の私生児ヘンリー・フィッツロイも。今年の総会場所はグリニッジである。諸外国の者はむろん出席しないが、総会は彼の新しい協力者の会合ともなる。ウィリアム・フィッツウィリアム、エクセター侯ヘンリー・コートニー。ノーフォーク公。そしてチャールズ・ブランドンは、謁見室の外で自分を押しやった彼、トマス・クロムウェルをもうゆるしたようだ。それが証拠に、彼を見つけると、こう言う。「クロムウェル、われわれには意見の相違があった。だが、いつもヘンリー・チューダーには言っていたんだよ、クロムウェルをないがしろにするな、恩知らずな彼の主人同様に彼を失墜させるのはよせ。ウルジーは彼にいろんな駆け引きのこつを教えこんだのだから、役に立つかもしれないよ、とね」

「そうでしたか、閣下。閣下に大きな借りができましたな」

「まあな、結果は見てのとおり。今やきみは金持ちだ、そうだろう?」ブランドンはくすくす笑う。

「そしてヘンリーも、だ」

「しかるべき方面には常に喜んで感謝を捧げていますよ。ところで、ガーター騎士団の総会では、誰に一票を投じるおつもりですか？」

ブランドンは力強いウインクをよこす。「わたしを信頼しろ」

空きはひとつ、バーゲイヴニー卿の死がもたらした空席であり、その席にすわれそうな人物はふたりいる。アンは兄ジョージの長所をさかんに主張していた。もうひとりの候補者はニコラス・カルーである。票の集計がおこなわれた結果、王に読みあげられた名前はサー・ニコラスだ。ジョージの家族はすばやく落胆を押し殺し、なにも期待していなかった、今回の空席にはカルーがふさわしかった、フランソワ王自身も、三年前にカルーを選ぶよう王に進言していた、と発言する。王妃は、失望したのだとしても、顔には出さない。王とジョージ・ブーリンは、ある計画について話しあう。五月祭の翌日、王の一行は港における新しい建造物の視察にドーバーへ出かけることになっており、ジョージは特別五港《シンク・ポーツ》（イングランド南海岸の港ヘイスティングス、ロムニー、ハイズ、ドーバー、サンドウィッチ）の監督官としての立場から、それに同行する予定なのだ。クロムウェルの考えでは、ジョージでは能力不足である。彼自身も王の供をするつもりでいる。一日か二日カレーにまで足をのばして、そこでさまざまな調整をおこなってもいい。自分の来訪は守備隊に活を入れるためであるとの噂を流すのだ。

領地から出向いて総会に出席したハリー・パーシーは、今、ストーク・ニューイントン（ロンドン北部）にある自分の屋敷にいる。好都合だ、と彼は甥のリチャードに言う。誰かをパーシーに会いにいかせ、例の婚約問題についてパーシーが前言を取り消す用意があるかどうか探らせよう。必要とあらば、わたしが行ってもいい。しかしまずはこの一週間をじわじわと乗りきらねば。リチャード・サンプソンが彼を待っている。サンプソンは王室礼拝堂の首席司祭であり、教会法の学者（ケンブリッジ、パリ、ペルージャ、シエナの各大学の）でもある。最初の離婚における王の代理人だ。

「これはかなりまずいな」二つ折りサイズの書類を、サンプソンらしい几帳面な手つきで机に置きながら、首席司祭が口にしたのはそれだけだ。外ではラバのひく荷車が、悪天候にそなえて入念にくるまれたさらなる書類の重みにうめいている。文書は王が最初の王妃にたいする不満足をはじめて表明した当時のものだ。あの頃われわれはみな若かった、と彼が言うと、サンプソンは笑う。聖職者独特の、式服をしまう櫃のきしみを連想させる笑い声だ。「若かった当時のことはろくにおぼえていないが、たぶん、若かったのだろうね。気楽な者もいたよ」

ヘンリーが現在の結婚から解放される可能性があるかどうか、彼らは婚姻の無効を今から探るつもりなのだ。「ハリー・パーシーはきみの名前を聞くと、いきなり泣き出すそうだな」

「おおげさな。伯爵とわたしはここ数ヵ月、礼儀にかなったやりとりをしてきたんですよ」

彼は最初の結婚をめぐる書類をめくりつづけ、枢機卿の筆跡が、訂正し、示唆し、余白に矢の落書きをしているのを見つける。

「もしアン王妃が修道院に入る決心をしなければ」彼は言う。「結婚はひとりでに解消するでしょう」

「彼女ならすばらしい大修道院長になるにちがいない」サンプソンは礼儀正しく、言う。「大司教閣下にはもう聞いてみたのかね？」

クランマーは遠方にいる。この問題に関わるのを避けているのだ。「われわれの理念、それはとりもなおさず英訳聖書の理念なわけですが、アンがいないほうがうまくいくことを大司教に示さねばなりませんね。神の生きた言葉は、アンの恩知らずな泣き言ではなく音楽のように王の耳に聞こえてほしい、とわれわれは思っているのです」

彼は礼儀上、首席司祭も含めて〝われわれ〟と言う。サンプソンが改革に熱心なのかどうか心の中では疑っているが、重要なのは表向きの整合性であり、首席司祭はいつも協力的だ。

「この魔術という点だが」サンプソンは咳払いする。「王は真剣にわれわれにそれを追及させるつもりではなかろう？　陛下を結婚へ誘いこむために、なんらかの不自然な手段が使われたと証明されれば、いうまでもなく陛下の同意は自由意志によるものではありえず、結婚は効力を持たない。しかし、まさか、魔力だの魔法だのによって誘惑されたとは、これはいわば、喩えとしてそうおっしゃったのだろうね？　詩人ならば女性の妖精じみた魅力や誘惑を語ることもあるだろうが……それにしても、よりによって」首席司祭はやんわりと言う。「そんなふうにわたしを見ないでくれ、トマス・クロムウェル。そういうことには関わりたくないんだよ。もう一度ハリー・パーシーを呼び、内密に、なんとか理性を取り戻させるほうがまだいい。メアリ・ブーリンの問題を持ち出すほうがましだよ。正直なところ、その名前は二度と聞きたくなかったんだがね」

彼は肩をすくめる。彼はときどきメアリのことを考える。もしもおれが彼女の申し出にのっていたら、今頃どうなっていただろう、と。カレーでのあの夜、彼はメアリの息を味わえるほど、菓子とスパイスとワインのにおいを嗅げるほど近くにいた……だがもちろん、カレーでのあの夜、機能に問題のない男なら誰だってメアリをものにしていただろう。首席司祭が静かに彼の思考の鎖を断ち切る。「提案してもいいかね？　王妃の父親に話をしに行くといい。ウィルトシャーと話しあうんだ。彼は道理をわきまえた人物だよ。数年前、われわれは同じ使節団でビルバオ（スペイン北部の町）にいたんだが、彼は常に道理をわきまえていた。娘におとなしく去るよう、彼に進言してもらうといい。われわれ全員を二十年の苦悩から救ってくれ」

〝モンシニョル〟に会うに際して、彼はリズリーに会談の記録をつけさせる。アンの父親は彼自身の二つ折り書類を持ってくるが、アンの兄ジョージが持ってくるのは、はではでしい身体ひとつだ。ジョージは常に一見の価値がある。編み紐や房飾りがついた服、斑点模様や縞模様の服、切れ込みの入った服を好んで着る。今日は赤い絹の上に白のベルベットを重ねているので、ひとつひとつの深い切れ込みから真紅が波打ちながら顔をのぞかせている。クロムウェルはかつて低地諸国で見た一枚の絵を連想する。生きながら皮を剝がれている聖人の絵だ。ふくらはぎの皮膚が、やわらかなブーツのように、足首のところできちんと折り畳まれ、聖人はまばたきひとつしない静謐な表情を浮かべていた。

彼は書類をテーブルにのせる。「さっそく本題に入りましょう。状況はおわかりですね。複数の問題が陛下の注意をとらえたのです。それがわかっていたなら、陛下はレディ・アンとのこの偽りの結婚には踏み切らなかったでしょう」

ジョージが口をきる。「ノーサンバーランド伯とは話をした。彼は宣誓を曲げていない。婚約はなかった」

「だとすれば、あいにくです」彼は言う。「どうしたらよいものやら。だがあなたならたぶんなんらかの提案をして、わたしを助けてくださるでしょうな、ロッチフォード閣下？」

「おまえをロンドン塔送りにするのを助けてやるさ」

「今の発言を記録してくれ」彼はリズリーに言う。「ウィルトシャー閣下、ここにおいでのご子息が知らない状況を思い出していただきたいのです。ご息女とハリー・パーシーの件で、故枢機卿はあなたを呼んで説明を求め、そのさい、ふたりは釣り合わぬ、あなたの一族と、高位のパーシー家とでは身分がちがいすぎる、と警告しましたね。するとあなたはこう答えられた。自分はアンの行動に責任を持たない、自分の子供たちを支配することはできない、と」

トマス・ブーリンは、あることをおぼろげに思い出したらしく、表情を微妙に動かす。「すると、あれはきみだったか、クロムウェル。暗がりでペンを走らせていたのは」

「それを否定したことは一度もありませんよ、閣下。さて、あのとき、あなたは枢機卿からあまり同情を得られなかった。わたしも家族を持つ父親である以上、そういうことが起きるのは理解できます。当時、あなたはご息女とハリー・パーシーの仲がいきすぎたことを認めておいでだった。それによってあなたがいわんとしたのは――枢機卿が好んで表現したように――干し草の山と暖かな夜、という言い訳です。つまり、あなたは彼らの関係が完結した、本当の結婚であったことをほのめかしたのです」

ブーリンは得意げに微笑する。「しかし、それから王は娘にたいする気持ちをおおっぴらにしたんだよ」

「だから、あなたは自分の立場を考え直したのですね。人間の常として。わたしは、もう一度考え直してくださいとお願いしているのです。ご息女が実際にハリー・パーシーと結婚していたのなら、そのほうが彼女にとってはよいでしょう。結婚していたのなら、王との婚姻は無効と宣言される見込みがあります。そして王は自由に別の女性を選ぶことができる」

彼の娘が王をじらしつづけて十年、その間にトマス・ブーリンは勢力を伸ばし、金と安定と自信を得た。その時代は終焉に近づきつつあり、彼、クロムウェルはブーリンがそれに逆らわないことに決めたのを見てとる。女は年をとり、男は変化を好む。よくあることだ。聖別された王妃ですらそれを免れてみずからの終わりを決めることはできない。「そうか。アンはどうなるのだ？」父親はたずねる。そこに特別のやさしさは感じられない。

カルーが言ったように、彼は言う。「修道院でしょうか？」

「寛大な措置を期待する」ブーリンは応じる。「家族のために、という意味だよ」

「待てよ」ジョージが割り込む。「父上、この男と取引するのはやめたほうがいい。話し合いに応じる必要はない」

ウィルトシャーは冷ややかに息子に言う。「ロッチフォード子爵。冷静に願おう。これが現実なのだ。クロムウェル、娘が女侯爵としての資産をそのまま所有するのはどうだろう？　そしてわれわれ家族も、われわれの資産を変わらず維持するのでは？」

「陛下は王妃の俗世からの隠遁を望まれるでしょう。王妃の信仰と考えが乱れることのないような、きちんと管理された神聖な家が必ず見つかるはずです」

「反吐《へど》が出る」ジョージは父親からじわじわと身を離す。

彼は言う。「ロッチフォード閣下の反吐を記録してくれ」

リズリーのペンが音をたてる。

「しかし、われわれの土地は？」ウィルトシャーがたずねる。「われわれの官職は？　わたしは王璽尚書として、ひきつづき王にお仕えできるだろう。それからここにいる息子の爵位と称号も――

――」

「クロムウェルはわたしをはずしたいんだ」ジョージがいきなり席を立つ。「それが掛け値なしの真実さ。王国を守るためのわたしの行動に、彼は干渉しつづけた。今もドーバーにサンドウィッチに手紙を送っている、手下がそこらじゅうにいて、わたしの手紙は彼にまわされ、わたしの命令は彼によって撤回され――」

「着席願います」リズリーが言う。彼は笑う。ジョージの表情を笑い、うんざりした自分の無礼さも笑う。「いや、むろん、そのほうがよければ立ったままでも結構ですよ、閣下」

言われて、ロッチフォードは困惑する。その場で腹立ちまぎれに動きまわり、立っていることを強調するので精一杯だ。帽子を取りあげて、言う。「哀れなものだな、秘書官。妹の追い落としに成功したところで、あんたの新しい味方は、ひとたびアンが去ればあんたをさっさと始末するだろうし、アンと王が仲直りして、あんたが失敗すれば、わたしがあんたを始末する。どっちにころんでも、今回ばかりはやりすぎだよ、クロムウェル」

彼は穏やかに応じる。「わたしがこの面談を求めたのは、あなたが誰よりも妹さんに影響力を持っているという、ただそれだけのためですよ、ロッチフォード閣下。あなたが手を貸してくださるならば、あなたの身の安全を提供するつもりです」

父親のブーリンが目をつぶる。「わたしが彼女と話そう。わたしがアンと話をする」

「そしてここにおいでのご子息と話してください。わたしには彼と話をするつもりはもうありませんから」

ウィルトシャーは言う。「あきれたものだな、ジョージ、おまえはこれがどういうことになるのかわからないのか」

「なにが？」ジョージは言い返す。「なにが、なんのことだよ？」父親にひっぱっていかれながら、彼はまだなんのことだとつぶやいている。戸口までくると、父親のブーリンは礼儀正しくお辞儀する。「ではこれで、秘書官。リズリー殿」

ふたりは出ていく親子を見送る。「おもしろかったですね」リズリーが言う。「で、どうなるんですか、サー？」

彼は書類をそろえる。

「枢機卿が失墜なさったあと、宮廷で見た芝居を思い出しますよ」リズリーが言う。「道化のセクストンが真紅の長衣を着て枢機卿を演じ、四人の悪魔が手足をひとつずつつかんで、枢機卿を地獄へひきずっていく。悪魔たちは仮面をつけていましたが、常々思っていたんです、ジョージが――

――」

「右手をつかんでいた」彼は言う。

「ああやっぱり」

「わたしは広間の奥で、幕のうしろへまわってみたんだ。連中が毛むくじゃらの衣裳を脱ぎ、ロッチフォード子爵が仮面をはずすのを見た。どうしてついてこなかった？　その目で見られただろうに」

リズリーはにやりとする。「幕のうしろへは行きたくなかったんですよ。あなたに役者のひとりと混同されたら、以後ずっと嫌われてしまいますからね」

彼の記憶がよみがえる。残忍なにおいに満ちた夜、騎士道の華が血に飢えた猟犬となり、宮廷中が、床の上をひきずられて跳ねる枢機卿の姿に、非難と野次を飛ばしていた。そのとき広間から呼ばわる声がひびいたのだ。「恥を知れ！」と。彼はリズリーにたずねる。「あれはきみではないな？」

「ちがいます」〝結構です〟は嘘はつかない。「たぶん、トマス・ワイアットでしょう」

「わたしもそう思ったよ。そのことを何年も考えていたんだ。さてと、わたしは陛下に会いにいかねばならん。その前にワインでも一杯どうだ？」

リズリーは立ちあがり、給仕を見つけてくる。白蠟の杯の曲線に光があたり、ガスコーニュ産ワインがしぶきをあげて注がれる。「これの輸入許可証をフランシス・ブライアンに与えたんだよ」彼は言う。「三カ月前になるな。あの男は味覚音痴なんだ。それにしても、王の酒類貯蔵室に彼がこれを転売しているとは知らなかった」

護衛、従者、ジェントルマンを蹴散らして、彼はヘンリーの元へ行く。ろくな前触れもなかったから、ヘンリーはおどろいて楽譜から目をあげる。「トマス・ブーリンは問題ありません。陛下からの信頼を失わないことだけを気にしています。ですが、その息子の協力は得られませんでした」

「なぜだ？」

ばかだから？　「陛下のお気持ちが変わるかもしれないと考えているのでしょう」

ヘンリーは憤慨する。「彼は余を知っているはずなのだぞ。はじめて宮廷にきたとき、ジョージは十歳の少年だった。もう当然わかっていてよいはずだ。余の気持ちは変わらん」

ある意味、それは真実である。王はカニのように横向きで目的地へむかうが、次の瞬間、ハサミをふるう。つままれるのは、ジェーン・シーモアだ。「余がロッチフォードをどう思っているか、教えよう」ヘンリーは言う。「かれこれ三十二だかになるというのに、彼はいまだにウィルトシャーの息子、王妃の兄と呼ばれ、気持ちの上でも半人前だ。しかも、世継ぎはおろか、娘さえひとりもいない。余は彼のためにできることをした。余の代理としてたびたび外国へ派遣した。それも終わりになろう。なぜなら、もはやジョージは余の義兄ではないからだ。今後は誰からも注目されなくなる。しかし、貧乏人にはならん。ひきつづき、余の好意を得られる見込みはある。だがそれも、ジョージが妨げとならなければの話だ。したがって、警告してやるべきだろう。余がみずから話さねばならんか？」

ヘンリーはいらだたしげだ。自分がそのようなことをやる必要はない。クロムウェルが王に代わってやるべきだと思っている。ブーリンたちを追い出して、シーモアたちを中へ入れる。ヘンリーの仕事はもっと王にふさわしいこと、すなわち、困難な企ての成功を祈り、ジェーンに捧げる歌を書くことなのだ。

「一日、二日お待ちください、陛下。わたしがジョージを父親から引き離して面談しましょう。どうやらウィルトシャー伯の前では、虚勢をはる必要を感じているようですから」

「そうだな、余はめったにまちがえない」ヘンリーは言う。「虚栄心、すべてはそのせいだ。さあ、聞いてくれ」ヘンリーはうたう。

うるわしいヒナギクよ
薄い青のスミレよ
余の心は永久に……

「これは古い歌でな、それを当世風にしようとしているところなのだ。青《ブルー》と対になる言葉はなんだろうな？　〝新しい《ニュー》〟は別にして？」

その様子だと、他に用事はなさそうだ、と彼は思う。彼は辞去する。たいまつに照らされた回廊から人影が溶けるように去っていく。四月の金曜日の宵、宮廷の雰囲気が思い出させるのは、ローマの公衆浴場だ。ねっとりと湿った空気、泳ぐ人々のおぼろな輪郭がそばをすべるように通過する――知っている人々なのかもしれないが、裸なのでわからない。肌が熱くなり、冷たくなり、また熱くなる。足元のタイルがすべる。両側にはドアが並んでいて、どのドアもごく細めにあいたままになっている。視線の外だが、すぐそばで起きているのは倒錯の行為だ。男と女、男と男の自然に反する肉体の結合。べとつく暑さと、人間の性に吐き気をおぼえ、なぜこんなところへきてしまったのかと考える。だが、男ならすくなくとも一生に一度は浴場へ行かなければいけないと言われたのだ。さもないと、なにが起きているか他人から聞かされても、信じないから、と。

「実は」と、メアリ・シェルトンが打ち明ける。「こうして呼び出されていなかったとしても、秘書官様、なんとかお目にかかりたかったのです」片手がふるえている。メアリはワインを一口すると、そこにあらわれた神意を見定めるかのように杯を深々とのぞきこんだあと、雄弁な目をあげる。「あと一日でもこのような日がこないよう、祈っているんです。ナン・コバムもお目にかかりたがっています。マージョリー・ホースマンも。寝所付きの女たちの全員が」

「わたしに話すことがなにかあるのか？　それとも、わたしの書類の上で泣いて、インクをにじませたいだけかね？」

メアリ・シェルトンは杯を置いて、彼に両手をあずける。その仕草が彼の気持ちをやわらげる。わたしの手はきれいよ、と見せる子供のようだ。「もつれをほどいてみるとするかな？」彼はやさしくたずねる。

王妃の部屋からは一日中叫び声や、力まかせにドアを閉める音、走る足音が聞こえる。押し殺した会話も。「宮廷から逃げ出したいぐらいです」シェルトンは言う。「他の場所にいられたら、と思いますわ」両手をひっこめる。「結婚すべきなんです。まだ若いうちに結婚して子供を産むのは、わたしには過ぎた望みでしょうか？」

「これこれ、自分を憐れむのはよしなさい。きみはハリー・ノリスと結婚するものと思っていたよ」

「わたしもそう思っていました」

「きみたちのあいだがぎくしゃくしたのは知っているが、それはもう一年前のことだろう？」

「レディ・ロッチフォードからお聞きになったんでしょう。まともに取り合わないほうがいいんです。あのひとはあることないことでっちあげるんですから。でも、はい、本当です、わたし、ハリーと喧嘩をしました。というより、ハリーがわたしに喧嘩を売ったんです。原因は、しょっちゅう王妃の部屋にやってくる若いウェストンでした。ハリーはウェストンがわたしに色目を使っていると思ったんです。わたしもそう思いました。でも、誓って、ウェストンをあおったわけじゃありません」

彼は笑う。「しかしね、メアリ、きみは確かに男たちをあおる。それがきみのすることだ。そういう性分なんだよ」

「それでハリーはこう言ったんです、おれがあの犬コロのあばらに忘れられない蹴りを入れてやるって。でもハリーは、子犬を蹴飛ばすようなひとじゃありません。そうしたら、わたしのいとこの王妃が、わたしの部屋でそういうことはしないでちょうだい、と言ったんです。ハリーは、もちろんです、ウェストンを中庭へ連れ出して、蹴りましょう。そして――」彼女はこらえきれずに笑うが、その声は哀れにもふるえぎみだ。「――フランシスはそのあいだずっとそこに立っていたのに、王妃とハリーは彼がまるでいないかのようにしゃべっていました。そうしたらフランシスが言ったんです、あんたがおれを蹴るのを見たいもんだ、ノリス、その年じゃ、膝ががくがくして――」

「メアリ」彼はさえぎる。「手短に願えないか？」

「でも、一時間以上この調子でつづいたんですよ、王妃の好意を得ようと、殴り合い、引っ掻きあって。王妃はうんざりするどころか、ずっとふたりを焚き付けていました。やがてウェストンが言いました、いらいらするなよ、おっとりノリス、おれはここへシェルトン嬢のためにきたんじゃない、もうひとりの女性のためにきたんだ、それが誰かわかってるだろう。するとアンが、わからないわ、教えてよ、見当もつかない。レディ・ウースターのことかしら？　それともレディ・ロッチフォード？　さあ、おっしゃい、フランシス。誰を愛しているのか、わたしたちにおっしゃい。するとウェストンが言ったんです、マダム、あなたです」

「で、王妃はなんと？」

「彼をはねつけました。そういうことを言ってはいけないって。兄のジョージがやってきて、イングランド王妃の名誉のためにあなたを蹴りだすから、と。王妃は笑っていました。そうしたら、ハリー・ノリスがウェストンのことでわたしに喧嘩をふっかけたんです。ウェストンはノリスと、王妃のことで言い争いました、そしてふたりそろってウィリアム・ブレレトンと言い合いになったんです」

「ブレレトン？　ブレレトンがどういう関係があるんだ？」

「あら、彼は偶然入ってきたんです」メアリ・シェルトンは眉を寄せる。「そのときだったと思います。それとも、別のときだったかしら。すると王妃が言いました、ほら、これがわたしのための男よ。ウィルは矢をまっすぐに射る男なの。でも、彼女は彼ら全員をいたぶっていました。王妃はよくわからない方なんです。マスター・ティンデールの福音書を読んでいるかと思うと、次の瞬間には……」と、肩をすくめる。「口を開いて、悪魔の尻尾をするりと出すし」

こうして、シェルトンの話によれば、一年が経過した。ハリー・ノリスとシェルトン嬢はもう一度話し合い、まもなく仲直りして、ハリーは彼女のベッドにこっそり通うようになり、すべてが元どおりになった。今日、四月二十九日までは。「今朝、それはマークではじまったんです」メアリ・シェルトンが言う。「彼がうろついているのはごぞんじでしょう? マークはいつも王妃の謁見室の外にいるんです。王妃はマークの前を通っても、話しかけはしませんが、笑って、マークの袖をひっぱったり、肘をたたいたりするんです。マークの帽子の羽根を折ったこともありますわ」

「風変わりな愛の戯れだな」彼は言う。「フランスではそれが普通なのか?」

「で、今朝は、あら、このちいさなわんころをごらんなさいよ、と言って、マークの頭をくしゃくしゃにし、耳をひっぱりました。すると、マークのおばかさんは今にも泣きそうになったんです。すると、王妃は言いました、なにをそんなに悲しんでいるの、マーク、悲しむのはあなたのすることじゃないでしょう、あなたはわたしたちを楽しませるためにいるのよ。マークはひざまずいて、〝マダム――〟と言いかけたんですけれど、王妃はそれをさえぎりました。おねがいだから、二本の足で立ちなさい、注意をむけてあげているじゃないの、なにを期待しているの、ジェントルマンにたいするように、わたしがあなたに話しかけるべきだとでも思っているの？　それは無理よ、マーク、あなたは出が卑しいんだから。マークは否定しました、いえ、ちがいます、マダム、お言葉を期待してはいません、見てくださるだけで充分です。王妃はその先を待ちました。自分の一瞥にこもる力をマークが賛美すると思ったからですわ。あなたの目は磁石のように力強いとかなんとか。でも、マークはなにも言わなかった。いきなり泣き出して、〝さようなら〟と歩きさったんです。ただ、王妃に背をむけて。王妃は笑いました。それでわたしたちは彼女の部屋に入ったんです」

「焦らずゆっくり話してくれ」

「アンは言いました、マークはわたしのことを〝パリの庭〟からきたものだとでも思っているのかしら？　つまり、知っておいでかとは思い――」

「パリの庭（当時ロンドンにあった歓楽街で、売春小屋もあった）なら知っている」

メアリ・シェルトンは赤くなる。「もちろんですね。するとレディ・ロッチフォードが言ったんです。マークも高いところから落ちてしまえばいいのにね、あなたの犬のパーコイみたいに。それを聞いた王妃はいきなり泣きだし、レディ・ロッチフォードをたたきました。そうしたらレディ・ロッチフォードが、もう一度やってごらんなさいよ、あなたをたたき返してやるわ、あなたはもう王妃なんかじゃなくて、ただの騎士の娘じゃないの、クロムウェル秘書官はあなたを見限っているわ、あなたはもう終わったのよ、マダム」

彼は言う。「レディ・ロッチフォードは先走っているんだよ」

「そのときハリー・ノリスが入ってきたんです」

「どこにいるのかと思っていたところだ」

「この騒ぎはなんです？　と彼が言うと、アンが、わたしに情けをかけてちょうだい、兄の妻を連れだして、溺れ死なせておくれ、そうすれば兄はやさしくてぴちぴちした女と一緒になれるのだから。ハリー・ノリスは目を丸くしましたわ。アンは彼に言いました、わたしの望みならなんでもするとと誓ったんじゃなかったの？　わたしのためなら中国までも裸足で歩くと言ったんじゃなかった？　するとハリーは――彼がひょうきんなのは知ってらっしゃるでしょう――わたしが申しましたのは、裸足でウォルシンガムまで行くということだったと思いますが。そうだった、ではその罪をそこで懺悔しなさい、なぜなら、おまえは死者の財産をねらっているのだから。もしなにかとんでもないことが陛下に起きたら、おまえはわたしと寝るつもりでしょう？」

シェルトンの言うことを書き留めたいが、彼女がしゃべるのをやめてしまうかもしれないので、動けない。

「そのあと王妃はわたしのほうをむいて、言ったんです。シェルトン、これで彼があなたと結婚しないわけがわかったでしょう？　彼はわたしを愛しているのよ。そう主張しているし、ずっと前からそう言っていたわ。でも、ハリーはその愛を証明しようとはしない。でなければ、わたしが心から欲しているとおり、さっさとレディ・ロッチフォードを袋詰めにして、川の土手へ運んでいるでしょうからね。次の瞬間、レディ・ロッチフォードは部屋を走り出ていきました」

「むべなるかな」

メアリは顔をあげる。「わたしたちを笑っていらっしゃるんですね。でも、恐ろしかったんです。

わたしにとっては。だって、ハリー・ノリスがアンを愛しているというのは、ふたりのあいだの冗談だとばかり思っていたら、そうではなかったことがわかったんですもの。まちがいなくハリーは青くなっていましたわ。そしてアンに言いました。秘密のすべてを、それとも一部だけを明かすおつもりですか？　彼はアンにお辞儀もせずに歩みさり、アンはそのあとを走って追いかけました。でも、彼女がなんと言ったのかはわかりません。わたしたち全員、彫像みたいに凍りついていたので」

秘密を明かす。すべてか、一部だけを。「それを聞いていたのは誰だね？」

メアリは首をふる。「十数人ほどでしょう。いやでも聞こえてしまいました」

そのあと、王妃は半狂乱だったらしい。「アンは、まわりをうろうろしているわたしたちを見つめ、ノリスを呼び戻すよう言ったんです。司祭を連れてくる必要がある、ハリーはわたしが貞節で忠実なよき妻であることを誓わなければならない、と。すべての前言をハリーは取り消さなければならないし、自分もそうだ、この部屋で自分たちは聖書に手を置き宣誓する。そうすれば、今のやりとりが根も葉もないおしゃべりだったことが全員にわかるだろう。アンはレディ・ロッチフォードが王のところへ行くのを怖がっていました」

「レディ・ロッチフォードは悪い知らせを伝えるのが好きだからな。しかし、そこまで悪い知らせとなると、どうだろう」夫にとって、というだけではない。夫たる王の親しい友人と妻が夫の死を論じ、なおかつ、その後、彼らが慰めあうことまで視野に入れているのだ。

これは国家への反逆である。おそらく。王の死を想像することは。法も認めている。夢想から欲求へ、実行への距離がどれだけ短いかを。一応は、王の死を〝想像している〟だけだが、思考は実行の父だ。実行は未熟で醜悪な早産だ。メアリ・シェルトンは自分がなにを目撃したのかわかっていない。恋人同士の喧嘩だと思っている。恋愛と失恋という自身の長い経験上の、もうひとつの出来事だと思っている。気が抜けたような声で彼女は言う。「今さらハリー・ノリスがわたしと結婚するとは思えないし、結婚するつもりだったふりさえもうしないと思いますわ。もしあなたが先週、王妃はノリスに身を任せたのかとわたしに質問なさっていたら、いいえと申しあげたでしょうけど、今の彼らを見ていると、そういう言葉がふたりのあいだで交わされたのはあきらかです。そういう目つきをしてますもの。どんな行為があったかまではわかりません。わたし……なにをどう考えればいいのやら」

「わたしがきみと結婚しよう、メアリ」

メアリは思わず笑う。「秘書官様、そんなおつもりもないくせに。いつもあちこちのレディと結婚するとおっしゃってるけれど、あなたが女官ごときと一緒にならないのは、わたしたちみんな知っているんですよ」

「ああそうかね。またしてもパリの庭か」彼は肩をすくめ、苦笑する。だが、てきぱきと先を急がねばならない。「さあ、いいかね、用心深く、沈黙を守ることが重要だ。きみが――きみと他の女官たちが――やらねばならないのは、自分の身を守ることだ」

メアリは理解しようともがいている。「悪いことにはなりませんわね？　王の耳に入ったとしても、陛下は我慢することを知っていらっしゃるわ、そうでしょう？　どれもくだらない噂だと、他愛のないことだとお思いになるでしょう？　全部憶測なんですもの。わたし、あわててしゃべったかもしれません。あのふたりのあいだでなにが交わされたのか、知りようがないんです、わたしだって断言などできません」しかし、きみは断言することになるんだ、と彼は思う。いずれは。「だって、アンはわたしのいとこなんですよ」娘の声がゆれる。「彼女はわたしのためになんでもしてくれました――」

自分の妊娠中に、きみを王のベッドに押し込むことさえした、と彼は思う。それもヘンリーを一族の輪の中にひきとめておくためだ。

「アンはどうなるんでしょう？」メアリの目は真剣だ。「陛下はアンを捨てるんでしょうか？　噂はありますけど、アンは信じていません」

「王妃は信じたい気持ちに少々頼りすぎているんだ」

「わたしはいつでもヘンリーを取り戻せるのよ、方法はわかっているの、と言うんです。これまでずっとそのとおりだったことはごぞんじですよね。でも、ハリー・ノリスになにがあったにせよ、わたしはアンにこのまま仕えるつもりはありません。だって、まだそうではないとしても、いつかアンが良心の呵責もなく、平然とハリーをわたしから奪うのはわかってますから。こんな状態では女官たちも耐えられません。レディ・ロッチフォードは女官をつづけられないでしょう。ジェーン・シーモアはやめさせられます、そのわけは――いえ、わけは内緒です。それから、レディ・ウースターはこの夏の出産にそなえて実家へ帰らなくてはいけないし」

彼の見ている前で、若い女の目が動き、計算している。シェルトンには、ひとつの問題がのしかかっているのだ。アンの私室に女官を配するという問題が。「でも、イングランドには充分な数の貴婦人がいるはずですわ。もう一度はじめればいいんです。ええ、新しいはじまりです。カレーのレディ・ライルは娘たちをよこしたがっています。つまり、最初の夫とのあいだに生まれた娘たちのことですけど。きれいな子たちですし、訓練すればりっぱにつとめてくれるでしょう」

まるでアン・ブーリンが彼らを、男も女も、魔法にかけたかのようだ。だから、彼らはまわりでなにが起きているのか見えないし、自分たちの言葉の意味が聞こえない。それだけ長きにわたって、彼らは愚かに生きてきたのだ。「ですから、どうかオナー・ライルに手紙を書いてください」メアリは自信たっぷりに言う。「娘たちを宮廷にあげることができたら、彼女は死ぬまであなたに足をむけて寝られませんわ」

「で、きみは？　きみはどうするんだ？」

「考えます」メアリはけっしていつまでもくよくよしない。だから、男は彼女が好きなのだ。他の機会が、他の男たちが、他の方法がある。メアリ・シェルトンはいきおいよく立ち上がり、彼の頬に接吻する。

土曜日の夜。

日曜。「今朝、ここにおいでだったらよかったのに」レディ・ロッチフォードはおもしろがっている。「一見の価値ありでしたのよ。陛下とアンが大窓のそばに立っていたんです。ですから、下の中庭にいた全員がふたりを見ることができましたの。昨日アンがノリスとやらかした喧嘩のことが、陛下のお耳に入ったんです。いえ、イングランド中にひびきわたりましたけどね。陛下が我を忘れていらっしゃるのはあきらかでしたわ。お顔が紫色でしたもの。アンは胸の前で両手を合わせて立っていました……」レディ・ロッチフォードは自分の両手をぐっと合わせてみせる。「ほら、陛下の見事なタペストリーにあるエステル妃（旧約聖書「エステル記」に登場する、ペルシャ王の后。ユダヤ人を虐殺から救った）のように」

　彼はそれをやすやすと思い浮かべることができる。廷臣たちが動揺する王妃のまわりに集まっている、あの豪華な織物の一場面を。ひとりの女官が、無関心を装って、リュートを手にエステル妃の部屋へむかっており、他の者たち、女たちはなめらかな顔を上方へむけ、男たちは首をかしげて、脇で噂話をしている。宝石で飾りたて、凝った帽子をかぶった廷臣たちのあいだに、彼は自分の顔を甲斐なくさがした。おそらく、彼はどこか他の場所にいて、謀《はかりごと》をしているのだろう。ぶつりと切れた糸かせ、切断された端切れ、強情にからみあった糸。「エステル妃のようにか。なるほど」

「アンは幼い王女を呼びにやったにちがいありません」レディ・ロッチフォードは言う。「そのとき乳母が王女を連れてきたからです。アンは王女をひったくるようにして抱きあげましたわ。まるでこういわんばかりに、〝陛下、この子があなたの娘であることをどうして疑ったりできるのですか？〟」

「あなたは王がそのことを問いつめた、と思っているんだね。しかし、あなたには聞こえなかったはずだろう」彼の声は冷ややかだ。彼自身、その冷ややかさにおどろく。

「わたしの立っていた場所からは聞こえませんでしたわ。でも、アンにとって楽しいことだったとは思えません」

「王妃のそばへ行って、慰めなかったのかな？　いやしくもあなたの女主人だろうに」

「ええ。あなたを捜していましたから」レディ・ロッチフォードは急に口をつぐむと、突然深刻な口調になった。「わたしたち――アンの女官たちは、包み隠さず話して、身を守りたいのです。アンが不実なのではないかと、そしてそれを内緒にしたら自分たちがとがめられるのではないかと、みな怖れているのです」

「夏、去年ではなくおととしの夏だ、あなたは王妃が子をほしがっているが、王とのあいだには生めないのではないかと心配していると、とわたしに言った。王は王妃を満足させられない、そう言った。今、それを繰り返す用意があるかね？」

「わたしたちの話し合いを、あなたが記録なさらなかったとは意外ですわ」

「長い話だったからな。しかも、言わせてもらえば、特定の詳しい話というよりは、暗示ばかりだった。法廷で宣誓する立場になったとき、あなたがどちらにつくかを知りたいのだよ」

「裁判にかけられるのは誰ですの？」

「それを決めたいと思っているんだ。あなたの親切な助けを借りて」

この文句がなめらかに自分の口から出るのを、彼は聞く。あなたの親切な助けを借りて。あなた自身が法に背くわけではない。陛下を救うためだ。

「ノリスとウェストンのことがあかるみに出たのは知っていらっしゃるでしょう」ジェーン・ロッチフォードは言う。「どんなふうに彼らがアンへの愛を宣言したか。彼らだけではありませんのよ」

「単なる好意の表現ではないと思っているんだね？」

「ただの好意のために、暗がりでこそこそしたりはしませんわ。はしけに乗ったりおりたり。たいまつの明かりをたよりに、城門をこっそりくぐりぬけたり。門番に袖の下を渡したり。この二年以上、そういうことが起きていましたのよ。誰を、いつ、どこで見たのかはわかりません。よほど目を光らせていなければ、誰もつかまえることはできなかったと思いますわ」レディ・ロッチフォードは彼の注意をとらえていることを確認するため、そこで言葉を切る。「宮廷がグリニッジにあるとしましょう。あるジェントルマン、王に仕えている者が目に入っても、巡回の義務が終わって、これからひきあげるところなのだろう、と想像しますわね。ところが、王妃のお世話をしようとしていると、また同じジェントルマンが角をさっと曲がるところが見えるのです。誰だって思いますわ、なぜここにいるの？　ノリス、あなたなの？　ウェストミンスターにいるとばかり思っていたジェントルマンのひとりを、リッチモンドで見かけることがたびたびありました。グリニッジにいるはずが、ハンプトン・コートにいたり」

「ジェントルマン同士で職務の場所をとりかえていたなら、問題はないだろう」

「でも、わたしが言おうとしているのはそういうことではありません。時間ではないんです、秘書官様。場所です。それが王妃の回廊、王妃の控え室、王妃の戸口なんですよ。庭の階段ということもありましたし、うっかり小門の鍵があけっぱなしのこともありました」レディ・ロッチフォードが身を乗り出したので、指先が、書類の上で休んでいる彼の手をかすする。「わたしが言いたいのは、彼らが夜に出入りしているということですわ。なぜここにいるのかと聞いても、彼らは王からの個人的な伝言をつたえにきたと言うでしょう。誰宛の伝言かは言えないと」

彼はうなずく。私室付き廷臣は文字にされない伝言を運ぶ。それが彼らの仕事のひとつなのだ。彼らは王と貴族たちのあいだを行き来し、ときには王と外国大使たちのあいだを行き来する。王とその妻のあいだ、ということも当然ある。彼らは質問を受け付けない。彼らに説明の義務はない。

レディ・ロッチフォードは深くすわりなおす。ささやくように言う。「結婚する前、アンはよくフランス式でヘンリーにしていましたのよ。どういう意味か、おわかりですわね」

「見当もつかないね。あなた自身はフランスに行ったことがあるのかね？」

「いいえ。あなたはおありでしょう」

「兵士としてだ。軍の性愛の技《アルス・アマトリア》は無骨なものだ」

彼女は考え込む。険しさが声に入り込む。「それを言わねばならない立場にわたしを追い込んで、恥をかかせようというおつもりですね。でも、わたしも生娘ではないし、しゃべらない理由もないでしょう。アンはヘンリーに、しかるべき場所ではないところに子種を出させたのです。ですから今、ヘンリーはそういう行為を強いた彼女を非難しているのですわ」

「せっかくのチャンスが失われた、というわけだ」子種は無駄になった。彼女の身体の割れ目から流れ落ち、あるいは喉をすべりくだって。まっとうなイングランド式でアンに植え付けられたはずのときに。

「王はそれを穢らわしい出来事と呼んでいます。でも、神よ陛下を愛したまえ、ヘンリーはその穢れた行為のそもそものはじまりをごぞんじないのですわ。わたしの夫ジョージはいつもアンと一緒です。でも、そのことなら前にもお話ししましたわね」

「ジョージは王妃の兄なのだから、自然なことだろう」

「自然？　あなたはそうおっしゃるの？」

「いいかね、愛情豊かな兄が冷たい夫であることを、あなたが罪にしたがっていることは知っているよ。しかし、それを認める法も、前例も、あいにくない」彼はためらう。「わたしが同情的でないとは思わないでほしい」

不利な状況に陥ったとき、ジェーン・ブーリンのような女になにができるだろう？　資産家の未亡人なら、世間でちやほやされる。商人の女房なら、勤勉さと抜け目のなさで商売を繁盛させ、金を蓄えることができる。亭主に虐待される働き者の女なら、夜じゅう家の外に立って鍋をたたいてくれる友人たち、それを追い散らそうとシャツ一枚で外に出てきた無精ひげのろくでなし亭主を取り巻き、シャツをめくりあげ一物をあざ笑ってくれる頼もしい友人たちに助けを求めることができる。しかし、若い既婚の貴婦人には、自分を助ける術がない。ロバほどの力すらない。彼女が望めるのは、せいぜいが、鞭をふるわない主人ぐらいである。「あなたの父上は学者のモーリー卿でしょう。わたしは卿を高く評価している。父上に助言を求めたことはないのかね？」

「なんの役に立ちまして？」レディ・ロッチフォードの声には軽蔑がこもっている。「わたしたちが結婚したとき、父はおまえに最善のことをしてやった、と言いましたのよ。父親なんてみんなそんなものですわ。わたしをブーリンに嫁がせることなど、父にとっては、生まれたばかりの猟犬を売るほどの関心もなかったのです。暖かい犬小屋と屑肉の皿があると思えば、それ以上なにを知る必要がありまして？　なにがほしいのかなんて、犬には聞きません」

「すると、今の結婚から解放されるとは思ったことがないのかね？」

「ええ、クロムウェル様。わたしの父はあらゆることを徹底して調べたんです。あなたがお友達に期待するのと同じぐらい徹底的に。婚約歴はないか、結婚歴はないか、女の影がないか。あなたとクランマー大司教が束になったところで、わたしたちの結婚を無効にすることはできないでしょう。婚礼の日、わたしたちが友人たちと食事の席に着いたとき、ジョージはわたしにこう言いました。おれがこうしているのは、父にそうしなければならないと言われたからだ、と。愛情を夢見ていた二十歳の娘にとって、あまりな言葉だったことは、同意してくださるでしょう。わたしはジョージに食ってかかり、同じことを言い返しました。こう言いましたの。父に強制されなければ、あなたのそばには近寄りません、とね。そのあと日が落ち、わたしたちは床に入りました。ジョージは片手を伸ばしてわたしの乳房をはじくと、言いました。これまでたくさん見てきたし、これよりましなのはいくらでもあった。仰向けになって、身体をひらき、義務をすませて、おまえの父を祖父にしてやろう。そして息子が生まれたら、おれたちは別居できる。わたしは言いました。できると思うならおやりなさい。どうか今夜、子種が植わりますように、そうすれば、あなたはその穴掘り道具を片付けて、わたしは二度とそれを見ないですみます」ちいさな笑い。「でも、わたしは、ほら、石女なんです。あるいは、そう信じなければならないんです。夫の子種が悪いか弱いのかもしれませんもの。ジョージがどこかいかがわしい場所で子種を使い果たしていることは、神もごぞんじですわ。そうそう、彼は、ジョージは、福音派なのです。聖マタイが彼の導き役で、聖ルカが彼の守護神です。ジョージほどおめでたい男はいませんわ。神について彼が唯一の欠点だと思っているのは、神の作りたもうた民には穴が少なすぎるということなのですから。もしも脇の下にあれがある女と出会ったら、彼は〝ありがたい〟と叫ぶや、彼女をどこかに住まわせて、物珍しさが薄れるまで毎日通いつめるでしょう。ジョージにとって、してはいけないことなどひとつもないんです。尻尾をふってわんわんと吠えれば、雌のテリア犬とだってしてしまいますわ」

今回ばかりは、さすがの彼も口がきけない。ネズミのようにちいさな犬とジョージがまぐわっている光景を、頭から払いのけることができそうにない。

彼女は言う。「ジョージがわたしに病気をうつし、だから子ができなかったのではないかと思うのです。なにかが内部からわたしを滅ぼしているような気がしますの。それが原因で、いつか死ぬかもしれません」

彼女はかつて彼に頼んだことがあった。もしわたしが急死したら、医師たちにわたしの遺骸を切り開いて中を調べてもらってください。当時、彼女はロッチフォードに毒を盛られるかもしれないと考えていた。今は、盛られたにちがいないと思っている。彼はつぶやく、あなたは気苦労が多いな。顔をあげて、言う。「しかし、要領を得ないね。仮にジョージが王妃について、王の耳に入れるべきなにかを知っているのなら、ジョージを証人として呼ぶことはできるが、彼が正直に話すかどうかは知りようがない。兄と妹を強制的に反目させるのはまず無理だ」

レディ・ロッチフォードは言う。「ジョージを証人にする話をしているんじゃありませんわ。ジョージがアンの部屋で時間を過ごしている、と申しあげているんです。アンとふたりきりで。ドアを閉めて」

「話し合っているのでは？」

「ドアの前に行ってみましたが、声は聞こえませんでした」

「無言の祈りを捧げていたのかもしれない」

「彼らが接吻をしているのを見たのです」

「兄が妹に接吻をすることはあるだろう」

「あんなふうにはしませんわ」

彼はペンを取りあげる。「レディ・ロッチフォード、〝兄はあんなふうに妹に接吻しない〟と書くわけにはいかないんですよ」

「ジョージの舌が彼女の口に入っていたんです。そして彼女の舌はジョージの口に」

「それを記録してほしいと？」

「忘れるのが心配なら」

彼は考える。これが法廷で明かされたら、ロンドンは大騒ぎになるだろうし、これが議会で言及されたら、司教たちはベンチの上で凍りつくだろう。彼はペンを持ちあげたまま、待つ。「アンがなぜそのような、自然に反する罪を犯すんだね？」

「支配するのに都合がいいからよ。おわかりでしょう？　エリザベスについては、アンは運がいいんですわ。子供はアンにそっくりですものね。でも、男の子を産んで、それがウェストンの長い顔を持っていたら？　あるいはウィル・ブレトンに似ていたら、王はなんとおっしゃるかしら？　でも、ブーリンの顔立ちならば、誰もその子を庶子とは呼べないでしょう」

ブレトンもか。彼は書き留める。かつてブレトンが、自分は一度に二ヵ所にいられるんだと冗談を飛ばしたことを思い出す。不気味な冗談、敵意のこもった冗談だった。今になってようやく笑える、と思う。「なぜにやにやしていらっしゃるの？」レディ・ロッチフォードが聞く。

「王妃の部屋で、彼女の恋人たちのあいだで、王の死が話題になったと聞いたことがある。ジョージはそれに加わったことがあるのだろうか？」

「彼らに嘲笑されていることを知ったら、ヘンリーは死にたくなるでしょうね。彼の股間が嘲笑されているのですから」

「よく考えてもらいたい。自分がなにをしているか、ちゃんとわかっているのだろうね。もしもあなたが法廷や枢密院で夫の不利になる証言をしたら、あなたは今後、孤独な女性となるかもしれないんだよ」

彼女の顔が、今のわたしが友人に恵まれているとお思いですか？　と語っている。「わたしが責めを負うことはないでしょう。責めを負うのはあなたですわ、秘書官様。わたしは機知も洞察力もない女と思われています。そして、そちらは見てのとおりの、容赦のない辣腕家ですわ。わたしの意志とは関係なく、あなたがわたしから真実をひきだした、と思われるでしょう」

これ以上聞く必要はなさそうな気がする。「その印象を維持するためには、あなたが喜びを抑え、悲嘆を装う必要がありそうだ。ジョージが逮捕されたら、あなたは慈悲を求めて嘆願しなければならなくなる」

「お安い御用ですわ」レディ・ロッチフォードは舌の先をのぞかせる。砂糖漬けのように甘いその瞬間を味わっているかのように。「わたしなら安全です。陛下は見向きもしません、それだけは保証できます」

「わたしからの助言だ。誰にもしゃべらないように」

「わたしからの助言ですわ。マーク・スミートンと話をなさってください」

「これからステップニーの自宅へむかうが、マークに食事にくるよう言ってある」

「なぜ、ここでもてなさないんですの？」

「騒動が多すぎるからね、そう思わないか？」

「騒動？　ああ、そうですわね」

彼はレディ・ロッチフォードが出ていくのを見守る。ドアがまだ閉まらないうちにレイフと〝リズリーで結構です〟が入ってくる。青白く、表情は硬く、ふたりとも落ち着いている。彼らが盗み聞きをしていなかったことはあきらかである。「審問会の開始を王が望んでおられます」リズリーが言う。「なるべく慎重に、ただし、できるだけ迅速に、との仰せですよ。あの出来事のあと、噂をもはや無視できなくなっておられるのでしょう。喧嘩のことも。王はノリスに近づきませんでした」

「そうなんですよ」レイフがあいづちを打つ。「私室付きのジェントルマンたちはすべてが無事おさまったと思っています。王妃は、みなの話からすると、落ち着いたようです。明日の馬上槍試合は通常どおりおこなわれる予定です」

「レイフ、リチャード・サンプソンのところへ行って、ここだけの話《アントレ・ヌ》だが事態はわれわれの手に負えるものではなくなった、と伝えてくれないか？　結局、無効を訴える必要はないかもしれん。すくなくとも王妃は、王からの要求をすべて聞き入れることになるだろう。彼女に交渉の余地はあまりない。ハリー・ノリスは矢の届くところにいるな。あとはウェストンだ。そうそう、ブレトンも」

レイフ・サドラーが眉をあげる。「王妃はほとんどブレトンを知らなかったはずですが」

「間の悪い男のようだな」

「ずいぶんと冷静に見えますよ、サー」〝結構です〟が言う。

「そうだろう。せいぜい学んでくれ」

「レディ・ロッチフォードはどんなことをしゃべったんですか？」

彼は眉を寄せる。「レイフ、サンプソンのところへ出かける前に、そこへ、テーブルの上座にすわりなさい。内密に開かれた枢密院会議に出席しているつもりになるんだ」

「議員全員が出席しているんですか？」

「ノーフォークもフィッツウィリアムも、全員だ。さあ、〝結構です〟、きみは王妃の寝室付きの女官だ。立って。お辞儀をしようか？　それでいい。さてと、わたしはきみに腰掛けを持ってくる小姓だ。クッションもな。すわって、議員たちにほほえみかけて」

「ええと」おぼつかなげに口を開いたレイフだが、次の瞬間、急にその気になり、手を伸ばして、

〝結構です〟の顎の下をくすぐる。「われわれに話すことがあるそうだな、マダム？　さあ打ち明けなさい、そのルビーのようなくちびるを開くのだ」

「この美しいレディが主張するのは」彼、クロムウェルは片手をふって言う。「王妃の言動の軽々しさだ。王妃の行状は、たとえ、法にそむくおこないを目撃した者がないとはいえ、神の法を愚弄するみだらな行為への疑いをかきたてている」

レイフが咳払いする。「マダム、なぜ前にこのことを話さなかったのだ？」

「王妃様を悪くいうのは反逆罪だからでございます」リズリーは要領よく、すらすらと女の言い訳を口にする。「わたしどもは王妃様をかばうしかありませんでした。王妃様に理をとき、軽々しいおこないはおやめくださいと説得する以外、わたしたちになにができましょう？　でも、それができなかったのです。わたしたちは恐怖に縛られております。王妃様は賛美者を持つ女官に嫉妬なさり、女官からそれをとりあげたがるのです。過ちを犯したと王妃様が思えば、ためらうことなく、既婚、未婚の別なく、脅迫なさいます。そのようにして、王妃様は女官を破滅に追いやることができるのです。エリザベス・ウースターをごらんください」

「すると、もはやそのほうは黙っているのが耐えられなくなったのだな？」レイフが言う。

「ここで、わっと泣き出せ、リズリー」彼は指示する。

「泣いた、と思ってください」〝結構です〟が頬を拭う。

「すごい演技だ」彼はためいきをつく。「このへんでもうやめて、家に帰りたいものだ」

ウィンザー城の川の土手で再会した船乗りのシオン・マドックの言ったことを思い浮かべる。

「アンは兄貴相手にやるんだぜ」

料理人のサーストンはこう言った。「彼らは一列に並んであそこをしごいて用意してるんです」

トマス・ワイアットの言葉を思い出す。「でもあれはアンの手管なんですよ、イエスと言いつづけて、最後にノーと言うのが……最悪だったのは、ぼくにはノーと言うくせに他の男にはイエスと言っていると彼女がほのめかし、自慢めかして言うことでした」

彼はワイアットにたずねていた。彼女に何人の恋人がいたと思う？　するとワイアットは答えた。

「一ダースか？　ゼロか？　百人か？」

彼はアンを冷たい女と考えていた。処女であることを売り物に、最高値でそれを売った女だと。しかしこの冷たさ――それは結婚前のことだ。ヘンリーが彼女の上にのしかかり、身を離して、自室へよろめき帰る。天井に躍る蠟燭の明かりの輪のなか、残された彼女のそばに、女官たちが温かな湯を入れた洗面器と布を運んでくる。身体をごしごし洗うアンに、レディ・ロッチフォードの声がかかる。「お気をつけあそばせ、マダム、ウェールズ王太子を洗い流さぬよう」まもなくアンは暗がりにひとりになる。亜麻布についた男くさい汗のにおい。そばの粗末な藁布団の上では、役立たずの女召使いが寝返りを打ち、軽いいびきをかいている。川と宮殿のざわめきが聞こえるだけ。アンがしゃべっても、寝言をつぶやく召使い以外、答えるものはない。祈っても、答えるものはない。アンは寝返りを打ち、両手で太ももをなで、自分の乳房に触れる。

だとすれば、ある日、イエス、イエス、イエス、イエス、イエスと言っても不思議ではないのでは？　彼女の徳の糸がぷつんと切れるとき、たまたまそばにいる者にたいして？　たとえそれが実の兄であっても？

彼はレイフに、〝結構です〟に言う。「今日、キリスト教国で聞こうとは思ってもみなかったことを聞いたのだ」

若いふたりのジェントルマンは先を待つ。彼の顔をじっと見ながら。〝結構です〟が聞く。「ぼくはまだ女官なんですか、それともすわって、ペンをとりましょうか？」

彼は考える。ここイングランドでは、われわれは子供たちを、まだ幼いときに他所の家へあずける。したがって、兄と妹がすっかり成長してから、まるで初対面のように顔を合わせるのはめずらしくない。それがどんなことか、考えてみろ。素敵な他人、自分と生き写しの知らない相手。兄妹は恋に落ちる、といっても、ごく短いあいだだけ。一時間か、半日もすれば、それは冗談の種になる。それでも、甘いやさしさの滓が残る。その気持ちがその後も男たちを磨き、彼らに頼る女たちにたいして、よりまともなふるまいをさせるのだ。しかし、いきすぎて、禁断の世界に迷いこみ、束の間の思いから実行へ、深い河を飛び越えたら……聖職者たちは言う。誘惑は罪であり、両者のあいだには毛髪一本はさめない、と。だが、それは真実ではない。女の頬に口づけるのは、なんの問題もない。そのあと、首を嚙むか？「かわいい妹」と言いながら、次の瞬間には裏返しにし、スカートをめくるか？まさか。はずさなくてはならないボタンがあり、越えねばならない距離がある。眠りながらそういうことはしない。近親相姦はうっかりするものではない。相手を、女が誰かを見誤るなどありえない。彼女は顔を隠していないのだ。

だがそうなると、レディ・ロッチフォードが嘘をついている可能性がある。動機はある。

「審理をどう進めるか、わたしが当惑することはめったにないのだが、しかし、口にしたいとも思わぬ問題を扱わねばならなくなった。部分的にしか説明できないから、訴状をどう作成すればよいのかわからん。市《いち》で見せ物をする客引きのような気分だ」

市では酔った田舎者たちが金を投げてよこし、そのあと、鼻でせせら笑う。「あれが見せ物か？女房の母親にくらべりゃかわいいもんだ」

仲間同士背中をたたきあって、笑いころげる。

だが、客引きは言う。いやいや、あれはお客さんがたの勇気を試すために見せただけだよ。もう一ペニー出せば、テントの奥にあるものを見せてあげよう。どんな剛の者だって、あれを見りゃぞっとする。保証するよ、あんな悪魔の仕業は見たためしがないはずだ。

そして彼らは見る。とたんに、深靴の上に吐く。客引きは金をかぞえて、金庫にしまう。


ステップニーにマークがくる。「楽器を持ってきましたよ」リチャードが報告する。「リュートです」

「外に置いてこいと言え」

それまでは浮かれていたとしても、今、マーク・スミートンは疑わしげで、おどおどしている。戸口に立って、「リュートで楽しんでいただくのだとばかり思いましたが、サー」

「そうだろうね」

「大勢のお仲間がいらっしゃるのだろうと思っていたんです」

「わたしの甥、マスター・リチャード・クロムウェルは知っているな？」

「でも、秘書官様のために演奏できればしあわせです。もしやこちらの子供聖歌隊の歌をわたしに聞かせたいのでは？」

「今日はやめておくよ。事情が事情だから、子供たちをほめちぎりたくなるかもしれんからね。だが、すわりたまえ。一緒にワインでもどうだ？」

「レベック弾きを紹介してくれないか」リチャードが口をはさむ。「ひとりしかいないのに、彼はいつも家族に会いにファーンハムへ逃げだしてしまうんだ」

「かわいそうに」彼はフラマン語で言う。「家に帰りたいんだろう」

マークが顔をあげる。「ぼくの国の言葉をお話しになれるとは知りませんでした」

「きみが知らなかったのはわかっている。知っていたら、わたしを貶すのにフラマン語を使いはしなかっただろう」

「サー、悪気はなかったんです」彼をもてなしている相手について、どんなことを言い、また、言わなかったか、マークがおぼえているわけがない。しかし、その表情からすると、だいたいの意味合いは思い出せたらしい。

「きみは、わたしが縛り首になると予言したんだよ」彼は両腕を広げる。「だが、わたしは生きて、息をしている。しかし、困っていてね、だから、わたしを嫌っているきみを呼ぶしかなかったわけだ。というわけで、助けてもらいたい」

マークはすわったまま口をわずかにあけ、背を固くして、片足をドアのほうへむける。逃げだしたくてたまらないのだ。

「いいか」彼は左右の手のひらを合わせる。マークが台座の上の聖人であるかのように。「わたしの主人である王と王妃は反目なさっている。誰もが知っていることだ。そこで、わたしの心からの願いは、おふたりを仲直りさせることだ。王国全土の安寧のためにな」

この点は認めよう。マークは弱気ではない。「ですが、秘書官様、宮廷での噂では、あなたは王妃の敵と仲良くしておられます」

「連中の行動をつきとめるためだ」

「それを信じることができればいいのですが」

腰掛けの上でリチャードがもぞもぞしている。いらだっているのだ。

「このところ厳しい日々がつづいている」彼は言う。「これほどの緊張と悲哀に満ちたときは、枢機卿の失脚以来、記憶にない。きみを責めているのではない、マーク、わたしのことがなかなか信頼できなくとも、宮廷にあのような険悪な雰囲気が漂っていては無理もない。あれでは、誰も他人を信頼できまい。だが、きみが王妃と親しいから、助けを求めているのだ。他のジェントルマンたちでは助けになりそうにない。助けてくれたら報いるだけの力はあるし、きみが王妃の欲するものをのぞく窓となってくれるなら、その働きに値するものはなんでもとらせよう。王妃があのように鬱々としている理由を知る必要があるのだ。元気になっていただくためには、わたしになにができるかを知る必要がある。王妃の心が穏やかでないあいだは、お世継ぎはできそうにないからな。王妃が懐妊すれば、そのときは、われわれの涙はすべて乾くだろう」

マークが顔をあげる。「そりゃ、王妃様が沈んでいるのは当然です。恋をしておいでだからです」

「誰と?」

「ぼくと」

クロムウェルはテーブルに両肘をついて身を乗り出し、次いで、片手で顔を覆う。

「おどろいていますね」マークが言う。

それは彼の感情の一部分にすぎない。時間がかかりそうだと思っていたら、と彼は心の中でつぶやく。なんと、花を摘むようなものじゃないか。手をおろし、若者に笑いかける。「きみが考えているほどおどろいてはいないよ。きみを観察していたからな。王妃の仕草、雄弁な目つき、好意を示す数々のヒントを見ていたからな。人前であれだけあらわにしているのだから、ふたりだけのときは推して知るべしだ。それにもちろん、どんな女だってきみに心惹かれるだろう。実に見目麗しい若者だからな」

「だが、おまえは男色者だとばかり思っていたぞ」リチャードが言う。

「とんでもないことです!」マークは顔を紅潮させる。「ぼくはみんなと同じ立派な男です」

「じゃ、王妃はきみを褒めるのだろうね?」微笑しながら、彼はたずねる。「きみを試し、きみが好みに適うことを発見したわけだな?」

若者の視線が、ガラスの上の絹のように、するりとそれる。「そういう話はできません」

「そりゃそうだろう。しかし、われわれは結論を引き出さねばならないんだ。王妃は経験の乏しい女性ではないだろうから、お粗末な行為には見向きもなさらんだろう」

「ぼくたち貧しい者、生まれの貧しい者は」マークが胸をはる。「けっしてあっちのほうでは負けていませんよ」

「まったく。ところがジェントルマンたちは、可能なかぎり、その事実をご婦人がたから隠している」

「そうでないと」リチャードが口をはさむ。「公爵夫人たちは軒並み、森できこりと戯れることになるでしょうね」

彼は笑わずにいられない。「ただ、公爵夫人は数がすくなすぎ、きこりは数が多すぎる。さぞかし熾烈な争奪戦が起きることだろう」

神聖な神話が冒瀆されているかのように、マークが彼を見る。「王妃様に他にも愛人がいると思っていらっしゃるのだとしても、ぼくはたずねたことはありません。たずねようとも思いません。だけど、自分が妬まれているのはわかっています」

「おそらく、王妃は他の候補者を試してみて、がっかりしたんだろう」リチャードが言う。「そしてこのマークが一位に輝いた。おめでとう、マーク」リチャードはクロムウェル流の単刀直入な率直さで、身を乗り出しながら、聞く。「どのくらいの頻度だ？」

「そんな機会はなかなかめぐってこないだろう」彼はほのめかす。「たとえ、女官たちが共謀してくれても」

「女官たちもぼくの味方じゃないんです。ぼくが今言ったことだって、否定するでしょう。彼女たちはウェストンやノリスといった貴族の味方ですから。ぼくなんて、ごみみたいなものなんです。女官たちはぼくの髪の毛をくしゃくしゃにしたり、ぼくを給仕と呼んだりします」

「王妃がたったひとりの味方というわけか」彼は言う。「それにしても、すごい味方だ！」すこし間を置く。「いずれ、他の連中の名前を言う必要が出てくるだろう。おまえが言った名前は、今のところふたつだ」マークは彼の口調の変化にぎくりとして、目をあげる。「さあ、全員の名前を言え。そしてマスター・リチャードに答えろ。どのくらいの頻度だ？」

若者は彼の凝視の前に凍りつく。だがすくなくとも太陽のもとでのひとときを楽しむことはできたのだ。すくなくとも、自分は秘書官をおどろかせたと言えるのだ。今現在生きていて、そんなことを言える人間はほとんどいない。

彼はマークが答えるのを待つ。「ふむ、しゃべらないほうが賢明かもしれんな。文字にして記すのが一番いい、ちがうか？　マーク、きっとうちの事務員たちも、わたしに負けず劣らず驚愕するよ。手がふるえて、ページにインクを落とすだろう。おまえの成功譚を聞いたら、枢密院も仰天するだろう。おまえを羨む貴族がたくさんいるぞ。だが、彼らの同情を期待するのは無理だ。〝スミートン、秘訣はなんだ？〟と彼らは問いつめるだろう。おまえは赤くなって、いえ、みなさん、それを明かすことはできません。だがなマーク、おまえはしゃべることになる。彼らがしゃべらせるからだ。みずから、あるいは強制されて、おまえはしゃべることになる」

マークの顔に動揺が広がり、身体がふるえだすと、彼は若者から目をそらす。満たされない人生のなかの、得意になってしゃべった軽率な五分間。神経質な商人のように、神々がただちに請求書を送付する。マークはみずから作りあげた物語の中に生きていた。塔に閉じ込められた美しい姫の耳に、外の世界からこの世のものとも思えぬ美しい音楽が聞こえてくる。姫が窓の外をのぞくと、リュートを弾く卑しい楽士が月明かりで見える。しかし、この楽士が身をやつした王子でないかぎり、この物語はめでたしめでたしにはならない。ドアが開いて、平凡な顔が次々に入ってくると、夢の表面がこなごなに砕けちり、気がつくと、春先の暖かな夜、ステップニーにいる。小鳥のさえずりが黄昏のしじまに消えていき、どこかでかんぬきが音をたて、床の上を腰掛けがひきずられる音がし、窓の下では犬が吠え、そしてトマス・クロムウェルがこう話しかけてくる。「腹がすいてきたな、早いところやっつけよう。ここに紙とインクがある。マスター・リズリーがきた、彼がメモをとってくれる」

「名前をあげることはできません」若者は拒む。

「それはおまえ以外、王妃に愛人がいないということか？　彼女がそう言うのだな。だがな、マーク、王妃はおまえをだましてきたんじゃないのか。彼女が王をだましてきたのなら、おまえをだますことぐらい彼女にとっては赤ん坊の手をひねるも同じだ、そうだろう」

「ちがう」哀れな若者は首をふる。「王妃様は貞淑な方です。なぜ、自分があんなことを言ったのか、わかりません」

「わたしもだ。誰もおまえを痛い目にあわせなかったのにな、だろう？　それとも、誰かが暴力をふるったか、罠にかけたか？　おまえは自分からしゃべったんだ。マスター・リチャードがわたしの証人だ」

「取り消します」

「不可能だ」

間があいて、そのあいだに部屋が別の場所になり、人影が薄闇に溶ける。秘書官が言う。「冷えてきたな、火を焚かせよう」

なんでもない家庭的な要請だが、マークは彼らが自分を火焙りにする気だと考える。はじかれたように腰掛けから立ちあがり、ドアに駆け寄る。彼が見せたはじめてのわずかな分別と言えそうだが、そこにはがっしりしたクリストフが控え、にこやかにマークを阻止する。「すわってな、美男子」

薪がすでにくべられている。火花が飛ぶまで、長い時間がかかる。ぱちぱちと気持ちのいいちいさな音がたち、召使いが前掛けで両手を拭きながら退出すると、マークは召使いの背後で閉じたドアを、羨望にも似た途方に暮れた表情で見守る。いっそ台所の下働きか、野外便所の清掃係でいたらよかったと思っているのだ。「そうそう、マーク」秘書官が言う。「野心は罪なのだ。そう聞いている。もっとも、聖書で命じられている自分の才能を使うことと野心の相違が、わたしにはさっぱりわからんがね。ここにいるおまえと、ここにいるわたしは、どちらも一時、枢機卿の召使いだった。だから今夜、ここにこうしてすわっているわたしたちを枢機卿がご覧になったとしても、すこしも意外には思われないだろう、どうだ？　さてと、仕事に戻ろうか。王妃の床からおまえが追い出したのは誰だ？　ノリスか？　それとも王妃の部屋付き召使いのように、おまえたちも当番制なのか？」

「知りません。さっき言ったことは取り消します。あげられる名前なんてありません」

「他の男たちがとがめられるべきなら、おまえひとりが苦しむのは気の毒だ。むろん、彼らのほうが罪は重い。なんといっても、じきじきに王から抜擢されたジェントルマンたちで、教養のある者ばかり、しかもそのうち数人はいい年齢でもあるのだからな。一方のおまえは右も左もわからぬ若者なのだから、罰せられるのと同じぐらい哀れまれるべきだろう。王妃との密通をわれわれに打ち明け、他の男たちと王妃の関係について知っていることを話せば、そして、おまえの告白が迅速で、充実しており、明確かつ惜しみないものであれば、王が慈悲をたまわるかもしれない」

マークはほとんど聞いていない。身体はぶるぶるふるえ、呼吸が荒く、しどろもどろで、泣きべそをかきはじめている。こうなると、簡潔であることが一番だ。簡単な答えを求める率直な質問がいい。リチャードが聞く。「ここにいるこの人間が見えるな?」マークがわかっていない場合のために、クリストフが自分で自分を指さす。「こいつを親切なやつだと思うか? こいつとふたりきりで十分間過ごしたいか?」

「五分で足りる」クリストフが予想する。

彼は言う。「マーク、さっき説明したように、マスター・リズリーはわれわれの言うことを書き留める。だが、われわれの行動に関しては、必ずしも書き留めるわけではない。わかるか? そっちは公開されないということだ」

「聖母マリア様、お助けを」

リズリーが言う。「拷問台のあるロンドン塔へおまえを連れていってもいいのだぞ」

「リズリー、ちょっといいか？」彼は〝結構です〟に部屋の外へ出るよう手ぶりで知らせ、戸口で声をひそめてしゃべる。「苦痛の性質は特定しないほうがいい。ユウェナリス（ローマ帝国の詩人。社会風刺で知られる）が言うように、想像力は最高の拷問者だ。それから、中身のない脅しはするべきではない。マークを拷問する気など、わたしにはないんだ。椅子ごと裁判所へ運ばれるようになってほしくない。こういう哀れな若者を拷問する必要があるのなら……次はどうする？　ネズミでも踏みつけるか？」

「ぼくは非難されているんですね」

彼はリズリーの腕に手を置く。「気にすることはない。きみはよくやっているよ」

これはもっとも経験豊かな者がためされる状況である。鍛冶場にいたあの日、熱い鉄が肌を焦がしたことを思い出す。激痛はこらえるしかなかった。がくんと開いた口からほとばしりでた悲鳴が壁にぶつかってはねかえった。父親が彼に駆け寄ってきて、言った。「両手を交差させろ」そして、水につけたあと軟膏を塗ってくれた。あとになってウォルターはこう言った。「おれたちみんなに起きることとさ。そうやって学ぶんだ。父親が教えてくれたやりかたで物事に対処することを学ぶんだ、三十分前にたまたま自分で見つけたくだらないやりかたじゃなくな」

彼はそのことを考え、部屋にふたたび入っていきながら、マークにたずねる。「痛みから学ぶことができるのを知っているかね？」

とはいっても状況が正しくなければならない、と説明する。未来がなければ、学ぶことはできない。誰かがおまえに痛みを与えることを選び、好きなだけ痛みを与えることにした結果、おまえが死んでしまったら、どうなる？　おまえは自分の苦しみの意味を理解することはできるだろう。おまえが煉獄を信じているなら、煉獄でもがいている魂にその苦しみを捧げることができる。白く輝く魂を持つ聖人たちには役立つかもしれん。だが、みずから密通という大罪を告白したマーク・スミートンには役立たない。「おまえの苦しみなど誰もほしがらないんだ、マーク。誰の役にも立たないし、誰も興味を持たない。神ですらだ。わたしはなんの関心もない。おまえの悲鳴は使い途がないんだ。わたしがほしいのは、意味の通った言葉だ。文字にできる言葉だ。おまえはもうしゃべったのだから、もう一度しゃべるのはなんでもないだろう。さあ、どうするかはおまえが決めろ。おまえの責任だ。みずからの説明によって、おまえは自分を地獄に落とすだけのことをしたんだ。われわれ全員を罪人にするな」

この先の段取りを、今こそ、若者の想像力に印象づける必要がありそうだ。監禁部屋から歩いて拷問部屋へ移動する。ロープがほどかれる、あるいは、罪のない鉄の棒が熱せられるのを待つ。そのあいだに、あらゆる思考は頭の中から奪われて、やみくもな恐怖が取って代わる。肉体はからっぽになって、恐怖があふれかえる。足はたわみ、息が苦しくなる。目と耳は機能しているのに、見たり聞いたりすることが頭で理解できない。時間がゆがんで、秒が日になる。拷問者の顔が巨人のようにふくれあがったり、ありえないほど遠のいて、ちいさな点になったりする。命令がくだされる。ここへ連れてきて、すわらせろ、さあ、時間だ。ありふれた他の意味に結びつけられる言葉だが、そこで気絶しなければ、それらの持つ意味はひとつだけ、すなわち苦痛だ。鉄の棒が炎から引き出されてじゅうじゅう音をたてる。ロープが蛇のようにくねって輪を作り、待ちかまえる。もう手遅れだ。今さらしゃべることはできない。舌が腫れあがって口腔をふさぎ、言葉が共食いする。あとになって、器具からはずされ、藁布団に寝かされたら、しゃべるだろう。おれは耐えられたぞ、と言うだろう。生き延びた、と。同情と自己愛が心臓にひびを入れ、おかげで、はじめて示される親切心――一枚の毛布とか少量のワイン――に心はあふれだし、舌がとまらない。言葉が流れ出る。この部屋に連れてこられたのは、考えるためではなく、感じるためなのだ。そしてついには、自分のためにならないほど感じてしまう。

だがマークはこれを免れそうだ。というのも、顔をあげて、たずねたからだ。「秘書官様、ぼくの告白がどうでなくちゃならないか、もう一度言ってくれますか？　明確で……なんでしたっけ？　四つありましたが、もう忘れてしまったんです」言葉の茂みで彼は身動きがとれず、もがけばもがくほど茨が深く肌に突き刺さる。場合によっては翻訳してやってもいいのだが、マークの英語にこれまで問題はなかった。「でも、わかってください、サー、知らないことは言えません」

「言えないのか？　ならば、今夜は泊まってもらうしかないな。クリストフ、そっちはまかせる。マーク、朝になったら、力がみなぎっていて、びっくりするだろう。頭は澄み、記憶も完璧に戻っているはずだ。おまえの罪を共有するジェントルマンたちをかばっても、自分の利益にはならないということがわかる。なぜなら、立場が逆だったら、彼らはおまえのことなど一顧だにしないからだよ」

間抜けを先導する男のように、クリストフがマークの手をひいて出ていくのを、彼は見守る。リチャードと〝結構です〟に手振りで食事をしてくるよう伝える。一緒に食事をするつもりでいたのだが、気がつくと、食欲がない。せいぜいが子供の頃に食べたような、朝方に摘んで濡れ布巾にくるんでおいたスベリヒユの質素なサラダぐらいしか腹に入りそうにない。当時はもっとましな食べ物がなかったから食べただけで、スベリヒユで飢えをしのぐことはできなかった。今なら、スベリヒユで充分だ。枢機卿が倒れたとき、彼はあわれな召使いたちの多くのために新しい勤め口をさがしてやり、数人は自分で引き取った。マークがあれほど生意気でなかったなら、マークも引き取っていただろう。そうすれば、マークは今のような堕落した人間にはならなかっただろう。その気取った態度は、彼がもっと男らしくなるまで、思いやりを持ってからかわれたことだろう。リュートの腕を他の家に貸し出すこともできただろうし、自分を評価し、自分の時間を見積もることを教えられていただろう。自力で金を儲ける方法も教わっただろうし、妻を見つけることもできただろう。最良の数年間を王の妻の部屋の外を嗅ぎまわって過ごし、肘をつつかれたり、帽子の羽根を折られたりすることなく。

家中が静まりかえったあとの真夜中、王からの伝令がやってきて、王が今週のドーバー行きを延期したことがわかる。だが、馬上槍試合は予定どおりおこなわれるらしい。ノリスが出場者に名を連ねているし、ジョージ・ブーリンもだ。ふたりは別々のチームにわかれている。挑戦側と、防御側。互いに相手を痛めつけることになるだろう。

彼は眠らない。さまざまな考えが脳裏を疾走する。不眠は当然の現象だと詩人たちは言うが、愛のために眠れなくなったことは一度もなかったと思う。今、目をさまして横たわっているのは、愛と正反対の感情ゆえだ。とはいえ、アンを憎んでいるわけではない。アンには関心がない。フランシス・ウェストンのことも憎んでさえいない。蚊を憎まないようなものだ。なぜ蚊なんてものが創造されたのかと不思議に思うだけだ。マークが哀れなのは、まだ子供なのにという思いがあるからだ。しかし、おれは今のマークぐらいの年で海を渡り、ヨーロッパの国境地帯を越えていた。悲鳴をあげてどぶに身を潜め、そこから這い出して、逃げ出した。一度ばかりか二度も。一度は父親から、一度は戦場でスペイン軍から。今のマークや、フランシス・ウェストンの年齢だったとき、おれはポルティナリ家やフレスコバルディ家の屋敷で頭角をあらわしていた。そしてジョージ・ブーリンよりずっと若い頃に、ヨーロッパの取引所で彼らに代わって取引をしていた。アントワープでドアを壊していた。別人のようになって、イングランドに帰国していた。母国語と疎遠になっていた。それでもうれしいことに、そして思いがけないことに、国を出たときよりも流暢に母国語をしゃべることができた。おれは枢機卿にひきたてられ、同時に妻を得、裁判所で名をあげた。よく裁判所へ出向いて判事たちに笑顔をむけ、専門知識をひっぱりだしては話をしたものだ。判事たちは上機嫌だったから、おれもにこやかに接して彼らの頭をひっぱたくような悪ふざけはしなかったし、彼らは事案をおれと同じように考えてくれた、たいていは。自分の人生における大きな災難だと思う事柄は、実際には災難ではない。たいがいのことは好転させることができる。ちがう角度から見ることさえできれば、どんなどぶも道になるのだ。

長年絶えて考えたことのなかった訴訟を、彼は思い起こす。判決はあれでよかったのかどうか。自分に不利な判決をしなかったかどうか。

すこしでも眠れるだろうか、眠れたらどんな夢を見るだろうか、と考える。彼が私人に戻るのは夢の中だけだ。トマス・モアは、自宅にも避難所を、退却所をもうけるべきだとよく言っていた。しかし、それがモアだった。相手かまわずその面前でドアを無情に閉めることができたモア。実際は、自分を公と私に分けることはできない。できると考えていたモアも、結局は、異端者呼ばわりしていた者たちをチェルシーにある自宅へひきずっていった。そうすれば、家庭という懐で、彼らを責めさいなむことができるからだ。やむをえないのなら、誰も寄せつけないようにすることはできる。「読み物があるから、ひとりにしておいてくれ」と言って、自分の部屋に入ってしまえばいいのだ。それでも、不満が煮えたぎり、期待が鳴動したら、部屋の外の息づかいや取っ組み合いは聞こえてしまう。彼は公人だ、彼はわれわれの仲間だ、いつになったら出てくるんだ？　民の足音に耳をふさぐことはできない。

彼は寝返りを打ち、祈りの言葉をつぶやく。夜の底で、悲鳴が聞こえる。苦しまぎれの男の叫びというより、悪夢にうなされた子供の泣き声だ。まどろみながら考える——あれをなだめるのは女の仕事じゃないか？　とたんに、あれはマークにちがいないと思いあたる。マークになにをしているのだ？　なにもまだするなと言っておいたのに。

だが、彼は身じろぎもしない。家族が自分の命令にそむくとは思えない。グリニッジではみな眠っているだろうか。武器庫は宮殿のすぐそばにあるうえ、馬上槍試合の数時間前には、ハンマーのひびきがにぎやかになることもしばしばだ。たたいたり、成形したり、溶接したり、研磨機で磨いたりの作業は完了している。あとは、リベットを打ち、油をさして、ゆっくり動かすといった、不安顔の参加者を安堵させる最終調整だけだ。

なぜおれはマークが得意がって自滅するのを放置したのか、と考える。途中のあれこれを短縮できたはずなのに。マークに求めることをあきらかにし、脅すこともできたはずだ。それなのに、おれはマークをけしかけた。マークを共謀者にするために。アンに関するマークの言葉が真実なら、マークは有罪だ。嘘だとしても、無実とは言いがたい。必要とあらば、おれはマークに自白を強要するつもりでいた。フランスでは、拷問は日常茶飯事。肉に塩をふるのと同じくらい必要なことだ。イタリアでは、広場の娯楽。イングランドでは、法は拷問を認めていない。しかし、王がうなずけば、適用される。認可があればいいのだ。ロンドン塔に拷問台があるのは事実である。持ちこたえる者はいない。ひとりも。ほとんどの者にとって、それの仕組みがあまりに露骨なので、一目見るだけで事足りてしまうのだ。

そのことをマークに言ってやろう、と考える。すこしは気が休まる。

彼はシーツをかきよせる。次の瞬間、クリストフが起こしに入ってくる。目が明かりにひるむ。彼は起き上がる。「ああ、くそ。一睡もしていないんだぞ。マークはなぜ悲鳴をあげた？」

若者は笑う。「クリスマスと一緒に閉じ込めたんですよ。おれが思いついたんですけどね。布にくるんだ星をおれがはじめて見たときのこと、おぼえておいででしょう？　おれは言いましたよね、旦那さん、あのとげとげのものはいったいなんです？　拷問道具だと思ったんですよ。それでね、クリスマスの中は暗いでしょう。あいつは星の上に倒れこんで、ケツをさしたんです。そのあと孔雀の翼が袋からこぼれて、あいつの顔をなでたもんだから、てっきり、暗がりに幽霊と一緒に閉じ込められたと思ったんですよ」

「一時間、わたしなしでやってくれ」

「まさか病気じゃないでしょう？」

「ちがう。睡眠不足でひどいざまというだけだ」

「ふとんを頭からひっかぶって、死人みたいに横になってるといいですよ」クリストフが助言する。「一時間たったら、パンとエールを持ってまたきましょう」


部屋からよろめき出てきたマークは、怯えきって青い顔をしている。羽根が衣服にへばりついている。孔雀の羽根ではなく、教区の熾天使の翼から落ちた綿毛で、三賢王の長衣からはがれた金箔がくっついている。いくつもの名前がマークの口からとめどなくこぼれ出す。あまりの速さに途中で待ったをかけねばならない。両脚が今にも崩れそうになり、リチャードがひっぱりあげて支える。こういう事態――つまり、ひとを極度に怯えさせたこと――は、彼にとってはじめての経験だった。うわごとめいた告白に、案の定、〝ノリス〟や〝ウェストン〟の名がまじる。やがて告白はさらにスピードをあげて、廷臣たちの名がまじりあい。飛んでいく。ブレレトン、と聞いて、彼は「今のを書き留めろ」と命じ、つづいて、カルー、フィッツウィリアムの名までもが耳に入るにおよんで、彼は悪態をつく。さらには、アンの司祭、カンタベリー大司教の名、それにもちろん彼自身の名も出てきたかと思うと、マークはアンが夫と姦通罪を犯したと主張する。「トマス・ワイアット……」甲高い声がさえずるように……

「おい、ワイアットはないだろう」

クリストフが近づいて、若者の頭の横をげんこつではたく。マークは黙る。痛みの原因を求めて、不思議そうにきょろきょろする。それからふたたびとめどない告白を再開する。ジェントルマンから宮内官まで、私室付きの男の名を総ざらいしてから、聞いたこともない連中の名をあげていく。おそらく、以前の恵まれなかった生活で知っていた料理人や台所の下働きの名前だろう。

「幽霊のところへ戻しておけ」彼が言うと、マークは一度だけ金切り声をあげて、静かになる。

「王妃と何度関係した？」と聞く。

「千回」

クリストフがマークに軽い平手打ちを食わせる。

「三回か四回」

「そうか」

「ぼくはどうなるんです？」

「それは裁判次第だ」

「王妃はどうなるんです？」

「それは王次第だ」

「ろくなことにはならないよ」リズリーがそう言って、笑う。

彼はふりかえる。「〝結構です〟、今日は早いじゃないか」

「眠れなかったんです。ちょっといいですか、サー？」

では今日は立場が逆だ。眉を寄せて、彼を脇へ連れていくのは〝リズリーで結構です〟である。

「ワイアットを呼ぶ必要がありますよ。彼の父親から監督保護をまかされた以上、やりづらいでしょうが、こうなったら、ワイアットを守ることはできません。ワイアットがアンとやったかもしれないことをめぐって、もう何年も前から宮廷は噂をしていたんですから。まっさきに疑われています」

彼はうなずく。リズリーのような若者に、彼がワイアットを高く買っている理由を説明するのは簡単ではない。彼はこう言いたい――きみたちは立派だが、しかしワイアットはきみやリチャード・リッチとはちがうんだよ。ワイアットはただ自分の声を聞くためにしゃべるのではないし、勝つために議論するのでもない。ワイアットはジョージ・ブーリンとはちがう。六人の女たちに詩を書いて、あわよくばそのうちのひとりと薄暗い片隅へいって一物をねじこもうなどとは思っていない。彼が詩を書くのは警告と浄化のためであり、欲求を告白するためではなく、隠すためだ。ワイアットは名誉を理解しているが、自分の名誉を鼻にかけることはしない。廷臣としての器量は完璧にそなえているが、その値打ちのちいささを知っている。世の中をさげすむことなく、世の中を学んできた。世の中を拒否することなく、世の中を理解している。なんの幻想も持っていないが、希望は持っている。眠りながら人生を歩いているわけではない。ワイアットの目はあいているし、耳は他の連中が聞き逃す音をとらえている。

しかし彼はリズリーにもわかる説明をしようと決心する。「王との関係において、わたしの邪魔をするのはワイアットではないんだ。わたしが王の署名を必要とするとき、わたしを私室から追い出すのはワイアットではない。ヘンリーの耳に毒薬のように、わたしへの中傷をひっきりなしにたらしているのは彼ではない」

リズリーは考えこむように彼を見つめる。「なるほど。あなたにとっては、誰が有罪かということはあまり重要じゃないんですね。誰の罪が、あなたにとって役立つかが重要なんだ」リズリーは微笑する。「敬服します、サー。こういう問題についてはあなたは隙がない。しかも誤った良心の呵責に左右されることもないんですね」

彼はリズリーに敬服してもらいたいのかどうかわからない。そういう理由で。彼は言う。「名前のあがったジェントルマンたちは、いずれも疑いをやわらげることができるかもしれない。疑念は残るとしても、なんらかの訴えをすれば、王のそばにとどまれるだろう。われわれは司祭ではない。ほしいのは告白のたぐいではないんだ。われわれは弁護士だ。すこしずつでも真実がほしい。われわれが利用できるのは、それだけだ」

リズリーはうなずく。「それでもやはり、トマス・ワイアットを呼び出したほうがいいと思います。あなたが彼を逮捕しなくても、あなたの新しい仲間がするでしょう。ずっと思っていたんですが、しつこいようでしたら、おゆるしください、サー、でもあとで、あなたの新しい仲間はどうするでしょう？　もしブーリン一族が失脚したら、それは必然に思えますが、メアリ王女の支持者たちが手柄をひとりじめするでしょう。あなたが演じた役割に感謝するとは思えません。今はあなたを悪くは言わなくても、フィッシャーやモアのためにも、あなたを絶対にゆるしませんよ。彼らはあなたを追い落とし、あなたを徹底的に破滅させるかもしれない。カルー、コートニー一族、ああいった人々がすべてを支配下におくでしょう」

「それはちがうな。すべてを支配下におくのは王だ」

「しかし、彼らが王を説得し、丸めこみますよ。わたしが言うのはマーガレット・ポールの子供たち、由緒ある名家のことです——彼らは自分たちが統治権を握って当然だと思っているし、握るつもりでいます。この五年間のあなたの功績を無に返してしまうでしょう。さらに、もし王がエドワード・シーモアの妹と結婚したら、彼女が王をローマに連れ戻してくれるとも言っているんです」

彼はにやりと笑う。「そうか、戦いの場できみは誰の味方をする、トマス・クロムウェルか、それともシーモア嬢か?」

だがいうまでもなく〝結構です〟は正しい。彼の新しい仲間は彼を軽んじている。彼らは勝利を当然だと思い、ゆるすという単なる約束のために、彼が自分たちに従い、自分たちのために働き、これまでの言動すべてを後悔すると思っている。「未来がわかるとは言わないが、わたしはああいうひとたちが知らないことをひとつふたつ知っているんだ」

リズリーがどんなことをガーディナーに報告しているかは、わかったものではない。できれば、ガーディナーに頭をかきむしらせ、ぎくりと身をおののかせることであればいいが。「フランスから便りはあるのか? ウィンチェスターの書いた王の主権を正当化した書物はずいぶんと評判になっているようだな。フランス人は彼が強制されてあれを書いたと信じている。ガーディナーはそう思われるままにしているのか?」

「それは——」リズリーはしゃべりだす。

彼はそれをさえぎる。「どうでもいいことだ。そこから連想するシーンが気に入っているのでね、ガーディナーが自分は冷遇されているのだと愚痴っている図が」

さて、反撃があるかな、と思う。〝結構です〟はときには数週間にわたり自分が司教の家来であるのを忘れていると彼は考えている。リズリーは神経の細い、ぴりぴりした若者で、ガーディナーの怒鳴り声で心身に不調をきたす。そこへいくと、クロムウェルはにこやかで、いつもおおらかだ。彼はレイフに言ったことがある――わたしは〝結構です〟がとても気に入っているんだよ。彼の仕事ぶりに興味がある。彼を観察するのが楽しい。もしわたしがリズリーを切り捨てたら、ガーディナーは別のスパイを送り込んでくるだろう。もっと出来の悪いのを。

「さてと」彼は相手に注意を戻す。「あわれなマークをロンドン塔へやったほうがよさそうだな」膝をついてちぢこまっていた若者が、クリスマスに戻さないでくれと乞いはじめる。「休ませてやれ」と彼はリチャードに言う。「幽霊のいない部屋でな。食べ物を出してやるといい。まともな口がきけるようになったら、正式な供述書を取り、マークがここを出る前にちゃんと署名させるように。手に負えないときは、クリストフとマスター・リズリーに一任しろ。おまえより彼らのほうがその仕事にはむいている」クロムウェル家の者はつまらない仕事で体力を消耗するような真似はしない。昔はしていたとしても、今はもうちがう。「いったんここを出たあとマークが約束を破ろうとしても、ロンドン塔の連中はどうすればいいか心得ている。ちゃんと告白を聞き、必要な名前すべてがわかったら、グリニッジ宮殿の王のもとへ行け。陛下が待っておられるだろう。伝言の内容は誰にも明かすな。陛下のお耳におまえ自身が伝えるんだ」

リチャードは子犬を扱うように、マーク・スミートンをひっぱって立たせる。その関心の薄さは、あやつり人形にたいするのとすこしも変わらない。ひとりでに彼の脳裏に、よろめきながら刑場へ歩いていく、痩せた頑迷なフィッシャー老司教のイメージが去来する。

もう朝の九時だ。五月一日の朝露は草むらから蒸発した。イングランド全土で、緑の枝が森から運び込まれている。腹がへっている。ひときれの羊肉なら食べられそうだ。ケントから送られてきたのがあるのなら、サムファイア（セリ科の多肉草）を添えて。床屋を呼ぶ必要がある、ひげを剃らせているあいだに、手紙を口述するという芸当がうまくできない。ひげを生やしたほうがいいかもしれない、と考える。時間の節約になる。だがそうすると、ハンスがもう一枚肖像画を描くと言い張るだろう。

グリニッジではもう馬上槍試合にそなえて競技場に砂をまいているだろう。クリストフが言う。

「王様は今日は戦うんですか？　ノリス卿と戦って、殺しちまうかな？」

いや、と彼は思う、それはおれにまかせるだろう。作業場や倉庫や桟橋や、彼のような者たちがたむろしている場所を通りすぎたあたりでは、試合場を見おろす観覧席に小姓たちが貴婦人専用の絹のクッションを置いているだろう。粗布とロープとタールは、ダマスク織りと上質の亜麻布に取って代わられ、油や悪臭や喧噪や川のにおいは、香り高い薔薇水と、今日という日のために王妃の支度をする侍女たちのつぶやきに取って代わられる。侍女たちは王妃の少量の食事の残り、白パンの屑や甘い砂糖煮の薄切りを片付ける。王妃はそこから着るものを選ぶ。そして王妃のもとに何枚ものペチコートやガウンや袖を持ってくる。しばったり、結んだり、しめつけたりして、王妃の装いが整い、鬣飾りがつけられ、宝石がちりばめられる。

王は——もう三、四年前になるだろう、最初の離婚を正当化するために——『真実の鏡』という一冊の本を発表した。その一部は王みずからが書いたといわれている。

今はアン・ブーリンが彼女の鏡を所望する。彼女は自分を映し見る。黄疸にかかったような肌を、痩せた喉を、一対の刃のような鎖骨を。

一五三六年五月一日。それはまちがいなく、騎士道の最後の日だ。この試合——こういう贅沢な見せ物は今後もなくならないだろうが——のあとに起きるのは、紋章旗を立てた死の行進、死体の競技会にほかならない。王は競技場を去る。一日は、潰され、臑骨《どうこつ》のようにへし折られ、砕けた歯のように吐き出されて、終わる。王妃の兄ジョージ・ブーリンは絹の天幕に入って武装を解き、記念品や土産や、貴婦人たちからもらったリボンのきれっぱしをほうりだす。兜を脱いで侍者に渡し、かすむ目で世の中を見る。目に入るのは、鮮やかに描かれたハヤブサ、うずくまったヒョウ、鋭い鉤爪、歯。肩にのっている頭がゼリーのようにやわらかくゆれているのを彼は感じるだろう。

ホワイトホール。その夜、ノリスが勾留されたのを知って、彼は王のもとへ出向く。外側の部屋でレイフとそそくさと言葉を交わす。陛下はどんなご様子だ？

「そうですね」レイフは言う。「投げ槍で突き刺す相手はいないかと、エドガー平和王みたいに怒鳴りちらしているかと思うでしょう」ウルフ・ホールでの食卓を思い出して、ふたりは笑みを交わす。「でも、冷静ですよ。びっくりするほど落ち着いていらっしゃいます。まるでずっと以前から知っていたかのようですよ。心の底では。たってのご希望で、おひとりです」

ひとりか。だが、王が誰と一緒にいたいというのか？　小声で話しかけながら王に近づいていくおっとりノリスがいないかぎり。ノリスは王個人の財布の管理者だった。だから今、王の金がばらばらになって坂道をころげ落ちていくさまが目に浮かぶ。天使たちの竪琴が切りつけられ、不協和音がいきわたる。財布の紐が切断され、衣服の絹紐がはじけて肉がこぼれだす。

彼が戸口にたたずむと、ヘンリーが目をむける。「クラム」重々しく言う。「入って、すわれ」扉のそばをうろついている宮内官を手振りで追い払う。王は手酌でワインを飲んでいる。「試合場でどのようなことがあったか、そのほうの甥が話しただろう」王は静かに言う。「リチャード、あれはよくできた若者だな」話の核心からそれたがっているかのように、王の目が遠くなる。「今日は、参加するのではなく、余は見物人に混じっていたのだ。むろん、あれはいつもどおり、女官たちにかしずかれてくつろいでおった。ずいぶんと高慢にかまえていたが、笑みを浮かべて、あちこちのジェントルマンと会話を交わしていた」王の嘲笑は、感情のこもらない、懐疑的な音だ。「そうとも、会話をしておった」

やがてお触れ役が各騎手の名を呼びあげ、試合がはじまった。ハリー・ノリスはついていなかった。馬がなにかにおどろき、動きをとめて、耳をうしろに倒し、跳ねまわって騎手をふり落とそうとしたのだ（馬がしくじる。従者がしくじる。度胸がしくじる）。王はノリスのもとへ伝令をやり、いったん退場するよう助言した。代わりの馬を、急に王が試合に出る気になった場合にそなえて、用意万端整っている王の軍馬の一頭を貸してやるつもりでいた。

「普段どおりの親切心だった」ヘンリーは説明し、自分を正当化するよう求められた者のように、椅子の中でもぞもぞする。彼はうなずく。もちろんです、陛下。ノリスが実際に再出場したのかどうか、彼はよく知らない。リチャード・クロムウェルが人混みをかきわけて観覧席に近づき、王の前にひざまずいたのは午後のなかほどだった。ゆるしを得て、リチャードは王に近づき、耳元でささやいた。「リチャードは楽士のマークが捕らえられたと説明した」王は言う。「なにもかも白状した、とそのほうの甥は申した。あれか、自由意志で告白したのか？　と余はリチャードにたずねた。マークを痛めつけるようなことは一切ありませんでした、とそのほうの甥は断言した。毛髪一本、危害を加えなかったとな」

しかし孔雀の羽根は焼かなければならない、と彼は思う。

「それで……」言いかけて、王はノリスの馬のように動きをとめ、黙り込む。

その先をつづけようとしない。だが彼、クロムウェルはなにが起きたか、もう知っている。リチャードから話を聞くなり、王は立ちあがった。召使いたちが右往左往した。王は小姓に伝えた。「ハリー・ノリスを見つけ、今から余がホワイトホールへむかうと伝えろ。ノリスの同行を望む」

王はなにも説明しなかった。王はぐずぐずしなかった。王妃に話しかけることもしなかった。ノリスをかたわらに、数マイルを戻った。ノリスは困惑し、おどろき、激しい恐怖に鞍からすべり落ちんばかりだった。「余はノリスを責めた」ヘンリーは言う。「マークの告白にもとづいて、ノリスを非難した。ノリスはそれには答えず、無実を主張しただけだった」またあの侮蔑に満ちたたちいさな笑い声。「しかし、その後、会計局長官がノリスを尋問したのだ。するとノリスはそれを認め、王妃を愛していると言いおった。ところがフィッツが、ノリスは密通者だ、王妃と結婚できるよう余の死を願ったと言うと、ちがいます、ちがうと否定した。そのほうがノリスを尋問してくれ、クロムウェル、だがそのときはわれわれがホワイトホールへ引き返すときに余がノリスに言ったことを、あらためてノリスに伝えてくれ。赦免もありうると。ノリスが告白し、他の男たちの名を言うなら、慈悲をたれてもよいと」

「名前でしたら、マーク・スミートンから聞き出しております」

「あの小僧は信用ならん」ヘンリーはさげすむ。「そこらのけちなバイオリン弾きごときの話に、余が友と呼んできた者たちの命を賭けるわけにはいかん。小僧の話の裏付け証拠が出てくるまで待つ。王妃が捕らえられたとき、なんと申すかだ」

「彼らの告白があれば、まちがいなく充分でしょう、陛下。疑わしい者はわかります。わたしが全員監禁いたしましょう」

だがヘンリーの心は別のことにとらわれている。「クロムウェル、女が床《とこ》で向きを絶えず変えるとは、どういうことか？　おのれを差し出しているのか、前にうしろに？　そのようなことをするとは、いったいなにを考えておるのか？」

答えはひとつしかない。経験です、陛下。男の欲望と女自身の欲望を知りぬいているからこそそのふるまいです。が、そこまで言う必要はない。

「ひとつは子をはらみやすくするためであろうな」ヘンリーが言う。「男が女の上になる。神聖な教会も、許可された日ならそれを認めている。兄弟が姉妹と事におよぶのは大罪だが、さらに悪しき罪は、女が男の上にまたがる、あるいは、女が雌犬であるかのように男がうしろから近づくことだとある聖職者は言っている。こうした行為や、口にはできぬようなその他の行為ゆえに、ソドムの町は滅びた。かかる悪行の奴隷となるキリスト教徒は、男であれ女であれ、裁きを受けることになろう。そのほうはどう思う？　そのような知識があるのは売春窟で育った女しかいないのではないか？」

「女同士でそういう話をするのです。男と同じように」

「しかし、まじめで、信心深い既婚婦人の唯一の義務は、子を産むことであろう？」

「そのような女でも夫の関心をひきたいこともありましょう、陛下。そうすれば、夫は〝パリの庭〟やその他の悪評高い場所へ行かないでしょうから。まあ、結婚生活が長い場合ですが」

「だが、三年では？　長いか？」

「いいえ」

「三年にもならぬ」束の間、王は王当人の話ではなく、敬虔な架空のイングランド人、きこりとか農夫の話としてしゃべっているのを忘れている。「あれはどこでそのような行為を思いついたのだろう？」と、言いつのる。「男がそれを好むとどうして知っているのか？」

明瞭な答え――おそらくアンは、最初にあなたの床へ入った姉と話をしたのでしょう――を彼は呑み込む。なぜかといえば、ここで王の意識がふたたびホワイトホールから田舎へさまよい出て、無骨な手をしたきこりと、前掛けに帽子をかぶったその女房にむけられたためだ。男は十字を切り、教皇のゆるしをえたのち、明かりをひねり消し、尻を前後に動かして、両膝をたてた女房と堅苦しくまぐわう。事がすむと、この信心深い夫婦はベッド脇にひざまずき、ともに祈りを捧げる。

ところがある日、きこりが仕事で留守にしていると、きこりの弟子が忍び込み、道具を取り出して、言う。さあジョウン、さあ、ジェニー、テーブルにむかって前かがみにおなりよ、おまえのおっかさんがけっして教えなかったことを教えてやろう。女はおののき、男は教える。正直者のきこりが帰ってきて、その夜女房にのしかかったとき、女は、亭主がうめきながらひと突きするたびに、新しいやりかた、もっと快くて穢らわしい、自分の目を驚愕で見開かせたやりかたを思い出し、思わず別の男の名前を口にする。かわいいロビン、いとしいアダム。自分の名はヘンリーだと思い出したとき、亭主は、はて、と頭を掻かないだろうか？

王の窓の外に夕闇が忍びよっている。王の国は肌寒くなりつつあり、王の顧問官も寒くなってくる。明かりと火が必要だ。彼がドアをあけると、たちまち部屋はひとであふれ、王のまわりで宮内官たちが夕暮れの気の早いツバメのように気ぜわしく行き来する。ヘンリーは彼らの存在にろくすっぽ気づいていない。「クロムウェル、余の耳に噂が届かなかったと思うか？　居酒屋の女房なら誰もが知っていたというのに？　余は単純な人間だ。アンが自分は清らかだと余に言ったとき、余は信じることを選んだ。あれは自分が穢れなき処女であると、七年間、余に嘘をついていたのだ。そのようなぺてんをつづけることができるなら、他になにがあっても不思議ではない。明日、あれを逮捕するがいい。あれの兄もだ。あれの起訴材料となるこれらの行為の中には、慎み深い人々のあいだで話しあうにはふさわしからぬものもある。想像だにしなかったであろう罪に、そういう人々がひきつけられては困るのだ。そのほうをはじめとするすべての枢密院議員に他言無用を求める」

「女の身の上話は人を簡単に欺くものです」彼は言う。

たとえばジョウンに、たとえばジェニーに、田舎での生活以前の別の生活があったとしたら？　森の反対側の空き地で育ったとばかり思っていたら、今になって、信頼できる筋から、彼女は港町で女になり、船乗りのためにテーブルで裸で踊っていた、と聞かされることもある。

アンは運命の足音を聞いたのだろうか、とあとになって彼は思うだろう。グリニッジで祈っているにちがいない、あるいは友人たちに手紙を書いているにちがいない、と普通なら思うところだ。ところが、報告が事実とすれば、アンは最後の朝をやみくもに歩きまわり、いつもすることをしていた。テニスコートへ赴き、試合結果について賭けをしていたのだ。昼近く、伝令が枢密院への出席を求めにきた。陛下は欠席されます。他のどこかで忙しい秘書官も欠席です、と。議員たちはアンに、ハリー・ノリスおよびマーク・スミートン、そしてさしあたっては、名前のないもうひとりのジェントルマンとの密通容疑で起訴される旨を、アンに伝えた。裁判の手続きが行われるあいだは、ロンドン塔へ行っていただかねばなりません。彼女の態度は、フィッツウィリアムがその後、彼に話したところによれば、疑わしげで横柄だった。王妃を裁判にかけることはできないわ、とアンは言った。わたしを裁く権限を誰が持っているというの？　だが、マークとハリー・ノリスが告白したと聞かされると、わっと泣きだした。

アンは食事のために、会議室から自分の部屋へ付き添われていく。二時、彼はオードリー大法官とフィッツウィリアムを両脇にしたがえて、アンの部屋へむかっている。会計局長官の人好きのする顔は、緊張のあまり皺が寄っている。「今朝の会議では、ハリー・ノリスが告白したと遠慮のかけらもなく王妃に告げられるのを聞いて、いやな気持ちになったよ。ノリスはわたしに、彼女を愛していると打ち明けたんだ。行為を自白したわけではない」

「それできみはどうしたんだ、フィッツ？」クロムウェルはたずねる。「弁護したのか？」

「いや」オードリーは言う。「ノリスはそわそわして、中空を見つめていた。そうだったろう、会計局長官殿？」

「クロムウェル！」わめきながら、乱暴に廷臣たちの群れをかきわけてやってくるのは、ノーフォークだ。「おい、クロムウェル！　歌うたいがおまえの調べにあわせてうたったそうじゃないか。彼になにをしたんだ？　わたしもその場に居合わせたかったよ。印刷屋が飛びつきそうな楽しいバラッドになるだろう。ヘンリーがリュートをいじっているあいだに、リュート弾きは彼の妻のあそこをいじってたわけだ」

「そのような印刷屋がいるなら、教えてください」彼は言う。「廃業に追い込んでやります」

ノーフォークは言う。「いいから聞け、クロムウェル。わたしはあの骨袋をわが高貴なる家系の没落の元にするつもりはないからな。アンが不身持ちだとしても、断じてハワード家には影響させんぞ。影響をこうむるのはブーリン家のみだ。ウィルトシャーを破滅させようとは思わん。あの間抜けな称号をとりあげてもらいたいだけだ。〝モンシニョル〟をな、頼むぞ」公爵は歯をむいてにたりと笑う。「ここ何年かでふくれあがったウィルトシャーの自尊心がぺしゃんこにしぼむのを見たいんでな。わたしがこの結婚をまったく推奨しなかったことは、おまえもおぼえているだろう。働きかけたのはわたしではなく、おまえだよ、クロムウェル。常々わたしはヘンリー・チューダーにアンの性格に気をつけるよう警告していたんだ。おそらくこれがいい教訓となり、今後はわたしの助言に耳を傾けるだろう」

「閣下」彼は言う。「認可証をお持ちですか？」

ノーフォークは芝居がかった身振りで一枚の羊皮紙を取り出す。彼らがアンの部屋に入っていくと、ジェントルマンの侍従たちが大きなテーブルクロスを丸めて片付けようとしているところで、アンはまだ王妃の地位をあらわす天蓋の下に腰をおろしている。真紅のベルベットを着た彼女——骨袋——が、完璧な卵形をした象牙色の顔をふりむける。なにかを口にしたとは思えない。室内は不穏に静まりかえり、どの顔にも緊張が見てとれる。テーブルクロスがすっかり丸められ、ナプキン類が畳まれ、侍従たちがおとなしく退出するまで、枢密院議員たちは待たねばならない。

「ではあなたもいらっしゃったのね、伯父上」アンが言う。声がちいさい。ひとりひとりに挨拶する。「大法官。会計局長官」他の議員たちが彼らのうしろに押し寄せている。多くの人々がこの瞬間を、アンが膝をついてこうべを垂れ、懇願するのを夢見ていたようだ。「オックスフォード閣下。そしてウィリアム・サンディーズ。お元気ですの、サー・ウィリアム？」全員の名を口にすることが慰めになると思っているかのようである。「そしてあなた、クレムエル」アンは身を乗り出す。

「わかっているでしょうね、わたしがあなたを創ったのよ」

「そして彼がおまえを創った、マダム」ノーフォークが荒々しく言い返す。「きっとそのことを悔いているだろう」

「でも、無念に思ったのはわたしが先よ」アンが笑い声をあげる。「わたしのほうが深く思っているわ」

「用意はいいか？」ノーフォークが言う。

「なにをどう用意したらいいの」アンはぽつりと言う。

「われわれと一緒にいらっしゃればよいのです」彼、クロムウェルはそう言って、手を差し出す。

「ロンドン塔へは行きたくない」さっきと同じちいさな声は礼儀正しいが、感情はまったくこもっていない。「それより王にお目にかかりたいわ。ホワイトホールへ連れていってもらうわけにはいかないの？」

答えはアンも知っている。ヘンリーはけっして別れを言わない。かつて、まだ暑さの残る夏の日に、彼はキャサリンを置いてウィンザー城を出、二度とキャサリンに会わなかった。

アンは言う。「みなさん、まさか、このままのわたしを連れていくのではないでしょう？　肌着の替えもなく、着の身着のままだなんて。女官たちにもついてきてもらわなければ」

「衣服は持ってこさせましょう」彼は言う。「あなたに仕える女たちもいます」

「わたしの私室付きの女官たちがいいのよ」

視線がすばやく交わされる。王妃に不利な証言をし、秘書官の行く先々で彼に群がって、彼の望む情報ならなんでも提供し、みずからの身を守ることに汲々としていたのが、それらの女官であることを、アンは知らないらしい。「そう、希望が叶わないなら……せめてわたしの所帯の者たちをの面倒見がよいから」

同行させて。そうすれば、わたしにふさわしい地位を保てるわ」

フィッツが咳払いする。「マダム、あなたの所帯は解散することになっています」

アンがたじろぐ。「クレムエルが彼らの奉公先を見つけるでしょう」明るく言う。「彼は召使いの面倒見がよいから」

ノーフォークが大法官を突く。「召使いのあいだで大人になったんだからあたりまえだな、え？」オードリーは顔をそむける。

「あなたがたの誰とも一緒に行くつもりはないわ。ウィリアム・ポーレットと行きます。彼が喜んで同行してくれるならば。なぜなら今朝の会議であなたがたはそろってわたしを面罵したけれど、ポーレットはちゃんとしたジェントルマンでしたもの」

「なんと、ポーレットと一緒に行くだと？」ノーフォークがくすくす笑う。「わたしがおまえを脇にはさみこんで、さかさまにして、舟までひきずっていくさ。それがおまえの望みだろう？」

議員たちがいっせいにノーフォークのほうを見て、にらみつける。「マダム、ご安心ください」オードリーが言う。「あなたの地位にふさわしい扱いをしましょう」

アンが立ちあがる。真紅のスカートをかきよせ、細心の注意を払って持ちあげる。まるでもう凡俗の地面にはふれたくないかのようだ。「兄はどこにいるのかしら？」

最後に見かけたときはホワイトホールにいた、と誰かが告げる。事実だが、今頃は護衛たちが連れに行っているだろう。「父のモンシニョルは？　それがわからないわ。なぜモンシニョルがここにいないのか。なぜ父はあなたがたと一緒に席につき、この件を解決しようとしないのか？」

「解決はのちほどつくにちがいありません」大法官は喉をならさんばかりだ。「快適にお過ごしいただくよう、万事取りはからわれるはずです」

「でも、どのくらいの期間になるの？」

誰もそれには答えない。部屋の外で、ロンドン塔長官のウィリアム・キングストンがアンを待っている。キングストンは大男で、王に似た体格をしている。ふるまいは貴族だが、その役職と容貌は、もっとも屈強な男の心にも恐怖の楔《くさび》を打ち込む。キングストンが枢機卿逮捕にあらわれたときのことを、彼は忘れない。ウルジーは脚の力がぬけ、ふたたび立ちあがれるようになるまで、櫃にすわっていなければならなかった。キングストンを呼ぶべきではなかったな、われわれでアンを連れていくべきだった、と彼はオードリーにささやく。オードリーが小声で応じる。「確かにそうすることもできただろう。しかし、秘書官、あなたがいるだけで充分こわいと思わないか？」

広々とした戸外へ出ていきながら、大法官の軽口に彼はおどろく。王の桟橋では、石造りの獣たちの頭部が水中を泳いでいる。彼らジェントルマンたちの姿もさざなみに乱れ、水面に映る王妃はグラスの中の炎のようにゆれている。彼らのまわりでは穏やかな午後の日差しがきらめき、鳥たちのさえずりがうるさいほどだ。彼はアンがはしけに乗るのを手伝う。というのも、オードリーが彼女にふれたがらず、アンがノーフォークに近づこうとしないからだ。するとまるで彼の意識から思考を釣り上げたかのように、アンがささやく。「クレムエル、ウルジーのことであなたはわたしを恨みつづけていたのね」フィッツウィリアムが彼をちらりと見て、何事かつぶやくが、彼には聞き取れない。当時フィッツは枢機卿のお気に入りだった。たぶん、彼らの思いは同じだろう――今、ついにアン・ブーリンは自分の家から追い出され、川の上へ連れだされ、自分の人生のすべてがオールのひとかきごとに遠ざかっていくのがどんなものか、思い知った。

ノーフォークが姪の正面にすわり、ぴくぴく動き、舌打ちをする。「わかったか？　これでわかったか、マダム！　自分の家族に冷たくするとどういうことになるか、わかったか？」

「〝冷たくする〟というのは適切ではないと思いますよ」オードリーが口を出す。「そういうことを王妃はほとんどしなかったんですから」

彼はオードリーをにらみつける。兄のジョージの容疑に関しては言動を慎むよう言っておいたのに。アンが暴れだし、舟から誰かをたたき落とすような事態は避けたい。彼は自分の世界にひきこもり、水面を見つめる。斧槍兵の一団が彼らに付き添っており、斧一挺一挺の刃がきらめいていることに感嘆する。武器という観点からすると、鉾槍はおどろくほど安価だ。だが、戦の武器としては全盛期は過ぎたかもしれない。イタリアの戦場を、槍兵の前進攻撃を思い出す。ロンドン塔には火薬庫があるから、中に入って、火薬職人たちと話してみたい。だがそれはまたの機会にしよう。

アンが言う。「チャールズ・ブランドンはどこ？　きっとこれを見られなかったことを残念がるでしょうね」

「陛下と一緒なのでしょう」オードリーが言う。オードリーは彼のほうをむいて、ひそひそ話しかける。「あなたの友人のワイアットの悪口を陛下にしゃべっているんですよ。せっかくの努力が水の泡ですね、秘書官」

彼の目は遠くの土手に注がれている。「ワイアットは失うには惜しい男だ」

大法官は鼻を鳴らす。「詩では命は救えません。むしろ、破滅を招きそうだ。ワイアットが謎めいた詩を書くのは有名ですが、謎は解けたと王はお考えなんじゃないでしょうか」

彼はそうは思わない。半行か一節、または小休止でがらりと意味を変えてしまう巧妙な暗号がある。彼はワイアットに嘘を強いる質問をしなかった自分が誇らしかった。この先も、誇りに思うだろう。だが、嘘はついていなくても、ワイアットが本心を偽っている見込みはある。アンは偽るべきだった、とレディ・ロッチフォードは彼に説明した。王との最初の夜、アンは、身を固くして横たわったまま泣くという、処女の演技をすべきだった、と。「しかしね、レディ・ロッチフォード」彼は反論した。「そのような恐怖に直面したら、男だってたじろぐよ。王は関係を無理強いする方ではない」

あら、それでしたら、とレディ・ロッチフォードは言っていた。せめて王を得意がらせるべきだったんですわ。うれしいおどろきを経験した女のようにふるまうべきだったんです。

その話題が、彼には鬱陶しかった。レディ・ロッチフォードの口調には女特有の残酷さが嗅ぎ取れた。女は神が与え給うた貧弱な武器——悪意、狡猾、欺瞞——で戦い、女同士のおしゃべりによって男なら絶対に立ち入らない場所にずかずかと入り込む。王の肉体は国境を持たない。王国のように、流動している。いわばひとりでにできあがり、ひとりでに摩滅する島なのだ。その土壌は洗い流されて真水や塩水に注ぎ込む。干潟があり、広々とした沼地があり、造成された辺縁部がある。潮水があり、排出と流出があり、イングランド女のおしゃべりから出たり入ったりするぬかるみがあり、聖職者だけがトウシンソウの明かりを手に渡る暗い泥沼がある。

川面を吹き渡る風が冷たい。夏はまだ何週間も先だ。アンは水を見つめている。顔をあげ、言う。

「大司教はどこですの？　クランマーがわたしを弁護してくれるでしょう。わたしの司教たちもみなそうするわ。彼らが今の地位にあるのは、わたしのおかげですもの。クランマーを連れてきて。わたしが貞淑な女であると断言してくれるわ」

ノーフォークが身を乗り出してアンの顔にむかって言う。「姪よ、まともな司教ならおまえに唾を吐くさ」

「わたしは王妃ですよ。わたしに危害を加えれば、あなたに呪いがふりかかるわ。わたしが自由の身になるまでは、雨は一滴も降らないのよ」

フィッツウィリアムがちいさくうめく。大法官が言う。「マダム、あなたがここへ連れてこられたのも、そのような愚かしい呪いや呪文のためなのですよ」

「あら？　わたしのことを不貞の妻だと言ったのじゃなくて？　今度は魔女だとも言うの？」

フィッツウィリアムが言う。「呪いを話題にしたのは、われわれではありません」

「わたしの不利に働くようなことは、あなたたちにはなにもできないわ。わたしは貞淑であると誓って断言します。王は聞いてくださるでしょう。あなたたちが証人を連れてこられるわけがありません。なんの罪でわたしを訴えるかさえわかっていないのに」

「訴える？」ノーフォークが言う。「なぜ訴えたりするのか、わたし自身が聞きたいね。おまえをつまみあげて溺れ死にさせれば、手間がはぶけるだろうに」

アンは身をふるわせて黙りこむ。伯父から可能なかぎり離れて肩をすぼめたその姿は、子供のようにちいさい。

はしけがコート・ゲートに着くと、キングストンの補佐役、エドマンド・ウォルシンガムが川を見渡しているのが見える。ウォルシンガムとしゃべっているのは、リチャード・リッチだ。「〝がまぐち〟、ここでなにをしている？」

「わたしがご入り用かと思ったもので、サー」

王妃が乾いた地面におりたち、キングストンの腕につかまって身体を支える。ウォルシンガムが王妃に一礼する。彼は興奮しているようだ。どの議員に話しかければよいのか決めかねて、きょろきょろしている。「号砲を撃ちますか？」

「それが通例じゃないのか」ノーフォークがすごむ。「高位の者が、王の好意でここへきたときは。そして彼女は高位の者のはずだろう？」

「はあ。ですが王妃様は……」ウォルシンガムが言いよどむ。

「号砲を撃て」ノーフォークは要求する。「ロンドン市民は知るべきだ」

「すでに知っていると思いますよ」彼は口をはさむ。「土手を連中が走っているのを見ませんでしたか？」

アンが顔をあげ、頭上の石積みや丸窓や格子を見渡す。人間の顔は見当たらず、ワタリガラスの翼の音と、ぎょっとするほど人間じみた鳴き声が聞こえるだけだ。「ハリー・ノリスはいるの？」アンはたずねる。「彼はわたしの汚名をそそいでくれなかったの？」

「あいにくですが」キングストンが言う。「彼自身の汚名も」

次の瞬間、アンになにかが起きる。あとから考えても、彼にはそれがなんであったのかよくわからない。身体が溶けだして、キングストンや彼の手からすべり落ちたような、液化して、つかみどころがなくなったような。ふたたび凝固して女の形に戻ったとき、アンは石畳によつんばいになり、頭をのけぞらせて、泣いている。

フィッツウィリアム、大法官、アンの伯父までが、あとずさる。キングストンは顔をしかめ、その補佐役は首をふり、リチャード・リッチは顔をこわばらせる。彼、クロムウェルが――ほかは誰も手を出そうとしないので――アンをかかえ、立ちあがらせる。羽根のように軽い。かかえあげたとたん、息がとまったかのように、泣き声がやむ。だまって、彼の肩によりかかり、もたれこむ。次に彼らがおこなうこと、彼女を殺すということに協力するかのように、じっとしている。

彼らが王のはしけに戻ってきたとき、ノーフォークが吠える。「秘書官？　わたしは王に会う必要がある」

「ああ」心底残念がっているような口調で、彼は言う。ああ、それは無理でしょう。「陛下は静寂と孤独を望まれました。閣下、このような状況においては、むろんあなたも同じお気持ちでしょう」

「このような状況においては？」ノーフォークはおうむ返しに言う。テムズ川のなかほどへはしけが出ていくまで、すくなくとも一分間、公爵は黙りこんでいる。それから顔をしかめる。虐待しているみずからの妻と、その妻がひとの道をはずれる可能性について思いめぐらしているのは、あきらかである。鼻を鳴らしてあざけるのが一番だ、と公爵は判断する。「おいどうだ、秘書官、おまえがうちの妻に親切なのはわかっている。で、どうなんだ？　クランマーがわれわれの結婚を取り消すことができれば、おまえの求めに応じてあれはおまえのものになるぞ。なに、ごめんだ？　寝具一式と、ラバ一頭をつけよう。それにあれは食が細い。年四十シリング払うから、それで手を打とうじゃないか」

「閣下、いいかげんにしてください」オードリーが激昂する。我慢できずに、とどめの一言を放つ。「ご自分の家柄をお忘れなきよう」

「クロムウェルよりはましだぞ」公爵はせせら笑う。「さあ、よく聞け、クラム。わたしがチューダーに会う必要があると言ったら、鍛冶屋のせがれはおとなしく従うのだ」

「秘書官に溶接されますよ、閣下」リチャード・リッチが言う。彼らはリッチがはしけにそっと乗りこんでいたことに気づいていなかった。「あなたの頭をたたいて作り直すでしょうね。秘書官はあなたには想像もつかない技術を持っているんです」

栈橋に残してきたぞっとする光景への反動で、彼らはいささか軽はずみになっている。「まったくちがった形にあなたをたたき直すかもしれないなあ」オードリーが言う。「目ざめたときは公爵だったのに、昼には馬丁に作りかえられているかもしれない」

「あなたを溶かす可能性もありますね」フィッツウィリアムが言う。「公爵としてはじまり、鉛のしずくとして終わるんです」

「五徳として晩年を送るかもしれませんよ。あるいは蝶番かな」と、リッチ。

彼は思う、ここは笑うところだぞ、トマス・ハワード、ここで笑うか、烈火の如く怒るかだ。どっちだろう？　怒ったら、われわれはあんたに水をかけることができる。公爵は瘧《おこり》のように身体をこきざみに痙攣させて、彼らに背をむけ、感情を抑えこむ。「ヘンリーに言ってくれ」と言う。「わたしがあのふしだら女と縁を切るとつたえろ。もはやあの女を姪とは呼ばないとな」

彼、クロムウェルは言う。「忠誠心を示す機会はいずれ参りましょう。それが裁判の場であれば、あなたが裁判長をつとめることになります」

「すくなくとも、そういう手順になると考えているんです」リッチが口をはさむ。「これまで王妃が裁判に出席したことはありませんから。大法官のご意見は？」

「わたしはなにも言わないよ」オードリーは左右の手のひらを上にむける。「きみとリズリーと秘書官が、いつものように、三人ですべて進めてきたことだ。ただ――クロムウェル、ウィルトシャー伯を審査官に加えないだろうね？」

彼は微笑する。「アンの父親を？　まさか。それはしない」

「ロッチフォード卿の罪状はどうするんだね？」フィッツウィリアムがたずねる。「実際に訴えるとなったら？」

ノーフォークが聞く。「裁判にかけられるのは三人か？　ノリス、ロッチフォード、バイオリン弾き？」

「いいえ、閣下」彼は冷静に言う。

「もっとか？　いやはや！」

「彼女には何人の愛人がいたんでしょう?」オードリーが好奇心をおさえきれずに聞く。

リッチが答える。「大法官、王にお会いになったんでしょう? わたしはお会いしましたよ。緊張のため、お顔の色がすぐれず、お加減も悪かった。陛下のお体にさわるようなことは、それ自体が反逆罪です。実際のところ、害はすでに起きているといってよいでしょう」

犬が反逆罪を嗅ぎあてることができるなら、リッチはさしずめ、執拗に捜しまわるトリュフ犬のなかの貴公子、ブラッドハウンドといったところだろう。

彼は言う。「問題のジェントルマンたちの罪状について、わたしは偏見にとらわれずに判断するつもりだ。彼らが反逆罪を隠しているのか、それともそのものずばり反逆罪を犯しているのかを見きわめる。自分は他人の悪行の目撃者にすぎないと主張するなら、その他人が誰なのかを言ってもらわねばならないし、知っていることを隠し立てせずに誠心誠意われわれに話してもらう必要がある。もしも名前を隠匿したら、彼ら自身が有罪であると疑わねばならない」

大砲の号砲が彼らの不意をついて鳴りひびき、川面をゆらす。体内までゆさぶられる衝撃だ。

日が暮れた頃、ロンドン塔のキングストンから一通の手紙が彼のもとに届く。アンの言動のすべてを委細漏らさず書き留めるようにと、指示しておいたのだ。治安長官のキングストンは、ときに鈍くはあっても、忠実で礼儀をわきまえた良識のある男なので、信頼が置ける。枢密院議員たちがはしけへ歩みさったとき、アンはキングストンにこうたずねたという。「マスター・キングストン、わたしは牢屋に入るの?」いいえ、マダム、と彼はアンを安心させた。戴冠式の前に休まれた部屋にいらっしゃることになるでしょう。

それを聞くと、アンは涙にかきくれた、とキングストンは報告している。「わたしにはもったいなさすぎます。主が慈悲をくださったのですね」そして、アンは石畳にひざまずき、祈り、泣いた。そのあと、なんとも奇怪なことに、つまり治安長官にはそう思えたのだが、笑いだした。

彼は無言で手紙をリズリーに渡す。リズリーは手紙から目をあげると、おさえた口調でしゃべりだす。「彼女はなにをしたんです、秘書官？　おそらく、われわれには想像だにしなかったなにかですよ」

彼はいらいらしながら、リズリーを見る。「例の魔術がどうしたという話をはじめるつもりじゃあるまいな？」

「ちがいますよ。しかし。仮にアンが、自分はそういう丁重な扱いに値しないと言っているなら、それは有罪を認めているのと同じじゃありませんか。わたしにはそう思えますよ。もっとも、なんの罪で有罪なのか、わたしはわかりませんが」

「わたしがなんと言ったか、思い出させてくれ。われわれはどのような真実を欲している？　丸ごとの真実を、とわたしが言ったかね？」

「われわれが利用できる真実だけ、とおっしゃいました」

「要点を繰り返そうか。だがいいかね、〝結構です〟、その必要はなかろう。きみは物わかりがいい。一度で充分なはずだ」

暖かな宵、彼は開け放した窓のそばに、甥のリチャードを相手にすわっている。リチャードは黙るべきときと、しゃべるべきときを心得ている。クロムウェル家の人間に共通する特徴だ、と思う。もうひとりここにいてほしいのはレイフ・サドラーだが、レイフは王とともにいる。

リチャードが顔をあげる。「グレゴリーから手紙がきましたよ」

「ほう？」

「グレゴリーの手紙がどんなふうか、ごぞんじですよね」

「〝日が照っています。楽しい狩りをして、とても楽しみました。ぼくは元気です、お元気ですか？　では時間がないのでさようなら〟」

リチャードはうなずく。「相変わらずですね、グレゴリーは。でも、変わりはじめているみたいです。ここへきたがっているんです。父親のもとにいるべきだ、と思っています」

「わたしはグレゴリーのためによかれと思って、よそへやっているんだ」

「わかっています。でも、もしかすると手元に置くべきなのかもしれません。彼を子供のままにしておくわけにはいきませんよ」

彼は思いをめぐらす。もしも息子が王に仕えるようなことになるなら、どのような諸々がそれについてまわるのか、知っておくべきかもしれない。「もういいぞ」彼はリチャードに言う。「グレゴリーに手紙を書く」

リチャードは夜気を閉め出そうと窓を閉じてから退出する。扉の外から、穏やかに指図を与えるリチャードの声が切れ目なく聞こえてくる。叔父上の毛皮つきガウンを持ってきてくれ、ご入り用かもしれない。それから、もっと明かりを持っていってさしあげろ。ときどき彼は、ここまで自分の身体の快適さを思いやってくれる者がいることにおどろかされる。召使いは別だ。彼らはそのために給金をもらっているのだから。ふと、王妃は新たなロンドン塔の所帯に囲まれてどうしているのかと考える。付き添い人の中にはレディ・キングストンが配されていた。彼はブーリン家の親戚の女たちをアンの側仕えとして任命したが、彼女たちは、可能ならアンがみずから人選したであろう者たちではない。経験豊かな女たちばかりだから、潮の流れはわかっている。泣き声や笑い声にじっと耳をすませ、「わたしにはもったいない」といったような言葉を漏らすことなく聞き取る。

アンを理解できないリズリーとちがい、自分はアンを理解していると彼は思う。王妃が仮宿をもったいないと言ったのは、自分の罪を認めるという意味ではなく、言葉通りの意味だったのだ。つまり、自分はしくじったのだから、そんな値打ちはないと言いたかったのだ。アンが目指したことのひとつが、この世における救済だった。つまりヘンリーを手に入れ、自分のものにすることだ。ところが、アンはジェーン・シーモアに敗れた。自分を裁くアンの厳しさにくらべたら、法廷の裁きなどなまぬるい。昨日、ヘンリーが走りさってからのアンは、王妃の格好をしているだけの子供か、宮廷の道化のような身分詐称者であり、そして今、王妃の部屋にいるよう命じられている。不義密通が道徳的罪であり、反逆罪が社会的罪であることはアンも知っている。しかし、敗者側にいることは、そのふたつをしのぐ、大きな過ちなのだ。

リチャードが扉から首だけ突っ込んで、たずねる。「手紙ですが、わたしが代筆しましょうか？叔父上の目が疲れないように？」

彼は言う。「アンは観念している。もう彼女にわずらわされることはないだろう」

彼は王に私室の外へ出ないこと、できるだけひとを部屋に入れぬことを助言した。そして衛兵たちに、男女を問わず請願者たちは追い返すよう厳しく指示した。王の判断が、最後に話した相手によってぐらつく――その可能性はある――のはかんばしくない。丸めこまれたり、説得されたり、無理強いされたりして、ヘンリーが方針を変えてはまずいのだ。ヘンリーは彼に従う気になっているようだ。この何年か、王は民衆の前に姿を見せないようになった。はじめは愛人のアンと離れたくなかったからだが、やがては、アンと一緒にいたくないからに変化した。王の私室の奥には、秘密の居室がある。ときどき、偉大なベッドに寝かされ、ベッドが祝福され、蠟燭が消されたあと、王はダマスク織りの寝具を押しのけ、マットからすべりおりて、秘密の部屋へ入り、もうひとつの非公式のベッドに這いこみ、野人のように、裸で、ひとりで眠る。

というわけで、王が彼にむかって話しかけているのは、人類の堕落（アダムとイヴの原罪）のタペストリーが掛けられた秘密の部屋の、くぐもった静寂の中だ。「クランマーがランベスから手紙をよこした。余に読んで聞かせてくれ、クロムウェル。一度読んだが、もう一度読んでくれぬか」

彼は手紙を受け取る。手紙をしたためながら、クランマーが気分を萎縮させ、インクが流れ、言葉がにじんでくれないかと願っていることが伝わってくる。アン王妃はクランマーに目をかけ、クランマーの言葉に耳を傾け、福音書の信念を奨励してきた。アンはクランマーを利用してもいたのだが、クランマーはそれに気づいていない。「〝心より当惑し、驚いております。と申しますのも、王妃以上にすばらしいと思われるご婦人には会ったことがないからです〟」

ヘンリーは彼をさえぎる。「われわれみながいかにだまされていたかがわかるな」「〝……そこから考えまするに〟」彼は先を読む。「〝王妃に罪があるはずがありません。そしてまた、王妃に罪がないならば、陛下がそこまでなさったはずがないとも思うのであります〟」「クランマーがすべてを聞くまで待とう」ヘンリーが言う。「大司教にとってははじめての経験なのだ。すくなくとも、余はそう願う。このような例が世界にこれまであったとは思えん」「〝陛下はよくごぞんじと思いますが、わたくしは生けるすべてのものの中で、陛下に次いで、王妃に強く結びついており……〟」

ヘンリーが再度口をはさむ。「だが、クランマーがその先言おうとしていることは見当がつくだろう。王妃に罪があるのなら、慈悲抜きで罰せられるべきであり、みせしめとして捕らわれるべきだ、そう言おうとしている。余はあれを無に等しい存在から王妃にまでひきたてたのだ。そしてさらにクランマーはこう言っている、福音書を愛する者は誰も王妃に好意をもたない、むしろ憎悪するだろう、とな」

クランマーはつけ加えている。〝陛下が以前と劣らず、福音書の真実を好ましく思ってくださるのは、それが王妃への愛情によって導かれたものではなく、真実への熱意によって導かれたものであるからだと信じています〟

彼、クロムウェルは手紙を置く。それがすべてを説明しているように思える。アンが有罪であるわけがない。だが、アンは有罪でなければならない。われわれ、彼女の信仰仲間は、彼女を拒絶する。

「陛下、もしクランマーをお望みなら、ひとをやってこちらへ連れてきてはいかがです。互いに心を慰めることができるでしょう。そしておふたりだけで、このすべてを理解しようと努めるのです。クランマーを通すよう、わたしから伝えておきましょう。新鮮な空気が必要だという顔をしていらっしゃいますよ。階段をおりて、私庭へ出てみてはいかがでしょう。邪魔が入らぬようとりはからいますが」

「だが、余はジェーンに会っておらんのだ」ヘンリーは言う。「ジェーンを見たい。ここへ連れてこられるか?」

「まだいけません。事態がもっと進展するまでお待ちください。巷には噂が立ち、群衆はジェーンを見たがっています。彼女をあざ笑うバラッドまで作られました」

「バラッドだと?」ヘンリーがショックを受ける。「作者をつきとめよ。厳正に罰せられねばならん。そうだな、そのほうの言うとおりだ。空気が清らかになるまで、ここへジェーンを連れてくるべきではない。では、そのほうが彼女のところへ行ってくれ、クロムウェル。ちょっとした土産を持っていってもらいたい」ヘンリーは書類の中からちいさな宝石で飾られた本を取り出す。婦人が帯にはさんでおくような、金鎖がついた本だ。「余の妻のものだったのだ」言ったとたんに、王ははっと口をつぐみ、ばつが悪そうに目をそらす。「キャサリンのものだった、という意味だ」

時間を割いてカルーの屋敷のあるサリーまで出かけるのは気が進まないが、行くしかなさそうだ。三十年ほど前に建てられた姿のいい屋敷で、なかでも大広間は壮麗であり、自分の屋敷を建てるジエントルマンたちによってさかんに模倣された。彼は以前にも、当時隆盛を誇っていた枢機卿とともにきたことがある。その後どうやらカルーは庭園を再設計するためにイタリア人を連れてきたらしい。庭師たちが彼にむかって麦わら帽子を持ちあげる。歩道は初夏のまばゆい美しさを迎えている。大きな鳥小屋から小鳥たちのさえずりが聞こえる。短く刈り込まれた芝生は、目のつんだベルベット地のようになめらかだ。ニンフたちが石の目で彼を見ている。

今や事態は一方向にのみ進む様相を呈しており、それを受けて、シーモア家はジェーンに王妃たるべき態度を教えはじめていた。「まず、扉に近づくときのやりかただが」エドワード・シーモアが言う。ジェーンは目をぱちくりさせる。「扉を静かにあけて、すべるようにくぐりぬけるんだ」「控えめにしろと前におっしゃったわ」ジェーンは目を伏せて、控えめのなんたるかを兄に示す。「さあ、廊下に出て」エドワードが指示する。「もう一度入ってくるんだ。王妃のようにな、ジェーン」

ジェーンは忍び足で出ていく。扉が彼女の背後できしむ。そのすきに、彼らは顔を見合わせる。扉がいきおいよく開く。長い間があく――堂々たる間、といえなくもない。戸口はからっぽのままだ。やがてジェーンが、すこしずつ扉の角をまわってあらわれる。「よくなった？」

「わたしの意見を言おうか？」彼は口をはさむ。「今後、ジェーンが自分で扉をあけることはないんだよ。だから、こういうことはどうでもいいんじゃないのか」

「この慎み深さは、いずれ飽きられるでしょうね」エドワードは言う。「顔をあげてわたしを見ろ、ジェーン。おまえの表情を見たいんだ」

「でも、わたしがお兄様の表情を見たいと、どうしてお思いになるの？」ジェーンはつぶやく。

回廊に家族全員が集まっている。ふたりの兄、良識家のエドワードと軽率なトム。ひひじいのご立派なサー・ジョン。若かりし頃はその美貌で名を馳せ、ジョン・スケルトン（詩人でヘンリー八世に勉強の手ほどきもしたといわれる）が詩を捧げたというレディ・マージェリー。スケルトンはレディ・マージェリーを〝穏やかにして、思いやり深く、おとなしい〟と表現した。そのおとなしさは、現在、かけらもない。レディ・マージェリーは、六十年近くかかったものの、ついに人生の成功をもぎとった女のような、険しく、勝ち誇った顔をしている。

寡婦の妹ベス・シーモアが颯爽とやってくる。亜麻布でくるんだ包みを両手に持っている。「秘書官様」とうやうやしく挨拶し、兄にむかって言う。「ほら、トム、これを持ってて。おすわりなさいよ、ジェーン」

ジェーンが腰掛けにすわる。今から誰かが石板を渡し、ジェーンにＡＢＣを教えるのかと思いたくなる。「さてと、これをはずして」一瞬、ベスが、姉に襲いかかろうとしているように見える。両手で威勢よくジェーンの半月形のかぶりものをひっぺがし、ベールからなにから丸ごと、母親の待ち受けている両手にぽいと投げる。

白いキャップだけになったジェーンは裸にされてうろたえているように見え、その顔は病人のようにちいさく、弱々しい。「キャップもはずして。もう一度やりなおしよ」ベスが命令する。姉の顎の下で結んである紐をひっぱる。「これでなにをしたの、ジェーン？　まるで紐を吸ってたみたいじゃない」レディ・マージェリーが刺繍鋏を取り出す。ぱちんと切られて、ジェーンは自由になる。妹がキャップをむしりとり、ジェーンの淡い色の髪が光の細いリボンのように肩に広がる。サー・ジョンが咳払いをして、目をそらす。老いぼれ偽善者め。まるで男が見てはならぬものを見たような顔をして。一瞬の自由を得た髪は、すぐさまレディ・マージェリーによってすくいあげられ、毛糸のかせででもあるかのように、無感情に、片手に巻き付けられる。ジェーンが顔をしかめているあいだに、髪はうなじからかきあげられ、丸められ、新しくてごわごわしたキャップの下に押し込められる。「これをピンで留めるのよ」ベスが一心不乱に手を動かす。「このほうがずっと優雅だわ、耐えられればだけど」

「わたくし自身、紐は嫌いだったわ」レディ・マージェリーが言う。

「ありがとう、トム」ベスは包みを受け取ると、包み紙を脇へほうりだす。「もっときつくかぶせて」ベスは命令する。母親が言われたとおりに、締め上げて、ピンを留め直す。すかさず布の箱がジェーンの頭にはめこまれる。助けを求めるように、ジェーンの目が天井にむけられ、針金の枠が頭に食い込むと、ちいさく泣き声をあげる。「まあ、おどろいた」レディ・マージェリーが言う。「思ったよりも、おまえは頭が大きいのね、ジェーン」ベスが一緒になって針金を折り曲げる。ジェーンは黙ってすわっている。「よしと」と、レディ・マージェリー。「そのうちなじむでしょう。押しさげて。垂れ飾りを上へ折り返すのよ、顎のあたりでね、ベス。前の王妃はそうしてらしたわ」彼女はうしろへさがり、今や古風な切り妻風の頭巾に閉じ込められた娘をためつすがめつする。アンの登場以来、影をひそめていた頭巾である。レディ・マージェリーはくちびるを吸いながら、娘を吟味する。「曲がっているわ」

「それはジェーンが、だろう」トム・シーモアが言う。「まっすぐすわれ、ジェーン」

ジェーンは両手でこわごわ頭にさわる。まるで、その物体が熱を帯びているかのように。「さわらないで」母親がぴしゃりと命じる。「前にもつけたことがあるでしょう。そのうち慣れるわ」

どこからかベスが長くて黒い上質のベールを取り出す。「じっとしてて」真剣な顔つきで、ベールを箱のうしろにピンで留めにかかる。いたっ、そこはわたしの首よ、とジェーンが言い、トム・シーモアが心ない笑い声をあげる。トムにしかわからない、下品でわかちあう気にもなれない悪ふざけだが、見当はつく。「お待たせして申し訳ありません、秘書官様」ベスが言う。「でも、ジェーンはこれをきちんとかぶらなくちゃならないんです。だって、困りますもの、ジェーンを見て、陛下が、ほら、思い出しては」

いいから気をつけてやってくれ、そう思いながら、彼は心穏やかでない。キャサリンが死んでまだ四カ月にしかならない。おそらく王だってキャサリンを思い出したくはあるまい。

「自由に使える型枠ならまだいくつもあるわ」ベスは姉に言う。「だから、本当に左右のバランスが取れないのなら、丸ごとはずして、また一からやりなおしてもいいのよ」

ジェーンは目を閉じる。「これで大丈夫」

「どうしてこんなに手早く用意できたんだね？」彼はたずねる。

「仕舞い込まれていたんですのよ」レディ・マージェリーが答える。「櫃に。また必要になるとわかっていた、わたくしのような女性たちの手によってね。順調にいけば、もうフランス風の装いを見ることは、年に何度もないでしょう」

サー・ジョン老が言う。「王はジェーンに宝石を送ってきた」

「ラ・アナに不要なものをね」トム・シーモアが言う。「でも、もうじきすべてジェーンのものになる」

ベスが言う。「修道院では、アンも宝石はいらないでしょう」

ジェーンがすばやく目をあげる。目をあげ、兄たちと視線がぶつかると、ふたたび目をそらす。彼女の声を聞くのは、いつも新鮮なおどろきだ。ひどくたよりなく、たどたどしく、発言の中身と口調がちぐはぐである。「それがうまくゆくとは思えませんわ、修道院だなんて。まずアンは王様の子を身籠っていると主張するでしょう。だから、王様は彼女に従わねばならなくなる。結果もないのに。結果はなにもなかったのですもの。このあと、アンは新たな延期の手段を考えるでしょう。だから、そのあいだ、わたしたちは安全ではないんです」

トムが言う。「アンはヘンリーの秘密を知っているんだろう。それをフランスの友達に売るつもりだ」

「彼らはアンの友達ではないぞ」エドワードが言う。「もうちがう」

「でも、売ろうとするわ」ジェーンが言う。

結束している彼らを、彼は眺める。由緒正しいイングランドの家族。彼はジェーンにたずねる。「アン・ブーリンを破滅させるためなら、なんでもできるのかね？」彼の口調に非難はない。好奇心をそそられているだけなのだ。

ジェーンは考えこむが、それもほんの一瞬だ。「アンの破滅をたくらむ必要は誰にもありません。

その罪を犯す者はいないんです。だって、彼女は自滅したんですもの。アン・ブーリンがしたことをして、長生きすることは誰にもできません」

今こそ彼はジェーンを、うつむいているその顔の表情を観察しなければならない。ヘンリーに求愛されていたとき、アンは顎をあげ、輝く肌に黒々とした飛び出し気味の目で真正面から世間を見すえていた。だがジェーンは、探るようにちらりと見るだけで目を伏せる。表情は考えこむように内にこもっている。それを彼は前に見たことがある。この四十年間、彼はさまざまな絵画を見てきた。イングランドから逃げ出す以前の、まだ子供だった頃は、絵といえば、塀にチョークで描いた広げられた女陰の絵か、日曜日のミサのあいだじゅう、あくびまじりに観察したひらべったい目の聖人の絵だった。ところがフィレンツェで巨匠たちが描いていたのは、つつましくて扱いにくい、運命が身の内で動いているのに、持って生まれた性格でゆっくり判断する、銀色の顔の乙女たちだった。彼女たちの目は内側へむけられて、苦痛と栄誉の象徴を見つめていた。ジェーンはそういう絵を見たことがあるだろうか？　巨匠にはモデルがいたのだろうか？　いいなずけや、親族につきそわれて教会の扉へ近づく女の顔を研究したのだろうか？　フランス風の頭巾、切り妻風の頭巾では隠しきれない。もしも顔を完全にベールで覆えるものなら、ジェーンはそうするだろう。そして、自分の打算を世間から隠すだろう。

「さて、それでは」彼は言う。ぎごちない心持ちで、みなの注意を自分にひきつける。「わたしがきた理由を明かそう。陛下のお使いで贈物を持ってきたのだ」

それは絹にくるまれている。手に持って、ひっくりかえしながら、ジェーンが彼を見あげる。

「昔、わたしに贈物をくださいましたね、マスター・クロムウェル。あの頃は他に誰もそんなことはしてくれませんでした。わたしがあなたをひきたてられるようになったら、必ずそのことを思い出しますわ」

それを聞いて眉をひそめそうになったとき、サー・ニコラス・カルーが入ってきた。小者のようにこそこそとではなく、攻城兵器か、見るも恐ろしい投石機のようにやってきて、クロムウェルの前で足をとめる。まるで、砲撃を加えたくてうずうずしているような顔つきである。「バラッドの話を聞いた」カルーは言う。「やめさせることはできないのか？」

「悪気はないんですよ。キャサリンが王妃でアンが詐称者だったときからある、色褪せた中傷にすぎません」

「そのふたつは似て非なるものだぞ。一方は貞淑な貴婦人、して一方は……」カルーは言葉に詰まる。実際、アンの地位は司法上、定まっておらず、容疑もまだ固まっていないのだから、言葉で言いあらわすのはむずかしい。もしも彼女が反逆者なら、裁判の評決がまだ出ていなくとも、理論上は、もう死んだも同然だ。しかし、キングストンの報告によれば、ロンドン塔で彼女は旺盛な食欲を見せ、自分ひとりの冗談に笑いころげるトム・シーモアのように、笑っているらしい。

「陛下は古い歌を書き直しておいでです」彼は言う。「古い詩句をねり直していらっしゃる。黒髪の貴婦人は削除され、金髪の貴婦人が加えられました。ジェーンはそういう事柄をちゃんと心得ていますよ。最初の王妃に仕えていたのですからね。ジェーンのような若い娘が現実を見すえているのなら、あなたも現実を見すえるべきですよ、サー・ニコラス。そのお年で幻想でもないでしょう」

ジェーンは、まだ包まれたままの贈物を持ったまま、身じろぎもせずにすわっている。「あけてもいいのよ、ジェーン」妹がやさしく声をかける。「それがなんであるにせよ、あなたのものなんだから」

「秘書官のお話を聞いていたの」ジェーンは答える。「とてもたくさんのことが学べるんですもの」

「およそおまえにふさわしい教訓ではないよ」エドワード・シーモアが言う。

「そうかしら。秘書官の随員として十年も過ごしたら、わたしも自分を守る方法を身につけられるかもしれないわ」

「おまえの幸福なさだめは王妃になることで、事務員になることじゃない」エドワードは言う。

「じゃ、お兄様はわたしが女に生まれたことを神に感謝なさる?」

「毎日膝をついて感謝しているさ」トム・シーモアがつまらない気遣いを示す。このおとなしい妹から褒め言葉を要求されるのは、トムにとっては目新しい経験なのだ。そして、打てば響くように応じるほどの才が、トムにはない。彼は兄のエドワードに視線を送り、肩をすくめる。ごめんよ、これがおれには精一杯だ。

ジェーンが贈物の包みを開く。自分の髪の毛のように細い鎖を、指にからませる。ちっぽけな本を手のひらにのせて、ひっくりかえす、金と黒の琺瑯《ほうろう》びきの表紙にふたつの頭文字がルビーでちりばめられ、からみあっている。HとA。

「気にすることはないよ。宝石は取り替え可能だ」彼は急いで言う。ジェーンはそれを返してくる。顔が暗い。王が、あの壮麗なる君主が、どれだけ倹約家になれるか、彼女はまだ知らないのだ。ヘンリーもおれにひとこと警告してくれたらよかったのに、と彼は考える。アンの頭文字の下には、いまだにKの文字が見てとれる。彼はそれをニコラス・カルーに渡す。「見ますか？」

騎士はちいさな留め金をまさぐり、本を開く。「ははあ、ラテン語の祈りだ。それとも聖書の一節か？」

「よろしいですか？」彼は本を取り戻す。「格言集ですね。〝善良で貞淑な女などどこにいよう？その値打ちはルビーにもまさる〟」格言とは名ばかりだ、と彼は思う。三つの贈物、三人の妻、そして宝石職人への支払いは一度だけ。彼はにこやかにジェーンに話しかける。「ここで言及されているこの女性を知っているかね？ 彼女の服は紫の絹だ、と作者は言っている。この本には出ていないが、この女性について、よければもっと話してあげよう」

エドワード・シーモアが言う。「司教になるべきでしたね、クロムウェル殿」

「エドワード、わたしは教皇になるべきだったんだよ」

彼が暇乞いを告げると、カルーが指を曲げて有無をいわさずひきとめる。ああ、しまった。図々しくふるまいすぎたか。さあ、困ったことになった。彼はためいきをつく。カルーが手振りで脇へ呼ぶ。だが、それは彼を非難するためではない。「メアリ王女だが」カルーは声を落とす。「父上に呼ばれるのを強く望んでおられる。時期が時期だけに、陛下にとっても、真の結婚で授かった子をそばにおくのは、大きな慰めになるのではないか？」

「メアリは今の場所にいるほうがいいでしょう。会議で論じられ、巷で噂になる話題は、若い娘の耳に入れるのにふさわしいものではありません」

カルーは顔をしかめる。「それはそうかもしれないが、しかし、彼女は王からの手紙を待っているのだ。愛情のしるし《トークン》を」

記念品《トークン》か、と彼は思う。それなら何とかできるだろう。

「宮廷にはメアリへの表敬訪問を望む貴婦人や貴族がいる。王女をここへ連れてくることはできなくても、現在の幽閉状態はゆるめられるべきではないのか？　こうなったからには、ブーリンの女たちをメアリ王女に仕えさせるのはふさわしくない。王女の昔の世話係であるソールズベリー女伯爵あたりを……」

マーガレット・ポールをか？　あの傲慢で気性の激しい教皇派の？　だが厳しい現実を今、サー・ニコラスに伝えるわけにはいかない。あとでもよかろう。「陛下がお決めになるでしょう」と、穏やかに言う。「内輪の問題です。ご自分の娘にとってなにが最良か、陛下はわかっていらっしゃる」

夜になって蠟燭が灯される頃には、ヘンリーはメアリを不憫に思い、たやすく涙を流す。しかし、日の高い時間、王が見るのは、ありのままのメアリだ。不従順で、わがままで、相変わらず強情っぱりの。すべてが片付いたら、余は父親としての義務に注意を転じるつもりだ、と王は言う。レディ・メアリと疎遠になってしまったことを、余は悲しんでおる。アンがいなくなったら、和解することもできよう。しかし、それにはいくつかの条件がある、と王はつけ加える。そうした条件と、余の言うことを、メアリには守ってもらわねばならぬ。

「もうひとつ」カルーが言う。「きみはワイアットをしょっぴかねばならない」

代わりに彼はフランシス・ブライアンを連れてこさせる。フランシスはにやつきながらやってくる。自分に手は出せないと思っているのだ。眼帯にはきらめく小粒のエメラルドがあしらわれており、それが不吉な効果を生んでいる。片目は緑で、もう片方の目は……

彼はしげしげと眺めたあと、言う。「サー・フランシス、きみの目は何色だ？　いいほうの目は？」

「たいてい、赤いな」ブライアンが答える。「だが、四旬節のあいだは飲まないようにしてる。降臨節のあいだもな。毎週金曜日も」憂鬱そうだ。「なんでおれがここにいるんだ？　おれがおまえの味方なのは知っているだろう？」

「食事に招いただけだ」

「おまえはマーク・スミートンを食事に招いた。で、今、あいつはロンドン塔じゃないか」

「きみを疑っているのはわたしじゃない」役者さながらの深いためいきとともに（サー・フランシスをおおいに楽しませて）、彼は言う。「きみの忠誠心のありかを疑っているのは、わたしではなく、世間一般だ。きみはいうまでもなく王妃の親戚だからな」

「おれはジェーンの親戚でもある」ブライアンはまだ悠然とかまえている。椅子にゆったりもたれ、両脚をテーブルの下に突き出すことによって、態度でそう言っている。「尋問されるとは心外だな」

「王妃の家族と親しい全員に話を聞いているんだ。そしてきみはまちがいなく親しい。昔からブーリン家と一緒だったわけだからね。きみはローマへ行って王の離婚を追い求め、ブーリン家の立場を誰よりも熱心に強調したんじゃなかったか？　しかし、なにを怖れている？　きみは昔からの廷臣で、すべてを知っている。賢く活用し、賢く共有すれば、知識がきみを守ってくれるかもしれない」

　彼は待つ。ブライアンが背筋を伸ばしてすわりなおす。

「それにきみだって王を喜ばせたいだろう。わたしが求めるのは、いざとなったら、わたしが要求する問題について証言をしてもらいたいということだけだよ」

　フランシスがガスコーニュ産ワインの汗をかいているのはまちがいなかった。あのかび臭くて劣悪な、フランシスが安く買って、王の酒類貯蔵室に高値で売りつけているしろものが、毛穴からしみ出している。

「なあ、クラム」ブライアンは言う。「おれが知っているのは、王妃とよろしくやるところをノリスがいつも想像してたということさ」

「では、アンの兄、彼はなにを想像していた？」

　ブライアンは肩をすくめる。「彼女はフランスへやられたから、あの兄妹は大人になるまで互いをまるで知らなかった。そういうことが起きるのは知ってたよ、あんただってそうだろう？」

「いや。知っているとはいえないね。わたしが育った場所では近親相姦は絶無だった。さまざまな罪がごろごろしていたが、われわれの空想がおよばない領域もあった」

「イタリアで見たはずだ。ただ、まわりがそれを見ても、あえて名前をつけないだけさ」

「わたしはどんなものにも名前をつける」彼は落ち着き払って言う。「きみにもそのうちわかるだろう。わたしの想像力は日々の実情に遅れをとっているかもしれないが、追いつくように一生懸命努めているのでね」

「もう彼女は王妃じゃない。だってそうじゃないからね……はっきり言えば、淫婦なんだよ。そういう女にとっての手軽な相手といったら、家族をおいて他にない」

「その論法でいくと、きみはアンがノーフォークおじとも関係していると思っているのか？　きみですら対象外とはいえないぞ、サー・フランシス。彼女が親戚にまで食指を動かしたら。きみはかなりの伊達男だからな」

「もうよしてくれよ、クロムウェル、冗談じゃない」

「言ってみただけだ。この問題については、われわれの利害関係は一致している、一致しているようだから、ひとつ頼まれてくれないか？　グレート・ハーリングベリーまで行き、わたしの友人モーリー卿にきたるべきことにそなえて準備をするよう伝えてもらいたい。年上の友人だし、手紙で知らせることのできるたぐいの問題ではないからね」

「直接つたえるほうがいいというのか？」信じられないといった笑い。「閣下、あなたにショックを与えないよう、わたしが直接出向いてきました——あなたの娘さんのジェーンはまもなく寡婦となります、なぜなら、彼女の夫が近親相姦の罪で首を刎ねられるからです」

「いや、近親相姦問題は司祭たちにまかせるさ。彼が死ぬのは反逆罪ゆえだ。王が斬首を選ぶかどうか、われわれにはわからん」

「そんな役目、おれにはできそうにないよ」

「いや、できるとも。きみには大きな信頼を寄せているんだ。外交上の使命だと思え。そういうものならやったことがあるだろう。まあ、どうやったのか疑問だが」

「素面《しらふ》だったんだ」フランシス・ブライアンはこぼす。「このおつとめのためには、酒が必要だな。それに、おれはモーリー卿が苦手なんだ。いつもなにやら古めかしい写本をひっぱりだしてきて、〝ここを見ろ、フランシス！〟と、そこに書いてある冗談にげらげら笑う。おれのラテン語のひどさを知ってるだろう。小学生でも恥じるていたらくだ」

「四の五の言うな。馬に鞍をつけろ。だがエセックスへ行く前に、もうひとつやってもらいたいことがある。きみの友人ニコラス・カルーに会いに行ってくれ。わたしが彼の要求に応じてワイアットと話をする、と言っておいてくれ。だが、わたしに強要はするなと警告しておいてくれ、なぜなら、強要されるつもりはないからだ。逮捕者はさらに出るかもしれないが、誰とは言えない、と念を押しておくようにな。いやむしろ、名をあげることはできても、言うつもりはない、と言ってくれ。わかったな。きみの友人に、わたしには自由な裁量権があることを理解させろ。わたしは好きにやらせてもらうと理解させるんだ。わたしは従者ではない」

「もう行っていいか？」

「いいとも」彼は穏やかに言う。「だが、食事はどうする」

「おれのも食べていい」フランシスは言う。

王の部屋は暗いが、王は口を開く。「われわれは真実の鏡をのぞかねばならぬ。余が悪かったのだろう。疑いを抱いてもそれを認めようとしなかったのだから」

今度はそちらの番だ、というように、ヘンリーはクランマーを見つめる。余は失敗を認めたのだから、赦しを与えてくれ。大司教は懊悩しているようだ。ヘンリーが次になんと言うか、あるいは、自分に返事ができるのかどうか、わからないのだ。こういう夜のために、ケンブリッジはなにひとつクランマーに教えてはくれなかった。「陛下が不注意だったわけではありません」クランマーは王に告げる。長い針のような、問いかける視線を、すばやくクロムウェルにむける。「こうした問題では、告発が証拠に先立っておこなわれるべきではないのですから」

「心に留めておいてくれ」彼はクランマーに言う——彼はそつがなくて、自信たっぷりで、言葉をいっぱい知っているから——「今、罪を問われているジェントルマンたちを調べたのは、わたしではなく全議員であることに留意してほしい。枢密院はあなたを呼び、あなたの前に問題を提起し、あなたは異議を唱えなかった。ご自分でも言ったように、大司教閣下、われわれがここまで踏み込んだのは、厳正な考慮を経てのことだ」

「思い返すと、実に多くのことが腑に落ちる」ヘンリーが言う。「余はあざむかれ、裏切られた。多くの友が失われた。友が、よき臣下がいなくなり、疎遠になり、宮廷から追放された。さらに非道なのは……余はウルジーを思う。余が妻と呼んでいた女は、ありったけの策略を用い、狡猾さと悪意をことごとく武器にして、ウルジーを陥れたのだ」

それはどっちの妻だ？　キャサリンもアンも枢機卿と敵対していた。「なぜ余がここまでだまされてしまったのか、わからぬ」ヘンリーは嘆く。「しかし聖アウグスティヌスは結婚をさして、〝死にいたるまでまとう奴隷の服〟と呼んではおらぬか？」

「クリュソストモス（聖アウグスティヌスとほぼ同時代のキリスト教の教父）です」クランマーがつぶやく。

「聞き流せばいいんですよ」クロムウェルはあわてて言う。「陛下、この結婚が取り消されれば、議会は再婚なさるよう陛下に嘆願するでしょう」

「そうであろうな。王国と神の双方にたいし、それが余の果たすべき義務というものであろう。今のままでは、世代を引き継がぬ罪を犯すことになる。人間は子孫を残さねばならぬ。とりわけ王にはそれが必要だ。しかるに、結婚においてすら、欲情をおぼえてはならぬと警告されている。妻を過度に愛することは不義に通ずると説く聖職者もいるではないか」

「ヒエロニムス」クランマーがささやく。むしろその聖人と縁を切りたいとでもいわんばかりに。

「ですが、結婚を称える、もっと心安らぐ説教は他に多数ございます」

「とげのない薔薇というわけです」彼は言う。「教会は妻帯者をあまり慰めてはくれませんが、パウロは妻を愛すべきである、と言っています。結婚はもともと罪深いものだとつい考えてしまうのは、宗教的理由から独身を通す者が、何世紀にもわたって、妻帯者より自分たちのほうがすぐれている、と言いつづけてきたからですよ。しかし、彼らがすぐれているわけではありません。偽りの説教を繰り返したところで、それが真実になるわけではありません。そうでしょう、クランマー？」

　今すぐわたしを殺してくれ、大司教の顔はそう言っている。王と教会のあらゆる法にそむいて、クランマーには妻がいる。彼は改革者たちに囲まれていたドイツで結婚し、グレーテ夫人《フラウ・グレーテ》の存在を知られまいと、田舎の屋敷に隠しているのだ。ヘンリーは知っているのだろうか？　知っているにちがいない。ここでヘンリーはそのことにふれるだろうか？　いや、ふれまい。自身の苦境で手一杯なのだから。「今にしてみると、どうしてアンを望んだのか、わからん」王は言う。「まじないをかけられたのではないか、と思う理由はそこにある。アンは余を愛していると主張する。キャサリンは余を愛していると主張した。ふたりとも口では愛と言いながら、真意は正反対だ。アンはことあるごとに余の名誉を傷つけようとした。そして、常にひとの道をはずれていた。あれが自分の伯父、ノーフォーク卿を愚弄したことを考えてみよ。父親を軽蔑したことを考えてみよ。余のおこないを大胆にもあげつらい、自分がわかりもしない事柄について余に助言を押しつけ、哀れな夫が妻から聞きたくないような言葉を余になげつけたのだぞ」

　クランマーが口を開く。「大胆であったことは確かです。彼女はそれが欠点であることを知っており、自制しようとしていました」

「今度は神によって抑えられることになろう」ヘンリーの口調は猛々しい。が、次の瞬間には打って変わって被害者の嘆願口調になる。王はクルミ材の習字箱をあける。「このちいさな本が見えるか？」実際には、本ではない。ばらばらの紙束をまとめたもので、まだ本にはなっていない。表題紙はなく、ヘンリー自身の悪筆で埋められた紙が一番上にある。「製作中の本だ。余が書いた。戯曲だ。悲劇だ。余自身のことを書いたものだ」ヘンリーが本を差し出す。

彼は言う。「まだお持ちになっていてください、陛下。それを堪能できるだけのゆとりが生まれるまで」

「だが、そのほうは知るべきなのだ」王は言いつのる。「アンの性質を。余があれにすべてを与えたとき、あれがどれだけ余にひどくふるまったかを。すべての男は女の実体について警告されねばならぬ。女の欲望にはかぎりがない。アンは多くの男と密通したと余は信じておる」

束の間、ヘンリーが追いつめられた獣に見える。女の欲望に執拗に追われ、ひきたおされ、ずたずたにされる獣。「ですが、アンの兄は?」クランマーがたずねる。彼は横をむく。王を見ることがためらわれる。「本当でしょうか?」

「あれが兄に抵抗できたとは思えぬ」ヘンリーは言う。「我慢するはずがあるまい? 杯をあおるなら底の汚れた滓までどうして飲まずにいられよう? アンはおのれの欲望にひたる一方で、余の欲望を殺していたのだ。余が義務を果たすだけのためにアンに近づくと、あれはどんな男をもひるませる目で余を見たものだ。今では、そのわけがわかる。愛人たちのために、疲れていたくなかったのだ」

王は腰をおろす。そしてとめどなくしゃべりだす。アンは王の手をつかんだ。十年も前のことだ。そして王を森へ導き、木漏れ日の差し込む緑深い森のきわで、王は良識と無垢を忘れた。彼女は終日王をひきまわし、ついに疲労のあまり足がふるえだしたが、休んで息をつくこともできず、後戻りもできなかった。王は道に迷っていた。日が暮れるまで彼女を追いかけ、たいまつの明かりであとを追った。すると、彼女はこちらをむき、たいまつを消して、王を暗闇にひとり置き去りにした。

扉が静かに開く。目をあげると、かつてはウェストンがいた場所にレイフが立っている。「陛下、リッチモンド卿がおやすみなさいの挨拶をしたいとおいでになっています。お通ししてよろしいですか？」

ヘンリーはしゃべるのをやめる。「フィッツロイか。むろんだ、通せ」

ヘンリーの庶子は現在十六歳の小公子だが、すべすべした肌とあけっぴろげなまなざしのせいか、実年齢より若く見える。赤味がかった金髪は、エドワード四世の血を想起させ、ヘンリーの早世した兄、アーサー王太子の面影もある。牡牛のような父親と対峙すると気後れするのか、フィッツロイは遠慮がちにもじもじする。だが、ヘンリーは立ちあがり、息子を抱擁し、涙で顔を濡らす。「ちいさな息子」じきに六フィートになろうかという子にむかって言う。「ただひとりの我が息子よ」王は今や袖で顔を拭わねばならないほど号泣している。「あやうくアンがおまえに毒を盛るところであった」と、うめくように言う。「抜け目のない秘書官が、先んじて計略を見抜いたおかげで助かったのだ」

「ありがとうございます、秘書官」少年はあらたまって言う。「計略を見抜いてくださって」

「アンはおまえとおまえの姉メアリのふたりに毒を盛り、自分の生んだあのできものをイングランドの継承者にする気だったのだ。そうでなくとも、余の王座は、あの女が次に生むどこの馬の骨とも知れん者に渡されることになっていただろう。それが生きていれば、の話だがな。たとえ生まれたとしても、生き延びることはできなかっただろうがな。あの女が邪悪すぎるゆえだ。神にも見捨てられた女だ。父のために祈ってくれ、神が余をお捨てにならぬよう祈ってくれ。余は罪を犯した、犯したに相違ない。この結婚は不法だったのだ」

「え、この結婚がですか？」少年は言う。「この結婚も？」

「不法であるうえに呪われていた」ヘンリーは少年を前後にゆすり、背中にまわした両手をぎゅっと握りしめて、凶暴に少年を抱きしめている。さながら仔を押しつぶす熊だ。「この結婚は神の法の外にあった。なにをもってしても、それを合法とすることはできん。どちらの女も余の妻ではなかった、こっちも、あっちもな。ありがたいことに、ひとりはすでに墓の中だから、洟をすすり、祈り、懇願し、いらぬ干渉をする話はもう聞かずにすむ。特免状があったなどと言うな、聞きたくない。いかに教皇だとて天の法からは免れえない。どのようにあれは、アン・ブーリンは、余に近づいてきたのだろう？　どうして余はあれを見つめたりしたのか？　どうしてあれは余の目をくらませたのか？　この世に女はあまたいる。初々しく、若く、貞淑な女、善良でやさしい女はいくらでもいる。なぜ余は自分の腹の中で子供を殺すような女たちに苦しめられなければならなかったのだ？」

彼は少年を放す。いきなり解放されて、フィッツロイがよろめく。

ヘンリーは鼻声になっている。「もう行け、我が子よ。おまえの潔白な寝床へ。それから、そのほう、秘書官も……家族のもとへ帰れ」王はハンカチで顔をおさえる。「今夜はひどく疲れた。告解どころではない、大司教。そのほうも帰宅してよいぞ。だが、また余の罪をゆるしにきてくれ」

それは悪くない考えに思える。クランマーはためらうが、秘密をむりやり聞き出すような人間ではない。クロムウェルとクランマーが部屋を出ていくとき、ヘンリーは例のちいさな本を取りあげてページをめくり、自分の物語を読みにかかっている。

王の部屋を出ると、彼は所在なげなジェントルマンたちに合図する。「中へ入って、陛下になにかご用がないかどうか見てきてくれ」従者たちは、のろのろと、不承不承、私室のヘンリーに近づいていく。自分たちが歓迎されるのかどうか確信が持てないのだ。すべてに確信が持てない。良き友との娯楽。しかし、今、その友はどこにいる？　壁際でちぢみあがっている。

クランマーとの別れ際、彼はクランマーを抱擁し、耳元にささやく。「万事うまくいくよ」若いリッチモンドが彼の腕にそっとふれる。「秘書官、どうしてもお話ししなければならないことがあるんです」

彼は疲れている。明け方に起きて、ヨーロッパへの手紙を書いていたからだ。「緊急ですか？」

「いいえ。でも重要なことです」

重要かどうかの違いがこの若者にわかると仮定してみよう。「いいでしょう、聞きましょう」

「女性を知ったんです、それを言いたくて」

「望みどおりの女性だったのだといいですが」

少年はおぼつかなげに笑う。「そうでもなかった。娼婦だったんです。義兄のサリー伯がぼくのためにお膳立てしたんです」ノーフォークの息子のことである。燭台の火明かりに照らされて、少年の顔が闇に浸っているかのように、金から黒へとゆらめく。「でもまあ、ぼくだって男ですから。ノーフォークがぼくを妻と一緒に住まわせてくれないからこうなるんです」

リッチモンドはすでにノーフォークの娘、メアリ・ハワードと結婚している。ところがノーフォークは彼なりの理由で、メアリとリッチモンドを別居させている。アンがヘンリーに嫡出子を与えていたら、この庶子の息子は王には価値のない存在になるだろう。その場合、娘が処女なら、もっといいところへ嫁がせることができると、ノーフォークは踏んだのだ。

ところが、今、そういう計算はすべて無用となったわけだ。「公爵にはわたしから話しておきましょう」彼は言う。「今ならあなたの望みにさっそく同意すると思いますよ」

リッチモンドは赤くなる。うれしくて。それとも、どぎまぎして？　少年はばかではないし、自分の立場を心得ている。この数日で、彼の立場は飛躍的に向上した。彼、クロムウェルにはノーフォークの声がはっきりと聞こえる。あたかもノーフォークが王の枢密院会議で論理的に話しているかのように。キャサリンの娘はすでに庶子扱いされている。アンの娘もすぐにそれにつづく。したがって、ヘンリーの子供たちは三人全員が非嫡出子だ。となれば、女より男をひきたてるのは当然じゃないかね？

「秘書官」少年が言う。「うちの召使いたちは、エリザベスは王妃の子供ですらないと言っています。籠に入れられて、こっそり寝室に運びこまれ、王妃の死産した子が代わりに外へ運びだされたのだというんです」

「どうして王妃がそんなことをしますか？」召使いたちの推理の行方には、いつだって興味をかきたてられる。

「なぜかというと、彼女は王妃になるために悪魔と取引をしたからですよ。でも、悪魔はひとをだますと決まっている。悪魔は彼女を王妃にしたが、生きた子を産めないようにしたんです」

「しかし、悪魔ならもっと機転をきかせてもよかったんじゃありませんか？　籠に入れた赤ん坊を運びこむのなら、男の子を連れてくればよかったでしょう」

リッチモンドはみじめな笑みをやっとのことで浮かべる。「たぶん、手に入れることのできた赤ん坊がそれだけだったんじゃないかな。なんといっても、ひとは赤ん坊を通りに置き去りにしたりはしないものですから」

いいや、するとも。彼は新しい議会に法案を提出中だ。ロンドンにいる男の孤児を養育するための法案である。男の孤児の面倒をみれば、女の孤児の面倒もみるようになるだろう、との考えからだ。

「ときどき枢機卿のことを考えるんです」少年が言う。「あなたは考えることがありますか？」リッチモンド公ヘンリー・フィッツロイは腰をかがめて櫃にすわる。彼、クロムウェルもその隣に腰をおろす。「ぼくがごくちいさな子供だったときのことですが、子供というのはすごくばかだから、ぼくは枢機卿が自分の父親なのだとずっと思っていました」

「枢機卿はあなたの名付け親だったんですよ」

「ええ、でも父親だと思っていたんです……だって、ぼくにとてもやさしかったから。枢機卿はぼくを訪ねてきては抱きあげてくれました。金製の食器のようなすばらしい贈物もくださったけど、絹のボールや、人形も持ってきてくれたんです。ほら、男の子は……」少年はうつむく。「ちいさいときはそういうものが好きですから。つまり、まだおしめをあてているような年頃は、という意味です。自分になにか秘密があるのはわかってました。だから、そのこと、つまり司祭の息子であることが、その秘密だと思っていたんです。王は、ぼくにとっては他人でした。剣をくださったけど」

「で、そのとき、陛下が父親だと思ったのですか？」

「いいえ」両手を広げて頼りない性格をあらわす。幼い子供の頃の性格そのままに。「いいえ。説明してもらわなければわかりませんでした。王にはどうか言わないでください。わかっていただけないでしょう」

血を分けた息子に父親だと思われていなかったというのは、これほど激しいショックもあるまい。

「陛下には他にも大勢子供がいらっしゃるんですか？」リッチモンドは質問する。そのくちぶりは、今では世慣れた人間の権威をただよわせている。「きっとそうでしょうね」

「わたしの知るかぎり、陛下にはあなたの正当な資格をおびやかすことのできる子はいませんよ。メアリ・ブーリンの息子は陛下の子だと言う者もいるが、メアリはその頃は結婚しており、生まれた男子は彼女の夫の姓を継いでいます」

「しかし、今度はシーモア嬢と結婚なさるんでしょう？　今の結婚が」少年は口ごもる。「つまり、なにかが起きて、新たな結婚が実現したら。そうしたら、シーモア嬢はたぶん息子を産むでしょう。シーモア家は多産の家系だから」

「そうなった場合のために」彼はやさしく言う。「いつでも準備しておくことです。いの一番に陛下に祝辞を述べる準備を。そして、そのちいさな王子に一生仕える覚悟をしなければなりません。しかしさしあたっての問題について、わたしから助言するとしたら……もしも奥方との生活がこれ以上遅れるようなことがあったら、やさしくて、身辺のきれいな若い女を見つけて、約束を取り決めておくのが一番いいでしょう。女と別れるときは、あなたのことを口外しないよう、まとまった金をお払いなさい」

「あなたもそうしているのですか、秘書官？」率直な問いかけだが、一瞬、彼は少年が誰かのためにスパイしているのではないかという気に駆られる。

「紳士のあいだではそういう話はしないほうが賢明ですよ。お父上である王を見習ってください。陛下は女のことを話すとき、けっして下卑たことはおっしゃいません」乱暴ではあるかもしれないが、けっして下卑てはいない、と思う。「分別を働かせ、売春婦とはつきあわないことです。フランス王のように病気をうつされては大変ですからね。それからもうひとつ、若い女があなたの子を産んだら、手当をやり、ちゃんと育てることです。よその男の子ではないのですからね」

「でも、本当にそれがぼくの子かどうか……」リッチモンドは急に口をつぐむ。この世の現実が急速にこの若者の意識に浸透しはじめている。「王がだまされるぐらいなら、どんな男だってだまされるでしょう。既婚女性が嘘つきなら、どんなジェントルマンも他人の子を育てている可能性があるわけですか？」

彼は微笑する。「しかし、別のジェントルマンがあなたの子を育ててくれるともいえますよ」

法案作りの時間ができたら、彼はさっそく洗礼式を記録する書式作りに取りかかるつもりだ。そうすれば、王の臣民の数があきらかになり、彼らの素性が、つまり、母親の語る素性があきらかになる。家名と父親であることは同一ではないが、どこかにはじまりがなければならない。街なかを通るとき、彼はロンドン市民の顔を眺め、自分が暮らしたことのある他国の都市を、自分が通過した通りを思い浮かべ、ふと、おれにはもっと子供がいても不思議ではない、と考える。男としての欲望を彼はほどほどに抑えてきた。だが枢機卿は彼にまつわる艶聞を勝手に作り、彼にはたくさんの愛人がいたとホラを吹いたものだ。若くて頑健な悪党が絞首台へひきずられていくたびに、枢機卿はこう言った。「そらどうだ、トマス、あれはおまえの子かもしれんぞ」

少年があくびをする。「とても疲れました。でも今日は狩りには行かなかったんですよ。だからなぜなのか不思議です」

リッチモンドの召使いたちがうろうろしている。後ろ足で立ちあがった半獅子のバッジに、青と黄色の仕着せが、薄れゆく光の中で色褪せてみえる。どろんこの水たまりから子供をあわてて抱きあげる子守り女のように、若い公爵を、クロムウェルがたくらんでいるわけのわからぬ計画から引き離したがっているのだ。このところ、宮廷は恐怖に支配されており、その恐怖は彼が創りだしていた。逮捕がいつまでつづくのか、他に誰が捕らわれるのか、誰にもわからない。彼ですらわからない気がするが、取り仕切っているのは彼なのだ。ジョージ・ブーリンはロンドン塔に寝泊まりしている。ウェストンとブレレトンは昨夜は娑婆で眠ることをゆるされた。彼らの扱いを決めるまでの数時間の猶予というわけだ。明日、彼らの運命を決する鍵が回る。ウェストンもブレレトンも逃げようと思えば逃げられるだろうが、どこへ逃げる？　マーク以外の男たちは、厳密にいえば、尋問されたわけではなかった。つまり、彼による尋問は。しかし、分捕り品の争奪戦がはじまった。ノリスが監禁されてまだ一日もたたないとき、最初の手紙がきた。十四人の子持ちの男が、ノリスの官職や特権を分けてはもらえないかと懇願してきた。十四の飢えた口。その男自身が窮乏していることや、妻にがみがみののしられていることは、言うまでもない。

翌日早々に、彼はウィリアム・フィッツウィリアムに言う。「ノリスと話をするから、わたしと一緒にロンドン塔へきてくれないか」

フィッツが言う。「いや、きみが行け。一秒だって耐えられないよ。ずっと昔からノリスを知っているんだ。心が押しつぶされそうだ」

〝おっとりノリス〟。王の尻拭き係、絹糸の紡ぎ屋、蜘蛛の中の蜘蛛、宮廷の寵遇という広大な蜘蛛の巣の黒い中心。なんとまあ、活発で、人好きのする男だろう。四十すぎだが、年齢を感じさせない。ノリスは常にバランスのひとであり、計算されたさりげなさ《スプレッツァトゥーラ》が服を着たような人間である。取り乱すのは見たことがない。成功を遂げた男というより、成功に身を任せている男の雰囲気。公爵にたいしても、乳搾りの娘にたいしても等しく礼儀正しい。すくなくとも、観客がいるかぎりは。馬上槍試合の名人で、相手の槍を折るときは、まるで詫びているように見える。王国のコインをかぞえたあとは、薔薇の花びらで香りをつけた湧水で両手を洗う。

にもかかわらず、ハリーは金持ちになった。王周辺の者たちがどんなに控えめであろうと努めようとも金持ちにならざるをえないように。ハリーの場合、なんらかの恩恵や特権に飛びつくときも、まるで従順な召使いがなにやら不快なものを主人の目の届かぬところへ速やかに片付け、すばやく運びさっていくような雰囲気がある。金になる職務をみずから買って出るときも、まるで、能力の劣る者を楽にさせてやるため、義務としてやっているように見える。

　だが、今の〝おっとりノリス〟はどうしたことだ！　たくましい男が泣くのを見ると、気が滅入る。彼はそう言いながら腰をおろし、ノリスに待遇をたずねる。好みの食べ物が出されているかどうか、よく眠れたかどうか。彼の物腰はゆったりと穏やかだ。「去年のクリスマスの頃、あなたはムーア人の扮装をしたね、マスター・ノリス、そしてウィリアム・ブレレトンは狩人だか森の野人だか、半裸の格好で王妃の部屋へむかっていった」

「よしてくれ、クロムウェル」ノリスは洟をすする。「本気かね？　仮面舞踏会のためのわれわれの扮装について、真剣に質問しているのか？」

「わたしは彼、ウィリアム・ブレレトンに一物をさらさないよう助言した。するとあなたは、王妃はもう何度もそれを見ていると反論した」

　ノリスは、問題のその日もそうだったが、またここで赤くなる。「きみはわたしの言葉を曲解している。わかっているだろう、わたしがいわんとしたのは、アンは既婚者なのだから、男の……男のものなど目新しくもなんともない、という意味だよ」

「あなたはそう心得ているのだろうが、わたしはあなたの言ったことしか知らない。そのような発言が陛下のお耳に穢らわしく聞こえることは認めねばならない。あのとき、立ち話をしていたわれわれは、扮装したフランシス・ウェストンを見た。するとあなたはウェストンが王妃のところへ行くところだと言った」

「すくなくとも、彼は裸ではなかったよ。ドラゴンの格好をしていたではないか」

「われわれが見たときは、確かに裸ではなかった。しかし、そのあとあなたはなんと言った？　王妃がウェストンに惹かれていると言ったんだ。あなたは嫉妬していたよ、ハリー。しかもそれを否定しなかった。ウェストンについて知っていることを話してもらいたい。そうすれば、今後、あなたの状況はよくなるだろう」

ノリスは落ち着きを取り戻し、洟をかんだ。「きみが罪の根拠として主張しているのはすべて、いかようにも解釈できるふとした言葉だけだ。不義の証拠をさがしているのなら、クロムウェル、もっとましな材料がなければならないよ」

「さあ、それはどうかな。ことの性質上、行為の目撃者はまず望めない。だが、われわれは状況と機会と表にあらわれた欲望を検討する。重要な可能性も、さらに、告白も検討する」

「わたしからも、ブレレトンからも告白は得られないよ」

「そうかな」

「貴族が拷問にかけられることはない。王がおゆるしにならないだろう」

「正式な手続きは必要ない」彼は立ちあがり、テーブルに片手をたたきつける。「あなたの目に親指をつきたてることだって、その気になればできるんだ。そうしたらあなたは、わたしがそうしろと言えば、『緑豊かなヒイラギ』（ヘンリー八世が書いた詩といわれる）をうたうだろう」彼は腰をおろし、最前までのやわらかな口調に戻る。「わたしの立場にもなってほしい。どのみち人々はわたしがあなたを拷問にかけたと言うだろう。わたしがマークを拷問にかけたと言うだろうし、すでにそう言いふらしている。だが、誓って言うが、わたしは彼の着ている服の糸一本切ってはいない。マークはすすんで告白したんだ。彼は複数の名前をあげた。そのうちのいくつかは、わたしをおどろかせたが、そんなそぶりは見せなかった」

「嘘だ」ノリスは目をそらす。「きみはわれわれを罠にかけて、互いを裏切らせようとしているんだ」

「陛下はなにを検討すべきかわかっておいでだ。目撃者を求めてはおられない。あなたに裏切られ、王妃に裏切られたことを理解しておられる」

「どうしたらそんなことができるか、自分の胸に聞いてみたらいい。わたしが名誉をないがしろにし、これまで目をかけてくださった王を裏切り、尊敬する女性をこのようなおそるべき危険に陥れると思うのか。わが一族ははるか昔からイングランド王にお仕えしてきた。曾祖父はヘンリー六世王、あの高徳の王に——神よ、彼の魂を休ませ給え——お仕えした。祖父はエドワード王に仕え、もし夭折なさらなければ、その子息にお仕えしていただろう。あの蠍のリチャード・プランタジネットに王国から追放されたあとは、流浪の身であったヘンリー・チューダーに仕え、彼が王となってもまだお仕えしていた。わたしは子供の頃からヘンリーのかたわらにいた。兄弟のように彼を愛しているのだぞ。兄弟はいるのか、クロムウェル？」

「生きている者はひとりも」彼はノリスを見つめ、いらだちを深める。ノリスは雄弁さで、真摯さで、率直さで、今現在起きていることを変えられると思っているらしい。ノリスが王妃をやたらと褒め称えていたことは、宮廷中が見ていた。その目つきで買い物に行き、品物をさわり、そのあげくに金を払わないでよいなどと、どうして思えるのか？

彼は椅子から立ちあがってすこし歩き、ふりかえり、首をふる。ためいきをつく。「いいかげんにしてくれないか、ハリー・ノリス。あなたのために、壁に書かなければならないのかね？ 王はアンをお払い箱にしなければならないんだ。彼女が息子を産むことはありえないし、陛下はもはや彼女を愛しておられない。別の女性に心を寄せておられるが、アンがいるかぎり、その女性を得ることはできない。こう言えば、単純好みのあなたにも充分伝わるだろう。アンはおとなしくは出ていくまい。かつて、わたしに警告したことがあるからね。彼女はこう言った――ヘンリーがわたしを捨てたら、戦争が起きるでしょう、と。だから、出ていかないのなら、無理にでも出ていかせるしかない。わたしが彼女を押し出さねばならない。ほかに誰がやってくれる？ この状況がわかるか？ 思い返してみたらいい。同様の状況で、わたしのかつての主人ウルジーは王を喜ばせることができなかった。そして、どうなったか？ 彼は汚名をきせられ、死へ追いやられた。今、わたしはウルジーから学ぶつもりでいる。あらゆる点で王を喜ばせるつもりでいる。今の陛下は不貞の妻を持ったあわれな夫だが、ふたたび花婿となれば、それも忘れるだろう。遠いことではない」

「シーモア一族は婚礼の宴を用意しているのだろうな」

彼はにやりとした。「そしてトム・シーモアは髪をカールさせている。婚礼の日がくれば、陛下はしあわせになり、わたしもしあわせになり、全イングランドがしあわせになる。ノリスをのぞいて。どうせあなたはもう生きてはいないだろうからね。あなたが告白し、陛下の慈悲にすがらないかぎり、わたしにはどうすることもできない。陛下は慈悲を約束なさった。約束は守る方だ。たいてい」

「馬上槍試合がおこなわれたグリニッジから、王とともに馬で戻った」ノリスが言う。「道中、馬が一歩進むたびに王は執拗にわたしを責めた。なにをしたか告白しろと。わたしがなんと答えたか教えよう。潔白だと言った。さらに悪いのは」ノリスは落ち着きを失いはじめ、怒っている。「さらに悪いのは、きみも王もそれを知っているということだ。教えてくれ、どうしてわたしなんだ？どうしてワイアットじゃない？　彼のアンとの関係は全員が疑っている。ワイアットははっきりとそれを否定したことがあったか？　ワイアットはアンを前から知っていた。ケントにいたときからだ。少女の頃から知っていた」

「だから？　ワイアットはアンが地味な娘だったときから、アンを知っていた。彼が手を出したとしたら？　恥ずべきことではあるかもしれないが、背信行為ではない。王の妻、イングランドの王妃に手を出すのとはわけがちがう」

「わたしはアンと恥じるような関係は持っていない」

「だが彼女への妄想については、恥じているのだろう？　フィッツウィリアムにそう言った」

「わたしがか？」ノリスは荒々しく問い返す。「わたしが話した内容から彼が取りあげたのがそれか？　わたしが恥じていると？　わたしが恥じているとしても、クロムウェル、たとえ恥じているとしても……妄想を罪にしたてることはできないぞ」

彼は両の手のひらを突き出す。「妄想が意思のなせるわざなら、その意思がよからぬものなら……あなたが法にそむいてアンと寝たわけではないとしても——あなたはそう言い張るが——王が死んだら、合法的に彼女を手に入れるつもりだったのだろう？　奥方が亡くなってから、もう六年がたつ。なぜ再婚しなかった？」

「きみこそなぜだ？」

彼はうなずく。「いい質問だ。自分の胸に聞いてみるよ。しかし、わたしは若い娘と約束を交わし、あとになって約束を反故にしたことはない。あなたとはちがう。メアリ・シェルトンはあなたに純潔を捧げた——」

ノリスが笑う。「わたしに？　むしろ、王にだろう」

「だが王は彼女と結婚できる立場ではなかった。あなたはちがった。あなたはシェルトンに結婚を約束しておきながら、のらりくらりと逃げていた。王が死ねば、アンと結婚できると考えたからか？　それとも、王の存命中にアンが結婚の誓いをけがして、あなたの愛人になると期待したのか？　いずれかだ」

「もし、そのいずれかだと言えば、きみはわたしを破滅させるだろう。どちらとも言わなくてもわたしの沈黙を同意のしるしと見て、破滅させる」

「フランシス・ウェストンはあなたを有罪だと考えている」

「あのフランシスがものを考えるとは、おどろいた。なぜ彼が……？」ノリスはしゃべるのをやめる。「なんだと、フランシスはここにいるのか？　ロンドン塔に？」

「監禁されている」

ノリスは首をふる。「子供じゃないか。フランシスのような者にどうしてそんなことができるんだ？　むこうみずでわがままな若者であることは認めるし、わたしがフランシスを嫌っているのはよく知られたことだ。われわれは互いに反目しあって――」

「ああ、恋敵だ」彼は心臓の上に手をあてる。

「そうじゃない」ほほう、ハリーがついに取り乱した。顔がどす黒くなり、憤怒と恐怖にふるえている。

「兄のジョージについてはどう考える？」彼は聞く。「あの方面からの恋敵出現にはおどろいただろうね。おどろいたと思いたいが、きみたちジェントルマンの道義心には驚愕させられることがあるからな」

「その手にはのらん。誰の名をあげようとも、不利な証言も有利な証言もしない。ジョージ・ブーリンについてはなんの意見もない」

「なんだって、近親相姦について意見がないというのか？　そこまで静かに、反論もせずに受け止めるなら、真実の可能性を推測せざるをえないな」

「もしもわたしが、そのことについては有罪かもしれないと思うと言えば、きみはこう言うんだろう。〝なんだって、ノリス！　近親相姦だと！　どうしてそんな唾棄すべきことを信じられるんだ？　きみ自身の罪からわたしをそらすための策略か？〟とね」

彼は称賛をこめてノリスを見つめる。「わたしを二十年間知っているだけのことはあるね、ハリ

――」

「そりゃ、きみを観察したからな。きみの前には、きみの主人ウルジーを観察したよ」

「それは賢明だった。国家のかくも偉大な召使いだったからね」

「そして最後には、かくも偉大な反逆者となった」

「思い出してもらいたい。あなたが枢機卿のもとで受けた種々の好意を思い出せと言っているわけじゃない。思い出してもらいたいのは、宮廷でのある余興、幕間劇のことだけだ。その芝居のなかで、故枢機卿は悪魔たちに襲われ、地獄へ運びさられた」

その場面が眼前に浮かびあがってきたのか、ノリスの目が動く。火明かりと、熱気と、叫ぶ観客。ノリス自身とブーリンが被害者の両手をつかみ、ブレトンとウェストンが足を持っていた。彼ら四人は真紅の人物をほうり投げ、ひき倒し、蹴った。四人はふざけて枢機卿を畜生扱いした。枢機卿の機知、思いやり、品位をはぎとり、彼を咆哮する動物に変え、床板に這いつくばらせ、両手で板をかきむしらせた。

むろん、本物の枢機卿ではなかった。真紅の長衣を着た道化のセクストンだった。しかし、観客はそれが本物であるかのように野次り、怒鳴り、こぶしをふり、ののしり、あざけった。幕のうしろで、四人の悪魔は仮面とけむくじゃらの短着を脱ぎながら、悪態をつき、笑っていた。彼らの目は、黒の喪服に身を包み、無言で羽目板にもたれているトマス・クロムウェルの上を素通りした。

今、ノリスは呆然と口をあけて、彼を見つめている、「それが理由だというのか？　あれは芝居だった。余興だったんだ、自分でそう言ったじゃないか。枢機卿はすでに死んだあとだったのだから、彼が知ることはありえない。それに、存命中、苦難のさなかにあった枢機卿にたいし、わたしは礼を尽くしたはずだぞ。彼が宮廷から追放されたときにしても、わたしは馬でそのあとを追いかけ、パトニー・ヒースで追いついて、王みずから預かった記念の品を渡したではないか」

彼はうなずく。「もっと非道なふるまいをした者どもがいたことは認めよう。だがいいか、あなたがたの誰ひとり、キリスト教徒らしくふるまわなかった。それどころか、野蛮人のように、ウルジーの財産に群がった」

つづける必要はないと見てとる。ノリスの顔を占めていた怒りは、まぎれもない恐怖に変わっている。すくなくともこの男は、この先を予感するだけの頭はある、と思う。これは一年や二年の恨みではなく、枢機卿の失墜以来ずっと温存されてきた嘆きの書からの分厚い抜粋なのだと。彼は言う。「人生があなたに報復しているんだよ、ノリス。そう思わないか？　それに」と、やさしくつけ加える。「枢機卿のことばかりでもないんだ。わたしなりの動機があることも、知っておいてもらいたい」

ノリスが顔をあげる。「マーク・スミートンはきみになにをしたというんだ？」

「マークか？」彼は笑う。「わたしを見る目が気に入らないんだよ」

詳しく説明したら、ノリスは理解するだろうか？　やましい男たちが必要なのだ。だから、やましい男たちを見つけ出した。告発されているようなやましさではないのかもしれないが。

沈黙が広がる。彼は腰をおろし、死ぬ運命の男に目をあてたまま、待つ。頭のなかでは、ノリスの地位と王からの下賜金をどうするか、もう思案している。腰の低い申請者、たとえば、あの十四人の子持ちの男、ウィンザーの公園と城の管理の仕事をほしがっている男の希望をかなえてやろうか。ウェールズにおけるノリスの要職は若いリッチモンドに譲ってやればいい。そうすれば、実質的にそれはふたたび王のものとなり、その結果、彼自身の監督下に置かれる。レイフはノリスのグリニッジにある私有地を手に入れることができ、宮廷にいるあいだは、そこにヘレンと子供たちを住まわせることができるだろう。それからエドワード・シーモアは、キューにあるノリスの屋敷をほしがっていたな。

ハリー・ノリスが口を開く。「きみはわれわれをまっすぐ処刑場へ導くわけではないだろう。手続きというものが、裁判がある。そうだな？　手っ取り早くたのむ。そうできるはずだ。枢機卿がよく言っていたよ。クロムウェルは他の人間なら一年かかるところを一週間で片付ける、妨害も反対もするだけ無駄だ、と。クロムウェルをつかまえようと手を伸ばしても、もうそこにはいない、こちらがブーツを履いているすきに二十マイル先へ行っている、と」ノリスは顔をあげる。「わたしを公開処刑して見せ物にするつもりなら、さっさとやってくれ。さもないとこの部屋でひとり悶々としているうちに死ぬ」

彼はかぶりをふる。「あなたは生きるだろう」かつては彼自身、苦悩のあまり死ぬかもしれないと思ったことがある。妻を失い、娘たちを失い、姉たち、父親、主人たる枢機卿を失って。だが、脈は冷徹にリズムを刻みつづけている。呼吸しつづけることなど無理だと思っても、胸郭には他の考えがあって、上下動し、ためいきを放っている。ひとはいやでも生きなければならない。生きていけるように、神が肉体から心臓を取り出し、石の心臓を与えるのだ。

ノリスが肋骨に手をふれている。「ここが痛むんだ。昨夜、痛みをおぼえた。息苦しくて起き上がった。おそろしくてもう横になれなかった」

「失脚したとき、枢機卿が同じことをおっしゃった。砥石で研がれるような痛みだ、とね。砥石と、その上を動くナイフ。ナイフは研がれつづけた、枢機卿が死ぬまで」

彼は立ちあがって、書類をつかむ。軽く会釈し、暇乞いする。ハリー・ノリス。左手。


ウィリアム・ブレレトン。チェシャーのジェントルマン。ウェールズにいる若いリッチモンド公の従者、それも、たちの悪い従者だ。荒っぽい一族の血を引く、荒っぽくて、傲岸で、一筋縄ではいかない男。

「枢機卿の時代へ戻ろう」彼は言う。「というのは、あの当時、きみの所帯の誰かがボウルズゲームの最中に、ひとを殺した記憶があるのでね」

「かなり興奮するゲームだからな」ブレレトンが言う。「おまえも知ってるだろう。やるそうじゃないか」

「あのとき枢機卿は、罰を与えたほうがよいと考えた。きみの家族は捜査を邪魔したかどで罰金を科せられた。わたしは自問しているんだよ、当時となにか変わったところがあるのか、と。自分はリッチモンド公の従者だからなんでもできるときみは思っている。さらに、ノーフォークから目をかけられているから――」

「王自身、わたしに目をかけてくださっている」

彼は眉をあげる。「陛下が？　だとしたら、きみは陛下に文句を言うべきだな。こんなところに寝泊まりさせられているのだから、そうじゃないか？　きみにとっては悲しいことに、王はここにはいないから、きみはわたしとわたしの記憶で間に合わせなければならない。しかし、いくつもある事例を過去にさかのぼって考えるのはよそう。ここでは、フリントシャー（ウェールズ北西部）のジェントルマン、ジョン・アプ・アイトンの例に注目しよう。つい先頃のことだから、おぼえているはずだ」

「わたしがここにいるのは、そのためか」

「必ずしもそうではないが、王妃との密通はとりあえず脇へおいて、アイトンに的をしぼろう。事件の事実関係は知っているな。喧嘩がはじまって、殴り合いのあげく、きみの所帯にいたひとりが死んだ。しかしアイトンというこの男はロンドンの陪審の前で正式に裁かれ、無罪判決を言い渡された。ところが、法も正義も尊ばないきみは、復讐を誓い、このウェールズ人を誘拐させた。きみの家来は、すぐさま彼を縛り首にした。このすべてが――口をはさむな、おい――このすべてがきみの許可と計略のもとにおこなわれた。これはほんの一例だ。たったひとり死んだだけで、どうってことではないときみは思っているのだろうが、とんでもないまちがいだよ。一年以上前のことだし、もう誰もおぼえていないと高とくくっているんだろうが、わたしがおぼえている。法律とは自分に都合のいいものであるべきだときみは思いこんでいる。ウェールズの境界地域の保有地におけるきみのふるまいも、その身勝手な主義にもとづいたものだ。そこでは王の正義と王の名が毎日嘲笑されている。あの境界地域は盗人どもの本拠地だ」

「おれが盗人だというのか？」

「盗人と徒党を組んでいる、と言っている。だが、きみの企みもこれまでだ」

「おまえは判事で陪審で絞首人なのか？」

「アイトンが受けた〝正義〟はこんなものじゃなかった」

するとブレトンは言う。「それは認める」

なんとも低姿勢になったものだ。つい数日前、チェシャーの修道院の土地が分配されるとわかると、ブレトンは秘書官に利権を求める陳情を起こした。今、ブレトンの頭の中では、秘書官の高圧的なやりかたにたいして投げつけた言葉が駆け巡っているにちがいない。おまえに現実を教えてやらなくちゃならんな、ブレトンは冷たくそう言ったのだった。おれたちはグレイ法曹院でおこなわれる弁護士どもの秘密会議の産物じゃないんだ。おれの国では、おれの一族が法を支えている。おれたちが支えたいと思うものが法なんだ。

秘書官はたずねる。「ウェストンは王妃と関係していたと思うか？」

「たぶんな」どちらにせよ、ブレトンはろくに気にもかけていないようだ。「ウェストンのことはほとんど知らない。若くて、愚かしくて、見てくれがいい。そして女たちはそういうことに関心を示す。王妃だって所詮は女だ。どんなことに王妃が心を動かすか誰にもわからんさ」

「女は男よりも愚かだと思っているんだな？」

「総じてな。そして弱い。愛情がらみとなると」

「貴重な意見だ」

「ワイアットはどうなんだ、クロムウェル？　やつはこのどこにいるんだ？」

「きみはわたしに質問する立場にはいないんだよ」ウィリアム・ブレトン。左足。


ジョージ・ブーリンは三十の坂をとうに越えているが、若者だけが持つあのすばらしい輝きを、躍動する生気と澄んだ一途なまなざしを、いまだに失っていない。その陽気な容貌は彼の妻が非難する堕落した淫らな性欲と容易に合致せず、ジョージを前にして、一瞬彼は、多少のうぬぼれと高慢さ以外に、この男は本当に罪を犯したのかと、いぶかしむ。その容貌と精神の優雅さをもってすれば、俗世間とは一線を画し、宮廷とその浅ましい謀略を高みから見おろしながら自分自身の領分を動きまわり、いにしえの詩人たちの詩を翻訳し、見事な装幀でそれを出版するような、典雅な男にもなれただろう。貴婦人たちの前で前脚をあげて優美な跳躍をしてみせる美しい白馬を乗りこなすこともできたろう。だがあいにくと、ジョージが好んだのは、喧嘩と自慢話、陰謀と肘鉄だった。今、ジョージはマーティン塔（ロンドン塔を形成する二十一ある塔のひとつ。十三世紀に建てられ、十六世紀にはもっぱら牢屋として使われた）の明るい円形の部屋にいて、論争が待ちきれないかのように、行ったりきたりしている。なぜ自分がここにいるのか、わかっているのだろうか？　それとも、驚愕はこれから訪れるのだろうか？

「あなたはさほどとがめられることはないのかもしれない」彼、トマス・クロムウェルはそう言って席に着く。「このテーブルにつきたまえ」と指示する。「囚人は石に通り道をうがつというが、現実にそのようなことが起こりうるとは思えない。三百年はかかりそうだ」

ブーリンが言う。「なんらかの共謀、隠匿、妹の不祥事のもみけしの容疑をわたしにかけているようだが、この容疑は成立しないよ。なぜならば、不祥事などなかったからだ」

「いや、閣下、容疑はそれではない」

「ではなんだ？」

「あなたが非難されているのは、そのことではない。サー・フランシス・ブライアンが、彼は実に想像力の旺盛な男だが――」

「ブライアンだと！」ブーリンがぞっとした顔になる。「だが、彼がわたしの敵なのは知っているだろう」言葉がもつれあう。「ブライアンの言ったことなど、どうして信用できるんだ？」

「サー・フランシスはなにもかも説明してくれた。それで、わたしにもわかりかけてきた。ろくに知らないまま一人前の女に成長した妹に再会すると、男がどうなるかを。妹は兄にそっくりなようでいて、似ていない。気安い間柄なのに、兄の興味をそそる。ある日、兄の抱擁が普段よりすこし長くなる。そこから問題が生じる。兄も、妹も、罪の意識がないままに、一線を越えてしまう。しかし、わたし自身は想像力がないので、その一線とやらがどんなものなのか想像すらできない」彼はいったん言葉を切る。「それがはじまったのは、彼女の結婚前か、それともあとか？」

ブーリンがふるえはじめる。衝撃のあまり、口がきけない。「答えることを拒否する」

「閣下、答えようとしない者とつきあうことなら、わたしは慣れているんだよ」

「拷問台をちらつかせて、脅そうというのか？」

「言っておくが、わたしはトマス・モアを拷問したわけではない、そうだろう？　モアとひとつの部屋にすわっていただけだ。ここロンドン塔にある部屋で、ちょうど、あなたがいるような部屋だった。わたしはモアの沈黙の内側から聞こえるつぶやきに耳をすませた。沈黙は解釈できるものだ。あなたの場合もそうだろう」

ジョージが言う。「ヘンリーは父王の顧問官たちを殺した。バッキンガム公（第三代バッキンガム公エドワード・スタフォード）を殺した。枢機卿を滅ぼし、死にいたらしめ、ヨーロッパの偉大な学者のひとりの首を刎ねた。今、ヘンリーは妻とその家族と、もっとも親しい友だったノリスを殺そうとしている。おまえはなにをもって、自分はちがう、自分はその誰とも同類ではないと思っているんだ？」

「あなたの家族の誰かが枢機卿の名を持ち出すのは似つかわしくないな。その点はトマス・モアの名も同様だ。あなたの妹は復讐に燃えていた。よくわたしにこう言ったものだよ。なんですって、トマス・モアはまだ死んでいないの？」

「わたしを中傷しはじめたのは誰だ？　フランシス・ブライアンのはずはない。妻か？　そうだな。わたしもうかつだった」

「それは単なる推測だ。それを裏付けるつもりはない。妻に憎まれる理由があると思っているのなら、きみはレディ・ロッチフォードにたいし、良心の呵責をおぼえているんだろうな」

「そこまでおぞましいことを、おまえは信じるのか？　ひとりの女の言葉だけで？」ジョージの口調に嘆願が混じる。

「あなたの色事の相手となった女性は他にもいる。できれば、そういう女たちを出廷させたくない。彼女たちを守るためにわたしにできるのは、それぐらいだからな。あなたはいつも女を使い捨てできるものと見なしてきただろう、閣下、結局彼女たちから同じように思われても文句はいえまい」

「それじゃ、わたしは女たちとよろしくやったために裁判にかけられるのか？　ああそうか、彼らはわたしに嫉妬しているんだ、どいつもこいつも嫉妬しているんだ。女たちとはいつもうまくやってきたからな」

「まだうまくやったと思っているのかね？　考えなおしたほうが身のためだぞ」

「女とよろしくやることが犯罪とは初耳だな。その気になっている愛人と時間を過ごすそのどこが悪い？」

「答弁でそういうことは言わないほうがいい。あなたの愛人のひとりが妹なら……法廷はそれを、なんと言うか……奔放にすぎると考えるだろう。不道徳である、と。今、あなたを救うものがあるとしたら――救うというのは、生命の保護という意味だが――それは、他の男たちとあなたの妹との関係について、知っていることを洗いざらい、取りこぼしなく陳述することだ。異常ではあるが、あなたがたの関係をかすませるような密通が他にもあるとほのめかす者もいるのでね」

「おまえはキリスト教徒だろう。そのおまえがそういう質問をするのか？　妹を殺すための証拠を出せと？」

彼は両手を広げる。「わたしはなにも質問していない。このままではどういうことになるか、その一例を指摘しているだけだよ。王の気持ちが慈悲に傾くかどうかはわからない。国外へ追放されるかもしれないし、処刑法について慈悲を垂れるかもしれない。垂れないかもしれない。反逆者への処罰は、知ってのとおり、恐ろしい公開処刑だ。反逆者は苦悶と屈辱のうちに死んでいく。その目で見たことがあるのだから、知っているはずだ」

ブーリンが身体を二つ折りにする。さながら、肉屋の包丁から内臓を守ろうとするかのように、身をちぢめ、両腕で自分の身体をかき抱いて、腰掛けにへたりこむ。はじめからそうしていればよかったんだ、と彼は思う。すわるように言ったのに。手をふれることもなく、おれがおまえをすわらせることができるということが、これでわかったろう。彼は静かに言う。「閣下、あなたは福音書を信仰し、自分は救われると明言している。しかし、あなたの行動からすると救われるのはむずかしそうだ」

「わたしの魂についたおまえの親指の跡をぬぐいとってくれ。この問題はわたしの礼拝堂付き司祭と話しあう」

「なるほど、やはりそうか。どうやらあなたは宥免《ゆうめん》を確信しすぎているらしいな。人生はまだいろいろな罪を犯せるほど長い、神はすべてをごらんになっているが、きっと下男のように辛抱強く待ってくださるに相違ない、いずれは神の言葉に耳を傾け、その訴えに答えるつもりだが、神は自分が年を取るまで待ってくださるだろう、そう信じているわけだ。そうなんだな？」

「それについてはわたしの聴罪司祭と話す」

「今はわたしがあなたの聴罪司祭だ。あなたは他人に聞こえるように、王は不能だと言ったか？」

ジョージはその問いを鼻であしらう。「天気がよければ、できるさ」

「ついでに、エリザベス王女の生まれに疑問を投げかけたな。エリザベス王女はイングランドのお世継ぎなのだから、これが反逆罪にあたることは言われなくともわかるだろう」

「おまえが関わってくるかぎり、そう言われてもしかたない《フォト・ド・ミュ》」

「王は現在、この結婚が合法でなかったから、息子を授かることができなかったのだと信じておられる。障害となるものが隠されていた、あなたの妹が過去を偽っていた、と信じておられるのだ。陛下は新しい結婚をするおつもりだよ。それは穢れのないものとなるだろう」

「おまえがみずから説明するとはおどろいたな」ジョージは言う。「これまで一度もそのようなことはしなかったくせに」

「これにはひとつ理由がある——あなたが自分の立場を悟り、いたずらに希望を持つことのないようにするためだよ。あなたの言うその礼拝堂付き司祭たちだが、わたしがここへよこそう。今のあなたには、彼らがふさわしい」

「神はどんな乞食にでも、息子をお与えになる。不義の関係にも、祝福された関係同様、息子をお与えになるし、王妃にも売春婦にもお与えになる。王がそこまで純真な方とはあきれたものだな」

「神聖な純真さなのだ」彼は言う。「陛下は聖別された君主であられる、したがって、かぎりなく神に近い」

ブーリンは軽薄か嘲笑の気配を求め、彼の表情を仔細に眺める。が、彼は知っている。自分の顔がなにも語っていないことを。それだけは当てにできる。ブーリンの経歴をふりかえればこう言えるだろう。〝失敗の山だ〟と。自尊心が強すぎ、非凡すぎるせいか、きまぐれを自制することも、へりくだることもしない。風向きに逆らわない父親を見習うべきだが、なにを見習うにしても、時間は残りすくない。威厳にこだわる時があってもよいが、我が身の安全をはかるためにそれを捨てるべき時もある。引いたカードの陰でほくそえむ時もあれば、テーブルに財布を投げだして、「トマス・クロムウェル、おまえの勝ちだ」と言う時もあるのだ。

ジョージ・ブーリン、右手。

彼がフランシス・ウェストン（右足）への尋問を開始する前にその若者の家族は多額の金を差し出して接触を図ってきた。彼は丁重に断った。立場が逆であったら彼も同じことをするだろうが、グレゴリーや家中の誰かが、この若者のように愚かしいとはとても思えない。

ウェストン家はさらに踏み込んで、王そのひとにまで接近する。おそらく贈物を献上し、徳税をおさめ、王の宝庫に莫大かつ無制限の寄付をするつもりなのだろう。彼はフィッツウィリアムと話しあう。「わたしから陛下に助言することはできん。容疑が軽くなる見込みはある。名誉をどこまで穢されたと陛下が思っていらっしゃるか、それ次第だ」

だが王は断固、はねつける。フィッツウィリアムが険しい顔で言う。「もしわたしがウェストンの家族なら、ともかく金は払うね。寵愛を確実にするためだ。のちのちの」

それはブーリン家（のなかで生き延びる顔ぶれ）とハワード家を考えて、まさしく彼自身が結論にいたったやりかたである。先祖代々のオークの木をゆすれば、毎シーズン金貨が落ちてくる。

ウェストンが拘束されている部屋に彼が赴く前から、若者はすでに自分がどうなるかを知っている。誰が自分と一緒に投獄されているかを知っている。容疑、というより、その内容をよくのみこんでいる。看守たちがべらべらしゃべったにちがいない。四人の容疑者が互いに接触できないよう、彼、クロムウェルが手を打ってあるからだ。おしゃべりな看守は役に立つこともある。四人を手なずけて協力させたり、あきらめさせたり、絶望させたりすることができる。ウェストンは家族の打った一手が失敗に終わったことを察しているにちがいない。クロムウェルを見れば、誰しも考える――袖の下が効かないのなら、なにをやってもだめだ、と。抵抗も否認も反論も役には立たない。だがへりくだれば、突破口が開けるかもしれない、試す価値はある。「ぼくはあなたをあざけりました、サー」フランシスは言う。「あなたを貶しました。申し訳ありません。あなたは王の側近であり、ぼくはそれを尊重すべきだったんです」

「ふむ、なかなか結構な謝罪だな」彼は言う。「しかし、きみがゆるしを乞うべき相手は、王とイエス・キリストだ」

フランシスは言う。「ごぞんじのように、ぼくはすこし前に結婚したばかりです」

「そしてきみの奥さんは田舎の屋敷に置き去りにされている。理由はあきらかだ」

「妻に手紙を書けますか？　ぼくには息子がひとりいるんです。まだ一歳にもなっていません」沈黙。「ぼくが死んだあとも、魂に祈りを捧げてもらいたいんです」

神の判断は神自身のものだ、と彼なら考えたことだろう。ところがウェストンは創造主をせっつき、なだめ、すこしなら買収もできると信じている。その思いが伝わったかのように、ウェストンは言う。「ぼくには借金があるんです、秘書官。大枚千ポンドも。今は後悔しています」

「きみのような色男は金にけちけちしないものだよ」彼の思いやりの感じられる口調に、ウェストンが顔をあげる。「もちろん、その借金はもとよりきみが払えるような額ではない。たとえ父上が亡くなればきみのものとなる資産があるとしても、相当な負債額だ。だから、きみの無節制な贅沢ぶりをひとはいぶかしんでいるんだよ、若いウェストンにはどんなあてがあるんだ？　とね」

束の間、若者は反抗的な表情のまま、棒をのんだように彼を見つめる。どうして、こんな問いがぶつけられるのかわからないというように。自分の借金がなんの関係があるのだ、というように。話の先が見えていない。やがて、悟る。彼、クロムウェルは片手を伸ばしてウェストンの服をつかみ、衝撃のあまり前のめりにたおれそうになった若者を押しとどめる。「陪審はあっさり問題点を把握するだろう。王妃がきみに金を与えていたことはわかっている。そうでなくて、どうしてきみのような暮らしができる？　見ればすぐわかるさ。王の死をたくらみ、王妃との結婚を望んでいるのなら、千ポンドなどきみにはなんでもないだろう」

ウェストンがちゃんとすわれるという確信が持てると、彼はこぶしをひらき、つかんでいた手を放す。機械的に、若者は手をあげて服の乱れを直し、シャツの襟のこまかい襞をまっすぐにする。「奥さんの生活は心配ない」彼はウェストンに言う。「心配は無用だ。王は罪人の未亡人まで憎んだりは絶対になさらない。彼女の暮らし向きはよくなるだろう、きみと一緒だったときよりも」

ウェストンが顔をあげる。「あなたの推論を非難することはできません。証拠が提出されれば、それがどれだけ重要かはわかります。ぼくがばかだった。あなたはそばで全部見ていたんですね。ぼくは自分で自分の首を絞めてしまったんだ。あなたの行為を責めることはできません。可能なら、ぼくだってあなたの名声に傷をつけていたでしょうから。自分がりっぱな人生を歩んでこなかったことはわかっています……だめな人生でした……あの、ぼくは思っていたんですよ、このままあと二十年かそこらは生きられるだろうと。年を取り、四十五か五十歳になったら、養老院に寄付をして、教会に寄進しようと思ってたんです。そうすれば、神はぼくが後悔していたことをわかってくださるだろうと」

彼はうなずく。「なあ、フランシス。ひとの寿命は誰にもわからない、そうだろう？」

「でも、秘書官、ぼくがしでかした悪いことがなんであれ、王妃のこの問題に関しては、ぼくは潔白です。あなたの顔つきから判断すれば、あなただってぼくの無実は知っているはずです。ぼくが刑場へ連れ出されるとき、みんながそのことに気づくでしょう。王もお気づきになって、ひとりだけの時間に、そのことに思いをめぐらせてくださるはずです。だから、ぼくは記憶に残るんだ。無実の人々が忘れ去られることがないように」

そう信じている心を乱すのは酷というものだろう。ウェストンは自分の死が、生前以上の名誉を与えてくれると期待している。彼の前にひろがっていたすべての歳月を、ウェストンが最初の二十五年間よりましに過ごすつもりでいる保証はどこにもない。彼自身がそう語っている。君主の庇護のもとに育てられ、代々廷臣を勤める一族の出身で、当人も子供の頃から廷臣だった。一瞬たりとも世間における自分の居場所を疑ったことはなく、一瞬たりとも不安を感じたことはなく、一瞬たりとも、フランシス・ウェストンとして幸運の中心に生まれ、偉大な王と偉大な国に仕えるために生まれたおおいなる特権に感謝したこともない。フランシスが残すのは借金と汚名と息子だけだ。息子の父親は誰であってもおかしくないと彼は思うが、それも、自分たちがロンドン塔にいる理由と、この話しあいの目的を思い出すまでである。彼は言う。「奥さんはきみのために王に手紙を書いたんだよ。慈悲を求める手紙を。きみにはりっぱな友達が大勢いるな」

「なんの役にも立ちませんよ」

「きみは気づいていないようだが、こういう重大時にこそ、多くの男はひとりぼっちであることを知るのだ。そう思えば、元気が出るはずだよ。うらんではいけない、フランシス。幸運はきまぐれなんだ。若い冒険家はみなそれを知っている。観念するんだ。ノリスを見たまえ。ちっともうらんでなどいない」

「たぶん」若者は口走る。「たぶん、ノリスはうらむ理由がないと思っているんだ。彼の後悔は本物で、必要なことなんでしょう。彼は死んで当然かもしれないけど、ぼくはちがう」

「ノリスは王妃と通じた代償を支払わされている、そう思うんだな」

「ノリスはいつも王妃のそばにいました。福音書について話しあうためじゃありません」

ウェストンは今にも密告しそうだ。ノリスはウィリアム・フィッツウィリアムに罪を認めかけたものの、口を閉じてしまった。今こそ事実があきらかになるか？　彼は待つ。若者がうなだれ、頭を両手でかかえるのを見たあと、なんだかわからない感情に駆られて立ちあがり、声をかける。

「フランシス、失礼する」そして部屋の外へ出る。

外でリズリーが、彼の所帯のジェントルマンたちと一緒に待っている。壁によりかかって、冗談を飛ばしあっている。彼を見るなり、全員が期待をこめてざわつく。「終わったんですか？」リズリーがたずねる。「ウェストンは告白しましたか？」

彼は首をふる。「どの男も自分のことはいくらでも話すが、仲間が無罪とは言わない。また、全員が〝わたしは無実だ〟と言うが、〝王妃は無実だ〟とは言わない。言えないのだ。王妃は無実かもしれないが、誰もそうだとは請け合わないだろう」

ワイアットがかつて彼に言ったのと同じだ。「最悪だったのは」ワイアットは言ったものだ。「ぼくにはノーと言うくせに他の男たちにはイエスと言っていると彼女がほのめかし、自慢めかして言うことでした」

「それじゃ、自白は引き出せていないんですね」リズリーは言う。「われわれがやりましょうか？」

彼がむけた目つきにリズリーはぎょっとしてあとずさり、リチャード・リッチの足を踏んづける。

「なんだと、リズリー、わたしがあの若者に手ぬるすぎると思うのか？」

リッチが足をさする。「告訴状を作成しますか？」

「多ければ多いほどいいな。失敬、ちょっと用事が……」

リッチは彼が小用を足しに出たと推測する。なにがウェストンへの尋問を中断させ、自分がこうして部屋を出てきたのか、彼にもわからない。おそらく、若者が「四十五か五十」と言ったせいだろう。まるで、人生の半ばを過ぎたとき、第二の子供時代が、新たな無垢の時代がはじまるかのような口調だった。その無邪気さが心に刺さった。それとも、ただ空気を吸いたかっただけか。たとえば、窓の閉じた室内にいると、ひとは他人の肉体の近さ、暮れゆく光を意識する。部屋のなかで尋問の理由を説明し、駆け引きをし、手持ちの駒をあちこちへ動かす。象牙のように固く、黒檀のように黒い、観念上の人々が、盤上を移動する。やがて、ひとりが言う。これにはもう耐えられない、空気を吸ってくる。部屋を飛び出し、荒れ果てた庭へ出ると、罪人が木々からぶらさがっている。それはもはや象牙でも、黒檀でもなく、やわらかな肉体だ。今際の際に、狂おしく嘆く彼らの舌が罪を宣言する。この一件では、結果が理由に先行していた。夢で見たことが現実になった。剣に手を伸ばすが、血はすでに流れている、子羊たちはみずからを解体して、食べてしまった。彼らはナイフをテーブルへ持ってきて、みずからを切り分け、みずからの骨をきれいにはずした。

五月が町なかの通りでも花開いている。彼はロンドン塔のご婦人がたに花を持っていく。花束を運ぶのはクリストフの役目だ。若者は肉づきがよくなり、まるで生け贄の花輪をかけた牡牛だ。彼ら、異教徒や旧約聖書のユダヤ人は、生け贄をどうしたのだろうと考える。まさか新鮮な肉を無駄にはしなかっただろうが、それを貧乏人にやったのか？

アンがいるのは、彼女の戴冠式のために新たに装飾された続き部屋である。その室内装飾の仕事は彼自身が監督し、やわらかな黒く輝く目をした女神たちが壁を飾るのを見守ったのだった。女神たちは日当たりのいい糸杉の木立の下で日光浴をしている。葉叢からは一頭の白い雌鹿がのぞき、狩人たちは別の方角へ去って行く。その前方では猟犬たちが吠えながらよたよた走っている。

立ちあがって彼を迎えるレディ・キングストンに、彼は言う。「すわって、マダム……」アンはどこだ？　この謁見室にはいない。

「祈っているんですよ」ブーリン家のおばたちのひとりが言う。「ですから、そっとしておいているんです」

「しばらくたつわね」もうひとりのおばが言う。「まさか男を連れこんでいるんじゃないでしょうね？」
おばたちはくすくす笑うが、彼は加わらない。レディ・キングストンが女たちに厳しい視線をむける。

ちいさな祈禱堂からアンがあらわれる。彼の声を聞きつけたのだ。日差しがその顔を照らす。レディ・ロッチフォードが言ったことは本当だ。皺が目立ちはじめていた。王の心をその手につかんでいた女だと知らなければ、ごく平凡な女に見える。アンはこれからもずっと、わざとらしい軽さと熟練を積んだはにかみを失わないだろう、と思う。五十歳になっても、自分はまだゲームの参加者だと考える女のひとりになるだろう。乙女のように作り笑いし、男の腕に手をかけ、トム・シーモアのような有望株が視界に入ってくると他の女たちにめくばせする、年を取ってくたびれた嫌味な女のひとりになるだろう。

だが、いうまでもなく、アンは五十歳にはなれない。法廷以外の場所でアンに会うのは、これが最後になるかもしれないと考える。アンが女たちの中央、陰になったところに腰をおろす。ロンドン塔は川からの湿気でいつもじめついている。新しく、明るいこの部屋ですら、じっとり冷たい。毛皮をお持ちしますか、とたずねると、アンは言う。「ええ。黒貂を。それから、この女たちはいやなのよ。あなたではなく、わたしが自分で選んだ女たちをよこしてもらいたいわ」

「レディ・キングストンがおそばにいるのは、彼女が――」

「彼女があなたのスパイだから」

「――あなたのもてなし役だからですよ」

「じゃ、わたしは彼女の客なの？　客は自由に出ていけるものだわ」

「オーチャード夫人はお気に召すと思いましたがね。あなたの昔の乳母ですから。おば上たちに反感をお持ちとは思いませんでしたよ」

「彼女たちはわたしに悪意を持っているのよ、ふたりそろって。わたしが見たり聞いたりするのは、あざけりと舌打ちだけだわ」

「これはこれは！　拍手喝采を期待しているとでも？」

　これがブーリン家の困ったところだ。彼らは血のつながった親戚を嫌う。「わたしが解放されたら、そんな口のききかたはしないでしょうね」アンが言う。

「申し訳ありません。考えもせずにしゃべりました」

「わたしをここへひきとめておくなんて陛下がどういうおつもりなのかわからないわ。わたしを試すためなんでしょう。彼が考案した計略なのね、そうでしょう？」

　本気でそう思っているはずもないので、彼は答えない。

「兄に会いたいわ」アンは言う。

　おばのひとり、レディ・シェルトンが針仕事から顔をあげる。「この状況で、それは愚かな要求ですよ」

「父上はどこなの？　どうして父上がわたしを助けにきてくださらないのか、理解できないわ」

「拘束されていないのは運がいいわ」レディ・シェルトンが言う。「助けを期待するのはおよしなさい。トマス・ブーリンがまっさきに考えるのは、きまって自分のことなの。彼の妹だからよく知っているのよ」

アンはそれを無視する。「それから、わたしの司祭たち、彼らはどこにいるの？　わたしは彼らを養い、保護し、宗教の大義を推し進めてきたのよ。だったら、どうして彼らはわたしのために王のところへ嘆願に行かないの？」

もうひとりのブーリンのおばが笑う。「あなたの密通を弁護するために、司祭たちが介入すると思っているのかしら？」

この法廷で、アンがすでに裁判にかけられているのはあきらかだ。彼はアンに言う。「王を煩わさないことです。王が慈悲深くあられないかぎり、あなたは負ける。自分のためにできることはなにもない。しかし、あなたの娘エリザベスのためにはなにかできるかもしれません。謙虚に身を処し、進んで悔いを示し、事の行程に辛抱強く耐えれば、今後、あなたの名が取りざたされるとき、陛下の感じる苦痛はやわらぐでしょう」

「ああ、事の行程ね」以前の鋭さを一瞬見せて、アンが問う。「それで、その行程はどういうものなの？」

「ジェントルマンたちの告白がまとめられているところです」

「なんですって？」

「聞こえたでしょう」レディ・シェルトンが言う。「彼らはあなたのために嘘などつかないのよ」

「他にも別の容疑で逮捕者が出るかもしれないが、今、堂々と意見を述べ、腹蔵なくわれわれに話せば、関係者全員の苦痛を短縮できるんですよ。ジェントルマンたちは合同で裁判にのぞむでしょう。あなた自身と、あなたの兄上は、そろって貴族に列せられているわけだから、お仲間によって裁かれることになります」

「でも、証人もいないのよ。いくらでも非難はできるでしょうが、わたしだって否定できるわ」

「そのとおりです」彼は認める。「しかし、証人については、そのかぎりではありません。あなたが自由の身であったとき、マダム、女官たちはあなたに怯え、あなたのために嘘をつかざるをえなかった。しかし、今女官たちは勇気を得ています」

「そうでしょうとも」アンは彼の視線をとらえる。その口調は侮蔑に満ちている。「シーモアが勢いづいているようにね。彼女に伝えてちょうだい、神が彼女の手管をご覧になっているとね」

彼は辞去しようと立ちあがる。アンが彼の不安をかきたてる。注意深く抑えているあの狂乱じみた嘆きが、ほんのすこしだが表にあらわれている。これ以上話を長引かせても意味はなさそうなのに、彼は言う。「陛下があなたとの結婚を取り消す手続きをはじめたら、またくるかもしれません、供述を取るために」

「なんですって？　そんなことまで？　それは必要なこと？　処刑するだけでは充分ではないと？」

彼は一礼し、背中をむける。「待って！」アンは追いすがる。立ちあがって、おずおずと彼の腕に手をふれて、ひきとめる。望むのは釈放ではなく、彼の意見のほうだというかのように。「わたしを悪く言うそんな作り話を信じているわけではないでしょう？　あなたが心のなかでは信じていないのは、わかっているのよ。クレムエル？」

一瞬が長い。彼はなにかしら不快な領域に足を踏み入れかけている自分を感じる。不適切な知識、役立たずの情報。ふりかえり、ためらい、そろそろと手を伸ばしかけ……

が、そのとき、アンが両手を持ちあげて、胸の前で合わせる。レディ・ロッチフォードが彼にやってみせたことのある仕草だ。そう、エステル妃のポーズ。アンは無実ではない。彼女にできるのは、無実を装ってみせることだけだ。伸ばしかけていた手が、ばたりと落ちる。顔をそむける。アンは自責の念を持たぬ女だ。彼女なら、道徳的、社会的ないかなる罪も犯すだろう。つくづく父親譲りの娘だ。子供の頃から、なだめても、すかしても、自分の利益をそこなうような行動は絶対にしないのだ。だが、たったひとつの仕草で、今、彼女は自滅した。

アンは彼の顔つきが変わるのを見た。あとずさり、両手を喉にまわす。絞殺魔のように、自分の肉を自分で絞める。「細い首だもの」アンは言う。「あっというまに終わる」

部屋を出た彼を、キングストンが急いで出迎える。話をしたがっている。「あればかりなさるのです。両手を首にまわして。そして笑いつづける」キングストンの真っ正直な顔が動揺している。「笑う理由がどこにあるのか、わたしには理解できません。妻の報告によれば、他にもばかげたことがあるのです。自分が自由の身にならないうちは、雨はやまない、とおっしゃるそうです。いや、降らないだったかなんだったか」

アンがいる部屋の窓をちらりと見るが、目に入るのは夏のにわか雨だけだ。すぐにでも太陽が濡れた石畳を乾かすだろう。「そのようなばかげた発言はお慎みください、と妻は申し上げています。

王妃はわたしにこうお聞きになりました。マスター・キングストン、わたしは公正に扱われるのかしら？　わたしは申しました、マダム、王のもっとも貧しい家来でも公正に扱われるのですよ。ところが、お笑いになるだけで。それから食事を注文し、旺盛な食欲を見せて召しあがる。詩を読むこともあって、妻にはさっぱり意味がわからないようですが、王妃がおっしゃるにはワイアットの書いた詩だそうで。ああ、ワイアット、トマス・ワイアット、いつあなたはここへきてくれるのかしら？」

ホワイトホールでワイアットの声を聞きつけ、彼は、あとについてくる従者とともに、声のするほうへ歩いていく。いつになく従者の数が多い。見たこともない者たちもいる。サフォーク公チャールズ・ブランドン、一軒家のように大きなチャールズ・ブランドンが、ワイアットの行く手をふさいでおり、ふたりは怒鳴りあっている。「なにをしているんだ？」彼が声をはりあげると、ワイアットは怒鳴るのをやめ、肩越しに言う。「仲直りしているんです」

彼は笑う。ブランドンは、ばかでかいひげの陰でにやにやしながら、大股に去っていく。ワイアットが言う。「彼に頼んでいたんですよ、いつまでもぼくを恨むのはやめてくれと。さもないと命がちぢむ、それが望みですか？　と」ワイアットはさもいやそうに公爵の後ろ姿を見送る。「そうかもしれないな。願ってもないチャンスですからね。ずっと以前、彼はヘンリーのもとへ行き、ぼくとアンの仲が疑わしいと大騒ぎしたんです」

「そうだった。しかしおぼえているか、ヘンリーはブランドンを東へ追いやった」

「今ならヘンリーは耳を傾けますよ。ブランドンはヘンリーがひとを信じやすいことに気づくでしょう」

彼はワイアットの腕をつかむ。チャールズ・ブランドンを動かせるなら、誰だって動かせる。「人前で口論するつもりはない。わたしの家へこいときみを呼びにやったんだぞ、このばかが、みなの見ている前で騒ぐやつがあるか。まだ捕まっていないのかとひとに言われたらどうする？」

ワイアットは彼の手に手を置く。落ち着こうと大きく深呼吸する。「父に言われたんですよ、王のところへ行き、昼も夜も王のそばにいろと」

「それはできない。王は誰にも会っていらっしゃらないんだ。記録庁のわたしのところへきてもらわんとな。だが――」

「あなたの家へ行けば、人々はぼくが逮捕されたと言うでしょう」

彼は声を落とす。「わたしは友人を不快に耐えるような目にはあわせない」

「今月になって、突然不思議な友人が増えたんじゃありませんか。教皇派の友人とか、レディ・メアリの関係者とか、シャピュイとか。今は彼らと手を結んでいても、あとはどうなるんです？　あなたが彼らを見捨てる前に、彼らがあなたを見捨てたら、どうするんですか？」

「ああ」穏やかに言う。「きみはクロムウェルの家全体がおちぶれると思っているんだな？　わたしを信頼しろ、いいな？　どのみち、実際のところ、きみに選択の余地はないんだよ、そうだろう？」

クロムウェルの屋敷からロンドン塔へ。付き添いはリチャード・クロムウェル。万事がいたってさりげなく、友好的なので、事情を知らなければ、日帰りで狩りに出かけるところかと思うだろう。「マスター・ワイアットには心からの敬意を表するよう、治安長官に頼んでくれ」彼はリチャードに告げる。そしてワイアットには、「あそこはきみが安全でいられる唯一の場所だ。いったんロンドン塔に入れば、わたしの許可なく誰もきみを尋問できない」

ワイアットは言う。「入ったら、出られないでしょう。彼らは、あなたの新しい友人たちは、ぼくを生け贄にしたがっているんだ」

「そこまでの代償を払う気は彼らにだってないよ」彼は軽く受け流す。「わたしのことは知っているだろう、ワイアット。わたしは誰がいくら持っているか知っている、どの程度の金銭的余裕があるか知っている。現金だけじゃない。きみの敵の評価、価値も見積もってある。彼らがいくらなら払い、いくらなら拒むかわかっている。そして、いいか、この件で、わたしに逆らえば、彼らは破産へ追い込まれ、辛酸を舐めることになるんだよ」

ワイアットとリチャードが出かけていくと、彼は〝リズリーで結構です〟に、顔をしかめながら話しかける。「かつてワイアットは、わたしのことをイングランドでもっとも頭のいい男だと言ったことがある」

「お世辞じゃありませんよ」〝結構です〟が言う。「近くにいるだけで、ぼくも日々多くを学んでいますからね」

「そうじゃない、もっとも頭がいいのは彼なんだ。ワイアットだよ。われわれはみんな彼においてきぼりを食ってる。彼は自分を書いておいて、自分じゃないと否定する。そこらの紙切れに詩を走り書きし、きみが食事中だったり、礼拝堂で祈ったりしているとき、こっそり渡す。次に、誰か他の人間に紙切れを渡す。同じ詩だが、一語だけちがう。やがてその誰かがきみに言う、ワイアットの書いたものを見たか？　きみは見たと言うが、話題にされている詩は別物なんだ。あるとき、きみは彼をつかまえて言う、ワイアット、この詩で表現していることだが、本当にやったのか？　彼は微笑し、それは想像上のジェントルマンの物語だよ、架空の人物さ、と言う。あるいは、ぼくが書くのはぼくの話じゃないんだ、きみは知らないだろうが、きみの話なんだよ、と言うかもしれない。ここで描いたこの女は黒髪だが、実際の女は金髪で変装しているとね。ワイアットは高らかに言うだろう——きみは読んだものをすべて信じなくてはいけないし、なにも信じてはいけない。きみはページを指さし、彼を責める。この一行はどうなんだ、これは真実なのか？　それは詩人の真実さ、と彼は言い、さらにこう主張する。ぼくは好きなように書いているわけじゃない。制約を課すのは王じゃなくて、韻律だ。できるならばもっと単純にしたいが、韻を守らなくちゃならないからね」

「誰かがワイアットの詩を印刷屋へ持っていくべきですね」リズリーは言う。「そうすれば、紙の上に固定してしまえる」

「ワイアットが同意しないだろう。詩は私信だ」

「ぼくがワイアットなら、誰にもまちがって解釈されることのないよう、万全を期したでしょう。ぼくなら帝王《カエサル》の妻には近づかなかったでしょう」

「賢明な方針だ」彼は微笑する。「しかし、ワイアットにそれはあてはまらない。それはきみやわたしのような人間のすることだ」

　ワイアットが書くと、詩は羽を生やし、翼を広げて詩句の意味の下へ急降下したり、その上をかすめ飛んだりする。彼の詩がわれわれに教えるのは、権力も戦いもそのルールは同じであり、術ははぐらかしてある、ということだ。大使だろうが求婚者だろうが、相手をはぐらかせば、はぐらかされる。だから、ある男の主題がはぐらかしならば、彼の考えをつかんだつもりがはぐらかされている。手のひらにとじこめようとすれば飛んでいく。法律は意味をとじこめるために書かれるが、詩は逃がすために書かれる。先を尖らせた鵞ペンは、天使の羽のような音をたてて動く。天使たちは使者だ。心と意志を持つ生き物だ。天使の羽がハヤブサや、カラスや、孔雀の羽に似ているのかどうか、本当のところをわれわれは知らない。現在では天使はめったに人間のもとを訪れない。だが、彼はひとりの男を知っていた。ローマで、教皇の厨房で焼き串をまわす下働きだったその男は、枢機卿たちですら足を踏み入れないヴァチカンの沈床倉庫の、冷気がしたたる通路で、ひとりの天使と出くわした。人々はその話をさせようと、男に酒をおごった。男によれば、その天使はどっしりとして大理石のようになめらかな身体を持ち、その表情はよそよそしく無慈悲だった。翼はガラスを彫ったものだった。

　起訴状が手元に届いたとき、彼はただちに気づいた。筆跡は事務員のものだが、実際に指示を出したのが王であることに。どの行からも、王の声が、激しい怒りと嫉妬と恐怖の声が、聞こえてくる。アンがノリスをそそのかし、一五三三年十月にノリスと不貞を働いた、あるいは、同年十一月にブレトンと密通したと指摘するだけでは不充分なのだ。大まかすぎて、〝淫らな会話や接吻、愛撫、贈物〟をヘンリーが想像しなければならないからだ。一五三四年五月にフランシス・ウェストンと行為を持った、昨年四月、身分の卑しいマーク・スミートンに身をまかせた、と指弾するだけでは不充分なのだ。愛人である男同士の恨み、彼らが他の女に目移りすることへの王妃のすさまじい嫉妬についてつまびらかにする必要がある。彼女が血を分けた兄と罪深い行為をしたと言うだけでは不充分だ。ふたりが交わした接吻、贈物、宝石について、彼女が〝ジョージ本人の口に舌を入れて彼を骨抜きにし、ジョージ本人が彼女の口に舌を入れ〟た様子を想像しなければならない。法廷に運びこまれる文書というよりは、まるでレディ・ロッチフォードか醜聞好きの女とのおしゃべりだが、しかし、そうではあっても、起訴状にはそれなりの利点がある。おかげで物語ができ、それを聞く人々の頭に、今後も容易には消えない光景を浮かびあがらせることになる。彼は指示する。「〝前後数日間〟という文句を、そこらじゅうに、あらゆる罪について、書き加えなければいけないな。罪が無数にあることを明確にできるなら、それと似たような文句でもいい。ことによると当事者自身が記憶している以上におびただしい罪があるのかもしれない。その場合、ある日付や場所を否認されても、全体をゆるがすにはいたらないだろう」

アンの発言にはおどろかされる！　この書類によれば、〝内心では王を愛してはいなかった〟と告白している。

一度も。今も。これからも。

彼は眉をひそめて書類を読んだあと、入念に目を通してもらうために、書類を回覧する。異議が申し立てられる。ワイアットは起訴状に加えないのか？　加えない、絶対に。彼は考える。もしもワイアットが裁かれるはめになるなら、もしも王がそこまでやるのなら、ワイアットはこの穢らわしい連中から引き離し、われわれは白紙からもう一度はじめることになるだろう。この裁判で、これら被告人たちに出口はない。あるのは処刑場のみだ。

宮廷の移動先を日付も含めて記録している人々にとって、目に見える矛盾があったら？　彼は答える――ブレトンは一度わたしに、自分は一度に二カ所にいることができる、と言ったことがある。それを考えると、ウェストンも同じだ。アンの愛人たちは幽霊のような連中で、夜にまぎれ、姦通を目的にすばやく移動する。彼らは誰何されることなく、夜陰に乗じて行ったりきたりする。ダイヤモンドを縫い込んだ胴着を闇にひらめかせて、ちいさな昆虫よろしく川面をかすめ飛ぶ。月が骨の頭巾の陰から彼らを見、テムズの水が、魚のように、真珠のようにきらめく彼らの姿を映す。

彼の新たな同盟者たち、コートニー家とポール家は、アンの容疑はおどろくには当たらないと明言する。あの女は異教徒だし、その兄も異教徒だ。あって当然のたしなみや自制心が異教徒にはないのだし、連中は国の法も神の法も怖れない。周知の事実だ。異教徒はほしいものを見たら、つかみとる。怠惰から、あるいは憐憫から、異教徒を（愚かにも）容認した人々は、やがて遅まきながら彼らの本性を知ることになるのだ。

ヘンリー・チューダーはそこから厳しい教訓を得るだろう、と旧家の面々は言う。ことによると、ローマが、頭をかかえるヘンリーに手を差し伸べるのではないか？　彼が膝を折り、這いつくばったら、アンの死後に教皇は彼をゆるし、彼を連れ戻すのでは？

では、わたしはどうなんです？　彼は聞く。ああ、きみは、そうだな、クロムウェル……彼の新しい主人たちが彼にむける目に浮かんでいるのは、当惑か嫌悪だ。「さしずめみなさんの放蕩息子というところですか」彼はほほえみながら、言う。「迷子になっていた羊とか」

ホワイトホールでは、人々が頭を寄せ合ってちいさな輪を作り、肘をうしろへ突き出して腰の短剣をいじっている。弁護士たちのあいだには陰鬱な動揺がひろがり、隅で相談に余念がない。

レイフが彼にたずねる——王の自由は得られるでしょうか、サー、あまり金を使わずに？　あまり血を流さずに？

いいか、と彼は言う。ひとたび交渉と妥協のプロセスをやり尽くし、敵を滅ぼそうといったん決めたら、迅速かつ完璧に行動しなければならない。敵のほうを一瞥する前に敵の名を記した令状を用意しておくべきだし、港は封鎖させ、敵の妻や友人は買収し、敵の跡継ぎは自分の保護下に置き、敵の金は自分の金庫に、敵の飼い犬は自分が口笛を吹いたら走ってくるようにしておくべきだ。敵が朝目ざめないうちに、斧をつかんでおくべきだ。

彼、クロムウェルが獄中のトマス・ワイアットに会いに到着すると、ロンドン塔長官のキングストンが命令に従ってワイアットに最大限の敬意をもって接したと不安そうに請け合う。

「で、王妃はどんな様子だ？」

「落ち着きがありません」キングストンは言う。表情は不安げだ。「ありとあらゆる囚人を見てきましたが、このようなのははじめてです。死ななければならないのはわかっている、とおっしゃったかと思うと、次の瞬間には正反対のことをおっしゃる。陛下がはしけに乗ってあらわれて、自分を連れ去ってくれると思っておいでです。これはまちがいであり、誤解があったと考えているのです。フランス王が自分のために介入してくるとも思っておいでだ」キングストンは左右に首をふる。トマス・ワイアットはひとりで骰子遊《さいころ》びをしていた。サー・ヘンリー・ワイアット老が叱りそうな、暇つぶしの気晴らしである。「誰が勝っているんだ？」彼は聞く。

ワイアットは顔をあげる。「あの女漁りのばか、最悪のぼくが、あの信心深いばか、最良のぼくと遊んでいるんですよ。どっちが勝つかはあきらかでしょう。でも、いつだって番狂わせの可能性はありますからね」

「快適かね？」

「身体的に、それとも精神的に？」

「わたしが保証するのは身体面だけだ」

「どんなときでも、あなたはたじろぐということがないんだな」ワイアットは畏怖にも似た称賛をこめて、不承不承言う。だが彼、クロムウェルは考える。たじろぐとも。ただ誰も知らないのだ、報告が広がらなかったから。ワイアットはおれがウェストンの尋問から逃げ出したのを見ていない。ワイアットはアンがおれの腕に手を置き、あなたは本当はなにを信じているのと聞いたのを見ていない。

彼は囚人を見つめたまま、椅子にすわる。静かに言う。「このために長年訓練してきたのだろうな。自分自身に弟子入りしたんだよ」彼の全生涯は、偽善を学ぶことに明け暮れた。かつては彼を素通りした視線が、今は深い尊敬に輝く。彼の帽子をはたき落とそうとした手が、今は握手を求めて差し出され、ときには、力一杯握りしめてくる。敵をくるりとまわしてこちらをむかせ、仲間にしてきた。ダンスを踊るように。ふたたび彼らをくるりとまわして遠ざけるつもりだ。そうしたら彼らは、長く冷たい自分たちの歳月を思い知るだろう。そして、彼らは風を感じるだろう。吹きさらしの場所に吹きつける、骨の髄までしみる風を。そして、彼らはあばらやで眠り、寒さに目ざめるだろう。ワイアットに言う。「きみからの情報はどんなものでも書き留めるが、これが達成されたら、メモは破棄すると約束しよう」

「達成？」ワイアットは彼の言葉の選択を不審がる。

「妻がさまざまな男と関係を持ち、王を裏切っていたという報告が王のもとへあがっている。ひとりは彼女の兄、ひとりは王の親しい友、もうひとりは彼女がろくに知らないと言っている召使いだ。真実の鏡はこなごなになった、と王は言っている。したがって、その破片を拾いあげることが達成なのだ」

「しかし報告があがっていると言うが、どうやって王は知ったんです？　マーク以外は誰もなにも認めていないのに。マークが嘘をついていたら、どうなるんです？」

「ひとが罪を認めているときは、それを信じなければならない。彼がまちがっていることをわれわれが証明するわけにはいかない。そうでなければ、法廷は機能しない」

「しかし、証拠はなんです？」ワイアットは食い下がる。

彼は微笑する。「真実がマントに頭巾という姿で、ヘンリーの戸口にやってくるんだよ。彼がそれを入れてやるのは、マントの下になにがあるのか鋭く見抜くからだ。訪ねてくるのは見知らぬ人間ではないと察するからだよ。トマス、王はずっと知っていたんだとわたしは思う。彼女が肉体を偽らなかったとしても、言葉で偽っていたのだろうし、事実を偽らなかったとしても、夢の中で偽っていたことを、王は知っているんだよ。彼がアンの足元に世界を投げ出したときですら、アンは王に尊敬も愛情も持っていなかった、と王は思っている。自分はアンを喜ばせることも満足させることもなかったし、自分がアンの隣に横たわっていたときもアンは別の誰かのことを空想していた、と王は思っている」

「よくあることですよ」ワイアットは言った。「それが普通じゃないんですか？　だから結婚は長続きする。そんなことが法から見たら犯罪だとはね。神よ、われらを救いたまえ。それが罪なら、イングランドの半分が牢屋行きになってしまう」

「起訴状に記されている容疑についてはわかっているね。われわれが紙に書いていない他の容疑もある」

「感情も罪だというのなら、認め……」

「きみはなにも認めるな。ノリスは認めた。アンを愛していると認めた。ひとがきみに求めるのが自白だとしても、自白するのはけっしてきみのためにならない」

「ヘンリーはなにを求めているんです？　正直なところ、ぼくは混乱してる。たどるべき道が見えないんです」

「王の気持ちは日によって変わる。彼は過去を作り変えたがっているんだ。アンに会わなければよかったと思っている。会ったにしても、正体を見破ればよかったと思っている。彼女の死を願っているといっていい」

「願うことと、それを現実にすることは別物ですよ」

「別物じゃないさ、ヘンリーならば」

「ぼくが法を理解するところでは、王妃の不義は反逆罪じゃない」

「確かに。しかし王妃を強姦するのは反逆罪だ」

「彼らが力ずくで事におよんだと思っているんですか？」ワイアットは冷ややかに言う。

「いや。それはただの法律用語だ、不祥事を起こした王妃を悪者扱いしないための表現だよ。だが、アンに関しては、彼女も反逆者だ。みずからそう言ったからね。王の死に言及すること、それは反逆罪だ」

「でもですよ」ワイアットは言う。「物わかりが悪くてすみません。アンが言ったのは、〝もし王が死んだら〟とか、その程度のことでしょう。だったら、こんな場合はどうなんです？　もしもぼくが〝人はみな死ぬ〟と言えば、それも王の死を予測したということになるんですか？」

「やたらな例をあげないほうがいいね」彼は明るく言う。「トマス・モアはそういうことのせいで、反逆罪だと通報されたんだ。そろそろ要点に入らせてくれ。王妃を有罪にするきみの証言が必要になるかもしれないんだ。書面にしたものを受け取る。法廷で公表する必要はない。きみは以前、わたしの屋敷を訪れたとき、アンが男たちにたいしてどうふるまうかを話してくれた。アンはこう言うとね――〝イエス、イエス、イエス、ノー〟」ワイアットはうなずく。それらの言葉を彼はおぼえていた。その話をしたことを悔やんでいる顔つきである。「さて、その証言を一語、置き換えてもらわなければならない。イエス、イエス、イエス、ノー、イエスと」

ワイアットは答えない。沈黙が長引いて、ふたりのまわりで固まる。物憂い沈黙。どこかで葉が広がり、木々に花が咲き、水がちょろちょろ流れて泉になり、若者たちが庭で笑う。ようやくワイアットが口を開く。緊張した声だ。「あれは宣誓証言じゃないんですよ」

「じゃあなんだったんだ？」彼は身を乗り出す。「わかっているね、わたしが論理的でない会話に我慢できない人間であることは。わたしをふたつに分けるわけにはいかないんだよ。半分はきみの友人で、あとの半分は王の家来というわけにはいかん。だから、言ってもらわねば困る。きみの考えを書き留めてくれ。そして、求められたら、一言いえるね？」彼は深くすわりなおす。「この点でわたしを安心させてくれたら、わたしが父上に手紙を書こう、父上を安心させてさしあげるために。きみは生きてここから出られると伝えるために」いったん口をつぐむ。「そうしてよいな？」

ワイアットはうなずく。あたうかぎりかすかな仕草、未来へのうなずき。

「結構だ。あとで、きみの苦労とこの拘束の埋め合わせをするために、まとまった金を用意しよう」

「いりませんよ」ワイアットは故意にそっぽをむく。子供のように。

「いるとも。きみはイタリアにいた頃の借金をまだひきずっているだろう。債権者たちがわたしのところへきている」

「ぼくはあなたの弟じゃない。あなたはぼくの番人じゃない」

彼はあたりを見回す。「番人だとも、考えてみれば」

ワイアットが言う。「ヘンリーは婚姻無効の判決も求めているそうですね。アンをあの世へ送りこみ、アンと離婚する、一日で全部片をつけようというわけだ。それにしても、アンらしいですよ。すべてが極端によって支配されている。彼女は王の愛人にはなろうとしなかった、イングランドの王妃でなくちゃならなかった。その結果、信仰が破壊されて新法が制定され、国が大混乱に陥った。アンを得るためにこれだけ大変な思いをしたのなら、別れるのにどれだけの犠牲が必要になるか、空恐ろしい。彼女の死後も、亡骸をしばりつけておいたほうがいいでしょうね」

彼は興味深そうにたずねる。「アンをやさしく思う気持ちは、もう残っていないのか？」

「彼女がそういう気持ちを食い尽くしたんですよ」ワイアットはそっけない。「それか、ぼくがもともとそんなものは持っていなかったか。自分でも自分の気持ちがわからないんです。男たちのアンにたいする気持ちはさまざまだったでしょうが、やさしい気持ちを抱いたのは、ヘンリー以外ひとりもいやしませんよ。今、彼はばかを見たと思っているんです」

彼は立ちあがる。「父上宛に、心の安まる手紙を書こう。きみはこの狭い空間にとどまらねばならないが、それが一番安全なのだ、と説明するよ。だがまず、わたしとしては……われわれはヘンリーが婚姻無効の判決はあきらめたかと思っていたが、きみの言うように、今またそれを求めている。したがって、わたしとしては……」

彼の不快感を楽しむかのように、ワイアットは言う。「ハリー・パーシーに会いに行かなくちゃならない、というわけですね？」

〝リズリーで結構です〟を従えて〈聖マルコと獅子〉亭なる安宿でハリー・パーシーと対決し、人生についてのある真実、すなわち、パーシーがどう思っていようが、アン・ブーリンとは結婚しなかったというきわめて重要な真実をパーシーに理解させたのは、今からほぼ四年前のことだ。あの日、彼は片手をテーブルにたたきつけて、若者に申し渡した。もしも王の邪魔をしつづけるつもりなら、身の破滅を招くことになるぞ、と。彼、トマス・クロムウェルがパーシーの債権者たちへの手綱をゆるめ、よって、その連中によって身ぐるみはがれ、伯爵位から伯爵領まですべて奪われるぞ、と。彼は片手をテーブルにたたきつけて、申し渡した。アン・ブーリンにいつまでも恋々として彼女を口説いたと言い張るなら、アンの伯父であるノーフォーク公が、隠れているきみを見つけてきんたまを噛みちぎるぞ、と。

それ以来、彼は伯爵と多くの取引をおこなってきたが、今のハリー・パーシーは尾羽打ち枯らした病身の若者で、首まで借金につかり、身辺雑事の処理能力さえ日に日に衰えつつあるありさまだ。実際、あのときの脅し、彼が発した脅しは、伯爵のきんたまがまだ無事についている――一般に知られているかぎりでは――こと以外、ほぼ現実となった。〈聖マルコと獅子〉亭での話し合いのあと、数日間にわたって飲み続けていた伯爵は、召使いたちに服を洗わせ、吐瀉物のあとを拭きとらせた。そして酸っぱい臭いをさせ、ひげ剃り跡を赤く腫らし、吐き気のため土気色の顔で、ふるえながら、枢密院の前にあらわれ、アンにのぼせあがった一部始終を書き改めることによって、アン・ブーリンとの仲を否認することによって、自分たちのあいだに結婚の約束は一度も存在しなかったと告白することによって、彼、トマス・クロムウェルに、貴族としての名誉にかけて、彼女と同衾したことはないこと、彼女は王の手と心と婚礼の床になんらさしさわりのないことを認めたのだった。トマス・クランマーの前の大司教であった老ウォーハムが持つ聖書に誓いをたて、背中に突き刺さるヘンリーの視線のもと、聖餅を受け取ったのだった。

今、彼、クロムウェルはロンドン市の北東にあるストーク・ニューイントンめざし、ケンブリッジ街道に馬を走らせている。田舎屋敷に暮らす伯爵に会うためだ。パーシーの召使いたちに馬をあずけたあと、すぐには屋敷に入らず、うしろへさがって屋敷の屋根と煙突を観察する。「次の冬がくる前に修理に五十ポンドも払えば、りっぱな投資になる」とトマス・リズリーに感想を述べる。「手間賃は勘定に入れないでだ」梯子を持っていたら、鉛板屋根の状態を調べられるのだが、そういうことは彼の威厳にはそぐわないだろう。秘書官はなんでも好きなことができるが、記録長官は歴史ある地位に思いを馳せ、どうすべきかを考えねばならない。教会における王の代理としては、屋根に登ることをゆるされるかどうか……？　その地位はまだ新しいからわからない。彼はにやにやする。マスター・リズリーに梯子を登るよう求めたら、まちがいなく彼の威厳を侮辱することになりそうだ。「投資について考えているんだよ」彼はリズリーに言う。「わたしと王の投資について」

伯爵は彼にかなり借金をしているが、王からの借金は一万ポンドにのぼる。ハリー・パーシーが死んだら、彼の伯爵領は国王にのみこまれるだろう。だから、彼は伯爵の様子も観察する。健康状態を判断するために。黄疸が出て、頬のこけたパーシーは三十四、五という年齢よりも老けて見え、あの饐えたような臭いが空中に漂っている。彼をキンボルトンへ、部屋にこもっていた老いた王妃へと連れ戻す臭いだ。監房のような空気の澱んだかび臭い部屋、女官のひとりが吐瀉物を入れた鉢を持って彼のそばを通りすぎたことが記憶によみがえる。さしたる希望もなく、彼はたずねる。

「わたしの訪問のせいで、気分が悪いのではないだろうね？」

伯爵はおちくぼんだ目で彼を見る。「ちがう。肝臓のせいだそうだ。ちがうとも、クロムウェル、概してあなたはきわめて合理的にぼくを扱ってくれた、といわねばならない。あなたがぼくを――――」

「わたしがきみを脅すのに用いた文言を考慮すれば」彼は悔いるように首をふる。「ああ、閣下。今日のわたしは哀れな請願者として、きみの前に立っているんだよ。わたしの用向きがなんなのか、見当もつかないだろう」

「つきますよ」

「こういうことなんだよ、閣下、きみはアン・ブーリンと結婚しているんだ」

「冗談じゃない」

「一五二三年かそのあたりで、きみは彼女とひそかに結婚の契りを結んだ、というわけだ。したがって、彼女の王とのいわゆる結婚は無効である」

「とんでもない話だ」王国の北部で燃えさかり、進撃するスコットランド兵を焼き殺したあの国境の炎、パーシーの先祖が散らした気迫の火花がどこからかあらわれて、伯爵にとりつく。「ぼくに誓わせたじゃないか、クロムウェル。〈聖マルコと獅子〉亭で飲んでいたぼくのところへやってきて、ぼくを脅迫した。ぼくは枢密院の前へひっぱっていかれ、アンとはなにもなかったと聖書に誓わされた。王のところへ行かされて、聖体拝領させられた。あなたはぼくを見ていたし、ぼくの言ったことを聞いていた。今さらそれをどうやって取り消せというんだ？　ぼくが偽証したというのか？」

伯爵は立ちあがっている。彼はすわったままだ。非礼な態度を取るつもりではない。むしろ、ここで立ちあがったら、伯爵をひっぱたいてしまうかもしれないと思っているのだ。そして彼は病人に暴力をふるったことは一度もない。「偽証じゃない」と、にこやかに言う。「その場合は、きみの記憶ちがいだということさ」

「アンと結婚していたのに、忘れていたとでも？」

椅子に深くすわりなおして、相手を値踏みする。「きみは昔から酒飲みだったね、閣下、だから現在のような状態になってしまったんだ。問題のあの日、きみが言うように、わたしはきみをある宿屋で見つけた。枢密院の前にやってきたとき、まだ酔っていたんじゃないのかな？　だから、自分がなにを誓っているのか頭が混乱してよくわからなかった」

「しらふだった」

「頭痛がしていたんだ。吐き気もあった。ウォーハム大司教のやんごとない靴の上に吐いてしまうのではないかと、びくびくしていた。それだけうろたえていたら、他のことが考えられなくても無理はない。きみは投げられた問いをよく聞いていなかった。いたしかたないことだ」

「でも、ぼくはちゃんと聞いていた」

「どんな議員でもきみの立場は理解できる。われわれはみな、ときたま酔っぱらうものだからね」

「魂に誓って、ちゃんと聞いていたんだ」

「ではもうひとつの可能性を考えてみよう。誓いを立てるときになにか誤りがあったのかもしれん。なんらかのごまかしが。高齢の大司教自身も、あの日は加減が悪かった。聖書を持っている大司教の両手がふるえていたのをおぼえているよ」

「大司教は中風だった。高齢者にはよくあることだ。でも、彼は有能だった」

「手続き上なんらかの欠陥があったなら、今きみがあのときの誓いを否定したとしても、良心が痛むことはないはずだ。もしや、あれは聖書ですらなかったんじゃないのかな？」

「聖書のように綴じられていた」伯爵は言う。

「わたしが持っている会計学の本はよく聖書にまちがわれる」

「あなたにかぎっての話だ」

彼はうれしくなる。伯爵の知性は完全には腐ってはいない、今のところは。

「それに聖体はどうなんだ？」パーシーは言う。「誓いを動かぬものにするために、ぼくは聖餅を受け取った。あれは神の身体そのものじゃなかったのか？」

彼は黙っている。そのことできみと議論することはできる、と彼は思う。だが、おれを異教徒呼ばわりするきっかけをきみに与えるつもりはないんだ。

「ごめんこうむる」パーシーは言う。「なぜそんなことをしなくちゃならないのかわからない。なんでも、ヘンリーは彼女を殺すつもりだそうじゃないか。彼女が死ぬだけではまだ足りないのか？

彼女が死んだら、誰と結婚の契りをしたかなんてどうでもいい」

「一点においてはよくないんだ。王はアンが産んだ子供について疑問を持っている。しかし、子供の父親が誰かということを調べたいとは思っていない」

「エリザベスのこと？　ぼくはあの子を見たよ、ヘンリーの子だ。それだけは確かだ」

「しかしね、もしそうなら……いや、たとえそうであっても、王は今、エリザベスを後継者からはずすことを考えている。したがって、もしも王がエリザベスの母親と結婚しなかったのなら——一気に問題は片付くんだ。王の次の妻の子供たちにとっての道が開ける」

伯爵はうなずく。「そういうことか」

「だから、もしきみがアンを助けたいのなら、これが最後のチャンスだよ」

「彼女の結婚を無効にし、彼女の子供を私生児にすることが、どうしてアンを助けることになるんだ？」

「彼女の命を救うかもしれないからだ。ヘンリーの怒りが冷めれば」

「あなたはまちがいなく、怒りを焚き付けている。燃料をくべ、ふいごで風を送っているんだ、そうでしょう？」

彼は肩をすくめる。「そんなことはない。わたしは王妃を憎んでいるわけではない、そういうことは他人に任せている。だから、もしきみがすこしでも彼女のことを思っているのなら——」

「もうアンを助けることはぼくにはできない。自分を助けるだけで精一杯なんだ。神は真実を知っている。あなたは神の前でぼくを嘘つきにした。今度は、人間の前でぼくをこけにしたがっている。

別の方法を見つけるしかないよ、秘書官」

「そうしよう」彼は磊落に言って、立ちあがる。「王を喜ばせるせっかくのチャンスをきみが見送るとは残念だよ」ドアの前でふりかえる。「きみが頑固なのは、弱さのなせるわざだ」

ハリー・パーシーは顔をあげる。「弱いどころじゃない、クロムウェル。ぼくは死にかけているんだよ」

「裁判まではもつ、そうだろう？　きみを陪審団に加えよう。アンの夫でないのなら、彼女の陪審をつとめてもさしつかえない。法廷はきみのような賢くて経験豊富な人材を必要としているんだ」

ハリー・パーシーは何事かわめいたが、彼は大股に広間をあとにし、ドアの外にいたジェントルマンたちに首をふってみせる。「おや」リズリーが言う。「パーシーを生き返らせたみたいですね」

「だが分別は逃げさった」

「憂鬱な顔ですよ、サー」

「そうか？　どうしてかな」

「まだ王を自由にする道は残っています。大司教閣下が見つけてくれますよ。たとえわれわれがメアリ・ブーリンをひっぱりだして、メアリとの密接な関係ゆえに、アンとの結婚は不法であると言わなければならないとしても」

「メアリ・ブーリンの場合、むずかしいのは、王が事実を知っていたということだ。アンが内密に結婚していたとしたら、王がそれを知らなかった可能性はあるが、アンがメアリの妹であることはずっと知っていたわけだからな」

「それに類似することをしたことがありますか？」リズリーが思案げにたずねる。「姉妹と？」

「こんなときにどうしてそんなことが考えられるんだ？」

「ただの好奇心ですよ。どんなものなんですかね。噂ではメアリ・ブーリンはフランス宮廷にいたときは娼婦顔負けだったそうじゃないですか。フランソワ王はアンとメアリの両方と寝たと思いますか？」

彼は新たな尊敬をもってリズリーを眺める。「調査の値打ちはあるな。さてと……きみはおとなしくしていたし、ハリー・パーシーに打ってかかることも、彼をののしることもせず、命じられたとおりドアの外で辛抱強く待っていたから、きみが知りたがりそうなことを教えてやろう。一度、パトロンがいなかったとき、メアリ・ブーリンはわたしに結婚しないかと言ったんだ」

リズリーはぽかんと口をあけて彼を見る。彼のあとをついていきながら、きれぎれの言葉を発する。なんですって？　いつ？　どうして？　馬にまたがって、ようやくまともに口をきく。「おどろきましたよ。王の義兄になるところでしたね」

「そうなっていたとしても、短いあいださ」

そよ風の吹く晴れた日である。ふたりは短時間でロンドンに帰りつく。これがちがう日で、ちがう連れだったら、彼はこの旅を楽しんだことだろう。

しかし、ちがう連れとは誰だろう、とホワイトホールで馬をおりながら思いめぐらす。ベス・シーモアとか？「マスター・リズリー、わたしの心が読めるかね？」

「まさか」〝結構です〟が答える。あっけに取られているようでもあり、むっとしているようでもある。

「司教はわたしの心を読めると思うか？」

「いいえ、サー」

彼はうなずく。「結構」

皇帝の大使が例のクリスマスの帽子をかぶって、彼に会いにくる。「特別サービスだよ、トマス。これがきみを喜ばせるとわかっているからね」シャピュイは腰をおろすと、召使いにワインを所望する。召使いはクリストフだ。「このごろつきをあらゆる目的に使っているのか？」シャピュイはたずねる。「マーク少年を拷問したのは、彼じゃないのかね？」

「第一に、マークは少年じゃありませんよ、未熟なだけだ。第二に、誰もマークを拷問しませんでした」少なくとも、とつけ加える。「わたしに見えるところ、聞こえるところではしませんでしたよ。命令も、提案もしていないし、拷問してよいとの許可を表明したり示唆したりもしなかった」

「法廷での答弁にそなえているように聞こえるね」シャピュイは言う。「結び目のあるロープ、ちがうか？　額に巻き付けて締めつけただろう？　目玉が飛び出るぞ、と脅して？」

腹が立ってくる。「あなたが育ったところでは、そういうことをするのかもしれませんがね。そんな話、はじめて聞きましたよ」

「では、代わりに拷問台を使ったか？」

「裁判のときにマークをご覧になったらいい。彼が痛めつけられたのかどうか、判断できるでしょう。拷問台にかけられた人間を見たことがあります。この国でじゃない。外国で見たんです。椅子ごと運んでもらわなけりゃならないありさまだった。マークは浮かれ騒いでいた頃と同じように、ぴんぴんしています」

「きみがそう言うなら、そうなんだろう」シャピュイは彼を怒らせたことがうれしいようだ。「それできみの異教徒の王妃は今どうしてる？」

「獅子のごとく勇敢ですよ。そう聞いてがっかりしたでしょう」

「そして誇り高いのだろうな。しかしこれからは謙虚になる。獅子どころか、今では屋根の上で鳴くロンドンの猫の一匹にすぎん」

かつて飼っていた黒猫を思い出す。マーリンスパイク。喧嘩と残飯漁りの数年ののち、マーリンスパイクは猫のごたぶんに漏れず、よそで出世するために逃げ出した。シャピュイが言う。「知ってのとおり、宮廷の多くの貴婦人とジェントルマンがメアリ王女のもとへ馳せ参じて、間近に迫るそのときがきたら、彼女に仕えたいと訴えている。きみも行ったほうがいいんじゃないのかね」

冗談じゃない、おれにはすでに充分な仕事があるんだ、充分すぎるぐらいだ、と思う。イングランドの一王妃をひきずりおろすのは、大事業なんだぞ。彼は言う。「この時期にわたしがいなくても、王女はゆるしてくださるはずですよ。王女のためになる仕事をしているわけですから」

「今やメアリを〝王女〟と呼ぶことになんのためらいもないんだな」シャピュイはちゃんと見ている。「メアリ王女は、いうまでもないが、ヘンリーの後継者として復権することになる」彼は待つ。

「彼女は、すべての忠実な支援者、皇帝自身も期待しているが……」

「希望は偉大な徳です。しかし」と、彼はつけ加える。「王の許可なくしては――わたしの許可もですが――いかなる人物も迎えぬよう、王女に警告していただきたいですね」

「彼らが王女を訪れるのをとめるわけにはいかんだろう。もともとはみな王女の所帯の者なんだ。彼らが集まってきている。世界が生まれ変わるんだよ、トマス」

「王は王女との仲直りを熱望なさるでしょう、現になさっている。よき父親でいらっしゃいます」

「それを示す機会がもっとなかったことが残念だ」

「ユスタス……」そこで言葉を切り、手をふってクリストフを追い払う。「あなたが結婚していないのは知っているが、お子さんはいないんですか？　そんなにびっくりした顔をしないで。あなたの人生に興味があるんですよ。われわれはもっと互いをよく知らないといけない」

大使は話題が変わったことにいらだつ。「わたしは女に手は出さない。きみとはちがう」

「わたしは子供を拒否する気はないんですよ。これまでわたしの子だといってきた者はひとりもいませんがね。そういう者が出てきたら、迎え入れるでしょう」

「そうと知ったら、ご婦人がたはすぐにでもきみに会いたがるんじゃないか」シャピュイがほのめかす。

それを聞いて、彼は声をあげて笑う。「そうかもしれませんな。さあ友よ、食事にしましょう」

「こういう愉しい夜がもっとたびたびあってほしいものだ」大使は顔を輝かせて言う。「ひとたびあの愛人が死んでくれたら、イングランドは安堵する」

ロンドン塔の男たちは、自分たちの悲運を嘆きこそすれ、王のような強い不満は訴えない。昼間、王はヨブ記の挿絵のように、さまよう。夜には楽士たちを伴って川を下り、ジェーンを訪れる。

ニコラス・カルーの屋敷に美点はかずかずあるが、いかんせん、屋敷はテムズ川から八マイルも離れた場所にあり、初夏の明るい夜であっても、日が落ちたあとの遠出には不便だ。王は夜のとばりがおりるまで、ジェーンとともにいたがる。そんなわけで、次期王妃はロンドンへあがり、彼女の支援者や友人に住まいを提供される。噂にのぼった一ヵ所から別の場所へと群衆が押し寄せ、ひとめジェーンを見ようと、首を伸ばし、目を飛び出さんばかりに見開いて、野次馬が出入り口をふさぎ、塀によじのぼる。

ジェーンの兄たちは、彼女を称える群衆の声が聞きたくて、ロンドン市民にご祝儀を投げる。ジェーンはイングランドの貴婦人、われわれの仲間だ、アン・ブーリンとはちがうぞ、との噂が広まる。大勢のロンドン市民が、アンはフランス人だと信じているのだ。しかしその一方で群衆は困惑し、憎んですらいる。そもそも王はキャサリンみたいな、遠い国からきた王女と結婚すべきではないのか？

ベス・シーモアが彼に告げる。「ジェーンは鍵のかかる櫃に、リスみたいにお金を溜め込んでいるんです、王様が心変わりしたときのために」

「われわれ全員が見習うべきだね。鍵のかかる櫃を持っていると、気が休まる」

「鍵は胸元にしまっていますのよ」ベスが言う。

「そこなら誰にも盗まれそうにないな」

ベスは陽気な流し目をくれる。

今ではアン逮捕の知らせがヨーロッパ中にさざなみのごとく広がっており、ベスは知らないが、ヘンリーへの申し出も刻々と入ってきている。神聖ローマ皇帝は彼の姪にあたるポルトガル王女《インファンタ》との結婚を、四十万ダカットの持参金付きで提案している。さらにポルトガル王子のドン・ルイスをメアリ王女と結婚させることもできるという。あるいはインファンタが気に入らないなら、ミラノ大公妃はどうか。若い美人の未亡人で、やはりかなりの持参金があるが？

そのようなことを重要視し、その意味を読み解くことができる人々にとっては、予感と前兆の日々である。悪意のある作り話が書物からこぼれでて、一人歩きしている。ひとりの王妃が近親相姦の罪を着せられ、塔に閉じ込められている。国家が、自然が、動揺している。幽霊がほうぼうで目撃される。生者の秘密を盗み聞きしようと戸口にいた、窓辺に立っていた、壁によりかかっていた。鐘が、人間の手がふれていないのに、ひとりでに鳴る。誰もいない場所でいきなり声がし、熱した鉄を水につっこんだときのような鋭いささやきが空中に広がる。酒を飲んでもいない市民が教会で叫び声をあげたくなる。彼の屋敷の門の外では、たむろする人混みをかきわけてひとりの女が進み出、彼の馬の馬勒をつかむ。護衛たちが力づくで追い払う前に、女が彼にむかって声をはりあげる。「なんということでしょう、クロムウェル様、王はとんでもない男です！　いったい何人の妻を持つ気なのですか？」

一度だけ、ジェーン・シーモアの頬にひとはけの赤味がさす。それとも、マルメロのジャムのやわらかく澄んだ薔薇色を思わせる衣服の色が映っているのか。

声明書、起訴状、嘆願書が、判事、検察官、法務長官、大法官の事務所のあいだを行ったりきたりする。裁判までの行程におけるひとつひとつの段階は明瞭かつ論理的で、法の正当な手続きにより、死体を生みだすべく作られている。ジョージ・ブーリンは貴族として、個別に審理されることになる。平民の裁判が先だ。命令がロンドン塔に伝えられる――「身柄を召し出せ」被告人たち、ウェストン、ブレレトン、スミートン、ノリスを、裁判のため、ウェストミンスター・ホールへ連れていけとの命令だ。キングストンが彼らをはしけに乗せる。五月十二日、金曜日。被告人たちは群衆の怒号と賭け率を叫ぶ声のなか、武器を帯びた護衛たちによって先導される。金を賭けた連中は、ウェストンは家族の嘆願が功を奏して、死刑を免れるだろうと推測する。しかし、他の被告に関しては、生か死か、可能性は同率だ。マーク・スミートンは全面的に罪を認めたから、賭けの対象にはならない。とはいえ、吊るし首か、斬首か、釜ゆでか、火焙りか、もしくは王の発明による目新しい罰をくらうか、処刑法については賭けがおこなわれる。

連中は法がわかっていないんだ、と窓から眼下の光景を見おろしながら、彼はリッチに言う。大逆罪の罰はひとつしかない。男なら吊るされ、死ぬ前にロープを切られ、はらわたをひきずりだされる。女なら火焙りだ。王が判決を斬首に変えることもある。生きたまま釜ゆでにされるのは、毒殺者だけである。この場合、法廷はひとつの刑しか下せない。判決は法廷から群衆へ伝えられるが、途中で誤解が生じるから、賭けに勝った者が歯ぎしりしてくやしがり、負けた者が金を要求し、喧嘩がはじまって、服はちぎれ、頭はかちわられ、被告人たちがまだ無事に法廷にいて、死ぬまでに数日の猶予があるというのに、地面が群衆の血で染まる。

被告人が容疑内容を聞かされるのは法廷に入ってからであり、反逆罪の裁判の常として、被告人は法的代理人を持たない。しかし、申し開きをするチャンスは与えられているし、擁護してくれる者がいるなら、証人を呼ぶことはできる。過去数年、反逆罪で裁かれるも自由の身となった者はいるが、彼らは逃げられないことを知っている。あとに残される家族のことを考えねばならない。王が家族に寛大であってほしいと願うなら、抗議の口はつぐんで、声高な無実の訴えは我慢するしかない。法廷では物事がとどこおりなく進められねばならない。その代わり、被告人の態度が協力的であれば、だいたいは王が斧による斬首という慈悲を与えることになっている。なお、斬首は被告人の屈辱を深めるものではない。だが、スミートンは卑しい生まれであり、守るべき名誉もないのだから、吊るし首だろうというつぶやきが陪審員のあいだに生じる。

ノーフォークが裁判長を務める。囚人たちが連れてこられる。三人のジェントルマンはマークから身体を引き離す。軽蔑の念を見せつけ、自分たちの身分の高さを誇示したがる。だがその結果、三人は不本意なほど接近する。目を合わせようとしないのに彼は気づく。できるかぎり触れ合うまいと身をよじり、上着や袖が接触しないよう引っぱって、嫌悪しあっているようだ。罪を認めるのはマークだけだろう。自分を傷つけようとする場合にそなえて、マークは獄中で足枷手枷をはめられていた。どうせしくじるに決まっているのだから、確かに枷は慈悲といえる。だから、マークは見込みどおり、五体満足な身体で出廷するが、涙をこらえることができない。彼は慈悲を乞う。残りの被告人たちは簡潔ながら礼儀正しい敬意を法廷に示す。馬上槍試合の英雄三人の目に映るのは、圧倒的迫力で近づいてくる打倒不可能な相手、イングランドの王そのひとだ。挑むことはできても、逢い引きの日付や詳細を含めた容疑はまたたくまに彼らの脇を通過する。粘れば一点はとれるが、そうしたところで、避けられぬ事態を遅らせるだけであり、彼らもそれを知っている。彼らが入廷したとき、そむけられていた護衛たちの鉾槍の刃は、有罪判決を受けて出ていくときは、彼らにむけられる。被告人たちは罵声渦巻く表へ押し出される。すでに死んだも同然だ。斧を持った処刑人の列のあいだを川のほうへせきたてられ、仮住まいへ、控え室へ戻される。最後の手紙を書き、心の準備をするために。全員が悔悛を表明するが、なににたいする悔悛なのか、それを口にしたのはマークひとりだ。

ひんやりした午後。群衆が散り、裁判が終了したあと、彼は気がつくと開け放った窓のそばにすわっている。事務員たちが記録書類を束ね終えるのを見届けてから、彼は言う。わたしはそろそろ家に帰る。市内の屋敷、オースティン・フライアーズへ帰るから、書類はチャンスリー・レーンに送ってくれ。彼は空白と沈黙、欠落と消去をつかさどる支配者だ。ニュースが伝わる途中でなにが見落とされ、なにが誤釈され、なにが単純に誤訳されるか、彼は知っている。ニュースは英語からフランス語になり、おそらくラテン語経由でカスティリャ語やイタリア語に変換され、フランドルを通過して皇帝の東部領土へ、ギリシャやレヴァントへ船を出す商人たちによってドイツの諸公国の国境を越えてボヘミアやハンガリーやそのむこうの雪深い王国に達する。アン・ブーリンはおろか、その愛人たちや兄のことなど聞いたためしもないインドへ。絹の道を通って、ヘンリー八世の名前も、その他のヘンリーも知られていない中国へ。そこでは、イングランドなどおぼろげな神話のようなもので、イングランド人は腹に口がある人々で、イングランドは女が飛べる国、もしくは、猫が治める国であり、人間は猫たちの食事をつかまえるためにネズミ穴の前にしゃがんでいるぐらいにしか思われていない。オースティン・フライアーズの広間に入ると、彼は、ソロモンとシバの女王の巨大な織物の前にしばしたたずむ。このタペストリーはかつて枢機卿のものだったが、いったんは王の所有となった。その後ウルジーが死に、彼、クロムウェルが目をかけられて出世すると、処理に困惑しているかのように、また、本来引き離すべきでなかった品を真の所有者にこっそり返すかのように、王が贈ってくれたのだ。彼が一度ならずシバの女王の顔を切望の目で見ていたのを王が見逃さなかったからなのだが、それは、彼が女王を欲していたからではなく、その顔が、たまたま彼女によく似た過去の女を思い起こさせたためだ。アントワープの未亡人アンセルマ。イングランドへ帰国して家族と再会しようなどと突然決めなかったら、アンセルマと結婚していたかもしれないと、彼はよく考える。あの頃、彼のすることはいつも突発的だった。打算がなかったわけではなく、慎重でなかったわけでもないが、いったん決めたら、即、実行だった。それは今も変わらない。彼の敵がいずれ思い知るように。

「グレゴリー？」息子はいまだに道端の埃にまみれた乗馬服のままだ。彼はグレゴリーを抱きしめる。「顔を見せてくれ。なぜここにいる？」

「きてはいけないとは言わなかったでしょう」グレゴリーが説明する。「絶対にくるなと禁じたわけじゃなかった、それに、もう人前でしゃべるコツを身につけたんです。ぼくがしゃべるのを聞きたいですか?」

「ああ。だが今はやめよう。ひとりふたりの供を連れただけで田舎から馬を走らせてきてはいかん。おまえに危害を加えようとする連中がいるんだぞ、おまえがわたしの息子であることは知られているんだから」

「どうして知られているんだろう?」グレゴリーが聞く。「どうやってそんなことがわかるんだろう?」あけっぱなしになっているドアの外の階段に足音がして、物問いたげなたくさんの顔が広間にあらわれる。法廷からの知らせが、先に屋敷に届いていたのだ。彼はみんなの前でその知らせを裏付ける。全員が有罪だ、全員が有罪判決をくだされた。タイバーンへ行くことになるかどうかはわからないが、速やかな終わりをお与えくださいと王にお願いするつもりでいる。うむ、マークもだ。彼がわたしの屋敷にいたときも、慈悲を与えようと言ったからな。これがわたしが与えることのできる唯一の慈悲だ。

「全員が借金をかかえているそうですね、サー」金勘定を一手に引き受ける、屋敷の会計士トマス・エイヴリーが言う。

「物騒なほどの群衆だったと聞きました、サー」夜番のひとりが言う。

料理人のサーストンが前に出てくる。粉まみれだ。「サーストンはパイが売れると聞いたんですわ」そう言うのは、道化のアントニーだ。「あたしですかい、サー? あたしは旦那の新しい喜劇がたいそう評判だったと聞いてますよ。死にかけてる連中以外は、全員が大笑いしたってね」

グレゴリーが口を開く。「でも、刑執行の延期の可能性はまだあるんでしょう?」

「もちろん」これ以上はなにも言いたくない。誰かがエールのグラスを渡してくれた。彼は口元についた泡を拭う。

「ウルフ・ホールにいたときのことを思い出すんです」グレゴリーが言う。「ウェストンは父上にたいして、ぼくとレイフにたいして、すごく図々しい口のききかたをしたでしょう。だから、魔法の網でつかまえて、高いところから落としてやった。でも、本気で殺そうと思ったわけじゃなかった」

「王はご自分の欲求を晴らしていらっしゃる。だから多くの立派なジェントルマンが命を落とすことになるだろう」彼は家中のみんなに聞こえるように話す。「彼らを死刑に追い込んだのはわたしだ、とおまえたちの知り合いが言ったら——おそらく言うだろうが——こう言っておけ。判断したのは王であり、裁判所であると。巷にどんな噂が流れていようとも、裁判は正当な手続きを踏んでおこなわれ、真実の追及に肉体的暴力をふるわれたものはひとりもいなかったのだと。まちがった情報を信じる人々がおまえたちに、彼らが死ぬのはわたしが彼らに怨むところがあったからだ、と言っても、どうか本気にしないでもらいたい。怨むというような次元の問題ではないのだ。たとえ助けようとしたところで、わたしに彼らを救うことはできなかっただろう」

「しかし、マスター・ワイアットは死にませんよね?」トマス・エイヴリーが聞く。つぶやきが起きる。きっぷのよさと礼儀正しさゆえに、ワイアットは彼の家族に好かれているのだ。

「もう部屋に入らねばならん。外国からの手紙類を読む必要があるんだよ。トマス・ワイアットについては……そうだな、わたしが助言をしたと言っておこう。近いうちにここで彼の姿を見ることになるだろうが、確実なことはなにもないということを忘れないように。すべては王の意志次第だ……わからん。もういいだろう」

話を打ち切ると、グレゴリーがあとから部屋に入ってくる。「彼らは本当に有罪なの？」ふたりきりになったとたんに、そうたずねる。「どうしてこんなに大勢？　ひとりだけにしぼったほうが、王の名誉を守るためにもいいんじゃないのかな？」

彼は用心深く言う。「それでは問題のジェントルマンが目立ちすぎるんだ」

「ああ、つまり、ハリー・ノリスは王よりも大きな一物を持っていて、それの使いかたがうまいっていう噂のこと？」

「まったく、おまえはなんということを言うんだ。王はそういう噂に耐えることに徹しておられるんだぞ。他の人間なら隠蔽しようとジタバタするだろうが、王は隠せないことを知っている。なぜなら私人ではないからだ。王妃が不品行であったこと、衝動的で、性質が悪く、そうした欠点を克服できないのだと王は信じておられる。信じるというより、それを知らしめたいと思っていらっしゃる。これだけ多くの男が王妃と過ちを犯したとわかったからには、なにをどう言い繕っても無駄なんだ、わかるな？　だから、彼らがまず裁判にかけられたのだよ。彼らが有罪ならば、王妃も有罪と決まっている」

グレゴリーはうなずく。理解したように見えるが、あくまでも見かけだけかもしれない。グレゴリーが「彼らは有罪なの？」と聞くのは、「彼らはそれをやったのか？」という意味だ。しかし、彼が「彼らは有罪なのか？」と問うのは、「法廷は彼らの有罪をつきとめたのか？」という意味である。弁護士の世界はまったく独自のもので、人間性ははぎ取られている。からみあった太ももや舌をほどき、うねる肉の塊を手に取って、白紙の上になでつけるのは、ちいさな勝利だった。絶頂のあとの肉体が白い亜麻布の上に仰向けになるのと同じだ。一言も無駄のない見事な起訴状を見たことがあるが、今回のこれはそうではなかった。表現がぶつかって、泡立ち、角突きあって、こぼれている。内容も醜悪なら、形式的にも醜悪だ。アンを貶める意図は、それが立案された時点で罪深く、交付時期も不適切で、体を成さない紙の山だ。熊の仔が母親に舐められるように、舐められて形を成すのを待っている。栄養を与えたところで、なにを育てているのかわからない。マークが告白した、あるいはアンがあらゆる点で虐げられた罪深い女のようにふるまったと誰が想像しただろう？　今日の法廷で男たちがこう述べたように。――われわれはありとあらゆる罪を犯している。われわれはみな罪人であり、みな罪に満ち、堕落している。教会と福音の光で照らしても、罪はあきらかではないかもしれない。裁きの達人たちのいるヴァチカンからはお達しがあった。ヘンリー王が友情を、和解のしるしを差し出すならば、この困難な時期に免じて好意的に考えるという。事の展開に他の誰がおどろこうとも、ローマだけはおどろかない。ローマでは、この程度のことは騒ぐほどでもないのだろう。不義密通も近親相姦も、肩をすくめて受け流す。ベインブリッジ枢機卿の時代のヴァチカンにいたとき、ローマ教皇の法廷でなにが起きているか、誰もまったく把握していないことに、彼はすぐに気づいた。なかんずく教皇は。陰謀はみずから肥え太る。謀略には母も父もいないが、それでも力強く成長する。確かなのはひとつだけ、誰もなにも知らないということだ。

しかしローマでは、法の過程にきれいごとはない、と彼は思う。牢獄で罪人が忘れられて餓死したり、看守に撲殺されたりすると、死体は袋に入れられて川に蹴り落とされ、テベレ川の汚水の仲間入りをする。

彼は顔をあげる。グレゴリーは物思いにふける父親の邪魔をしないようにと静かにすわっていたが、このとき口を開く。「いつ彼らは死ぬのかな？」

「明日ということはない。用事をすませる時間が彼らにも必要だからな。それに王妃がロンドン塔で裁判にかけられるのは月曜だから、きっとそのあとだ。キングストンは……裁判は公開されるから、ロンドン塔はひとであふれる……」裁かれる王妃を見ようと押し寄せる人々をかきわけて処刑台へむかわねばならない罪人たちを、その疎ましい騒ぎを彼は思い浮かべる。

「でも、父上はその場で見守るんでしょう？」グレゴリーは言いつのる。「そのときは？　ぼくは最後まで彼らに付き添って、祈りを捧げてもいいけれど、父上がいないならそれはできないな。気を失ってしまうかもしれないし」

彼はうなずく。こうした事柄において現実的になるのはよいことだ。若い頃、肝っ玉の太さを自慢する喧嘩っぱやい連中が、指を切っただけで青くなるのを見たおぼえがある。いずれにしろ、処刑に立ち会うのは喧嘩をするのとはちがう。そこにあるのは恐怖だ。恐怖は感染する。その点喧嘩にこわがっている暇はない。喧嘩が終わり、脚ががくがくふるえはじめてやっと、恐怖を感じるのだ。「わたしがいなくても、リチャードがいる。罪人に付き添うのは思いやりのある考えだし、辛いだろうが、敬意をあらわす行為だ」来週がどうなるのか見当がつかない。「結局のところ……結婚の無効が認められないと話にならん。したがって、王妃次第だ。どう王妃がわれわれを助けてくれるか、承知してくれるかどうかだ」彼は頭のなかの思いを口に出している。「わたしはクランマーとランベスにいることになるかもしれん。どうして婚姻無効の判決が必要なのかと聞かないでくれ、息子よ。それが王の望みなのだと知っていればそれでいい」

彼は死ぬ運命にある男たちのことを、まったく考えられない自分に気づく。代わって心に迷いこんでくるのは、処刑場にいたモアの姿だ。煙る雨をすかして見たモアの身体は、すでに命を失って、斧を浴びた衝撃により、きれいなくの字を描いていた。枢機卿が権力者の座から転落したとき、トマス・モアほど容赦のない迫害者はいなかった。とはいえ、おれはモアを憎んではいなかった、と彼は考える。おれはあらんかぎりの努力をして、モアに王と和解するよう説得した。そして、説得できたと思った。本当にそう思ったのだ。なぜならモアはこの世に、自分という人間に、執着があったから。そして生きるための粘り強さを持っていたから。だが、とどのつまり、モアは自分で自分を殺した。書きに書き、しゃべりにしゃべったあげく、突如として、一撃で自分自身を削除した。自分の首を切り落とすようなことをやってのけた人間がいるとしたら、それはトマス・モアだった。

王妃は真紅と黒をまとい、頭巾の代わりに、黒と白の羽根が縁を飾る小粋な帽子をかぶっている。あの羽根を記憶に焼き付けておけ、と彼は自分に言い聞かせる。これが最後になると、まずそう思ってまちがいない。どんなふうだったの、と女たちはたずねるだろう。青ざめていたが、怖れてはいなかった、と彼は話すことができるだろう。あの大きな部屋に入り、全員が男で、しかもそのひとりとして彼女を欲しないイングランドの貴族たちの前に立つというのは、アンにとってどのようなものなのか？　今のアンは汚れている。もうおしまいだ。彼女を——その胸、髪、目を——切望する代わりに、貴族たちは視線をそらす。ノーフォークおじだけが荒々しくにらみつける。アンの首はメデューサの首ではないというように。

ロンドン塔の大広間の中央に、判事たちと貴族のためのベンチを設けた段が作られた。脇の拱廊にもベンチがあるが、見物人の大部分は立ったまま、うしろから押し寄せる連中を押し戻そうとする。とうとう護衛たちが「ここまでだ」と警棒で入り口をふさぐ。それでも人々は押し寄せ、騒ぎがひどくなり、入りこんだ連中が法廷の弁護士席のほうにまではみだしてくるにおよんで、ついにノーフォークが白い杖を手に静粛を求める。その恐ろしい顔つきは、どれほど無知な人間をも黙らせるに充分だ。

ノーフォーク公の隣には、国内で最高の法的助言をおこなうため、大法官がすわっている。ウースター伯がいる。このすべての発端を作ったのは、彼の妻といってもよいだろう。伯爵が険悪な目つきをよこすが、彼には理由がわからない。サフォーク公チャールズ・ブランドンがいる。はじめて見たときからアンを毛嫌いし、王の面前でもそれをおおっぴらにした男。さらに、アランデル伯、オックスフォード伯、ラトランド伯、ウェストモーランド伯が並ぶ。そのあいだをただのトマス・クロムウェルは静かに歩きまわり、あちらで挨拶し、こちらで一言述べ、安心感を広げていく。国家をゆるがす訴訟事件の準備は整っている。混乱の気配はなく、あってもならない。今夜は全員が自宅で食事をし、自分のベッドで無事に眠れるだろう。サンディス卿、オードリー卿、クリントン卿をはじめ大勢の諸侯が着席し、ひとりずつ名簿にしるしがつけられる。ジョージ・ブーリンの義父であるモーリー卿が片手を伸ばして、言う。頼むよ、トマス・クロムウェル、どうかこの浅ましい問題がわたしの哀れなかわいい娘ジェーンに害をおよぼさんようにしてくれたまえ。

彼は内心で思う――あなたが彼女に無断で彼女を結婚させたとき、ジェーンはもう哀れなかわいい娘というほどじゃありませんでしたがね。だが、よくあることだ。モーリー卿を父親として非難することはできない。王もかつてうらめしそうに彼に言ったことがある。愛する者と自由に結婚できるのは、ごく貧しい男女だけだと。彼はモーリー卿の手を握り返して、励ましの言葉をささやき、着席をうながす。すでに囚人が入場しており、裁判はいつでも開始できる態勢になっているからだ。

彼は諸外国の大使たちに一礼する。だが、シャピュイはどこだ？　シャピュイは四日熱で寝込んでいるとの伝言がまわってくる。彼は伝言を返す。それはお気の毒に。多少なりともお役に立てそうなことがあれば、どうか我が家へお知らせください。それから、熱は一日めの今日は高くなるが、明日はさがり、水曜日には立てるようになるが力ははいらず、木曜の夜には、ふるえがきてふたたび寝込むようになると、言ってください。

法務長官が起訴状を読みあげるが、かなり時間がかかる。法のもとでの諸々の罪、神にそむく諸々の罪。訴追のために起立しながら、王は午後半ばには決着がつくのを期待しているだろうと思い、法廷に目を走らせる。マントを着込んだままのフランシス・ブライアンが、シーモア家に知らせるため、いつでも川へ駆けだしていける構えでいるのが見える。落ち着け、フランシス、と彼は思う。まだしばらくかかるぞ、暑くなるかもしれん。

　事件は一、二時間で片付く内容だが、宣誓をおこなう判事や貴族の名前が九十五もあると、もぞもぞする、咳払いする、洟をかむ、衣服をととのえる、帯を締めなおすなど、おおやけの場でしゃべる前に一部の人間がやらずにいられない気の散る儀式のようなものが延々とつづいて、それだけで日が暮れてしまいそうだ。一方、王妃はというと、置物のように椅子にすわったまま、みずからの罪の一覧表が読みあげられるのをじっと聞いている。時間、日付、場所のめくるめく目録。男たち、彼らの男根、彼らの舌。口に入れた。口から出た。身体の割れ目にもぐりこんだ。ハンプトン・コートで、リッチモンド城で、グリニッジで、ウェストミンスターで、ミドルセックスで、ケントで。次にみだらな言葉、あざけり、痴話喧嘩、ひねくれた意図、そして王妃が高らかに言ったとされること――夫が死んだら、彼らのひとりを選んで夫にするつもりだが、誰にするかはまだ言えない。「そう言ったのですか？」王妃は首をふる。「声に出して答えるように」

　冷ややかな、ちいさな声。「いいえ」

　彼女が言うのはそれだけだ。いいえ《ノー》、いいえ《ノー》、いいえ《ノー》。そして一度だけ、ウェストンに金を与えたかと聞かれたときにだけ、ためらい、認め、「はい《イエス》」と答える。群衆が騒ぎたて、ノーフォークは裁判をいったん停止し、静粛にできないなら全員逮捕すると脅す。サフォークは昨日こう言った。秩序だった国では、貴婦人の裁判は非公開でおこなわれるのが当然だろう、と。そのとき彼は天を仰いで言ったのだ。ですが、閣下、ここはイングランドですよ。

　ノーフォークの脅しが効いて、法廷は静かになる。咳とささやく声がときおり混じるだけの、ひっそりした静けさだ。いつでも訴追手続きを再開できる状況を得て、ノーフォークが言う。「結構、ではつづけて、ええと——きみ」ノーフォークは馬丁でも御者でもなく、王の代理人である平民に話しかけなければならないことに、今回もまたとまどっている。大法官が身を乗り出してささやきかける。たぶん、検察官は記録長官であることをノーフォークに思い出させているのだろう。「つづけて、長官」ノーフォークはさらに丁重に言葉を継ぐ。「どうか進めてください」

アンは反逆罪を否認する。声をはりあげることなく、詳細をつまびらかにしようとせず、言い訳も弁解もしない。処罰を軽くすることも求めない。彼女のためにそんなことをする酔狂者もいない。彼はワイアットの老父から聞いた話を思い出す——瀕死の雌ライオンは爪をたてて、ひとに重傷を負わせることができるのだよ。だが、脅威も、緊張も、まるで感じない。彼はしゃべるのが巧みで、品格ある雄弁家としても有名だが、今日は、判事たちや被告人はおろか、一般市民が話を勘違いしようがどうしようが、どうでもいい。だから、声には覇気がなく、けだるいつぶやきめいた口調になり、それはまた田舎司祭の間延びした祈りそっくりで、部屋の隅でぶんぶん飛びまわってガラスにぶつかるハエほどの元気もない。目の隅で、法務長官があくびを嚙み殺しているのを見て、達成不可能だと思っていたことをやってのけた、と思う。不義密通、近親相姦、陰謀、反逆罪を糾弾しながら、それをありきたりのことにしてみせたのだ。見せかけの興奮などいらない。なんといっても、ここは法廷であって、ローマのサーカスではないのだ。

陪審員の答申がだらだらとつづく。長く退屈な時間帯である。法廷は簡潔さを求め、演説を禁じる。一言で充分なのだ。九十五人が有罪を認め、反論者はひとりも出ない。ノーフォークが判決を読みはじめると、またも怒号がわきあがり、廷内へ入ろうとする群衆の圧力が伝わってくる。法廷が係留中のボートみたいにゆらゆらするように思える。「それでも王妃の伯父か！」誰かが泣き叫び、公爵がこぶしをテーブルにたたきつけて、大量虐殺もいとわぬ、と言うと、とたんにあたりが静まりかえり、ノーフォークは判決文をしめくくる。「……判決は以下のとおりである。汝はこのロンドン塔内において火刑、もしくは斬首に処せられるものとす。国王の希望も――」

判事のひとりが甲高い声をあげる。その男は身を乗り出して、憤然とささやいている。ノーフォークは腹にすえかねた顔だ。弁護士たちは額を寄せ合って相談をはじめ、貴族たちはなにがどうしたのかと首を伸ばしてつきとめようとする。彼が近づいていくと、ノーフォークが言う。「こいつらはわたしの言い方はまちがいだ、と文句をつけておるのだ。火焙りか斬首ではだめだ、どちらかひとつ、つまり火焙りと言うべきだと言うのだ。それが反逆罪を働いた女の刑罰だと」

「ノーフォーク閣下は王から指示を得ているんですよ」彼は反論を押しつぶすつもりでそう言い、事実、押しつぶす。「今の言いまわしが王のご希望なんです。さらに、なにができて、なにができないか、指図するのはご遠慮願いましょう。王妃を裁くのは前代未聞のことなんですから」

「進めながら臨機応変にやっていくしかない」大法官が愛想よく言う。

「言いかけていたことをしまいまで言ってください」彼はノーフォークに言って、うしろへ下がる。

「言ったと思うがね」ノーフォークは鼻を掻く。「……斬首に処せられるものとす。国王の希望も同様だ」

公爵が声を落とし、あっさりしめくくったので、王妃には、判決のおしまいの部分が聞こえない。

だが、要点はつかむ。彼が見ていると、アンは相変わらず落ち着いた様子で椅子から立ちあがる。信じていないのだ。なぜだろう？　フランシス・ブライアンがうろついていたところへ目をやるが、伝令はすでに出かけたあとだ。

今度はロッチフォードの裁判が待っている。兄が入廷する前に、アンを連れ出さねばならない。厳粛な雰囲気が崩れる。法廷内の年配者は小用を足しにそそくさと出て行き、年少者は脚を伸ばして雑談をし、ジョージの無罪放免をめぐり最新の賭け金を集める。ジョージを有利と見る賭け金が増えるが、連れてこられたときの当人の顔は、そういったことに惑わされない神妙な表情を浮かべている。無罪放免を主張する人々にむかって、彼、クロムウェルは言った。「法廷を満足させることができたら、ロッチフォード卿は釈放されるでしょう。どんな答弁をするか待ちましょう」

ひとつだけ、彼には怖れていることがある。ロッチフォードは他の男たちのような圧力にさらされていない。あとに遺す愛する者を持たぬがゆえの強さがある。ジョージの妻は彼を裏切った、父親は彼を見捨てた、そして伯父は彼を裁く裁判を取り仕切っている。気概をもって滔々と語るだろうと予想していると、案の定である。容疑が読みあげられると、ジョージはひとつずつ、一節ごとに読んでもらいたいと要求する。「神の約束する永遠にくらべれば、世俗の時間がなんだというのでしょう？」そのやわらかな物言いに感嘆の笑みがあちこちで浮かぶ。ジョージ・ブーリンは彼、クロムウェルに直接話しかける。「ひとつひとつ読みあげてください。時間、場所。論破してみせますよ」

しかし、勝負は五分ではない。彼には調書があるし、論戦となれば、調書などなくてもはっきりこちらの言い分を陳述できる。鍛えられた記憶力と、持ち前の平常心があるからだ。喉に負担をかけない法廷向きの声と、力みのない洗練された物腰も。愛撫の模様をことこまかに読みあげる途中で彼が言葉に詰まるのを期待しているのだとしたら、ジョージは彼の生まれ育ちを、秘書官を形成した状況や習慣を知らないのだ。たちまちロッチフォード卿は幼い泣き虫小僧のようにしどろもどろになるだろう。死にものぐるいになっているから、結果などどうでもよさそうな男を相手に太刀打ちできるわけがない。法廷が無罪と判定するならそうしたらいい、裁きの場なら他にもある。ジョージが無惨な死体となって終わるもっと非公式の手続きが。彼はこうも考える。ほどなく若いブーリンはたしなみを忘れてヘンリーへの軽蔑をあらわにするだろう。それで一巻の終わりだ。彼はロッチフォードに一枚の紙を渡す。「ここにいくつかの言葉が書かれている。王妃があなたに言い、それをあなたが広めたとされている言葉です。声に出して読むにはおよばない。それらの言葉におぼえがあるかどうか、それだけを法廷に言ってくれますか？」

ジョージはさげすむように微笑する。そのひとときを楽しむように、薄ら笑いを浮かべる。ジョージは深呼吸をひとつして、声に出して読む。「陛下は女と性交できない。下手だし、弱い」

ジョージがそれを読んだのは、群衆の受けを狙っているからだ。確かに受けはするが、沸きおこった笑い声は衝撃と疑いに満ちている。だが判事たち――重要なのは彼らだ――から漏れるのは批判のつぶやきである。ジョージは顔をあげる。両手を広げる。「これはわたしの言葉ではありません。言ったのはわたしじゃない」

だが、すでにそれは彼の言葉になっている。あらかじめ警告されていたのに、群衆の喝采を得んがための束の間の虚勢によって、ジョージは継承権に疑いをさしはさみ、王の相続人たちの名誉を傷つけたのだ。彼、クロムウェルはうなずく。「あなたはエリザベス王女が王の子ではないとの噂を広めたそうだが、本当だったようだ。この法廷においてすら、広めたわけだからね」

ジョージは黙っている。

彼は肩をすくめて視線をそらす。ジョージには酷なことだが、自分の容疑を口にすれば、それだけでまちがいなく有罪になる。検察官としては、王の性的能力への言及がなくすめばありがたい。とはいえ、法廷で性的能力をうんぬんされるのも、巷の居酒屋で酔客どもが〝勃たずの王〟と魔女の妻をネタにしたバラッドをうたうのも、ヘンリーにとっては同程度の恥だ。そういう状況では、たいてい男はそれを女のせいにする。女がやったなにか、女が言ったなにか、萎えた男に女が浴びせる目つき、女が浮かべた冷笑。ヘンリーはアンがこわいのだ、と彼は思う。だが、新しい妻が相手なら、萎えはしないだろう。

彼は気を取り直し、手元の書類をまとめる。判事たちは協議を希望する。ジョージにたいする訴訟の根拠は脆弱きわまりない。しかし容疑が認められなければ、ヘンリーは別件でジョージを召喚するだろうし、それは、ブーリン家のみならずハワード家にとっても痛手となる。だから、ノーフォークがジョージをむざむざと逃がすことは絶対にない、と彼は考える。この裁判でも、またこれの前の裁判でも、容疑自体が信じがたいと非難した者はいなかった。あの男たちが王の死を企て、王妃と関係を結んだというのが、信じられることになっている。ウェストンはむこうみずだからだし、ブレレトンはすれっからしだからだし、マークは野心家だからだし、ハリー・ノリスは王と親しいあまり、自身と王の役柄を混同したからだ。そしてジョージ・ブーリンは、アンの兄であるにもかかわらず、ではなくて、アンの兄だからこそ、なのだ。ブーリン家の面々が、目的のためには手段を選ばぬことは万人の知るところである。アン・ブーリンが倒れた者の死体を踏んで王妃の座に就いたのなら、ブーリンの私生児を王座に就けることだってやりかねないのではないか？

彼がノーフォークを見あげると、ノーフォークがうなずいてみせる。では、評決の行方はあきらかだ。判決も疑いようがない。唯一意外だったのは、ハリー・パーシーである。伯爵がすわっていた椅子から立ちあがったのだ。口を薄くあけたまま立っている。廷内が静まる。今まで法廷が我慢してきた衣擦れの音とひそひそ声に満ちた間に合わせの静寂ではなく、期待に満ちた静けさが広がる。彼はグレゴリーのことを考える。ぼくの演説を聞きたい？ そのとき、伯爵が前にぐらりとかしぎ、うめき声をひとつあげて、へなへなとくずおれ、鈍くけたたましい音とともに床に倒れる。うつぶせになったパーシーの身体はたちまち護衛たちによって見えなくなり、叫び声があがる。

「ハリー・パーシーが死んだ」

それはないだろう、と彼は考える。今に意識を取り戻すさ。時刻は午後半ば、廷内は暑く、換気が悪く、判事たちに提出された証言だの陳述書だの、それだけで健康な人間を気絶させるに充分だ。判事たちのすわる真新しい板の台は青い布で覆われているのだが、護衛たちがそれをはがして即席の担架にし、伯爵を運んでいく。それを見守るうちに、ある思い出が記憶をつつく。イタリア、暑さ、血。鞍敷きと死体から奪った布を結びあわせたところへ、瀕死の男を持ちあげてごろんと横たえ、塀の陰へ運んでいった――あの塀は、教会の塀か、それとも農家の塀だったか？ おかげで、男は数分後にはみでたはらわたを、まるでこの世を汚したくないかのように、傷口へ押し戻そうと悪態をつきながら死んでいった。

彼は気分が悪くなり、法務長官の隣にすわりこむ。護衛たちに運び出されていく伯爵は、目を閉じている。頭が力なく左右にゆれ、足はだらりと垂れている。隣の男が言う。「王妃に滅ぼされたもうひとりですな。数年がかりでもすべてを知ることは無理でしょう」

そのとおりだ。裁判は暫定的取り決めであり、アンを追い出し、ジェーンを迎え入れるための応急処置である。その結果はまだ検証されておらず、反響は感じられない。しかし彼は国民の心におののきが、国家の胃に吐き気が芽生えているのではないか、と考える。彼は立ちあがり、ノーフォークに近づいて裁判の続行をうながす。ジョージ・ブーリン――裁かれている途中で、まだ有罪が確定したわけではない――まで気絶しそうな顔つきで、女々しく涙を流しはじめている。「ロッチフォード卿に椅子を持っていくように」彼は言う。「なにか飲み物をやってくれ」ジョージは反逆者だが、まだ伯爵だ。自分の死刑判決をすわったまま聞く権利はある。

翌五月十六日、彼はロンドン塔にある長官の住まいにキングストンとともにいる。キングストンは王妃のためにどんな処刑台を用意すればよいのかわからず、気もそぞろだ。アンにくだされた判決は曖昧であり、彼女は王の発言を待っているところなのだ。クランマーが告白を聞くために、アンに付き添っている。クランマーなら、協力すれば痛みを軽減できることを、王にはまだ慈悲の心があることを、それとなくアンに伝えられるだろう。

ひとりの護衛が戸口にあらわれ、ロンドン塔長官に話しかける。「来客です。長官殿にではなく、マスター・クロムウェルにです。外国のジェントルマンです」

ジャン・ド・ダントヴィユだ。アンの戴冠式の時期に来訪していた大使である。戸口にジャンがたたずんでいる。「ここにくればきみが見つかるはずだと言われたのでね。時間がないので——」

「これはようこそ」ふたりは抱擁しあう。「ロンドンにおいでとは知りもしませんでしたよ」

「船をおりてまっすぐきたのだ」

「ええ、そんなご様子だ」

「船は苦手でね」大使は肩をすくめる。肩というより、その分厚く着込んだ服が持ちあがり、また下がったことだけは、すくなくともわかる。爽やかな朝だというのに、十一月の寒さに立ちむかう男よろしく、あきれるほど何枚も着込んでいる。「ともかく、きみがボウルズをまたはじめないうちに、ここへきてつかまえるのが一番だと思ったのだ。どうもきみは我が国の代表者を迎えるべきときは、たいていあの球技をやっているようだからな。わたしはウェストンの若者について話をするために派遣されたのだ」

いやはや、サー・リチャード・ウェストンはフランス王の買収までやってのけたのか、と彼は考える。

「危ないところでした。彼は明日処刑されることになっているんですよ。彼がなにか？」

「騎士道的ふるまいが処罰の対象となるなら、男はうかうかしておれぬ」大使は言う。「詩をひとつふたつ書いただけで、あの若者は有罪なのか？　お世辞を言って戯れただけで？　王は彼の命を助けてくださるかもしれん。一年か二年、宮廷には近づかぬように忠告してはどうなのだね――旅行をさせるなどして?」

「ウェストンには妻と幼い息子がいるんですよ、ムッシュウ。にもかかわらず、彼は行状を改めなかった」

「王が彼を死刑に処したら、なお悪いではないか。ヘンリー王は慈悲深い君主としての名声を考慮しないのか?」

「していますとも。しょっちゅうそれについてお話しになります。ムッシュウ、ウェストンのことはご放念ください、これがわたしの助言です。わが主人はあなたの主人を崇拝し、尊敬していますが、フランソワ王がこうしたことに干渉するのなら、それを快くは思わないでしょう。これはすなわち家族の問題であり、王ご自身のことなのですから」

ダントヴィユはおもしろがっている。「家族の問題か、なるほど」

「ロッチフォード卿に関しては、慈悲を求めないのですね。彼は大使だったのだから、フランス王の関心はむしろ彼についてのほうが強いと思ったのですが」

「ああ、ジョージ・ブーリンか」大使は言う。「体制が変わり、必然的にどういうことが生じるのかは理解している。フランスはいうまでもなく宮廷をあげて、モンシニョルの無事を祈っているよ」

「ウィルトシャーですか? 彼はフランスのよき家来でしたから、みなさんが彼を懐かしむのはわかりますよ。現在のところ、彼に危険はありません。もちろん、かつてのような影響力を期待することはもうできないでしょうがね。おっしゃるとおり、体制の変化です」

「こういってはなんだが……」大使はキングストンの召使いたちが出したワインをすすり、ウエハースをかじる。「われわれフランスにいる者には、この裁判沙汰全体が理解不能なのだ。もしヘンリーが愛人を処分したいのなら、ひそかにやればすむことではないのか？」

フランス人は法廷や議会を理解していない。彼らにとって最善の行動は、隠密行動なのだ。「そしてヘンリーが世界に恥をさらさねばならないのなら、不義密通はひとつふたつあれば事足りるのではないのか？　しかしだ、クレムエル」大使は彼をじっと見る。「男同士としてしゃべってかまわんだろうか？　大いに疑問なのは、ヘンリーにあれができるのか、ということだよ。というのも、聞くところによると、彼が準備を整えていると、奥方がある目つきをむける。すると、彼のやる気はへなへなとしぼむ。われわれからすると、魔術としか思えん。魔女というものは通常、男を不能にするからな。とはいえ」ダントヴィユは猜疑と侮蔑がいりまじった目をして、つけ加える。「フランス人ならば、そこまで苦しめられるとは到底思えないのだよ」

「ご理解ください」彼は言う。「ヘンリー王はあらゆる点で男ですが、ジェントルマンなのです。貧民街の女相手に事をいたすやくざな人間ではありません……いや、あなたご自身の王の女性の選択をあげつらうわけではありませんよ。この数カ月というもの」彼は深く息を吸う。「とりわけ、この数週間というものは、わが主人にとって大きな試練と苦悩の時期だったのです。現在、陛下は幸福を求めておられる。新たな結婚が国に安定をもたらし、ひいてはイングランドの幸福を促進することはあきらかです」

まるで書いているようなしゃべりかただ。彼は頭のなかで、今の発言をすでに公式文書化している。

「ああ、そうらしいね」大使が言う。「あの小柄な女性だな。美しさや機知を称賛する声はあまり聞こえてこないがね。まさか国王は、またしても重要でない女と結婚するわけではあるまい？　ローマ皇帝が大きな富をもたらす縁談を持ちかけているというのに……いや、そう聞いているぞ。われわれはすべて知っているのだ、クレムエル。男と女なのだから、王とあの愛人にもいさかいはあるだろうが、そういう夫婦は世界中に大勢いるのだし、ここはエデンの園ではない。つまるところ、あの愛人は新しい政策に合わないのだ。前の王妃はある意味で、愛人の擁護者だった。前王妃の死以来、ヘンリーはどうしたらもう一度尊敬すべき男になれるのかを画策してきた。そのためには、最初に目に入った正直な女と結婚しなければならず、その女が皇帝の親戚だろうがなかろうがどうでもよい。というのもブーリン一族がいなくなれば、クレムエルがさらに出世し、必ずや多数の皇帝支持者を枢密院に送りこむからだ」ダントヴィユのくちびるの両端が持ちあがる。微笑らしい。「クレムエル、カール皇帝がきみにいくら払うつもりでいるのか言ってもらえないか。われわれはまちがいなくその額と張りあえるぞ」

彼は笑う。「あなたのご主人は針のむしろにすわっていらっしゃるわけだ。フランソワ王はわが王が金に不自由していないことをごぞんじでしょう。だから、わが主人が武装してフランスを訪問するのではないかと、こわがっておいでなのだ」

「そっちこそフランソワ王にどれだけ恩義を受けているかわかっているはずだ」大使はむっとして

いる。「教皇がきみの国をキリスト教国の一覧表から排斥するのを抑えているのは、ひとえにわれわれが抜かりなく巧みに交渉しているからだ。われわれはイングランドにたいして、忠実な友でありつづけ、イングランド自身以上にイングランドの信念を代弁してきたはずだ」

彼はうなずく。「フランス人の自画自賛を聞くのはいつも愉しいものですな。今週後半、わたしと食事をいかがですか？　この件がいったん終わったら？　吐き気がおさまったころに？」

大使は頭を下げる。帽子のバッジがきらめく。銀の頭蓋骨だ。「ウェストンの問題については、努力はしたが残念ながら失敗したと、わが主人に報告することになるだろう」

「間に合わなかった、とおっしゃってください。潮流が邪魔をしたと」

「いいや、クレムエルが邪魔をしたのだと言う。ところで、ヘンリー王がなにをしたか、知っているな？」大使はおもしろがっているようだ。「先週、彼はフランス人の処刑人を呼びよせた。フランスの領土内の町の処刑人ではなく、カレーで首を刎ねている男だ。妻の斬首はイングランド人には安心して任せられないと思っているらしいね。自分で彼女を連れ出して、通りで首を絞めるのではないかと心配になる」

彼はキングストンのほうをむく。ロンドン塔長官はすでに年配であり、十五年前に王の関係でフランスにいたが、以来、フランス語はほとんど使っていない。枢機卿の助言は英語をしゃべれ、大声でしゃべれ、だった。「わかったかな？」彼はたずねる。「ヘンリーは首切り人を求めてカレーにひとをやったそうだ」

「ほう」キングストンは言う。「裁判の前になさったのですか？」

「大使殿はそうおっしゃっている」

「ほっとしました」キングストンは大声で、ゆっくりと言う。「たいそう気持ちが楽になりましたよ」首を軽くたたく。「処刑人が用いるのはきっと……」ひゅっと手を動かす。

「そう、剣だ」ダントヴィユが英語で言う。「優雅な見せ物が期待できるだろう」大使は帽子に手を軽くふれる。「オ・ルヴォワール、秘書官」

クロムウェルとキングストンは大使を見送る。これもちょっとした見物《みもの》だ。大使の召使いたちがさらに防寒具で大使をぐるぐる巻きにする。前回の任務でイングランドにきたとき、ダントヴィユは綿入れを着込み、イングランドの空気と湿気とひどい寒さのせいで出た熱を汗をかいてさげようとして過ごしたのだった。

「困ったものだ」大使の後ろ姿を見ながら、彼は言う。「いまだにイングランドの夏をこわがっている。それに王も――はじめてヘンリー王に謁見したとき、彼は恐怖で身体がふるえるのをとめられなかったんだ。ノーフォークとわたしとで支えてやらねばならなかった」

「わたしの誤解でしょうか、それとも」キングストンが言う。「大使はウェストンの有罪は詩を書いたためだと言いはしませんでしたか？」

「そんなところだよ」アンはいわば、誰もがページに書きこめるように、机の上でひらきっぱなしになっている本だった。本来そこに文字を刻むのは夫だけであるべきなのに。

「いずれにしろ、肩の荷がおりましたよ」キングストンは言う。「女の火刑を見たことがありますか？　あれだけは絶対に見たくありませんね」

五月十六日の夕方、クランマーが彼に会いにくる。鼻の脇から顎にかけて深い皺が走り、大司教は加減が悪そうだ。一ヵ月前に、そんな皺があっただろうか？　「このすべてが片付いてほしい。そして、ケントに戻りたいものだ」クランマーは言う。

「グレテをケントに残してきたんですか？」彼はやさしくたずねる。

クランマーはうなずく。妻の名を言うこともできないらしい。王が結婚を話題にするたびに、クランマーはふるえあがる。むろん、このところ話題にのぼるのはほとんどが結婚である。「陛下が次期王妃とともにローマにふたたび帰依したら、わたしと別れるはめになるのをあれは怖れているんだ。そんな心配はいらない、陛下の決意の固さはわたしが知っていると言い聞かせているんだがね。しかし、陛下が考えを変え、聖職者が妻と正々堂々と暮らせるようになるかどうか……見込みがないのなら、まだ実家があるうちに、故国へ帰したほうがいいと思っているんだよ。きみは知っているだろう、人はいなくなると数年で忘れられてしまうし、故国を出ると母国語を忘れる。そういうものだよ」

「希望はありますよ」彼はきっぱりと言う。「奥さんに伝えてください、数ヵ月もたたないうちに、新しい議会でわたしがローマの名残を法令集からきれいさっぱり取り除くだろうと。そうしたら」彼は微笑する。「いったん資産が分配されてイングランド人の懐に流れこんだら、彼らは教皇の懐には戻らない。それより、王妃はどうでした、告解したんですか？」

「いや。まだそのときではない。いずれは告解するだろう。最後には。いよいよとなれば」

クランマーのために、彼は安堵する。この時点で、それより始末が悪いのは、どんなことだろう？　罪を犯した女がすべてを認めるのを聞くことか、それとも、無実の女の命乞いを聞くことか？　どちらにしても、沈黙を守る義務があることか？　アンは執行猶予の希望が潰えるまであきらめないだろう。そのときまで、秘密を明かさないだろう。もっともだ。彼がアンならば、同じことをする。

「婚姻の無効宣告審問の手筈はすでに整っていると伝えたんだ」クランマーは言う。「ランベスで明日おこなわれると伝えた。すると彼女は、王は出席されるのか、と聞いてきた。いや、マダム、陛下は代理人を送るでしょう、と答えると、シーモアのことでお忙しいのね、と言ったあと、自分を責めた。ヘンリーを悪く言うべきではないわね、そうでしょう？　賢明ではないでしょうな、とわたしは言った。ランベスへ行って、考えを述べてもかまわないかしら？　いや、その必要はありません、あなたの代理人も指名されているのです。そう言うと、彼女は意気消沈したようだった。陛下ところがそのあとこう言った。陛下がわたしに署名させたがっていらっしゃることを教えて。陛下のお望みどおり、どんなことにでも同意するわ。そうしたら、陛下はわたしをフランスへ、修道院へ行かせてくださるかもしれない。ハリー・パーシーと結婚していたとわたしに言ってもらいたいのかしら？　マダム、伯爵は結婚を否定しています、と言うと、彼女は笑った」

彼の顔は疑わしげだ。すべてをあきらかにしたとしても、ことこまかに罪を告解したとしても、裁判前ならまだしも、今となっては、彼女が助かることはありえない。王はアンの愛人たちのことなど、昔の愛人だろうが、現在の愛人だろうが、考えたくないのだ。王は彼らのことをきれいさっぱり頭から追い払った。アンのことも。ヘンリーがアンを記憶から抹殺したと聞いても、彼女は信じないだろう。王は昨日こう言った。「余が望むのは、この両腕がまもなくジェーンを受け止めることだ」

クランマーが言う。「陛下に捨てられたことが彼女は想像できないのだよ。陛下が、皇帝の大使にアンに頭をさげさせたのは、ついひと月前だからな」

「あれは王自身のためにやったことだと思いますよ。アンのためではなく」

「どうもわからんのだ」クランマーは言う。「ヘンリー王は彼女を愛しているとわたしは思っていたんだよ。つい先頃までふたりのあいだに隙間風は吹いていないと思っていた。わたしはなにもわかっていないのだな。男について。女について。自分の信仰や、他人の信仰について。アンはわたしに言った。〝わたしは天国へ行くのでしょう？　これまでたくさんの善行を積んだのですもの〟」

彼女はキングストンにも同じことをたずねた。おそらく、誰かれかまわずたずねているのだろう。

「おこないについてはしゃべるのに、信仰についてはなにひとつ語らない」クランマーは首をふる。

「われわれはみずからのおこないによってではなく、キリストの犠牲を通してのみ救われ、また、みずからの功徳ではなく、キリストの功徳を通して救われるということを、今のわたしが理解しているように、彼女にも理解してもらいたかった」

「しかし、アンがずっと教皇派だったと結論づけるべきではないでしょう。彼女にとってはなんの役にも立たなかったはずだ」

「きみにはすまないと思っている。すべてを暴く責任をきみが負わねばならないことにね」

「わたしも尋問をはじめたときは、なにが見つかるかわかりませんでした。だからこそできたんです。おどろかされっぱなしでしたからね」マークの自慢話を、法廷の前でジェントルマンたちが互いにふれあうまいと身をすくめていたことを、互いの目を避けていたことを彼は考える。これまで知らなかった人間の性《さが》について学ぶことが多かった。「フランスにいるガーディナーが詳しいことを知らせろとやかましく要求してきているんですが、事の顚末を書くのは気が重いですよ。あまりにおぞましくて」

「直截な表現は避けたほうがいいな」クランマーは賛意を示す。だが、王自身はことこまかにされても動じていないようだ。クランマーが言う。「陛下はご自分で書いた本を持ち歩いておられる。先日の夜も、カーライル司教の家で、そら、フランシス・ブライアンが賃貸権を持っている家だよ、それを披露なさった。ブライアンの余興のさいちゅうに、本を取り出して、声に出して読みはじめ、全員が否応なしに聞かされるはめになった。陛下も心が乱れておいでなんだろう」

「そうにちがいありません。いずれにしろ、ガーディナーは満足でしょう。利権が分配されれば、得をするのは彼だと言ってやったんです。王に帰することになる要職や年金や報酬のことですがね」

だがクランマーは聞いていない。「彼女はわたしにこう言った——死ぬとき、わたしは王の妻ではないのかしら？　はい、マダム、とわたしは言ったんだ——陛下が婚姻を無効にさせますから。わたしがここへきたのはそれについて、あなたの同意を得るためなのですよ。同意するわ、と彼女は言ったよ。でも、まだわたしは王妃でしょう？　法のもとでは、そうなのだろうが、わたしは返事に窮した。しかし、彼女はそれで満足したようだった。ひどく長く感じたよ。彼女と会っていた時間が。笑っているかと思えば、祈ったり、いらだったり……アンはレディ・ウースターについて、彼女のおなかの子について、聞いてきた。五カ月めに入ったところなのに、あってしかるべき胎動がないようだが、あれはレディ・ウースターがわたしのことでびっくりしたか悲しんでいるせいではないかと言うのだよ。当のレディが彼女に不利な証言をしたとは、とても言えなかった」

「わたしが見舞ってみましょう」彼は言う。「レディ・ウースターを。伯爵に会うのはまっぴらですがね。わたしをにらみつけたんですよ。いったいどうしてなんだか」

とらえどころのないさまざまな表情がめまぐるしく大司教の顔に浮かんで消える。「知らないのかね？　とすると、あの噂は本当ではないわけだ。うれしいよ」大司教は躊躇する。「本当に知らないのか？　宮廷では、レディ・ウースターのおなかの子はきみの子だともっぱらの噂だ」

彼は絶句する。「わたしの？」

「きみは閉じたドアのむこうで、何時間もレディ・ウースターと過ごしたそうじゃないか」

「だから密通をしたのだと？　なるほど、そうですか。バチでも当たったかな。ウースター卿に剣でぐさりとやられそうだ」

「こわがっていないようだね」

「こわいですよ、ウースター卿が、ではありませんがね」

これからやってくる時間のほうがこわい。天国にむかい、善行を宝石のように手首と首にずしりとまとって大理石の階段をのぼるアン。

クランマーが言う。「なぜかわからんが、アン王妃はまだ希望はあると思っている」

このところずっと彼はひとりではない。同盟者が彼を見張っている。かたわらにはフィッツウィリアムがおり、ノリスが言いさしてやめたことをめぐって、いまだに思い悩んでいる。いつもその話をし、途中でちょんぎれた文章を完成させようと頭をしぼっている。ニコラス・カルーはたいていはジェーンと一緒にいるが、エドワード・シーモアは妹と王の私室のあいだを行ったりきたりしている。私室はひっそりと用心深い空気に包まれ、王はミノタウルスさながら、部屋が連なる迷宮で誰にも見られずに息をこらしている。彼にはわかっている。新しい友人たちが投資を守ろうとしていることを。彼の決意がゆらぐ気配はないかと見守っていることを。できるかぎり深く彼が問題に潜入することを望みながら、自分たちの手は隠している。そうすれば、あとで王が悔いを表明したり、早急な段取りに疑問を呈しても、その責任をかぶるのはトマス・クロムウェルであって、彼らではない。

リッチとリズリーも絶えず姿を見せる。「そばにいて、学びたいんですよ、あなたのなさることを見ていたいんです」と言うが、彼らに見えるはずがない。子供だった頃、自分と父親のあいだに海峡を置こうと逃げ出した彼は、無一文でドーバーを渡り、道端のスリーカードトリックで身を立てた。「女王のカードが見えるだろ。ようく見てなよ。さあ……どこにある?」

女王は彼の袖のなかだった。金はポケットのなかだった。賭博師たちがわめいていた。「鞭をくれてやるぞ!」

彼は王に署名してもらうための令状を持参する。男たちの処刑法について、キングストンにまだ沙汰はない。わたしが陛下にうながしておこう、と彼は約束する。「陛下、タワー・ヒルには絞首台がございません。罪人たちをタイバーンへ連行するのは名案とはいえないでしょう。群衆が暴徒となるおそれがあります」

「なぜだ？」ヘンリー王は言う。「ロンドン市民は罪人たちを愛しているわけではない。それどころか、知りもせんのだぞ」

「はい、ですが、騒乱の口実があれば、それに天気がもつとしますと……」

王はうなる。よかろう。首切り役人にせよ。

マークもだろうか？「はっきりとではありませんが、告白したら慈悲を与えると、マークに約束したのです。ごぞんじのとおり、彼は進んで告白しました」

王は言う。「フランス人はきたのか？」

「はい、ジャン・ド・ダントヴィユですね。抗議していました」

「そうではない」

そのフランス人ではない。王が言うのは、カレーの処刑人である。彼は王に言う。「王妃がフランス宮廷にいた頃ですが、最初に彼女がふしだらなことをしたのも、フランスでだったと思われますか？」

王は無言だ。考えこみ、やがて口を開く。「あれはいつも、余の言葉を記録してくれ……あれはいつも強調していた、いつもフランスの長所を認めさせようとした。そなたの申すとおりであろう。しばらく考えてみたが、あれの処女を散らしたのがハリー・パーシーであったとは思えぬ。パーシーは嘘はつかんだろう。イングランド貴族としての名誉にかけて、嘘はつかん。いかにも、あれがはじめて身を穢したのはフランス宮廷においてであったに相違ない」

つまり、腕はいいらしいが、カレーの首切り役人を呼びよせたことが果たして慈悲なのかどうか彼にはわからない。王妃にたいするこの処刑法が、物事はこうあるべきというヘンリーの無情な感覚にかなっているかどうかもわからない。

だが彼は考える。どこかの見知らぬ、たぶんもう生きていないフランス人を、アンを堕落させたことでヘンリーが非難するのなら、そのほうが都合がいい。「すると、アンの処女を奪ったのはワイアットではなかったのですね？」

「いかにも」ヘンリーはおごそかに言う。「ワイアットではなかった」

ワイアットは今いる場所からしばらく動かないほうがいい、と彼は思う。そのほうがより安全だ。だが、手紙をやって、彼が裁判にかけられることはないと言ってやるのはかまうまい。「陛下、王妃は女官たちに不満を持っています。王妃自身の私室付きの女たちを望んでいるのです」

「あれの世帯は解散した。フィッツウィリアムがそう取りはからったのだ」

「女官たちが全員実家に帰ったとは思えません」彼女たちが新しい女主人に仕えることを期待して、友人たちの家に居候しているのを、彼は知っている。

ヘンリーが言う。「レディ・キングストンにはとどまってもらわねばならないが、残りはそのほうが変えてもよい。進んであれに仕えるものが見つかるならばな」
アンがいまだに自分が見捨てられたことを知らない可能性はある。クランマーの言うとおりだとすると、アンは以前の友人たちが彼女のために嘆き悲しんでいると思っているが、実際は、みな、アンの首が飛ぶまで恐怖の汗をかいているのだ。「慈悲をかけるものが誰かいるでしょう」彼は答える。

ヘンリーが目の前の書類をぼんやり見おろしている。それがなにかわかっていない顔だ。「死刑宣告です。ご署名をお願いします」と、念を押す。王がペンをインクに浸し、令状一枚一枚に署名をするあいだ、彼は王のかたわらに立っている。角張った複雑な書体が紙の上に重く横たわる。要するに、ひとりの男の筆跡だ。

アンの愛人たちが死んだとき、離婚審理の法廷に出るため、彼はランベスにいる。審理はその日が最終日だった。そうでなくてはならない。タワー・ヒルには甥のリチャードが彼の代理として臨み、処刑の模様を伝えてくる。「彼が最初に処刑されましたが、斧を三度ふるわねばならなかったんです。そのあと、残りの男たちは多くを語りませんでした。全員が罪人であることを宣言し、全員が死をもってつぐなうと言いましたが、理由については、やはり口をつぐんだままでした。最後に残ったマークは血に足をすべらせ、神の慈悲と人々の祈りを求めました。処刑人は平常心を取り戻したにちがいありません。最初のジョージのときにしくじったあとは、手際よく全員をあの世へ送りこみましたよ。

書類上、処刑は終わりである。保管するにしろ、破棄するにしろ、二度と人目にふれぬところへ置き去りにするにしろ、裁判記録を記録庁へ運ぶのは彼の役目だが、死者の身体は、すぐにでも処理しなければならない不衛生な問題だ。死体は荷車にのせられ、ロンドン塔の城内へ運ばれる。もつれあった首無し死体の山が、まるでベッドの上か、あるいは、戦いでいったん埋められ、掘り返された死体のように、乱雑に積みあげられているのが目に浮かぶ。城内で、死体は服をはがれ、シャツ一枚にされる。不要になった服は首切り役人やその助手たちのいわば役得なのだ。聖ペテロ・アド・ヴィンキュラ（ロンドン塔城内にある教会）の壁に寄り添うように墓地がある。貴族でない者はそこに埋葬されることになるが、ロッチフォードだけは礼拝堂の床下に入ることになる。ところが、下着姿の死体には位をあらわすバッジがないので、混乱が起きる。埋葬人のひとりが、王妃を連れてこい、彼女ならこの男たちの身体を見るだけで誰だかわかるぞ、と軽口をたたいたが、リチャードが言うには、他の連中がその男に恥を知れと叫んだらしい。囚人を監視する連中は、あまりに多くを見すぎて、言ってよいことと悪いことが区別できなくなるのだ、と彼は言う。「ワイアットがベル・タワーの格子越しに下を見おろしているのが見えましたよ」リチャードが言う。「合図を送ってよこしたので、希望を与えてあげたかったんですが、それをどう手振りであらわしたらよいのかわかりませんでした」

　ワイアットは釈放される、と彼は言う。だが、たぶんアンが死ぬまでは無理だろう。

　それまでの時間が長く感じられる。リチャードは彼を抱きしめて、言う。「彼女がこの先も王妃の座にいたら、われわれは犬のエサにされたことでしょう」

「彼女をこの先も居座らせていたら、犬のエサにされても仕方なかったよ」

ランベスでは王妃に代わってふたりの代理人が出席していた。王の代理として出席しているのは、ビダイル博士とトリゴンウェル博士、王の弁護人のリチャード・サンプソンだ。そして彼、トマス・クロムウェルと、大法官と、サフォーク公をはじめとするその他の顧問官たち。サフォーク公は自身の結婚問題がかなり紛糾したこともあって、さながら薬を飲む子供のように、教会法に耐え、おかげでそれにすっかり通暁していた。今日のブランドンは、状況を厳密に検討している聖職者や弁護士たちをよそに、しかめっつらで椅子のなかでもぞもぞしている。彼らはハリー・パーシーについて協議していたが、結局、パーシーは役に立たぬということで意見の一致を見ていた。「どうしておまえがパーシーの協力を得られなかったのか、わからんな、クロムウェル」ブランドンが文句をつける。やむなくメアリ・ブーリンのことが話しあわれ、王とアンの婚姻にはさしさわりがあったことをメアリに証言してもらわねばならないということになる。しかし、王にも過失があったのではないか？　なぜなら、王はアンとメアリが姉妹であることを知っていたのだから、メアリと寝ていたのなら、アンとは結婚できなかったはずなのだ。その点は必ずしもあきらかだったわけではないのでは、とクランマーが穏やかに言う。密接な関係があったのは確かだが、王は教皇から特免を受けておられたし、そのときも、特免はまだ有効だと考えておいでだった。きわめて由々しい問題においては、教皇が特免を出せないことを王はごぞんじなかった。結論が出たのはしばらくたってからだった。

審理は紛糾する。公爵が突然口を開く。「とにかくだ、アンが魔女だということは誰もが知るところだ。あの女が王を魔術にかけて結婚へ誘いこんだのなら……」

「陛下が本気でそう考えていらっしゃるわけではないでしょう」彼、クロムウェルは言う。「本気だとも。われわれがここにきたのは、それを話しあうためじゃなかったのか。あの女が王を魔術でたらしこんで結婚に持ちこんだなら、結婚は無効だというのが、わたしの見解だ」公爵はふんぞりかえって腕を組む。

代理人たちは顔を見合わせる。サンプソンはクランマーを見る。誰も公爵を見ない。ついにクランマーが言う。「魔術うんぬんを公表する必要はないでしょう。判決は出せるが、その根拠は内密にしよう」

安堵のためいき。彼は言う。「われわれがおおっぴらに嘲笑されずにすむのは慰めになりますな」

大法官が言う。「真実はときに鍵をかけてしまわなければならないほど、希少で尊いのです」

サフォーク公ははしけへ急ぎながら、これでついにブーリン家から解放されたぞと大声で叫ぶ。

王の最初の結婚にはなかなか幕が引かれなかった。ヨーロッパ全土でおおっぴらに議論の的となり、君主たちの評議会のみならず、町の広場でも話題にされた。二番めの結婚は、体面が優先されるなら、暗黙のうちに、曖昧なまま、迅速に処理されるはずだった。だが、市と貴族にその目で見届けてもらわねばならない。ロンドン塔はひとつの町だ。武器庫であり、宮殿であり、造幣局である。ありとあらゆる種類の職人、役人が行き来する。しかし、警吏隊による監視を強め、外国人を立ち入り禁止にすることもできる。彼がキングストンにそうするよう命じたのだ。アンが自分の処刑の日をまちがえたと知って、彼は哀れをおぼえた。彼女は五月十八日の午前二時に起床し、みずからの罪を清めるため、礼拝堂付き司祭とクランマーの夜明けの訪問を求めた。処刑当日は、夜明け前に必ずキングストンがきて、死を目前にした人間に心の準備をうながすきまりになっているのだが、誰もそのことをアンに教えなかったらしい。なじみのないそのしきたりを、アンが知っているわけがない。わたしの立場にもなってみてください、とキングストンが嘆く。一日で五人が死に、次はイングランド王妃の処刑が待っているんですよ。市の役人もきていないのに、どうすれば死ねるというんです？　大工たちはタワー・グリーンにアンの断頭台をまだこしらえている最中です。さいわい彼女のいる王族の部屋から、その物音は聞こえませんが。

それでも、キングストンはアンの勘違いをいたましく思う。とりわけ、昼近くまでアンの勘違いがつづいたことを思うと。キングストンにも、彼の妻にも、その状況は大きな心痛をもたらした。キングストンの報告によれば、次の夜明けまでの猶予をアンは喜ぶどころか、今日死ねないのが残念だ、早く苦痛を終えてしまいたかったと叫んだ。彼女はフランス人処刑人のことを知っていた。「わたしは言ったんです」と、キングストンは言う。「痛みはありません。とても巧みですからと」キングストンの話では、またしてもアンは自分の首を両手でつかんだ。彼女は聖体拝領を受け、神の身体に誓って無実を宣言した。

罪を犯しているなら、よもやそんなことはしないでしょう？　キングストンは言う。

彼女は男たちの死を嘆き悲しむ。

今後わたしは首なしアン、アン・サン・テトとして有名になるわ、と冗談を言う。

彼は息子に言う。「わたしに同行して処刑を目撃するつもりなら言っておくが、おまえにとっては、そうとうこたえる経験になるぞ。顔色ひとつ変えずに乗り切れたら、一目置かれるようになり、今後は評価が高まるだろう」

グレゴリーはただ彼を見つめる。グレゴリーは言う。「女なんだよ、無理だ」

「どうしたらいいかそばについて教えてやろう。見る必要はない。罪人が通ったら、われわれはひざまずき、目を落とし、そして祈るんだ」

断頭台が設置されたひらけた場所は、かつて国王夫妻が馬上槍試合を催した場所である。二百名の衛兵から成る護衛隊が結集して、行列を先導する。日付の混乱、遅延、誤情報など、昨日の不手際を繰り返してはならない。息子をキングストンの住まいに残して、彼は早々と刑場へ赴く。かんなくずがまかれ、他の人々、執政長官、ロンドン市参事、ロンドン市役人、高官らが集まりだしている。彼は断頭台の階段に立ち、自分の体重に持ちこたえるかどうか試す。かんなくずをまいている男たちのひとりが話しかけてくる。おれたち全員がのぼったりおりたりしても、びくともしませんよ、サー、でも、旦那はご自分で確認したいんでしょうね。ふと目をあげると、年若い処刑人がすでにいて、クリストフとしゃべっている。手当のおかげでジェントルマン並みのりゅうとした格好をしており、他の役人たちと見分けるのが困難なほどだ。これは王妃をこわがらせないための配慮でもある。着ている衣服がだいなしになっても、すくなくとも彼は損はしないだろう。クロムウェルは処刑人に近づく。「どうやるんだ？」

「不意をつくんです、サー」英語に切り替えて、若者は足元を示す。室内履きのような、やわらかな靴をはいている。「彼女は剣を見ません。藁の中に隠しましたからね。彼女の気をそらします。おれがどこからくるか、彼女には見えない」

「だが、わたしには見せてもらいたい」

若者は肩をすくめる。「お望みなら。あなたがクレムエルですか？　すべての責任者だと聞きました。実際、こんな冗談を言われたんです、彼女のあまりの醜さにおまえが気絶しても、剣を拾いあげてくれる男がいる。名前はクレムエルだ。ヒドラの首だって――なんのことだかわかりませんが――切り落とすことができる男だと。ヒドラはトカゲか蛇らしいけど、切り落とされるそばから首一本につき新たに二本が生えてくるそうですね」

「この場合はちがう」彼は言う。ひとたび斧がふるわれたら、ブーリン家はおしまいだ。

武器は重い。両手でないと持ちあげられない。長さはほぼ四フィート、幅二インチ、先端が丸く、両刃である。「練習するんですよ、こうやって」若者はダンサーのようにその場で両腕を高くあげ、実際に剣を握っているかのようにこぶしをくっつけ、くるっとまわる。「もたもたしないためには、毎日剣を扱わないとだめです。いつなんどきお呼びがかかるかわかりませんから。カレーではそうたくさんは処刑していませんが、他の町へも出かけています」

「いい商売だな」クリストフが言う。クリストフは剣をさわりたがっているが、彼、クロムウェルはまだ放したくない。

処刑人が言う。「彼女にフランス語で話しかけてもいいと言われているんです。理解できるだろうからと」

「そうだな、そうしてくれ」

「でも、彼女がひざまずくとき、こうするよう知らせなくちゃいけません。ごらんのとおり、首をのせる台はありませんから。背筋を伸ばしてひざまずき、動いちゃいけない。じっとしていれば、一瞬で終わります。さもないと、ずたずたになってしまう」

彼は武器を返す。「わたしが責任を持とう」

「心臓の鼓動がふたつ打つあいだに、終わりますよ。彼女はなにもわからない。あっというまにあの世です」

彼らは歩き去る。クリストフが言う。「旦那さん、処刑人がおれに言ったんですよ、彼女がひざまずいたら、スカートで足をくるんだほうがいいと女たちに伝えてくれって。下手な倒れかたをしたら、たくさんのおえらいジェントルマンたちがすでに拝んだものを世界にさらすことになるからって」

彼はクリストフの下品さを責めない。礼儀もへったくれもないが、そのとおりだ。その瞬間がきたら、女たちがともかくもそうするかどうかわかるだろう。きっと内輪で相談しているはずだ。

フランシス・ブライアンが彼の隣にあらわれた。革の短着の内側から湯気が出ている。「どうしいるんだ」

「彼女の首が落ちたら、すぐにでも馬をとばして王とジェーン嬢に知らせるよういいつかっていたね、フランシス?」

「どうして?」彼は冷ややかに言う。「首切り役人がへまをするとでもいうのか?」

時刻は九時近い。「すこしでも朝食を食べたのかい?」フランシスが聞く。

「朝食はいつも食べる」だが、王は食べただろうかと考える。「ヘンリーはろくにアンの話をしなかった」フランシス・ブライアンが言う。「なぜこんなことになったかわからない、と言うだけでね。過去十年をふりかえっても、自分が理解できないと」

彼らは黙りこむ。フランシスがまた口を開く。「見ろ、くるぞ」

おごそかな行列がコールドハーバー・ゲートをくぐりぬけるところだ。先頭が市の参事、役人、そのあと護衛がつづく。彼らのまんなかに、王妃がいる。女官たちも一緒だ。黒っぽいダマスク織りの服に貂の短いケープ、切り妻風の頭巾は状況が状況だけに、なるべく顔を隠し、表情をかばうためなのだろう。あの貂のケープ、おれが知っているものでは? 最後に会ったとき、キャサリンがまとっていた品だ。すると、あの毛皮がアンの最後の分捕り品なのか。戴冠式に臨んだ三年前、アンはウェストミンスター寺院の奥まで延びた青い布の上を歩いていた——妊娠中で動作がぎごちなく、見る者たちは心配で息をつめたものだ。それが今は、でこぼこ道を、ちいさな婦人靴でそろそろと、苦心して歩かねばならない。腹に子はなく、身軽だが、あのときと同じように周囲のたくさんの手はアンがつまずいたら抱き起こして、無事に死へ送り届けようとしている。一、二度王妃はよろめき、行列全体の速度が落ちるが、ころびはせず、ふりかえって、後方に目をやる。そういえばクランマーが言っていた。「なぜかわからんが、アンはまだ希望があると思っている」女官たちはベールをつけている。レディ・キングストンですら。今後の生活がこの朝の処刑と結びつき、夫たち、求婚者たちに、自分を見たら死を連想するようになってほしくないのだ。

グレゴリーが静かに彼の隣に入ってきた。息子がふるえているのが感じられる。彼は手袋をはめた手を息子の腕に置く。リッチモンド公が彼を認めて会釈する。若者は義父であるノーフォークとともに特等席に立っている。ノーフォーク公の息子サリー伯が父親に何事かささやいているが、ノーフォークはまっすぐ前を凝視している。ハワードの家はどうしてこうなったのだろう？

女官たちがケープを脱がせると、王妃の姿がちいさい。ひとかたまりの骨だ。イングランドの手強い敵には見えないが、見かけはあてにならない。キャサリンをこの同じ場所へ連れてくることができたなら、アンはそうしていただろう。彼女の支配がつづいていたら、キャサリンの子であるメアリがここに立っていたかもしれない。そして彼自身はいうまでもなく、上着を脱ぎ、刃の欠けたイングランドの斧を待っていただろう。彼は息子に言う。「ここまできたら、あとはもう一瞬だ」アンは歩いている途中で施し物をしたので、ベルベットの袋はもうからっぽだ。彼女はそこへ手をすべりこませ、裏返しにする。無駄にしたものはひとつもないことを確かめる、倹約家の主婦の身振りだ。

女官のひとりが袋を受け取ろうと、手を伸ばす。アンは女官を見ることなく袋を渡し、断頭台のはじへと進む。ためらい、群衆の頭を見渡してから、しゃべりはじめる。群衆が一団となって前へかしぐものの、アンのほうに数インチ動くのが精一杯だ。誰もが首を伸ばし、目を凝らす。王妃の声は極端に低く、言葉はほとんど聞こえない。発言の内容は、このような状況でよく言われるものだ。「……王のために祈ってください。王はやさしく、温厚な、高徳の君主です……」このようなことを言わなくてはならないのは、王の使者が今にも到着するかもしれないからか……

アンがいったんそこで言葉を切る……いやちがう。話は終わったのだ。もう言うことはなく、この世に残された時間は数分もない。アンが息を吸う。その顔にあらわれているのは、困惑だ。アーメン、とつぶやく。アーメン。頭が垂れる。頭から足まで全身のふるえをおさえようと、身を固くしているようだ。

ベールをつけた女官のひとりがそばに近づき、話しかける。頭巾をはずそうと持ちあげたアンの腕がふるえている。手間取ることもなく、頭巾はすぐにはずれる。ピンで留められていなかったのだ、と彼は思う。アンの髪はうなじでまとめられ、絹のネットがかぶせられているが、彼女はそのネットを取り、ひろがった髪をかきよせて両手で頭上にねじりあげる。片手で髪をおさえたところへ、女官のひとりが亜麻布のキャップを渡す。アンがそれをかぶる。その中に髪がおさまるとは思えないが、そんなことはない。練習したにちがいない。だが今、アンは指示を求めるかのようにきょろきょろしている。キャップを取りかけて、かぶりなおす。どうすればよいのかわからないのだ。キャップの紐を顎の下で結ぶべきか——結ばなくても大丈夫なのか、あるいは、結んでいる暇があるのか、この世で自分に残された心臓の鼓動は何回なのか、途方に暮れているのが見ていてわかる。処刑人が進み出て、アンの目が男に注がれるのが、ごく近くにいる彼には見える。フランス人は膝をかがめて、ゆるしを請う。それが正式な手続きなのだ。男の膝が藁をかすりそうだ。処刑人は手振りでアンにひざまずくよう指示し、彼女がそうすると、うしろへさがる。まるでアンの服にすら接触したくないかのように。腕をいっぱいに伸ばして、処刑人は女官のひとりに目隠しの布を差し出し、片手を目の高さまで持ちあげて、意図をあらわす。目隠しを受け取るのがレディ・キングストンであればよい、と彼は思う。誰であれ、その女官は手際がよいが、それでも、世界が暗くなったとたん、アンがちいさな声を漏らす。くちびるが祈りを唱えて動く。フランス人は女官にさがるよう身振りで伝える。女官たちがいっせいにうしろへさがり、ひざまずく。ひとりが床に倒れそうになり、抱き起こされる。ベールをつけていても、女官たちの手は見える。無力なむきだしの手が、ちいさくなりたい、身を守りたいというかのようにスカートをかきよせる。王妃は今、これまでの人生でずっとそうであったように、ひとりきりだ。アンがつぶやく。主よ憐れみを垂れたまえ、イエスよ憐れみを垂れたまえ、主よわが魂を受け入れたまえ。彼女が片腕をあげ、ふたたびキャップをさわる。手をおろせ、と彼は思う。後生だから手をおろしてくれ。それ以上は無理なほど、強く念じたそのとき——処刑人が不意に呼びかける。「剣をくれ」目隠しをした顔がさっとふりかえる。男は彼女の背後にいる。アンは見当違いの方向をむいている。男の存在を感知していない。群衆全体が一個の声となってうめく。そして静まりかえる。その静寂の中へ、鋭いためいきか、鍵穴からひびく口笛のような音が突き刺さる。身体が血を噴きあげ、そのひらべったくちいさな身体が血だまりと化す。

サフォーク公はいまだに立っている。リッチモンドもだ。他の全員はひざまずいていたが、今、立ちあがる。処刑人は謙虚に横をむき、すでに剣を誰かに手渡している。助手が死体に近づこうとするが、四人の女官たちがすでにそこにいて、身体を張って助手を近づけまいとする。ひとりが激しい口調で言う。「殿方にこの方を扱ってもらいたくありません」

彼は若いサリー伯が言うのを聞く。「そうだよな、彼女を扱うのはもうたくさんだ」彼はノーフォークに言う。閣下、ご子息の監督はあなたの務めです、責任をもってこの場から連れだしてください。リッチモンドは気分が悪そうだ。グレゴリーがそばへ行って一礼し、若者同士にゆるされる親しみをこめた口調で、閣下、もういいでしょう、あちらへ参りましょう、と声をかけるのを見て、ほっとする。リッチモンドがなぜひざまずかなかったのか、わからない。たぶん、王妃が彼の毒殺を試みたという噂を信じているのだろう。それなら、最後まで敬意を表す気にはなるまい。サフォークの場合はもっとわかりやすい。ブランドンは冷血漢だから、アンを容赦しないのだ。戦いを見たことはある。だがこれほど酸鼻な流血ははじめてだった。

キングストンは処刑より先の埋葬にまでは、思いが至らなかったようだ。彼、クロムウェルは誰にともなく言う。「ロンドン塔長官が礼拝堂の板石を持ちあげさせておくのを忘れていないといいんだが」すると誰かが答える。同感です、サー、二日前にも、王妃の兄を入れるのに梃で持ちあげなければなりませんでしたからね。

この数日間、ロンドン塔長官はその評判に見合う働きをしていないが、王によって不確かな状態に留め置かれていたわけで、あとになって認めたように、ホワイトホールからの使者が突然到着して処刑をとめるかもしれないと、午前中はずっと考えていたらしい。王妃が人手を借りて階段をのぼり、頭巾を取ったときもまだ、そう思っていたのだ。棺のことなど念頭にもなかったらしいが、矢を保管するニレ材の櫃が急遽、空にされて、殺戮の場へ運ばれた。昨日までその櫃は船荷――一本で人間ひとりを殺せる矢の束――とともにアイルランドへ送られることになっていた。それが今は人目にさらされるもの、王妃のちいさな身体が充分におさまる棺になっていた。処刑人が断頭台を横切って、切り落とされた首を持ちあげた。長さ一ヤードの亜麻布でそれを新生児のようにくるむ。誰かがその荷物を取りにくるのを待っている。女官たちが自分たちだけで、王妃のぐっしょりと濡れた遺骸を持ちあげて櫃に入れる。ひとりが進みでて、首を受け取り、他に隙間がないので、王妃の足元に置く。それがすむと、王妃の血を浴びた彼女たちは、背筋を伸ばし、兵士のように列をつめてぎごちなく歩き去る。

その夜、彼はオースティン・フライアーズの自宅にいる。フランスのガーディナーに手紙をしたためた。国外にいるガーディナーは、うずくまって爪を噛みながら、攻撃のチャンスをうかがっている獣だ。彼を遠ざけておいたのは成功だった。いつまで遠ざけておけるだろう、と思案する。

レイフがここにいてくれたらいいのにと思うが、レイフは王のもとか、あるいはステップニーのヘレンのところへ帰ったかだ。ほぼ毎日レイフを見慣れている彼にとって、新しい日常になじむのはむずかしい。ついついレイフの声を聞くのを期待してしまう。レイフとリチャードと自宅にいるときのグレゴリーが、隅のほうで取っ組み合ったり、階段から互いを突き落とそうとしたり、ドアの陰に隠れて飛びかかったり、二十五か三十の大人のくせに、厳格な年配者がそばにいないと思うとやらかすいたずらの気配を求めて、耳をそばだててしまう。レイフの代わりに彼のそばで行ったりきたりしているのは、リズリーだ。〃結構です〃は、年代史家の代わりでもないだろうが、誰かが一日の報告をすべきだと考えているようだ。もしくは、もしそれが無理なら、せめて自分の気持ちを報告すべきだと。「海に背をむけて、岬に立っているみたいなんです。そしてぼくの下では平原が燃えている」

「ほう？　じゃ、風にあたらないよう入ったらいい」彼は言う。「そして、ライル卿がフランスから送ってきたこのワインを一杯飲みたまえ。普段は自分用にとってあるんだ」

〃結構です〃はグラスを受け取る。「建物が燃えるにおいがするんですよ。塔がいくつも崩壊していて、あるものといったら、灰だけです。残骸と瓦礫の山です」

「しかしそれは有用な残骸だ、ちがうか？」残骸はありとあらゆるものに形を変えられる。海辺に住む人間に聞いてみるといい。

「ある一点だけ、お答えいただいていません」リズリーは言う。「なぜワイアットを裁かせなかったんです？　彼が友人なのはわかっていますが、それ以外の理由はなんですか？」

「きみは友情をあまり重要だと思わないんだな」リズリーがその意味を咀嚼するのを、彼は見守る。「ワイアットがあなたに脅威を与えず、あなたを侮辱したことも怒らせたこともないのはわかっていますよ。その点、ウィリアム・ブレレトンは、高圧的で気が短く、あなたにとっては目障りだった。ハリー・ノリスとウェストン青年はどうかというと、ふたりの地位は今空いて、あなたは代わりに自分の仲間を私室付きにすることができる。レイフと同じように。そして、リュート弾きのあのこざかしい若者マークは、まあ、いないほうが世の中がすっきりすることは認めます。ジョージ・ブーリンの処刑は、ブーリン家の残りの面々を追い払う結果となった。モンシニョルは田舎にひっこんで、おとなしくしていなければならない。皇帝はこうした事の経過に満足でしょうね。大使が熱で今日は出てこられなかったのが残念ですよ。処刑を見たかったことでしょう」

いや、見たくはあるまい、と彼は思う。シャピュイは小心者だ。しかし、必要ならば病床から起きて、自分の念じた結果を見ればよかったのだ。

「これでイングランドには平和がやってくるでしょう」リズリーは言う。

その言いまわしが彼の頭のなかを駆け巡る――あれはトマス・モアだったたか？――「狐がねぐらに帰ると、めんどり小屋に平和が訪れる」散乱した死骸が目に浮かぶ。ぱくりとひと噛みでやられためんどり、羽ばたきの音にあわてた狐にやみくもに噛まれ、ひきちぎられためんどり。残骸は水で洗い流されても、床や壁に血のついた羽根がへばりついている。

「役者全員が死にましたね」リズリーは言う。「枢機卿を地獄へ運びさった四人全員が。それと、彼らの手柄をバラッドにしたあわれなマークも」

「全部で四人か」彼は言う。「全部で五人だ」

「あるジェントルマンに聞かれたんですよ。これが枢機卿のけちな敵にたいするクロムウェルの復讐だとしたら、王自身にたいして、彼はやがてはなにをするのだろう、とね」

夜のとばりに包まれようとする庭を、彼は立ったまま見おろす。その問いがナイフのように肩甲骨の間につきささる。王の家来すべての中で、その問いを思いつく男はひとりしかいない。大胆にもそう聞くのはひとりしかいない。彼が王に見せる忠誠心、彼が日々示している忠誠心にあえて疑問を投げかける男はひとりしかいない。「それでは……」彼はようやく言う。「スティーヴン・ガーディナーは自分をジェントルマンと称しているのか」

　対象物をゆがめ、曇らせるちいさなガラス窓に映っているから、リズリーが見るのは曖昧な表情だろう。混乱や恐怖、秘書官の顔がめったに浮かべることのない感情だ。ガーディナーがそう考えるなら、他には誰が同じことを考えるだろう？　他には誰が数カ月、数年先のことを考える？　彼は言う。「リズリー、わたしがみずからの行為をきみにたいして正当化すると思っているのではあるまいな？　人間は一度道を選んだら、それを悔いてはならない。われわれの主人たる国王に、わたしが善意以外の何物も持たないことは、神もごぞんじだよ。ひたすら従い、仕えるだけだ。注意深くわたしを観察すれば、きみにもわかるはずだ」

　リズリーに顔を見せてもよいと考えたとき、彼は窓からふりかえる。その笑顔に宿るのは執念だ。彼は言う。「わたしの健康に乾杯してくれ」

Ⅲ

分捕り品
一五三六年夏　ロンドン

王が言う。「あの女の衣類はどうなった？　かぶりものは？」

彼は言う。「ロンドン塔の者たちに下げました。彼らのいわば役得ですので」

「買い戻せ。使い物にならなくなっているのかどうか知りたい」

王は重ねて言う。「余の私室に入るためのすべての鍵を回収いたせ。ここのも、ほかの屋敷のものだ。すべての部屋に入るすべての鍵だ。錠前を取り替えたい」

そこらじゅうに新しい召使いがいる。古い召使いは新しい職に就いた。ハリー・ノリスに代わり、サー・フランシス・ブライアンが私室付きの長に任命され、百ポンドの年金を受け取ることになる。若いリッチモンド公はチェスターと北ウェールズの長官に任命され、（ジョージ・ブーリンに代わって）シンク・ポーツの監督官およびドーバー城守となる。トマス・ワイアットはロンドン塔から解放されたうえ、百ポンドを授与される。エドワード・シーモアはビーチャム子爵に出世する。リチャード・サンプソンはチチェスター司教に任命される。フランシス・ウェストンの妻は再婚を公表する。

彼はシーモア兄弟と額を寄せ合い、ジェーンが王妃として採るべき題銘について相談した。その結果、「一途な恭順と奉仕」に落ち着く。

ヘンリーにお伺いをたてる。微笑、うなずき。完璧な満足の表明である。王の青い目は穏やかだ。この年、一五三六年の秋から、窓ガラスや石や木の彫り物に見られた王冠をいただく白いハヤブサのバッジは、不死鳥に取って代わられることになる。死んだ女の紋章であった獅子は、ジェーン・シーモアの豹に取り替えられるが、頭と尾を新しくすればよいだけなので経済的だ。

結婚は迅速かつひそやかに、ホワイトホールの王妃の私室でおこなわれる。ジェーンは王の遠いいとこであることが判明するが、しかるべき形式で、あらゆる特免が適用される。

彼、クロムウェルは婚礼前の王のもとにいる。ヘンリーは静かで、花婿にしては憂鬱そうだ。とはいえ、前王妃のことを考えているわけではない。アンが死んで十日がたつが、王は一言も彼女にはふれない。「クラム、この先、余は子を持てるのだろうか。プラトンは男の最良の子は男が三十から三十九のあいだに生まれる、と言っている。余はその年齢を過ぎておる。最良の年月を無駄にしてしまったのだ。あの年月はどこへ行ってしまったのだろう」

自分の運命をだましとられたと感じているのだ。「余の兄アーサーが亡くなったとき、父上の占星術師は余を占って、余の統治下で国は豊かになり、多くの息子に恵まれると予言した」

すくなくともあなたは豊かだ、と彼は考える。おれにくっついていれば、想像もしなかったほど豊かになれる。あなたの天宮図のどこかにトマス・クロムウェルがいたんだ。

死んだ女の借金の支払いがはじまる。数千ポンドの負債は、没収された地所をもって清算される。支払い先は、毛皮商、靴下商人、絹職人、薬種屋、亜麻布商、馬具屋、染物屋、蹄鉄工、ピン職人。アンの娘の地位は不確かだが、今現在、子供は金の房飾りが縫いつけられた寝具を与えられ、金糸の縁飾りのある、白と紫のサテンのキャップをいくつも持っている。王妃の刺繡職人への五十五ポンドの貸しが、どこに使われたか一目瞭然だ。

フランス人処刑人の賃金は二十三ポンド余だが、その出費が今後も繰り返される見込みはなさそうである。


オースティン・フライアーズで、彼は鍵を取りだし、クリスマスを閉じ込めている小部屋に入る。マークが入れられていた部屋でもあり、マークはここで夜に恐怖の叫びをあげたのだ。孔雀の羽根は処分しなければならないだろう。レイフの幼い娘がもう一度あれを見たいとせがむことはありそうにない。子供というのは毎年訪れるクリスマスを個別におぼえているものではないのだ。

亜麻布の袋から羽根をふりだして、生地をひろげ、明かりにかざすと、袋に裂け目が入っているのがわかる。だから、羽根がそこからはみだして、死んだ若者の顔をなでたのだ。見れば、羽根はまるでネズミにでもかじられたかのようにみすぼらしく、光っていた目も光沢を失っている。結局は安っぽい作り物にすぎず、取っておく値打ちはない。

彼は娘のグレースを思い浮かべる。妻は不貞を働いたことがあっただろうか、と考える。おれが頻繁に枢機卿の仕事で留守にしていたとき、商売を通じて知り合った絹商人とねんごろになった、もしくは、多くの女たちがするように、司祭と寝たことがあったのだろうか？　妻がそんなことをしたとは、信じられない。だが、妻が十人並みの器量だった割に、グレースはおどろくほど目鼻立ちの整った、ずばぬけて美しい子だった。その顔も、この頃ではぼやけてきている。これが、死がやることなのだ。死は奪うばかりで、記憶に残るのはこぼれた灰のかすかな痕跡だけ。

彼は妻の姉であるジョハンナに言う。「リジーが他の男と関係したことはあったと思うかい？　つまり、わたしと結婚していたときに？」

ジョハンナはあっけに取られる。「いったいどこからそんなことを思いついたの？　さっさと頭から追い払ってちょうだい」

追い払おうとするが、グレースがさらに手の届かぬところへ行ってしまったような気持ちはぬぐいさることができない。グレースは肖像画も描かれないうちに死んだ。彼女が生きたあかしは残っていない。衣服や、きれで作ったボールや、スモックを着た木彫りの赤ん坊の人形は、とっくによその子供たちにやってしまった。しかし、上の娘のアン、彼はアンの習字帳を持っている。ときどきそれを取り出して見つめる。大胆な筆跡のアン・クロムウェル、アン・クロムウェルが帳面に並んでいる。余白には魚や小鳥、人魚やグリフィンの絵が描かれている。赤い革張りの木箱に、彼はその習字帳を保管している。蓋の部分は色褪せて、淡い薔薇色になっている。木箱をあけたときだけ、もともとの目のさめるような真紅が目を射る。

数日来の明るい夜、彼は机にむかっている。紙は貴重だ。切れ端や反故も、捨てられることなく、裏返されて再利用される。彼はしばしば古い信書控え帳を取り出して、塵に戻って久しい司法官たちや、美点をたたえる碑銘の下で冷たくなっている司教たちの書き付けを眺める。こうやってページをめくり、ウルジーの筆跡を——あわただしげな計算や、処分された下書きを——彼の死後はじめて見たときは、胸がしめつけられ、深い悲しみの発作がおさまるまでペンをおろさねばならなかった。こうした遭遇には慣れつつあったが、今夜は、ページをめくると、枢機卿の筆跡が見慣れぬものに見える。まるでなにかの手品が、いや光の加減なのだろうが、文字の形を変えてしまったかのようだ。見知らぬ人間、債権者か、この近隣でつきあいのある債務者、いずれにしろ、よく知らない人間の筆跡、主人の口述筆記をした謙虚な事務員の筆跡のように見える。

一瞬ののち、蜜蠟の炎がやわらかくゆらめき、控え帳が明かりに照らされると、言葉がなじみある等高線を帯び、それを記した死者の手が見えてくる。日中は将来のことしか考えないが、深夜はときたま、思い出が彼をつつきにくる。しかしながら。次なる仕事は、なんとかして王とレディ・メアリを和解させ、ヘンリーが血を分けた娘を殺すのを防ぐことだ。そしてその前に、メアリの支持者に彼自身が殺されないようにすることである。彼はメアリの支持者たちを新たな世界へ、アン・ブーリンなき世界へ、導き入れた。今後、彼らはクロムウェル抜きでやっていけると考えるだろう。彼のごちそうをたいらげた彼らは、食べ散らかした残骸もろとも彼を掃き出したがっているのだ。だが、これは彼のテーブルだ。ばらばらにされた肉に囲まれ、上座についているのは彼である。ひきずりおろせるものならやってみるがいい。彼が鎧を着ているのがわかるだろう。彼が地歩を固めているのがわかるだろう。カサガイのごとく、未来にへばりついているのがわかるだろう。彼には作るべき法律があり、取るべき手段があり、仕えるべき国の利益と、そして王がいる。彼には肩書きがあり、守るべき名誉があり、建てるべき屋敷、読むべき本があって、ことによると、子の父親となる可能性すらある。そして、結婚させるべきグレゴリーがいる。孫の誕生は、失った子供たちの埋め合わせとなるだろう。まばゆい光の中に立ち、死者に見えるよう、幼子をかかえあげている自分を想像する。

彼は思う。いかに粘ろうとも、いつかは死ぬのだし、この世の常として、それは遠くない未来かもしれない。いかに不屈の男だろうと、運命は無情であり、おれや友人たちは敵の前にたおれるだろう。そのときは、インクの乾く間もなく消えてしまうかもしれない。あとに残るのは紙の山と、あとを継ぐ者たちだ——たとえばレイフ、たとえばリズリー、たとえばリッチ——残ったものをよりわけながら、彼らは言うだろう。ここにあるのはトマス・クロムウェルが意気盛んだった頃の古い証書、古い下書き、古い手紙だ。彼らはページをめくり、おれについて書くだろう。

一五三六年夏。彼はクロムウェル男爵に出世する。パトニーのクロムウェル卿と称するわけにはいかない。言うそばから、笑ってしまいそうだ。しかしながら。ウィンブルドンのクロムウェル男爵なら、名乗ってもいい。子供の頃、その野原一帯は彼の陣地だったから。

〝しかしながら〟という言葉は、椅子の下で丸くなった小鬼に似ている。それは、あなたがまだ見ていない言葉を、ページを横切って余白を通過する行を、インクに書かせようとする。終わりはない。そう思っているのなら、あなたは、終わりの性質について惑わされているのだ。終わりはすべてはじまりである。ほら、これも。

著者の覚え書き

アン・ブーリン凋落の状況は、何世紀も議論の的だった。証拠は込み入っており、ときに矛盾している。情報源はしばしば不確かで、うさんくさく、事後のものだ。公式の裁判記録がないので、最後の日々を再構築しようにも、同時代人の助けを借りて断片をつなぎあわせるしかないが、その彼らも正確さを欠いており、偏見に満ち、忘れっぽく、当時は他の場所にいたり、偽名で身元を隠していたりといった可能性がある。法廷や刑場でアンがしたとされる滔々たるスピーチは、疑いを持って読まれるべきであり、アンの〝最後の手紙〟としばしば称される文書も同様で、こちらにいたっては、ほぼ確実に偽物か、（もっと穏やかないいかたをするなら）フィクションである。一生を通じて水銀のようにとらえどころのない女であったアンは、死後数世紀を経てなお変化しつづけており、彼女について読み、書く人々の主観を纏っている。

本書においてわたしは、トマス・クロムウェルの視点から見たきわめて重要な数週間を描きだそうと努めた。わたしの見解が正しいと主張しているのではない。わたしは読者にひとつの提案をしているにすぎない。この小説に、よく知られている物語のいくつかのエピソードは見つからない。この登場人物の数をおさえるために、ブリジット・ウィングフィールドなる故人は割愛してある。この女性は、アンが王妃の座から転落する前から広まりはじめたアンに批判的な噂と（あの世から）関係があったようだ。噂の源を割愛した結果、ブリジットが受けてしかるべき非難が、ジェーンつまりレディ・ロッチフォードに不当にむけられたきらいはある。レディ・ロッチフォードへのわたしたちの評価が低くなりがちなのは、彼女がヘンリーの五番めの妻、キャサリン・ハワードの情事で演じた壊滅的役割を知っているせいだ。しかしジュリア・フォックスはその著書『ジェーン・ブーリン』（二〇〇七年）のなかで、ジェーンのキャラクターをもっと肯定的にとらえている。

アンの最後の日々に詳しい専門家諸氏は、トマス・ワイアットとほぼ同時期に逮捕された廷臣で、告発されることも裁かれることもなかったリチャード・ペイジを含む数名が省略されていることに気づくだろう。ペイジは、それをのぞけば、この物語ではなんの役も演じていないうえ、逮捕された理由も不明なので、またひとつ名前を増やして読者に負担をかけるのは賢明でないように思えた。

執筆にあたっては、エリック・アイヴズ、デイヴィッド・ローズ、アリソン・ウィア、G・W・バーナード、リーサ・M・ウォーニック、その他多数の、ブーリン一族とその没落に詳しい歴史研究家にお世話になった。

本書は、いうまでもなく、アン・ブーリンやヘンリー八世についてのものではなく、トマス・クロムウェルの歩んできた道を描いたものだが、クロムウェルは今なお伝記作家たちによるスポットライトを浴びる必要がある。一方でこの秘書官は、クリスマスのパイに仕込まれたよりすぐりのプラムのごとく、ふっくらと、つややかで、容易には手が届かない。でも、わたしは彼をほじくり出す努力をつづけたいと思う。

謝　辞

時間をかけて『ウルフ・ホール』を読み、コメントし、この企画を励ましてくれた心の広い歴史研究家のみなさん、そして、家系図や家族に伝わる話の断片、今はない場所やほとんど忘れられている名前について連絡してくださった多くの読者諸氏に、心から感謝します。かつてはワイアット一族が所有していたアリントン城を案内してくださったサー・ボブ・ウースター、また、デヴォンの美しい邸宅〝キャダイイ〟にお招きくださったウィリアム・ポーレットの子孫、ルーパート・シスルスウェイトに感謝します。心のこもった招待状をくださった方々にも御礼申し上げます。次の小説に取りかかる過程でお受けできたらと思います。

目には見えない多数の人々と自宅を共有しなければならなかったのに、支援と日常的な思いやりを示してくれた夫、ジェラルド・マキューアンには、特別に感謝しなければなりません。

訳者あとがき

ヒラリー・マンテルの快挙ふたたび。

本書『罪人を召し出せ』（*Bring Up the Bodies*）が二〇一二年のブッカー賞に輝いたのだ。二〇〇九年の『ウルフ・ホール』につづく二度めの受賞である。二度の受賞は史上三人め、イギリス人としても、女性としても初、二作連続も初。これを偉業と言わずしてなんと言おう。ブッカー賞選考委員長、ピーター・ストッザードはこんなふうに述べている。「ヒラリー・マンテルは現代イギリスにおけるもっとも偉大な小説家だ。彼女ほど自在に文章を操り、表現したいことを表現できるイギリス人作家は近年稀である」

他にもイギリス在住の作家に与えられるコスタ賞の最優秀長篇賞と大賞、デイヴィッド・コーエン賞、Specsavers National Book Awards（文学賞）、South Bank Sky Arts Awards（芸術賞）も受賞している。

さて、本書は三部作の第二部である。主役はもちろん、前作にひきつづき十六世紀イングランドの国王ヘンリー八世の秘書官として活躍した影の実力者、トマス・クロムウェルだ。第一部の『ウルフ・ホール』がクロムウェルの少年時代にはじまってヘンリー八世の寵臣となるまでの三十年あまりを描いているのにたいし、この第二部で描かれるのはわずか一年足らず。イングランド王室をゆるがす大事件がたてつづけに起きた一五三五年九月から翌年夏までの期間が、感情を排した綿密な描写でひもとかれる。

冒頭、クロムウェルの死んだ娘たちの名をつけられた鷹がイングランド西部地方の空を舞う。それを馬上から見あげるトマス・クロムウェルとヘンリー八世。この不気味な滑り出しは、全篇に漂う死の象徴だ。前王妃キャサリンの死、アン・ブーリンの流産、廷臣たちの、さらにはアン自身の処刑と、死の影は濃く深く、読む者を震撼させる。これらはすべて史実なのだが、それらをクロムウェルの目を通して描いたところに著者マンテルのたくらみがある。歴史上おなじみの事実が、クロムウェルといういわば歴史に埋もれた実在の人物の目を通して語られることによって、新たな光をあてられているからだ。

「クロムウェルはすべてを支配していました。彼はヘンリーの右腕です。そしてほぼ十年間権力を握っていた。ですから、彼こそがあらゆる仕組み、あらゆる事情を知っている人間なのです。ところが奇妙なことに、彼はこの誰もが知る物語から置き去りにされてきました。だから、クロムウェルの目を通して見ると、おなじみの出来事がおなじみではなくなるのです。新たな視点が生じるのです」（アメリカの公共ラジオ番組「FRESH AIR」でのマンテル談）

たとえば、アン・ブーリンが処刑された最大の理由は、男子の世継ぎを産めなかったこととされているが、本書ではむしろ、王にたいする反逆罪に重点が置かれている。「こじつけめいて聞こえるかもしれませんが、ヘンリー八世は本気でアンの政治的手腕を怖れ、彼女が王の暗殺計画に関与していると信じていたのです。世継ぎを産めないという罪は、存在しませんでした。あったのは反逆罪で、アンは反逆罪を犯したとされたのです。キャサリンの処遇を見れば、それはあきらかでしょう。やはり男子の世継ぎを産めなかった（産めたが育たなかった）彼女は処刑されたわけではありません。王妃の座を追われただけです」（同番組より）

クロムウェルは相変わらず冷静に物事を観察し、白を黒と言いくるめるしたたかな交渉力を持ってみずからの地位を守り抜くのだが、その一方で、息子をはじめ自分の家中の者たちにはやさしく、思いやりがある。忠義のひとでもあって、青年期に世話になったフレスコバルディ家の当主にはいまなお敬愛の念を忘れず、廷臣たちの逮捕劇の陰には恩人ウルジー枢機卿の仇討ちも潜む。この二面性を指して、『ゴッドファーザー』のドン・コルレオーネを想起させると、先にあげたピーター・ストッザードはおもしろい感想を述べている。クロムウェルに見られる道徳的な曖昧さを、マンテルは『ゴッドファーザー』から探りだしたのかもしれない」

読みどころには事欠かないが、圧巻はやはりアン・ブーリンの処刑シーンだろう。富み栄えるクロムウェルと対照的に、王妃の座からすべり落ちて〝ひとかたまりの骨〟のように痩せおとろえたアンの斬首場面は、実にリアルで酸鼻のきわみだ。前王妃キャサリンを追い払い、アンを処刑台へ導いて、盤石の権力をものにしたクロムウェルだが、わたしたちは彼が本書の時代背景である一五三六年からわずか四年後には処刑されることを、史実として知っている。冷徹な現実主義者で、けっして状況を見誤ることのなかったクロムウェルがどのようないきさつで失脚にいたったのか、マンテルがその史実をどのように描くのか、完結篇となる第三部の出版が待たれる。
原題の ***Bring Up the Bodies*** は非常に謎めいたフレーズで、獄中にある廷臣たちを裁判に連れ出す場面にそのまま使われている。“body”にはごぞんじのとおり、身体のほかに死体の意味がある。まだ生きてはいるが、いわば死に体の廷臣たちを指しているわけだが、彼らだけでなく、本書に登場する多数の死者たちをも暗示する二重の意味を持たせた言葉なのだ。本文では“bodies”を「身柄」と訳したが、本書のタイトルはより端的にわかりやすくしたいと「罪人」という訳語に落ちついた。『ウルフ・ホール』と『罪人を召し出せ』は相次いで舞台化、テレビドラマ化される予定だ。ロイヤル・シェイクスピア・カンパニーとBBC2がそれぞれの権利を取得している。シェイクスピア好きのマンテルは今から楽しみにしているそうだ。

最後に、前作につづいて今回も早川書房編集部の永野渓子さんに大変お世話になった。この場を借りてお礼申しあげます。
なお、クロムウェルの肩書きは『ウルフ・ホール』での「秘書長官」から、熟慮の末、「秘書官」に変更しました。ご了承ください。

二〇一三年八月

訳者略歴　立教大学英米文学科卒，英米文学翻訳家　訳書『トスカーナの休日』フランシス・メイズ，『ヒルダよ眠れ』アンドリュウ・ガーヴ，『夜のサーカス』エリン・モーゲンスターン，『ウルフ・ホール』ヒラリー・マンテル（以上早川書房刊）他多数

罪人《ざいにん》を召《め》し出《だ》せ

2013年 9 月20日　初版印刷
2013年 9 月25日　初版発行

著者　ヒラリー・マンテル

訳者　宇佐川晶子《うさがわあきこ》

発行者　早川　浩

発行所　株式会社早川書房
東京都千代田区神田多町2－2
電話　03－3252－3111（大代表）
振替　00160－3－47799
http://www.hayakawa-online.co.jp

印刷所　株式会社精興社
製本所　大口製本印刷株式会社

Printed and bound in Japan

ISBN978-4-15-209400-1 C0097

乱丁・落丁本は小社制作部宛お送り下さい。
送料小社負担にてお取りかえいたします。

早川書房の文芸書

ウルフ・ホール（上・下）

Wolf Hall

ヒラリー・マンテル

宇佐川晶子訳

46判上製

〈ブッカー賞・全米批評賞協会賞受賞作〉
十六世紀のロンドン。トマス・クロムウェルは、卑しい生まれから自らの才覚だけで成り上がってきた男だ。数カ国語を話し、記憶力に優れ、駆け引きに長けた戦略家であるクロムウェルは、仕える枢機卿の権勢が衰えていくなか、国王ヘンリー八世に目をかけられるようになるが——希代の政治家を斬新な視点で描き、世界を熱狂させた傑作。